1682

J.B. METZLER

Herausgegeben in Verbindung mit
der Heinrich-Heine-Gesellschaft

Sabine Brenner-Wilczek (Hg.)
Heinrich-Heine-Institut der Landeshauptstadt Düsseldorf

Heine-Jahrbuch 2019

58. Jahrgang

J. B. Metzler Verlag

Anschrift der Herausgeberin:
Dr. Sabine Brenner-Wilczek
Heinrich-Heine-Institut
Bilker Straße 12–14, 40213 Düsseldorf

Redaktion: Christian Liedtke

ISBN 978-3-476-04904-9
ISBN 978-3-476-04905-6 (eBook)
https://doi.org/10.1007/978-3-476-04905-6

Die Deutsche Nationalbibliothek verzeichnet diese Publikation in der Deutschen Nationalbibliografie; detaillierte bibliografische Daten sind im Internet über http://dnb.d-nb.de abrufbar.

J. B. Metzler

Einbandgestaltung: Willy Löffelhardt
Satz: Dörlemann Satz, Lemförde

J.B. Metzler ist ein Imprint der eingetragenen Gesellschaft Springer-Verlag GmbH, DE
und ist ein Teil von Springer Nature
Die Anschrift der Gesellschaft ist: Heidelberger Platz 3, 14197 Berlin, Germany

Inhalt

Siglen

B	Heinrich Heine: Sämtliche Schriften. Hrsg. von Klaus Briegleb. Bd. 1–6. München 1968–1976.
DHA	Heinrich Heine: Historisch-kritische Gesamtausgabe der Werke. In Verbindung mit dem Heinrich-Heine-Institut hrsg. von Manfred Windfuhr im Auftrag der Landeshauptstadt Düsseldorf. Bd. 1–16. Hamburg 1973–1997.
Galley/Estermann	Heinrich Heines Werk im Urteil seiner Zeitgenossen. Hrsg. von Eberhard Galley und Alfred Estermann. Bd. 1–6. Hamburg 1981–1992.
Goltschnigg/Steinecke	Heine und die Nachwelt. Geschichte seiner Wirkung in den deutschsprachigen Ländern. Texte und Kontexte, Analysen und Kommentare. Hrsg. von Dietmar Goltschnigg und Hartmut Steinecke. Bd. 1–3. Berlin 2006–2011.
HJb	Heine-Jahrbuch. Hrsg. vom Heinrich-Heine-Institut Düsseldorf (bis 1973: Heine-Archiv Düsseldorf) in Verbindung mit der Heinrich-Heine-Gesellschaft. Jg. 1–32 Hamburg 1962–1994; Jg. 33 ff. Stuttgart, Weimar 1995 ff.
Höhn	Gerhard Höhn: Heine-Handbuch. Zeit, Person, Werk. Stuttgart, Weimar ^{1}1987, ^{2}1997, ^{3}2004.
auf der Horst/Singh	Heinrich Heines Werk im Urteil seiner Zeitgenossen. Begründet von Eberhard Galley und Alfred Estermann. Hrsg. von Christoph auf der Horst und Sikander Singh. Bd. 7–13. Stuttgart, Weimar 2002–2006.
HSA	Heinrich Heine: Werke, Briefwechsel, Lebenszeugnisse. Säkularausgabe. Hrsg. von den Nationalen Forschungs- und Gedenkstätten der klassischen deutschen Literatur in Weimar (seit 1991: Stiftung Weimarer Klassik) und dem Centre National de la Recherche Scientifique in Paris. Bd. 1–27. Berlin, Paris 1970 ff.
Mende	Fritz Mende: Heinrich Heine. Chronik seines Lebens und Werkes. 2. bearb. u. erw. Aufl. Stuttgart, Berlin, Köln, Mainz 1981.
Werner/Houben	Begegnungen mit Heine. Berichte der Zeitgenossen. Hrsg. von Michael Werner in Fortführung von H. H. Houbens »Gespräche mit Heine«. Bd. 1, 2. Hamburg 1973.

Aufsätze

»und daß ich selbst wieder zerrinnen möchte in süße Atome«

Zur Dynamik von Wasser, Wirtschaft und Geschlecht in »Die Harzreise«

Von Gesa Jessen, Oxford, Berlin

Wiederholt fließen die Darstellungen von Wasser und Gesellschaft in Heinrich Heines Frühwerk zusammen. In der literarischen Ausgestaltung von Flüssen und Bächen, Meeren und Badeanstalten, wie wir sie sowohl in der Lyrik im »Buch der Lieder« als auch in den »Reisebildern« vorfinden, spielen soziopolitische Makrostrukturen und bürgerliche Innerlichkeit ineinander. Der Spur des Wassers zu folgen, ermöglicht es daher nicht nur, die kulturelle Aufladung von Gewässern in der Heine-Zeit nachzuvollziehen, sondern auch eine Poetik des Wassers zu entdecken, mithilfe derer Heine sich mit dem bürgerlichen Subjekt und dessen politischem Charakter, der Struktur seines Begehrens und der darin implizierten Konstruktion von Geschlechtlichkeit auseinandersetzt. Vor dem Hintergrund von Wasserpolitik als einem identitätsstiftenden Projekt für die sich im Zuge der deutschen Nationalstaatsbewegung und fortschreitender Verbürgerlichung neu formierende Gesellschaft wird die folgende Heine-Lektüre Wasser in der »Harzreise« als Umweltfaktor, Politikum und poetisches Prinzip begreifen. Dabei werden zwei Aspekte des literarischen Umgangs mit Wasser besondere Beachtung finden: Einerseits wird Wasser als ein Symbol für wirtschaftlichen und gesellschaftlichen Strukturwandel gelesen werden, und andererseits soll die Assoziation von Wasser mit einer Konzeption des bürgerlichen Selbst, das auch immer in für das frühe 19. Jahrhundert spezifischen Geschlechterkategorien gedacht wurde, beleuchtet werden.

Eine zunächst eher unscheinbare Wasser-Stelle in der ersten Hälfte der »Harzreise«, die wir nun in den Fokus der Analyse rücken wollen, entpuppt sich bei genauer Betrachtung als äußerst vielschichtig angelegte Auseinandersetzung mit unterschiedlichen kulturhistorischen Dimensionen von Wasser. Auf seiner Wanderung durch den Oberharz erreicht der Erzähler der »Reisebilder« nach Aufenthalten in Clausthal-Zellerfeld und Goslar schließlich den Brocken, das eigentliche Zentrum der ersten Reise. Ehe er die Kuppe des Berges besteigt, durchquert er einen morgendlichen Wald:

> Allerliebst schossen die goldenen Sonnenlichter durch das dichte Tannengrün. Eine natürliche Treppe bildeten die Baumwurzeln. Ueberall schwellende Moosbänke; denn die Steine sind fußhoch von den schönsten Moosarten, wie mit hellgrünen Sammetpolstern, bewachsen. Liebliche Kühle und träumerisches Quellengemurmel. Hier und da sieht man, wie das Wasser unter den Steinen silberhell hinrieselt und die nackten Baumwurzeln und Fasern bespült. Wenn man sich nach diesem Treiben hinab beugt, so belauscht man gleichsam die geheime Bildungsgeschichte der Pflanzen und das ruhige

> Herzklopfen des Berges. An manchen Orten sprudelt das Wasser aus den Steinen und Wurzeln stärker hervor und bildet kleine Kaskaden. [...] es ist Alles wie verzaubert, es wird immer heimlicher und heimlicher, ein uralter Traum wird lebendig, die Geliebte erscheint – ach, daß sie so schnell wieder verschwindet! (DHA VI, 115)

Die Schilderung des wasserdurchströmten und lichtdurchfluteten Waldes ruft zunächst Assoziationen mit einem klassischen Idyll auf. Während Heine wenig später die ritualisierten Sonnenuntergangsschwärmereien auf der Kuppe des Brockens als bestenfalls philisterhaft und hohl verspottet und schlimmstenfalls als mit antisemitischen Ressentiments durchdrungene Volkstümelei bloßstellt, finden sich bei der vorliegenden Stelle zunächst Anklänge an den *locus amoenus* als einen der Bukolik und Pastoraldichtung entlehnten Ort der Zurückgezogenheit und Freiheit sowie, in der geheimen Bildungsgeschichte der Pflanzen anklingend, Bezüge zur Motivwelt der Romantik.

Außer diesen Bezugnahmen auf eine literarische Tradition idyllischer Naturschilderungen birgt die Wald-Szenerie jedoch noch eine weitere Assoziationsschicht, die im Folgenden durch eine Analyse der Darstellung des fließenden Wassers untersucht werden wird.

Bei genauerem Hinsehen fällt ins Auge, dass Heines Schilderung des Wasserverlaufs zur Beschreibung eines natürlichen Phänomens Begriffe aus der Baukunst heranzieht: Treppen, Bänke, Polster und Kaskade. Obwohl teilweise auch natürliche Wasserfälle als kaskadenbildend beschrieben werden, findet der Begriff Kaskade vor allen Dingen Verwendung im Vokabular der Garten- und Wasserkunst als Bezeichnung eines stufenförmigen Zierbrunnens. Darüber hinaus hat die Kaskade allerdings auch eine rein technische Bedeutung. Sogenannte Teichkaskaden, übereinander gestaffelt angelegte Stauteiche, verbunden durch Gräben, Tunnel und Rinnen, sind zentrale Bestandteile der Oberharzer Wasserwirtschaft gewesen, die auch unter ihrem juristischen Namen Oberharzer Wasserregal bekannt ist. Hierbei handelt es sich um ein ausgeklügeltes vorindustrielles Wasserwirtschaftssystem, dessen Entstehung ins 12. Jahrhundert zurückreicht und das bis in die zweite Hälfte des 19. Jahrhunderts hinein verwendet und ausgebaut wurde. Über Jahrhunderte hinweg war die Oberharzer Wasserwirtschaft das größte zusammenhängende Energiesystem der Welt, seit 2010 ist sie UNESCO-Weltkulturerbe. Ihre zentrale Aufgabe lag in dem Betrieb von Pumpen, die für die Trockenlegung von Schächten und Stollen sorgten. Eine komplexe Wasserstandregulierung zwischen den Stauteichen garantierte die stetige Energiezufuhr, mithilfe derer die Förderungen im Oberharz so reibungslos ablaufen konnten. Um diese Stetigkeit zu gewährleisten, war es besonders wichtig, dass Teile des Systems abgedeckt bzw. unterirdisch verliefen, sodass sie nicht gänzlich Niederschlägen ausgesetzt waren und auch im Winter nicht einfroren. Anfang der 1820er Jahre fand eine letzte Ausweitung der Wasserwirtschaft im Harz nach Osten hin statt, bis diese 1824 schließlich an den Fluss Ecker und das Torfhaus-Brockenfeld-Gebiet heranreichte – in eben jenes Terrain also, durch das Heines »Harzreise« uns im selben Jahr auf der Strecke zwischen Harzburg und Brocken führt.

Die Spuren und Strukturen dieser Wasserwirtschaft lassen sich in der vorliegenden Textstelle verwoben mit einer literarischen Tradition der idyllischen oder geheimnisvollen Naturbeschreibung finden. Wie Heine etwa das Wasser als teils unter Steinen geschützt, teils über Wurzeln springend beschreibt, greift die Form eines komplexen über- und unterirdischen Wassersystems auf, während die Bildung von Treppen und Kaskaden eine für die Gewinnung von Wasserkraft notwendige Schaffung und Nutzbarmachung von Höhenunterschieden betont. Das »ruhige Herzklopfen des Berges« (DHA VI, 115), das dabei vernommen werden kann, verweist zugleich auf den romantischen Motivkreis des Bergbaus, mit dem diese Form der Wasserwirtschaft aufs engste verbunden ist.

Was Heine hier also aufruft, ist ein nostalgisches Idyll in gleich dreifacher Weise: An der Textoberfläche liegt eine sinnlich unmittelbare Erfahrung von Waldesruh und Quellengemurmel. Verbunden ist diese nur scheinbare Unmittelbarkeit jedoch mit einer literarischen Vergangenheit einerseits und mit einer traditionellen Wirtschaftsform andererseits. Dabei ist es von Bedeutung, dass diese traditionelle Art des Bergbaus inklusive der Wasserwirtschaft im Harz in den 1820er Jahren zwar noch im Betrieb war, sie sich aber andernorts bereits im Prozess der Auflösung befand. Denn die kleinteilige Wasserwirtschaft ist eine dezidiert vorindustrielle Form der Energiegewinnung. Mit der Verbreitung der kohlebetriebenen Dampfmaschine markiert das 19. Jahrhundert das Ende der hauptsächlichen Nutzung von Bewegungsenergie und den Beginn des auf Verbrennung basierenden Antriebs von Maschinen. So lässt sich Wasserkraft im Kontext der »Harzreise« durchaus als Synekdoche für eine nun langsam aus der Zeit fallende Gesellschaftsform lesen, die Heine bei den Bergleuten im Harz als gerade noch intakt vorgefunden zu haben meint. Entsprechend charakterisiert der Erzähler der »Reisebilder« diese dann auch als naiv-kindlich und zugleich wahrhaft, lebendig und sinnig.

Damit wird in der vorliegenden Textstelle, in der Wasser, Wald und Wasserwirtschaft zu einem Traum von märchenhafter Harmonie und Ganzheit verschwimmen, ein Motivkreis weitergeführt, den Heine bereits in expliziterer Form während des Besuchs der Gruben Dorothea und Carolina und bei den Bergleuten daheim begonnen hat. Es handelt sich hierbei um eine literarische Auseinandersetzung mit jenem gesellschaftlichen Übergang von einer geschlossenen, feudalistischen Wirtschaftsform zu Gewerbefreiheit, Lohnarbeit und Industrialisierung, mit anderen Worten, dem, was wir heute Kapitalismus nennen. Dabei ist Heines Blick (der zu Beginn der »Harzreise« mit dem Aufbruch aus der Universitätsstadt Göttingen ja als der eines urbanen, gebildeten Naturtouristen, keineswegs eines Menschen vom Lande, und damit als der eines beobachtenden Außenseiters markiert worden ist) auf die Harzer Bergleute durchaus ambivalent. So stellt er sie zwar als ihrem Monarchen, der als Feudalherr wahrgenommen wird, derart treu ergeben dar, dass sie sich, wie er schreibt, »gerne todt schlagen lassen für den lieben, dicken Herzog und das ganze Haus Hannover« (DHA VI, 95). Jedoch verfügen sie zugleich auch über eine beneidenswerte »Lebenstiefe« und besitzen das »klare Gold der Anschauung« anstatt nur das schnöde »Papiergeld der Bücherdefinizionen« (ebd., 97). Somit ist Heines Harzbeschreibung durchaus von Tendenzen geprägt, die Jürgen Kocka als »›rückwärtsgewandte‹ Orientierung an der in Frage gestellten Tradition«[1] beschrieben hat. Gemeint ist damit in diesem Zusammenhang, dass sich gerade formierende Widerstände gegen die zentrifugalen Kräfte einer wirtschaftsliberalen Klassengesellschaft an einer Vorstellung von früheren, zünftigen und ständischen Arbeitsverhältnissen orientierten, die retrospektiv als weniger entfremdet und sinnlich direkt, in gewisser Weise auch als quasi natürlich gewachsen stilisiert wurden. Traditionelle Wasserwirtschaft, die sinnbildlich für ein ausgewogenes und durch überliefertes Wissen und Behutsamkeit geprägtes Verhältnis zwischen Umwelt und Menschen stand und als von der modernen Industrie bedroht wahrgenommen wurde, wird im 19. Jahrhundert ein beliebter literarischer Topos – am bekanntesten ausgestaltet in Wilhelm Raabes Erzählung »Pfisters Mühle« in den 1880er Jahren, in der eine Mühle zur letzten Bastion des Althergebrachten in einer gewandelten Welt wird. Auch Heines Wald- und Wasserszene trägt die Kennzeichen des Idylls als kompensatorischer Wunschraum. Die momenthafte Versunkenheit in etwas Vormodernes und Märchenhaftes bleibt dabei flüchtig, traumhaft und verschwindend wie die Geliebte, die nur unter den Vorzeichen des Verlustes überhaupt erscheint.

Um die sozialhistorische Signifikanz des Wassermotivs besser auszuleuchten, lohnt es sich, für einen Augenblick einen Sprung ans andere Ende der »Reisebilder« zu wagen. In den »Englischen Fragmenten« ist der Verlust der alten, beschaulichen Welt, die bei den Harzer Bergleuten noch konserviert zu sein scheint, bereits geschehen. Es ist in diesem Zusammenhang bezeichnend, dass Wasser – nachdem der Ärmelkanal an Bord eines neuartigen Dampfschiffs überquert wurde – nicht mehr in erster Linie als Umweltfaktor Erwähnung findet, sondern nur noch eine metaphorische Funktion hat. In den Straßen Londons tobt der »drängende Strom lebendiger Menschengesichter«, eine »Menschenwoge« rauscht und wälzt sich »brausend, schreyend, ächzend und knarrend« voran (DHA VII, 213 ff.). Indem das Gleichgewicht alter, als weniger invasiv wahrgenommener Wirtschaftsformen zerstört wurde, sind die Wassermassen sozialer und wirtschaftlicher Deregulierung im bereits weitgehend modernisierten England gänzlich entfesselt.

Ein Übergangsstadium – nicht mehr ganz die Unfreiheit des Feudalismus, aber auch noch nicht der vollends befreite Mahlstrom freier Marktwirtschaft – wird zuvor in »Die Nordsee. Dritte Abtheilung« geschildert. Hier skizziert Heine den grundlegenden Wandel in der Lebensweise der Menschen auf der Insel Norderney, der sich in den ersten Jahrzehnten des 19. Jahrhunderts vollzogen hat. Die »Insulaner«, die ähnlich naturkindhaft wie zuvor die Bergleute beschrieben werden, sehen sich nämlich seit geraumer Zeit einerseits mit großen Handelsflotten konfrontiert, auf denen die jungen Männer nun anheuern, anstatt, wie zuvor, Subsistenzfischerei zu betreiben, andererseits wird ihr beschauliches und zurückgezogenes Inselleben von Grund auf durch die Gründung eines neuen See- und Heilbades verändert.

Das Bad auf Norderney, eröffnet im Jahr 1800, wird bei Heine zu einem Symbol für ein mit dem Wassermotiv eng verknüpftes bürgerliches Körperregime. Dabei etabliert er das Seebad als eine gänzlich gegensätzliche Welt zu der Seinsweise der Insulaner, die beschrieben wird als »das naturgemäße Ineinander-Hinüberleben, die gemeinschaftliche Unmittelbarkeit« (DHA VI, 141). Von genau diesem »Ineinander-Hinüberleben« setzen sich die Gepflogenheiten des Seebads scharf ab: Diese entsprechen der Vorstellung des bürgerlichen Körpers, der von dem ihm innewohnenden Individuum selbstbestimmt kontrolliert und gepflegt, gereinigt und gesund gehalten wird. Gleichzeitig aber ist dieser Körper auch immer ein entzogener Körper, was Heine eindrücklich zeigt, wenn er beschreibt, wie die Inselbewohner am Abend gleich ausgesperrten Kindern durch die hell erleuchteten Fenster des Kurhauses hineinblicken. Die Verknüpfung von Entzug und Begehren vergleicht Heine an dieser Stelle ausdrücklich mit kulinarischen und sexuellen Gelüsten, also dezidiert leiblichem Verlangen, und schließt dieses wiederum kurz mit materieller Not, denn das Beobachten der Badegäste bleibt für die Insulaner

> [...] nicht ohne schlimme Folgen, die von dem Geldgewinn, der ihnen durch die Badeanstalt zufließt, nimmermehr aufgewogen werden. Dieses Geld reicht nicht hin für die eindringenden, neuen Bedürfnisse; daher innere Lebensstörung, schlimmer Anreitz, großer Schmerz. Als ich ein Knabe war, fühlte ich immer eine brennende Sehnsucht, wenn schöngebackene Torten, wovon ich nichts bekommen sollte, duftig-offen bey mir vorübergetragen wurden; späterhin stachelte mich dasselbe Gefühl, wenn ich modisch entblößte, schöne Damen vorbeyspatzieren sah; und ich denke jetzt, die armen Insulaner, die noch in einem Kindheitszustande leben, haben hier oft Gelegenheit zu ähnlichen Empfindungen, und es wäre gut, wenn die Eigenthümer der schönen Torten und Frauen solche etwas mehr verdeckten. (DHA VI, 143)

Dem Wassermotiv folgend können wir nun nachvollziehen, wie Heine literarisch den wirtschaftlichen Wandel von einem vorindustriellen System der Feudal- oder Subsistenzwirtschaft zu den Anfängen einer modernen, bürgerlichen Industriegesellschaft inklusive Naturtourismus gestaltet und diese Veränderungen auch mit einer spezifischen Konzeption von Körper und Geschlecht eng verzahnt.

Ute Frevert hat in ihren Studien zu bürgerlichen Geschlechterverhältnissen im 19. Jahrhundert gezeigt, wie die Neukalibrierung der Gesellschaft zu einer bürgerlichen mit einer »neuartigen Prägung männlich-weiblicher Rollen«[2] einhergeht. Diese Prägung wiederum konnte nur mithilfe dessen erfolgen, was Manuel Frey in seiner Arbeit »Der reinliche Bürger«[3] als dezidiert bürgerliche Körperpolitik identifiziert, und durch die Entstehung des Diskursfeldes »Sexualität« ab 1800, das Isabel Hull beschrieben hat.[4] In dieser neuen Matrix bürgerlicher Körperpolitik werden reproduktionsmedizinische und sexualpädagogische Erkenntnisse eingebunden in einen Vorgang der fortschreitenden Verkörperlichung und Biologisierung der sozialen Rolle »Frau«. In der Literatur und Bildenden Kunst wird das Sinnbild für diesen Vorgang oftmals die Wasserfrau, eine Figur, die seit der Romantik ein künstlerisches ›Revival‹ erfährt und die in Heines Œuvre wiederholt auftaucht. Die Wasserfrau bringt durch ihre besondere Stellung an der Schnittstelle zwischen menschlicher und nicht-menschlicher Körperlichkeit eine Verbundenheit mit der materiellen Welt zum Ausdruck, die sich der Praxis bürgerlicher Körperbeherrschung entzieht: Zur Hälfte gehört sie stets den Elementen, der Natur, dem undurchschaubaren Fluidum. Diese Nähe zum ungeregelten Trieb, zur bloßen Körperlichkeit, bringt in den Kunstmärchen (etwa bei de la Motte Fouqué, Andersen) und der Dichtung (bei Goethe, Heine) zumeist Unglück: Entweder für die Wasserfrau selbst oder, wie im Fall von Heines »Loreley«, für die Schiffer, die ihr verfallen. Henriette Herwig hat 2008 im Heine-Jahrbuch entsprechend auch die »Loreley« als eine dichterische Romantikkritik gelesen, als eine Warnung vor den fatalen Folgen einer Poesie, die vergisst, was in der materiellen Welt vor ihr liegt.[5]

In der »Harzreise« begegnen wir jedoch einer anderen, positiv besetzten Variante der Wasserfrau und zwar in Gestalt der personifizierten Flüsse Ilse, Bode und Selke.[6] In dem abgesetzten und strukturell an einen Epilog erinnernden Schlussteil der Reise befinden wir uns nicht mehr in der vormodern und märchenhaft anmutenden Welt des Königreiches Hannover, sondern in Hamburg, einem Ort wirtschaftsliberaler Politik und großer Modernisierungsschübe einerseits und andererseits, seit den 1790er Jahren, immer wieder Stätte von Arbeiteraufständen und Streiks. Ausgerechnet hier, in einer Hafenstadt der Moderne, lässt Heine die drei Wasserfrauen aus der Erinnerung des Erzählers hervortreten. Die personifizierten Flüsse werden mit dem ganzen zur Verfügung stehenden Repertoire amouröser Sprache beschrieben – »aus allen Zügen hauchte eine kolossale Zärtlichkeit, und aus der bezwungenen Felsenbrust drang es hervor wie Sehnsuchtseufzer und schmelzende Laute der Wehmuth«, heißt es über die Bode und über die Selke: »Minder zärtlicher, aber fröhlicher, zeigte sich mir die schöne Selke, die schöne, liebenswürdige Dame, deren edle Einfalt und heitere Ruhe alle sentimentale Familiarität entfernt hält, die aber doch durch ein halbverstecktes Lächeln ihren neckenden Sinn verräth« (DHA VI, 135 f.). Am meisten betört den Erzähler jedoch die Ilse, die ihn anschaut mit »unwiderstehlicher Gleichgültigkeit und doch zugleich so innig, so ewig, so durchsichtig wahr« (ebd., 136). Entsprechend reicht er ihr auch, in einer Re-Imagination des Paris-Urteils, den entscheidenden Apfel. Damit aber ist Ilse sogleich analog zu setzen mit Aphrodite als einer Repräsentantin der Liebe, die auch eine explizit sinnliche Dimension jenseits des bürgerlichen Eheverständnisses einschließt (in dem antiken Vorbild stünde für die Ehe schließlich Hera, für die Keuschheit und Enthaltsamkeit Athene).

Die Entscheidung für Ilse, die sinnliche Liebe, am Ende der »Harzreise« führt in zwei Richtungen: Zum einen verweist die Stelle analeptisch zurück zu dem Gedicht auf die Ilse im Ilsetal und zum anderen leitet sie weiter hinein in den Maimorgen in Hamburg und zum offenen Ende des Textes hin. Frappierend dabei ist, dass an beiden Stellen auf den Bezug zur Ilse ein Nachdenken über das Verhältnis von Körper und Geist mit besonderer Bezugnahme auf Geschlecht und Begehren folgt. Im ersten Fall ist es ein resigniertes Konstatieren der Zustände, eine Art Diagnose. Im zweiten Fall jedoch entwirft Heine eine Transgression und poetische Lösung. Beide Stellen sollen daher nun genauer auf ihre vielschichtige kulturelle Aufladung des Wassermotivs hin untersucht werden.

An das Ilse-Gedicht, einen volksliedhaften Gesang der sagenhaften Prinzessin Ilse, die ein lyrisches Du umschlingen und herzen will (in der Gleichgültigkeit der Ilse und auch in diesen Verlockungen scheint etwas von der fatalen Anziehungskraft der Loreley auf), schließt die folgende Reflexion an:

> Unendlich selig ist das Gefühl, wenn die Erscheinungswelt mit unserer Gemüthswelt zusammenrinnt, und grüne Bäume, Gedanken, Vogelgesang, Wehmuth, Himmelsbläue, Erinnerung und Kräuterduft sich in süßen Arabesken verschlingen. Die Frauen kennen am besten dieses Gefühl, und darum mag auch ein so holdselig ungläubiges Lächeln um ihre Lippen schweben, wenn wir mit Schulstolz unsere logischen Thaten rühmen, wie wir alles so hübsch eingetheilt in objektiv und subjektiv, wie wir unsere Köpfe apothekenartig mit tausend Schubladen versehen, wo in der einen Vernunft, in der andern Verstand, in der dritten Witz, in der vierten schlechter Witz, und in der fünften gar nichts, nämlich die Idee, enthalten ist. (DHA VI, 133)

Die Ilse im Ilsetal

Hier erfolgt also zunächst (eingebunden in eine Parodie der bei Heines Zeitgenossen in Wissenschaft und Philosophie vorherrschenden Neigung zur ausufernden Kategorisierung und Klassifizierung) eine klare Reproduktion und Affirmation von Geschlechterrollen im Text: Der Erzähler charakterisiert sich selbst und tendenziell auch den möglichen Rezipienten ganz selbstverständlich als Mann (»wir mit Schulstolz«) und damit auch als einteilend und kategorisierend, wesentlich orientiert an der Vernunft, insbesondere der instrumentellen. Zugleich wird das männliche Subjekt beschrieben als gewissermaßen beschnitten in der Fähigkeit, sinnlich wahrzunehmen und zu fühlen, da es ganz und gar durchdrungen wird von eben jener Pedanterie und papierenen Dogmatik, der die »Harzreise« als Flucht vor dem akademischen Betrieb in Göttingen doch eigentlich entkommen wollte.

An der zweiten Stelle, ganz am Ende der Reise, folgt auf die Entscheidung für Ilse ein Panorama der Stadt Hamburg an einem Maimorgen, das regelrecht sozialutopisch anmutet und das fließend übergeht in ein wunschhaftes Bekenntnis zur eigenen Sinnlichkeit und Körperlichkeit. Die Stelle lässt sich in drei Segmente gliedern:

Zunächst wird der Jungfernstieg zu einem momenthaft versöhnten Ort. Der Frühling, der sich »wie ein Meer des Lebens« (DHA VI, 136) über die Erde ergießt, fungiert dabei als Sinnbild für den Anbruch einer neuen, besseren Zeit, in der selbst die Bettler, Makler und Waisenkinder froh sind.

Im zweiten Teil wendet sich der Erzähler dann an Ilse oder, wie es hier heißt: »[...] soll ich dich ›Agnes‹ nennen, weil dir dieser Name am besten gefällt?« (ebd., 136 f.). Der Name oder selbst das Individuum, das ihn trägt, wird hier markiert als beliebig gleitender Signifikant, der alles sein kann, was eine Differenz zum Erzähler schafft. Dieser berichtet nun von seinem Herz, das metaphorisch als Blume beschrieben wird, jedoch als eine besondere, seltsame und exotische Blume, kein »Blümchen, das mit artiger Lieblichkeit den Mädchensinn erfreut« (ebd., 137). Stattdessen vergleicht der Erzähler sein Herz mit einer Aloe, geschützt von scharfzackigen Blättern, nur selten geöffnet. Wenn es aber dazu kommt, dass sie sich öffnet, dann geschieht dies mit einem Knall wie von einem Pistolenschuss, vor dem sich ein angesprochenes Mädchen nicht erschrecken soll.

Schließlich folgt auf die Bekenntnisse und Schilderungen gewissermaßen die Einlösung des Versprechens der Öffnung, der Blick in das »blühende Herz« (ebd.), wenn es heißt:

> Es ist noch früh am Tage, die Sonne hat kaum die Hälfte ihres Weges zurückgelegt, und mein Herz duftet schon so stark, daß es mir betäubend zu Kopfe steigt, daß ich nicht mehr weiß, wo die Ironie aufhört und der Himmel anfängt, daß ich die Luft mit meinen Seufzern bevölkere, und daß ich selbst wieder zerrinnen möchte in süße Atome, in die unerschaffene Gottheit [...]. (ebd., 138)

Die ironische Brechung folgt auf dem Fuß, aber dennoch wird hier in der Manier der zuvor angekündigten »ewigen Dithyramben« (ebd., 137) zunächst einmal gefeiert, dass das duftende Herz als Synekdoche für den Körper und zugleich Symbol für das Gefühl, den Verstand überwältigt hat. Waren es zuvor noch die Wasserfrauen, die seufzten, flossen und sich hingaben, so will es nun der Erzähler selbst tun. Das zuvor männlich konnotierte, apothekenartige Schubladendenken wird überwunden, oder vielmehr zeigt sich die »Harzreise« in diesem Moment selbst als ein Aufreißen der Schubladen, als ein Ziehen aller Register zugleich und damit als eine poetische Transgression der Dichotomie von Verstand und Körper, aber eben auch von männlich und weiblich besetzter Schreib- und Seinsweise.

Denn wenn Heine seinen Erzähler im Verlauf der »Reisebilder« auch immer wieder auf eine dezidiert männliche Schaffenspersönlichkeit pochen lässt (besonders deutlich wird das in den homophoben und misogynen Ausfällen gegen August von Platen in »Die Bäder von Lucca«), so wird hier doch anstatt der ordnenden Ratio, die zuvor als die männliche Position des Erzählers markiert wurde, eine gefühls- und sinnlichkeitsbetonte Union der »Erscheinungswelt mit unserer Gemüthswelt« (ebd., 133) anvisiert, die vormals den Frauen zugeordnet worden ist. Schließlich scheint sich eben diese spezielle Mischung aus sinnlicher Anschauung und Reflexion als poetisches Prinzip der »Harzreise« herauszustellen, wenn, wie hier, der mit seinen Parallelismen kaskadenartig überbordende Satz die Einteilung in erfahrendes Subjekt und erfahrene Materie unterwandert und eine Versöhnung mit der entfremdeten, äußeren Natur sowohl des Körpers als auch der Welt andeutet. Dass dies vor einem Tableau gesamtgesellschaftlicher Glückseligkeit mitten in Hamburg, dem Zentrum eines bürgerlich-industrialisierten Wirtschaftssystems geschehen darf, ist besonders prägnant und führt uns zurück zu den politisch-wirtschaftlichen Implikationen des Wassermotivs. Letztlich zeigt das Ende der »Harzreise«, wie das, was in dem Wasseridyll des Harzes nur als nostalgischer Traum von vor-industrieller Unmittelbarkeit und Naturhaftigkeit aufschien, und das, was auf Norderney mit seiner so schnell etablierten bürgerlichen Klassengesellschaft schon versäumt wurde, um bloß in ungestillten Wünschen weiterexistieren zu dürfen, nun literarisch realisiert wird: eine umfassende Sozialisierung des Körpers und des Begehrens nämlich.

In seiner Studie zur Wasserpolitik hat David Blackbourn gezeigt, wie die Kontrolle von Wasser im 19. Jahrhundert eine deutsche Obsession wurde. Das Begradigen von Flüssen, Trockenlegen von Sümpfen, Eindämmen von Seen und Meeren war für eine sich herausbildende bürgerliche Nation ein willkommenes Projekt der inneren Stabilisierung, das eine ähnliche Funktion erfüllte wie die kolonialen Bestrebungen anderer europäischer Länder zur gleichen Zeit. Blackbourn schreibt dazu: »The human domination of nature has a lot to tell us about the nature of human domination.«[7] Im praktischen wie symbolischen Umgang mit Wasser in der ersten Hälfte des 19. Jahrhunderts spiegelt sich eine Gesellschaft, die bemüht ist, einen Zuwachs an technischen Möglichkeiten und wissenschaftlichen Erkenntnissen zu übersetzen in eine größtmögliche Beherrschung innerer und äußerer Natur. In dem Komplex Industrialisierung – Liberalisierung – Bürgerlichkeit wird Wasser dabei auf unterschiedlichen Ebenen zu einem Objekt und Sinnbild von Machteinwirkung: als Element, das mit dem Körper verbunden wird, besonders mit dem als weiblich konstruierten, als Symbol für Trieb, Natur und Gefühl schlechthin, aber auch als Mittel traditioneller Energiegewinnung und damit als Synekdoche für eine überkommene Wirtschaftsform, die teilweise zur idealisierten Vergangenheit verklärt wird, sowie als zu regulierender und einzudämmender Umweltfaktor. In der »Harzreise« reflektiert Heine all dies und unternimmt schließlich doch den Versuch, in eine andere Richtung zu schreiben, indem er Wasser zu einem Bedeutungsträger macht, der die Möglichkeit einer nicht rekonstruierten, sondern überhaupt erst zu schaffenden Versöhnung von Bewusstsein und Materie aufruft. In diesem Zusammenhang wird Wasser zu einem poetischen Prinzip, das nicht nur die Grenzen des bürgerlichen Individuums verflüssigt, sondern ebenso – wenn auch nur momenthaft – die klassische Konzeption einer männlich konnotierten, aktiv schaffenden und bewusst gestaltenden Autorinstanz unterspült und stattdessen eine Fantasie von Auflösung und Hingabe an die materielle Welt und an die Sprache zulässt.

Anmerkungen

1 Jürgen Kocka: Traditionsbildung und Klassenbildung. Zum sozialhistorischen Ort der frühen deutschen Arbeiterbewegung. – In: Historische Zeitschrift 243 (1986), S. 333–376, hier S. 349.

2 Ute Frevert: Einleitung. – In: Bürgerinnen und Bürger. Geschlechterverhältnisse im 19. Jahrhundert. Zwölf Beiträge. Mit einem Vorwort von Jürgen Kocka. Hrsg. v. Ute Frevert. Göttingen 1988, S. 11–16, hier S. 11.

3 Vgl. Manuel Frey: Der reinliche Bürger. Entstehung und Verbreitung bürgerlicher Tugenden in Deutschland, 1780–1860. Göttingen 1997.

4 Vgl. Isabel V. Hull: »Sexualität« und bürgerliche Gesellschaft. – In: Bürgerinnen und Bürger. Geschlechterverhältnisse im 19. Jahrhundert. Zwölf Beiträge. Mit einem Vorwort von Jürgen Kocka. Hrsg. v. Ute Frevert. Göttingen 1988, S. 49–66.

5 Vgl. Henriette Herwig: Sirenen und Wasserfrauen: Kulturhistorische, geschlechterdiskursive und mediale Dimensionen eines literarischen Motivs. – In: HJb 47 (2008), S. 118–140.

6 Zum Zusammenhang von Erzählweise und Wassermotivik in der »Harzreise« vgl. auch Olaf Briese: Gegen den Strom. Heines Meere, Flüsse und Bäche. – In: »was die Zeit fühlt und denkt und bedarf«. Die Welt des 19. Jahrhunderts im Werk Heinrich Heines. Hrsg. v. Bernd Kortländer. Bielefeld 2014, S. 235–267, hier S. 250 ff.

7 David Blackbourn: The Conquest of Nature. Water, Landscape and the Making of Modern Germany. London 2006, S. 6.

Badereisen als Fieber-Cur – mit Heinrich Heine unterwegs durch Tollhäuser und Gefängnisse

Von Karl Clausberg, Hamburg

Heines »Reisebilder« und insbesondere »Die Bäder von Lucca« überraschten mit burlesken Übertreibungen und seltsamen Abschweifungen. Sie mündeten schließlich sogar in die erbarmungslos-gründliche Abrechnung mit einem Intimfeind aus dem Münchener Milieu, wo sich Heine vergeblich um eine bürgerliche Universitätskarriere bemüht hatte. Was aber hatte das mit den Bädern von Lucca zu tun? – Kurbäder waren offenbar im öffentlichen Bewusstsein bereits als international-aufrührerische Exklaven jenseits der etablierten Gewohnheiten und sozialen Ordnungen so angesehen, dass es nahelag, sie auch als literarische Orte der Auseinandersetzung zu benutzen. Heine hat die Besichtigung solcher exterritorialen Liegenschaften, offenbar inspiriert durch einschlägige Bildmuster aus Kunst, Literatur und Seelenmedizin, zur irrwitzigen Karussellfahrt in einer ›verkehrten Welt‹ umgedeutet. Die Folgen der sogenannten Platen-Affäre haben ihn dann ins Pariser Exil getrieben. – Ist diese Flucht eine verstetigte und verwandelte Form des ›politisierten‹ Badereisens, das heißt sein Lebens- & Literaturprinzip gewesen?

Wahnsinn

»Wie gehts, Wahnsinnigster der Sterblichen!« (DHA VII, 85) Mit diesen Worten ließ Heinrich Heine seinen Ich-Erzähler zu Beginn der »Reisebilder« aus den Bädern von Lucca, die 1830 erschienen[1], von dessen englischer Verflossener, Mylady Mathilde, begrüßen. Sie würde nirgends auf dieser weiten Welt einen verrückteren Menschen finden, so die Überraschte. Narren und Dummköpfe gebe es genug, und man erzeige ihnen oft die Ehre, sie für verrückt zu halten; aber die wahre Verrücktheit sei so selten wie die wahre Weisheit, sie sei vielleicht gar nichts anderes als Weisheit, die sich geärgert habe, dass sie alles wisse, alle Schändlichkeiten dieser Welt, und deshalb den weisen Entschluss fasste, verrückt zu werden.

Warum sie ihm nicht geschrieben habe? – Sie hätte ihm einen langen Brief geschrieben, abzugeben in Neu-Bedlam. Da er aber, gegen alle Vermutung, nicht dort gewesen sei, so habe man den Brief nach St. Luke und an weitere Anstalten geschickt. So hätte der Brief die Runde gemacht durch alle Tollhäuser Englands, Schottlands und Irlands, bis man ihn schließlich zu ihr zurückgesandt habe mit der Bemerkung, dass der adressierte Gentleman noch nicht eingefangen wäre. Wie er es denn angefangen habe, dass er noch immer auf freien Füßen sei, kam die Nachfrage.

Überall, wo er hingekommen sei, habe er sich um die Tollhäuser herumzuschleichen gewusst, so die vorgebliche Antwort Heines; er denke, das werde ihm auch in Italien gelingen. »O, Freund, hier sind Sie ganz sicher« (DHA VII, 85), lautete Myladys Bestätigung, denn erstens sei gar kein Tollhaus in der Nähe, und zweitens

Ansicht des Warmbades von Lucca aus Zuccagni-Orlandini: Italien-Atlas (1845)

hätten »wir« – die Badegäste, unter denen sie, Mathilde, wahrlich noch die Vernünftigste sei – hier die Oberhand. – Wahre Verrückte als Badegäste in Freiheit und ein erfundener Briefumlauf, der mindestens für England die wichtigsten Tollhaus-Adressen festhielt, so war die Topographie des gesellschaftlichen Wahnsinns in Heines skandalauslösenden »Reisebildern« umrissen.

Wer nun erwartete, dass inmitten all dieser erdichteten Ereignisse und Personenbeziehungen die im Titel so präsente Örtlichkeit der realen Bäder von Lucca, die Heine im September 1828 zur Kur aufgesucht hatte, und vor allem der Badebetrieb näher zur Sprache kommen würden, fand sich weitgehend getäuscht. Zwar war zu Beginn des 3. Kapitels eine kurze Charakterisierung der Baulichkeiten gegeben: Sie seien weit verteilt, entweder unten im Dorf oder in den Bergen selbst, unfern der Hauptquelle, wo eine pittoreske Häusergruppe in das reizende Tal hinabblicke; einige lägen aber auch zerstreut an den Berghängen.

Er habe nie ein reizenderes Tal gesehen, besonders wenn man von der Terrasse des oberen Bades herabschaue. Der Hauptzauber dieses Tals liege gewiss in dem Umstand, dass es nicht zu groß und nicht zu klein sei, dass folglich die Beschauerseele nicht gewaltsam erweitert werde, sondern sich ebenmäßig mit dem herrlichen Anblick fülle (DHA VII, 90). Selbst die Häupter der Berge ringsum seien nicht gotisch missgestaltet wie die Menschenkarikaturen in germanischen Ländern. Doch im 9. Kapitel schien Heines Entzücken schon wieder verflogen: Es gebe nichts Langweiligeres auf dieser Erde als die Lektüre einer italienischen Reisebeschreibung – außer etwa das Schreiben derselben – und nur dadurch könne der Verfasser sie einigermaßen erträglich machen, daß er von Italien selbst so wenig als möglich darin rede. (DHA VII, 113) – War das also auch der Grund fürs Ausblenden aller möglichen balneologischen Besonderheiten?

Lucca-Bäder. Lithographien aus D. L. Moscheni: De' Bagni di Lucca (1792)

In der Tat ließ Heine sogar die einzige von ihm genannte mineralquellen-affine Ingredienz, das Glaubersalz, von weither kommen: Die dicke Gudel vom Hamburger Dreckwall habe es Herrn Hirsch, seines Zeichens früherer Lotteriekollektor, Hühneraugenschneider, Juwelenexperte und nunmehr Diener des Bankiers Gumpel, als Pulvermischung zur Linderung von »Gemüthsbeschwerden« (DHA VII, 120) überlassen und sei unbedingt zu empfehlen. – Auch diese burleske Episode, die anschließend in der versehentlichen Einnahme und Verhinderung einer Liebesnacht gipfelte, war gesättigt mit auswärtigen Rückbezügen.

Kammerspiele

Abgesehen vom zitierten nachträglichen Kurzausflug in italienische Landschafts-Veduten hat Heine die »Bäder von Lucca« als Folge von Interieur-Stücken angelegt, die sich genauso gut in Hamburg hätten abspielen können.[2] Die Schilderung ließ er mit dem Satz beginnen: »Als ich zu Mathilden ins Zimmer trat« (DHA VII, 85), und so ging es weiter. Plötzlich aufgerissene Türen dienten mehrfach zum Vorantreiben der bizarren Begebenheiten: Durch eine weit geöffnete Tür watschelte zu seinem höchsten Erstaunen sein alter Freund, der Bankier Gumpel, »mit seinem wohlhabenden Lächeln und gottgefälligem Bauche« (DHA VII, 88) herein. Danach, an der Tür zu Signora Lätizias und Franscheskas Wohnung, einem kleinen weißen Gebäude mit anthropomorphen Rundfensteraugen unter grünen Weinrankenlocken, waren Triller, Gitarrentöne und Gelächter zu hören. Im Inneren ward dann »plötzlich die Thüre des Nebenzimmers aufgerissen, und herein sprang ein Wesen –« nämlich des Erzählers neu hinzugedachte Angebetete, Franscheska, der nun eine hymnisch-übertriebene Verherrlichung mit anschließender Rückblende folgte. »Ach, ich sehe sie wieder [nochmals, vorm geistigen Auge], wie sie, aus der aufgestoßenen Thüre bis zur Mitte des Zimmers hervorspringt, in demselben Momente sich unzählige Mahl auf einem Fuße herumdreht, sich dann der Länge nach auf das Sopha hinwirft [...]« (DHA VII, 102). Später war durch die halbgeöffnete Tür eines Schlafkabinetts zu sehen, wie der konvertierte Herr Bankier und nunmehr Markese di Gumpelino vor einer Madonna und einem großen Kruzifixe auf den Knien lag. Und Anderes mehr. – Eine Folge von häuslichen Innenansichten und Erinnerungsdurchgängen also, die sich bestens mit der gut überblickbaren Landschaft und den verstreuten kleinen Bauten der damaligen Bagni di Lucca vertrugen, im Grunde aber ortlose Szenen einer Phantasie- & Gedächtnisbühne vorführten. Dass Heine tatsächlich eine Art Kulissenwelt im Sinn hatte, geht aus seiner Bemerkung hervor, dass er dem Leser eine »Tapete« (DHA VII, 126) zeige.

Ähnlich abblätternden Tapeten ließ Heine auch alternde Haut und dazugehörige Personen durchsichtig werden, gleich im ersten Kapitel: Wie von dunklem Schmerzgefühl durchschauert sei Mathilde sinnend stehengeblieben, streifte langsam ihren weißen Handschuh von der Hand, reichte sie ihm, und seine Gedanken pfeilschnell ertappend, sprach sie: »Nicht wahr, diese Hand ist nicht mehr so schön, wie in Ramsgate? Mathilde hat unterdessen viel gelitten!« Entsprechendes sollte auch an der Stimme bemerkbar sein, so Heine. Man könne es den Glocken selten ansehen, wo sie einen Riss hätten, und nur an ihrem Ton bemerke man ihn. Beim Klang ihrer Worte aber wüsste man gleich, dass »Myladys Herz [...] eine Glocke vom besten Metall« sei, aber »ein verborgener Riß dämpft wunderbar ihre heitersten Töne und umschleiert sie gleichsam mit heimlicher Trauer. Doch ich liebe solche Glocken, sie finden immer ein gutes Echo in meiner eignen Brust [...].« (DHA VII, 86) – Andere Phantasiegestalten fanden weniger Nachsicht; so Signora Lätizia, die »funfzigjährige junge Rose« (DHA VII, 96), die Heine wegen einer Afterfistel bäuchlings im Bett liegend anzutreffen vorgab, trillernd und mit ihren beiden Galans schwatzend.

»Die treue Ausdauer dieser beiden Anbeter einer längst ruinirten Schönheit« – so Heines gnadenloses Urteil – möge »vielleicht Gewohnheit seyn oder Pietas gegen frühere Gefühle, vielleicht nur das Gefühl selbst, das sich von der jetzigen Beschaffenheit seines ehemaligen Gegenstandes ganz unabhängig gemacht hat, und diesen nur noch mit den Augen der Erinnerung betrachtet«. Es folgte ein provokanter Vergleich: »So sehen wir oft alte Leute [...] vor einem Madonnenbilde knien, das so verblaßt und verwittert ist, daß nur noch wenige Spuren und Gesichtsumrisse davon übriggeblieben sind, ja, daß man dort vielleicht nichts mehr sieht als die Nische, worin es gemalt stand [...].« Aber alte Leute merkten nicht das Erlöschen des geliebten Heiligenbildes, so Heine; und am Ende mache »das Alter ja doch so schwachsichtig und blind«, dass es ganz gleichgültig sei, »ob der Gegenstand der Anbetung überhaupt noch sichtbar ist« oder nicht. »Die da glauben, ohne zu sehen«, seien »auf jeden Fall glücklicher als die Scharfäugigen, die jede hervorblühende Runzel auf dem Antlitz ihrer Madonnen gleich bemerken.« (DHA VII, 99) Nichts sei schrecklicher als solche Bemerkungen!

Selbstbewusstsein in der Veränderung sowie Selbstvergessenheit, von Heine so scharfsichtig den weiblichen Galionsfiguren der »Bäder von Lucca« angehängt, fand

Treppenwitz: Stufenleiter Napoleons. Kolorierter Stich, ca. 1814

sich bereits in gestuften Lebenslauf-Bildern veranschaulicht.[3] Das wohl bekannteste zeigte Bonapartes Aufstieg und Fall und ließ ihn schließlich auf der Insel Elba oder in der Hölle über seine Karriere raisonieren.

Die Innenansicht solcher Wandlungen war noch während des Höhenfluges des Korsen zum expliziten Thema seelenärztlicher Betrachtungen geworden: »Wir schauen die Veränderungen in uns als neben uns an, knüpfen die Reihe derselben an unser Ich, als an ein beharrliches Etwas an, das denselben zugesehen, sie aber nicht erlitten hat, und bewirken dadurch eine Continuität in der Rückerinnerung unserer Existenz«, hatte 1803 der Nestor der deutschen Psychiatrie Johann Christian Reil (1759–1813) über die Vorgänge subjektiver Ich-Ausfaltung geschrieben. Doch diese Funktion des Selbstbewusstseins könne von der Norm abweichen: »Das nemliche Ich kann besondere Epochen seines moralischen Daseyns, als verschiedenen Personen angehörig, von sich trennen und dadurch die Einheit in dem Bewusstseyn seiner Existenz vervielfältigen.«[4]

Auf dem Weg zu solchen Befunden hat Reil auch regelrechte Landschaftsbeschreibungen des Vorstellungsvermögens gegeben: Der Mensch wickle im Selbstbewusstsein den unermesslichen Faden der Zeit in einem Knäuel zusammen, reproduziere abgestorbene Jahrhunderte und fasst die ins Unendliche ausgestreckten Glieder des Raums, Bergketten, Flüsse, Wälder und die am Firmament hingestreuten Sterne in das Miniaturgemälde einer Vorstellung. Er fühle sich gleichsam selbst in jeder Vorstellung, beziehe, was vorgestellt werde, als dessen Schöpfer auf sich, und behaupte dadurch ein Eigentumsrecht über die Welt außer ihm, soweit sie vorstellbar ist. In dem Vorgestellten unterscheide er blitzschnell Subjekt und Objekt und fasst beides ebenso schnell, als Veränderungen in sich, wieder in einem Punkt zusammen.[5] – Ließen sich nicht solche Raffungen der ›mental imagery‹ und ›Persönlichkeitsspaltung‹ – um Schlüsselworte späterer Psychologie anzubringen – auch aus Heines vielschichtigen »Bädern von Lucca« herauslesen?

»Im Irrenhaus«. Stahlstich von William Hogarth (1735)

Es kam noch mehr hinzu: Reil hatte 1803 mit seinen »Rhapsodieen« das damals heiß diskutierte Problem der »Geisteszerrüttungen«, nämlich die mögliche Behandlung und Heilung von Geisteskrankheiten, in wörtlichen Zusammenhang mit »psychischen Curmethoden« gebracht. Ein Jahr zuvor war er bereits Übergängen von Gesundheit zu fiebrigen Abweichungen nachgegangen.[6] Im Gegensatz zum heutigen Sprachgebrauch, der Kuren von voraufgehender medizinischer Konsultation eher abtrennt, wurden »Curen« zu Reils Zeiten noch als direkte ärztliche Behandlung (im Sinn von curare = versorgen, heilen) verstanden. Reil zufolge gehörten Fieber zu den vorübergehend verwirrungauslösenden Erkrankungen, letztere waren also nicht von vornherein als unheilbar anzusehen. Damit hat er sich, dem Beispiel des Pariser Salpêtrière-Arztes Philippe Pinel[7] (1745–1826) folgend, gegen die damalige Praxis des permanenten Wegsperrens von Irren gewandt.

Gleichwohl blieben Bilder der Irrenhäuser mit ihren kruden Behandlungsmethoden noch lange präsent. Bekanntestes Beispiel war William Hogarths Darstellung des Londoner Bethlem Royal Hospital, dessen Name bald zum englischen Inbegriff für Durcheinander, nämlich »Bedlam« verballhornt wurde. In der Serie »A Rake's Progress« hat Hogarth 1735 seinen kahlgeschorenen Wüstling inmitten anderer Leidensgenossen abgebildet.

Im Hintergrund ließ er ein vornehmes Damenpaar sich am Anblick der Irren ergötzen. Zusätzlich zur Hauptszene boten zwei offene Zellen besondere Extreme der Verrücktheit: religiöse Inbrunst und gekrönte Megalomanie, während davor Maler, Astronomen, Päpste, Komponisten und Philosophen posierten – gemäß der Maxime, die Jonathan Swift (1667–1745) nach einem Bedlam-Besuch 1704 in seinem ersten satirischen Werk »A Tale of a Tub« ausgegeben hatte: Erfolgreiche Feldherren und Erneuerer der Philosophie und Religion hätte man für »crazed, or out of their wits« gehalten, was doch nur durch vorübergehende »disturbance or transposition of the brain by force of certain vapours issuing up from the lower faculties«[!] verursacht gewesen sei. Daher sein Vorschlag, auch ebenso begabte Irrenhausinsassen zum Nutzen der Allgemeinheit einzusetzen.[8]

Außenseiter

Mit der Übersicht des Bedlam-Bilderkreises, der durch weitere Narretei-Literatur zu unterfüttern wäre, vertieft sich die Lektüre-Anmutung der »Bäder von Lucca« zum Vexierbild mit Swift-Anklängen: Heines Selbstbegrüßung als »Wahnsinnigster der Sterblichen« (DHA VII, 85), der noch nicht eingefangen wurde, machte den idyllischen Kurort einerseits von vornherein als nach außen gestülptes, irgendwie ›befreites‹ Irrenhaus kenntlich; andererseits konnte man sich ständig mit der Frage konfrontiert sehen, wie weit denn die beanspruchte Freiheit des Autors in der von ihm gewählten Örtlichkeit reichte. Die lockere Verteilung der Gebäude über die Landschaft lässt sich nämlich in der gebotenen Umsicht auch mit Jeremy Benthams »Panoptikon«-Schema aus den 1790er Jahren hinterlegen, das heißt als Rundblick innerhalb einer Rotunde charakterisieren, in der zentrale Beobachter alle Aufenthaltsräume (Gefängniszellen) im Umkreis einsehen können.

Die Interieurszenenfolge in Heines »Bädern von Lucca« mit dem auffälligen Türaufreißen unterstützt solche Sichtweise. Dementsprechend kann man die Rollen von Erzähler, Leser und fiktivem Personal als topologisch abweichend, nämlich räumlich jeweils anders verflochtenes Verhalten beschreiben: Während der Leser – den Heine ja wiederholt angesprochen hat – sich sozusagen als neu eingestellter Aufseher mit den Vorgängen ringsum erst vertraut machen muss, ist der Erzähler als Mittelsmann in laufenden Reportageeinsätzen zwischen der Zentrale und seiner Erzählung unterwegs und obendrein an den von ihm berichteten Personenschicksalen beteiligt. Reils »Rhapsodieen über die Anwendung der psychischen Curmethode auf Geisteszerrüttungen« und stufenbildliche Ausfaltungen wie die des Napoleon-Lebens lieferten dazu die Passepartouts seelischer Innenansichten.

Fazit: Heine hat mit seinen Lucca-Guckkastenbildern ein irritierendes Modell des Außer-sich-seins entworfen und dabei dem landläufigen Vorstellungskomplex von Kurbädern und Badegästen bizarre und paradoxe Züge hinzugefügt. Zieht man besonders die panoptische Anlage des Schauplatzes und seiner Schilderung in Betracht, so treten die Merkmale einer regelrecht verkehrten Welt hervor: Drinnen und Draußen scheinen austauschbar geworden; die wahren Wahnsinnigen, zu denen Heine auch seine Erzählerfigur zählte, konnten sich frei bewegen, waren aber selten im Freien. – Hatte sich ihre Umwelt in eine geschlossene Anstalt verwandelt?

Tollhäuser hätten ihre Usurpateurs, Tyrannen, Sklaven, Frevler und wehrlose Dulder, Toren, die ohne Grund lachen, und solche, die sich ohne Grund selbst quälten, hatte Reil geschrieben; aber die Narren in Biçetre und Bedlam seien unschädlicher als die draußen in der großen Narren-Welt.[9] Es waren solche in län-

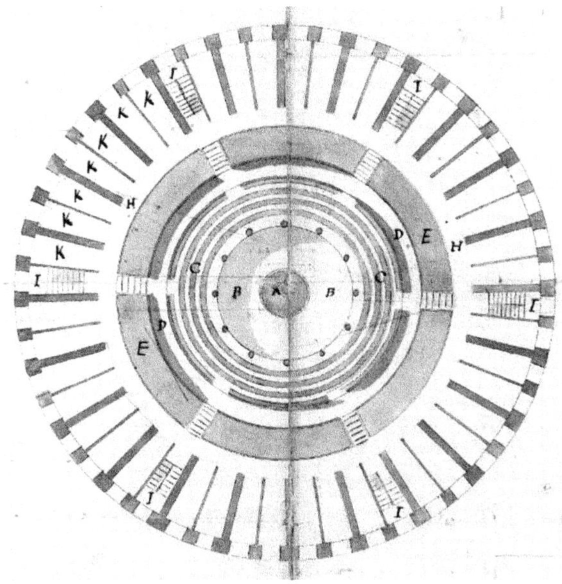

Wahrscheinlich eigenhändige Zeichnung von Jeremy Benthams Panopticon-Entwurf; UC 119, f. 120. Courtesy University College London Special Collections

gerer Überlieferung bildhaft angereicherten Befunde, die Heine aufgriff, um seine exterritoriale Bad-Inspektion mit der unerhörten Bloßstellung des homosexuellen Grafen von Platen abzuschließen. Der hatte ihn als »Synagogenstolz« bezeichnet, ihm »Knoblauchsgeruch« angedichtet und seinesgleichen provokant ins Bedlam eingeladen: »Lieber, komm! Ich führe jetzt,/ Um Muße dir zu schaffen, dich an jenen Ort,/ Den Britten Bedlam heißen, Deutsche Narrenhaus.«[10] – Mit seiner merkwürdig raumumstülpenden Entgegnung hat Heine auch der neuzeitlichen Badekultur einen neuen Bedeutungshorizont gegeben.

Zeitfadenknäuel

Als Reil 1803 in seinen »Rhapsodieen« über »Curmethoden« wie zitiert von knäuelartigen Zusammenziehungen der Zeit in der menschlichen Vorstellung schrieb, wählte er einen Bildvergleich, der im Begriff war, sich zur grundlegenden Richtschnur mathematischer Überlegungen zu entwickeln. Gewebe, Flechtwerke und Knoten hatten schon immer die praktische Phantasie beschäftigt. Mit dem Aufkommen nicht-euklidischer Geometrien begannen auch die besonderen Windungen und Wendungen von natürlichen Ranken und künstlichen Schnüren größere theoretische Probleme zu machen. Die beiden Entdecker des sogenannten Möbius-Bandes, das nur eine Seite besitzt[11], August Ferdinand Möbius (1790–1868) und Johann Benedict Listing (1808–1882)[12], der auch den Begriff Topologie prägte, haben die Erforschung solcher seltsamen Welten auf breiter Front vorangetrieben.[13]

Bereits ihr Lehrer Carl Friedrich Gauss (1777–1855), der viele seiner Einsichten unpubliziert ließ, kannte vermutlich die Eigenarten solcher Gebilde und dürfte entsprechende Denkanstöße weitergegeben haben.[14] – Doch auch schon in der reinen

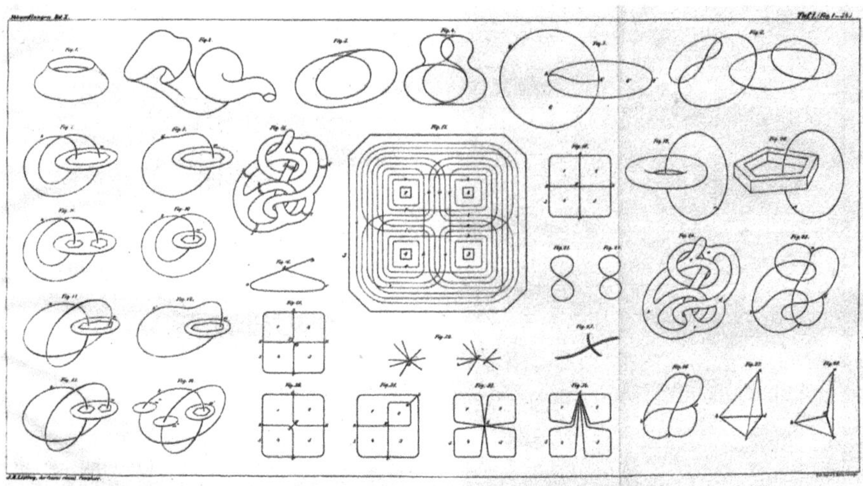

Knoten, Schleifen und Möbius-Band (Fig. 3) aus Listings »Census« (1862)

Philosophie waren die Rätsel räumlicher Anordnungen, Drehungen und Umkehrungen aufgetaucht.

»Was kann wohl meiner Hand oder meinem Ohr ähnlicher, und in allen Stücken gleicher sein, als ihr Bild im Spiegel?«, hatte sich Kant 1783 in seinen »Prolegomena zu einer jeden künftigen Metaphysik« gefragt. Und dennoch könne eine im Spiegel gesehene Hand nicht an die Stelle ihres Urbildes gesetzt werden; sie [Urbild und Spiegelung] könnten nicht kongruieren, hatte er geschrieben und hinzugefügt: »[...] der Handschuh der einen Hand kann nicht auf der andern gebraucht werden.«[15] – Wäre es nicht naheliegend gewesen, auch das ganz banale Umwenden von (hinreichend dünnen) Handschuhen in Betracht zu ziehen? Doch eine derart prosaische Prozedur, die dann zu den theoretischen Aufgaben einer kommenden analytischen Geometrie zählte, hat wohl noch nicht zu Kants grundlegenden Gedankenoperationen gehört. Schon gar nicht die simultane Mehrfachwendung durch höhere Räume, die noch weitergehende Transformationen in Aussicht stellte. Entsprechende, später häufig zitierte Überlegungen hat Möbius 1827 angedeutet: »Zur Coincidenz zweier sich gleichen und ähnlichen Systeme von drei Dimensionen [...] würde also, der Analogie nach zu schliessen, erforderlich seyn, dass man das eine System in einem Raume von vier Dimensionen eine halbe Umdrehung machen lassen könnte.«[16] – Fazit: Das Dimensionen-Empyrion komplexer algebraisch-geometrischer Zusammenhänge (und des neueren Geisterglaubens) begann sich just zu der Zeit abzuzeichnen, als Heine seine »Reisebilder« entwarf.

So bietet sich in diesem Gedankengang die Frage an, ob in den »Bädern von Lucca« auch strukturelle Verwandtschaften zu den seinerzeit schemenhaft auftauchenden Gesamt- und Teilentwürfen geometrischer Hyperwelten zu finden sind. Mylady Mathildes abgestreifter und vielleicht dabei halbwegs umgestülpter Handschuh, der den blickweitenden Verfall ihrer darunterliegenden Haut entblößte, scheint, so gesehen, einen ersten Fingerzeig zu geben. Andere, ›unsichtbare Hände‹ der Finanz-, Geschäfts- und Bildungswelt hat Heine durch namentliche Indiskretionen oder entlarvende Anspielungen kenntlich gemacht, bevor er zur überaus gründlichen Kritik am Handwerk der Platen-Dichtung ausholte. Alles wirkt zudem mit seinem provokanten Verfahren der plötzlichen emotionalen Farbrelief- und Raumumkehrungen wie in flackerndes Projektionslicht getaucht. Oder man kann sich einbilden, in ein frühes Stereoskop mit unvollständigen oder überzeichneten Doppelbildern zu blicken. Zusammengenommen verfestigt sich der Eindruck, zeitweiser Zuschauer einer ›auf höherer Ebene‹ in exotischen Geometrien und verkehrten Welten spielenden Burleske zu sein. Neben Handschuhen scheinen erahnte Möbius-Bänder und andere pathographische Knäuel in Sichtweite gelegen zu haben.

Aus den Lucca-»Reisebildern« und anhand ihrer szenischen Dramaturgie ergeben sich bezeichnende Durchblicke in die Geschäftskultur der Heine-Zeit: Kurbäder haben stets auch als verwinkelte Realkulissen für die Tätigkeit jener »invisible hands« gedient, die dem Sprachgebrauch des schottischen Ökonomen Adam Smith (1723–1790) folgend zum Wohl der Nationen am Werk sein sollten. Solche Handarbeit gab es in vielerlei Hinsicht: Handhabung gesellschaftlicher und geschäftlicher Interessen, nämlich das Knüpfen und Einsetzen von Beziehungen, Einfädeln von Intrigen oder Austragen von Konflikten gehörte auch bei Kuraufenthalten zu den wiederkehrenden Obliegenheiten, die in der Regel ebenso unauffällig verrichtet wurden wie andere intimere Bedürfnisse. Kurbäder bildeten die Zielpunkte periodischer Ortswechsel, aber kehrten die Reisewege in sich zurück? – Materielle und emotionale Bestrebungen bewegten sich jedenfalls in denselben Netzwerken. Im Altertum benutzte man für deren handfeste Erträge die Bezeichnung Fiscus; gemeint waren ursprünglich manuell geflochtene Geldkörbe. Das Wortbild reizt: Hat Heine die Spuren solcher Geflechte literarisch so zu Papier gebracht, dass sie von Lesern wie Möbius-Bänder zusammengefügt werden können?

Übergänge

Ein Jahrhundert nach Heinrich Heines Besuch der Lucca-Bäder hatte der Erste Weltkrieg das Gesicht Europas verändert, doch die finanziellen Flechtwerke waren immer noch in den Kurorten aufzuspüren. 1927 notierte der mittlerweile legendäre Hamburger Bibliotheksgründer Aby Warburg im Tagebuch, sein Bruder Max habe ihn in Karlsbad zur energischsten Einsparung im Einzelnen ermahnt, die er [Max] mit Erfolg bei der M. M. Warburg-Bank durchführe.[17] Vor allem ihr Bruder Paul, der 1913 beharrlich die Gründung der US-Zentralbank FED betrieben hatte, stand dem vermögenverschlingenden Projekt der Kulturwissenschaftlichen Bibliothek Warburg kritisch gegenüber und musste immer wieder von der Unumgänglichkeit der hohen Ausgaben überzeugt werden. Der Etat wurde jährlich unter den fünf Brüdern neu verhandelt.[18] Dass solche Absprachen mitunter nicht in Hamburger Geschäftsräumen, sondern in einem böhmischen Kurbad stattfanden, wirft ein fortdauerndes Licht auf derart abgelegene Lokalitäten.

Kuraufenthalte gehörten offenbar auch bei den Warburgs zu den wiederkehrenden Stationen der Jahresabläufe; und dort wurden sowohl familiäre als auch weiter ausgreifende Probleme geregelt. Als Aby Warburg 1897 gegen den väterlichen Willen Mary Hertz heiratete, waren seine Eltern der Trauung ferngeblieben. Aber sie

Riesendampfer »Imperator«, Ansichtspostkarte, ca. 1913/14

trafen das junge Paar unmittelbar danach in Wiesbaden, wohin sie sich zu einem Kuraufenthalt begeben hatten.[19] Badereisen führten damals nicht nur an Meeresküsten, sondern immer noch ins Landesinnere. Der Hamburger Propagator maritimer Kreuzfahrten, HAPAG-Direktor Albert Ballin, Patenonkel von Max Warburgs Sohn Erich und enger Freund der Familie, pflegte nicht nur Dienstreisen auf eigenen Dampfern anzutreten, sondern seit 1907 in Bad Kissingen das Dappersche Sanatorium aufzusuchen, um seiner schwindenden Gesundheit aufzuhelfen.[20]

Ballin hat also sicher die um die Jahrhundertwende mit neuester Technik ausgerüsteten Badeanlagen berühmter Kurorte gekannt, als er die drei neuen HAPAG-Riesendampfer »Imperator«, »Vaterland« und »Bismarck« mit marmorbestückten Schwimmhallen ausstatten ließ.[21]

Es heißt, sie seien römischen Bädern nachempfunden. Aber wenn man konkrete Vorbilder sucht, so wird man hinsichtlich der Ausstattung und Größe sofort an Thermal- und Solbäder bedeutender Kurorte, etwa an die säulenumstandenen Schwimmbecken des Neubades in Marienbad, erinnert. Die ab den 1890er Jahren eingeführten Kreuzfahrten begannen also das stationäre Leitbild moderner Thermen in Bewegung zu setzen. Ballin hat die luxuriösen Ozeanriesen der Imperator-Klasse, pointiert gesagt, als ›schwimmende Kurorte‹ auf Reisen geschickt. Erwärmtes Meerwasser wurde wohl direkt in die mobilen Tempel gepumpt. Eintauchen im Ozean und kontinentale Kuratmosphäre verschwammen nun in neuartiger Einheit. – Ballins Neuerungssinn reichte noch weiter: Seine Reisebüros haben von 1910 an exklusiv die Fahrkarten für Zeppelin-Luftschiffe verkauft[22] – hat er am Ende an Luftbadereisen gedacht?

Schwimmbad auf der »Imperator«, Photographie, ca. 1914, Hapag-Lloyd AG, Hamburg

Marienbad, Neubad-Säulenhallen, erbaut 1893–1896 von Josef Schaffer

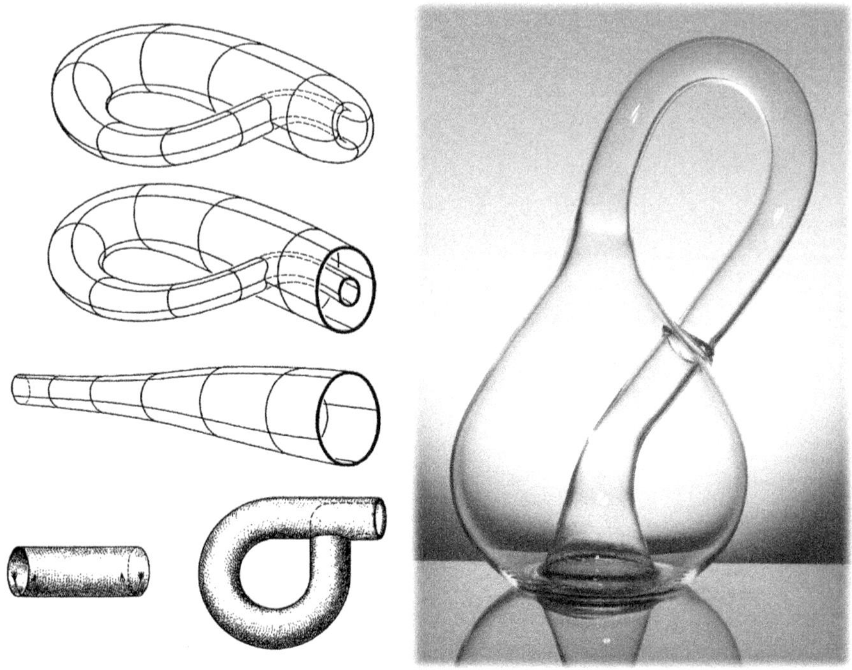

Werdegang einer Seelen-Chiffre: Vom verkehrten Gummischlauch zur ›Kleinschen Flasche‹

Ausflüsse

Mit Heines »Bädern von Lucca« und deren Raum-Komplikationen im Sinn lassen sich auch die nachfolgenden Kureinrichtungen bis hin zu Ballins nach innen gestülpten Ozean-Ablegern in den »Imperator«-Schwimmhallen – mit gehöriger Vorsicht – im Parallellauf zu weiteren Entwicklungen der nichteuklidischen Geometrie betrachten: 1882 hatte der Mathematiker Felix Klein (1849–1925) die abweichenden neuen Geometrien in projektiven Verfahren zusammengefasst und dabei auch Möbius-Bänder als Teilformen eines Gebildes behandelt, das dann als sogenannte ›Kleinsche Flasche‹ ein bemerkenswertes kulturelles Eigenleben entwickelte.[23] 1928 war die erste, fast sanitärtechnisch anmutende Abbildung – ein ›verkehrt‹ zusammengesteckter Gummischlauch – in Kleins Vorlesungs-Reprint aufgetaucht. Den scharfen Umbruch von scheinbarer Außen- zur Innenseite haben David Hilbert und Stephan Cohn-Vossen 1932 dann in ihrer vielfach nachgedruckten »Anschaulichen Geometrie« durch sanftere Rundung gemildert, und 1952 ist schließlich die halb missverstandene, halb sinndeutende englische Übersetzung von ›Fläche‹ als ›bottle‹ zum Anlass genommen worden, die ›Flasche‹ ordentlich aufzurichten.[24] In dieser Form hat sie jedenfalls auch ins bildhafte Deutungsgeschäft der Psychoanalyse Eingang gefunden.

Mitte der 1960er Jahre wählte der französische Freud-Ausleger Jacques Lacan (1901–1981) Möbius-Bänder und Kleinsche Flaschen zur Veranschaulichung von

Seelenstrukturen.[25] Jüngeren Textausgaben[26] zufolge hat er, bildlich genommen, die bauchige »bouteille« auch kopfstehend als aufgeblasenen Trichter sich selbst befüllen oder wie eine liegende Seegurke obszön posieren lassen. Welche Varianten dem topologiefixierten Analytiker ursprünglich vorgeschwebt haben, müsste eine engagiertere Lacan-Ikonologie ermitteln.[27] Für die hier angesprochenen Badegeschichten ist vorab festzuhalten, dass nicht erst die penible Instrumentalisierung dieses Leitfossils französischer Seelenkunde, sondern schon seine Vorgeschichte den Blick aufs Drinnen und Draußen moderner Befindlichkeiten lenken kann.

Das unaufhaltsame Oszillieren zwischen Innen und Außen, für das schließlich die faszinierende Anschauungsfigur der Kleinschen Flasche eingespannt wurde, war auch in diffuseren Sinneserfahrungen kulturtechnisch zunehmend kanalisiert worden: Ballins ›schwimmende Hallenbäder‹ müssen, besonders in voller Fahrt, ein tiefgründiges Gefühl der Geborgenheit im Uferlosen geboten haben; so, wie der Psychiater Hermann Argelander es 1972 im Fall seines »Fliegers« als ersehnte Rückkehr in die vorgeburtlich ozeanische Sinneswelt beschrieben hat.[28] Jedenfalls waren es häufig genug Bäder, an und in denen sich Ängste aufgestaut und Wünsche entleert haben. – Heines »Bäder von Lucca« können auch in dieser Hinsicht als fernsichtige Wegscheide wahrgenommen werden.

Anmerkungen

Der Artikel ist ein Kapitel-Vorabdruck aus Karl Clausberg: Badereisen und Himmelfahrten. Die neue Chemie der Gase und Gefühle (in Vorbereitung).

1 Zu Editionsgeschichte und Umständen vgl. Höhn [3]2004, S. 237 ff., und DHA VII, 1057 ff.
2 Vgl. Joseph A. Kruse: Heines Hamburger Zeit. Hamburg 1972, S. 277 ff.
3 Vgl. Josef Ehmer: Lebenstreppe. – In: Enzyklopädie der Neuzeit. Hrsg. v. Friedrich Jaeger. Bd. 7. Stuttgart, Weimar 2008, Sp. 50–55.
4 Johann Christian Reil: Rhapsodieen über die Anwendung der psychischen Curmethode auf Geisteszerrüttungen. Halle 1803, S. 81.
5 Ebd., S. 55.
6 Vgl. Johann Christian Reil: Ueber die Erkenntniss und Cur der Fieber. Besondere Fieberlehre. Bd. 4: Fieberhafte Nervenkrankheiten. Halle 1802, S. 253 ff., insbes. S. 260 ff.
7 Vgl. Philippe Pinel: Traité médico-philosophique sur l'aliénation mentale ou La Manie, Paris 1801; ders.: Philosophisch-medicinische Abhandlung über Geistesverwirrungen oder Manie. Aus dem Französischen übersetzt und mit Anmerkungen versehen von Mich[ael]. Wagner. Wien 1801.
8 Jonathan Swift: Tale of a Tub. Written for the Universal Improvement of Mankind. – In: Ders.: Works in two Volumes. With Memoir of the Author by Thomas Roscoe. London 1843. Bd. 1, S. 82–122, hier S. 114.
9 Reil: Rhapsodieen [Anm. 4], S. 7 f.
10 August Graf von Platen: Der romantische Ödipus. Ein Lustspiel in fünf Akten. Stuttgart, Tübingen 1829, S. 95 f.
11 Ein Möbius-Band entsteht, wenn man die Enden eines Papierstreifens um 180° verdreht zusammenklebt.
12 Vgl. Johann Benedict Listing: Der Census räumlicher Complexe oder Verallgemeinerung des Euler'schen Satzes von den Polyedern. Göttingen 1862, S. 97 ff.
13 Vgl. Marie-Luise Heuser: Die Anfänge der Topologie in Mathematik und Naturphilosophie. – In: Topologie. Zur Raumbeschreibung in den Kultur- und Medienwissenschaften. Hrsg. v. Stephan Günzel. Bielefeld 2007, S. 183–202.
14 Vgl. Moritz Epple: Die Entstehung der Knotentheorie. Kontexte und Konstruktionen einer modernen mathematischen Theorie. Braunschweig, Wiesbaden 1999, S. 80 ff.

15 Immanuel Kant: Prolegomena zu einer jeden künftigen Metaphysik, die als Wissenschaft wird auftreten können. – In: Ders.: Werke in zwölf Bänden. Hrsg. v. Wilhelm Weischedel. Bd. 5: Schriften zur Metaphysik und Logik 1. Frankfurt a. M. 1977, S. 112–264, hier S. 148 f.

16 August Ferdinand Möbius: Der barycentrische Calcul, ein neues Hülfsmittel zur analytischen Behandlung der Geometrie. Leipzig 1827, S. 184.

17 Vgl. Karen Michels: »Es muß besser werden!« Aby und Max Warburg im Dialog über Hamburgs geistige Zahlungsfähigkeit. Hamburg 2015, S. 92.

18 Vgl. ebd.

19 Vgl. ebd., S. 36.

20 Vgl. Lamar Cecil: Albert Ballin. Business and Politics in Imperial Germany, 1888–1918. Princeton 1967, S. 143; ders.: Albert Ballin. Wirtschaft und Politik im Deutschen Kaiserreich. Übers. v. Wolfgang Rittmeister. Hamburg 1969, S. 132.

21 Die »Imperator« wurde 1912 auf der Hamburger Vulcan-Werft, die beiden Schwesterschiffe »Vaterland« und »Bismarck« 1913–1914 bei Blohm & Voss gebaut. Vgl. Johannes Gerhard: Albert Ballin. Hamburg 2009, S. 39 ff.; zur Schwimmhalle vgl. ebd., S. 48. Die britischen Riesenschiffe »RMS Titanic« (1912) und »Olympic« hatten auch schon Schwimmbäder, allerdings mit spartanischer Aufmachung.

22 Laut Gerhard bis 1914 rund 42.000 Stück. Vgl. ebd., S. 47.

23 Vgl. Felix Klein: Über Riemann's Theorie der Algebraischen Functionen und ihrer Integrale. Eine Ergänzung der gewöhnlichen Darstellungen. Leipzig 1882, S. 80. Dort erwähnte Klein »gewisse unberandete Doppelflächen. Man kann sich von denselben ein Bild machen, indem man etwa ein Stück eines Kautschukschlauches umstülpt und nun so sich selbst durchdringen lässt, dass bei Zusammenbiegung der Enden die Aussenseite mit der Innenseite zusammenkommt.« Die Kleinsche Flasche lässt sich so aufschneiden, dass zwei Möbius-Bänder entstehen.

24 Für die präzisen Literaturnachweise danke ich Renate Tobies: Felix Klein. Visionen für Mathematik, Anwendungen und Unterricht. Berlin, Heidelberg 2019, insbes. S. 229 f.

25 Die Kleinsche Flasche hat Lacan vor allem in Seminar 12, Sitzungen vom 9. und 16. Dezember 1964 und vom 6. Januar 1965 behandelt. In den ursprünglichen Skripten scheinen nur grobe Handskizzen vorzukommen.

26 Vgl. [Jacques] Lacan: Problèmes cruciaux 1964–1965. Online unter URL: http://www.valas.fr/IMG/pdf/S12_PROBLEMES.pdf [letzter Zugriff: 03.07.2019]. Im Impressum heißt es: »Tous les schémas sont refaits.« Das gleiche gilt auch für die abweichenden Illustrationen in [Jacques] Lacan: Problèmes cruciaux 1964–1965. Online unter URL: http://staferla.free.fr/S12/S12%20PROBLEMES.pdf [letzter Zugriff: 03.07.2019].

27 Vgl. Mai Wegener: Psychoanalyse und Topologie – in vier Anläufen. – In: Topologie. Zur Raumbeschreibung in den Kultur- und Medienwissenschaften. Hrsg. v. Stephan Günzel. Bielefeld 2007, S. 235–250. Zur generellen Lacan-Kritik vgl. Antonello Sciacchitano: Unendliche Subversion. Die wissenschaftlichen Ursprünge der Psychoanalyse und die psychoanalytischen Widerstände gegen die Wissenschaft. Hrsg. u. übers. v. René Scheu. Wien 2008, S. 93 ff.

28 Vgl. Hermann Argelander: Der Flieger. Eine charakteranalytische Fallstudie. Frankfurt a. M. 1972.

Selective Affinities

Luther within Heine's Historical Discourse

By Peter Routledge, Exeter

Posthumously Heine and Luther share something in common: both were reluctant late entrants to the Bavarian King Ludwig's »Walhalla«. Given the staunch Catholicism of the *Wittelsbacher*, Luther's deferred installation in 1848, five years after the inauguration of Ludwig's temple, may not appear to be particularly remarkable. As for Heine, the comments on Luther's absence in his satirical poem »Lobgesänge auf König Ludwig« would not have prioritised his own chances: »Nur Luther, der Dickkopf, fehlt in Wallhall« (DHA II, 143). The arrival of his own bust as late as 2010 is also in line with the exclusion of Jews in general until Edith Stein was accepted a year previously. Such explanations of deferment are superficially plausible, but do not represent the whole story. Initially in 1842 the agenda for »Walhalla« was influenced by religion. Luther would have been a deeply divisive figure as far as Ludwig was concerned. However, in 1848 by the time of Ludwig's abdication, political and historical pressures had justified a strategic rethink. After the dissolution of the Holy Roman Empire, mediatisation and a rebalancing of denominational demographics within different polities had led to the emergence of mixed religious groups within different states.[1] Heine's »Walhalla« cause was overshadowed by more disturbing ideological issues between 1848 and his own final acceptance in 2010: the Jewish question convulsed the course of modern German history.

The problematic *Inszenierung* of Ludwig's »Walhalla« mirrors the potential ironies arising within the presentational dynamics of historical narrative. Whilst Luther was far from a figure of unity in his lifetime, the eventual »Walhalla« appropriation of Luther's bust proved to be a political expedient. By contrast, Heine's long-awaited arrival in 2010 was true to form: he was perpetually re-orientating and redefining himself vis à vis the flux of historical events and personalities. His presence in »Walhalla« symbolises the liberal and outward-looking society of twenty-first-century Germany. However, Heine's earlier satirical treatment of »Walhalla« was to be matched by an enigmatic riposte. The sculptor Bert Gerresheim has created the writer's »Wallhalla« bust with a fissure running through the marble from the cheekbone to the chest. Whether this was intended as a statement about the appropriateness of Heine's presence within an assembly he considered absurd, or as an ironic representation of his chronic *Zerrissenheit,* is of little importance. To opt for the latter interpretation is to pre-empt one of the principle issues generated by Heine's *Lutherbild* and its discursive framework text: the tensions surrounding dualism. Luther's role within Heine's panorama of historical figures speaks to this dilemma. Ernst Loeb's observation applies to a range of Heine's historical figures, but is particularly apt in relation to Heine's Luther: Heine, he says, searched for »Leitbilder, in denen sich das Rätsel des offenbaren Widerspruchs in einer Harmonie zu lösen schien«.[2]

Ernst Rietschel's bust of Martin Luther in the »Walhalla«

The appropriation and integration of individual figures into the metanarrative of »Walhalla« is dependent upon the evolving dynamics of historical, religious and philosophical perspectives. Heine's historical figures are similarly set into relief by the dynamics within their textual hinterland. The density of the discourse surrounding the principal *Lutherbild*, one which also turns on historical, religious and literary criteria, is a source of complexity and tension. Heine's Luther is largely, but not entirely, encountered within two discursive texts: »Zur Geschichte der Religion und Philosophie in Deutschland« and »Die Romantische Schule«. Discrete discussion of Heine's *Lutherbild* becomes difficult without reference to its significance within the framework of these two essays. Whilst Heine's selection of historical figures may not have been as exacting as those of Ludwig's »Walhalla«, an underlying pattern emerges. Not only do they drive forward the overarching narrative of emancipation, but more surreptitiously they add layer upon layer to his elusive, fictional biography, mirroring holistic solutions to the problems of fragmentation and *Umbruch* which characterised all aspects of the age in which he lived.

1. The Textual Framework

The two discursive framework texts »Zur Geschichte der Religion und Philosophie in Deutschland« and »Die romantische Schule« as we read them today within the DHA edition are the products of historical evolution. This development had been spasmodic, at times characterised by unsystematic composition, illogical sequencing within editions, and the programmatic drip feed of various *Vorreden* in dialectical

Bert Gerresheim's bust of Heinrich Heine in the »Walhalla«, version for the Heinrich-Heine-Institut, Düsseldorf

relationship to the main text.[3] In 1833 Heine was initially motivated to write a polemic in response to Madame de Staël's »De l'Allemagne«.[4] One of its objectives was to de-romanticise her account of German cultural and literary heritage and to open up its philosophical dimension. Like Madame de Staël, Heine chose to ground his narrative in its religious framework. However, he went far beyond this by moving the project into the realm of religious speculation. The only instance in which Heine's overarching plan was accomplished according to its conceptual, rather than its chronological sequence, within his lifetime is the French edition of »De l'Allemagne« of 1835.

Tensions are reflected in several structural issues around Heine's Luther text and its framework.[5] They are to be found in additions to the structure of the framework text itself with regard to the genesis of the religious, historical elements within which the Luther text sits. They also emerge in the diminishment of the framework text by the censor: a reduction of its social and political critique to what Heine described as »Verstümmelungen« (DHA VIII, 496).[6]

In the posthumous DHA edition the Luther text is historically pivotal within the trajectory of the two works spanning the origins of Christianity up to the Reformation, the »großen religiösen Revoluzion« (DHA VIII, 47), the philosophical revolution, and on to Romanticism, sweeping forward the embryonic intention behind Heine's »De l'Allemagne« project. Whilst it is clear by the 1835 »Vorrede« to the »Romantische Schule« that the extensive historical account of Christianity and the subsequent development of German philosophy were to provide an »allgemeine Einleitung in die deutsche Literatur« (DHA VIII, 123), this may not have always been a clearly detailed concept. Remaining *Entwurfshandschriften* in the Heinrich-Heine-Institut suggest that the portion of the Luther text opening the *Philosophieschrift*[7], first published in the French version in March 1834, was initially conceived without the introductory account of Manichean and Gnostic influences upon early Christianity.[8] This extension to the *Urtext* added a comprehensive historical thrust to Heine's project, but it also suggested something of greater significance about the author's relationship to the Luther text and the core substance of the *Philisophieschrift* as a whole. It adumbrated the source of dualistic thought endemic within these two heretical tendencies: a polarity which is critically portrayed in Heine's early work as inseparable from the evolution of institutionalised Christianity, or as he abstractly defines it »die Idee des Christenthums« (DHA VIII, 15).

The addition of the Manichean and Gnostic sources within the text not only signalled an underlying motif; it also introduced a strategic re-orientation. Firstly, it sought to identify the source of what Heine perceived to be dualistic cultural and religious baggage absorbed within early Christianity, and it then suggested how this later became endemic within Romantic literature.[9] Most importantly, as the argument in section three will clarify, it is set dialectically over against what appears in some parts of the text to be Heine's portrayal of a non-dualistic Luther. In contradistinction to its dualistic antecedents, Luther's Protestant Reformation is projected by Heine in Hegelian terms as the potential seed of a counter-revolutionary movement: »Dadurch entstand in Deutschland die sogenannte Geistesfreyheit, oder, wie man sie ebenfalls nennt, die Denkfreyheit [...].« (DHA VIII, 36). Only by understanding how this Protestant Reformation spawned German ideology, philosophy and a greater human consciousness could German Romanticism be interpreted as an aberration within a more holistic, post-Reformation trajectory. Without this additional historical substance and an intimation of the ongoing Lutheran revolution, not only would the dialectical effect of the Luther text have been weakened, but Heine's revision of Madame de Staël's earlier account of German Romantic Literature would have been much impoverished.

By contrast diminishment of the framework text by the censor had a destabilising effect. Unfortunately, Campe's own original designation of the *Philosophieschrift* within »Salon II« as »eine wißenschaftliche Abhandlung« (DHA VIII, 542) and thus exempt from any censorship was not shared by the censor of Sachsen-Altenburg. What Heine later came to refer to in 1852 as »Das verstümmelte Buch« (DHA VIII, 500) had been reduced by eighteen pages.[10] Any overt criticism of a nineteenth-century power nexus of *Thron und Altar* against the interests of the people, the undermining of what Heine referred to as »ein protestantisches Recht« (DHA VIII, 37), certainly the presence of a prophetic voice of political protest within the German lands, were redacted or muted. As a result the voice articulating Heine's perception of Luther's Bible and its language as not just a theological, but also a socially emancipatory force, strongly audible in the Luther text, was attenuated in its outreach within the framework. Similarly, Heine's original connection between Luther's religious revolution and any future political revolution became less secure. This textual disconnect tended to upset the delicate balance between the Luther text and its framework. Heine's own disappointment is tangible. While removing »alles politisch Verfängliche ängstlich« the censor »verschonte [] selbst das Bedenklichste, das auf Religion Bezug hatte« (DHA VIII, 496).

However, as significant as they may be, the outer strategic dynamics of the Luther text and its relation to the overall framework are not the only issues at stake. The inner relation of Heine's persona to Luther as an historical figure and his ongoing Protestant Revolution is more complex. This particular perspective brings us back once more to the motifs already touched upon above. These are tensions around the presentation of Luther and the persona of Heine; Heine's preoccupation with dualism and the quest for a holistic solution; his juxtaposition vis à vis historical figures and events, and the resulting historical irony.

2. Luther Text and Heine's Lutherbild

Luther, as he appears inter-textually within Heine's work as a whole, is an ambivalent figure. He enters in a most inauspicious and potentially humorous manner in 1822 in the *Berliner Dom*, newly restored by Winkel, as a statue waiting to receive a role.[11] Six years later in the »Menzel Rezension«, »jener deutsche Mönch« (DHA X, 244) is given a role and an exalted citation amongst centuries of mystics. However, mysticism in this instance is not confined to more familiar experiences of isolated contemplative spirituality. Heine's model of the mystic is overtly engaged, individualistic, anti-authoritarian and potentially confrontational: one who is able to assert his own vision of the truth in opposition to the collective orthodoxy of his age, who »[sich] in die Traumwelt seiner innern Anschauung zurückzieht und in sich selbst die Quelle aller Erkenntniß annimmt: dadurch ist er der Obergewalt jeder äussern Autorität entronnen, und die orthodoxesten Mystiker [...] haben die Autorität der Kirche geläugnet« (DHA X, 244).

Ten years later in 1832 in his Parisian exile, Heine's idealisation of the individualistic mystic gives way to a more historical and dialectical approach. Amidst the comparative discourse on social and political aspects of France and Germany in »Französische Zustände«, a problematic historical perspective emerges in relation to Luther's reaction to the *Bauernkrieg*. Here the historical reality of the late medieval world was at odds with the perspectives of the nineteenth century. Viewed through the lens of modernity, it is Thomas Müntzer not Luther who emerged as an alternative hero. Müntzer's historical role in the *Bauernkrieg* prioritised the immanence of equality and freedom over transcendent salvation, whilst Luther, trapped within mitigating feudal circumstances, was forced to defend his theological position against Rome by condemning the violence of the *Bauernkrieg*. Now contemplating the diminishing freedoms of the press and universities in German lands, Heine was confronted with one of the conundrums of the legacy of Luther's *Zwei-Reiche-Lehre*. Historically Luther's authority, and indeed a selective reading of his works, could be evoked by »Pietisten und servile Duckmaüser« in order to undermine emancipation (DHA XII, 143). However, this was a dilemma which was to receive a more considered treatment as far as Luther's overall emancipatory role was concerned in the *Philosophieschrift*.

Still insisting on Luther's role as »Mystiker« in the *Philosophieschrift* of the mid 1830s, Heine added a more holistic dimension: »Er war zugleich ein träumerischer Mystiker und ein praktischer Mann der That« (DHA VIII, 33). It is followed by a panegyric in which Luther's complementary qualities, whether positive or negative, are briefly detailed. As suggested above, this tends to be a familiar pattern within his assembly of historical figures, although in Luther's case the praise is more superlative than usual. However, the intricacies of the surrounding discursive texts which frame the Luther narrative offer Heine unprecedented scope for the projection of his own historical, literary and philosophical preoccupations. On closer examination it becomes clear that certain areas of the Luther text express more personal engagement and affinity than others.

The long introductory preamble at the beginning of the first book of the *Philosophieschrift* is significant because it reflects Heine's fascination with »Poltergeister, Kobolde und Wichtelmännchen«, not to mention the Devil (DHA VIII, 22).[12] This domain played a significant, but distinctly different role in the psychology of both Luther and Heine. As an extraordinarily conscientious monk steeped in the theology of the late Middle Ages, the persona of the Devil was an ever present existential factor in Luther's spiritual life. The »Anfechtungen« vividly recorded in his writings seemed to externalise an ongoing spiritual battle, an all pervading conflict with sin.[13] He was far from alone: his contemporary, Albrecht Dürer conjured up devils and demons from the depths of the primordial German psyche, reflecting the fragility of medieval life in the German lands. Demons, devils and the *Totentanz* still haunted the German imagination of the nineteenth-century *schwarze Romantik,* and disturbed Heine's early »Traumbilder«.[14] Now emerging into a secular environment, they reflected the interiority of individual social and psychological trauma. Also for Heine they posed a dangerous threat to a writer who may have been tempted to regress towards medieval, Romantic and artistic obscurantism. The pre-Reformation demonization of ancient spirits, the »Verschlechterung des ehemals Göttlichen« (DHA VIII, 20), was matched by the presence of the Olympian gods in Heine's poetry of the late 1820s, where they eked out an impotent, underground existence. Now in the *Philosophieschrift* the foundation was laid for the re-emergence of ancient Greek deities and Nordic spirits who had slumbered in German folk legend, only to re-emerge in the »Elementargeister«. Finally, the demonic forces of pantheism would break out in apocalyptic revolution. The opening preamble is closely followed by Heine's personal admiration for Luther who »glaubt noch an Teufelswesen«, and ceased to stigmatise »Glaube an Zauber und Hexerey« (DHA VIII, 26). To this extent Luther's role is seen ironically to be significant in the historical trajectory towards Heine's ultimate re-branding of ancient Germanic pantheism. Textual parallelism points in this direction. Whereas it had been »der düstere Wahn der Mönche« which had driven Tannhäuser from the *Venusberg* (DHA VIII, 20), Luther, the renegade monk had been indirectly instrumental in releasing the incarcerated spirits. Heine was able to project him as an icon of »das wunderbare Deutschland«. Yet the strongest and final note in a rhetorical *Häufung* of hyperbole visualises Luther as the incarnation of something »unbezwingbar Dämonisches« (DHA VIII, 33 f.). Luther's reversal of Catholic demonization is depicted by Heine as a significant catalyst in the evolution of consciousness along the pathway of a revolutionary future for the German lands.[15]

A close personal identification is posited with Luther the publicist and polemicist: the Luther of the Reformation pamphlet »wovon die junge Presse [...] tausende von Exemplaren ins Volk schleuderte« (DHA VIII, 40). This runs in parallel with Heine's innovative, popular journalism of the »Reisebilder« and the recent polemics of the *Platenstreit*. There is surely more than a grain of irony in an opening sentence of the *Philosophieschrift* where Heine seems to pre-empt Luther's role: »Das Volk hungert nach Wissen, und dankt mir für das Stückchen Geistesbrod, das ich ehrlich mit ihm teile« (DHA VIII, 13).

Religious or spiritual affiliation is less clear-cut. As in his early years, now in the 1830s it is also a nebulous area of existential engagement for Heine. An ambivalent identification with selective aspects of Protestantism was a sensitive aspect of the Heine persona of this period. Having masqueraded under a succession of denominational personae in »Die Stadt Lucca«,[16] Heine was now three years later in 1833 speculating on a new religious synthesis whilst alleging »Unpartheylichkeit« (DHA VIII, 27).[17] However, even if he had emerged from his *Taufproblematik* of 1825 without belief, he had experienced the dynamics of Protestantism and wrestled with the nuances of deism. After discontinuing work on »Der Rabbi von Bacherach«, he also appeared to have partially and temporarily distanced himself from a preoccupation with some of the more difficult aspects of his Jewish identity. Increasingly from the late 1820s he liked to see himself in the line-up: Luther, Lessing, Voß; able at least to identify with the protesting element in the ongoing Protestant Reformation. There is a gentle inter-textual intimation that he may not have taken it amiss, had he been ranked a stylistic heir to these »Glaubensgenossen«, especially Luther. The metaphor of the »protestantische Streitaxt« (DHA VIII, 502), is dramatically wielded jointly and severally by Luther, Voß and Heine himself at various stages within his work.[18] A corollary of his quasi Protestantism was his »Entre Billet zur Europäischen Kultur« (DHA XI, 313). At last Heine was able to exploit what had once seemed just a piece of paper.

Accordingly his »De La France« and »De l'Allemagne« project, programmatic for the 1830s, reaches its zenith in these two essays. In retrospect he was aware of this: »La grande affaire de ma vie était de travailler à l'entente cordiale entre l'Allemagne et la France« (DHA XV, 210). Not only was the Lutheran Reformation to be seen within a greater revolutionary dynamic as a mirror image of the French Revolution, but also Heine had become aware of typological parallels between French history and the course of German philosophy. At the same time his own Lutheran affiliation, however tenuous, afforded him a degree of credibility when countering some of the ideas prevalent in France about the development of German religion and culture:

> Wie von der Reformazion so hat man auch von ihrem Helden sehr falsche Begriffe in Frankreich. Die nächste Ursache dieses Nichtbegreifens, liegt wohl darinn, daß Luther nicht bloß der größte sondern der deutscheste Mann unserer Geschichte ist. (DHA VIII, 33)

With this double optic mutual historical analogies could be imaginatively exploited. Luther appears as »ein religiöser Danton« (DHA VIII, 41); Kant is compared to Robespierre; Descartes' experiences of the Protestant Reformation in Holland counteracted the medieval ascendancy of theology over philosophy.[19] Although Heine questioned assertions made by Madame de Staël in »De l'Allemagne« about German Romanticism, he is able to rescue positive remnants from her presentation of Luther, most notably: »Luther est de tous les grands hommes que l'Allemagne a produits, celui dont le caractère était le plus allemand«. He even finds Franco-German consensus for his own holistic picture of Luther: »le courage de l'esprit était en lui le principe du courage«.[20] In retrospect this should be seen as something of a diplomatic coup, as the 1817 Luther Jubilee had feted the Great Reformer as a symbol of political freedom in the wake of the anti-napoleonic *Befreiungskriege*.

Notwithstanding these political and European dimensions, it is surely as a creative practitioner of the German language that Heine also warms personally to Luther. Although little concrete evidence exists for Heine's overall familiarity with Luther's *Originalschriften*[21], he is well aware of the contrasting stylistic tones in Luther's works. Fresh from the *Platenstreit*, combative tendencies within Luther's bold polemics, characterised by »einer plebeischen Rohheit, [] oft eben so widerwärtig wie grandios« (DHA VIII, 40), would have reverberated with recent creative trauma. Luther's poetry and *Lieder* appear to have been more familiar than his *Streitschriften*, if we are to infer a preference from the virtual absence of reference to the latter, and the very positive appraisal of the former. »Merkwürdiger und bedeutender als diese prosaischen Schriften sind Luthers Gedichte, die Lieder« (DHA VIII, 41).

Claiming to be neither theologian nor philosopher[22], Heine appears on much more familiar and common ground when discussing the literary dimension of Luther's achievements. This is a logical development in terms of the initial premise of the *Philosophieschrift* as a whole, where his objective had been to focus on the »sociale Wichtigkeit« of matters pertaining to »Gottesgelahrtheit und Weltweisheit« (DHA VIII, 13).[23] It is also foundational to the overall programme of the two essays, a fact easily lost sight of in a convoluted discourse intended to explore the evolution of modern German literature. Detailed, critical analysis, less easily sustained in other aspects of the »Erstes Buch«, characterises this strong finale to the main thrust of the Luther text.[24] More importantly for Heine as a creative writer, it encapsulates a more accessible manifestation of the *Gedanke-Tat-Modell* than the intervening theological and metaphysical domains.

> Ich habe gezeigt, wie wir unserem theuern Doktor Martin Luther die Geistesfreyheit verdanken [...] wie er uns auch das Wort schuf, die Sprache, worin diese neue Literatur sich aussprechen konnte [...] daß seine geistlichen Lieder, sich als die ersten wichtigen Erscheinungen derselben ausweisen (DHA VIII, 42).

For Heine, the marks of the Reformer's legacy are less opaque in the pages of post-Reformation literature than in the intricacies of medieval theological disputes.[25] This literature encapsulates a paradigm-shift from a feudal age dominated by an authoritarian collective to that of individual conscience. The prevailing polarities fragmenting the *Zeitgeist* of medieval Romantic literature are superceded by »Reformationsinteressen« which are immanent and progressive: »was die Zeit fühlt und denkt und bedarf und will« (DHA VIII, 45).

The iconic starting point for the above literary convulsion was the seminal Reformation work of revolution and emancipation: Luther's translation of the Bible, the book reflecting »der inkarnirte Geist« (DHA XI, 58). It proved to be a more direct, vital and personal conduit between the Reformer and Heine, a more productive catalyst of subsequent manifestations of »Geistesfreyheit« (DHA VIII, 36) than the abstract terminology of historical, theological or philosophically absolute systems. Once more the link was linguistic and literary, because it was Luther's Bible in particular which gave birth to the idiom of revolution: »Die Freyheit wird überall sprechen können, und ihre Sprache wird biblisch seyn« (DHA VIII, 40).[26] Evidence of its presence was not confined to the shelves of Heine's *Nachlassbibliothek.*[27] It enriched his work as a whole, although the way in which Heine perceived the Bible was subject to ongoing change. In the 1830s the text served to reinforce the dialectic of his own religious and political interests. His allusions to its contents as he ironically reflected had tended to be »blasphemisch-religiös«,[28] true to his »hellenischen Naturell[]« (DHA XV, 41). His reading of the Bible had at this period been in the light of what he perceived to be the *Sinnenfeindlichkeit* of its Jewish and Christian writers.

Given the prominence and programmatic nature of the Franco-German axis in the framework discourse as a whole, it is easy to overlook the more opaque, biblical, Judeo-German symbiosis in the Luther text. Although the immediate post »Rabbi« years were not characterised by an obvious preoccupation with the discourse around Jewish identity and Jewish origin, it still had a subliminal presence. If Heine's engagement with the *Culturverein* and his baptism had been institutionalised stations, marking a pathway, however problematic, towards the integration of Jewish identity with that of »deutscher Dichter« (DHA I, 222), Luther's biblical transmission revitalised it. Once more the impetus came from his translation of the Bible. Not this time from the revolutionary impact of its language on post-Reformation society as suggested above, but from the origin and nature of the biblical sources, and the providential course taken by the transmission of the narrative. Instead of depending solely on the orthodox, canonical *Vulgate* and *Septuagint* as sources for his German translation, Luther was more open to the textual breadth explored by humanistic scholars. Heine was well aware of the early sixteenth-century *Bücherverfolgung* in the Rhineland, a historical narrative which he had researched when writing the »Rabbi«.[29] The humanist scholar, Hebraist and lawyer, Johannes Reuchlin had successfully combated this anti-Jewish scriptural pogrom. For his translation of the »Penitential Psalms«, and subsequently of the Bible, it was to Reuchlin's scholarship that Luther had turned.[30] In historical retrospect this Lutheran initiative became for Heine a discovery of existential importance.[31] Guardianship of the sacred texts had been a foundational, historical mission of the Jews: »so saß dieses gemordete Volk, dieses Volk-Gespenst, in seinen dunklen Ghettos und bewahrte dort die hebräische Bibel« (DHA VIII, 39). In this context Luther is referred to for the second time as »providenziell[]« (DHA 38): »der göttliche Verfasser dieses Buchs [...] wählte selber seinen Uebersetzer« (DHA IX, 39). Luther's unique contribution to the creative transmission of the Hebrew sources becomes providential when considered in parallel with the ongoing mission of the Jews. It is also in line with the development of *Weltgeschichte* more widely apparent in the *Philisophieschrift*.[32] Reinforced by the Luther connection, this early intimation of a providential symbiotic mission for the Jews within German society prepares us for a more detailed and broader realisation of this fact in Heine's later writings: »schon in den ältesten Zeiten [herrschte] die größte Wahlverwandtschaft zwischen Juden und Germanen, […] die Bibel […] wurde das Nazionalbuch im germanischen Norden, ging über in Fleisch und Blut« (DHA XV, 187).

Apart from his consciousness of this visceral relationship, Heine also makes pertinent observations concerning the combined effect of Luther's biblical emphasis »sola scriptura« and the post-Reformation application of reason to subsequent biblical interpretation. The Reformation revealed more clearly the Jewish roots of Christianity: »wir sehen wie sich wieder das judäisch deistische Element darin erhebt« (DHA VIII, 34). On the whole nineteenth-century German Jews were disinclined to engage with independent criticism of Reformation sources and Lutheran theology. A gradual process of acculturation into German society, in certain circumstances Protestant baptism, and the more secular movement towards Jewish emancipation provided every incentive for them to have similar interests in Luther as those of non-Jewish Germans.[33] But the orientation of liberal Judaism towards more progressive insights into biblical-prophetic tradition uniquely enabled them to trace the trajectory of typological, providential events in the Jewish history of the Old Testament and their later outworking in the Enlightenment values of freedom, equality and fraternity.[34] Consciousness of this vital commonality was heavily dependent on the Luther effect, as Heine had intimated in his observation above. Extreme amongst the few Jewish dissenters to this line of thought was Heine's fellow contemporary French exile Ludwig Börne, who found few words of praise for the »Totengräber« or his Reformation.[35] However, Heine and Börne did share at least two things in common with regard to the Luther debate: critique of the subsequent political ramifications of Thomas Müntzer, and a complete silence with regard to Luther's anti-Jewish sentiments, in which Börne might reasonably have been expected to wallow. Even a renowned Jewish scholar of the standing of Leopold Zunz, one of Heine's colleagues at the *Culturverein*, did not muddy the waters with regard to what later came to be referred to as Luther's infamous »Judenschriften«. How are we to explain this blind-spot? Jewish identification with the German cultural narrative persisted later into the nineteenth century; only with the rise of anti-Semitism did this aspect of Luther's legacy become an issue for Jewish debate. It could be argued that in view of the above and Heine's apparent unfamiliarity with the detail of Luther's voluminous polemics, it is no surprise that awareness of anti-Jewish issues is not apparent within his treatment of Luther. However an oblique reference in one of the more obscure locations within his works, raises a tantalising question about Heine's appraisal of the downside of Jewish-German transmission. It remains an open question as to whether we are justified or not in relating it however loosely to the Luther effect:

> Den Juden, den großen Lieferanten, die jene Waffe geliefert, so wie auch außerdem dem deutschen Volk gar manche Glaubensartikel, ja selbst seinen Gott geliefert haben, wurden schlecht dafür belohnt (DHA VIII, 502).

3. Tensions within the Medieval / Modernity Nexus

Heine's affinities with Luther are close and existential in those areas outlined above where he orientates his own development and literary persona towards specific characteristics shared with, or reflected in the historical Luther. By contrast when the focus is on certain religious and philosophical affiliations in the context of the ongoing Protestant Reformation, the relationship appears more tenuous and ambiguous. Yet historical empathy flows easily towards the persona of Luther when depicting his appearance before the Imperial Court at Worms. Heine senses the pure physicality of the ordeal, focussing on Luther's pallor, thirst and sweat. »Ich ärgere mich jedesmahl wenn ich daran denke; denn unser theurer Meister stand neben einem offenen Fenster, der Zugluft ausgesetzt, während ihm der Schweiß von der Stirne troff«. (DHA VIII, 33). Whilst the poignancy of the event has assumed iconic status in many artistic depictions, its symbolism and interpretation are subject to differing nuances of perspective within the historical divide. Firstly, from the medieval angle: although he was appearing before the spiritual and secular overlord, the Holy Roman Emperor, the issue at stake for Luther was a purely spiritual one of individual conscience.[36] Soon afterwards for the medieval *Bauern* the defiant spirit of Worms was to take on a different dimension: their reception of the stance and tone exemplified by Luther before the Diet and reflected in his publications led to a tempting revolutionary conflation of evangelical teaching and social discontent. The medieval reading of Worms is inseparable from the conflicting religious, spiritual, social and feudal dynamics of the age. In this particular instance Heine's narrative accurately reflects the dualistic currents of the medieval *Zeitgeist*, whilst also with the hindsight of modernity, it re-members an historical moment of potential re-alignment and re-integration, a counter-flow between the spiritual and the material. Luther, very much of the flesh in Heine's plastic description, is however focussed at this moment purely on the spiritual. Luther endowed with »nicht bloß eine geistige, sondern auch eine physische Kraft [...] [dachte] nicht an sich, sondern nur an die göttlichen Interessen«. Amongst the secular and religious within the Diet there is a counter-flow: »Jeder hatte hier was zu gewinnen und dachte heimlich an irdische Vortheile« (DHA VIII, 32). As for the *Bauern*, their material interests seemed later conveniently to morph into the spiritual: »Die unterdrückten Bauern hatten in der neuen Lehre geistliche Waffen gefunden, mit denen sie den Krieg gegen die Aristokratie führen konnten.« (DHA VIII, 31) The theatrical dynamics of this historical moment also fed into a nineteenth-century emancipatory agenda: Luther, a potential outsider shortly to be branded a heretic, is seen to stand out against an alliance of *Thron und Altar* in defence of individual freedom. Commenting on this scene, Lyndal Roper is acutely aware of the subjective, individualistic resonance which Luther's appeal to conscience has for the modern mind; whereas for Luther conscience is clearly the objective reception of God's word.[37] Notwithstanding Heine's initial sensitivity to the medieval historical currents, he sees the ultimate outcome of Luther's conscientious stand in terms of an Enlightenment agenda: »nur die Vernunft ist jetzt des Menschen einzige Lampe, und sein Gewissen ist sein einziger Staab« (DHA VIII, 45). Here the medieval / modern divide becomes a reality. As beguiling as its linguistic affinity to *Geistesfreyheit* may appear, Luther's *Gewissensfreiheit*[38] does not so easily morph into an Enlightenment or still less post-Enlightenment connotation, as Heine would seem to suggest.[39]

Heine's presentation is nuanced by the relativity of the writer's own historical lens, and by extension his own historical agenda. Luther becomes enmeshed within the trajectory of Hegelian *Weltgeschichte,* which in turn unfolds for Heine in the direction of a pantheistic, Saint-Simonian synthesis, reintegrating the spiritual and the sensual.[40] Schmidt, commenting on a lack of uniformity within Heine's *Lutherbild,* is struck by a »Vielfalt, die bis zur Widersprüchlichkeit reicht«.[41]

The reasons for this contradictory tension are complex and reach beyond the individual issues of intermeshing eighteenth- and nineteenth-century philosophical trends which Schmidt clearly identified in his article. They also touch upon the wider issues arising from schematic historical narrative. Inevitably, Heine's presentation is subject to the ambiguities overshadowing any treatment of Luther: not least his unique historical context at the threshold of the Late Middle Ages and the dawn of Modernity. Friedrich Dieckmann's monograph »Luther im Spiegel. Von Lessing bis Thomas Mann« presents widespread literary evidence of a similar phenomenon[42], whilst Gerhard Ebeling argues that historical relativity in the Luther debate is also the concern of the theologian and the historian: »Nicht die Fragestellung überhaupt ist abzuweisen, welchen Anteil Luther an Mittelalter und Neuzeit gehabt und welches Anrecht auf ihn je der eine oder andere Zeitraum habe«.[43]

This becomes a particularly poignant question in the context of Heine's less visual treatment of Luther's motivation in the *Ablassstreit.* Why did Heine choose to disagree fundamentally with his historical sources?

> Unsere Historiker meinen, dieses Protestiren gegen den Ablaßhandel sei ein geringfügiges Ereigniß gewesen, und erst durch römischen Starrsinn sey Luther, der anfangs nur gegen einen Mißbrauch der Kirche geeifert, dahingetrieben worden, die ganze Kirchenautorität in ihrer höchsten Spitze anzugreifen. Aber das ist eben ein Irrthum [...]. (DHA VIII, 28).

Manfred Windfuhr confirms that both historical sources used by Heine and also modern church historians are not in agreement with the writer's personal emphasis.[44] The theologian Volker Leppin's recent reappraisal of the roots of the *Ablassstreit*, throws new light on the issue. A comparative reading raises awareness of the more problematic aspects of analysing Luther's role in this event. According to Leppin the breakthrough in Reformation theology came with Luther's reformulation of the spiritual dynamics of repentance. This was a gradual process; the historical roots of this revelation were already to be found in existing parallel trends, the inner mystical and contemplative over against the outer liturgical, institutional focii running through late medieval Christianity. »Was später, auch in Luthers Augen, als neu gilt, wurzelt im Alten [...].«[45]

Schmidt finds it difficult to extrapolate any clarity about Luther's motives from Heine's opaque treatment of the *Ablassstreit* with its »Fehlen eines rein historischen Interesses an Luthers eigener Intention, sofern ein solches vorhanden, aufgehoben in kritischer Distanz«.[46] It is hard to disagree with this critique given Heine's evasive treatment of Luther's motivation. What we do hear on the subject from Heine, however are speculative assertions about Luther's misunderstanding of the Devil's real objectives, and that the Catholic Church in introducing the *Ablass* had formed a convenient pact between God and the Devil.[47] Above all Luther had allegedly not grasped that »Das Christenthum ist eine Idee«.[48] Heine's use of this formulation with its focus on the »Idee« is indicative of the opposing perspectives from which he and Leppin approach the historical issue. Leppin's is an approach based on historical evidence, grounded in the late medieval world; whereas Heine's is speculative, owing much to an imaginative projection of Hegel's philosophical perception of historical progress as it moves onward through Modernity.

However in fairness, Heine is true to his own agenda which clearly excluded »Subtilitäten der Theologie [und] Metaphysik« (DHA VIII, 13). Forensic engagement with primary texts would have been highly impracticable, and in an already convoluted discourse very unwieldy, and thoroughly alien to Heine. More significantly the principle of his presentation of Luther as a trailblazer of non-dualistic thought and action might have been severely compromised. Even selective reference to a core Reformation text such as the »95 Thesen« which was only part of a wider academic disputation dependent on further ramifications of *resolutiones* and *propositiones* would have been problematic, not only because of its density, but also its rigorous theological argument.[49] Luther's penitential requirement of »allerlei Tödtungen des Fleisches«[50] sits uncomfortably alongside Heines Saint-Simonian vision of »Die Rehabilitazion des Fleisches« (DHA VIII, 160).

Rather than enter a theological minefield Heine chose to play with historical ironies. His dialectical approach to the *Ablassstreit* runs in parallel to what initially appears to be a idealised presentation of the Reformer[51], but on closer inspection, by virtue of the complexities of historical perspective, becomes a more nuanced and ironical picture. In panegyric and ideological vein Luther is projected as »ein absoluter Mensch, in welchem Geist und Materie nicht getrennt sind« (DHA VIII, 33), but Heine in role as the uncharacteristically self-deprecating dwarf of modernity »kann freylich weiter schauen als dieser selbst, besonders wenn er eine Brille aufgesetzt« (DHA VIII, 34). Viewed within the context of *Weltgeschichte*, Heine exploits a double irony. The Renaissance Papacy under Leo X, »der prächtige Medizäer« (DHA VIII, 133), patron of Raphael and the restorer of Saint Peter's, was as a consequence of the mechanics of the *Ablass* and his patronage of the arts, furthering the cause of »Sensualismus« more effectively than the largely spiritually driven Luther Reformation in its purest manifestation.[52] There is also a realisation, in line with Hegel, that either side of the »Moment« any new synthesis is marked by extremes of interchange.[53] Although Luther's theological »stand« is seen by Heine as a spiritually driven revolution, it also unleashed events of unbridled sensuality, interpreted by him as part of the ongoing emancipatory spectrum. He refers to the Anabaptists' excesses in Münster and the uprising of the suppressed *Bauern*. He was aware that within the ongoing events of Luther's Reformation, the spiritual and the sensual were manifested historically in an exceedingly unbalanced way: »Deutschland wurde der wildeste Tummelplatz von Freiheitsrausch und Sinnenlust« (DHA VIII, 31).

It was argued above that Heine's reference to »die Idee des Christenthums« was indicative of the progressive view of *Weltgeschichte* shaping Heine's *Lutherbild*. Reference was also made to Heine's deliberate extension of his initial text to incorporate an account of the Manichaen and Gnostic influences latent in Christianity. Such historical heritage allegedly remained endemic as a sickness within Medieval Christendom, and now continued to linger into Modernity.[54] This in turn had shaped the background to the *Ablassstreit* and the Protestant Reformation. However, the premise on which »die Idee des Christenthums« was built exposes another tension with regard to Heine's historical presentation. In the light of recent discoveries of papyri from the fourth century, the church historian, Diarmaid MacCulloch refers to Manichaeism as a passing variant of Christianity, particularly within the Eastern Mediterranean.[55] The Early Church followed the policy initiated by the Emperor Diocletian of burning its Manichaen adherents and opposing its heretical teaching. Referring to Hans Jonas' seminal work on Gnosticism[56], Eckhard Peters and Eberhard Kirsch argue that Heine's depiction of Gnosticism is too one-sided, in fact it promoted freedom and celebrated life.

> Es ist wahr: Luther kämpfte für eine freie Kirche gegen ein System, das sich die Verwaltung des Evangeliums angemaßt hatte. Aber: daß Lebensfreude, Diesseitsbejahung und Freiheit nur auf die protestantische Seite gekommen sei, während das Gegenteil wesengemäß dem katholischen Christentum zugehöre, ist durchaus nicht stichhaltig.[57]

There has been much speculation concerning the time and place of the epiphany resulting in Luther's central theological affirmation, Justification by Faith alone, »sola fide«.[58] Luther's retrospective reflection in the »Tischreden« suggests a fusion of Pauline mystical experience shot through with the characteristic Lutheran earthiness which might have been particularly appreciated by Heine: »Diese kunst hat mir der Heilige Geist auff dieser cloaca auff dem thorm eingeben«.[59] One of Heine's earliest and surprising references to Luther as »Mystiker« (DHA X, 244) has already been cited above. The nature and outcomes of a mystical viewpoint were according to Heine inward, individualistic, anti-authoritarian and in line with a vision of the truth opposed to the collective orthodoxy of the age. This description of Heine's, despite its generic nature within the Menzel text, comes nearer to an appreciation of the outward psychological framework within which Luther was operating than any to be found within the *Philosophieschrift*. When »Mystiker« is repeated within that text, it is only operational within the amalgam of an iconic, absolute Luther.[60] Heine still essentially avoids engagement with the mechanics of medieval Christian spirituality as far as Luther's motivation is concerned, whereas his portrayal of Rabbi Abraham in »Der Rabbi von Bacherach« and Jehuda ben Halevy in »Hebräische Melodien« prove his ability to do so within his own Jewish tradition. To a greater extent than here, even if of a satirical nature, this is also reflected with reference to the Christian tradition in his depiction of the Franciscan in »Disputazion«.

Despite the centrality of the theme of freedom and its many ramifications in the works and the life of both writers, Heine's attempts to extrapolate a linear narrative from Luther's and his own concepts of freedom strains the parameters of the medieval / modern divide to their very limits.[61] Luther's individual reworking of the Pauline Justification by Faith through the Holy Spirit resulting in »Freiheit eines Christenmenschen« was forged within a Christendom open to future transcendence; Heine's lifelong engagement in »die Emanzipazion des Volkes« (DHA XV, 30) was inseparable from a collective, progressive agenda acted out purely within the immanent domain.

Biographical insights do, however provide contrasting if variable evidence of existential experiences of liberation or its absence. Abandoning his original birth name »Luder«, Luther was changed into »Eleutherius«: the one who is free. Neither elaborate theological development of this evangelical insight, nor ensuing convoluted religious and secular conflicts, would eradicate this core experience. Luther's moment of epiphany had been utterly transformational, a revelation in which he had discovered his individual freedom in relation to a gracious God by faith and scripture – »sola fide, sola scriptura, sola gratia«.

By contrast Heine's individual relationship with freedom, or its loss, is more opaque and dependent upon outer circumstances. As with so much of Heine's persona it is accessible only through a complex combination of orientation towards historical events, or notable lives, whether real or fictional. It is difficult to evaluate the extent to which the underlying trauma of »Buch der Lieder« indirectly reflects issues of individual freedom. But there is less doubt historically that Heine was profoundly affected by the loss of collective freedom which the political settlement under the Congress of Vienna inflicted on Napoleon's former Rhineland provinces in 1815. Seen in retrospect eleven years later, the former golden age of liberty is inseparable from the figure of Napoleon and his creation of Le Grand; its loss is epitomised by a stylised elegy on the demise of both heroes. The event as it played out in Düsseldorf appeared cataclysmic: »spärlich schimmerten oben einige Sterne und auch diese fielen herab wie gelbe Blätter im Herbste, […] ich armes Kind irrte ängstlich umher […]« (DHA VI, 184). However, whilst the earlier picture of Napoleon is largely mythical, passages from »Die Reisebilder« dating from 1826 reflect Heine's growing historical awareness of the dialectical vortex surrounding historical figures, however iconic, particularly in the translation of idea into action: »so handelte Napoleon nie ganz revoluzionär, und nie ganz contrerevoluzionär«, (DHA VI, 159 f.). A similar awareness of the instability of critical historical »Momente« is however less apparent around Heine's depiction of Luther than it is in relation to immediate post-Reformation outcomes already identified above. Apart from the brief literary skirmish between Heine and Luther over the treatment of the *Bauern*, Luther's ideological status in Heine's eyes remained more intact than did Napoleon's. One of the reasons may lie in Heine's historical proximity to Napoleon in the Modern Age, and his remoteness from Luther in the Late Middle Ages.

Given this evident disconnect between contrasting historical worlds, Heine's attempt at alignment with Luther in the Late Middle Ages remains tenuous, and »selective«. However, medieval and modern minds are mutually subject to universal paradigms of which a dualistic worldview is but one.

Both Luther and Heine confronted this phenomenon in very different situations appropriate to their context. Both were aware of an existential state of mind and spirit which can be generalised as separation. In an age of faith this was experienced as separation from God. In a sermon addressing the issue of Original Sin in 1522, Luther compared separation from God with leprosy. All mankind was severally and collectively »aussätzige Söhne und Töchter« afflicted by Original Sin.[62] »Aussätzig« occurs frequently in Luther's translations of the Bible where it denotes punishment by God and social exclusion because of imputed sin.[63] Whether intentionally or intuitively, Heine's own mimicry of the leprosy trope is ironical. He speaks of »Lazarethluft«, referring to a contagion or affliction originating in the Middle Ages and lingering still into Modernity: »wie eine ansteckende Krankheit das ganze Mittelalter hindurch dauerten die Leiden [...] wir Modernen fühlen noch immer Krämpfe und Schwäche in den Gliedern« (DHA VIII, 16 f.). As this trope occurs within the context of the pantheistic agenda of the *Philosophieschrift* it is clear that Heine is not suffering from separation from a transcendent God. On the one hand he is aware of a cultural and social alienation, »sociales Unwohlseyn« (DHA VIII, 58), a separation, and fragmentation, symptomatic of Western Christendom, whose origins are to be found in the Christian worldview already referred to as »Die Idee des Christenthums«. Whilst at the same time, he is positing a pantheistic agenda in which humanity will be sublimated to the status of *Selbstgott*. All this is to be achieved in Sternberger's phrase through »die Abschaffung der Sünde«[64], the abolition of the concept of dualistic thought by a pantheistic reintegration of matter, flesh and spirit.

It is true that Luther's influence on the outer shape of religion: its institutional power base, monasticism and the impact of the subsidiarity of Protestant ecclesiology on political and social structures are highlighted by Heine and largely reflect the writer's construct of a non-dualistic Luther. Nevertheless, the absence of reference to Luther's theology, although justifiable from a critical point of view as outlined above, inevitably becomes a significant aspect of Heine's »selective« presentation. It indicates their fundamental divergence in the resolution of issues of sin, human separation and brokenness. This is raised by Schmidt: »An diesem Punkt scheint sich gerade die größte Distanz zwischen Heine und Luther aufzutun«.[65] He goes on to point out that Heine only later rediscovered a sense of sin and a glimpse of its potential resolution in the »Matrazengruft« as »armer todtkranker Jude« (DHA XV, 112).

Ludwig's »Walhalla« has evolved as an aesthetic construct bringing together unlikely bedfellows within a eulogy of sculpture, despite their historical divisions. Heine's Luther text, framed within the *Philosophieschrift*, is part of an imaginative projection of Hegel's theory of *Weltgeschichte*. Within it Heine was able to create the artistic freedom and autonomy necessary to explore his »selective affinities«. Both artefacts succeed in either accommodating or juxtaposing Heine and Luther. Heine's reveals retrospectively the potential for historical irony; whereas Ludwig's »Walhalla« project subsequently had the irony of history thrust upon it.

Notes

1 Abigail Green: Fatherlands. State-Building and Nationhood in Nineteenth-Century Germany. Cambridge 2001, pp. 39 f.

2 Ernst Loeb: Zwiespältige Einheit. Heines Luther- und Napoleonbild. – In: HJb 47 (2008), pp. 119–28, p. 119.

3 See DHA VIII, 509 ff.

4 See DHA VIII, 125 f.

5 DHA VIII, 26–42, and 71–76: the Luther text within the framework of the two essays.

6 See DHA VIII, 541 ff.

7 *Philosophieschrift* is used as an abbreviation for »Zur Geschichte der Religion und Philosophie in Deutschland«.

8 See DHA VIII, 513.

9 See DHA VIII, 16 f.; 126.

10 DHA VIII, 542.
11 See DHA VI, 11; 393.
12 See DHA VIII, 19–26.
13 See Lyndal Roper: Martin Luther. Renegade and Prophet. London 2016, p. 199.
14 See DHA I, 30–50: »Der Kampf«, »Die Brautnacht«, »Der Kirchhof«.
15 See DHA VIII, 118.
16 See DHA VII, 175 f.
17 His position is neatly summarised in his »Notice Biographique, 15.1.1835«: »Tout en défendant les intérêts sociaux du protestantisme, je n'ai jamais caché mes sympathies panthéistiques [...]« (DHA XV, 103).
18 In the context of defending himself against his critics in the *Platenstreit*, Heine suggests that they would recognise »an den wohlbekannten Schlägen [...] den Glaubensgenossen eines Luthers, Lessings und Voß« (DHA VII, 147). In polemical vein Heine came initially to see himself stylistically amongst this distinguished company: a perception which was later strengthened in his articulation of a social, Protestant right; albeit in *Eulenspiegel* mode.
19 See DHA VIII, 81; 47.
20 Anne Louise Germaine de Staël: De l'Allemagne. 5 vols. Paris 1958–1960, vol. 5, pp. 29 f.
21 See Johann Schmidt: Heine und Luther. Heines Lutherrezeption in der Spannung zwischen den Daten 1483 und 1933 – In: HJb 24 (1985), pp. 9–79, p. 17: »[er] begnügt sich offensichtlich auch weitgehend mit Sekundärliteratur und verzichtet auf originales Quellenstudium«. Manfred Windfuhr is slightly less dogmatic with regard to Heine having had no sight of original Luther sources, although he does not specify which they may have been. (See DHA VIII, 534). In Heine's *Nachlassbibliothek* there is a copy of Luther's translation of the Bible in the second edition of 1827. See Eberhard Galley: Heines Privatbibliothek. – In: HJb 1 (1962), pp. 96–116, p. 110.
22 See DHA VIII, 13.
23 See DHA VIII, 816: »sociale Wichtigkeit«; Manfred Windfuhr explains: »mit diesem Begriff bezeichnet Heine die spezielle Perspektive, unter der er die religions- und philosophischen Vorgänge behandelt. Gemeint sind die Auswirkungen gedanklicher Konzeptionen auf die Gesamtgesellschaft, der Zusammenhang zwischen Denken und Handeln«.
24 See DHA VIII, 43 ff.
25 This does not mean that Heine had no knowledge of the structure and function of the medieval theological disputation. It is quite clear from »Disputazion« that he was familiar with the process. However, given the parody and satire surrounding this text from the »Hebräische Melodien«, it is difficult to imagine that Heine could have ever taken it seriously as an instrument of debate. See DHA III, 158 ff. In a similar vein Luther was seen in a vision to be updating his »95 Thesen« daily for three hundred years in eternity. See DHA III, 181.
26 See also DHA VIII, 47: »dem Geist gab er nemlich einen Leib. Er gab dem Gedanken auch das Wort. Er schuf die deutsche Sprache«.
27 See DHA VIII, 841.
28 Werner/Houben II, 351.
29 See DHA VIII, 39; DHA VII, 502; 842.
30 Roper: Martin Luther. Renegade and Prophet [note 13], p. 92; DHA VIII, 39.
31 Heine was to treat the theme of the Jewish transmission of sacred text in his later narrative poem »Jehuda ben Halevy« (DHA III, 130 ff.).
32 Also for this reason »providential« is applicable to Spinoza. See DHA VIII, 53.
33 See Christian Wiese: Reformator, Ketzer, Judenfeind: Jüdische Perspektiven auf Martin Luther. – In: epd-Dokumentation 39/2015: Deutsch-jüdische Lutherlektüren vor der Shoah. Eine tragische Liebesgeschichte. Tagung der Evangelischen Akademie zu Berlin und des Zentralrats der Juden in Deutschland, Berlin 10.–12.6.2015, URL: https://www.eaberlin,de/nachlese/dokumentationen/2015-39-epd-reformator-ketzer-judenfeind/2015-39-epd-reformator-ketzer-judenfeind.pdf [accessed 28 October 2018], pp. 42–58, p. 50.

34 The biblical sources of the Jewish roots of Western Enlightenment are explored by the Tübingen theologian Gerhard Lohfink. See Gerhard Lohfink: Im Ringen um die Vernunft. Reden über Israel, die Kirche und die Europäische Aufklärung. Freiburg i. Br. 2016, p. 22: »Freiheit, Gleichheit und Brüderlichkeit waren die großen Signal-Wörter der Französischen Revolution. Diese Wörter – und die Sache – die hinter den Wörtern steht – wurden nicht von den Aufklärern erfunden. Ihre Hauptquelle ist die jüdisch-christliche Tradition«.

35 Ludwig Börne: Menzel der Franzosenfresser. – In: Ludwig Börne: Sämtliche Schriften. Ed. by Inge and Peter Rippmann. Düsseldorf, Darmstadt 1964–1968, vol. 3, pp. 871–984, p. 925.

36 See Heinz Schilling: Martin Luther. Rebell in einer Zeit des Umbruchs. Eine Biographie. München 2012, p. 632: »Überhaupt ist »Gewissen« bei ihm eine theologische Qualität, »bezogen nicht bloß auf das Verhalten, sondern auf die Person« auf die Existenz und die Heilfähigkeit des Menschen, dessen gutes Gewissen nicht Übereinstimmung mit seinen Normen und seiner Moral signalisiert, sondern schlicht »Glauben« ist««.

37 See Roper: Martin Luther. Renegade and Prophet [note 13], p. 184. »For Luther, the Word of God is absolutely clear and plain in its meaning, and ›conscience‹ is the individual's internal knowledge of that objective meaning of God's Word«.

38 See Schilling: Martin Luther [note 36], p. 633: »Auch politisch und gesellschaftlich war kein Spielraum für Gewissensfreiheit im modernen Sinne. Für Luther blieb Europa identisch mit der Christenheit«.

39 See DHA VIII, 36: »Dadurch entstand in Deutschland die sogenannte Geistesfreyheit [...]. Das Denken ward ein Recht und die Befugnisse der Vernunft wurden legitim«. See also DHA VIII, 42.

40 See DHA VIII, 467.

41 Schmidt: Heine und Luther [note 21], p. 30. Schmidt divides Heine's direct assertions about Luther into two categories: »einmal dem mehr philosophisch-politischen, zum anderen dem mehr weltanschaulich-persönlichen. Jener verbindet Heine mehr mit der Aufklärung und dem Idealismus, dieser mehr mit dem Saint-Simonismus und Pantheismus«.

42 Friedrich Dieckmann: Luther im Spiegel. Von Lessing bis Thomas Mann. Berlin 2016.

43 Gerhard Ebeling: Der kontroverse Grund der Freiheit. Zum Gegensatz von Lutherenthusiasmus und Lutherfremdheit in der Neuzeit. – In: Luther in der Neuzeit. Wissenschaftliches Symposium des Vereins für Reformationsgeschichte. Ed. by Berndt Moeller. Gütersloh 1985, pp. 9–33, p. 10.

44 See DHA VIII, 831.

45 Volker Leppin: Die fremde Reformation. Luthers mystische Wurzeln. München 2016, p. 26.

46 Schmidt: Heine und Luther [note 21], p. 20.

47 See DHA VIII, 27.

48 See DHA VIII, 14.

49 See Martin Keßler: Introduction: Theological Background to Sermon von Ablass und Gnade. 95 Thesen. Ed. by Howard Jones and others. – In: Treasures of the Taylorian Series One: Reformation Pamphlets II. Oxford 2018, p. xi.

50 See Martin Luther: Die reformatorischen Schriften. 4 vols. Ed. by Karl Zimmermann, Darmstadt 1846, vol. 1, p. 4. »Jedoch will er nicht allein verstanden haben die innerliche Buße ist nichtig und keine Buße, wo sie nicht äußerlich allerlei Tödtungen des Fleisches wirket«.

51 See DHA VIII, 33 f.

52 See Christoph auf der Horst: Heinrich Heine und die Geschichte Frankreichs. Stuttgart, Weimar 2000, p. 65: »Heine ist nun überzeugt, daß die Reformation nicht nur Geistesfreiheit gebracht, sondern auch den spiritualistischen Geist wiederbelebt habe und deshalb verweist Heine auch auf die Gegnerschaft der Renaissance gegenüber der Reformation«.

53 In Hegel's »Phänomenologie des Geistes« the subsummation of stages is a process made up of »Momente«, moving towards their sublation into a new totality. Therefore seen from the Hegelian viewpoint, the stuff of Luther's Reformation is an interrelated complex of dialectical »Momente«.

54 See DHA VIII, 16 f. A variant of the sickness motif in Modernity is also explored by Thomas Mann in »Buddenbrooks« and elsewhere. From an early age Mann was familiar with Heine's work, including the *Philosophieschrift*. Klaus Schröter claims: »Am entscheidensten aber hat Verehrung für Martin Luther auf Thomas Manns lebenslange Auseinandersetzung mit dem Protstantismus eingewirkt«. Klaus Schröter: Thomas Mann in Selbstzeugnissen und Bilddokumenten. Reinbek 1964, p. 29. Manns *Lutherbild* was subject to revision in exile.

55 Diarmaid MacCulloch: A History of Christianity. The First Three Thousand Years. London 2009, p. 171.

56 Hans Jonas: Gnosis und spätantiker Geist. 2 vols. Göttingen 1964.

57 Eberhardt Kirsch, Eckhard Peters: Religionskritik bei Heinrich Heine. Leipzig 1977, p. 83.

58 See Das Augsburger Bekenntnis. (Confessio Augustana) Artikel IV, Von der Rechtfertigung (1530). URL: http://de/Augsburger-Bekenntnis-Confessio-Augustana-13450.htm [accessed 16 October 2018].

59 Dr. Martin Luthers Werke: Kritische Gesamtausgabe. Tischreden. 6 vols. Weimar 1883, vol. 4, Nr. 4007; V, Nr. 5247.

60 See DHA VIII, 33.

61 Thomas Mann referred to Luther's concept of freedom: »Er war ein Freiheitsheld, – aber in deutschem Stil, denn er verstand nichts von Freiheit«. See Thomas Mann: Deutschland und die Deutschen. – In: Luther und die Deutschen. Stimmen aus fünf Jahrhunderten. Ed. by Thomas Kaufmann and Martin Keßler. Stuttgart 2017, p. 241.

62 Martin Luther: Dr. Martin Luthers Kirchenpostille. Predigten über die Evangelien an den Fest- und Aposteltagen. – In: Dr. Martin Luthers Sämmtliche Werke. 26 vols. Ed. by Joh Georg Plochmann, Erlangen 1828, vol. 15, p. 46.

63 Die Bibel. Trans. by Martin Luther. Stuttgart 1912. It occurs in Leviticus and Numbers in instances where »aussätzige« are excluded from crossing into the Promised Land. See Leviticus 14, 34; 2 Kings 15, 5 denoting social segregation as a punishment by God; Matthew 11, 5 in the context of healing miracles.

64 Dolf Sternberger: Heinrich Heine und die Abschaffung der Sünde. Berlin 1976.

65 Schmidt: Heine und Luther [note 21], p. 67.

»Shocking! for shame, for shame!«

Mehrsprachigkeit in den Reiseberichten Heinrich Heines und Hermann von Pückler-Muskaus

Von Leslie Brückner, Straßburg, Metz

»[S]hocking! for shame, for shame!« (DHA VII, 221), rufen in Heines »Englischen Fragmenten« zwei Engländerinnen beim Anblick des Balletts in der Pariser Oper. Die beiden »dicken Manchesternen Damen«, fügt Heine maliziös hinzu, seien derart entsetzt von der Freizügigkeit des Tanzes gewesen, dass sie »nicht einmal das Perspektiv vom Auge fortnehmen konnten, und bis zum letzten Augenblicke, bis der Vorhang fiel, in dieser Situazion sitzen blieben.« (ebd.) Indem Heine den Ausruf der Entrüstung auf Englisch zitiert, charakterisiert er seine Engländerinnen umso lebendiger und authentischer. Durch den englischen Ausruf bereichert er seinen Reisebericht mit Lokalkolorit und Komik.[1]

Die Frage nach Mehrsprachigkeit in der Literatur – insbesondere nach dem Zusammenhang zwischen Mehrsprachigkeit und literarischer Kreativität – hat in den vergangenen Jahren ein innovatives literaturwissenschaftliches Forschungsgebiet hervorgebracht.[2] Das neunzehnte Jahrhundert, das Jahrhundert der europäischen Nationalstaaten, blieb dabei lange ein blinder Fleck.[3] Gerade in der deutschen Literatur des 19. Jahrhunderts war, im Zusammenhang mit der deutschen Nationalstaatsbildung, Einsprachigkeit eine zentrale literarische Norm. Reiseberichte bilden dabei eine Ausnahme, da die Gattung von der Darstellung kultureller Unterschiede lebt. Welche Funktionen hat Mehrsprachigkeit in der deutschsprachigen Reiseliteratur um 1830? Um dieser Frage nachzugehen, werden in diesem Artikel zwei prominente Englandreiseberichte vergleichend analysiert: Heinrich Heines »Englische Fragmente« und Hermann Fürst von Pückler-Muskaus »Briefe eines Verstorbenen«.

Beide Autoren hatten ihre Englandreisen in den Jahren vor der französischen Julirevolution unternommen: Heine war im Sommer 1827 nach London gereist, Pücklers Buch beruht auf seiner mehr als dreijährigen Reise durch England, Wales und Irland in den Jahren 1826–1829. Die beiden England-Reiseberichte erschienen beinahe gleichzeitig: Pückler veröffentlichte seine »Briefe eines Verstorbenen« ab 1829 in drei Bänden, Heine publizierte die »Englischen Fragmente« im Dezember 1830 im vierten Band der »Reisebilder«. Einige Textpassagen waren zuvor schon in Cottas Zeitungen erschienen. Beide Reiseberichte hatten großen Erfolg auf dem Buchmarkt: Heines »Reisebilder« waren für seine Zeitgenossen, auch für Pückler, stilprägend. Der vierte Band war wegen seines politischen Gehalts und seiner Religionskritik umstritten, erregte viel Aufsehen und wurde von der preußischen Zensur verboten.[4] Pücklers Reisebericht wurde vom deutschen Lesepublikum begeistert aufgenommen und sogar von Goethe gelobt.[5]

Welche Rolle spielt Mehrsprachigkeit in Heines und Pücklers England-Reiseberichten? An welchen Stellen und zu welchen Zwecken verwenden die Autoren fremdsprachliche Begriffe und Wendungen? Welche englischen Wörter und Wortfelder erscheinen in den beiden Reiseberichten in der Originalsprache? Gibt es unübersetzbare Begriffe – etwa kulturelle Besonderheiten oder Konzepte –, die die Autoren im Original notieren und dann erklären? Um diesen Fragen nachzugehen, werden in den beiden ersten Abschnitten zuerst Heines, dann Pücklers Verwendung des Englischen untersucht. Im dritten Abschnitt wird ergänzend die Rolle des Französischen bei Pückler thematisiert.

1. Englisch bei Heine: Lokalkolorit und Kennerschaft des politischen Systems

In Heines »Englischen Fragmenten« finden sich an vielen Stellen in den deutschen Text eingefügte englische Begriffe. Sie haben unterschiedliche Funktionen für den Reisebericht. Zunächst ist interessant, dass Heine mehrfach englischsprachige Ausrufe zitiert, die er auf seiner Reise gehört hat. Diese Elemente der gesprochenen Sprache sollen die Authentizität seines Reiseberichts untermauern und den Leser in die landestypische Atmosphäre versetzen. Neben der bereits erwähnten satirisch-komischen Szene mit den Manchester Damen beschreibt er gleich zu Beginn des Textes eine andere Konfrontation mit dem gesprochenen Englisch: Auf einer belebten Londoner Straße stößt ein hastiger Einheimischer den flanierenden deutschen Reisenden mit dem Ausruf »*God damn!*« (DHA VII, 214) grob beiseite. Heine berichtet diese kleine Szene sehr ausführlich und stilisiert sie zu einer Kritik am kaufmännisch-geschäftigen London, in dem ein Poet wie er keinen Platz habe. Den Ausruf »*God damn!*« wiederholt er dabei wie einen Refrain dreimal (ebd.). Aus dem britischen Parlament berichtet Heine zudem, wie die Abgeordneten bei der Erwähnung des Namens des gescheiterten Attentäters Guy Fawkes ängstlich »*hear-him! hear-him!*« rufen (DHA VII, 256). Den Dialog der Zuschauerinnen des Londoner Gerichtshofs »Old Bailey« erzählt er hingegen ganz ohne englische Einsprengsel – vielleicht ein Hinweis darauf, dass diese Szene seiner Fantasie entsprang? (DHA VII, 230 f.). Ebenso ist in der politisch-satirischen Szene, in der Heine beschreibt, wie sein Londoner Barbier angeblich beim Messerwetzen immer »Lords, Hunde, Pfaffen!« murmelt, nur eines von drei Wörtern auf Englisch genannt (DHA VII, 261).

Im Zusammenhang mit der gesprochenen Sprache stellt sich natürlich auch die Frage nach Heines Sprachkompetenz im Englischen.[6] Aus den langen übersetzten Passagen aus der englischen Presse in den »Englischen Fragmenten« darf man wohl schließen, dass Heine die englische Presse im Original lesen konnte. Konnte er aber einem auf Englisch geführten Gespräch folgen? Im Text erwähnt Heine nur einmal explizit ein Gespräch mit einem Engländer – mit dem er sich in einem Restaurant auf Französisch unterhält (DHA VII, 219).

Neben den – seltenen – Spuren der gesprochenen englischen Sprache verwendet Heine mehrfach englische Wörter, um seinen Reisebericht mit Lokalkolorit anzureichern. So spricht er gleich auf den ersten Seiten mehrfach von dem englischen »Gentleman« (DHA VII, 211) – ein im Deutschen bereits fest eingeführter Begriff, wie das Eingangszitat von Willibald Alexis belegt (DHA VII, 208). Außerdem streut er Begriffe für typisch englische Lebensmittel wie »Plumpudding« (DHA VII, 218)

Der Gerichtssaal in Old Bailey. Nach einer Zeichnung von Thomas Rowlandson und Augustus Pugin (1808)

und »Beefsteak« (DHA VII, 218) oder »Porter« (DHA VII, 261) in seinen deutschen Text ein. »Beefsteak« wird mehrfach als ungenießbares englisches Nationalgericht zitiert, das den Engländer stereotyp kennzeichne (ebd.). Ebenfalls dem Lokalkolorit dienen Begriffe wie »der spleenige Britte« (DHA VII, 212), »High Life« (DHA VII, 219) und »Comfort« (DHA VII, 210). Außerdem kehrt die Bezeichnung »John Bull« mehrfach als stereotype Bezeichnung für die Engländer wieder.[7]

Wie für die Gattung des Reiseberichts typisch, stellt sich Heine als Kenner Londons und Englands dar, indem er dem Leser kulturelle Besonderheiten beschreibt und erklärt. Dabei verwendet er gelegentlich auch englische Begriffe. So beschreibt er etwa die »Squares« (DHA VII, 216) in der Londoner Architektur. Im englischen Gerichtshof benennt er auf Englisch »vor der sogenannten Bar (Schranke)« (DHA VII, 229) – der Begriff »bar« wird im Englischen bis heute synonym für das Gericht gebraucht. An einer anderen Stelle schließlich erwähnt Heine die »Stage-Kutsche« (DHA VII, 243 [zwei Mal]) als britische Besonderheit und fügt gleich eine politische Satire über die englische Parlamentsopposition als »Opposizionskutsche« hinzu (ebd.), wobei er diese Idee allerdings von einem nicht näher bezeichneten »Freunde« übernommen hatte (ebd.).

An drei Stellen fügt Heine längere englischsprachige Wendungen in seinen Text ein, um sich als Kenner der englischen Sprache und Kultur darzustellen. So schreibt er über die Reihenhausarchitektur in London: »Auf der entgegengesetzten Seite Londons, die man das Westende nennt, *the west end of the town,* und wo die vornehmere und minder beschäftigte Welt lebt, ist jene Einförmigkeit noch vorherrschender [...]« (DHA VII, 216). In ganz ähnlicher Absicht fügt er in die Beschreibung der englischen

Opposition und ihres Anführers Henry Brougham einen englischsprachigen Satzteil ein: »Der Chef der Opposizion im Unterhause, *the leader of the opposition*, gehört unstreitig zu jenen letztern [den Reformern].« (DHA VII, 247) Die Wendung »*the leader of the opposition*« verwendet Heine im letzten Satz desselben Artikels noch einmal, wiederum wie eine Art Refrain (Artikel »VIII Die Opposizionspartheyen« DHA VII, 253). An einer Stelle verwendet Heine schließlich das englische Sprichwort »*my house is my castle*« (DHA VII, 209), das er als typisch für den englischen Nationalcharakter interpretiert und auf die politischen Zustände Englands überträgt. An solchen Textstellen wird deutlich, wie Heine sich durch die Verwendung fremdsprachlicher Wendungen als Kenner der fremden Kultur darzustellen sucht.

Im Zusammenhang mit seinen kritischen Ausführungen zu den politischen und gesellschaftlichen Zuständen in England – dem Hauptthema seines Reiseberichts im Kontext der Julirevolution – verwendet Heine schließlich auch viele englische Begriffe. Die von ihm als Ausbeuter kritisierte politische und soziale Klasse des englischen Adels bezeichnet er mit verschiedenen englischen Begriffen als »Englands Nobility« (DHA VII, 217, 220), »Gentry« (DHA VII, 220) und »Lords« (DHA VII, 261). Diese Begriffe haben auch die Funktion, Lokalkolorit zu schaffen und den Reisebericht authentischer zu gestalten. Andere spezifisch englische Begriffe übersetzt Heine oder bildet deutsche Pendants, so etwa »Fuchsjäger« (DHA VII, 254) für die »foxhunters« als Begriffe für die englischen Adeligen und »Hochländer« (DHA VII, 249) für die bei Walter Scott beschriebenen schottischen »Highlanders«. Weitere Beispiele sind die »glorreiche Revoluzion« (DHA 255) und »Oranienmänner« (DHA VII, 254). Wenn Heine den englischen Premierminister mit dem »Enginer« (DHA VII, 235 [zwei Mal]) eines großen Dampfschiffes vergleicht, wird der Verweis auf die technokratischen industriellen Wurzeln der englischen Gesellschaft besonders deutlich.

Bei seiner Beschreibung des englischen politischen Systems geht Heine mittels englischer Begriffe, die er erklärt, auf spezifisch englische politische und soziale Zustände ein. Heines Kenntnisse über das englische Parlament und die aktuelle politische Lage stammten offensichtlich aus den Annalen der Parlamentsdebatten[8] und aus der regierungskritischen britischen Presse, etwa William Cobbetts »Weekly Political Register«, aus denen er längere Passagen übersetzt zitiert. Die übersetzten Passagen nehmen etwa ein Drittel des Gesamttextes der »Englischen Fragmente« ein.[9] Offensichtlich war Heine fasziniert von den öffentlichen Debatten und der freien Presse, zu denen es in den deutschen Staaten kein Pendant gab. In den übersetzten Passagen zitiert Heine einige Male englische Begriffe in Klammern, wie um die deutschen Begriffe zu präzisieren: etwa »die Veranlassung (*occasion*)« (DHA VII, 236) und »mit englischem Geld unterstützt (*subsidized*)« (ebd.). Es stellt sich die Frage, ob er damit demonstrieren will, dass er hier aus einem englischen Originaltext zitiert, oder ob er diese Begriffe tatsächlich unübersetzbar fand und durch den englischen Originalbegriff noch Nuancen zum Verständnis beisteuern wollte.

Der zeitgenössischen englischen Presse entnimmt Heine englische Begriffe zur Beschreibung der spezifischen politischen Zustände, die er seinen Lesern erklärt. So widmet er zunächst den englischen Parteien »Whigs« und »Tories« (DHA VII, 233; DHA VII, 244, 245) eine längere erklärende Passage, in der er die beiden Parteien als Interessensgruppen darstellt, die mehr durch Freundschaft und Tradition als durch politische Programme zusammengehalten werden (DHA VII, 245). Die beiden Parteinamen »Whigs« und »Tories« seien in diesem Sinne »Coterienamen« (ebd.), keine politischen Begriffe. Hier zitiert Heine auch das unübersetzbare Wortspiel eines britischen Abgeordneten, der eine Rede des Parlamentariers Francis Burdett kommentiert: *»he has untoried the tories and unwigged the whigs.«* (DHA VII, 246).[10] Im Anschluss erklärt er seinen Lesern, dass die beiden Begriffe »reformers« und »radicals« eine viel bessere Beschreibung der englischen Opposition böten (DHA VII, 246 [zwei Mal], 247). Diese Begriffe verwendet er dann in seinem eigenen Text mehrfach, als deutsche Wörter eingemeindet durch den Großbuchstaben am Anfang und deutsche Deklination.[11]

Im Zusammenhang mit den aktuellen politischen Problemen Englands erklärt Heine seinen Lesern einige zentrale Begriffe aus der aktuellen englischen Presse, die zum Teil unübersetzbar sind. Ein unübersetzbarer Begriff für die politischen Missstände Englands sind etwa die *»rotten boroughs«* (DHA VII, 246, 266), eine in der englischen Presse verwendete Bezeichnung für Orte, die noch ein Wahlrecht ausüben, obgleich sie keine Einwohner mehr haben, so dass de facto nur ein Adeliger seine Stimme abgibt. Heine kritisiert dies als Teil der schlechten Volksrepräsentation im britischen Parlament, in dem die neuen englischen Fabrikstädte trotz hoher Einwohnerzahl keine Stimme hätten.

Ein anderes zentrales Thema in Heines »Englischen Fragmenten« ist die nationale Verschuldung Englands, der Heine ein eigenes Kapitel widmet (Kapitel »VII Die Schuld«) und die er ausführlich als größtes Problem der englischen Politik seiner Gegenwart darstellt. Hier verwendet Heine mehrfach die englischen Begriffe *»the national debt«* (DHA VII, 233) und *»the debt«* (DHA VII, 235). Außerdem gibt er eine unübersetzbare politische Spitze des englischen Publizisten Cobbett wieder, der bemerkt, dass die Engländer zwar alle Besitztümer dem König zuordneten, und von *»the kings army, the kings navy, the kings courts, the kings prisons, etc.«* (DHA 233), nie aber von *»the kings debt«* (DHA VII, 233) sprächen.[12] In diesem Kapitel spricht Heine in seinem deutschen Text auch mehrfach von »Taxen« (DHA VII, 237, 239, 266) statt Steuern. Im Zusammenhang mit dem Problem der Staatsverschuldung übernimmt Heine einen weiteren Begriff aus der kritischen englischen Presse, die die Verschuldung als *»dead weight«* (DHA VII, 239 [zwei Mal], 240) bezeichnet. Heine erklärt den Begriff und wiederholt ihn mehrfach in einem Text: zum Einen wegen seiner Unübersetzbarkeit, aber vermutlich auch wegen seiner Anschaulichkeit: die Nationalschuld als eine tödliche Last auf den Schultern des englischen Volkes. So spricht Heine im weiteren Verlauf seines Reiseberichts auch von dem »*dead weight*-Volk« (DHA VII, 240) und der »*dead weight*-Schuld« (ebd.). Interessant ist hier, wie Heine die englischen Nomina in seinen deutschen Text aufnimmt. An einigen Stellen integriert er englische Wörter in seine deutschen Formulierungen, etwa wenn er – in einem übersetzten Artikel – vom »*No popery*-Geschrei« (DHA VII, 258) im englischen Parlament schreibt oder an anderer Stelle, auf eine stereotype englische Besonderheit anspielend, von einer »*fair play*-Schilderung« (DHA VII, 220) spricht. Durch die charakteristische Kombination des englischen Begriffes und deutscher Nomina hat Heine den englischen Begriff in seinen Text integriert und für seine eigene politische Aussage fruchtbar gemacht.

Indem er seinem Leser typisch englische Begriffe und Konzepte erklärt, demonstriert Heine seine Kennerschaft des englischen politischen Systems. Einige Begriffe, die Heine in seine politischen Erläuterungen einfügt, wie die »*rotten boroughs*« oder »*the kings debt*«, sind tatsächlich unübersetzbar. Daher dienen sie Heine besonders exemplarisch zur Darstellung der Spezifika des englischen politischen Systems. Der Einsatz der englischen Begriffe wie »debt« für die Nationalschuld im deutschen Text dient auch dazu, dieses politische Problem als spezifisch englisch zu kennzeichnen. Manchmal zitiert Heine im deutschen Fließtext englische Begriffe wie »gewisse Bills, gewisse erbliche *Questions*« (DHA VII, 245), um die Debatten als typisch englisch darzustellen. In diesem Sinne verleihen die englischsprachigen Begriffe auch Heines Darstellung politischer Zustände ein gewisses Lokalkolorit. Durch die Erklärung englischer Begriffe stellt der Autor sich als Kenner der englischen Sprache und als Spezialist für das englische politische System dar.

Schließlich lassen sich in Heines »Englischen Fragmenten« auch einige Sprachspiele mit englischen Adjektiven und Wortteilen finden. Englische Adjektive benutzt Heine einerseits, um Lokalkolorit darzustellen. So schreibt er beispielweise, dass in den englischen Schaufenstern »jeder Weiberrock uns so *finished* und einladend entgegenglänzt« (DHA VII, 216). Mehrfach verwendet er auch das im Deutschen schon eingeführte typisch englische Adjektiv »fashionable« (DHA VII, 219). Diese englischen Adjektive dekliniert Heine dann auf deutsche Weise mit, wenn er etwa vom »fashionablen Mittelalter[]« (DHA VII, 265) spricht. Dabei verwendet er die englischen Adjektive deutlich als verfremdendes Stilmittel. So wiederholt er etwa die Kombination die »fashionablen Saloons« in London, zwei Mal (DHA VII, 220 und 221). Man merkt dem Text deutlich an, dass der große Sprachartist Heine eine gewisse Freude am Spiel mit dem fremden englischen Vokabular, besonders englischen Adjektiven entwickelt. So bildet er zum Beispiel aus Gentleman das Adjektiv »gentlemännisch« (DHA VII, 252). Sprachspielerisch fügt er seine deutsch-englische Adjektiv-Neuschöpfung »toriesch gesinnt« (DHA VII, 245) (zu der politischen Partei der Torys, die er ausführlich erklärt) in den Text ein, dekliniert es zu »ein toryscher Knecht« (DHA VII, 254) und bildet sogar die Formulierung »von hochtorieschen Verläumdungen« (DHA VII, 235). Diese Sprachspiele erzeugen neben Lokalkolorit auch einen verfremdenden Effekt.

2. Englisch bei Pückler: Lokalkolorit und Umgangssprache

Wie in Heines »Englischen Fragmenten« lassen sich auch in Hermann von Pückler-Muskaus Reisebericht »Briefe eines Verstorbenen« zahlreiche englische Begriffe, Sätze und Zitate finden. Wie Heine flicht Pückler häufig englische Wörter in seinen Text ein, um seinen Reisebericht mit Lokalkolorit anzureichern. Das erste englische Wort erscheint in diesem Sinne auch erst im dritten Brief seiner Reiseschilderungen, dem ersten aus London vom 5. Oktober 1826 (BV 429).[13] Mehr noch als Heine benennt Pückler viele Londoner Orte mit den englischen Originalnamen, zum Beispiel »Buckingham House« (BV 437), »Lloyds Coffeehouse« (BV 439) oder »die Börse, the Royal Exchange« (BV 439). Oft bezeichnet er auch kulturelle Besonderheiten, die er auf seiner Reise sieht, mit dem englischen Begriff, etwa der »Postboy« (BV 18),

»ein paar Pence« (BV 28) oder ein »frock-coat« (BV 41). In London benennt er die »season« (BV 437), die »waiters« (BV 435) in seinem Hotel oder die »clerks« (BV 440) in der Londoner Börse auf Englisch. Oft bezeichnet Pückler englische kulturelle Besonderheiten mit dem englischen Originalbegriff und übersetzt diesen dann in Klammern erklärend ins Deutsche. So etwa in einer ausführlichen Beschreibung der Organisation auf einem britischen Landsitz, wo er die typisch englischen Gegebenheiten mit englischen Begriffen benennt: »[...] die Ausgeberin (housekeeper) und der Haushofmeister (butler) bewohnen ihr eigenes Quartier« (BV 27), schreibt er, die beiden Begriffe »pantry« und »butler« wiederholt er zwei Mal (Brief vom 16. Juli 1828, BV 27). Manchmal übersetzt er typisch englische Begriffe für kulturelle Besonderheiten auch so ins Deutsche, dass der Originalbegriff noch durchscheint, etwa »im Vorzimmer, die Halle genannt« (BV 26) oder »einen sogenannten Teegarten« (BV 8).

Einige englische Wortfelder wiederholen sich in Pücklers Reisebericht besonders oft. Zentral sind zum Beispiel die Beschreibungen englischer Landschaftsgärten, denen die Leidenschaft des Muskauer Gutsherren galt. In diesem Zusammenhang verwendet Pückler einige englische Begriffe sehr selbstverständlich, wie etwa »pleasure ground« (BV 437, 438, 451, 452, BV 14, u. ö.), eine für englische Parks typische, direkt um das Landhaus liegende Gartenanlage zum Spazieren. Das allererste englische Wort in Pücklers Text entstammt auch dem Wortfeld der Parks (»evergreen woods«, BV 429). Weitere Beispiele sind etwa »shrubberies« (BV 451) und »shrubs« (BV 437), »bowling greens« (BV 436), »hanging woods« (BV 441) oder, etwas eingedeutscht, »Parkentrance« (BV 451). Auch sehr geläufig verwendet er »cottage« zur Bezeichnung englischer Landhäuser. (BV 14, 52, u. ö.)

Ein zweites Wortfeld, in dem Pückler viele englische Wörter benutzt, sind Pferde und Kutschen – offensichtlich ebenfalls ein Lebensbereich, der den adeligen Reisenden besonders interessierte und in dem ihm englische Eigenheiten besonders auffielen. So beschreibt Pückler etwa die Pferderennen in Newmarket, denen er mit Interesse zusah, mit zahlreichen englischen Begriffen sowohl in Bezug auf die Reitkunst – etwa »training groom« (BV 448) und »Jockeys« (BV 449, 450) – als auch in Bezug auf die Wetten, etwa »eine andere weiße Stange, the betting post genannt« (BV 449), oder »Done (es gilt)« (BV 451). Im späten Verlauf der Reise benennt er oft die englischen Kutschenmodelle, mit denen er gefahren ist, zum Beispiel »in einem irischen car, mit einem Pferd bespannt« (BV 62), oder »In einer Fly (kleine Art Landau, nur mit einem Pferd bespannt)« (BV 7).[14]

Auch typisch englisches Essen kommt in Pücklers Reisebericht vor, zum Beispiel »Muffins«, die er in einer Fußnote erklärt als »Eine Art lockerer Semmel mit krokanter Rinde, die heiß mit Butter gegessen wird.« (BV 13). Seine Begeisterung über den walisischen Hammelbraten drückt er gleich mehrfach mit englischen Begriffen für dieses Nationalgericht aus (»mountain mutton (Berghammel)« (BV 45), »tender mutton« (BV 51)).[15] Viel größeren Raum als das Essen nehmen aber die Beschreibungen von Landschaften, Burgen und Parks sowie von Reiseerlebnissen ein. Im zweiten Teil seines Reiseberichts, über die Fahrt durch Wales und Irland, erklärt Pückler auch walisische Ortsnamen, etwa die »Ruinen der uralten welschen Burg Castle Dinas Bran, zu deutsch: Krähen-Veste« (BV 13). Auch in diesem Teil würzt Pückler seinen Reisebericht mit englischen Wörtern, wohingegen nur an

Der Jockey Club auf der Pferderennbahn Newmarket. Nach einer Zeichnung von Thomas Rowlandson (1811)

einer einzigen Stelle ein gälisches Wort als Zitat vorkommt.[16] Einmal kommentiert Pückler auch das gesprochene Gälisch in seiner phonetischen Fremdheit: »Die welsche Sprache klingt selbst wie Krähengekrächze. Beinahe alle Namen fangen mit C an, welches mit einem Krach-Laut ausgesprochen wird, den eine fremde Kehle nicht nachmachen kann.« (BV 18) Die walisischen und irischen Ortsnamen dienen ebenso wie die englischen Begriffe dazu, den Text mit Lokalkolorit anzureichern und dem Leser die interessante Fremdheit Großbritanniens vorzuführen.

Wie Heine bestätigt auch Pückler durch englische Begriffe die Authentizität seines Reiseberichts und demonstriert gleichzeitig seine Kennerschaft der englischen Sprache und Sitten. Im Gegensatz zu Heine stellt Pückler allerdings keine politischen Überlegungen an und erklärt daher auch keine Fachbegriffe. Sein Bericht beschränkt sich auf die sehr detaillierte und ereignisnahe Beschreibung seiner Reise. Dafür nehmen die Beschreibungen typisch englischer Dinge und Orte viel mehr Raum ein als bei Heine. Sehr interessant sind in diesem Zusammenhang die englischen Begriffe, die Pückler und Heine beide verwenden. Offensichtlich handelt es sich dabei um dem deutschen Leser bereits bekannte Begriffe. So spricht auch Pückler mehrfach (und ohne es zu erklären) vom Londoner Westend. So schreibt er etwa zu Beginn seines Aufenthalts in London: »So schnell wie möglich eilte ich, aus der schmutzigen City mit ihrem Ameisengetümmel herauszukommen, mußte aber noch eine halbe Stunde weit mit Postpferden fahren, ehe ich in das westend of the town gelangte« (BV 431). Im weiteren Bericht über London verwendet er den Begriff »west end of the town« (BV 441) ganz geläufig. Ebenso kommt das Adjektiv »fashionable« bei beiden Autoren vor. Pückler beklagt bei seiner Ankunft in London im Oktober 1826, dass die bessere Gesellschaft nicht anwesend sei: »London ist jetzt so tot an Eleganz und fashionablen Leuten« (BV 431). An anderer Stelle spricht er von »fashionablen

Damen« (BV 14) – ein offenbar im Deutschen bereits eingeführter typisch englischer Begriff. Ein drittes Beispiel ist der englische »comfort« (BV 434), den beide Reisende loben – ein im Deutschen ja sowieso transparentes Wort.

Eine weitere Parallele zu Heines Reisebericht ist die Stelle, in der Pückler London als »Hauptstadt für shopkeepers« (BV 432) bezeichnet. Begriff und Idee entstammen allerdings einer bekannten Äußerung Napoleons über England.[17] Ähnlich wie Heine kommentiert auch Pückler die besondere Eleganz und Vielfalt des englischen Geschäftslebens, die Märkte in London und, wie Heine, die elegante Präsentation, die sogar Lebensmittel betreffe: »[…] alles [ist] mit einer gewissen Zierlichkeit arrangiert, die selbst bei Fleischern, Fisch- und Kartoffelhändlern noch anzutreffen ist« (BV 436). Wie Heine bemerkt auch Pückler die Anonymität der Hauptstadt London: »[…] in der tumultarischen City, wo man wie ein Atom verlorengehen kann« (BV 440), schreibt er – offenbar zwei Dinge, die es in den deutschen Staaten 1830 so nicht gab. Den englischen Begriff »City« verwendet Pückler im Übrigen sehr geläufig als Synonym für London (BV 431, 438, 439, 440). Schließlich verweisen beide Autoren auf Walter Scott. Während Heine die etwas seltsam übersetzte Form »Hochländer« (DHA VII, 249) gebraucht, verwendet Pückler den Begriff »highlands« (BV 13) im Zusammenhang mit einem direkten Verweis auf Walter Scott. Daran zeigt sich, dass Scott – trotz Heines Kritik an seiner Napoleon-Biographie – für die Zeitgenossen die zentrale kulturelle Referenz für Großbritannien war.

Pückler lernte im Laufe seiner Englandreise so gut Englisch, dass er sich fließend auf Englisch verständigen konnte.[18] Er hatte bereits 1814 ein Jahr in London verbracht und verfügte offenbar zu Beginn seiner Reise schon über Grundkenntnisse.[19] Im Dezember 1828 schreibt er nach zweijähriger Reise an Lucie, er habe »ziemlich fließend Englisch sprechen und schreiben gelernt.«[20] Charles Dickens lässt Pückler allerdings in seinem erstem Roman »The Pickwick Papers« (1836/37) als »Graf Smorltork« auftreten, eine Karikatur eines reisenden deutschen Adeligen, der schlecht Englisch spricht, alles falsch versteht und trotzdem dicke Bücher über England schreibt.[21] Darauf deuten einige Stellen im Reisebericht hin, an denen Pückler satirische Passagen aus englischen Zeitschriften versehentlich als realistische Schilderungen auffasste.[22] Dennoch können wir davon ausgehen, dass das Englische Pückler als Umgangssprache zur Verfügung stand. Auf seiner Reise dient es ihm als Umgangssprache, vor allem mit seinen einheimischen Reiseführern, Gastwirten, Kutschern und Dienern – mit englischen Adeligen sprach er auch oft Französisch. Seine guten Englischkenntnisse zeigen sich in seinem Reisebericht, mehr noch als an den englischen Begriffen, an den Zitaten aus gesprochener Rede. Gelegentlich zitiert er englischsprachige Sätze aus Gesprächen, so etwa aus einer Unterhaltung mit einer Kaufmannsfrau, die ihn auf ihren Landsitz in der Nähe von London eingeladen hatte und die damit angibt, eine deutsche Hochadelige zur Freundin zu haben: »She is a great friend of mine« (Brief vom 19. Oktober 1826, BV 453). In einem anderen Brief erzählt er von seinem Flirt mit einer verheirateten adeligen Dame, die ihn aber mit den Worten »Now I declare, you are a great rogue and never more I'll be alone with you«[23] (Brief vom 16. September 1828, BV 144), endgültig abweist. Gelegentlich erklärt Pückler seinen Lesern auch die englische Aussprache, etwa »Ṇational taste (wird ausgesprochen: Nashional)« (BV 432). Wie als Beleg für seine verbesserten Englischkenntnisse flicht Pückler im zweiten Teil seines Reiseberichts einige englische Sätze in seinen eigenen deutschen Text ein. So schreibt er etwa über das Reisen auf englischen Landstraßen: »*It is so delightful* für jemand, der fühlt und denkt wie ich« (BV 11), und an anderer Stelle, als er auf das Wohl seiner geliebten Lucie trinkt, er hoffe »daß es doch Gottes Wille sein möge, es Dir auf Erden gut ergehen zu lassen, und dann auch mir – *if possible*« (BV 41). Deutlich kokettiert Pückler hier mit seinen Englischkenntnissen.

Auf seiner Reise in Wales und Irland beschreibt Pückler mehrfach Verständigungsprobleme mit Einheimischen, die nicht oder nur gebrochen Englisch sprechen.[24] So schreibt er über eine Bergtour mit einem walisischen Schafhirten: »Es war höchst unbequem, dass ich mit meinem Führer nicht mehr als mit den Adlern sprechen konnte, denn er verstand kein Wort Englisch.« (BV 64). Ein anderes Beispiel bietet die Beschreibung seiner Bergtour in der Nähe von Beddgelert im Nordwesten von Wales. Pückler erklettert mit einem »kleinen Knaben« (BV 66), der ihn führen soll, den Felsen »Dinas Emrys« (Merlins Burg). Leider ist der Junge nicht so ortskundig, wie gedacht. Anfangs noch zuversichtlich – »indessen beruhigte er meine Besorgnis in gebrochenem Englisch« (BV 66) –, führt er den Reisenden in eine Sackgasse vor einer Steilwand. »Der Anblick war entmutigend, das Kind fing an zu weinen und ich überlegte mit klopfendem Herzen, was zu tun sei« (BV 67), schreibt Pückler. Als einziger Ausweg bietet sich das Erklettern einer unsicheren Wand, wobei Pückler noch rückblickend seine Angst vor der Lebensgefahr bei diesem Aufstieg beschreibt. Der folgende Absatz ist aufschlussreich für seine Verwendung des Englischen im Reisebericht:

> [Ich] war guter Dinge, so wohlfeilen Kaufs davongekommen zu sein, obgleich ich dem kleinen *imp,* der mich wie ein neckender Berggeist in die Gefahr gebracht, mit allen Schrecknissen drohte, wenn er nicht zur Rückkehr den rechten Weg ausfindig mache. Während seiner Abwesenheit besah ich die Überreste der »area« wie sie hier genannt wird, die demolierten Mauern, wo »Prophetic Merlin sat, when to the British King/ The changes long to come, auspiciously he told.« In den Steinhaufen wühlte ich umher, in die verfallenen Gewölbe kroch ich – aber auch mir blieben, gleich andern guten Leuten, die Schätze verborgen! (Brief »Beddgelert, den 29sten [Juli 1828] früh«, BV 67)

Pückler verwendet hier auffällig viele englische Wörter: Zuerst bezeichnet er den Jungen als »imp«, um ihn als »Berggeist« zu stilisieren, dann bezeichnet er die Ruinenstätte als »›area‹« wie sie hier genannt wird« – und bereichert seinen Reisebericht so mit der erwünschten Authentizität des selbst Gehörten. Schließlich zitiert er zwei Verse aus dem Gedicht »The River Conwy« von Michael Drayton (1563–1631) im englischen Original, ohne Übersetzung. Seine Beschreibung der walisischen Bergwelt erhält dadurch eine zusätzliche poetische Note – vielleicht auch inspiriert von den Gedichten in Heines »Harzreise«? –, zudem stellt Pückler damit seine englischen Sprachkenntnisse und seine literarische Bildung unter Beweis. Die Bergtour ist auch beispielhaft für Pücklers Form des Reisens in Wales und Irland: Er sucht nach eindrucksvollen Aussichtspunkten und touristischen Sehenswürdigkeiten und auch, wie man heute sagen würde, nach sportlichen Herausforderungen. Auch sein Verhältnis zu den Einheimischen zeigt sich hier: Der preußische Adelige Pückler nutzt die Dienste der Bevölkerung, gegen Bezahlung natürlich, ohne sich jedoch tiefer gehende Gedanken über ihre Lebensumstände zu machen – ganz im Gegensatz zu Heines Sozialkritik an der Armut Londons.

3. Französisch bei Pückler: adelige Zweisprachigkeit

Sehr auffällig ist die starke Präsenz des Französischen in Pücklers England-Reisebericht. Das Verhältnis von englischen zu französischen Wörtern in Pücklers Text lässt sich anhand des Briefs vom 25. November 1826, in dem Pückler die Possen des englischen Kasperle Punch beschreibt, verdeutlichen. Auf den neun Druckseiten, die der Brief einnimmt (BV 481–489), kommt außer den englischen Figurennamen Punch, Judy, Polly und »Constabler« (BV 486) nur ein englisches Wort vor: »Darling« (BV 484) für Punchs Baby, vermutlich aus der Figurenrede von Punchs Ehefrau im Stück. Pückler hat hier, zu Beginn seiner Reise, auch nicht verstanden, dass der Figurenname des Constablers, den er »Herr Ketsch« umschreibt, mit dem englischen »catch« (einfangen) zusammenhängt. Im Gegensatz zu dem einen englischen Wort kommen auf denselben neun Druckseiten insgesamt zwanzig französische Wörter und Wendungen vor. Dieses Verhältnis (1:20) mag vielleicht nicht im ganzen Text durchgehend stimmen, denn der Brief stammt aus den ersten Monaten von Pücklers Reise, aber die in diesem Brief beobachtete Verwendung des Französischen ist für Pücklers gesamten Reisebericht charakteristisch. Hier ein Beispiel aus Pücklers Darstellung der englischen Kasperlefigur Punch:

> Seine admirable Herzensunempfindlichkeit und schon gepriesene gute Laune, sein heroischer Egoismus, seine nicht zu erschütternde Selbstzufriedenheit, sein nie versiegender Witz und die konsommierte Schlauheit, mit der er aus jedem mauvais pas sich zu ziehen und zuletzt als Sieger über alle Antagonisten zu triumphieren weiß, werfen einen glänzenden Lustre über alle die kleinen Freiheiten, die er sich im übrigen mit dem menschlichen Leben herauszunehmen pflegt. (BV 482)

Diese Textstelle ist stark vom Französischen geprägt. Pückler verwendet hier zwei Lehnwörter aus dem Französischen, »admirable« (bewunderungswürdig) und »konsommierte« (meisterhafte), außerdem die Wendung »mauvais pas« (Fehltritt), schließlich »Lustre« (Licht). Alle vier französischen Wörter sind ganz selbstverständlich in den deutschen Text eingefügt.

Im weiteren Verlauf des Briefes fügt Pückler mehrere französische Wendungen in den deutschen Text ein, so etwa »et ne doute jamais de rien« (und zweifelt nie an etwas) (BV 482), »bonne fortune« (Glücksfall) (BV 485) »Freund der bonne chaire« (Weiberheld) (BV 483). Mehrfach in diesem Brief, wie auch im Gesamttext, verwendet Pückler Verben französischen Ursprungs, die er ganz selbstverständlich in seinen deutschen Text einfügt und deutsch konjugiert. Häufig verwendet er das sicherlich im Deutschen bekannte »ennuyiert« (BV 482) für »gelangweilt«. Bekannt ist sicher auch »sich mit Gesang akkompagnierend« (sich begleitend) (BV 183). Weitere französische Verben in diesem Brief sind: »extasiert« (aufgeregt) (BV 484), »empressiert« (er hat es eilig) (BV 488), »arretieren« (festnehmen) (BV 486). Über ein Pferd schreibt er in deutsch-französischer Sprachmischung, dass es »umhercaracoliert«

(herumtänzelt) (BV 485). Auffällig ist auch in Punchs Aussage, dass »ihm dies nur vis-à-vis des schönen Geschlechts arriviere« (BV 483), das Verb »arrivieren« (geschehen, zustoßen). Beispiele für französische Nomina in Pücklers Text sind seine Aussage, Punch sei »keine sehr moralische Personnage« (Persönlichkeit) (BV 482), dass er jemand »die Cour macht« (den Hof macht) (BV 485) und »dieser Rencontre« (dieses Zusammentreffens) (BV 487).

An diesem relativ kurzen Textauszug werden viele Tendenzen deutlich, die Pücklers Stil im gesamten Reisebericht prägen: französische Adjektive, Verben und Nomina werden sehr geläufig in den deutschen Text eingefügt. Auffällig ist auch, gerade im Vergleich mit Pücklers Erklärungen zu englischen Wörtern, dass im gesamtem Reisebericht nie ein französisches Wort oder eine französische Wendung übersetzt oder erklärt wird. An diesem Umgang mit dem Französischen zeigt sich, dass Französisch für Pückler offensichtlich keine Fremdsprache, wie das Englische, war, sondern eine Zweitsprache, die er ganz selbstverständlich gebrauchte, ja sogar offensichtlich unwillkürlich in seinen deutschen Text einfügte.

Hermann von Pückler-Muskau hatte natürlich, wie jeder europäische Adelige seiner Zeit, als Kind Französisch gelernt. Verstärkt wird diese adelige Zweisprachigkeit in der Tradition des 18. Jahrhunderts durch seine französische Familiengeschichte: Seine Mutter Clementine von Callenberg war Halbfranzösin, die früh verstorbene Großmutter stammte aus dem alteingesessenen französischen Adelsgeschlecht der La Tour-du-Pin.[25] Die Frankophilie seines Großvaters und die Familiengeschichte verbesserten Pücklers Motivation und die ihm gebotenen Möglichkeiten, Französisch zu lernen, erheblich. So war eine Zeit lang der Emigrant Abbé Perrault sein Hauslehrer, der ihm fließendes gesprochenes Französisch beibrachte.[26] Pückler hatte also eine bilinguale Sprachkompetenz im Französischen.[27]

Auch auf seiner Englandreise kommunizierte Pückler viel auf Französisch, insbesondere mit den englischen Adeligen. Ein englischer Cartoonist hielt ihn wegen seiner hervorragenden Französischkenntnisse sogar für einen unehelichen Sohn Napoleons.[28] In seinem Reisebericht erwähnt er das Französische als Kommunikationssprache gelegentlich, etwa wenn er schreibt, die beiden älteren Damen von Llangollen sprächen ebenso gut Französisch wie die meisten anderen englischen Adeligen, mit denen er verkehrte.[29] Dass das Französische um 1830 noch als europäische *lingua franca* auch unter bürgerlichen Gebildeten funktioniert, zeigt sich auch in Heines »Englischen Fragmenten«, als Heine berichtet, wie ihn in einem Gasthaus ein Engländer auf Französisch anspricht:

> Es war derselbe Engländer, der, obgleich ich ihn nie zuvor gesehen, sich zu mir setzte und einen so zuvorkommend französischen Discours anfing, daß ich nicht umhin konnte, ihm zu gestehen, wie sehr ich mich freue, einmal einen Engländer zu finden, der nicht gegen den Fremden zurückhaltend sey, worauf er, ohne Lächeln, eben so freymüthig entgegnete, daß er mit mir spräche, um sich in der französischen Sprache zu üben. (DHA VII, 219)

In den Briefen an seine (Ex-)Ehefrau Lucie, auf denen die veröffentlichten Reiseberichte beruhen[30], verwendet Pückler das Französische sehr geläufig. Der Stil der Briefe lehnt sich damit an den mündlichen Konversationsstil eines adeligen Salons an, eine Art adeliges Parlando, in dem französische Begriffe und Ausdrücke ganz selbstverständlich Teil des Textes sind. Auffällig oft schließt Pückler seine Briefe mit einer französischen Wendung, etwa: »Die Sonne scheint wieder, denn hier dauert der April das ganze Jahr, *et je pars. Adieu*«.[31] Einen anderen Brief beendet er mit der sehr höflichen Abschlussformel: »*Quant à moi, qui ne suis encore ni saint, ni ange, souffrez, que je vous quitte pour mon dîner*« [Erlauben Sie, dass ich, der ich noch kein Heiliger und kein Engel bin, Sie zugunsten meines Abendessens verlasse].[32] Inhaltlich ähnlich, aber sehr viel weniger elegant schreibt er am Ende eines anderen Briefes: »*Je dévore déjà un œuf – adieu*« [Ich futtere gerade schon ein Ei – adieu].[33] Am Ende des 26. Großbriefes aus Wales schließt er gleich mit zwei französischen Wendungen: »*Sur ce, n'ayant plus rien à dire,* schließe ich meinen Bericht, und wünsche dir, meine teure Julie, alles Glück und Segen, dessen Du wert bist, *et c'est beaucoup dire.*«[34] Hier wird deutlich, mit welcher Selbstverständlichkeit Pückler französische und deutsche Satzteile kombiniert.

Auch am Beginn der Briefe stehen gelegentlich französische Wendungen, so zum Beispiel die Anrede »Chère et bonne« (Liebe und Gute) (BV 55, Beginn des 27. Briefes). Das Französische ist hier nur eine weitere Variationsmöglichkeit für die Anrede seiner Adressatin.[35] In diesen französischen Anreden und Schlussfloskeln zeigt sich, wie selbstverständlich Pückler an die adelige Brief- und Salonkultur des 18. Jahrhunderts anknüpft, in der die französische Sprache eine Selbstverständlichkeit darstellte.

Einige französische Worte und Wendungen beziehen sich auf galante Inhalte oder dienen der eleganten Formulierung anzüglicher Witze. So schreibt er etwa über die Begegnung mit einer schönen Fremden auf einem Aussichtspunkt »War das nicht der Anfang einer artigen kleinen *aventure*?« (BV 16) Oder er kommentiert die Treue eines Hundes in einer kleinen Anekdote mit der französischen Wendung »mit *Hundes*treue (*car les hommes ne sont pas si bêtes!*)« (BV 68 [denn so dumm sind die Männer / Menschen nicht]). Eine unterhaltsame französische Konversation berichtet er von der Anreise auf dem Dampfschiff nach London. Pückler begegnet einer älteren englischen Dame, die mit starkem Akzent Französisch spricht und daher unwillkürlich witzig über ihre Nacht an Bord berichtet: »*Comment, comment vous n'avez pu dormir? Moi parfaitement, très comfortable, j'étais très chaudement couchée entre deux matelots*«. (BV 430 [Ich schlief warm eingepackt zwischen zwei Matrosen (gemeint: zwischen zwei Matratzen, »matelas« statt »matelot«)]) »›*Madame*‹, sagte ich ›*on comprend que vous ne craignez pas la mer*‹« (BV 430 [Man kann gut nachvollziehen, dass Sie keine Angst vor dem Meer haben]). Solche kleinen Wortspiele mit dem Französischen kommen im Reisebericht mehrfach vor (z. B. auch BV 20). Insgesamt ist diese traditionelle Funktion des Französischen als Geheimsprache für galante Inhalte bei Pückler aber viel seltener als die geläufige Verwendung französischer Begriffe aller Art, die in seinen deutschen Text eingestreut sind.

Unwillkürlich mischt Pückler immer wieder französische Begriffe und Lehnworte in seinen deutschen Text, wie »ohne embarras« (ohne Scham) (BV 11) oder »enfin« (schließlich) (BV 11). An einer Stelle fragt er seine Adressatin »Soll ich dir einen Echantillon davon mitteilen?« (BV 29) Wortfelder, in denen Pückler oft französische Begriffe verwendet, sind die Beschreibung von Räumen in Schlössern, zum Beispiel »rez-de-chaussée« (Erdgeschoss) und »Piècen« (Zimmer) (BV 26, 27), Essen, zum Beispiel »mein déjeuner dînatoire« (BV 68), und natürlich Kutschenmodelle.[36] Viele französische Wörter waren für Pückler offensichtlich keine Fremdwörter, und man kann vermuten, dass die Sprachmischung unwillkürlich geschah, dass das Französische ihm eine zweite Natur war. Lehnworte, die Pückler in seinem Reisebericht vielfach und wie deutsche Worte verwendet, sind zum Beispiel das »clair-obscur«[37] und die Wendungen »honneurs machen« oder »Cour machen«, um nur einige wenige Beispiele zu nennen.[38] Teilweise bildet Pückler auch Lehnworte mehr oder weniger selbst, zum Beispiel »Karessen« (Zärtlichkeiten) oder »Attentionen« (Aufmerksamkeiten).[39] Auffällig ist, dass Pückler in den Passagen, die mit Menschen und Gesellschaft zu tun haben, mehr französische Wendungen und Begriffe gebraucht als in seinen Landschaftsschilderungen. In die Landschaftsbeschreibungen mischen sich nie englische, aber gelegentlich französische Begriffe, zum Beispiel »alle die *belles horreurs* dieser Berge« (BV 17) oder »eine berühmte *vue*« (BV 7), sowie französische Begriffe für Gebirgsformationen.[40] Viele Landschaftsschilderungen der walisischen Bergwelt kommen jedoch ohne Französisch aus und klingen teilweise wie aus Heines »Harzreise« (z. B. BV 62).[41] Dies deutet auf die Funktion des Französischen als adelige Konversationssprache, als »Salonfranzösisch« hin.

Nach dem Erscheinen des ersten Teils seiner »Briefe eines Verstorbenen« wurde Pückler von deutschen Kritikern für seinen zweisprachigen Stil gerügt. Besonders Ludwig Börne kritisierte in der Zeitschrift »Der Freimüthige oder Berlinisches Unterhaltungsblatt für gebildete und unbefangene Leser«, dass Pückler zu viele französische Ausdrücke verwende.[42] Im Vorwort zum zweiten Teil der »Briefe eines Verstorbenen« wehrt sich Pückler gegen diese Kritik, indem er im Text darauf anspielt und sie – mit zwei französischen Wendungen – ins Lächerliche zieht:

> [...] ein neues Licht ohne Flamme – *voilà ce qui est difficile*. O Gott! Da entfuhr mir wieder eine französische Floskel, die, wie ich selbst fühle, zarten deutschen Ohren doch so empfindlich sein muß! *Pardon*, es soll nicht mehr geschehen. (BV 406)

In der dazugehörigen Fußnote zieht er Börnes deutschtümelnde Kritik noch weiter ins Lächerliche, indem er ihm englische Fremdworte vorschlägt:

> Übrigens hätte jener, gewiß von mir herzlich verehrte deutsche Purist doch gewiß am Ende seiner Kritik sich weit *richtiger* ausgedrückt, wenn er sich herabgelassen hätte, statt dem hier unpassenden, harten, auch nicht ganz deutschen Wort: Skandal, das englische scandal zu gebrauchen. (BV 406)

An Börnes Kritik werden einerseits die Identitätsdebatten der Epoche deutlich: Einsprachigkeit fungiert als Norm, um die nationale Identität zu festigen. Auch eine gewisse Spitze des bürgerlichen Lesers gegen den adeligen Reisenden, der bei seinem Leser Französischkenntnisse als selbstverständlich voraussetzte, schwingt vielleicht darin mit. Andererseits zeigt sich, dass Pückler seinen zweisprachigen Stil selbst durchaus selbstbewusst verteidigte. Interessanterweise lässt sich zeigen, dass Pückler in die Druckfassung seiner Reiseberichte sogar zusätzliche französische Begriffe einfügte, die in den Privatbriefen nicht enthalten waren.[43] Kittelmann wertet dies als gezielte Selbstinszenierung Pücklers, der durch das Französische seinem deutschen Lesern gegenüber seine adelige Herkunft betone.[44] Möglicherweise spielt Pückler mit dem Einsatz des Französischen in den »Briefen eines Verstorbenen« auch auf Byrons »Don Juan« an, mit dem man ihn in England häufig in eine Reihe stellte.[45] Die Zweisprachigkeit im Französischen und die Mehrsprachigkeit allgemein hat in Pücklers Reisebericht also die Funktion, den Reisenden in der Rolle des adeligen Weltmannes zu zeigen.

Im Zusammenhang mit Mehrsprachigkeit als Ausdruck von Kosmopolitismus sei auch erwähnt, dass beide Autoren gelegentlich weitere europäische Fremdsprachen verwenden, vor allem Italienisch und Latein. So zitiert Heine drei Verse aus Dantes »Inferno« (DHA VII, 228) auf Italienisch. Im oben analysierten Brief Pücklers vom 25.11.1826 kommen je eine lateinische und eine italienische Wendung vor.[46] Pückler verwendet bekannte italienische Begriffe wie »con amore« (BV 5) oder »Cicerone« und geläufige lateinische Fremdworte wie »dito« oder »ad libitum« oder vergleicht die an der Kutsche vorbeiziehenden Landschaften mit einer »laterna magica« (BV 11). Dies deutet auf eine gymnasiale Schulbildung hin, müsste dem gebildeten deutschen Leser aber gut verständlich gewesen sein. Die einzige gelehrte Geste ist vielleicht, dass Pückler oft von »rudera« statt »Ruinen« spricht (BV 44) – was den Lesern um 1830 aber auch geläufig gewesen sein mag.

Wenn man die Formen und Funktionen von Mehrsprachigkeit in Heinrich Heines und Hermann Pückler-Muskaus England-Reiseberichten vergleicht, fallen einige Parallelen auf. Beide Autoren zitieren Konfrontationen mit der gesprochenen englischen Sprache, vor allem, um die Authentizität des Reiseberichts zu untermauern. Zweitens dienen in den Text eingefügte englische Worte und Ortsnamen bei Heine wie bei Pückler dazu, dem Leser Lokalkolorit zu bieten und die spezifische Alterität Englands hervorzuheben. Beide Autoren stellen in ihren Reiseberichten durch fremdsprachliche Begriffe und Satzteile innerhalb des deutschen Textes Lokalkolorit her – ein Textverfahren, das sich in der europäischen Literatur erst ab der Romantik etabliert.[47] Beide Autoren inszenieren sich als Kenner Englands und seiner kulturellen Besonderheiten, indem sie spezifisch englische Begriffe zitieren und dem Leser erklären. Bei beiden Autoren haben die englischen Wörter und Wendungen die Funktion, ihre Englischkenntnisse und die Kennerschaft der englischen Kultur hervorzuheben. Heine erklärt seinen Lesern vor allem zentrale Begriffe der englischen politischen Debatte, die er für seine kritische Darstellung der englischen Politik benötigt. An einigen Stellen nutzt Heine den Verfremdungseffekt durch fremdsprachliche Ausdrücke, indem er englische Adjektive und Nomina sprachspielerisch in seinen deutschen Text integriert.

Die Präsenz des Englischen in den beiden untersuchten Englandreiseberichten beschränkt sich im Wesentlichen auf in den deutschen Text eingestreute englische Einzellexeme, gelegentlich auch Wendungen oder Sprichworte. Im Gebrauch des Englischen bedeutet die Präsenz fremdsprachlicher Worte keine Mehrsprachigkeit der Autoren im Sinne einer Zweisprachigkeit, die zu sprachlichen Innovationen durch Sprachmischung führen würde. Nur bei Heine finden sich einige Ansätze zu sprachlichen Innovationen aufgrund der Fremdsprache.

Interessant ist schließlich die Präsenz des Französischen in Pücklers England-Reisebericht, die auf eine Zweisprachigkeit des Autors hindeutet. Pückler ist damit für das Thema Mehrsprachigkeit in der deutschen Literatur des 19. Jahrhunderts ein interessantes Beispiel, weil seine Texte von der Zweisprachigkeit mit dem Französischen geprägt sind. Die Analyse seines deutsch-französischen Stils bestätigt die These von Anokhina, Dembeck und Weissmann, dass sich trotz der starken Norm der Einsprachigkeit im Kontext der Nationalstaatsbildung Traditionslinien der Mehrsprachigkeit durch die deutsche Literatur des 19. Jahrhunderts ziehen.[48] Durch die Mehrsprachigkeit ihrer Reiseberichte, in Englisch, Französisch und anderen europäischen Fremdsprachen, signalisieren Heine und Pückler ihre Weltläufigkeit, ihren Kosmopolitismus.[49]

Anmerkungen

1 Zur Erzeugung von Komik als traditionelle Funktion der Mehrsprachigkeit in literarischen Texten vgl. Werner Helmich: Ästhetik der Mehrsprachigkeit. Zum Sprachwechsel in der neueren romanischen und deutschen Literatur. Heidelberg 2016, S. 70.

2 Vgl. Literatur und Mehrsprachigkeit. Ein Handbuch. Hrsg. v. Till Dembeck u. Rolf Parr. Tübingen 2017; Till Dembeck, Anne Uhrmacher: Erfahren oder erzeugt? Zum literarischen Leben der Sprachdifferenz. – In: Das literarische Leben der Mehrsprachigkeit. Methodische Erkundungen. Hrsg. v. dens. Heidelberg 2016, S. 9–17; Multilinguisme et créativité littéraire. Hrsg. v. Olga Anokhina. Louvain-la-Neuve 2012.

3 Zur neueren These, dass Mehrsprachigkeit in den europäischen Literaturen des 19. Jahrhunderts trotz nationalistischer Diskurse eine wichtige Rolle spielte, vgl. Olga Anokhina, Till Dembeck, Dirk Weissmann: Close the Gap! Literary Multilingualism Studies and the 19th Century – Pour une étude du plurilinguisme littéraire européen au XIXe siècle. – In: Mapping Multilingualism in 19th Century European Literatures – Le plurilinguisme dans les littératures européennes du XIXe siècle. Hrsg. v. dens. Berlin 2019, S. 1–12.

4 Vgl. Höhn ^{3}2004, S. 256, und den Kommentar in DHA VII, 1458 ff.

5 Zu Goethes lobender Rezension der »Briefe eines Verstorbenen« vgl. Jana Kittelmann: Von der Reisenotiz zum Buch. Zur Literarisierung und Publikation privater Reisebriefe Hermann von Pückler-Muskaus und Fanny Lewalds. Dresden 2010, S. 25.

6 Die Frage nach der Fremdsprachenkompetenz eines Autors stellt sich bei der Untersuchung von Mehrsprachigkeit im literarischen Text zwangsläufig. Vgl. dazu Olga Anokhina: Le multilinguisme et le processus de création: avant-propos. – In: Multilinguisme et créativité littéraire [Anm. 2], S. 6–13, hier S. 6, die den affektiven Aspekt im Umgang mit Fremdsprachen betont, der unabhängig von der Sprachkompetenz eine wichtige Rolle spielt.

7 Vgl. DHA VI, 233, 272 (zwei Mal) und den von Heine übersetzten Artikel über diesen Begriff ebd., 510 ff.

8 Vgl. seinen Hinweis »*vid. Parliamentary history and review during the session of 1825–1826, Pag. 31*« (DHA VII, 257). In seinem Kommentar zu dieser Stelle weist Alfred Opitz darauf hin, wie geschickt Heine die Passage nicht nur übersetzt, sondern auch redigiert. Er resümiert: »Es entsteht der Gesamteindruck einer stilistisch gewandten Übersetzung.«. (DHA VII, 1747)

9 Vgl. die lange übersetzte Passage aus Cobbetts Register (DHA VII, 236–241); laut Höhn besteht etwa ein Drittel des Texts der »Englischen Fragmente« aus solchen übersetzt zitierten Passagen. Vgl. Höhn ^{3}2004, S. 263.

10 Wortspiel mit »tory« (Räuber) und »whig« (Perücke).

11 Zuerst verwendet er den Begriff noch mit englischer Plural-Endung »s« – »zu den milderen Reformers gerechnet« (DHA VII, 247) –, einige Zeilen später dann mit deutscher Deklination »n«: »In diesem Augenblick besteht die englische Opposizion mehr aus eigentlichen Reformern als aus Whigs.« (ebd.); vgl. auch »die plebeischen Radikalen« (ebd.).

12 Es müsste natürlich überall »the king's« heißen.

13 Hermann Fürst von Pückler-Muskau: Briefe eines Verstorbenen. Vollständige Ausgabe. Neu hrsg. v. Heinz Ohff. Berlin 2006. Im Folgenden im Haupttext mit der Sigle »BV« zitiert.

14 Vgl. auch einen »sociable« (BV 70); im Wortfeld Pferde »Pony (ein kleines Gebirgspferd)« (BV 39).

15 Bei der ersten Erwähnung erklärt er, kurioserweise in deutschem Dialekt, »Schöpsenbraten« (BV 43).

16 An einer Stelle zitiert Pückler den englischen König Edward I. auf Gälisch »›Eych Dyn‹, d. h. dies ist euer Mann« (BV 44).

17 Vgl.: »daß Napoleon nicht Unrecht hatte, wenn er die Engländer eine Nation prosaischer shopkeepers nannte« (BV 479).

18 Kittelmann betont, er habe innerhalb weniger Monate genug Englisch gelernt, um sich zu verständigen. Vgl. Kittelmann: Von der Reisenotiz zum Buch [Anm. 5], S. 33.

19 Pückler erwähnt seinen früheren Aufenthalt in seinem ersten Brief aus London (Dritter Brief, BV 431), weil er damals schon im Clarendon Hotel im Londonder Westend abgestiegen war. Vgl. Anm. Ohff, BV S. 919 f.: Pückler war 1814 mit der Suite des Zaren und des Königs von Preußen nach London gereist und auf eigene Kosten fast ein Jahr dort geblieben.

20 Zitat aus Pücklers Privatbrief an Lucie vom 15. Dezember 1828 aus Holyhead, zitiert aus den Originalbriefen in Kittelmann: Von der Reisenotiz zum Buch [Anm. 5], S. 38 (in den »Briefen eines Verstorbenen« fehlt diese Stelle).

21 Vgl. Heinz Ohff: Der grüne Fürst. Das abenteuerliche Leben des Fürsten Pückler-Muskau. München u. a. 1991, S. 140. Er verweist auf Charles Dickens »The Pickwick Papers« (1836–1837).

22 Vgl. z. B. BV 465 (Fünfter Brief), dazu Anmerkung 7 von Heinz Ohff, BV 924.

23 Pückler übersetzt für seine Leser in einer Fußnote »Beim Himmel, sie sind ein rechter Spitzbube, und nie will ich mit Ihnen allein mehr sein.« (BV 144).

24 Ein drittes Beispiel bietet eine rasante Kutschfahrt mit einheimischen Pferden, »die ein kleiner Junge führte, der kein Wort Englisch verstand. [...] All mein Rufen war vergebens und schien ganz entgegengesetzt von ihm interpretiert zu werden.« (BV 38).

25 Zur französischen Familiengeschichte Pücklers vgl. Vivian Rosen-Prest: Die Familie La Tour-du-Pin, Pücklers Ahnen mütterlicherseits. – In: Fürst Pückler und Frankreich. Ein bedeutendes Kapitel des deutsch-französischen Kulturtransfers. Hrsg. v. Marie-Ange Maillet u. Ulf Jacob. Berlin 2012, S. 43–60, und Christian Friedrich, Volkmar Herold: Die Familie Callenberg und Frankreich. – In: ebd., S. 61–71.

26 Vgl. Ohff: Der grüne Fürst [Anm. 21], S. 32 f.

27 Zu Pücklers bilingualer Kompetenz im Französischen vgl. auch Rosemarie Lühr: Zum französischen Wortschatz in den Reiseberichten des Hermann Fürst von Pückler-Muskau. – In: Erkundung und Beschreibung der Welt. Zur Poetik der Reise- und Länderberichte. Hrsg. v. Xenja v. Ertzdorff. Amsterdam 2003, S. 429–445, hier S. 430.

28 Vgl. ebd., S. 432, und Kittelmann: Von der Reisenotiz zum Buch [Anm. 5], S. 78.

29 »[...] französisch wenigstens ebenso gut sprechend wie irgendeine vornehme Engländerin meiner Bekanntschaft« (BV 15); die beiden erscheinen als eine Art Relikt des 18. Jahrhunderts und Kuriosität. Zum Französischen als Pücklers Kommunikationssprache in England vgl. auch Kittelmann: Von der Reisenotiz zum Buch [Anm. 5], S. 33.

30 Zur Literarisierung der privaten Reisebriefe vgl. ausführlich die Dissertation von Jana Kittelmann: Von der Reisenotiz zum Buch [Anm. 5].

31 [und ich gehe. Adieu] Ende des Briefes »Beddgelert, den 29ten [Juli 1828] – »*Après dîner*« (BV 69).

32 BV 10, Ende des Briefes »Worcester, den 14 ten [Juli 1828]«.

33 BV 13, Ende des Briefes »Llangollen, den 15ten [Juli 1828]«.

34 [Hiermit, da ich nichts weiter zu sagen habe,] [, und das ist viel gesagt]. BV 54, 26. Großbrief, Juli 1828.

35 Beginn des 25. Großbriefs »Meine teure Julie« (BV 4), 26. Brief: »Geliebte Freundin!« (BV 38).

36 z. B.: »char-à-bancs« (BV 38), im »train de chasse« (BV 38).

37 z. B.: »in diesem geheimnisvollen clair-obscur« (BV 41).

38 z. B.: »anmutig die honneurs machte« (BV 38), »honneurs« (BV 9).

39 »Diese wiederholten Attentionen der Raubvögel für uns« (BV 64).

40 z. B.: »ein kleines, nur aus einem Sumpfe bestehendes plateau« (BV 63) – »die Gipfel wie eine krenelierte Mauer« (BV 63).

41 Zum stilistischen Vergleich dieser Passagen und Varnhagen als Mittlerfigur zwischen Heine und Pückler vgl. Hartmut Steinecke: ›Reisende waren wir beide‹. Pückler-Muskau und Heine, London, Frühjahr 1827. Aspekte der Reiseliteratur vor der Julirevolution. – In: Vormärz und Klassik. Hrsg. v. Lothar Ehrlich, Hartmut Steinecke, Michael Vogt. Bielefeld 1999, S. 163–180.

42 Vgl. Kommentar zu »Briefe eines Verstorbenen« von Heinz Ohff, BV 915.

43 Vgl. Kittelmann: Von der Reisenotiz zum Buch [Anm. 5], S. 77 f. (Brief mit der einer Beschreibung des englischen Seebads Leamington).

44 Kittelmann bezeichnet die verstärkte Präsenz des Französischen in Pücklers Reisebericht als »Teil des textinternen Spiels mit der eigenen sozialen Rolle«. Kittelmann: Von der Reisenotiz zum Buch [Anm. 5], S. 78. »Mit solchen fremdsprachlichen [d. h. französischen] Einfügungen reagiert Pückler auf die Erwartungen der Leser und spielt zugleich mit ihren Vorurteilen« (ebd.). Vgl. auch »Adel als Träger des Fremdworts« in Lühr: Zum französischen Wortschatz [Anm. 26], S. 429, die diese Wendung zitiert aus der »Deutschen Sprachgeschichte« von August Langen (1957).

45 Vgl. Kittelmann: Von der Reisenotiz zum Buch [Anm. 5], S. 78 f., die dafür in einem von ihr analysierten Zitat Belege findet.

46 Im Brief vom 25. November 1826: lat. »in propria persona« (BV 489); Verweis auf einen italienischen Roman (BV 484).

47 Helmich betont, dass das Verfahren, Lokalkolorit durch Fremdsprachen darzustellen, in der französischen Literatur »erst seit der Romantik ein zentrales Movens der literarischen Mehrsprachigkeit« sei und nennt Mérimées Novelle »Carmen« (1847) als Höhepunkt dieser Entwicklung. Gegen Ende des 19. Jahrhunderts werden dann fremdsprachliche Elemente als Exotika in der außereuropäischen Reiseliteratur sehr populär, u. a. bei Loti. Helmich: Ästhetik der Mehrsprachigkeit [Anm. 1], S. 68.

48 Vgl. Anm. 3.

49 Zur Inszenierung von Weltoffenheit durch Mehrsprachigkeit vgl. für Pückler Kittelmann: Von der Reisenotiz zum Buch [Anm. 5], S. 78, und Lühr: Zum französischen Wortschatz [Anm. 26]. Für die (französische) Literatur des 19. Jahrhunderts vgl. Helmich: Ästhetik der Mehrsprachigkeit [Anm. 1], S. 71.

Prügelknaben

Exempel bei Luther, Moritz und Heine

Von Joseph A. Kruse, Berlin

Handfeste Erziehungsmethoden

Es ist eine lange Geschichte, die fortwirkt und deren Ende trotz angestrengter Maßnahmen nicht abzusehen ist. Hier sollen einige deutsche Exempel von gravierenden Züchtigungen aus der Vergangenheit herangezogen werden. Zumal die männliche Erziehung kam offenbar ohne traumatisierende Strafen nie aus. Die Opfer blieben ihrerseits meist sprachlos oder ungehört, und die Liste der Täterschaft von Mitgliedern beiderlei Geschlechts aus allen Schichten und Ständen gehört zu den dunkelsten Blättern eines Archivs der Verstöße gegen Menschlichkeit wie Menschenrechte. Deshalb stellen Zeugnisse von disziplinarischen Attacken wie im Falle von Martin Luther, Karl Philipp Moritz und Heinrich Heine eine hilfreiche Quelle dar. Solche Texte verweisen auf verschiedene Aspekte und Folgen für die jeweilige Biographie, ja wirken als Streiflicht bis in die Gegenwart hinein.

Die weltweiten Fälle von Gewalt gegen Kinder und schockierendem Missbrauch sind erschreckend. Wenigstens wird, was generationenlang üblich war, das Unrecht nicht mehr einfach unter den Teppich gekehrt. Im Zusammenhang mit der 1989 verabschiedeten Kinderrechtskonvention der Vereinten Nationen wurde die von Eltern bzw. Erziehungsberechtigten ausgeübte Züchtigung oder die Prügelstrafe im November 2000 in Deutschland endlich abgeschafft bzw. verboten. Das Bürgerliche Gesetzbuch schrieb das Recht auf gewaltfreie Erziehung im § 1631, Abs. 2 fest. »Kinder haben ein Recht auf eine gewaltfreie Erziehung«, heißt es. »Körperliche Bestrafungen, seelische Verletzungen und andere entwürdigende Maßnahmen sind unzulässig.« Der so lange geübten Züchtigung scheint allerdings nicht so rasch beizukommen zu sein. Auch Vorschriften vermögen ein schlechtes Verhalten, das seit Ewigkeiten gesellschaftsfähig war, nicht umgehend abzustellen. Standardlexika von 1909 oder 1972/74 bezeugen z. B. in ihren Artikeln über »Prügelstrafe« wie »Züchtigung« im familiären Kindes- und Schulalltag empörende, inzwischen unbegreifliche Verhältnisse.[1] Die Klagen über ein Fehlverhalten gegenüber Kindern und Jugendlichen betreffen vor allem Vergehen von Eltern, zumal von Vätern, genauso wie Misshandlungen vonseiten des Lehr- und Erziehungspersonals im weitesten Sinn, was den Erfahrungen unserer drei Beispiele aus dem 15. bis 19. Jahrhundert entspricht.

Biblische Vorbilder für »Die Erziehung des Menschengeschlechts«

Der schlagkräftigen Erziehungsgeschichte entsprechen Verlautbarungen aus der Bibel. Damit waren dann auch Fälle von Jähzorn, Machtmissbrauch etc. zu entschuldigen. Im »Buch der Sprichwörter« des Alten Testaments heißt es im Kap. 3, Vers 11–12: »Mein Sohn, verachte nicht die Zucht des Herrn,/ widersetz dich nicht, wenn er dich zurechtweist.// Wen der Herr liebt, den züchtigt er,/ wie ein Vater seinen Sohn, den er gern hat.«[2] Göttliche wie väterliche Liebe greifen hier auf Strafmittel zurück, damit die gute Absicht bei der »Erziehung des Menschengeschlechts« erfolgreich und nachhaltig sein kann. So etwa hat Gotthold Ephraim Lessing, Freund des Berliner jüdischen Aufklärers Moses Mendelssohn, 1780 in 100 Paragraphen den Gang der Humanität als fortschreitende Offenbarung dargestellt. Er bezieht sich auf das biblische Erbe, beschwört die »Erziehung durch unmittelbare sinnliche Strafen und Belohnungen« Gottes (§ 16) und beschreibt das »unter Schlägen und Liebkosungen« des Vaters endlich zu Verstand gekommene Kind als »erwähltes Volk« (§ 19 f.), aus dem »die künftigen Erzieher des Menschengeschlechts« hervorgingen: »Das wurden Juden, das konnten nur Juden werden, nur Männer aus einem so erzogenen Volke.« (§ 18)[3]

Der alttestamentliche Spruch wird vom Hebräerbrief des Neuen Testamentes im Kap. 12, Vers 5–6 übernommen und in den Versen 7–11 positiv ausgedeutet:

> Haltet aus, wenn ihr gezüchtigt werdet. Gott behandelt euch wie Söhne. Denn wo ist ein Sohn, den sein Vater nicht züchtigt?// Würdet ihr nicht gezüchtigt, wie es doch bisher allen ergangen ist, dann wäret ihr nicht wirklich seine Kinder, ihr wäret nicht seine Söhne.// Ferner: An unseren leiblichen Vätern hatten wir harte Erzieher und wir achteten sie. Sollen wir uns dann nicht erst recht dem Vater der Geister unterwerfen und so das Leben haben?// Jene haben uns für kurze Zeit nach ihrem Gutdünken in Zucht genommen; er aber tut es zu unserem Besten, damit wir Anteil an seiner Heiligkeit gewinnen.// Jede Züchtigung scheint zwar für den Augenblick nicht Freude zu bringen, sondern Schmerz; später aber schenkt sie denen, die durch diese Schule gegangen sind, als Frucht den Frieden und die Gerechtigkeit.[4]

Eine in der Tat, angesichts von inzwischen so zahlreichen emanzipierten Wandlungen in Wissen und Moral, noch unbefangene, schroffe Weise der streng geistlich-weltlichen Aufzucht!

Die Theologie der heilbringenden Prüfung findet im »Buch Ijob« ihren poetischen Höhepunkt. Kein Wunder, dass der todkranke Heine trotz seiner blasphemischen Skepsis darin den jüdisch-biblischen Lieblingstext fand. In der auf sich selbst angewandten Figuration des zweifachen »Lazarus« (der vom Tod auferweckte Freund und die ›arme‹ Gestalt aus der Beispielerzählung Jesu) als dem neutestamentlichen Hiob-Nachfolger schuf er existentiell- metaphysische Übergänge durch seine Leidens- und Todeslyrik.[5] Zugleich sei angemerkt, dass ihm Lessing als sein Lieblingsautor die eigene späte Würdigung der jüdischen Kultur-Leistung geradezu ›vorschrieb‹.

Stellvertretend: Sündenbock und Prügelknabe

Für beinahe alles haben die Menschen Ersatz und Ersatzhandlungen. Der Begriff »Stellvertretung« enthält bis in die Spiritualität hinein anspielungsreiche theologische Dimensionen[6], von denen wenigstens die Rollen des Sündenbocks und des Prügelknaben angesprochen werden sollen.

Der »Sündenbock«[7], der in die Wüste geschickt wird, hat als tierisches Opfer (Ziegenbock) stellvertretend die Sünden der zu bestrafenden gläubigen Gemeinde auf sich zu nehmen. Der »Prügelknabe« oder »Prügeljunge« ist nach dem Grimmschen Wörterbuch ebenfalls ein solcher »sündenbock«: »an einzelnen höfen wurden früher knaben gehalten, welche die strafe erhielten, die der junge fürstensohn verdient hatte« – es musste also mit anderen Worten einer dafür leiden, »was ein andrer verschuldet hat«.[8]

Die Christologie lebt von dieser Übernahme einer Rolle des Schmerzensmanns für die Vielen. Auch bei den Strafen, die unsere drei Persönlichkeiten Luther, Moritz und Heine erlitten, darf nicht von einer stellvertretenden Funktion im damals üblichen pädagogischen Modell bzw. krasser formuliert: bei den für üblich gehaltenen Übergriffen aus der Erwachsenenwelt auf die kindliche Entfaltung abgesehen werden. Allerdings sind auch die verbliebenen Folgen der psychischen Verarbeitung solcher Behandlung bei den Betroffenen durch ein entsprechendes Erinnern zu beachten. Die großen Begriffe von Schuld und Sünde auf der einen sowie Sühne, Gnade und Erlösung auf der anderen Seite verweisen auf einen heilsgeschichtlichen Kontext. Die drei Gewährsleute stehen dabei als ›geschlagene‹ Kinder in ihrer Zeit ein für das, was wir Epochenumbrüche nennen.

Martin Luther (1483–1546)

Auf die strenge Erziehung des Reformators Martin Luther macht Richard Friedenthal in seiner Biographie von 1967 aufmerksam.[9] Der Vater war als Bergmann »ein harter Arbeiter und ein harter Mann«. Auch wenn es ihm und seiner Familie später besser erging, habe während der frühen Jugend Luthers nicht gerade Armut geherrscht, aber »strengste Sparsamkeit« und »unbarmherzige Zucht«. Luther habe bei allem Respekt vor den Eltern »bitter darüber geklagt, wie er gnadenlos geprügelt wurde wegen der geringsten Vergehen; das Mausen einer Nuß genügte, daß die Mutter ihn blutig schlug«. Bei ähnlicher Gelegenheit habe der Vater derart gestraft, dass Luther, wie er eingestand, ihn »floh und ihm gram ward«. Aus dem schlechten Beispiel hat er gelernt und bei seinen Kindern »dann ganz andere Erziehungsprinzipien verfolgt«. Friedenthal bezieht sich auf ein tiefsinniges Wort von Jacob Burckhardt, dem großen Schweizer Kulturhistoriker des 19. Jahrhunderts: »daß eine Weltgeschichte des Prügelns höchst aufschlußreich sein könnte«. Was natürlich bedeutet, dass es »ja auch nicht nur verprügelte Kinder, sondern verprügelte Völker« gebe.[10]

Friedenthal hält es für sicher, dass die Zuchtmethoden, die der Vater anwandte, dem üblichen, oben zitierten Spruch »wer sein Kind lieb hat, züchtigt es«, entsprachen und ihre Spuren in der Seele des Kindes hinterließen. Luthers »Trotz, eine der charakteristischen und oft verhängnisvollen Eigenschaften«, sei dadurch früh geweckt und gestärkt worden, »zumal wenn er ungerecht gestraft wurde«. Das Bild eines unbarmherzigen Richters, »als welcher auch der Vater im Himmel nach allgemeiner Anschauung vorgestellt wurde«, habe sich auf diese Weise bei ihm befestigt: der Gedanke, auf »Gnade und Ungnade« ausgeliefert zu sein und sich weder auf Wohlverhalten noch Verdienste berufen zu können. Der Vater sei sicherlich kein sonderlicher Tyrann gewesen, eher das Muster eines guten Hausvaters nach damaligem Bilde, der dem Sohne »den zähen und unermüdlichen Fleiß« weitergegeben habe. Seine Enttäuschung bestand darin, dass von den vielen Kindern der früh geförderte älteste Sohn Martin später ins Kloster ging, statt eine weltlich-juristische Karriere anzustreben. Die Ausbildung des Fünfjährigen begann auf der Lateinschule in Mansfeld als »neue Prügelzeit«. Luther bezeichnete die acht Jahre dort als »Eselsstall und Teufelsschule«, geleitet von »Tyrannen und Stockmeistern«, eine »Hölle und ein Fegefeuer«. Fünfzehn Mal sei er an einem Morgen vom Schulmeister mit der Rute gestrichen worden, wobei das Rutenbündel überhaupt das Statussymbol des mittelalterlichen Lehrers darstellte. Mit vierzehn Jahren kam er für ein Jahr nach Magdeburg auf eine bessere und angesehene Schule der ›Brüder vom gemeinsamen Leben‹ und musste, was üblich war, bettelnd und als Kurrendesänger einen Teil des Unterhalts verdienen, wodurch seine Vorliebe für die Musik als wohl einziger von ihm persönlich wahrgenommener Kunst verständlich wird. Danach folgten glücklichere Verhältnisse in der Pfarrschule St. Georg in »seinem lieben Eisenach«, ein Ausdruck, wie Friedenthal ausdrücklich betont, den er auf keinen anderen Aufenthaltsort anwandte: »Die Prügelzeit war überstanden«. Das Wort »fröhlich« konnte ihm von da an häufiger in die Feder fließen, auch wenn er durch ererbte Melancholie und den Hang zum Grübeln einen »Knoten«, wie Luther das nannte, in der Seele behielt.

Soweit die schwere Kinderzeit, aus der heraus der nachmalige Augustinereremit und Theologieprofessor als Rebell gegen eine ihm das wahre Antlitz des Christentums verdunkelnde römisch-katholische Kirche jene »Geistesfreyheit« eroberte, »welche die neuere Literatur«, wie Heine schreibt, in Deutschland »zu ihrer Entfaltung bedurfte« (DHA VIII, 42); so sein an die Franzosen gerichtetes Lob des Reformators in »Zur Geschichte der Religion und Philosophie in Deutschland«. Er merkte auf national getönte Weise an, dass in Luthers »Charakter alle Tugenden und Fehler der Deutschen aufs Großartigste vereinigt« seien und er auch »feindliche Gegensätze« verband: »Er war zugleich ein träumerischer Mystiker und ein praktischer Mann der That.« (ebd., 33) Für Heine galt der kongeniale Bibelübersetzer, der »aus einer todten Sprache« in die deutsche übersetzte, »die noch gar nicht lebte« (ebd., 39), als »kompleter« ja »absoluter Mensch« (ebd., 33). Luther ging dem Aufklärer Lessing voraus, der als Luthers »Fortsetzer« seinerseits der »witzigste Mensch in Deutschland« und »auch zugleich der ehrlichste« (ebd., 74) gewesen sei: Seit Luther hatte Deutschland jedenfalls »keinen größeren und besseren Mann hervorgebracht« (ebd., 73) als Lessing. Damit war Heine in Bezug auf die einander folgenden »Testamente« prophetisch bei sich selber angelangt, beim dritten, ungenannten »Befreyer« (ebd.) im Bunde, der bei den revolutionär geistlichen Botschaften von früh an ebenfalls deren eigentlichen Sinn zugunsten der Gottebenbildlichkeit der Menschen von Schlacken und Verfremdungen befreite und der Humanität zum Sieg verhalf.

Karl Philipp Moritz (1756–1793)

Er ist zu Unrecht wenig bekannt, gehört jedoch als »Berliner Aufklärer und einer der ersten Psychologen der deutschen Literatur« zu den »genialen« Großen.[11] Am Ende seines kurzen Lebens, in dem der »Soldatensohn, ein christliches Armeleutekind«[12] anfangs wenigstens bei den Herrnhutern eine kurze Ruhe fand, war er Mitglied zweier Akademien in Berlin und ein anerkannter Schriftsteller. Geltung gefunden hat vor allem sein autobiographischer Roman »Anton Reiser«, dessen erste drei Teile 1785/86 erschienen, der letzte kurz nach der Französischen Revolution im Jahre 1790.[13] Heine nennt den Roman »eines der wichtigsten Denkmäler jener Zeit« (DHA VIII, 71)[14] und findet auch ansonsten zum aus trüben Anfängen sich erhebenden »Hofrath Moritz«, dessen »ganzes Leben eine Reihe von Entbehrungen und Entsagungen« (DHA VI, 145) darstelle, Anteil nehmende Worte.[15] Selbst Goethe, dem Moritz während des Rom-Aufenthalts freundschaftlich verbunden war, gehörte neben anderen namhaften Zeitgenossen zu seinen Bewunderern, Moses Mendelssohn zu den »wichtigsten Lehrmeistern«.[16]

Vom Protagonisten Anton Reiser, Spross eines sektiererisch-mystischen Ehepaars, »kann man mit Wahrheit sagen, daß er von der Wiege an unterdrückt ward«. Die wechselseitigen »Flüche und Verwünschungen« der Eltern bestimmten den Beginn. »Ob er gleich Vater und Mutter hatte, so war er doch in seiner frühesten Jugend schon von Vater und Mutter verlassen, denn er wußte nicht, an wen er sich anschließen, an wen er sich halten sollte, da sich beide haßten, und ihm doch einer so nahe wie der andre war.« Er habe »nie die Liebkosungen zärtlicher Eltern geschmeckt, nie nach einer kleinen Mühe ihr belohnendes Lächeln«. Die Sehnsucht nach einer »liebreichen Behandlung« war am Ende ziemlich »abgestumpft«, und »ein freundlicher Blick, den er einmal erhielt, war ihm ganz etwas Sonderbares, das nicht recht zu seinen übrigen Vorstellungen passen wollte.«[17] Die feinsinnig-tiefgründige Betrachtung der Kindheit und Jugend nimmt einen bewundernswert sachlichen Gang. Schließlich heißt es:

> Da er eingebildetes Unrecht schon so stark empfand, um so viel stärker mußte er das wirkliche empfinden. Und gewiß ist wohl bei niemanden die Empfindung des Unrechts stärker als bei Kindern, und niemanden kann auch leichter Unrecht geschehen; ein Satz, den alle Pädagogen täglich und stündlich beherzigen sollten.

Daran schließt sich, bevor von dem unaussprechlichen »Vergnügen verbotner Lektüren« im elften Lebensjahr berichtet wird, die Feststellung an: »Oft konnte Anton stundenlang nachdenken und Gründe gegen Gründe auf das genaueste abwägen, ob eine Züchtigung von seinem Vater recht oder unrecht sei?«[18]

Die Beschreibungen Reisers verlaufen nicht streng chronologisch. Darum kommt er nach den Lektüreerfahrungen und solchen über einige Gegenstände seines (bis heute vorhandenen) Kinderglaubens auf frühe Erinnerungen zurück, wovon die zweite aus dem vierten Jahr besonders verräterisch ist. Die Mutter habe Anton »wegen einer wirklichen Unart« gescholten:

> [...] indem er sich nun gerade auszog, fügte es sich, daß eines seiner Kleidungsstücke mit einigem Geräusch auf den Stuhl fiel: seine Mutter glaubte er habe es aus Trotz hingeworfen, und züchtigte ihn hart. Dies war das erste wirkliche Unrecht, was er tief empfand und was ihm nie aus dem Sinne gekommen ist; seit der Zeit hielt er auch seine Mutter für ungerecht, und bei jeder neuen Züchtigung fiel ihm dieser Umstand ein.[19]

Auch die Ausbildung zum Hutmacher in Braunschweig ist mit den widrigsten Umständen verbunden. Der autobiographische Roman spiegelt souverän die allmähliche Befreiung des Autors. Dass sich aus einem derart gedemütigten Menschen ein charismatischer Redner entwickeln konnte, grenzt an ein Wunder. Alexander von Humboldt anerkennt ihn im März 1789 als »wahres Genie«, nennt ihn »wahrer Sonderling«, dessen »Kollegium« in Berlin vor zum Teil herausragendem Publikum »mit ungeheurem Applaus angefangen« habe und gewiss »das glänzendste« sei, »was in Deutschland gelesen wird«.[20]

Heinrich Heine (1797–1856)

Auch wenn die Kindheit Harry Heines, der erst Mitte 1825 am Ende seines Jurastudiums beim Übertritt vom Judentum zum Protestantismus den Vornamen Heinrich annahm, in Düsseldorf zweifellos nicht ganz und gar ohne Ausgrenzung und Minderheitserfahrungen verlief, scheint manches dennoch glücklich gewesen zu sein. Davon jedenfalls zeugt das frühe autobiographische »Reisebild« »Ideen. Das Buch Le Grand« von 1826. Das erst 1884 aus dem Nachlass herausgegebene »Memoiren«-Fragment aus den letzten, von ihm als »Matratzengruft« (DHA III, 177) bezeichneten Leidensjahren vor seinem Tod am 17. Februar 1856 in Paris verrät allerdings, dass gerade diese Herkunft und deren harmlos frühkindliche Benennung in der Volksschule vor dem Besuch des ›Lyzeums‹, das ebenfalls im ehemaligen Franziskanerkloster untergebracht war, ihn mit Prügeln konfrontierte, die er vorher angeblich nicht kannte (vgl. »Citronia« [DHA III, 404–407]: Die Schläge in seiner »Kinderschule« von Frau Hindermanns trafen nur die Mädchen).

Heine, dessen mütterliche Familie van Geldern Hoffaktoren und Judendoktoren stellte und in Düsseldorf seit mehreren Generationen ansässig war, berichtet den Mitschülern endlich über den ihm selbst unbekannten väterlichen Großvater aus Hannover. Der Vater hatte ihm auf seine Nachfrage »halb lachend halb unwirsch« die Antwort erteilt: »Dein Großvater war ein kleiner Jude und hatte einen großen Bart.« Der sich anderntags an diese im Klassenzimmer verkündete Botschaft prompt anschließende Tumult, unter anderem in »Begleitung von nachgeäfften Thierstimmen« (»es wurde gelacht, gemeckert, gegrunzt, gebellt, gekräht«) und durch »ein Höllenspektakel dessen Refrain immer der Großvater war«, wurde vom »mit zornglühendem Gesichte« herbeieilenden Lehrer aufgelöst. Er »fragte gleich nach dem Urheber dieses Unfugs«. Heine räsoniert im Anschluss an diese Szene:

> Wie immer in solchen Fällen geschieht, ein jeder suchte kleinlaut sich zu diskulpiren und am Ende der Untersuchung ergab es sich daß ich Aermster überwiesen ward durch

> meine Mittheilung über meinen Großvater den ganzen Lerm veranlaßt zu haben und ich büßte meine Schuld durch eine bedeutende Anzahl Prügel. (DHA XV, 75)

Daran schließt er eine zwar ironisch klingende, aber dennoch ernste Interpretation des Vorgangs an:

> Es waren die ersten Prügel die ich auf dieser Erde empfing und ich machte bey dieser Gelegenheit schon die philosophische Betrachtung, daß der liebe Gott, der die Prügel erschaffen, in seiner gütigen Weisheit auch dafür sorgte, daß derjenige welcher sie ertheilt am Ende müde wird, indem sonst am Ende die Prügel unerträglich würden. Der Stock womit ich geprügelt ward, war ein Rohr von gelber Farbe, doch die Streifen welche dasselbe auf meinem Rücken ließ waren dunkelblau. Ich habe sie nicht vergessen. (ebd.)

Genauso wenig vergessen hat er den »Namen des Lehrers der mich so unbarmherzig schlug«. Es handelte sich um den katholischen Geistlichen Bernhard Dickerscheid:

> [...] er wurde bald von der Schule entfernt, aus Gründen die ich ebenfalls nicht vergessen aber nicht mittheilen will. Der Liberalismus hat den Priesterstand genug verunglimpft und man könnte ihm wohl jetzt einige Schonung angedeihen lassen wenn ein unwürdiges Mitglied Verbrechen begeht die am Ende doch nur der menschlichen Natur oder vielmehr Unnatur beyzumessen sind. (ebd.)

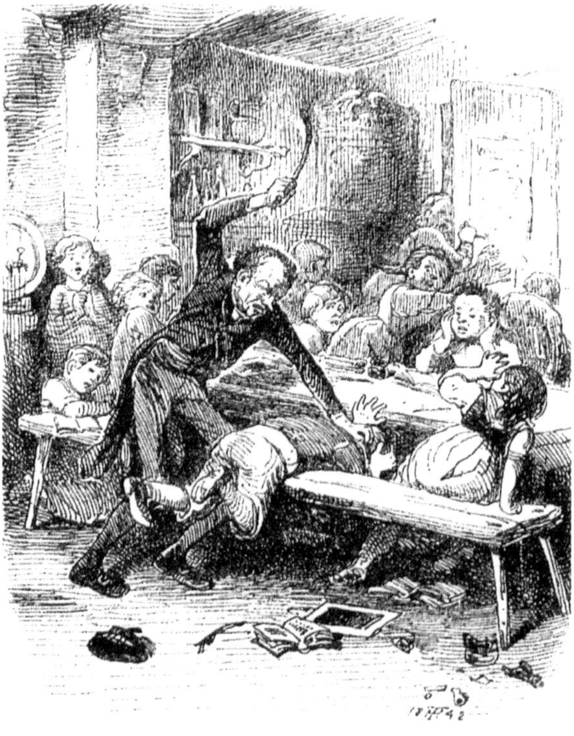

Prügelstrafe in der Schule. Lithographie von Theodor Hosemann (1842)

Heines souveräne Schilderung des brutalen Lehrers, der z. B. bei anderer Gelegenheit einen »Wundarzt« auf den Plan rief[21], entspricht ganz der Aktenlage, einschließlich des Missbrauchsverdachts. Das leuchtende Gegenbild stand 1854 bereits in den »Geständnissen«, es galt »unserm alten lieben« (ebd., 53) geistlichen Rektor des ›Lyzeums‹ Aegidius Jacob Schallmayer, der für den begabten Schüler ein Theologiestudium in Rom erhoffte, weshalb Heine den späten Traum seines päpstlichen Amtes entwirft – doch er sei »kein Papst geworden«: »Es ist nichts aus mir geworden, nichts als ein Dichter.« (ebd., 55) Letzterer lebt im Widerstreit der Meinungen fort.

Anmerkungen

1 Vgl. Meyers Großes Konversations-Lexikon, 6. Aufl. Neuer Abdruck. Leipzig, Wien 1909. Bd. 16, S. 412 f. und Bd. 20, S. 1000 f., sowie Brockhaus Enzyklopädie in 20 Bänden, 17. völlig neubearb. Aufl. des Großen Brockhaus. Wiesbaden 1972 bzw. 1974. Bd. 15, S. 215, und Bd. 20, S. 743 f.
2 Die Bibel. Altes und Neues Testament. Einheitsübersetzung. Freiburg, Basel, Wien 1980, S. 691.
3 Gotthold Ephraim Lessing: Werke. Hrsg. v. Paul Stapf. Berlin, Darmstadt 1961. Bd. 2, S. 980 f.
4 Die Bibel [Anm. 2], S. 1356 f.
5 Vgl. Joseph A. Kruse.: Heinrich Heine – Der Lazarus. – In: Ders.: Heine-Zeit. Stuttgart, Weimar 1997, S. 273–287.
6 Lexikon für Theologie und Kirche. Begr. v. Michael Buchberger. 3., völlig neu bearb. Aufl. hrsg. v. Walter Kasper. Sonderausgabe. Freiburg, Basel, Wien 2009. Bd. 9, Sp. 951–956.
7 Ebd., Sp. 1131 f. Vgl. dort auch die Artikel »Strafe« und »Sünde«, ebd. Sp. 1022–1030 und 1117–1131.
8 Jacob und Wilhelm Grimm: Deutsches Wörterbuch. Bd. 13. Leipzig 1889, Sp. 2190.
9 Vgl. Richard Friedenthal: Luther. Sein Leben und seine Zeit. München, Zürich 5. Aufl. 1979, S. 16–22 (im ersten Abschnitt »Bauernkind und Bergmannssohn« des I. Teils »Werdegang eines Rebellen«).
10 Ebd., S. 16 f. Die Herkunft von Burckhardts Bemerkung ist im bibliographischen Anhang nicht zu verifizieren.
11 Marie Haller-Nevermann: »Mehr ein Weltteil als eine Stadt«. Berliner Klassik um 1800 und ihre Protagonisten. Berlin 2018, S. 164.
12 Ebd.
13 Karl Philipp Moritz: Anton Reiser. Mit einem Nachwort von Johanna Rudolph. Berlin 1952.
14 In der Religions- und Philosophieschrift, die Sätze zuvor lauten: »Moritz ist mir der liebste. Er leistete viel in der Erfahrungsseelenkunde. Er war von einer köstlichen Naivität, wenig verstanden von seinen Freunden.« (DHA VIII, 71)
15 In seinem »Memoiren«-Fragment nimmt Heine zudem auf die »italienische Reisebeschreibung des Hofrath Moritz« Bezug (DHA XV, 60).
16 Haller-Nevermann: Berliner Klassik [Anm. 11], S. 188.
17 Moritz: Anton Reiser [Anm. 13], S. 12 f.
18 Ebd., S. 31 f.
19 Ebd., S. 36 f.
20 Haller-Nevermann: Berliner Klassik [Anm. 11], S. 181 f.
21 Vgl. die Erläuterungen in DHA XV, 1219.

Heinrich Heines Krankheit – war es eine Myasthenie?

Von Guido Kluxen, Wermelskirchen,
und Ronald D. Gerste, Washington, D. C.

Zum ersten Mal begegnete mir, G. Kluxen, die Erkrankung, die bei Heinrich Heine als essentiell einzuschätzen ist, 1972 in den Vorlesungen der neurologischen Universitäts-Klinik in Düsseldorf. Gegen Ende einer dieser Vorlesungen stellte Oberarzt Becker eine etwa 45 Jahre alte Patientin aus der Klinik vor, die er freundlich aufforderte, auf einen Stuhl im Raume zu steigen, wobei er daneben stehen blieb, sie notfalls aufzufangen. Sie stieg ohne Problem auf diesen Stuhl und auch wieder hinunter. Nun forderte Becker sie nochmals auf, auf den Stuhl zu steigen. Sie lächelte, weil sie wusste, was nun passieren würde, und machte Anstalten einer Wiederbesteigung jenes Stuhls. Doch es gelang ihr nicht mehr. Genau in diesem Moment war die Vorlesung mit Klingelzeichen zu Ende. Becker sagte darauf zu uns Studenten: »Überlegen Sie bitte, worum es sich bei dieser Patientin gehandelt haben könnte, woran es liegt, dass sie kein zweites Mal den Schemel besteigen konnte.« In der Vorlesung war zuvor kein Problem angesprochen worden, das eine Erklärung für dieses Phänomen hergegeben hätte. Wir waren als Studenten zunächst ziemlich ratlos, lasen aber nach, was eine solche schlagartig aufgetretene Muskelschwäche hervorgerufen haben könnte. Wir fanden Hinweise bei den Muskeldystrophien und besonders der Myasthenia gravis, offensichtlich der Prototyp einer Autoimmun-Erkrankung, worüber wir in den nächsten Stunden mehr erfuhren.

1. Zur Geschichte der Krankheitsentdeckung der Myasthenia gravis (pseudoparalytica)

Die Myasthenia gravis wird als Krankheit mit wechselnd ausgeprägter Muskelschwäche beschrieben, die sich unter Belastung verstärkt und durch Ruhe erholt.[1] Bei etwa 20% der Betroffenen tritt eine »okuläre Myasthenie« mit Paresen einzelner Augenmuskeln auf. Häufig wird eine Oculomotorius-Parese beschrieben, wenn die Gruppe der durch den Nervus oculomotorius versorgten Muskeln als »Paket« betroffen zu sein scheint. Auffällig häufig sind beide M. levator palpebrae befallen. In selteneren Fällen werden dabei Pupillenveränderungen beobachtet.

Die Geschichte der Entdeckung der Myasthenia gravis ist spannend und aufregend zugleich gewesen, weil atypische und rätselhafte Symptome die Ärzteschaft Jahrzehnte lang fehlgeleitet haben. Die oft ungewöhnlichen Krankheitszeichen erschweren auch heute noch eine rechtzeitige Diagnose-Stellung. Erst durch zahlreiche Kasuistiken mit der Beschreibung gleichartiger Bilder wurden die typischen Symptome um 1900 herum bekannt. Schritt für Schritt konnte der Pathomechanismus etwa ab 1960 als Prototyp einer Autoimmunerkrankung enträtselt werden, was erst möglich wurde durch eine intensive Zusammenarbeit von Biochemie, Physiologie, Pharmakologie, Immunologie, Pathologie und weiteren Fachdisziplinen wie der

Ophthalmologie. Man kann auch behaupten, dass alle medizinischen Fächer daran mitbeteiligt waren und genauso eben die gesamte Geschichte der Medizin.

In früherer Zeit verlief die Myasthenie häufig tödlich. Die Krankheit beginnt am häufigsten und auffälligsten mit einer Ptosis und Diplopie, so dass zunächst ein Augenarzt konsultiert wird. Es gibt Krankheitsverläufe, die sich ganz und gar auf den okulären Befall beschränken, ohne Befall von anderen quergestreiften Muskeln. Die Diagnose früh zu stellen, ist eine besondere Herausforderung, nämlich bevor lebensbedrohliche Komplikationen durch Atem- und Schluck-Störungen einsetzen. Im weiteren Verlauf werden neben Augenarzt, Neurologe, Radiologe, Immunologe, Internist oder Pädiater konsultiert, die Geschichte zeigt, dass sogar Psychologen mit der Krankheit konfrontiert werden können. Auch heute noch sind nicht alle Fragen dieser rätselhaften Erkrankung geklärt, wenn auch in den letzten Jahren vieles über sie bekannt geworden ist.

Unendlich viele unterschiedliche Beschreibungen der Myasthenia gravis sind in der Historie der Erkrankung vorgekommen, darunter beispielsweise diejenige eines tödlichen Verlaufs einer als Hysterie fehlgedeuteten Erkrankung durch Samuel Wilks (1877). Eine erste Beobachtung einer solchen Muskelschwäche geht auf Thomas Willis (1672) zurück, und in den späteren Vereinigten Staaten von Amerika wurde im Jahre 1644 ein Indianerhäuptling mit beidseitiger Ptosis beschrieben, der auf einer Trage umhergeschleppt wurde, weil er unfähig war, zu gehen.

Die Muskulatur atrophisiert in der Regel bei Myasthenie nicht, es sei denn, eine Muskelgruppe wird so gut wie gar nicht mehr in Anspruch genommen. Ein Patient mit Schwäche seiner Halsmuskulatur, Ermüdung mit langsamem Kauen und erschwertem Schlucken und Fazialis-Schwäche starb plötzlich nach einer einsetzenden Ateminsuffizienz.

Teils waren die Krankheitssymptome so ungewöhnlich, dass Ärzte und Angehörige der Patienten durch die wechselnde Symptomatik regelrecht genarrt werden konnten. In einem Fall wurde eine Hysterie vermutet, die die Bewegungsstörungen hervorzurufen schien. Solch eine Fehldeutung ist dadurch zu erklären, dass die Bewegungsabläufe zu unterschiedlichen Zeiten wechselten, der Person extrem schwer fielen, dann wieder übers Ziel hinausschossen und nach einer Ruhephase sich wieder ganz normalisierten.

Die Myasthenie kann in jedem Lebensalter auftreten, bei Frauen ist sie etwas häufiger als bei Männern. Es gibt langanhaltende Remissionen über mehrere Jahre. Bei einem 25-jährigen Mann, beschrieb Goldflam, hielt der Zustand von völliger Gesundheit mehr als fünf Jahre an. Doch dann trat plötzlich ein Rezidiv seiner Lähmungen auf.

Bahnbrechend zur Klärung der Nosologie waren die Mitteilungen von Erb (1879) und Goldflam (1893) und die von Jolly 1895 empfohlenen Untersuchungsverfahren. Erb sprach von einer Symptomen-Trias: »Ptosis, Schwäche der Kaumuskeln und Schwäche der Nackenmuskulatur«, sogenannte »Erbsche Trias«, und hinzu kamen Schwäche der Zunge und Extremitäten, Erschwerung des Schluckens und des oberen Fazialis-Gebietes, alles genau wie es auch bei Heinrich Heine aufgetreten ist.

Was an den Augen scheinbar so harmlos beginnt, mit einer Ptosis, kann sogar – wenn auch der Herzmuskel mitbetroffen ist – mit einer Herzinsuffizienz und dem Tode enden, oder es kann bei myasthener Ateminsuffizienz als schwere Komplika-

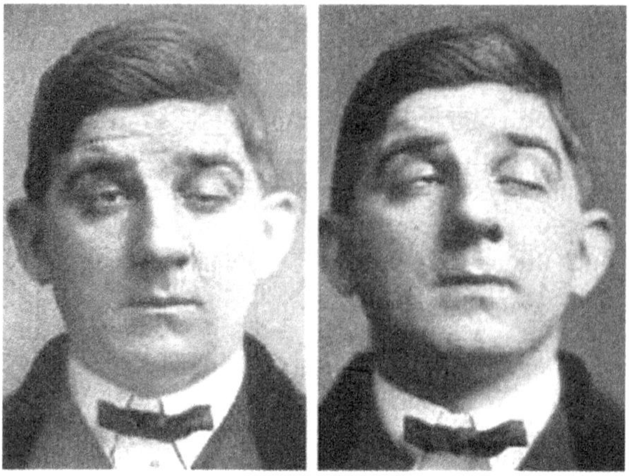

Patient mit Myasthenia gravis. Fotografie von 1904

tion zu broncho-pulmonalen Infektionen kommen.[2] Kälte bringt manchmal Linderung der Symptome, und Wärme erzeugt das Gegenteil. Morgens ist die Ptosis geringer als am Abend, und gelegentlich sind die Symptome auch paradox und anders herum. Häufiges Öffnen und Schließen der Lider verstärkt die Ptosis; beim Simpson-Test soll der Patient längere Zeit nach oben schauen, und bei Myasthenie kann er die Augen bald nicht mehr offen halten. Die Ptosis gilt als das konstanteste Zeichen der Myasthenie. Bei der Hälfte der Patienten werden Lid-Zuckungen (»lid twitches«) bei horizontalen Augenbewegungen beobachtet.

Der Musculus levator palpebrae gilt als tonisch innerviert und hat nur eine geringe Zahl an Muskelfasern, die bei der Myasthenie zuerst betroffen sind. Er enthält Fasern mit sehr geringer Erregbarkeits-Schwelle, die als besonders anfällig für eine durch Antikörper hervorgerufene Beeinträchtigung gelten. Sie ermüden schneller als extraokuläre Muskeln.

Mehrfachinnervierungen fehlen im M. levator palpebrae. Es gibt auch bilaterale myasthenie-bedingte Ptosis ohne Ophthalmoplegie. Die Ptosis ist zwar so gut wie immer bilateral, jedoch gleichzeitig auch faktisch immer einseitig betonter.

2. Die Symptome bei Heinrich Heine

Heine bemerkte 1832 eine Lähmung zweier Finger an seiner linken Hand[3], welcher er zunächst keine besondere Bedeutung beimaß; doch etwa ein Jahr danach erlitt er eine Art Attacke, in deren Folge eine Oculomotorius-Lähmung rechts resultierte. Sein Augenarzt Julius Sichel schilderte seine Symptome 1837 in einer Fachzeitschrift. Unter »M. H., homme de lettres«, veröffentlichte er das Krankheitsbild eines Patienten, und gemeint war Monsieur Heine, Schriftsteller in Paris.[4] Sichel beschrieb seine doppelseitige Ptosis, die rechts ausgeprägter war als links, dazu eine Oculomotorius-Parese rechts mit faktisch »eingemauerter« Beweglichkeit in Abduktionsstellung und Mydriasis. Sichel vermerkte noch, dass Heines Sehschärfe gut war, er aber Doppelbilder hatte.

Heinrich Heine. Lithographie nach der Zeichnung von Marc Charles Gleyre (1851)

Nach einer Art Schlaganfall mit Blutsturz habe Heine diese Nervenausfälle erlitten, die – wie Sichel sagt – faktisch alle Äste des Oculomotorius rechts betrafen, und auch die Ptosis käme durch die Okulomotorius III-Parese zustande. Der Bulbus stand nach Sichels Befund fast unbeweglich in Abduktions-Stellung, denn der noch intakte Musculus abducens zog ihn in diese Richtung. Auf beiden Augen lag eine Ptosis vor, doch zunächst links weniger ausgeprägt.

Nach einiger Zeit und nach Sichels antiphlogistischer Behandlung – welcher Art wird nicht beschrieben – und einigen Blutablässen waren die zunächst gravierenden Befunde wie verflogen. Als einziges Symptom verblieb dem Patienten manchmal das Auftreten von Doppelbildern. Seine Empfindsamkeit sei die eines Simulanten, der immer wieder neue Beeinträchtigungen und Kopfschmerzen provoziert, so Sichel.

Im späteren Krankheitsverlauf wurden auch noch der Nervus hypoglossus XII, der Zungennerv, und auch der N. accessorius XI in Mitleidenschaft gezogen. Schließlich kamen noch Lähmungen verschiedener peripherer motorischer Nerven hinzu. Die Pupillenveränderungen mit Dilatation rechts sprachen für eine Mitbeteiligung des autonomen Nervensystems, also des Parasympathicus oder des Sympathicus. Trotzdem waren alle Nervenausfälle, die unterschiedlich lange anhielten und verschwanden und rezidivierten, keine definitiven bleibenden Hirnnerven-Kern-Ausfälle. Diese waren nicht permanent bleibend, sondern es waren Pseudo-Paresen und auch nicht chronisch progredient, sondern rezidivierend. Das heißt, die Symptome kamen immer mal wieder zurück, während dazwischen faktisch Beschwerdefreiheit bestand – sogenannte Remissionen (also das Zurückgehen der Krankheitserscheinungen). Heine selbst hatte Sichel erzählt, er habe sich als Student eine Geschlechtskrankheit geholt, und fragte sich und Sichel, ob davon die Lähmungen herkommen könnten. Niemand konnte das damals beantworten, und die Myasthenie war noch unbekannt.

Heine sah ein wenig unscharf, aber grundsätzlich voll, wenn man ihm eine stenopäische Blende vorsetzte – so berichtete es Sichel.[5] Er ist wohl etwas myop gewesen, und seine Refraktions-Werte dürften für mindestens ein Auge um minus zwei herum gelegen haben, denn er konnte auch im 58. Lebensjahr im Leseabstand immer noch gut lesen. Trotzdem hatte er wegen der Mydriasis rechts, unmittelbar nach der Attacke, vorübergehende Leseprobleme. Es ist also nicht richtig, wenn manche Autoren angeben, dass Heine vorübergehend erblindet war. Die Ptosis hinderte ihn natürlich, doch wenn er das Lid anhob, konnte er faktisch normal sehen. Anstatt einer Erblindung oder eines Sehverlustes hatte er nur eine Zeitlang eine Sehbehinderung, keine Erblindung, und es gibt keinen Hinweis auf eine Sehnerven-Entzündung, weder durch die Attacke noch während des gesamten Krankheitsverlaufes.

Außer seinen Symptomen und funktionellen Beeinträchtigungen sowie einigen persönlichen Hinweisen kennen wir von Heine weder Labor-, Biopsie- oder Sektionsbefunde, so dass den Spekulationen Tor und Tür geöffnet sind. Seine Autopsie hat er zudem noch testamentarisch verboten (in § 5 seines rechtsgültigen Letzten Willens; vgl. DHA XV, 210). Auch einzelne funktionelle Untersuchungen über Empfindungen und Reflexverhalten sind so gut wie nicht dokumentiert, hie und da tauchen Hinweise über Muskelschmerzen, Muskelzuckungen, Taubheitsgefühle und Gleichgewichtsstörungen auf.

Viele Diagnosen, die ihm angedichtet wurden, dürften sicher nicht zutreffend sein, jedoch lässt sich indes der Kreis der Möglichkeiten einengen. Manchmal erschien es sogar, als ob seine Krankheit heilbar sein könnte.

Ende 1833 bekam Heine Zahnschmerzen und klagte über eine starke Schleimproduktion im Rachen.[6] 1835 hielt er sich in Boulonge-sur-Mer (Kanalküste) auf und verbrachte die Kur mit »Stockschnupfen« (HSA XXI, 129). 1836 befielen ihn im März und nochmals im Herbst krampfartige Leibschmerzen unklarer Genese, sogenannte Koliken. Diese tauchten erst 1848 wieder auf.

1837 ereilten ihn die Symptome seiner Attacke von 1833 erneut und schlimmer als je, wobei auch die Lähmung links höher gewandert zu sein schien und ihm sowohl das Hochheben des Armes als auch die Ellenbeugung nicht mehr vollständig gelang.[7] Sichel setzte wieder auf Aderlass, und nach mehreren Monaten besserten sich diese Befunde, um zwei Monate später erneut aufzutreten. Das linke Auge war nun durch die Ptosis komplett geschlossen, mit dem rechten Auge konnte er schemenhaft sehen; also anders herum als 1833, die rechte Pupille war erweitert. Heine fürchtete nun, dass das so bleiben könnte. Doch nachdem einige Zeit vergangen war, ging es ihm wieder besser, und er hatte kein Problem von Seiten seiner Augen, ja es schien als wäre alles überwunden. Im Winter 1839/40 arbeitete er an »Ludwig Börne. Eine Denkschrift«, und 1843 besuchte er seine Mutter in Hamburg. Die Erkrankung hatte auffällige Spuren hinterlassen, und seine körperliche Erscheinung hatte sich verändert. Seine Gesichtsmuskulatur war infolge einer dezenten Fazialisparese wie starr geworden.[8] Seinem Bruder Maximilian schrieb er 1843, dass er auf der gesamten linken Seite Empfindungsstörungen habe:

> Fast die ganze linke Seite ist paralisirt, in Bezug auf die Empfindung; die Bewegung der Muskeln ist noch vorhanden. Ueber der linken Augenbraune, wo die Nase anfängt, liegt ein Druck wie Bley, der nie aufhört, seit benah zwey Jahren ist dieser Druck stationär; nur in Momenten des starken Anstrengens beim Arbeiten empfand ich ihn weniger, nachher aber war die Reakzion desto größer, und wie Du denken kannst, darf ich wenig jetzt arbeiten. Welch ein Unglück! Damit ist auch das linke Auge sehr schwach und leidend, stimmt oft nicht zusammen mit dem rechten, und zu Zeiten entsteht dadurch eine Verwirrung des Gesichtes, die weit unleidlicher als das Dunkel der vollen Blindheit. (HSA XXII, 55)

Dann aber verspürte er wieder eine leichte Besserung aller Symptome, die jedoch 1844 stärker als vorher wiederkamen. Er konnte sich nicht aufs Lesen konzentrieren und musste für Wochen darauf verzichten. 1846 bestanden die Symptome nach einem Auf und Ab immer noch. Ihm wurde immer klarer, dass keine Hoffnung auf Heilung mehr bestand. Er wollte den Chirurgen Johann Friedrich Dieffenbach, mit dem er gut bekannt war, in Berlin aufsuchen, erhielt aber keine Einreiseerlaubnis, die ihm ein sicheres Geleit zugesichert hätte. Nun suchte er unterschiedliche Kurorte in Barèges in den Pyrenäen und auf dem Lande in Montmorency auf. Aber diese Aufenthalte brachten ihm keine merkliche Linderung.

1847 bekam er Lähmungen der Beine und des Unterleibes; ob Blase und Mastdarm betroffen waren, ist nicht bekannt.[9] Er war sehr erschöpft und müde, war mittlerweile heiser, konnte kein Fleisch schlucken, die Lippen waren leblos, und das Sprechen fiel ihm immer schwerer. Manchmal hatte er Speichelfluss, weil er den Speichel nicht schlucken konnte. Das linke Auge konnte er nicht aktiv öffnen, das rechte Auge ließ nur wenig Licht spontan herein. Ursprünglich war sein rechtes Auge schwerer betroffen gewesen, nun aber war die Ptosis links stärker als rechts. Inaktivität überwältigte ihn, und er verlor an Gewicht; seine Kleidung schlotterte ihm um den Leib. Mittlerweile gaben mehrere deutsche Zeitungen irrtümlich seinen Tod bekannt.

Anfang 1848 hielt Heine sich in der Klinik seines Freundes Faultrier auf. Seit Ende Mai 1848 war er dann »so gelähmt, daß ich wie ein Kind getragen werden muß; meine Beine sind wie Baumwolle« (HSA XXII, 282); er konnte fortan »nicht mehr ausgehn« (ebd., 286). Hier begann nun die von ihm als »Matratzengruft« (DHA III, 177) bezeichnete Agonie in Paris.

Nach dem Winter konnte er wieder besser sprechen, und im Sommer schien es, als wären die Symptome weniger geworden. Im September jedoch kam es zu schweren Paralysen seiner Beine, so dass er das Bett hüten musste, und zusätzlich auch noch zu schweren Magensymptomen. Eine neuartige Behandlung von David Gruby, der nun Heines behandelnder Arzt war, sollte nochmals eine unerwartete, wenn auch nur geringe Besserung bringen. Er erfuhr von der bürgerlichen Revolution von 1848 in Frankreich und Deutschland und verfolgte diese Ereignisse mit einer Mischung aus Überraschung und Skepsis. Mittlerweile litt er auch unter schweren Krämpfen und Husten, dann Kopf- und Gliederschmerzen, weshalb ihm Morphine verordnet wurden, die er zunehmend in Eigenregie applizierte und ihn, wie auf der Horst und Labisch vermuten, in einen Opium-Abusus abdriften ließen.[10]

Des Weiteren hatte er Schwierigkeiten beim Kauen und Schlucken. Es quälten ihn unerträgliche Obstipationen, und es traten erneut Koliken (Leibschmerzen) auf.

Freunde, die ihn besuchten, sahen ihn mit gebeugtem Kopf, verkrümmtem und buckligem Körper und ausgezehrtem Gesicht; das alles machte Heine in der Wahrnehmung der Besucher zu einer Christus-ähnlichen Leidensgestalt. In der Dämmerung nahmen seine Symptome etwas ab, und er diskutierte mit seinem Freund Gérard de Nerval, der Heine-Gedichte ins Französische übersetzte. Besucher sahen, dass er ein Lid mit dem Finger anhob, um sie anzuschauen. Seine Poesie niederzuschreiben, gelang ihm nach wie vor, wenn auch an vielen Tagen nur mit Hilfe seines Sekretärs. Er arbeitete an seinem »Romanzero«, der in gewisser Weise eine literarische Verarbeitung seines eigenen Schicksals war.

In der vierten Strophe seines berühmten Gedichtes »Vermächtnis« aus dem »Romanzero« beschreibt Heine Symptome, die er selber hatte:

> Meine Krämpfe sollt ihr haben,
> Speichelfluß und Gliederzucken,
> Knochendarre in dem Rucken,
> Lauter schöne Gottesgaben. (DHA III, 121)

Diese Symptome sind keineswegs ungeordnet einfach addiert aufgeführt, sondern sind als passende Zeichen, »Krämpfe […], Speichelfluß und Gliederzucken«, der Myasthenia gravis zuzuordnen. »Knochendarre in dem Rücken« bezieht er wieder auf seine Selbst-Diagnose: die Syphilis.

Er befürchtete, dass auch sein Gehirn von der Krankheit in Mitleidenschaft gezogen werden könnte. Er las in allen ihm zur Verfügung stehenden Büchern der Medizin und meinte, die Ärzte könnten seine Rückgrat-Erkrankung eben nicht heilen. Noch bis kurz vor dem Tod blieb er im Besitz all seiner geistigen Kräfte. In den gut 24 Jahren seiner Krankheit sind keine geistigen Defizite bei ihm aufgefallen. Unter Migräneanfällen hatte er schon seit der Jugend gelitten, diese suchten ihn auch in den letzten 24 Jahren wiederholt heim. Tage vor seinem Tode hatte Heine eine Brechkrise, und er erbrach sich tagelang. Seine letzten Stunden endeten mit kompletter Ptosis und Luftnot bei vollem Bewusstsein.

Aus Heines gut dokumentierten Symptomen resultiert die Diagnose einer Myasthenia gravis (pseudoparalytica). Trotzdem ist auch die dazu gehörende Differential-Diagnostik unverzichtbar wichtig, um aufzuzeigen, was wahrscheinlich bisher übersehen wurde.

Tabes und Tbc

Heine selbst war davon überzeugt, an der Tabes dorsalis zu leiden. Doch diese geht in der Regel auch mit einer Hirnschädigung einher. Die Argyll-Robertson-Pupille wurde erst um 1900 bekannt, so hat niemand die Konvergenz-Reaktion mit Pupillenverengerung an Heines Auge mit der Dilatation geprüft, ob er eine solche überhaupt gehabt haben könnte. Die Mydriasis alleine reicht zur Diagnose einer Syphilis nicht aus, bei Heine gehörte sie zur Myasthenie. Nach seinen Studien in der ihm zur Verfügung stehenden medizinischen Literatur musste er feststellen, dass er das pathognomonische Zeichen der Tabes, das sogenannte Romberg-Zeichen, das mit einem unvermeidlichen Schwanken bei enggestellten Füssen und geschlossenen Augen einhergeht, bei sich selbst nicht feststellen konnte.[11] Deshalb kamen ihm 1848 Zweifel an seiner Selbstdiagnose. Zur Tuberkulose sei folgende Bemerkung erlaubt: Jegliche tuberkulöse Affektion vergleichbarer Natur läuft viel schneller ab als bei Heine, woraus sich ergibt, dass sie als einzige Erkrankung nicht in Frage kommen kann.

Bulbärparalyse

Zu Heines Zeiten und auch noch lange später hat man seine Symptome auch als Zeichen einer bulbären Paralyse gedeutet, was ein veralteter Begriff ist. Man spricht beispielsweise von einer apoplektischen bulbären Paralyse oder progressiven Bulbärparalyse, bei denen Hirnnerven-Kerngebiete ausfallen. Die amyotrophe Lateralsklerose[12] gehört dazu, wobei die oberen Teile des Rückenmarks bis hinauf in die Hirnrinde betroffen sein können. Es kommt zu spastisch-atrophischen Muskellähmungen. Doch Heine hatte keine solchen chronisch-progressiven Ausfälle. Ähnlich verhält es sich mit der Syringomyelie, Landry-Guillain-Barrés aufsteigender Paralyse oder einer Encephalomyelitis (Encephalitis disseminata, embolische Herdencephalitis), der Periarthritis (Autoimmunvasculitis bei Periarthiritis nodosa) oder einer akuten Porphyrie (Akute intermittierende Porphyrie), bei welcher der Urin schwarz wird.

Syphilis

Die jüngste These zu Heinrich Heines Erkrankung, die von Schiffter stammt, schließt zwar solche Diagnosen wie die der amyotrophen Lateralsklerose etc. (s. o.) weitgehend aus, vertritt aber als Erkrankung bei Heine eine Neurosyphilis in Form der chronischen Meningitis mit kranialer Polyneuritis und ausgedehnter Polyradiculitis, der sogenannten Lues cerebrospinalis.[13]

Wie oben erwähnt, hatte sich Heine als Student in Göttingen an einer Geschlechtskrankheit (Syphilis oder Gonorrhoe) infiziert, und er war bis zu seinem Tod davon überzeugt, an den Folgen der Syphilis zu leiden und zu sterben. Zu seiner Zeit konnte man noch nicht zwischen Gonorrhoe und Syphilis unterscheiden, auch war der Zusammenhang von einer syphilitischen Primärinfektion und der Neuro-Lues, der Tabes dorsalis, noch unbekannt. Die Kenntnisse über dermatologische Syphiliseffloreszenzen waren in der Heine-Zeit weit fortgeschritten. Einem Arzt wären sie nicht verborgen geblieben. Es ist zudem nicht überliefert, dass Heine eine zeitgenössische syphilis-indizierte Quecksilber-Therapie erhalten hat[14], was eben auch nicht für seine Syphilis-Diagnose spricht. Trotzdem hat er in seiner Selbsteinschätzung behauptet, eine Syphilis und die Tabes dorsalis zu haben und wurde »in einer Heilanstalt für Geschlechtserkrankungen von auch auf Syphilis spezialisierten Ärzten behandelt«[15], der Klinik Faultriers. Er selbst sprach von seiner »maladie des hommes heureux« (HSA XXII, 295), der »Krankheit der glücklichen Männer«.

Bleivergiftung

Als ein paar Haare, die Heine zugeschrieben wurden, auftauchten, fand man in diesen einen ungewöhnlich hohen Bleigehalt, wobei klar war, dass das Blei auch von außen den Haaren hätte beigefügt sein können. Heine hatte bei seinen Koliken von 1836 eine subikterische Hautverfärbung im Gesicht entwickelt, die möglicherweise einem »Bleikolorit« entsprach.[16] Längere Zeit hat er anfänglich in Paris in ärmlicheren Vierteln gewohnt, in denen die Wasserrohre ausschließlich aus Blei bestanden. Mit diesem Wasser wurde der gesamte Haushalt bestritten. So konnte ein gewisser Bleigehalt in seinem Körper kumulieren, erst recht, wenn er noch zusätzlich ein sogenanntes Bleipflaster (Bleiglätte) bei Hautveränderungen bekam. Daraus entstand der Verdacht, er habe eine Bleivergiftung erlitten, die seine neurologischen Symptome hervorriefen. Auch seine Koliken von 1836 hätten wohl »Bleikoliken« sein können. In der Folge wäre eine »Blei-Polyneuropathie« entstanden, die seine neurologischen Symptome provozierten, und zwischenzeitig war der Bleispiegel wieder gesunken, und die Lähmungen hätten sich teilweise erholt.[17]

Zur Diagnose

Was viele bisherige Historiker unbeachtet gelassen haben, ist die Tatsache, dass Heine schwere neuro-motorische Ausfälle erlitt, die nach einiger Zeit wieder verschwanden, und er immer wieder schwere Rückschläge hatte. Das ging auf und ab und zog sich über 24 Jahre hin. Nach einer flüchtigen Lähmung zweier Finger der linken Hand kam es zu einer Trizepslähmung und zum Hauptsymptom einer doppelseitigen Ptosis mit Okulomotorius-Parese rechts, die sich fast erholte und vier Jahre später erneut schlagartig wiederholte. 1844 kam wieder ein Rückschlag mit lange verbleibenden Symptomen, dann eine scheinbar längere Remissionsphase und 1847 ein erneuter Rückschlag, jetzt mit Extremitäten-Beteiligungen beider Beine und Unterbauch-Lähmung, Schluckbeschwerden und faktisch therapierefraktärem Husten. Spätestens hier ist klar, dass damit ein Krankheitsbild beschrieben wird, welches der Myasthenia gravis (pseudoparalytica) entspricht, deren Ursache eine Autoimmun-Erkrankung ist. Diese neurologische Erkrankung beruht auf einer gestörten Signalübertragung zwischen Nerv und Muskel in den Synapsen, bei der sich Acetylcholinrezeptor-Antikörper oder Antikörper gegen muskelspezifische Tyrosinkinase nachweisen lassen. Auch die Thymus-Drüse spielt eine Rolle, und eine Thymektomie kann Linderung der Symptome bringen. In Deutschland sind bis zu 10.000 Menschen an Myasthenia gravis erkrankt.[18] Die progressive Erscheinung der ersten Symptome, Ptosis und Augenmuskel-Lähmungen, mit ihren Besserungen ohne Grund, Zunahme von Naso-Pharynx- und Nackenhaltung und dann der Ausfall der Beinmuskulatur korrespondieren mit der Myasthenia gravis, die erst 30 Jahre später in die Wissenschaft der Medizin einging, und korrespondieren auch exakt mit Heines Symptomen. Natürlich könnte Heinrich Heine auch eine andere neuro-ophthalmologische Erkrankung gehabt haben. Möglich wäre eine mitochondriale (Kearns-Sayre) chronisch-progressive externe Ophthalmoplegie (CPEO), gegebenenfalls kämen vererbte Myopathien in Frage, doch erholen sich dabei Ptosis und Paresen nicht und treten nicht flüchtig auf und vergehen wieder, wie bei Heinrich

Heine. Mittlerweile sind noch weitere neuromuskuläre Erregungsübertragungs-Krankheiten bekannt geworden, zu denen die Myasthenie als Oberbegriff fungiert. Getestet wird der Verdacht auf eine Myasthenie mit dem Tensilon-Test, der Gabe eines Cholinesterase-Hemmers.

Zur Klärung der Frage von Heinrich Heines mysteriöser langer Krankheit war die Einschätzung von Pierre Amalric (1923–1999), dass es sich bei ihm um eine Myasthenia gravis (pseudoparalytica) gehandelt haben könnte, maßgeblich. Amalric war der erste, der 1997 auf die Myasthenia gravis bei Heine hinwies.[19] Er war auch bisher der einzige, der Sichels Schilderung von Heines Symptomen (s. o.) ausgewertet hat, und stellte fest: »Il est curieux de constater que jamais n'a été envisagé une seule fois dans toutes ces publications médicales une maladie fréquente, quoiqu' inconnue à l'époque de Henry Heine: la maladie de Goldflam-Erb, autrement dit la myasthénie grave.«[20] Sein Aufsatz in französischer Sprache fand zwar einen lobenden, doch ziemlich zurückhaltenden Anklang.[21] Erst 2015, post mortem, konnte eine englische Version von Amalrics Text erscheinen.[22]

Klassifikation der Myasthenia gravis (vereinfacht)[23]

Gruppe I	okuläre Form
Gruppe II	generalisiert, langsam progredient, geringe Atemstörungen, geringe Mortalität
Gruppe III	fulminant, Skelettmuskel-Befall, Atemstörungen, hohe Mortalität
Gruppe IV	späte, schwere Form
Gruppe V	mit Muskelatrophien nicht benutzter Muskulatur

Die Gruppe II ist am häufigsten. Es gibt noch neonatale und juvenile Formen.

Todesursache Heines

Hier stehen drei Ursachen zur Disposition:

1) Nach Schiffter starb Heine an chronischen, über 25 Jahre währenden, syphilitischen Entzündungen im Bereich der Hirn- und Rückenmarksnerven, wobei sein Gehirn verschont geblieben sein soll.[24]

2) Heine könnte an den Folgen seines Morphin-Abusus gestorben sein. Kurz vor seinem Tode wurde nach Dr. Gruby gerufen, der am 15. Februar 1856 nicht erreichbar war. So kam ein Kollege aus der Nachbarschaft, der von Heines Morphin-Abhängigkeit nichts wusste und einen Tee mit Laudanum, einem Opiumpräparat, verordnete. Daher rührt die Vermutung, Heine könnte an einer Morphin-Überdosierung gestorben sein.[25]

3) Bei lange bestehender unbehandelter Myasthenie kann die Muskulatur total versagen, man spricht vom »Tod in der myasthenen Krise«, von Aspiration und »Bolustod«.[26] Diese myasthene Krise geht einher mit Versagen der an der Atmung beteiligten Muskeln (Thorax, Rachen, Kehlkopf und Bauchwand). Die akute Gefährdung besteht in einer Verlegung der Atemwege. Drohende Ateminsuffizienz ist zu befürchten, wenn zwar in Ruhe noch eine ausreichende Beatmung erfolgt, jedoch unter körperlicher oder emotionaler Belastung und damit verbundener Hyperven-

tilation eine Aktivitäts-Steigerung der Atemmuskulatur erforderlich wird, die zur Dekompensation führen kann.

Die Ursachen 2 und 3 dürften gleichwertig eine entscheidende Rolle gespielt haben.

Anmerkungen

1 Vgl. Dieter Schmidt: Geschichte der Krankheitsentdeckung der Myasthenia gravis (Erb-Goldflam) unter besonderer Berücksichtigung der okulären Befunde. – In: Mitteilungen der Julius-Hirschberg-Gesellschaft zur Geschichte der Augenheilkunde 6 (2004), S. 245–291; 7 (2005), S. 241–298; 10 (2008), S. 147–221. Im ersten Teil (2004) werden die klassischen Symptome der Myasthenia gravis aufgeführt.

2 Vgl. ebd., zweiter Teil (2005).

3 Vgl. Henner Montanus: Der kranke Heine. Stuttgart, Weimar 1995, S. 79.

4 Vgl. [Julius Sichel:] Attaque apoplectique: Paralyse du nerf oculo-moteur du côté droit. – In: Revue trimestrielle de la clinique ophthalmologique de M. Sichel (Octobre, novembre et décembre 1836), 1837, S. 45 f. Über Sichel vgl. Friedrich Jännicke: Sichel, Julius. – In: Allgemeine Deutsche Biographie 34 (1892), S. 147–149, und Montanus: Der kranke Heine [Anm. 3], S. 354 ff. Zu seiner Behandlung Heines vgl. die Erläuterungen in DHA XI, 575 und DHA XV, 1305 sowie die Zusammenstellung von Heines Briefäußerungen bei Montanus: Der kranke Heine [Anm. 3], S. 94 ff. Der von Sichel publizierte Bericht ist bei Montanus nicht berücksichtigt.

5 Vgl. Sichel: Attaque apoplectique [Anm. 4], S. 46.

6 Vgl. Montanus: Der kranke Heine [Anm. 3], S. 81.

7 Vgl. ebd., S. 94.

8 Vgl. ebd., S. 119.

9 Vgl. ebd., S. 144 ff.

10 Vgl. Christoph auf der Horst, Alfons Labisch: Heinrich Heine, der Verdacht einer Bleivergiftung und Heines Opium-Abusus. – In: HJb 38 (1999), S. 105–131, hier S. 123 ff.

11 Vgl. ebd., S. 115 f.

12 Vgl. dazu Montanus: Der kranke Heine [Anm. 3], S. 474 ff.

13 Vgl. Roland Schiffter: »Sie küsste mich lahm, sie küsste mich krank«. Vom Leiden und Sterben des Heinrich Heine. Würzburg 2006. Die Augensymptomatik Heines ist dort in einer Übersicht dargestellt, allerdings mit anderen Schlussfolgerungen. Vgl. ebd., S. 17 ff.

14 Vgl. Christoph auf der Horst, Alfons Labisch: Hatte Heinrich Heine die Syphilis? – In: Der Hautarzt 57 (2006), S. 1126–1132. Zur Behandlung vgl. auch Schiffter: »Sie küsste mich lahm, sie küsste mich krank« [Anm. 13], S. 61 ff.

15 Christoph auf der Horst: Heinrich Heine und die pathographische Illusion. – In: HJb 52 (2013), S. 116–141, hier S. 133.

16 Vgl. auf der Horst, Labisch: Heinrich Heine, der Verdacht einer Bleivergiftung [Anm. 10].

17 Gegen die These einer Bleivergiftung argumentierte zuletzt Schiffter: »Sie küsste mich lahm, sie küsste mich krank« [Anm. 13], S. 82 f.

18 Vgl. Schmidt: Geschichte der Krankheitsentdeckung der Myasthenia gravis [Anm. 1], 7 (2005), S. 243.

19 Vgl. Pierre Amalric: Le mystère de la maladie de Heinrich Heine. – In: Mémoires. Bulletin de la Société francophone d'Histoire de l'Ophtalmologie 4 (1996/97), S. 39–47.

20 Ebd., S. 45.

21 Vgl. Hans Schadewaldt: [Rez.] Le mystère de la maladie de Heinrich Heine. Par Pierre Amalric. – In: Nuntia documenta annotationes 10 (1997), H. 2, S. 31.

22 Vgl. Pierre Amalric: The Mystery of Heinrich Heine's Neuro-Ocular Disease. – In: Historia Ophthalmologica Internationalis1 (2015), S. 153–164.

23 Tabelle nach Schmidt: Geschichte der Krankheitsentdeckung der Myasthenia gravis [Anm. 1], 7 (2005), S. 243.

24 Vgl. Schiffter: »Sie küsste mich lahm, sie küsste mich krank« [Anm. 13].

25 Die These wird von auf der Horst und Labisch vertreten, vgl. auf der Horst, Labisch: Heinrich Heine, der Verdacht einer Bleivergiftung [Anm. 10], S. 126, dagegen argumentiert Schiffter: »Sie küsste mich lahm, sie küsste mich krank« [Anm. 13], S. 84.

26 Schmidt: Geschichte der Krankheitsentdeckung der Myasthenia gravis [Anm. 1], 7 (2005), S. 264.

»The exquisite form, or aroma of the original«

Oscar Wilde's engagement and affinity with Heine

By Thomas Wright, Oxford

A previously unpublished Oscar Wilde letter, which throws light on his engagement with the works of Heine, recently resurfaced at an auction.[1] The letter, written to the Heine translator, Charles Godfrey Leland, is unknown to both Wilde and Heine scholarship, having remained in various private collections. It was formerly owned by the influential publishers Harry and Caresse (Polly) Crosby, who founded the Black Sun Press in Paris in 1927.[2] In this article I will describe Wilde's letter, provide some contextual information, briefly analyse its significance for our understanding of Wilde's engagement with Heine, and offer suggestions for future scholarly research.

Description and transcription

Unpublished autograph letter signed (»Oscar Wilde«), 6 pages on St. Stephen's Club, Westminster, letterhead (6 7/8 x 4 7/8 in.; 177 x 126 mm), undated [autumn 1879] to Charles Godfrey Leland, mounted on guards; horizontal fold. Bound in tan morocco, with Harry and Caresse Crosby's arms and device in gilt on covers, spine gilt-lettered, top edges gilt, marbled endpapers. The Crosbys' bookplate is affixed to the front endpaper. The signature of »Harry Grew Crosby« appears on an initial blank.

> Dear Mr Leland,
>
> My mother, Lady Wilde, is very anxious to have the pleasure of knowing you and your charming wife: She has been always familiar with your name and would like to have the privilege of knowing the author, who has, in Heine's case at least, poured the wine of translation from »the golden into the silver cup« without losing any of the exquisite form, or aroma of the original.
>
> She is at home on Saturdays at 1. Ovingdon [sic] Sq. S. Kensington.
>
> In case you should be engaged she hopes to have the pleasure of calling herself on Mrs Leland, some day next week.
>
> I have not forgotten your kind offer about the Savile Club.

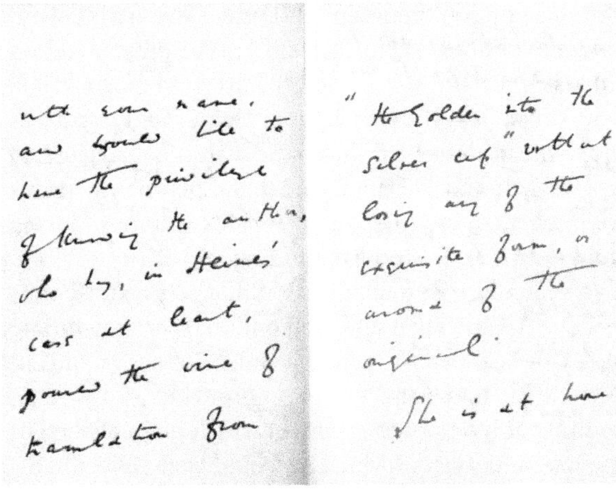
with some name.
and would like to
have the privilege
of knowing the author,
who has, in Heine's
case at least,
possessed the voice of
translation from

"the golden into the
silver cup" without
losing any of the
exquisite form, or
aroma of the
original.
She is at home

Reproduction of the second and third pages of the letter

In case I am elected it will at least give me the opportunity of meeting you from time to time.

Believe me

Very Truly Yours

Oscar Wilde

Leland and Wilde – the background

The American author, folklorist, art educationalist and soldier, Charles Godfrey Leland, was born in Philadelphia in 1824. Educated on the continent, Leland developed there a passion for all things German, including (and especially) for the writings of Heinrich Heine. In 1856, the year of Heine's death, Leland published the first comprehensive English translation of »Reisebilder«, Heine's four-volume collection of prose and poetry relating to travel, under the title »Pictures of Travel«, in a single volume. Then, in 1864, Leland's translation of Heine's »Buch der Lieder« was issued, under the title »Book of Songs«. Heine's collection of verse, published in 1827, had established his fame throughout Europe; it was issued in thirteen editions during his lifetime, while some of its songs were set to music by Schumann, Schubert and Mendelssohn. Leland's translations meanwhile played a significant part in furthering Heine's posthumous fame throughout America, the United Kingdom of Great Britain and Ireland, and the wider English-speaking world. Leland's »Pictures of Travel« ran to eight editions by 1879, and his »Book of Songs« was issued in a fourth edition in 1878.[3]

Leland made an even more significant contribution to Heine's reputation in the English-speaking world when he edited, and translated, the first collected edition of Heine's works in English. »The Works of Heinrich Heine« was published in twelve volumes by William Heinemann, in London, between 1891 and 1905, with Leland translating and editing the first eight volumes (Leland's death in 1903 prevented him from completing his Herculean task).[4] Leland was evidently known to Oscar Wilde and his mother, Lady Wilde (»Speranza«), as the translator of Heine. Yet Leland was more famous, at the time Wilde wrote his letter, for the comic dialect ballads he had written in a mixture of broken English and German, under the pen name »Hans Breitmann«. These verses were published, in America, in various volumes, during the 1860s and 1870s. Throughout the 1870s Leland lived in England.

In early 1879, the twenty-five-year-old Irishman, Oscar Wilde, left Oxford University, with a double first in ›Greats‹ (Classics), to settle in London. A prize-winning poet and a published art critic, Wilde was determined to acquire literary friends in the English capital in a bid to make his name and writing more widely known. At this time, he wrote copious amounts of lyric poetry, some of which he published in English and Irish literary magazines, and most of which he would later collect in his first book, »Poems« (1881).

In 1879 Wilde's mother, the authoress Speranza, also moved to London (from Dublin), occupying a house in Ovington Square, Knightsbridge. Throughout 1879 mother and son endeavoured to establish themselves socially, as well as professionally, by cultivating London literary luminaries, and hosting numerous parties. Oscar offered his guests afternoon tea at his rented rooms off the Strand, while Speranza held Saturday receptions in Knightsbridge, from five to seven o' clock, »for good literary and artistic people«. At her receptions Speranza would sit, on a throne-like chair, with Oscar standing dutifully by her side. Oscar helped his mother make these Saturday receptions a success, by inviting interesting guests of his acquaintance, such as John Ruskin and Charles Leland, whom he appears to have met during his time at Oxford.[5]

Wilde's unpublished letter to Leland is part of a series of communications between the American author and the Wilde family. It is highly likely that Wilde's epistle was written before 4 October 1879, as that is the date on which Leland thanked Wilde for his invitation to Speranza's Saturday receptions, in a missive of his own. In that letter to Wilde, Leland describes how he turned up at the wrong hour to Speranza's latest reception, as a result of confusing the number of Speranza's house with the time of the party: »I read your note ›My Mother will be glad to see you at 1‹ [...] Ovington Square followed, but I read no further. One o' clock was a queer hour [for a party] but I am used to queer hours.« Leland made the journey to Speranza's house in the early afternoon but found no one at home; he promised Wilde he would ›try it again‹ soon.[6] We know that Leland kept his promise. In an undated letter from Speranza to Leland, Wilde's mother expresses the hope »to have the pleasure of seeing you again on Saturday afternoon – you are a great teacher.«[7] It is possible that Wilde met Leland at one of Speranza's receptions; they were certainly in contact again before Leland's departure to Philadelphia towards the end of 1879.[8]

On his return to the United States Leland founded an industrial art school. In 1882 Wilde visited that institution, and its founder, during his American lecture tour, when he lectured in Philadelphia on »Decorative Art«. In the course of his lecture Wilde praised the school, and predicted that Leland would be »recognised and honoured as one of the great pioneers and leaders of the art of the future«. In the mid

1880s Leland returned to London, where he met up with Wilde again.[9] Given Wilde's long-standing friendship with Leland, and his interest in Heine, there can be no doubt Wilde knew of Leland's edition of Heine's collected works, the first volume of which was published in London in 1891. It is not unlikely, in fact, that Wilde would have seen and even read some of the early volumes.

A window onto Wilde's early life in London

Wilde's letter to Leland vividly evokes his early days in the English capital. In it, the Irishman cultivates the acquaintance of a famous author, and a well-known figure on the London literary scene, partly in a bid to extend his – and his mother's – circle of professional and social contacts. Leland was acquainted with countless British literary luminaries, including Carlyle, George Eliot, Bulwer-Lytton, Tennyson, Browning and Lord Houghton (some of whom Wilde would meet, around this time, possibly through the agency of Leland). Leland was also a member of the Savile, the most prestigious literary club in London.

In his letter, Wilde says that he has »not forgotten your kind offer about the Savile Club«. This must be a reference to an offer made by Leland to propose Wilde as a member of the institution. In the letter Leland wrote to Wilde on 4 October 1879, the American adverts to this offer: »Professor Palmer and Walter Besant«, he writes, »have both promised to endorse you for the Savile. Everybody is out of town as yet, and I want to get a mass of them altogether. It is the right club for you.« Leland then makes a comment which offers an insight into both his relationship with Wilde and the ethos of the Savile Club: »I have pledged myself«, Leland says, casting himself in the role of Wilde's mentor, »that you will outgrow your Pessimism and all morbid nonsense, and after your youthful fashionable fermentation come out a clear-headed, vigorous, healthy manly writer. That is the style of man you will meet with us – at least we aim at it.« Membership of the Savile might have opened many professional and social doors for Wilde. Unfortunately, however, he was not elected to the club, either in 1879 or later, when he was proposed in 1888. Did he fail, in the view of Savilians, to meet the standards of healthy manliness mentioned in Leland's letter?[10]

Wilde and Heine

Wilde's letter to Leland offers eloquent testimony of his deep interest in the works of Heine. The German author's (indirect) influence on the Wilde's play »Salomé« has long been acknowledged by Wilde scholars, but his influence on Wilde's other writings has been underrated, and under-explored to date. It is to be hoped that the re-emergence of Wilde's unpublished letter to Leland will encourage Wilde's critics to now seriously examine his engagement with Heine. This brief essay provides some background on the young Wilde's reading of the German author, and discusses the ways in which Wilde's letter to Leland adds to our knowledge of that reading. It also examines some of the possible implications that Wilde's letter, with its glowing tribute to Heine, holds for present and future Wilde scholarship.

As a boy, in the 1850s and early 1860s, Wilde learned German at home in Dublin from the various German governesses his parents employed to educate their children. The Wildes' house was well stocked with works of German literature. The library of Wilde's father, Sir William, contained several volumes of Goethe in the original, while Speranza owned countless German-language works, which were imported for her by Dublin book dealers. A brilliant linguist, Speranza translated a number of literary works from German, including Wilhelm Meinhold's gothic novel »Sidonia the Sorceress« and various poems by Schiller and Goethe. There can be no doubt that the Wildes' owned copies of Heine's works, and it is possible that Wilde was first introduced to the German author at home, through his parents, or one of his governesses.

In 1864 Wilde enrolled as a nine-year-old student at Portora Royal School, Enniskillen, Ireland. German language and literature was offered as an extra subject at the institution. Given the highly intellectual background in which Wilde was reared, and his mother's love of the German language and German literature, it seems probable that he would have taken German as an extra subject. At Portora, Heine's poems were set texts for the course. In an examination paper of the period, students are asked to translate the »Abenddämmerung« section of Heine's cycle of poems »Die Nordsee. Erster Zyklus« from the »Buch der Lieder«.[11]

There can be little doubt then that Wilde read Heine during his youth (and probably in the original). Confirmation of this is offered by a journalistic profile of Wilde, published in »The Biograph« in 1880, and evidently based on an interview with the twenty-six-year-old Irishman. »As a boy«, the profile says, »Mr Wilde [...] cared little for German literature, excepting only Heine and Goethe.«[12]

From his letter to Leland, it is clear that Wilde (and his mother) had read Leland's translations of Heine, at some point before late 1879: »She has been always familiar with your name«, Wilde writes, »and would like to have the privilege of knowing the author, who has, in Heine's case at least, poured the wine of translation from ›the golden into the silver cup‹ without losing any of the exquisite form, or aroma of the original.«

The comparison of translating poetry to pouring wine from the »golden cup into the silver cup« was coined by the English author Algernon Swinburne, in his 1870 review of »The Poems of Dante Gabriel Rossetti«. Swinburne writes of »the miraculous transfusion which enables the cup bearer [i.e. Rossetti, who translated from Italian into English] [...] to pour this wine of verse from the golden into the silver cup without spilling [any]«. Later in the review Swinburne echoes the phrase, when he says that »the divine verse [of one of Rossetti's translations of Dante] seems actually to [...] be poured from one cup into another without spilling one drop of nectar.«[13]

Wilde's use of Swinburne's metaphor for the translation of poetry, in his letter to Leland, indicates that he is referring to Leland's translations of Heine's verse, published in »Book of Songs« (and perhaps also in the poetry sections included in Leland's »Pictures of Travel«). This is confirmed by Wilde's reference to »the exquisite *form*, or aroma of the original«. The fact that Wilde was sensitive to the finer points of Heine's poetic style (its »exquisite form, or aroma«) in turn shows how familiar he was with the original German poems; Wilde's confident judgement regarding the merits of Leland's translations confirms this impression. The letter attests to Wilde's passionate admiration for Heine's German verse, not only through its explicit use of the epithet »exquisite«, but also in its implicit comparison of Heine's poetry to the »divine verse«, and to the wine in a »golden cup«, mentioned in Swinburne's review of Rossetti. Wilde loved Heine's German verse so much that he returned to it, in the mid 1880s, when he would, according to a friend, »carry a volume of Heine and a small pocket German dictionary with him on his travels« during his lecture tour of the United Kingdom.[14]

The enthusiasm for Heine expressed in the letter is confirmed by the journalism Wilde penned in the late 1880s, in which he mentions the German author repeatedly. Anecdotes relating to Heine, and quotations from the German author, appear in the book reviews Wilde wrote for »The Woman's World«.[15] In an appraisal of a book on the »Venus of Melos«, penned for the »Pall Mall Gazette«, Wilde asks »Who is she, this marble mutilated goddess [...] to whom Heine bent his knee?«[16] Wilde is referring here to Heine's famous encounter with the statue of Venus in the Louvre, which the German poet immortalized in the afterword to »Romanzero« (1851). The editors of Wilde's journalism appear to imply that Wilde read about Heine's visit to the Louvre in an English-language biography of the poet, such as William Stigand's »The Life, Work, and Opinions of Heinrich Heine« (1875).[17] Yet it is just as likely, if not more likely, that Wilde had read »Romanzero«, either in German, or in Bowring's translation – and the knowledge of Heine displayed in Wilde's letter to Leland lends credence to this view.

Similarly, Wilde's letter to Leland may help the editors of his journalism decide whether two anonymously-published »Pall Mall Gazette« reviews, which display an intimate knowledge of Heine's poetry, are likely to have been written by Wilde. At present these reviews are classified as »possibly« by Wilde but, in the light of Wilde's letter to Leland, they will perhaps be upgraded and admitted into the Wilde canon. One is a review of an English translation of Tolstoy's novel »Anna Karenina«, in which various lines from Heine's cycle of poems »Die Heimkehr« (from »Buch der Lieder«) are printed in the original German. The reviewer of the novel complains that Heine's »witty lines« have been reproduced in a »A vile German version rendered into equally vile English in an accompanying footnote.« Wilde's letter to Leland proves that he was eminently qualified to make this criticism. In the other review, the anonymous critic passes judgement on a number of poets, including the Dutchman J. M. W. Schwartz, of whom he remarks: »we should have taken him for an Englishman cradled in poetry by too much study of Heine, and endowed with a great deal of facility in the light lyrical measures of that seductive poet.« Once again, Wilde's letter to Leland demonstrates that he was sufficiently knowledgeable and passionate about Heine's poetry, to have made this comparison.[18]

The literary works Wilde wrote in the late 1880s and 1890s also contain echoes of Heine. Countless Wilde critics have, over the last century, noted the profound influence that Heine's unfinished verse masterpiece »Atta Troll« (1843) exercised on Wilde's 1893 symbolist biblical play »Salomé«. Yet Wilde is generally supposed to have encountered Heine's influence indirectly, via the American author J. C. Heywood, whose dramatic poem »Salome« Wilde reviewed in the »Pall Mall Gazette« in 1888. According to Richard Ellmann, in his celebrated biography of Oscar Wilde, Heywood »had profited from Heine's retelling of the [Salome] story in ›Atta Troll‹, Heine having portrayed a procession in which a phantom Herodias, mounted on a horse, kisses the prophet's head«. In his poem Heywood adapted Heine, by having Herodias kiss the prophet before she dies; and then, according to Ellmann, Wilde adapted Heywood, in the climax to his play »Salomé«, where Salome (rather than Herodias) kisses the head of the prophet.[19] Yet in the light of Wilde's passion for Heine (as evidenced in his letter to Leland), there is no reason why Wilde would not have read »Atta Troll«, either in the original German, or in an early translation – or in both, if necessary.[20]

The passion for Heine expressed in Wilde's letter, should also encourage Wilde's critics and editors to explore the possibility that the German author influenced other Wildean writings. Two of Wilde's fairy stories, »The Young King« and »The Fisherman and his Soul«, are, for example, saturated with allusions to the Tannhäuser legend; it would surely be worth considering whether Heine's celebrated treatments of that legend influenced Wilde's own adaptations. And, given Wilde's passion, as a young man, for the lyric poems in the »Buch der Lieder«, it is also highly likely that Wilde's own youthful verse bears traces of their influence. To a cite a single example of possible influence, which no Wilde editor has hitherto noted, the »crouching Sphynx« of Heine's preface to »Buch der Lieder«, which offers unwary lovers »flaming« and »burning« kisses (Leland's translation) may well reappear in Wilde's poem »The Sphinx« (published in 1894 but begun over a decade earlier). In Wilde's poem, the »half woman and half animal«, with »curving claws« »kisses« her paramours »with mouths of flame«. Such echoes suggest that Heine may have exercised as strong an influence over Wilde's poetry, as he did over that of Wilde's contemporaries, and acquaintances, Matthew Arnold and A. E. Housman.[21]

Were Wilde scholars to trace further echoes of Heine in Wilde's writings, they would begin to perceive the fundamental affinity between the two writers. That kinship was first identified, over a century ago, by Lion Feuchtwanger, in his article »Heinrich Heine und Oscar Wilde: Eine psychologische Studie«. Feuchtwanger followed Nietzsche in regarding Heine as a prototypical modern writer, similar in many ways to the exemplary »modern« author, Oscar Wilde. In the works of both authors Feuchtwanger discerned a conflict between idealism and romanticism on the one hand and intellectual scepticism on the other; he also argued that the pair regarded their art as a »game«, divorced from life.[22] The resemblance between the two authors was also remarked upon by Wilde's friends. After Wilde's death Charles Ricketts wrote that: »we lost in Wilde one of those strange, complex blends in character such as Heine […] a cynic and a sentimentalist […] a rare genius.«[23]

Detecting Heine's influence on Wilde, and viewing him as a genius in the Heine mould, would, in turn, allow us to see him as Feuchtwanger saw him – as a great Irish and European author, rather than as a purveyor of facile paradoxes, or a tragic figure whose life was more important than his art. In these, and in other ways, it is to be hoped that Wilde's unpublished letter to Leland – the sole surviving manuscript testimony to his love of Heine – will contribute to the restoration of Wilde's literary and intellectual eminence.[24]

Notes

1 At the Sotheby's auction: Fine Autograph Letters and Manuscripts from a Distinguished Private Collection: Part II. Music, Americana, English and Continental Literature. 13 December 2018, Lot 307.

2 Under the Black Sun imprint, the American couple published the early works of many great modernist authors, including D. H. Lawrence, Ernest Hemingway and James Joyce. They were also drawn to Wilde's proto-modernist works; in 1928, they published exquisite English and French language editions of Wilde's short story »The Birthday of the Infanta« which included illustrations by their friend Alastair (Baron Hans Henning Voigt).

3 Leland's »Book of Songs« was not the first English translation of »Buch der Lieder«. It was preceded by the version of the book contained in Edgar Alfred Bowring's The Poems of Heine. Complete. Translated into the Original Metres with a Sketch of His Life. London 1859. Selected poems from the »Buch der Lieder« had also been translated by John Ackerlos in Selections from the Poetry of Heinrich Heine. London 1854.

4 For a detailed and illuminating discussion of Leland's collected edition of Heine see Jeffrey L. Sammons: Charles Godfrey Leland and the English Language Heine Edition. – In: HJb (37) 1998, pp. 140–167, reprinted in Sammons' book Heinrich Heine. Alternative perspectives 1985–2005. Würzburg 2006, pp. 163–187.

5 In a letter of 1882 from Leland to Wilde, now held in the William Andrews Clark Memorial Library (Los Angeles), Leland mentions that Wilde »once welcomed [him] so kindly to Oxford«. Clark Library, L537L W6721 1882 Jan. 18.

6 Harry Ransom Center, the University of Texas at Austin, MSS_WildeO_2_11_012.

7 Accompanying her letter Lady Wilde sent Leland copies of a number of her published prose writings, including one in which she apparently mentions Leland's »Hans Breitmann« poems. Speranza's letter to Leland is now in Trinity College, Dublin. I am enormously grateful to Matthew Sturgis, Wilde's biographer, for providing me with transcriptions of the three letters referred to in this footnote, and the two footnotes that precede it.

8 In an undated letter, which must date from this period, Wilde invites Leland to dinner; »I want to have a talk with you«, he writes, »on many subjects«. This letter, which is now held in the Clark Library, is published in: The Complete Letters of Oscar Wilde. Ed. by M. Holland and R. Hart-Davis. London 2000, p. 84.

9 According to The Pall Mall Gazette, the pair both attended a meeting of the British Association of Art together on 9 June 1888. Ibid, p. 8.

10 The importance of clubs to a young writer and socialite is also attested to by the letterhead of the St. Stephen's Club on Wilde's letter. Wilde had joined the Westminster club while still at Oxford, no doubt with his future transfer to London, and his social and professional progress there, in mind. Many of the letters Wilde penned between the beginning of 1879 and the summer of 1880 were written on the stationery of the club.

11 Examination Held at The Royal School of Portora Easter, 1859. Dublin 1859, p. 12.

12 The Biograph. London 1880, p. 132. For Wilde's childhood reading of continental literature see Thomas Wright: Oscar's Books. A Journey Around the Library of Oscar Wilde. London 2008, pp. 54–59.

13 Fortnightly Review, v. 13, 1870; reprinted in Algernon Swinburne's prose collection Essays and Studies. London 1875. Wilde acquired this book at Oxford and marked it heavily during his undergraduate years. For their help in identifying and analysing the Swinburne quotation, I would like to thank the following scholars: Noreen Doody, Angela Kingston, Algernon Laugen-Kelly, Francis O'Gorman, Iain Ross, Horst Schroeder, John Stokes and Heather White.

14 Robert Sherard: The Real Oscar Wilde. London 1917, p. 304.

15 Oscar Wilde: Some Literary Notes – I. – In: The Woman's World, January 1889; Literary and Other Notes – IV. – In: The Woman's World, February 1888. Here Wilde quotes the German author's description of Madame de Staël as »a whirlwind in petticoats«. The Complete Works of Oscar Wilde. Vol. VII: Journalism II. Ed. by J. Stokes and M. Turner. Oxford 2013, pp. 144 f. and p. 62.

16 Venus or Victory. – In: The Pall Mall Gazette, 24 February 1888. Ibid., p. 68.

17 Ibid., p. 391.

18 The Pall Mall Gazette, 28 December 1886 and 24 July 1885; ibid., p. 289 and p. 268.

19 Richard Ellmann: Oscar Wilde. London 1987, p. 321.

20 Bowring's The Poems of Heine [see note 3] includes a translation of the poem. The Poems of Heine. Atta Troll and other poems by Heinrich Heine. Translated into English by Thomas Selby Egan had also been published in London in 1876. In his recent, authoritative edition, of »Salomé« (and »Salome«) Joseph Donohue writes: »Could Heywood have read Heine's Atta Troll?«, but he does not consider the possibility that Wilde himself may have read Heine's poem. The Complete Works of Oscar Wilde: Vol. V: Plays I: The Duchess of Padua, Salomé: Drame en un Acte, Salome: Tragedy in One Act. Ed. by J. Donohue. Oxford 2013, p. 389.

21 In his authoritative edition of Wilde's short fiction Ian Small mentions, in passing, that the »Tannhäuser legend« was »interpreted by a number of German Writers, including Heinrich Heine«; however we await a detailed comparison of Heine's and Wilde's adaptations of the legend. The Complete Works of Oscar Wilde. Vol. VIII: The Short Fiction. Ed. by I. Small. Oxford 2017, p. 383. Heine is not mentioned in the notes or introduction to the authoritative edition of Wilde's poetry, The Complete Works of Oscar Wilde. Vol. I: Poems and Poems in Prose. Ed. by B. Fong and K. Beckson. Oxford 2000.

22 Lion Feuchtwanger: Heinrich Heine und Oscar Wilde. Eine psychologische Studie. – In: Der Spiegel. Münchner Halbmonatsschrift für Literatur, Musik und Bühne Nr. 12, 30.9.1908. Reprinted in Lion Feuchtwanger: Ein Buch nur für meine Freunde. Frankfurt a. M. 1984, pp. 17–30. Subsequent attempts by scholars to identify similarities between Heine and Wilde have added little to Feuchtwanger's insightful analysis. Coulson Kernahan: Wilde and Heine – In: The Dublin Magazine N. S. 15 (1940), pp. 19–26, suggested that both authors were »vain«– hardly the distinctive characteristic of either man, or indeed an uncommon one among writers (or people) generally. For a more recent discussion see Peter Janz: Sind Lachen und Tanzen gottlos? Heinrich Heine und Oscar Wilde. – In: »Gotteslästerung« und Glaubenskritik in der Literatur und in den Künsten. Ed. by Hans Richard Brittnacher and Thomas Koebner. Marburg 2016, pp. 73–85.

23 Charles Ricketts: Self-Portrait taken from the Letters and Journals. Collected and compiled by T. Sturge Moore. Ed. by Cecil Lewis. London 1939, p. 177. Charles Leland's writings on Heine also help us see the resemblance between the German author and Wilde. In the »Translator's Preface« to »Pictures of Travel« Leland described Heine with words that might with equal justice have been used of the mature Wilde: »Heine most emphatically belongs to that class of writers, who are a scandal to the weaker brethren, a terror to the strong, and a puzzle to the conservatively wise of their own day and generation, but who are received by the intelligent contemporary with a smile, and by the after comer with thanks […]. He belongs to that great band, whose laughter has been in its inner-soul more moving than the most fervid flow of serious eloquence, to the band which numbered Lucian and Rabelais, and Swift, among its members, men who lashed into motion the sleepy world of the day […]. He possesses in an eminent degree, the graceful art of communicating to the most uneducated mind, refined secrets of art and criticism […]. He has popularized philosophy, and preached to the multitude those secrets which were once the exclusive property of the learned […] and this he does, not like a pedantic professor, ex-cathedra, […] but rather like a friend, who with a delicate regard for the feelings of his auditor, speaks as though he supposed him already familiar with the subject in question. Pedantry and ignorant self-sufficiency […] provoke his attacks […].« Charles G. Leland: Translator's Preface. – In: Pictures of Travel. Translated from the German of Henry Heine by Charles G. Leland. 2nd edition. Philadelphia 1856, p. 3–8, p. 4 f.

24 This description was written in collaboration with Julia Rosenthal; her intimate knowledge of Wilde and Heine, and her exhibition catalogue For Freedom's Battle. Heinrich Heine and England. A Bicentenary Exhibition 16 January-6 February 1998. Exhibition and catalogue compiled by Julia Rosenthal in association with the Heinrich Heine Institute. London 1998, were abundant sources of information and inspiration. I would also like to acknowledge the help of Christian Liedtke, for his invaluable comments and suggestions on an early draft of this article.

Adornos ambivalente Heine-Rezeption

Von Walther Müller-Jentsch, Düsseldorf

Als Adorno sich in den frühen Nachkriegsjahren der Bundesrepublik Deutschland mit Heinrich Heine beschäftigte, war dessen »ästhetischer Status in der deutschen literarischen Tradition keineswegs gesichert«.[1] Dass damals sein Name noch »ein Ärgernis«[2] war, lässt sich einer offiziellen Würdigung zu seinem 100. Todestag am 17. Februar 1956 entnehmen. In einem Bulletin des Presse- und Informationsamtes verlautbarte die Bundesregierung:

> Dieser Mann hat so vieles geschrieben, was man, von welchem Standpunkt auch immer, unmöglich billigen kann, dass es in der Tat Schwierigkeiten bereitet, vor den Augen der uns gerade jetzt ironisch aufmerksam betrachtenden Welt das allzu Abscheuliche taktvoll zu übersehen und das Großartige und Schöne um so lauter zu loben.[3]

Zwei kürzere Arbeiten hat Adorno in jenen Jahren über Heinrich Heine geschrieben; die bekanntere, »Die Wunde Heine«[4], ein Rundfunkvortrag zu Heines 100. Todestag aus dem Jahr 1956, wurde in den Band »Noten zur Literatur I« (1958)[5] aufgenommen; die ältere, »Toward a Reappraisal of Heine«, ursprünglich ein Vortrag an der University of California in Los Angeles im Dezember 1948, liegt nur in Englisch vor (in der Fassung von 1949) und wurde erst 1986 posthum in den »Gesammelten Schriften«[6] veröffentlicht.

Adornos Heine-Rezeption erfolgte im Schatten von Karl Kraus' harschem Verdikt über Heinrich Heine. In beiden seiner Aufsätze über Heine bezieht Adorno sich jedenfalls explizit auf den Wiener Sprachkritiker, implizit auf dessen Schrift »Heine und die Folgen«.[7] Böse gesagt, erweist er sich hier, im Hinblick auf Kraus, als eine autoritätsgebundene Person.

Karl Kraus, der einen jahrzehntelangen Kampf gegen den journalistischen Feuilletonismus der Wiener Tagespresse, namentlich der »Neuen Freien Presse«, führte, kreidet Heine in seiner Schrift, die er 1910 als Broschüre im Münchner Albert Langen Verlag publizierte, die Urheberschaft des modernen Journalismus an. »Ohne Heine kein Feuilleton. Das ist die Franzosenkrankheit, die er uns eingeschleppt hat«[8], formuliert er apodiktisch und bezichtigt Heine, »der deutschen Sprache so sehr das Mieder gelockert« zu haben, dass »heute alle Kommis an ihren Brüsten fingern können«.[9] Seine Lyrik sei nur »skandierter Journalismus, der den Leser über seine Stimmungen auf dem Laufenden hält«.[10] Und weiter heißt es: »Heine war nur ein Draufgänger der Sprache; nie hat er die Augen vor ihr niedergeschlagen«.[11] Irritierend an Kraus' Schrift, die als ein Pamphlet daherkommt, sind zudem die Invektiven gegen das »Romanische« und die französische Sprache – sie gebe sich »jedem Filou hin«.[12]

Dass sie zudem nicht frei von antisemitischen Untertönen ist, belegt Paul Peters mit zahlreichen Wendungen[13], nicht ohne Verweis auf den »jüdischen Selbsthass«, dem auch Kraus trotz vehementen Verleugnens erlegen sei.[14] Wie Dietmar Goltschnigg mit unzähligen Zitaten aus Kraus' gesamtem Schrifttum belegt, projiziert er sein eigenes Judentum auf den geistesverwandten Rivalen, um seine zeitlebens forcierte Assimilation zu vollenden; er praktizierte »seine totale Assimilation, das heißt seine radikale ›Entjudung‹ [...] durch seine polemische Publizistik, die eines ihrer meißtgehaßten Feindbilder in Heinrich Heine fand«.[15]

Wie anders dagegen urteilt Friedrich Nietzsche in »Ecce Homo« über Heine:

> Den höchsten Begriff vom Lyriker hat mir Heinrich Heine gegeben. Ich suche umsonst in allen Reichen der Jahrtausende nach einer gleich süßen und leidenschaftlichen Musik. Er besaß jene göttliche Bosheit, ohne die ich mir das Vollkommne nicht zu denken vermag [...]. – Und wie er das Deutsche handhabt! Man wird einmal sagen, dass Heine und ich bei weitem die ersten Artisten der deutschen Sprache gewesen sind – in einer unausrechenbaren Entfernung von allem, was bloße Deutsche mit ihr gemacht haben.[16]

In der »Götzen-Dämmerung« stellt er ihn gar als »mitzählenden Geist«[17] neben Goethe, Hegel und Schopenhauer.

Das versetzte den unerbittlichen Sprachkritiker Kraus in arge Verlegenheit, aus der er sich mit der Aussage entwindet, dass die Identifikation mit Heine auf Nietzsches »Kleinheitswahn« und seinen »Hass gegen Deutschland [...], der jeden Bundesgenossen annimmt«[18], zurückzuführen sei. Dass diese nicht zu den einzigen Missdeutungen von Kraus zählt, zeigt sein nachstehender, Heines Schriften herabwürdigender Vergleich:

> Wenn nach Iphigeniens Bitte um ein holdes Wort des Abschieds der König ›Lebt wohl‹ sagt, so ist es, als ob zum erstenmal in der Welt Abschied genommen würde, und solches ›Lebt wohl‹ wiegt das Buch der Lieder auf und hundert Seiten von Heines Prosa.[19]

Auch ließe sich die Krausche Methode, seine Gegner durch deren wörtliche Zitierung selbst bloßzustellen, heute unschwer gegen ihn selbst anwenden, etwa mit den beiden folgenden Zitaten:

> Gewiß hätte Heine sich um Deutschland verdienter gemacht, wenn er ein unfehlbares Mittel gegen Schweißfüße erfunden hätte.[20] – Was da in Wien geistig herumkrabbelt, davon lasse ich mir wirklich nicht die Ferse jucken. Es sind Läuse im deutschen Blätterwald oder, wenn's hoch geht, Wanzen aus Heines Matratzengruft.[21]

Die beiden Heine-Essays Adornos differieren in einigen nicht unwichtigen Aspekten. Nach Einschätzung von Plass bietet Adorno in der ersten Abhandlung eine wesentlich vorsichtigere und ausgewogenere Einschätzung Heines (»a much more cautious and balanced understanding«[22]) als in der zweiten. Zurückzuführen sind die Unterschiede auf das ungleiche Publikum, an die die ursprünglichen Vorträge adressiert waren, und auf die andersartigen politischen und kulturellen Bedingungen, unter denen sie entstanden.[23] Der ältere Text, bisher weitgehend ignoriert[24], richtete sich an ein amerikanisches Publikum und entstand in einer Zeit, als Adorno seine erste Publikation im Nachkriegsdeutschland, die »Philosophie der neuen Musik«, vorbereitete. Die darin eine zentrale Rolle einnehmende Dissonanz estimierte Adorno wiederum an Heines »dissonanter Ästhetik«.[25] Dabei ging Adorno sogar so weit, Heine als den »first ›modern‹ German poet«[26] zu bezeichnen, der auf den Konflikt nicht nur mit der äußeren Welt, sondern in ihm selbst hinzuweisen und von ihm Zeugnis zu geben versuchte, »through every nuance of his form«.[27] Der spätere Text hingegen richtete sich im Kontext eines restaurativen geistigen Klimas an ein deutsches Publikum, das seinen Frieden mit Heine noch nicht gemacht hatte[28], und wirft auf Heines Modernität ein zwiespältigeres Licht als der ältere.

Am Rande sei vermerkt, dass sich in beiden Texten die Aussage findet, dass in der Nazizeit Heines »Loreley«-Gedicht mit dem Vermerk »Dichter unbekannt« in Schulbüchern und Anthologien abgedruckt worden sei. Für diese weitverbreitete Legende fand sich bisher jedoch keine Quelle.[29] Zwar gab es durchaus anonyme Publikationen des Gedichtes, aber wohl keine mit diesem Vermerk. Eine plausible Erklärung dafür liefert der Literaturwissenschaftler Hartmut Steinecke: Da das Gedicht zu bekannt war, hätte man sich mit einer solchen Kennzeichnung lächerlich gemacht.[30]

Zu des Lesers großer Verwunderung muss er gleich zu Beginn des deutschen Textes eine Verbeugung Adornos vor Autoritäten – wörtlich: vor den »geistig Verantwortlichen« – zur Kenntnis nehmen. Bei ihnen sei Heine um 1900 »in Verruf«[31] geraten. Gemeint ist ihm zufolge neben dem George-Kreis[32] namentlich Karl Kraus. Sei auch das Urteil des ersteren einem kulturellen Nationalismus zuzuschreiben, lasse sich jedoch das Kraussche Verdikt »nicht auslöschen«.[33] Seitdem sei »die Aura Heines peinlich, schuldhaft, als blutete sie«.[34] »Schuldhaft« (!): In der Folge des erfolgreichen »Buchs der Lieder« sei »die Lyrik [...] in die Sprache von Zeitung und Kommerz«[35] herabgezogen worden. Damit stimmt nun Adorno in puncto Lyrik voll dem Krausschen Verdikt zu. Dieses lasse sich nur umgehen, wenn man »sich auf den Prosaschriftsteller beschränkt«, dessen Rang »in die Augen springt« und einen »unverwässerten Begriff von Aufklärung bewahrt«.[36] »Die Wunde jedoch ist Heines Lyrik«[37], die er an den Markt verraten habe und die mit der Massenproduktion flirte, wie es in dem englischen Text heißt.[38] »[I]hre Spontaneität [war] eins mit der Verdinglichung. Ware und Tausch bemächtigten sich in Heine des Lauts, der zuvor sein Wesen hatte an der Negation des Treibens«.[39] Immerhin hält ihm Adorno zugute, dass er »das eigene Ungenügen«, die »Unzulänglichkeit seines Worts« benutzt, um auf den eigenen »Bruch«[40] zu verweisen. Mit der Zweiteilung des Heineschen Werkes in Lyrik und kritische Prosa folgt Adorno einer Tradition der Germanisten der Weimarer Republik, freilich mit umgekehrter Wertschätzung. Bei diesen fand, laut Goetschel, Heine »welcome inclusion in the German literary canon only as poet of pleasingly soothing lyric poetry«, während »his prose and political lyrics [...] were excluded«.[41]

Für die im Titel des englischsprachigen Textes angekündigte »Neubewertung« (»Reappraisal«) sprechen Goetschel zufolge die an Heines Dichtung gerühmte Modernität, die sich in dessen dissonanter Ästhetik ausdrücke, welcher auch Adorno Beifall zollte, sowie die literatursoziologischen Anmerkungen im Kontext der frühen Industrialisierung, der Urbanisierung und der »commodity culture« im sich entfaltenden Kapitalismus. Andererseits bleibt auch dieser Text mit dem Vorwurf der Inauthentizität der Sprache dem »von Kraus geerbten Mechanismus der Abgrenzung«[42] verhaftet.

Was die literatursoziologischen Anmerkungen betrifft, verortet Adorno Heine einerseits in der Tradition der deutschen romantischen Poesie, konstatiert aber andererseits eine Inkompatibilität »between the industrial era with romanticism«.[43] Als

»first German poet« habe er sich voll und ganz dem Problem gestellt, »how is lyrical poetry possible at all in the sober, cold, desillusioned world of early industrialism«.[44] Das Aufkommen von Fabriken und Eisenbahnen habe ein Bild von Deutschland zerstört, wie es noch im Bühnenbild der »Meistersinger« glorifiziert worden sei.

Den Widerspruch zwischen romantischem Lied und industrialisierter Welt erfasst Heine unverblümt in einem seiner Aphorismen:

> Die höchste Blüthe des deutschen Geistes: Philosophie und Lied – Die Zeit ist vorbey, es gehört dazu die idyllische Ruhe, D<eutsch>land ist fortgerissen in die Beweg<un>g – der Gedanke ist nicht mehr uneigennützig, in seine abstrakte Welt stürzt die rohe Thatsache – der Dampfwagen der Eisenbahn giebt uns eine zittrige Gemüthserschüttrung, wobey kein Lied aufgehen kann, der Kohlendampf verscheucht die Sangesvögel und der Gasbeleuchtungsgestank verdirbt die duftige Mondnacht. (DHA X, 336)

Wie Baudelaire, dessen »Fleurs du Mal« eine vergleichbare Popularität wie Heines »Buch der Lieder« erreichten, rage Heine »in die Moderne des neunzehnten Jahrhunderts hinein«[45] und teilte mit ihm eine Reihe von Motiven (die Glorifizierung der Lüge, das Phänomen der Masse, den Phantom-Doppelgänger). Aber während Baudelaire, der jüngere, der Moderne selbst, dem unaufhaltsam Zerstörenden und Auflösenden »heroisch Traum und Bild« abzwingt, ja »den Verlust aller Bilder selbst ins Bild«[46] transfiguriert, habe Heine »williger […] sich dem Strom überlassen«[47] und seine »dichterische Technik der Reproduktion, die dem industriellen Zeitalter entsprach, auf die überkommenen romantischen Archetypen angewandt, nicht aber Archetypen der Moderne getroffen«.[48] Im amerikanischen Text behauptet er hingegen das Gegenteil: »His verses preserve an almost archaic freshness in as much as they summon authentically and for the first time archetypes of the modern world.«[49] Kann man Adorno ein solch widersprüchliches Urteil einfach durchgehen lassen, ohne leise Zweifel an anderen Aussagen aufkommen zu lassen?

Zum Beispiel an der über Heines »assimilatorische« Sprache, das »glatte sprachliche Gefüge«.[50] Seine von »der kommunikativen Sprache erborgte Geläufigkeit und Selbstverständlichkeit ist das Gegenteil heimatlicher Geborgenheit in der Sprache«.[51] Adorno stellt eine Verbindung her zwischen Heines Judentum und seiner inauthentischen lyrischen Sprache. Mit dem (falschen) Hinweis, dass Heines Mutter »des Deutschen nicht ganz mächtig war«[52], lässt er durchblicken, dass der familiäre sprachliche Hintergrund ihn daran hinderte, ganz in der deutschen Sprache heimisch zu werden. Die Annahme eines »natürlichen« Zugangs zur deutschen Dichtersprache hat Peter Uwe Hohendahl als unhaltbar zurückgewiesen. Im 18. und frühen 19. Jahrhundert war die deutsche Hochsprache »ein fast künstliches Gebilde, eine Sprache, die nicht zu Hause gesprochen, sondern in öffentlichen Zusammenhängen benutzt wurde«.[53] Erst durch schulische Ausbildung musste Heine wie auch Hölderlin und Eichendorff ihren Gebrauch erlernen. »Sie alle beginnen mit dem lokalen Dialekt und dem regionalen Idiom, die sich deutlich von der Literatursprache unterscheiden«.[54]

In einem bleibt Adorno sich indessen treu: in der Anerkennung von Heines eminenter Bedeutung für die Musik. »The history of the German *Kunstlied* is unthinkable without Heine«[55], heißt es kategorisch im amerikanischen Text. Schuberts Vertonungen zählen für ihn zu den kühnsten und avanciertesten, die »the extreme and unchecked expressiveness« der späten Romantik antizipierten.[56] Und Adorno wäre nicht der Dialektiker, der seinem Ruf voraus eilt, schlösse er seinen Essay nicht unerwartet mit einem ergreifenden Gedicht – »Mein Herz, mein Herz, ist traurig,/ Doch lustig leuchtet der Mai« – aus jenem zuvor inkriminierten »Buch der Lieder«. Die darin zum Ausdruck kommende Heimatlosigkeit des exilierten Juden Heine sei heute die Heimatlosigkeit aller geworden. Daher werde sich die Wunde Heines erst schließen in einer Welt »der real befreiten Menschheit«, das heißt »in einer Gesellschaft, welche die Versöhnung vollbrachte«.[57]

Wie anders dagegen rezipierte Adornos jüngerer *confrère*, Jürgen Habermas, Heine! Ihm zufolge habe Kraus »zu Unrecht [...] die Spannung zwischen Journalismus und Poesie«[58] bei Heine beklagt. Was Heines Dichtung auszeichne, sei »die Verbindung des polemischen Bewusstseins eines politischen Schriftsellers mit dem Wahrheitspathos des empfindsamen Lyrikers, der sich zum unbestechlichen Seismographen der eigenen Regungen macht«.[59] Als »erster großer Zeitschriftsteller«[60], der sich bewusst war, in einer »neuen Zeit« zu leben, habe er einerseits literarische Gattungen innovativ umgeformt, die in Briefen, Reisebildern, Salonberichten und Geständnissen ihren Niederschlag fanden, und andererseits lyrische Formen mit Parteinahmen zu Zeitgedichten aufgeladen.[61]

Die Differenzen zwischen Adornos und Habermas' Rezeption sind sicherlich auch dem zeitlichen Abstand geschuldet. Adornos Essay entstand in einer Zeit, als Heines literaturgeschichtlicher Status noch umstritten war, während Habermas es mit einem bereits kanonisierten Heine zu tun hat. Erstaunlich ist jedoch, dass Adornos Urteil eher einem traditionellen ästhetischen Kontext verpflichtet bleibt, während Habermas das Neue und schöpferisch Originelle in Heines Dichtung zu entdecken vermag und der »außerordentlichen ästhetischen Vielfalt des Heineschen Œuvre«[62] gerecht wird.

Darin stimmt Habermas mit der avancierten Heine-Forschung überein. Der Germanist Peter Stein beispielsweise sieht in Heine einen »Beiträger der ›Urgeschichte der Moderne‹«, in der »von Anfang an Revolutionierung der ästhetischen Mittel (Technik) und politische Parteilichkeit (Tendenz)« ein spannungsvolles Verhältnis eingingen.[63] Dieser Einschätzung folgt auch eine profunde Untersuchung des im kanadischen Toronto lehrenden Philosophen und Germanisten Willi Goetschel. In seinem aktuellen Buch »Heine and Critical Theory« von 2019 argumentiert er, Heines literarisches Projekt »presents a critical exploration of the interplay between prose and poetry, content and form«, deren Fäden er kunstvoll wie ein Webmeister zusammenführe, mit dem Ergebnis: »to give the issues of morals, politics, culture, aesthetics and their intertwined relation provocative expression«.[64]

Das Besondere des Buches ist jedoch der luzide geführte Nachweis von Heines »seminal role in the formation of Critical Theory«.[65] Goetschel postuliert in einer akribisch belegten These folgende Genealogie: Über den prägenden Einfluss auf Sprache, Stil und Denken seiner »aufmerksamsten Leser« – Marx, Nietzsche und Freud –, den »Säulenheiligen« der Kritischen Theorie, wurde Heine »completely incorporated as an inseparable but also indistinguishable part of the project«[66] der Kritischen Theorie. Dieser Zusammenhang wird zwar in Adornos Heine-Lektüre nicht direkt geleugnet, aber durch ihre Ambivalenz zur Unschärfe verzerrt – in bildlicher Analogie: verwischt wie eine Fotoabmalung Gerhard Richters.

Anmerkungen

1 Peter Uwe Hohendahl: Adorno als Leser Heines. – In: Adorno-Handbuch. Leben – Werk – Wirkung. Hrsg. v. Richard Klein, Johann Kreuzer, Stefan Müller-Doohm. Stuttgart 2011, S. 192–200, hier S. 192.

2 Theodor W. Adorno: Die Wunde Heine. – In: Ders.: Noten zur Literatur I. Frankfurt a. M. 1958, S. 144–152, hier S. 144.

3 Bulletin des Presse- und Informationsamtes der Bundesregierung: Heinrich Heine – der Klassiker des Ärgernisses. Zum hundertsten Todestag des Dichters. – In: Heine in Deutschland. Dokumente seiner Rezeption 1834–1956. Hrsg. v. Karl Theodor Kleinknecht. München, Tübingen 1976, S. 150–156, hier S. 151. Chef des Presse- und Informationsamtes der Bundesregierung war damals Felix von Eckart mit einer einschlägigen Nazivergangenheit im Filmgeschäft.

4 Der Titel ist für die gesamte (spätere) Wirkungsgeschichte »längst zur geflügelten Signatur geworden«. Dietmar Goltschnigg: Die Fackel ins wunde Herz. Kraus über Heine. Eine »Erledigung«? Texte, Analysen, Kommentare. Wien 2000, S. 22.

5 Vgl. Adorno: Die Wunde Heine [Anm. 2].

6 Theodor W. Adorno: Toward a Reappraisal of Heine. – In: Ders.: Gesammelte Schriften. Hrsg. v. Rolf Tiedemann unter Mitwirkung v. Gretel Adorno, Susan Buck-Morss u. Klaus Schultz. Bd. 20.2: Vermischte Schriften II. Frankfurt a. M. 1986, S. 441–452.

7 Karl Kraus: Heine und die Folgen. – In: Ders.: Werke. Bd. 8: Untergang der Welt durch schwarze Magie. Hrsg. v. Heinrich Fischer. München 1960, S. 188–219.

8 Ebd., S. 189.

9 Ebd., S. 193.

10 Ebd., S. 202.

11 Ebd., S. 212.

12 Ebd., S. 189.

13 Paul Peters: Die Wunde Heine. Zur Geschichte des Heine-Bildes in Deutschland. Bodenheim 1997, S. 119 ff.

14 In seinem Buch »Der jüdische Selbsthaß« (1930) charakterisierte Theodor Lessing »den Wiener Juden Karl Kraus als ›das leuchtendste Beispiel‹ dieses sozialpsychologischen Problems«. Zit. n. Goltschnigg: Die Fackel ins wunde Herz [Anm. 4], S. 38.

15 Goltschnigg: Die Fackel ins wunde Herz [Anm. 4], S. 39.

16 Friedrich Nietzsche: Ecce Homo. – In: Ders.: Werke in drei Bänden. Hrsg. v. Karl Schlechta. Bd. 2. Darmstadt 1997, S. 1063–1159, hier S. 1088 f.

17 Friedrich Nietzsche: Götzen-Dämmerung. – In: Ders.: Werke in drei Bänden. Hrsg. v. Karl Schlechta. Bd. 2. Darmstadt 1997, S. 939–1032, hier S. 986.

18 Kraus: Heine und die Folgen [Anm. 7], S. 211.

19 Ebd., S. 213.

20 Zit. n. Goltschnigg: Die Fackel ins wunde Herz [Anm. 4], S. 142.

21 Zit. n. ebd., S. 152.

22 Ulrich Plass: Language and History in Theodor W. Adorno's Notes to Literature. New York, London 2007, S. 122.

23 Vgl. Willi Goetschel: Heine and Critical Theory. London, New York u. a. 2019, S. 97 und 104 f.

24 Ebd., S. 15. Erst kürzlich erschien der Text in französischer Übersetzung: Theodor W. Adorno: Pour une réévaluation de Heine. – In: Europe. Revue litteraire mensuelle 93 (2015), H. 1036/1037: Henri Heine. Nelly Sachs, S. 25–36 (aus dem Englischen von Jean-Baptiste Para).

25 Goetschel: Heine and Critical Theory [Anm. 23], S. 89.

26 Adorno: Toward a Reappraisal of Heine [Anm. 6], S. 448.

27 Ebd.

28 Erinnert sei an die eingangs zitierte Verlautbarung des Bundespresseamtes.

29 Vgl. Bernd Kortländer: »Ich bin ein deutscher Dichter«. Liebe und Unglück in Heines »Buch der Lieder«. – In: HJb 45 (2006), S. 59–73; Anja Oesterheld: »Verfasser unbekannt«? Der Mythos der Anonymität und Heinrich Heines Loreley. – In: Anonymität und Autor-

schaft. Zur Literatur- und Rechtsgeschichte der Namenlosigkeit. Hrsg. v. Stephan Pabst. Berlin 2011, S. 325–358.

30 Hartmut Steinecke: »Schluß mit Heinrich Heine!« Der Dichter und sein Werk im nationalsozialistischen Deutschland. – In: HJb 47 (2008), S. 173–205, hier S. 192.

31 Adorno: Die Wunde Heine [Anm. 2], S. 144.

32 Bei Adorno: »Georgeschule«.

33 Adorno: Die Wunde Heine [Anm. 2], S. 144.

34 Ebd., S. 145.

35 Ebd., S. 144.

36 Ebd., S. 145.

37 Ebd., S. 146.

38 Adorno: Toward a Reappraisal of Heine [Anm. 6], S. 450.

39 Adorno: Die Wunde Heine [Anm. 2], S. 147.

40 Ebd., S. 150.

41 Goetschel: Heine and Critical Theory [Anm. 23], S. 17.

42 Peters: Die Wunde Heine [Anm. 13], S. 148. Dietmar Goltschniggs Versuch, Adorno gegen diesen Vorwurf zu verteidigen, beruht auf der Hervorhebung von Adornos positiven Aussagen über Heines Werk, die es in der Gedenkrede freilich auch gibt. Vgl. Goltschnigg: Die Fackel ins wunde Herz [Anm. 4], S. 88 f. Wesentlich positiver liest Willi Goetschel den Text aus dem amerikanischen Exil, vornehmlich wegen der darin von Adorno anerkannten Bedeutung Heines für die Kritische Theorie. Vgl. Goetschel: Heine and Critical Theory [Anm. 23], S. 35 und 97–104.

43 Adorno: Toward a Reappraisal of Heine [Anm. 6], S. 444.

44 Ebd., S. 443.

45 Adorno: Die Wunde Heine [Anm. 2], S. 147.

46 Ebd.

47 Ebd.

48 Ebd., S. 147 f.

49 Adorno: Toward a Reappraisal of Heine [Anm. 6], S. 451.

50 Adorno: Die Wunde Heine [Anm. 2], S. 149.

51 Ebd., S. 148.

52 Ebd., S. 149.

53 Hohendahl: Adorno als Leser Heines [Anm. 1], S. 198.

54 Ebd. Zu Heines Sprache im Kontext des Sprachwandels unter den deutschen Juden seit Mitte des 18. Jahrhunderts vgl. Stephan Braese: Eine europäische Sprache. Deutsche Sprachkultur von Juden 1760–1930. Göttingen 2010, S. 93 ff.

55 Adorno: Toward a Reappraisal of Heine [Anm. 6], S. 441.

56 Ebd.

57 Adorno: Die Wunde Heine [Anm. 2], S. 152.

58 Jürgen Habermas: Zeitgenosse Heine. Endlich ist er »unser« – aber was sagt er uns noch. Dankrede. – In: HJb 52 (2013), S. 187–200, hier S. 191.

59 Ebd.

60 Ebd.

61 Ebd.

62 Höhn ^{3}2004, S. VIII.

63 Peter Stein: Vormärz. – In: Wolfgang Beutin u. a.: Deutsche Literaturgeschichte. Von den Anfängen bis zur Gegenwart. 5. Aufl. Stuttgart, Weimar 1994, S. 208–258. Zit. n. Höhn ^{3}2004, S. 186.

64 Goetschel: Heine and Critical Theory [Anm. 23], S. 17 f.

65 Ebd., S. 1.

66 Ebd., S. 87.

»Die Lore-Lei«

Johann Baptist Rousseaus Opern-Entwurf für Felix Mendelssohn Bartholdy

Von Christian Liedtke, Düsseldorf

Am Anfang war der Klang. War er ein Summen oder Flüstern, kam er vom Rauschen des Stromes, der an dieser Stelle besonders wild dahinschoss, oder vom Echo, das die hohe Steinwand hier besonders laut zurückwarf? Jedenfalls war es dieser Klang, dem der markante Schieferfelsen bei Rheinkilometer 554 seinen Namen verdankt: »der Berg, wo es summt (rauscht)«[1], Loreley. Dieses Wort wiederum klang einst in den Ohren von Clemens Brentano, als wäre es ein Frauenname, und dies inspirierte ihn, »auf keine andere Grundlage als den Namen Lurlei«[2], eine Figur und eine Geschichte dazu zu erdichten, genau genommen ihrer zwei. »Frau Lureley«, diese »Tochter der Phantasie«[3] – Brentanos Phantasie –, hatte schon bald unzählige Schwestern, Cousinen und Nichten, und so fand der Klang jenes Felsens einen Widerhall, wie er in der deutschen Kulturgeschichte beispiellos ist und der einerseits zeigt, dass nicht jedes Echo wohlklingend ist und andererseits, wie sehr ein Echo das Gesagte manchmal verzerren, wo nicht gar entstellen oder übertönen kann.

So wie der Fels mit dem »Tonwort«[4] im Namen von jeher mit akustischen Phänomenen verknüpft ist, so steht die literarische Gestalt der Loreley von Anfang an mit Gesang in Verbindung: Die Ballade »Zu Bacharach am Rheine«, in der sie zum ersten Male auftritt, ist in Brentanos Roman »Godwi« ein »Liedchen«, das von der Romanfigur Violette während einer Fahrt in einem »baufälligen Kahn«[5] auf dem Teich einer Parkanlage gesungen wird. Und auch Joseph von Eichendorffs später »Waldgespräch« betiteltes Gedicht über »die Hexe Lorelei« kommt in dessen Roman »Ahnung und Gegenwart« als ein »Lied«[6] daher, das von zwei der Protagonisten als Wechselgesang vorgetragen wird. Die Figur der Loreley selbst wird aber erst zur Sängerin, als Aloys Schreiber sie in der von ihm erdachten Brentano-Variante »Die Jungfrau auf dem Lurley« als eine Art Sirene darstellt, »die mit so anmuthiger Stimme sang, daß alle, die es hörten, davon bezaubert wurden.« In seinem Prosatext, den er 1818 in der zweiten Auflage seines »Handbuchs für Reisende am Rhein« im Gewand einer vermeintlichen »Volkssage« präsentiert, finden die Rheinschiffer, »von den himmlischen Tönen der wunderbaren Jungfrau« verwirrt und ihrer »Sinne nicht mehr mächtig«, den Tod »am Felsenriff oder im Strudel«[7] am Fuße des Berges. Seitdem gehört die Verderben bringende, dämonische Macht ihres Gesanges zum Inventar der Loreley-Literatur, und das gilt auch für deren künstlerischen Höhepunkt, auf dem Heinrich Heine die »wundersame,/ Gewaltige Melodei« (DHA I, 209) ihres Liedes so unwiderstehlich beschwört und zugleich in Frage stellt.

Auch die Wirkungsgeschichte der Loreley ist untrennbar mit Gesang verbunden; ihr Weltruhm wäre nicht denkbar ohne Friedrich Silchers Komposition, die »mit Heines Text rasch zu einer unauflöslichen Einheit verschmelzen«[8] und »zum populärsten Rheinlied überhaupt«[9] werden sollte. Die zahlreichen anderen Liederkomponisten, die ebenfalls die Loreley zum Klingen bringen wollten, taten dies vorwiegend mit den Worten Heines. Mit über 70 verschiedenen Vertonungen[10] steht sein Gedicht hier unangefochten an der Spitze – wobei keine andere Version, auch nicht von Berühmtheiten wie Franz Liszt oder Clara Schumann, je die Popularität von Silchers Lied erreichen konnte –, gefolgt von Eichendorffs »Waldgespräch« mit 21 musikalischen Fassungen[11]; die vielen Loreley-Gedichte anderer Verfasserinnen und Verfasser – darunter auch Brentanos Ballade – wurden nur vereinzelt vertont.[12]

Der musikalische ›Kult‹ um die Loreley gründet sich also vor allem auf das Lied – insbesondere auf *ein* Lied – und ist »nicht zuletzt dem allgemeinen Aufschwung des Gesangvereinswesens zu verdanken.«[13] Nicht so nachhaltig in ihrer Wirkung, aber dafür sehr vielfältig war die Ausgestaltung des Loreley-Themas für das Musiktheater: 29 Opern, ein Ballett[14] und eine Operette[15] sind ihm zwischen 1845 und 1912 gewidmet worden. »Es wäre sonderbar, wenn Opernkomponisten nicht nach diesem dankbaren Stoff gegriffen hätten«[16], befand Gunter E. Grimm, wobei dieser »Stoff« niemals Heines Gedicht war. Durch Reduktion und Konzentration war es zwar geradezu ideal für das Lied, mangels Handlung und Figuren jedoch ungeeignet für das Singspiel, da »eine regelrechte Oper ein Heldenpaar braucht: eine Sopranistin und einen Tenor, die entweder miteinander oder gegeneinander agieren. Wenn es obendrein geeignete Rollen für Baritone, Bässe, Mezzosopranistinnen oder Altistinnen gibt, und außerdem dankbare Ensembleszenen, umso besser.«[17] All das war dagegen reichlich vorhanden in den eklektisch aus Versatzstücken der Undinen-, Nixen- und Feenmärchen sowie anderen Elementen kombinierten und als Nacherzählungen angeblich mündlich überlieferter »Rheinsagen« dargebotenen Loreley-Versionen der zahlreichen »romantischen Sagenhersteller«[18].

Der Prototyp dieser Ausschmückungen von Brentanos Loreley-Texten war »Die Jungfrau auf dem Lurley« von Aloys Schreiber, in dessen Fahrwasser dann viele andere schwammen, sei es in Versen oder Prosa. Seine freie und eigenständige Abwandlung von Brentanos Ballade bildet »das Grundschema für eine Vielzahl von Loreley-Dichtungen« und ist »die bedeutendste erzählerische Alternative zu der Loreley in der Tradition Loebens und Heines«, konstatiert Lentwojt. »Nahezu jede Loreley-Dichtung aus dem 19. Jh., die sich nicht an Heines Gedicht anlehnt, folgt dem von Schreiber entworfenen Schema.«[19] Viele Elemente seiner tragisch-melodramatischen Geschichte um den der Loreley verfallenen Sohn eines rheinischen Pfalzgrafen, der sich für den vermeintlichen Tod seines Sohnes an der Zauberin rächen will, fanden denn auch Eingang in die diversen Opern über sie.[20] Sie bilden auch das Handlungsgerüst des bekanntesten und erfolgreichsten Loreley-Librettos, das Emanuel Geibel zu Beginn der 1840er Jahre in Anlehnung an Schreibers Brentano-Variante[21] schuf; »ihm gelang [...] eine Mischung, die ein Maximum an Handlung um das Loreley-Klischee herum aufbaute«[22], und deren Attraktivität für die Komponisten, wie Grimm vermutet, vor allem darin bestand, dass sie eine große »szenische Vielfalt bot: das rührende Moment (Motiv: verlassene Liebste), das magische Moment (die Zauberkraft, die den Tod bringt) und das romantische Ambiente (Fluss, Fels, Jungfrau mit blonden Haaren, Gesang)«.[23] Wie sehr Geibel damit dem Zeitgeist und den musikdramaturgischen Ansprüchen entsprach, zeigt sich daran, dass nach seinem Textbuch gleich vier verschiedene Opern entstanden: Dem jungen

Max Bruch (1863), der später bekannte, »daß ich die Geibel'sche Loreley-Dichtung mit Entzücken las u. mich darauf stürzte wie ein wildes Tier auf seine Beute«[24], folgten Carl August Fischer (1876, unveröffentlicht)[25], Fredrik Pacius (1887) und Alfredo Catalani (1890). Geschrieben hatte Geibel es jedoch ursprünglich für einen anderen Komponisten: für Felix Mendelssohn Bartholdy.

Lange Jahre hatte Mendelssohn immer wieder nach einem geeigneten Stoff für eine Oper gesucht, viele Vorlagen ins Auge gefasst, um diese am Ende doch wieder zu verwerfen. Schließlich entschied er sich für Geibels Libretto, aber es war ihm dann nicht mehr vergönnt, seine Loreley-Oper auch zu vollenden. Eduard Devrient klagte:

> Es ist eine wahre Hamletstragik in Mendelssohn's Opernschicksal. Achtzehn Jahre lang kann er sich nicht zum Ergreifen eines Stoffes entschließen, weil er das Vollkommene sucht, und als er sich endlich überwindet, an's Werk zu gehen, selbst mit einem zweifelhaften Gedichte, sinkt er mit dem Bruchstück der Arbeit in's Grab.[26]

Seit dem Herbst 1845 hatte Mendelssohn sich intensiv und ausgesprochen kritisch mit Geibels Libretto beschäftigt und darüber einen regen brieflichen Austausch mit dem Dichter geführt. Es war ein mitunter quälender Prozess, der Geibels »Geduld und Hilfsbereitschaft auf eine harte Probe«[27] stellte. Mendelssohns eigene konzeptionelle und kompositorische Anstrengungen waren im wesentlichen Vorarbeiten und zeitigten noch wenig konkrete, endgültige Ergebnisse. Seine »Lorelei« blieb ein Fragment: Als er am 4. November 1847 starb, hinterließ er lediglich einige Musikstücke zum Finale des ersten Aktes, darunter ein »Ave Maria« und ein »Winzerchor«, die posthum veröffentlicht wurden (MWV L 7, op. 98).[28]

Diese Zusammenarbeit mit Geibel war weder die erste noch die einzige Berührung Mendelssohns mit der Loreley-Thematik, und wenn er dazu angeregt wurde, sich mit ihr zu beschäftigen, hatte das erstaunlich oft mit Personen zu tun, die zum engeren Bekannten- und Freundeskreis Heinrich Heines zählten: 1840 vertonte Mendelssohn das Gedicht »Warnung vor dem Rhein« (MWV K 105). »Und sang dir die Lurlei mit bleichem Mund,/ Mein Sohn, so ist es geschehn«[29], droht darin Karl Simrock; er war ein guter Studienfreund Heines aus dessen erstem Semester an der Universität Bonn (1819/1820) und hielt auch später noch Kontakt zu ihm.[30] 1846 empfahl, unabhängig von Geibel, die Dichterin Helmina von Chézy Mendelssohn die Loreley als Opernstoff.[31] Die Enkelin der berühmten »Karschin« kannte Heinrich Heine seit seiner Berliner Studienzeit und hatte auch später in Paris Umgang mit ihr, wo er sie in einem Billett scherzhaft als »Nachtigall« (HSA XXI, 93) apostrophierte. Und 1844, noch bevor Emanuel Geibel auf den Plan trat, entwarf ein ehemaliger Kommilitone und Jugendfreund Heines eine Loreley-Oper für Mendelssohn: Johann Baptist Rousseau.[32]

Der 1802 in Bonn geborene und entfernt mit dem Genfer Philosophen gleichen Namens verwandte Rousseau (er war ein Ururgroßneffe von Jean-Jacques Rousseau) war einer der ersten und engsten Studienfreunde Heines an der Universität Bonn.[33] Beide verband das Interesse an der dort vor allem durch August Wilhelm von Schlegel entfachten Begeisterung für die altdeutsche Literatur. Zeugnis ihrer Dichterfreundschaft und der Bewunderung, die Rousseau Heine zollte, sind acht an ihn gerichtete Sonette, die er 1822 in seinen »Poesien für Liebe und Freundschaft« publizierte, und das lange Gedicht »Das Nibelungenlied. An H. Heine«. Dieser widmete dem Kommilitonen seinerseits zwei Gedichte und schrieb 1823 für den Berliner »Gesellschafter« eine wohlwollene Rezension zweier Lyrikbände von Rousseau. Nach ihrer kurzen gemeinsamen Zeit an der Bonner Universität blieben sie in Briefkontakt. Rousseau arbeitete später als Hauslehrer sowie als Redakteur und Herausgeber verschiedener, meist recht kurzlebiger Zeitschriften in Krefeld, Hamm, Köln und Aachen, später in Frankfurt a. M., Berlin und Wien. Er publizierte in den von ihm redigierten oder herausgegebenen Journalen gelegentlich Gedichte von Heine – nicht immer von diesem autorisiert –, der allerdings Rousseaus Aktivitäten und dem sprunghaften Aktionismus, der sich darin spiegelte, kritisch gegenüberstand. An den gemeinsamen Bonner Kommilitonen Karl Simrock schrieb Heine 1825:

> So ist unter andern mein Freund Rousseau unwillig geworden daß ich ihn nicht in seinen poetischen Unternehmungen kräftig unterstützt und er hat mir sogar vor einem halben Jahre förmlich die Kameradschaft aufgekündigt als ich mich unumwunden über die Hohlheit und Leerheit seines Zeitschriftstreibens gegen ihn aussprach. Du magst sagen was Du willst er hat wahrhaft ächtes Talent und verdient, schon seines Herzens wegen, ein besseres Schicksal in der Literatur. Aber der Teufel hole sein zweckloses Treiben. (HSA XX, 232)

Zuvor waren allerdings auch schon vor allem die politischen Gegensätze zwischen ihnen immer deutlicher zutage getreten. Rousseau hing der katholisch-altdeutschen Richtung burschenschaftlicher Prägung an, die Heine stets bekämpfte. Sie prägte auch Rousseaus poetologische Ansichten. 1834 schrieb er:

> Romantische Poesie ist zunächst jede ächte, von nichts Fremdartigem getrübte, rein aus den Begriffen und Gesinnungen einer Nation aufgewachsene Dichtkunst [...]; sie will alles Besungene auf etwas Göttliches und Tiefinneres (Mystisches) beziehn, ist also heilig, weil sie heiligen Zwecken dient, und braucht nur solche Bilder, welche, auf heimischem Boden erwachsen, dem Volke angehören.[34]

Diese enge, national und religiös bestimmte Literaturauffassung könnte von der Heines kaum weiter entfernt sein. Als Heine 1823 zudem judenfeindliche Äußerungen von Rousseau zu Ohren kamen, kühlte ihr Verhältnis stetig ab. Später äußerte sich Rousseau öffentlich meist kritisch und ganz im Sinne der nationalkonservativen Heine-Gegner über den einstigen Studienfreund. Dennoch besuchte Heine ihn 1831 noch einmal in Frankfurt, und in einem Pariser Artikel über deutsche Literatur, den er 1833 entwarf (aber in der Form nicht veröffentlichte), würdigte er ihn:

> Johann Baptist Rousseau [...] ist jetzt der einzige wahrhaft katholische Dichter in Deutschland. Ja, in seinen religiösen Liedern athmet noch der ächte Geist der katholischen Poesie. Da ist nichts Angelogenes. Was er singt, das glaubt er, und das lieb ich an ihm. Denn verhaßt ist mir alle Unwahrheit in Betreff der Religion, alles Spiel mit religiösen Symbolen, wie es die meisten Romantiker getrieben, namentlich Herr A. W. Schlegel, der Anfangs so eifrig die Madonna besungen, nachher aber ängstlich betheu-

ert: das sey alles nur poetisch gemeint gewesen, er sey nie wirklich katholisch geworden [...]. (DHA VIII, 481)[35]

Es ist bemerkenswert, dass Heine hier den alten Freund als Kontrastfigur zu Schlegel wählt, obwohl er dem allgemeinen Lesepublikum in Deutschland (und erst recht in Frankreich) kaum bekannt gewesen sein dürfte. Rousseau, der als Dichter eine geradezu erratische Produktivität an den Tag legte und sich in einer Vielzahl verschiedenster Gattungen und Genres versuchte, erlangte allenfalls lokale oder regionale Bedeutung. Über sein glückloses Bemühen um eine Position im Literaturbetrieb, das sein publizistisches Handeln bestimmte, schreibt Heinemann: »Rousseau machte [...] am Rhein Literaturpolitik. Er versuchte mit allen Mitteln, sich die Rolle eines literarischen Führers im Rheinland und in Westfalen zu erkämpfen. Dabei ging es ihm nicht um eine bestimmte literarische Richtung, die er durchsetzen wollte, sondern um Ruhm und Anerkennung.«[36]

Die Erfolglosigkeit seiner Bestrebungen brachte Rousseau in eine finanziell prekäre Lage. Das hatte sich auch zu Beginn der 1840er Jahre, als er das Rheinland verlassen hatte und in Berlin lebte, nicht geändert. Er arbeitete für die »Allgemeine Preußische Staatszeitung«, für die er vor allem Theaterkritiken schrieb. Der mit ihm bekannte Herausgeber des Blattes, Johann Wilhelm Zinkeisen, beauftragte ihn gelegentlich damit. Wie sehr Rousseau in dieser Zeit unter akuter Geldnot litt, zeigen die Briefe, in denen er 1844 mehrmals den Komponisten Giacomo Meyerbeer um Unterstützung bat. Der königlich preußische Generalmusikdirektor erwies sich als verlässliche Stütze: Er half ihm mit Darlehen aus und einmal auch mit einem Geldgeschenk von 200 Talern; hinzu kam, »daß Meyerbeer nicht nur finanziell half, sondern Rousseau auch durch Zuweisung kleinerer Arbeiten gleichsam moralische Unterstützung zukommen ließ«.[37] Dabei handelte es sich um Übersetzungen, Korrektorate und Abschriften, die Rousseau für ihn anfertigte.

Zu den literarischen Unternehmungen, mit denen Rousseau seine wirtschaftliche Lage zu verbessern versuchte, gehörten auch Textbücher fürs Musiktheater. So offerierte er Meyerbeer am 19. Februar 1844 ein Opernlibretto aus seiner Feder mit dem Titel »Der Schwanenritter«, worauf dieser allerdings nicht einging.[38] Am 18. März 1844 wandte Rousseau sich dann an Felix Mendelssohn und sandte ihm das Exposé zu einem Libretto für eine Loreley-Oper, die er ihm zu schreiben anbot. 200 Taler betrug das Honorar, das er sich am 26. März für dessen Fertigstellung erbat.[39]

Diese Art von musikalisch-literarischer Arbeit war keineswegs Neuland für Rousseau, der zudem durch seine Tätigkeit als Theaterkritiker gut mit der zeitgenössischen Opernliteratur vertraut war.[40] 1826 hatte er etwa eine deutschsprachige Fassung von Eugène Scribes Libretto für die Oper »La dame blanche« von François-Adrien Boieldieu publiziert[41], 1831 folgte seine Übersetzung (aus dem Englischen) des Textbuches »Liska oder Die Hexe von Gyllensteen«, auf dem die Oper von Ferdinand Ries (op. 164) basiert.[42] Für Ries schrieb er auch den Text zu dessen Oratorium »Der Sieg des Glaubens« (op. 157), das 1829 beim Niederrheinischen Musikfest in Aachen uraufgeführt wurde.[43] Als sein Bonner Landsmann, mit dem er befreundet war, starb, widmete Rousseau ihm das Gedicht »Todtenfeier für Ferdinand Ries. Januar 1838«. Es beginnt mit den Versen:

Beethoven breitet seine Arme aus ...
Wer fliegt hinein? Es ist sein einz'ger Jünger!
Durchkämpft hat er des Lebens herben Strauß,
Dem Fechter Tod erlag der kühne Ringer. [...][44]

Das Projekt eines Loreley-Librettos, das Rousseau 1844 verfolgt und Felix Mendelssohn Bartholdy anträgt, ist trotz der Bedrängnis, in der er sich zu der Zeit befindet, gewiss nicht ausschließlich aus seiner finanziellen Notlage motiviert. Vielmehr steht es ganz im Einklang mit seinem literarischen Hauptinteresse. »Rheinische Flora«, »Westdeutscher Musenalmanach«, »Agrippina«, »Rheinisches Volksblatt für Unterhaltung, Literatur, Kunst und öffentliches Leben«, »Rheinisches Unterhaltungsblatt« – die Titel der von Rousseau gegründeten oder zeitweilig redigierten Zeitschriften zeigen es schon an: Wenn es in seinem rastlosen und disparaten publizistischen Schaffen einen thematischen Fixpunkt gibt, dann ist es das Rheinland. Dessen Literatur, Musik, Kunst, dessen Geschichte, Bauwerke, Natur und Persönlichkeiten hat er immer wieder zum Gegenstand seiner Werke gemacht, und wenn man in seiner Arbeit eine Art von Programmatik erkennen will, dann ist es ohne Zweifel die poetische Feier seiner rheinischen Heimat als Kulturlandschaft. Als »Spätling« (DHA VIII, 481) der romantischen Schule, wie Heine ihn charakterisierte, rückte er dabei auch immer wieder die regionalen Sagen und Legenden in den Mittelpunkt, seien sie nun authentisch »volkstümlich« oder künstlerische Produkte literarischer Phantasie. Er widmete sich ihnen in vielen eigenen Gedichten und legte 1841 mit dem von ihm herausgegebenen Band »Tausend und eine Rheinsage«[45] auch eine Anthologie vor, mit der er an die buchhändlerischen Markterfolge dieses äußerst populären Genres anzuknüpfen versuchte. Eine Loreley-Version ist darin nicht enthalten. Angesichts der großen Popularität dieses Stoffes sowie von Rousseaus Kenntnissen und Interessen erscheint es folgerichtig, dass er bei seinen Bemühungen, als Opernlibrettist zu reüssieren, die Loreley als Thema wählte.

Das eigenhändige Manuskript von Rousseaus Loreley-Szenarium, das er 1844 an Mendelssohn sandte, befindet sich heute in der Musikabteilung der Bodleian Library der Universität Oxford[46] und ist überliefert in der Sammlung, die Margaret Deneke einst aus Mendelssohnschem Familienbesitz erhalten hatte. Seine Existenz ist der Forschung zwar bekannt, der Text wurde aber bisher noch nicht publiziert. Er wird hier zum ersten Male gedruckt[47] und kommentiert.

Die undatierte Handschrift mit dem Titel »Die Lore-Lei« besteht aus einem Doppelblatt in 4°, drei Seiten sind mit dunkler Tinte beschrieben, die letzte Seite ist leer. Der Schluss des Textes ist eigenhändig durch eine horizontale Linie markiert. Die beiden Recto-Seiten sind oben rechts von anderer Hand mit Bleistift paginiert (mit den Ziffern 74 und 75).

Die Lore-Lei.
Romantische Oper in fünf Akten
von
J. B. Rousseau.

Erster Akt.

Scene auf dem linken Rheinufer im Angesicht des Lurlei. Die Jagdzelte des Grafen Rudolph, des Sohnes des rheinischen Pfalzgrafen Albrecht, sind aufgeschlagen. Sonnenuntergang, Zechgelage, Hörnerklang; Liederreihen zu Ehren des rheinischen Lebens:

Am Rhein welch frohes Leben!
O Paradies am Rhein!
Da quillt die Frucht der Reben
Aus ewigem Gestein.
Ein Kind der Sonne [.] gießet
Dir Himmelsglut in's Herz
Aus ihrem Born entsprießet
Der Frohsinn, Geist und Scherz.
Der uns den Durst gegeben,
Der gab uns auch den Wein.
Am Rhein welch frohes Leben!
Es gilt: Dem Rhein! Dem Rhein!
u. s. w.

Rudolph {blickt} träumerisch zur Spitze. Ein Ritter ermahnt ihn, fröhlich mit den Frohen zu sein. Er spricht von seiner Sehnsucht und seinen Visionen von der Frau Lore. Es wird gemeldet, [es] ein edler Sänger aus Mainz sei eben des Weges dahergezogen, Heinrich Frauenlob, und wünsche den Grafen zu begrüßen. Er wird eingelassen, und singt auf allgemeines Verlangen eines seiner Minnelieder, das den schwärmerischen Grafen noch wehmüthiger stimmt. Er läßt den in der Nähe wohnenden Fischer Gerhard und dessen Weib Elsa rufen, um von ihnen Näheres über die Lore-Lei zu erfahren. Diese erzählen, wie sie einst durch die Undine gerettet worden seien (eine rheinische Sage), schildern deren gespenstisches Erscheinen, und Elsa weiß eine Romanze (mit Chor-Refrain) auf die Fee zu singen. Allmählig wird es Nacht. Rudolph besteigt mit einigen Rittern den Kahn, und setzt über den Rhein, die Erscheinung Lorens zu erharren. Die Ritter lassen auf dem Strome die Cythern rauschen, und Rudolph beschwört Lore in einer Arie, sich ihm jetzt zu zeigen. Die Sterne funkeln auf, und die Jungfrau, im schneeweißen Gewand, erscheint am Felsenhang, ihr himmlischer Gesang ertönt. Sie schwebt zum Ufer herab, flicht einen Kranz von Wasserblumen, Binsen und Schilf, kämmt ihre goldenen Locken und setzt ihn auf, während vom dunkelnden Berge Geistermusik ertönt und es aus dem Rheine melodisch verlockend aufschallt. »O edler Herr« rufen die Ritter, »wie schön ist diese Wellenfei! Welch' bezauberndes Antlitz! Welch langes, goldenes Haar! Doch fahrt, o fahrt ja nicht hin!« Ihn aber drängt die süße Qual,// und er gebietet: »Ihr Schiffer, lenket den Kahn zu jenem Felsen! Nur schnell und ohne Säumen!« Sie folgen dem Befehl, obschon mit bangem Grauen; als man dem Strande näher kommt, tritt die Jungfrau auf eine Erhöhung am Ufer und winkt den Grafen, während ihr Gesang (das dämonische Lied Lore's dürfte sich wohl als Grundklang durch die Oper ziehen) von Neuem wiederhallt, zu sich heran: Dieser, seiner Sehnsucht nicht mehr mächtig, kann die Landung nicht erwarten, und springt in den Strom. Der Himmel verfinstert sich plötzlich, aus dem Berge wettert's, und auch Lore sinkt in die Wellen des Stromes, die sich grollend schließen über ihr und dem Jünglinge, der sie liebt und den sie in's Verderben gezogen hat.

Zweiter Akt.

Palast der Wasserfrauen unter dem Rheine. Der ganze Undinen-Mythus in Musik, Poesie und Tanz dargestellt. Großes Ballet. Lore verliebt sich in Rudolph, den sie, ihrer Bestimmung nach, zum Opfer ihres, die irdische Liebe hassenden Wesens erkoren, und fängt dadurch schon an, ihre dämonische Gewalt über die äußere Natur zum Theil zu verlieren. Nur ungern und widerstrebend folgt sie dem Befehle des Undinenkönigs, sich zur Oberwelt zurückzubegeben und die Menschen in's Verderben zu locken.

Dritter Akt.

Albrecht, der Pfalzgraf am Rheine, im tiefsten Schmerz über den Verlust seines Sohnes, läßt den Lurlei mit Reisigen umstellen und auf die Zauberin Jagd machen. Es gelingt ihnen, sie zu fangen, da sie, Rudolphs gedenkend, ihre üblichen Vorsichtsmaßregeln zu treffen vergißt. Sie wird nach Mainz gebracht, um vor dem dortigen geistlichen Gerichtshofe als Hexe gerichtet zu werden. Klerus und Volk geben aber dem im J. 1317 gestorbenen Dichter Frauenlob das Geleite zum Grabe, wobei sein Leichnam von Frauenhänden getragen wird. Aufzüge, Märsche &. Gesänge der Rosen-Frauen und Meistersinger am Grabe des Dichters im Kreuzgewölbe des Mainzer Domes, wohin, nach Beendigung der Feierlichkeiten, Lore, als arme Sünderin in Ketten, gebracht und zum Tode verurtheilt wird. Der Jammer des alten Pfalzgrafen rührt sie endlich, und sie gelobt eidlich, ihm seinen Sohn zurückzugeben, wenn man sie ungehindert den Rhein hinab zum Lurlei geleiten wollte. Ausmalung des inneren Kampfes. (Überhaupt habe ich bei diesem Akt auf großartige und charakteristische Musikstücke Bedacht genommen, während ich im vorigen dem Komponisten Gelegenheit geben wollte, sich ganz in den Schranken der romantischen Musik zu halten.)//

Vierter Akt.

Am Lurlei. Lore sitzt, von den Rittern, ihren Begleitern, umringt, wiederum auf dem Felsenvorsprung. Sie wandelt drei Mal auf und ab, wirft dann ihre Bernsteinzier in den Rhein, und singt, mit schauerlichem Ton:

Die weißen Rosse schicke mir,
O Natur, deinem Kind,
Aufdaß ich reite fort von hier
Mit Wogenlauf und Wind.

Plötzlich umdüstert sich der Himmel, ein gewaltiger Sturmwind braust mit Regengüssen heran, die Brandung schäumt am jähen Gestade, und zwei Wellen, an Gestalt zwei Rossen gleich, erheben sich aus dem Fluß, [s] wandeln den Lurlei empor, und tragen schnell wie der Blitz die Jungfrau in den Strom. Da legt sich des Orkanes Wuth, die Wellen ziehen ab, Sonnenglanz bestralt aufs Neue die Fluren, eine Muschel bricht auf, und trägt den todtgeglaubten Sohn an's Ufer, in die Arme seines Vaters. Ein großartiges Finale. Die Fischer halten auf dem Rheine ein großes Fest (Kahnstechen) zu Ehren ihres Gebieters.

Fünfter Akt.

Rudolph ist verzweifelt, daß er nicht mehr um Lore sein kann. Er fühlt, daß ihr Verlust sein Tod sei, und ist stillem Wahnsinn verfallen. Vergebens, daß sein Vater trachtet, ihn durch Feste aufzuheitern – sein Gewand ist aufgelöst. Er entflieht, und kommt Abends zum Lurlei. Lore sitzt am Strande, blaß, in Thränen, mit gelöstem Haar, einem Kinde ähnlich. In einem großen Duett Freude des Wiedersehens, Klage, daß Rudolph seinen Vater unglücklich machen mußte, und beiderseitiger Entschluß, von nun an immer beisammen [im xxxxpalast xxxx] zu bleiben. Die Nebelgewölke des Abends entziehen sie den Blicken, und das innere Heiligthum des Rheingottes entfaltet sich aus den zerflatternden Wolken. Die Liebenden knieen an seinem Throne, und Lore beschwört ihn, ihr das traurige Geschäft abzunehmen, die am Lurlei Vorüberziehenden durch verlockende Gesänge zur Flut hinabzuziehen. Der König, von ihren Thränen und ihrer Liebe gerührt, sagt es ihr zu: Lied und Gesang sollten fortan nur dazu dienen, am Rhein Heiterkeit und Lebenslust zu verbreiten und das Gefühl für alles Große und Schöne anzuregen. Lore wird ihres dämonischen Charakters ganz entkleidet, mit Rudolph als ein wie-menschliches Wesen der Oberwelt zurückgegeben, und Beide treten (nachdem derselbe Bischof von Mainz, der Lore als Hexe zum Tode verdammt hatte, ihren Eintritt in die wirkliche Welt und ihren Bund mit dem Geliebten gesegnet) versöhnt vor den Pfalzgrafen. Phantasmagorischer Schluß.

–

Rousseaus knappe Skizze wirkt wie eine Pflichtübung in Sachen Loreley. Er präsentiert die bekannten und zu erwartenden Versatzstücke. Neuartig sind nur die Art, wie er sie kombiniert, und sein »Phantasmagorischer Schluß« (S. 108, Z. 31 f.). Im Wesentlichen liefert er eine Vereinigung der beiden populärsten Pseudo-»Sagen«-Versionen von Brentanos Ballade, die Aloys Schreiber (1818) – er hatte die Pfalzgrafen-Handlung und das Sirenen- und Undinen-Motiv hinzugefügt[48] – und in Abhängigkeit davon Otto Heinrich von Loeben (1821)[49] erdacht hatten. Man kann davon ausgehen, dass Rousseau als ausgewiesener »Rheinsagen«-Kenner mit beiden

Lore wirft die Bernsteinkette in den Rhein und beschwört die Wellen. Kupferstich nach Opiz (1823)

Varianten gut vertraut war. Von Loeben schätze er zudem sehr: Er huldigte ihm 1823 in einem Sonett mit dem Titel »An O. Graf von Löben«.[50]

Rousseaus Bemühen, den dramaturgischen Anforderungen der Opernbühne gerecht zu werden, wird in diesem Entwurf ebenso deutlich wie sein Bestreben, dem programmatischen Untertitel »Romantische Oper« (S. 106, Z. 2), den er dafür gewählt hatte, inhaltlich zu entsprechen. Es gibt viele Chorszenen, die mit Fischern, Rittern etc. verschiedene Gruppen »romantischen« Personals präsentieren. Natur-, Zauber-, Schauer- und Ritterromantik sind durch die entsprechenden, malerischen Schauplätze wie Jagdlager, Hof, Undinenpalast, Mainzer Dom, den nächtlichen Rhein und natürlich »dem Lurlei« selbst gut szenisch umzusetzen und geben Anlass zu entsprechend prächtigen Bühnenbildern mit einschlägiger Ikonographie. Die Vielfalt des Personals unterschiedlichen Alters und sozialen Standes bietet bei der Rollenbesetzung viele Möglichkeiten, diverse Stimmlagen einzusetzen. Auch das tänzerische Element hat Rousseau berücksichtigt: Der zweite Akt schildert den »ganze[n] Undinen-Mythus in Musik, Poesie und Tanz« als »Großes Ballet« (S. 107, Z. 12), die »Aufzüge, Märsche« (ebd., Z. 25) bei der Grablegung des Minnesängers Frauenlob im Mainzer Dom, das »Zechgelage« (S. 106, Z. 8) in der Eingangsszene oder das Fest der Fischer im vierten Akt schaffen Gelegenheiten für groß angelegte Choreographien.

Besonders wichtig im Hinblick auf die Anforderungen einer Oper ist ein inhaltlicher Aspekt seiner Figurenzeichnung: Rousseau zeigt sowohl Rudolph, den Sohn des Pfalzgrafen, als auch Lore als Liebende, so dass die Konstellation Verführerin/Verführter, die wenig Emotion und wenig Entwicklung ermöglicht, aufgelöst wird und die beiden ein ›echtes‹ Paar sind. Darum fügt er die bei Loeben in sentimentaler Ausführlichkeit geschilderte, innige Zweisamkeit von Loreley und dem Pfalzgrafensohn (der bei Loeben Hugbert heißt) gewissermaßen in Schreibers Variante ein (wo nur der Pfalzgrafensohn liebt). Ging es bei Brentano und Schreiber allein um das Liebesleid, fügte Loeben das in seiner Schilderung häuslich und biedermeierlich anmutende Liebesglück der beiden hinzu. Rousseau hatte erkannt, dass diese Dynamisierung der Geschichte und die emotionale Gleichrangigkeit von weiblicher und männlicher Hauptfigur für die dramatische Handlung unerlässlich sind. Vor allem aber übernimmt er die Erfindung Loebens, dass Loreley durch die Liebe zu dem ursprünglich bloß als weiteres Opfer erkorenen Hugbert ihren Charakter verändert: »Ich machte mir gar nichts aus den Menschenkindern«[51], gesteht sie ihm, doch nun liebe sie ihn, und auch das spielerische Vergnügen, das ihr ihre Rolle als Verderberin der Männer, die ihr verfielen, zuvor durchaus bereitet hatte, empfinde sie durch ihre Liebe zu ihm nun nicht mehr: »Nun ach! ist alles anders, das Spiel wird mich nun nicht mehr freun, dich hab' ich mir ausersehn [...].«[52]

Diese seelische Veränderung, die bei Loeben anklingt und die zu den klassischen Elementen einer Undinen-Erzählung gehört, malt Rousseau viel breiter aus und stellt sie ins Zentrum der inneren wie äußeren Dramatik seiner weiblichen Hauptperson, die dann zu deren fortschreitender Entdämonisierung führt. Diese beginnt im zweiten Akt (vgl. S. 107, Z. 12), wo sie zu zweifeln und auszubrechen beginnt und sich gegen ihre Rolle als Verführerin sträubt, bis sie schließlich den Rheingott bittet, »ihr das traurige Geschäft abzunehmen, die am Lurlei Vorüberziehenden durch verlockende Gesänge zur Flut hinabzuziehen« (S. 108, Z. 23 f.), und am Ende durch die individuelle Liebe »ihres dämonischen Charakters ganz entkleidet« (ebd., Z. 27 f.) ist. Überhaupt legt Rousseau Wert auf die Darstellung ihrer Innerlichkeit und ihres Seelenlebens – auch bei der »Ausmalung des inneren Kampfes« (S. 107, Z. 30 f.) im dritten Akt, als sie sich entscheiden muss, Rudolph freizugeben –, so dass er aus der distanzierten, faszinierend-mysteriösen Verführerin der literarischen Tradition, aus der *femme fatale* Loreley, eine rührende, gemütvolle und melodramatische Figur macht, eine am Ende sehr verbürgerlichte Lore, die eher der Empfindsamkeit als einer erotisierten »Schwarzen Romantik« angehört.

Mit der Einführung der Gestalt des Minnesängers Frauenlob schafft Rousseau eine Nebenhandlung, die nicht wirklich mit der Loreley-Geschichte verknüpft wird, aber recht bühnenwirksame Szenen ermöglicht. Die Begeisterung für den Minnesang hatte ihn einst mit Heine zusammengeführt; Rousseaus begeistertes Lob für Heines »Lieder der Minne«, mit denen er 1817 in der Zeitschrift »Hamburgs Wächter« debütiert hatte, hatte in Bonn ihre Freundschaft begründet.[53] Aber während Heine die poetische Nachahmung des Minnesangs schon bald hinter sich ließ, hielt Rousseau an ihr fest und dichtete auch später noch immer weiter in diesem Stil. Diese Figur hat er sicher auch deswegen eingefügt, weil sie ihm Gelegenheit geboten hätte, einige entsprechende Gedichte in den Operntext einzubetten. Vor allem aber war Frauenlob (Heinrich von Meißen, 1250/60–1318) zu jener Zeit ein mo-

Alfred Rethel: Frauenlobs Begräbnis (1852)

disches Thema. Schon durch August Wilhelm von Schlegels Bonner Vorlesungen über die Literatur des Mittelalters, in denen Frauenlob eine wichtige Rolle spielte, dürfte Rousseau auf ihn gestoßen worden sein. Mittlerweile gab es fast eine Art ›Kult‹ um den Dichter, vor allem um sein Begräbnis. Die Legende darüber fand in populäre Sagensammlungen von Görres bis Bechstein Eingang[54] (viele Details daraus greift Rousseau auf). Frauenlobs Grabstätte im Mainzer Dom war just 1841/42 neu gestaltet worden, bildliche Darstellungen seines Begräbnisses waren als Stiche verbreitet.[55] Verklärende poetische Schilderungen der Trauerfeierlichkeiten waren Gegenstand von Gedichten, am bekanntesten wurden diejenigen von Anastasius Grün (1837) und Adelheid von Stolterfoth (1835, versehen mit Alfred Rethels Lithographie »Frauenlobs Tod«)[56], die beide in einschlägigen »Rheinsagen«-Sammlungen standen – das von Grün in Karl Simrocks »Rheinsagen aus dem Munde des Volks«[57]; dieses Werk seines einstigen Bonner Kommilitonen (das auch Brentanos und Heines Loreley-Gedichte enthielt) kannte Rousseau gewiss.

Rousseau kommt hier also gezielt dem Publikumsgeschmack entgegen, indem er einen aktuell gerade sehr bekannten, mit empfindsamem wie auch mit ›vaterländischem‹ Akzent versehenen Figurentopos in sein Libretto integriert. Die Frage, wodurch er dazu angeregt worden sein könnte, Frauenlob und Loreley miteinander zu verbinden, führt zur Hauptquelle für seinen Text, der er noch weitaus stärker verpflichtet ist als den Fassungen Schreibers oder Loebens: Karl Geibs Erzählung »Die Jungfrau vom Lurlei«, 1836 in dessen »Sagen und Geschichten des Rheinlandes« veröffentlicht. Denn dort findet sich am Schluss der Hinweis: »Auch ein Minnesänger aus dem 13. Jahrhundert, Murner, Zeitgenosse des berühmten Frauenlob, hat den Lurleiberg in seinen Liedern genannt.«[58] Diese Bemerkung könnte Rousseau den

Anstoß dazu gegeben haben, den Minnesänger in seinem Loreley-Libretto auftreten zu lassen, zumal er die Legende über Frauenlobs Begräbnis dann auch gleich in Geibs Buch finden konnte.[59]

Ein deutliches Indiz, das auf Geib als Quelle für Rousseau hindeutet, ist zudem der Umstand, dass in Geibs »Jungfrau vom Lurlei« der Pfalzgraf, genau wie bei Rousseau, Albrecht heißt. Es ist die einzige andere Loreley-Version, in der er diesen Namen trägt. Ein Textvergleich zeigt, wie eng Rousseau sich tatsächlich an Geib anschließt: So wird Loreley zwar auch bei Schreiber, Loeben und anderen als Helferin der Fischer gezeigt, aber dort geht es um die Fischer als Gruppe, die Gutes über Loreley und ihr geheimnisvolles Wissen um die reichhaltigsten Fischgründe berichten, auf die sie von ihr hingewiesen werden. Aber nur bei Geib tritt ein einzelner »Fischer mit seiner jungen Gattin – ein treuliebendes und fleißiges Paar«[60] – auf, der Positives mit der Nixengestalt verbindet und zu erzählen weiß. Eben ein solches Paar gibt es auch bei Rousseau (vgl. S. 106, Z. 28), den Fischer Gerhard und seine Frau Elsa. Allerdings geht es bei Geibs Paar nur um einen guten Fang, zu dem Loreley den beiden verhilft, während Rousseau Elsa und Gerhard erzählen lässt, »wie sie einst durch die Undine gerettet worden seien« (ebd., Z. 30). Möglicherweise hat Rousseau dabei eine Episode aus Foqués »Undine« im Sinn, in der Undine Bertalda und ihren Begleiter rettet, indem sie die bedrohlichen Wogen besänftigt.[61] Die Vorlage wäre dann also keineswegs, wie Rousseau im Text für Mendelssohn in Klammern erläutert, »(eine rheinische Sage)« (ebd., Z. 31).

Sind dies nur Anregungen, die Rousseau von Geib aufnimmt und weiterspinnt, so gibt es andere Passagen, die er Wort für Wort identisch übernimmt: Alles von Rudolphs erster Begegnung mit Lore, vom »Kranz von Wasserblumen, Binsen und Schilf« bis zu den bewundernden Ausrufen seiner Gefährten im Kahn über die Schönheit der »Wellenfei«, ihren Warnungen und ihrem »bangem Grauen« und seinem Sturz in den Rhein (S. 106, Z. 37 ff.) steht wörtlich so bei Geib.[62] Auch die gesamte Stelle im vierten Akt, an der Lore die ›Wellenrosse‹ beschwört, ist, von ihren magischen Versen bis zum »die Fluren« bestrahlenden Sonnenglanz nach dem Ende des Orkans (S. 108, Z. 1 ff.) durchgängig von Geib abgeschrieben.[63] Auch wenn es sich angesichts der Überlieferungsgeschichte des Loreley-Stoffes eigentlich von selbst verbietet, das Wort Plagiat zu verwenden, so kommen diese Stellen dem doch ziemlich nahe. Es handelt sich aber allerdings um eine nicht für die Veröffentlichung gedachte Skizze, ein Arbeitsmanuskript, so dass man gutwillig von nicht gekennzeichneten Zitaten sprechen kann. Interessant sind sie auf jeden Fall, weil sie Rousseaus Quelle ›verraten‹.

Die Muschel, die den geretteten Rudolph ans Ufer trägt, ist dagegen ein Detail, das Rousseau selbst erfunden hat. Das gilt auch für den »Phantasmagorische[n] Schluß«. (S. 108, Z. 31 f.). Nur in seiner »Lore-Lei« gibt es für beide Hauptfiguren ein gemeinsames »Happy End« als Paar. Abgesehen von späteren Parodien oder deutlich markierten Ironisierungen des Stoffes gibt es sonst kaum Loreley-Versionen, die so versöhnlich enden und dabei die Zauberin, Hexe und *femme fatale* so gründlich domestizieren und ihr alles Dämonische, Rätselhafte und Bedrohliche derartig gezielt nehmen wie die von Rousseau. Sämtliche weltlichen, geistlichen und mythischen Autoritäten, vom Pfalzgraf über den Bischof bis zum Rheingott, zitiert er am Ende herbei, um seine Figur schließlich ganz in die »Oberwelt« zu integrieren. Sämtliche lauernden Fragen nach Schuld, Verführung und Verdrängung, die die Figur der Loreley sonst transportiert, werden aufgelöst, und Brentanos »Tochter der Phantasie« wird aus dem Reich der Poesie ganz und gar in die »wirkliche Welt« (S. 108, Z. 30) überführt, um die einst so sündhafte Verführerin in einer monogamen Paarbeziehung zu legitimieren. Sie verliert ihre Besonderheit, wird buchstäblich ent-zaubert und beliebig, und Rousseaus Version bestätigt – so wie das auch sein eklektischer Umgang mit dem Undinen- und Feenmotiv oder die Vermischung der Welten von »Rheingott« und »Undinenkönig« tut – die von Schmeling konstatierte »kulturgeschichtliche Tatsache, dass Sirene, Melusine, Undine, Loreley und andere Elementarwesen stofflich verschmelzen bzw. allmählich austauschbar werden.«[64]

Rousseaus »Lore-Lei«-Skizze trägt das Gepräge der Eile, mit der sie offensichtlich entstanden ist, und damit wohl auch der finanziellen Not des Dichters. Auf inhaltliche Eigenständigkeit oder originelle poetische Formulierungen legte er keinen Wert (was allerdings wohl auch in der Natur eines solchen skizzenhaften Exposés liegt), und die langen wörtlichen Übernahmen von Passagen aus Karl Geibs Text zeigen, dass Rousseau hastig und oberflächlich gearbeitet hat und es ihm nicht um eine besondere Durchdringung des Stoffes ging. Dennoch sind ihm einige wirkungsvolle Szenen gelungen, aber die Anhäufung von Effekten und mythisch-malerischen Schauplätzen hat auch etwas Willkürliches. Die zeitliche Gewichtung der Szenen und Akte wirkt nicht recht aufeinander abgestimmt, manchmal schildert Rousseau selbst Details wie die Kleidung seiner Figuren, an anderen Stellen bleibt er dagegen wiederum sehr vage, etwa beim nur angedeuteten und kaum wirklich entwickelten zweiten Akt, der andererseits doch die wichtige Wandlung Lores erzählen soll.

Ob Mendelssohn diese Halbherzigkeit gespürt hat? Und ob er mit Rousseaus musikalischen Bemerkungen (vgl. S. 107, Z. 3, ebd., Z. 31) etwas anfangen konnte? Wenn man sieht, wie intensiv und kritisch er sich später mit Dramaturgie und Figuren von Emanuel Geibels Loreley-Libretto auseinandergesetzt hat, kann man sich kaum vorstellen, dass Rousseaus Skizze ihm vielversprechend erschienen sein könnte. Sein Antwortschreiben bestätigt diese Vermutung.

Mendelssohns Brief an Rousseau vom 26. März 1844 ist erhalten und konnte vor einiger Zeit für das Archiv des Heinrich-Heine-Instituts, Düsseldorf, erworben werden. Als Teil seiner Mendelssohn-Sammlung[65], aber auch als Zeugnis über das Schicksal eines engen Studienfreundes von Heine sowie als kleiner Teil der großen Wirkungsgeschichte des Loreley-Stoffes stellt er gleich in mehrfacher Hinsicht eine wichtige Ergänzung seines Bestandes dar. Der Brief wird her erstmals nach Autopsie der Originalhandschrift wiedergegeben:[66]

Herrn
Herrn Dr. J. B. Rousseau
Wohlgeboren.
Anhaltstr. 12.

Berlin d. 26sten März
1844.

Hochgeehrter Herr Doctor

Auf Ihr heutiges geehrtes Schreiben beeile ich mich Ihnen zu erwiedern, daß ich gern bereit sein werde ein Honorar, wie das von Ihnen benannte für einen Operntext der mir zusagt und dessen Composition ich übernehmen kann, zu zahlen. Aber eben so unumwunden gestehe ich Ihnen daß mir aus der Skizze, welche Sie mir zu übersenden die Güte hatten, noch nicht klar hervorgeht ob das Opernbuch der Lore-Ley jene Bedingungen erfüllen wird, auch würde Ihnen, dem Dichter, ja nur wenig damit gedient sein wenn ich eins Ihrer Gedichte, das Sie zur Musik bestimmt, am Ende nur halb, oder nicht mit der rechten Lust componirte. Wollen Sie von mir darüber eine Gewißheit, ehe Sie an die Arbeit gehen, so wiederhole ich Ihnen den Vorschlag, den ich Ihnen mündlich schon that, nämlich mir eine ausgeführte Skizze, wo möglich eine Art Scenarium, des mir sehr zusagenden Stoffes noch vor meiner Abreise zukommen zu lassen, worauf ich dann [xx] hoffe, mich bestimmt entscheiden zu können. Wollen Sie hingegen, wie Sie äußerten, lieber das ganze Gedicht gleich fertig ausarbeiten, so wird mir die Entscheidung dadurch freilich noch viel mehr erleichtert, u. insofern wäre es auch mir gewiß lieber; aber sollte ich mich dann endlich nicht zur Composition entschließen, so würde mir es auch doppelt l<leid thun, Sie zu> einer Arbeit wenigstens in diesem Augenblick veranlaßt zu h<aben, welche Sie (und noch> mehr mich) nicht zu dem gewünschten Zweck führte.
Mit vollkommner Hochachtung
ergebenst
Felix Mendelssoh<n Bartholdy>

Aus den Zeilen des Komponisten spricht durchaus Skepsis, wenn sie auch sehr höflich und zurückhaltend formuliert ist. Auf inhaltliche Anmerkungen oder gar Kritik verzichtet er völlig. Generell hat er sich bei der Beurteilung von Opern aber stets gegen allzu oberflächliche Effekte ausgesprochen: »Zauberei und Wunderquellen machen das Opernhafte, wie ich's mir denke, nicht«[67] – doch gerade davon bietet Rousseaus Vorschlag einer »Romantischen Oper« Einiges, woran Mendelssohn vermutlich Anstoß hätte nehmen können. Reinhold Sietz hat betont, wie viel Wert Mendelssohn auf ein möglichst durchdachtes und detailliertes »Szenarium« zu einem Operntextbuch gelegt hat.[68] Dass das Exposé Rousseaus diesem Wunsch nicht unbedingt entspricht und es dem Komponisten eben keine klare Vorstellung von dem zu erwartenden Libretto vermittelt, wird aus Mendelssohns Antwortschreiben deutlich. Andererseits aber lässt es auch sein grundsätzliches Interesse an dem Loreley-Stoff erkennen, darüber lässt es den Empfänger nicht im Zweifel. Überhaupt ist Mendelssohn sehr offen und fair gegenüber Rousseau: Er signalisiert Interesse an dessen Vorschlag, macht ihm aber keine falsche oder vorschnelle Hoffnung, gibt ihm Gelegenheit, einen detaillierteren Plan vorzulegen, und stellt klar, dass er in der für Rousseau so wichtigen Honorarfrage klaglos auf dessen Bedingungen eingehen würde. Feinfühlig macht er sich auch Gedanken über die Arbeitsökonomie Rousseaus, insbesondere für den Fall, dass es am Ende zu keiner Komposition kommt – worauf ihn diese Zeilen in gewisser Weise auch schon ein wenig vorbereiten.

Ob Rousseau sie als Wink verstand und das Projekt daraufhin nicht mehr weiterverfolgte? Oder ob er tatsächlich dem Wunsch nachkam und »eine ausgeführte Skizze« schickte, wo nicht gar »das ganze Gedicht gleich fertig ausarbeiten« konnte, wie er Menselssohn offenbar in einem Gespräch[69] darüber angekündigt hatte? Das ist nicht gewiss. Fest steht nur, dass es jedenfalls keine weiteren Spuren des Vorhabens in Form schriftlicher Dokumente gibt: keine Absage Mendelssohns, keine Nachfrage Rousseaus, keine bekannte Briefäußerung darüber von einem der beiden gegenüber Dritten. Doch immerhin schätzte der Komponist den Entwurf so, dass er ihn aufbewahrte, so dass er heute in der Bodleian Library erhalten ist. Und vielleicht hatte Rousseaus Exposé insofern einen indirekten Einfluss, als es Mendelssohn in seinem Interesse für die Loreley als Opernstoff bestärkte, so dass er empfänglich war, als ihm nur wenige Monate später mit Emanuel Geibel ein anderer Dichter ein Libretto dafür vorlegte und er schließlich die Arbeit daran aufnahm, wenn auch mit dem am Ende bekanntermaßen geringen Ertrag.

»Die Lore-Lei«, wie Johann Baptist Rousseau sie konzipiert hat, sollte nie erklingen. Seine hier vorgestellte Skizze markiert einen Augenblick der Stille in all den lauten musikalisch-literarischen Echoklängen, die seit »alten Zeiten« von der Loreley widerhallen.

Anmerkungen

1 Hans Jeske: Zur Etymologie des Namens Loreley. – In: Rheinische Vierteljahrsblätter 48 (1984), S. 112–122, hier S. 119 (dort teilweise hervorgehoben). Für eine Zusammenfassung der Diskussion um Herkunft und Bedeutung des Namens vgl. auch Peter Lentwojt: Die Loreley in ihrer Landschaft. Romantische Dichtungsallegorie und Klischee. Ein literarisches Sujet bei Brentano, Eichendorff, Heine und anderen. Frankfurt a. M., Berlin u. a. 1998, S. 37 ff.

2 Johann Friedrich Böhmer: Brief an Alexander Kaufmann, 01.02.1862. – In: Ders.: Briefe und Kleinere Schriften. Hrsg. v. Johannes Janssen. Bd. 2. Freiburg i. Br. 1868, S. 379.

3 Clemens Brentano: Das Märchen von dem Rhein und dem Müller Radlauf. – In: Ders.: Werke. Hrsg. v. Wolfgang Frühwald, Bernhard Gajek u. Friedhelm Kemp. Bd. 3. München 1965, S. 9–106, hier S. 94.

4 Jeske: Zur Etymologie des Namens Loreley [Anm. 1], S. 121.

5 Clemens Brentano: Godwi oder Das steinerne Bild der Mutter. –In: Ders.: Werke. Hrsg. v. Wolfgang Frühwald, Bernhard Gajek u. Friedhelm Kemp. Bd. 2. München 1963, S. 9–458, hier S. 426.

6 Joseph von Eichendorff: Ahnung und Gegenwart. – In: Ders.: Werke in einem Band. Hrsg. v. Wolfdietrich Rasch. München 2007, S. 447–774, hier S. 625.

7 Aloys Schreiber: Die Jungfrau auf dem Lurley. – In: Ders.: Handbuch für Reisende am Rhein von Schafhausen bis Holland in die schönsten anliegenden Gegenden und an die dortigen Heilquellen. Zweite, durchaus verbesserte u. sehr vermehrte Aufl. Heidelberg 1818, S. 63–65, hier S. 63 f. (des am Ende des Bandes, nach S. 525, neu hinzugefügten und mit eigener Paginierung versehenen Anhanges »Volkssagen aus den Gegenden am Rhein und am Taunus«). Der erste, der Brentanos Ballade explizit als »Sage« präsentiert hatte, war Niklas Vogt, der eine Prosa-Nacherzählung davon unter dem Titel »Der Lurelei« in seine Sammlung von Rhein-Legenden aufnahm. Vgl. Niklas Vogt: Die Bildergallerie des Rheins. – In: Rheinisches Archiv für Geschichte und Literatur 5 (1811), H. 5, S. 53–79, hier S. 69.

8 Katja Czarnowski: Die Loreley. – In: Deutsche Erinnerungsorte. Hrsg. v. Etienne François u. Hagen Schulze. Bd. 3. München 2001, S. 488–502, hier S. 492.

9 Ingrid Bodsch: »eine wundersame, gewaltige Melodei«. Die Loreley in der Musik des 19. Jahrhunderts. – In: Die Loreley. Ein Fels im Rhein. Ein deutscher Traum. Hrsg. v. Mario Kramp u. Matthias Schmandt. Mainz 2004, S. 75–81, hier S. 77.

10 Metzner verzeichnet in seiner Bibliographie 67 eigenständige Vertonungen, die Kompositionen von Parodien von Heines Gedicht nicht mitgezählt. Vgl. Günter Metzner: Heine in der Musik. Bibliographie der Heine-Vertonungen. Bd. 10: Werke E-Z. Tutzing 1992, S. 142 ff. Die Online-Datenbank Lieder.net führt 72 musikalische Versionen auf. Vgl. URL: http://www.lieder.net/lieder/get_text.html?TextId=7600 [letzter Zugriff: 28.07.2019]. Nimmt man außerdem die hier wie dort nicht aufgenommenen Kompositionen aus Rock, Pop und Folk hinzu, dürfte die Zahl der Vertonungen von Heines »Loreley« heute an die hundert heranreichen. Zu einigen ausgewählten Liedern nach Heines Gedicht vgl. Heinrich Lindlar: Loreley-Report. Heinrich Heine und die Rheinlied-Romantik. Köln 1999, S. 103 ff., und Michael Aschauer: Nur *eine* gewaltige Melodei? Heinrich Heines »Loreley« in unterschiedlichen Vertonungen des 19. Jahrhunderts. – In: Heinrich Heine in zeitgenössischen Vertonungen. Wissenschaftliche Tagung 6. bis 7. Oktober 2006, Ruprechtshofen, N. Ö. Hrsg. im Auftr. d. Benedict Randhartinger-Gesellschaft v. Andrea Harrandt u. Erich Wolfgang Partsch. Tutzing 2008, S. 81–104.

11 Vgl. die Auflistung von zehn Kompositionen bei Hermann Seeliger: Die Loreleysage in Dichtung und Musik. Leipzig 1898, S. 51. Weitere »Waldgespräch«-Vertonungen nennt Lieder.net unter URL: http://www.lieder.net/lieder/get_text.html?TextId=5311 [letzter Zugriff: 28.07.2019].

12 Zu Liedvertonungen anderer Loreley-Gedichte vgl. die Übersicht bei Seeliger: Die Loreleysage [Anm. 11], S. 51 ff. Einige davon werden charakterisiert bei Bodsch: Die Loreley in der Musik des 19. Jahrhunderts [Anm. 9], S. 77 ff.

13 Czarnowski: Die Loreley [Anm. 8], S. 493.

14 Vgl. die Zusammenstellungen von 21 Opern bei Seeliger: Die Loreleysage [Anm. 11], S. 70 ff., sowie von 26 Opern und einem Ballett in »An den Rhein, an den Rhein …« Das malerische und romantische Rheinland in Dokumenten, Literatur und Musik. Karl Simrock (1802–1876) zum 200. Geburtstag gewidmet. Hrsg. v. Ingrid Bodsch in Zusammenarb. m. Otto Biba u. Ingrid Fuchs. Bonn 2002, S. 159. Bei Seeliger finden sich drei Opern, die in »An den Rhein, an den Rhein …« fehlen, so ergibt sich die Gesamtzahl von 29.

15 »Das Fräulein Loreley« von Paul Lincke nach einem Libretto von Heinz Bolten-Baeckers. Vgl. dazu Bodsch: Die Loreley in der Musik des 19. Jahrhunderts [Anm. 9], S. 80.

16 Gunter E. Grimm: »Die Macht des Gesanges«. Loreleys Verführungskünste in Opern des 19. Jahrhunderts. – In: Übergänge. Zwischen Künsten und Kulturen. Internationaler Kongress zum 150. Todesjahr von Heinrich Heine und Robert Schumann. Hrsg. v. Henriette Herwig, Volker Kalisch u. a. Stuttgart, Weimar 2007, S. 37–54, hier S. 39.

17 Ebd.

18 Helmut Fischer: »Ich weiß nicht, was soll es bedeuten«. Sagen des Rheins und was dahintersteckt. – In: Ders.: Erzählen-Schreiben-Deuten. Beiträge zur Erzählforschung Münster u. a. 2001, S. 39–83, hier S. 62.

19 Lentwojt: Die Loreley in ihrer Landschaft [Anm. 1], S. 223.

20 Zu Handlung und Inhalt der Opern vgl. Seeliger: Die Loreleysage [Anm. 11], S. 72 ff.; einige sind auch kurz beschrieben in Margaret Ross Griffel: Operas in German. A Dictionary. Revised edition. London 2018. Bd. 1, S. 299 f.

21 Die besondere Nähe von Geibels Text zu Otto von Loebens Version betont hingegen Allen Wilson Porterfield: Graf von Loeben and the Legend of Lorelei. – In: Modern Philology 13 (1915), S. 305–332, hier S. 331 f. Loebens Text ist allerdings seinerseits wiederum eine Schreiber-Variante (vgl. Anm. 48).

22 Lentwojt: Die Loreley in ihrer Landschaft [Anm. 1], S. 352. Zu Geibels Libretto und dessen Vertonungen vgl. Silja Geisler-Baum: Die Loreley in Finnland. Zur Entstehung, Aufführung und Rezeption der Oper von Fredrik Pacius und Emanuel Geibel. Mainz 2004;

dies.: »Die Loreley« – Emanuel Geibel als Opernlibrettist. – In: Wären meine Lieder Perlen. Das Lübecker Geibel-Projekt. Hrsg. v. Michael P. Schulz. Lübeck 2008, S. 335–352; dies.: »Unter der Loreley« – Die Vertonungen des Opernlibrettos »Die Loreley«. – In: Ebd., S. 353–386; Grimm: »Die Macht des Gesanges« [Anm. 16].

23 Ebd., S. 43.

24 Max Bruch: Über die Oper »Loreley« und meine sonstigen dramatischen Bestrebungen. – In: Max Bruch-Studien. Zum 50. Todestag des Komponisten. Hrsg. v. Dietrich Kämper. Köln 1970, S. 165–168. Vgl. auch Reinhold Sietz: Die musikalische Gestaltung der Loreleysage bei Max Bruch, Felix Mendelssohn und Ferdinand Hiller. – In: Ebd., S. 14–45, hier S. 34 ff.

25 Ein Manuskript des als Orgelvirtuosen bekannt gewordenen Fischer ist nicht erhalten, eine der wenigen Spuren ist die Wiedergabe einer (mündlichen) lobenden Bemerkung von Franz Liszt: »Ueber Fischers Oper: Loreley, Text von Geibel, sprach sich L[iszt]. außerordentlich günstig aus.« Anon.: Personalien. – In: Urania. Musik-Zeitschrift für Orgelbau und Orgelspiel … 33 (1876), Nr. 7, S. 112.

26 Eduard Devrient: Meine Erinnerungen an Felix Mendelssohn-Bartholdy und Seine Briefe an mich. Leipzig 1869, S. 283.

27 Rebecca Rosenthal: Felix Mendelssohn Bartholdys Schauspielmusiken. Untersuchungen zu Form und Funktion. Frankfurt a. M. u. a. 2009, S. 505.

28 Vgl. die Beschreibung des überlieferten Materials bei Ralf Wehner: Felix Mendelssohn Bartholdy. Thematisch-systematisches Verzeichnis der musikalischen Werke (MWV). Studienausgabe. Wiesbaden 2009 (Leipziger Ausgabe der Werke von Felix Mendelssohn Bartholdy; Serie 13. Bd. 1A), S. 196 f. Mendelssohns Entwürfe und seine kompositorische Arbeit sind ausführlich beschrieben bei R[alph]. Larry Todd: On Mendelssohn's Operatic Destiny: Die Lorelei Reconsidered. – In: Felix Mendelssohn Bartholdy. Kongreß-Bericht Berlin 1994. Hrsg. v. Christian Martin Schmidt. Wiesbaden u. a. 1996, S. 113–140; die briefliche Diskussion des Komponisten mit Geibel dokumentiert und kommentiert Sietz: Die musikalische Gestaltung der Loreleysage [Anm. 24], S. 15 ff. Eine Übersicht über die Entstehungsgeschichte bietet auch Peter Sühring: Die Lorelei. – In: Felix Mendelssohn Bartholdy. Interpretationen seiner Werke. Hrsg. v. Matthias Geuting u. Mitarb. v. Michaela Grochulski. Laaber 2016. Bd. 2, S. 456–463, für eine musikalische Analyse vgl. Rosenthal: Felix Mendelssohn Bartholdys Schauspielmusiken [Anm. 27], S. 504 ff.

29 Karl Simrock: Gedichte. Neue Auswahl. Stuttgart 1863, S. 3.

30 Über Simrocks und Heines gemeinsame Bonner Zeit und ihre spätere Beziehung vgl. DHA IX, 819 ff.

31 Vgl. Monika Hennemann: Felix Mendelssohn's dramatic compositions: from Liederspiel to Lorelei. – In: The Cambridge Companion to Mendelssohn. Ed. by Peter Mercer-Taylor. Cambridge, New York 2004, S. 206–229, hier S. 221. Vgl. auch allgemein Till Gerrit Waidelich: »Wer zog gleich aus der Manteltasche ein Opernsujet?« Helmina von Chézys gescheiterte Libretto-Projekte für Felix Mendelssohn-Bartholdy. – In: Mendelssohn-Studien 12 (2001), S. 149–177.

32 Über Rousseau vgl. Joseph Gotzen: Johann Baptist Rousseaus »fünfzigjähriges Dichter-Jubiläum«. Zugleich ein Beitrag zur Geschichte des literarischen Lebens am Rhein in der ersten Hälfte des 19. Jahrhunderts. – In: Jahrbuch des Kölnischen Geschichtsvereins 6/7 (1925), S. 107–140. Eine jüngere Würdigung ist Harald Strang: »Was er singt, das glaubt er.« Jean-Baptiste Rousseau – »Nestor der rheinischen Poeten« und Heinrich Heines Jugendfreund. – In: Neues Rheinland 40 (1997), H. 10, S. 10–11. Sein publizistisches Wirken in Köln beschreibt detailliert Gertrud Wegener: Literarisches Leben in Köln 1750–1850. 2. Teil 1815–1840. Köln 2005, S. 135 ff., 304 ff. Dort auch ein umfangreiches Literaturverzeichnis.

33 Zu ihrem Verhältnis vgl. Hermann Hüffer: Heine und J. B. Rousseau. – In: Ders.: Heinrich Heine. Gesammelte Aufsätze. Hrsg. v. Ernst Elster. Berlin 1906, S. 68–79, sowie DHA X, 558 ff. und DHA I, 1177 f. Die Heine-Publikationen Rousseaus, ihren persönlichen Um-

gang und ihre politischen Differenzen erörtert Gerd Heinemann: Die Beziehungen des jungen Heine zu Zeitschriften im Rheinland und in Westfalen. Münster 1974, S. 7 ff.

34 Johann Baptist Rousseau: Zur Würdigung H. Heine's. – In: Ders.: Kunststudien. München 1834, S. 233–259, hier S. 237 f.

35 »Es ist kein schlechtes Zeugnis für Heines Charakter, dass er später, als Rousseau sich ziemlich scharf von ihm losgesagt hatte und diese Absage bei jeder Gelegenheit wieder betonte, dennoch dem Jugendfreunde nie gezürnt, sondern immer mit milden und anerkennenden Worten seiner gedacht hat.« Gotzen: Rousseaus »fünfzigjähriges Dichter-Jubiläum« [Anm. 32], S. 109. Während der sonst so scharfzüngige Polemiker Heine, für den es gewiss ein Leichtes gewesen wäre, über Rousseaus unglückliche literarische Versuche und seine altbackenen poetologischen, politischen und religiösen Ansichten zu spotten, sich nie öffentlich negativ über ihn äußerte, tat Karl Simrock sich keinen Zwang an. Z. B. lästerte er in seinen 1826 publizierten Distichen über den von seinem Bonner Kommilitonen Rousseau 1824 herausgegebenen »Westdeutschen Musenalmanach«: »Musenalmanach nennt er das Buch? Den Almanach seh'n wir,/ Aber wir haben uns fast blind nach den Musen gesucht.« Zit. n. ebd., S. 113.

36 Heinemann: Die Beziehungen des jungen Heine zu Zeitschriften [Anm. 33], S. 13.

37 Giacomo Meyerbeer: Briefwechsel und Tagebücher. Mit Unterstützung der Akademie der Künste Berlin in Verb. m. d. Staatlichen Institut für Musikforschung Berlin hrsg. u. kommentiert v. Heinz Becker u. Gudrun Becker. Bd. 3: 1837–1845. Berlin 1975, S. 796. Vgl. dort auch die Zusammenfassung der brieflichen Bitten Rousseaus und von Meyerbeers Unterstützung.

38 Vgl. ebd. Das Libretto fand keinen Komponisten und blieb unveröffentlicht.

39 Vgl. Felix Mendelssohn Bartholdy: Sämtliche Briefe. Auf Basis der von Rudolf Elvers angelegten Sammlung hrsg. v. Helmut Loos u. Wilhelm Seidel. Bd. 10: Januar 1844 bis Juni 1845. Hrsg. v. Ute Wald. Kassel u. a. 2016, S. 588.

40 Vgl. Johann Baptist Rousseau: Andeutungen zur Beurtheilung einiger der bekanntesten Opern, Operetten, Singspiele und Oratorien; vorzüglich in literaturhistorischer Hinsicht. – In: Ders.: Kunststudien. München 1834, S. 260–416. Die Abhandlung ist offensichtlich eine Zusammenstellung verschiedener, früher entstandener Rezensionen. Sie besteht oft aus bloßen Inhaltsangaben, zeigt aber doch immerhin die recht breite Kenntnis Rousseaus auf diesem Gebiet.

41 Die weiße Frau. Komische Oper in drei Aufzügen. Text von Scribe, Musik von Boieldieu, für die deutsche Bühne bearbeitet von J. B. Rousseau. Aachen, Leipzig 1826. Eine zweite Ausgabe erschien 1837.

42 Liska oder Die Hexe von Gyllensteen. Oper in 2 Akten, aus dem Englischen für die deutsche Bühne bearbeitet von Joh[ann]. Bapt[ist]. Rousseau. Musik von Ferd[inand]. Ries (Als Manuscript.) Frankfurt a. M. 1832.

43 Der Sieg des Glaubens. Oratorium von J. B. Rousseau. In Musik gesetzt und dem Singverein zu Aachen zur ersten Aufführung auf dem grossen Niederrheinischen Musikfeste daselbst im Jahre 1829 gewidmet von Ferd[inand]. Ries. Bonn o. J. [1830].

44 Johann Baptist Rousseau: Romanzen und Zeitbilder. Anhang: Todtenopfer für Beethoven, Ferd. Ries und Bernhard Klein. Düsseldorf 1838, S. 247.

45 Tausend und eine Rheinsage. Rheinischer Sagen- und Liederschatz in Volksgeschichten, Legenden und Mythen vom Rhein und seinen Nebenflüssen; mit Benutzung von gedruckten und ungedruckten Quellen, zu Lust und Lehre, für Stillleben und Wanderschaft, und in strengester Auswahl hrsg v. Johann Baptist Rousseau. Düsseldorf, Leipzig, Berlin 1841. Eine spätere, trotz neuen Titels unveränderte Ausgabe davon ist: Auserlesene Sammlung rheinischer Sagen in Volksgeschichten, Legenden und Mythen vom Rhein und seinen Nebenflüssen. Hrsg. v. Joh. Bapt. Rousseau. Koblenz 1846.

46 The Bodleian Libraries, University of Oxford, Bodleian Music Section, dort unter der Signatur MS. M. Deneke Mendelssohn c. 27, fols. 74–75. Mein herzlicher Dank gilt Herrn Dr. Ralf Wehner, Leipzig, für den Hinweis auf diese Handschrift und für seine ebenso freundliche wie wertvolle Unterstützung. Den Bodleian Libraries, Oxford, und dem Ku-

rator der Musikabteilung, Herrn Dr. Martin Holmes, danke ich für die Genehmigung zur Publikation des Manuskripts.

47 Es werden dabei die folgenden Zeichen verwendet: Das Seitenende der einzelnen Manuskriptblätter wird jeweils durch einen doppelten Schrägstrich angezeigt: //. Von Rousseau gestrichene Passagen sind durch eckige Klammern gekennzeichnet: [], Überschreibungen durch eine punktierte Linie. Von ihm angebrachte Unterstreichungen werden als Unterstreichungen wiedergegeben. Für nicht entzifferte Buchstaben steht jeweils »x«. Ergänzungen von Textverlusten aufgrund von Beschädigungen der Handschrift durch Papierausrisse werden zwischen spitze Klammern gesetzt: <>. Irrtümlich fehlende Wörter, die für diese Edition ergänzt wurden, stehen in geschweiften Klammern: { }.

48 Das Undinen-Motiv ist in Brentanos »Rheinmärchen«-Variante der Loreley mit dieser verknüpft, aber sie erschien erst nach Brentanos Tod, und Schreiber dürfte sie trotz seines Umgangs mit Brentano in der gemeinsamen Heidelberger Zeit nicht schon bekannt gewesen sein.

49 Lentwojt führt die Elemente auf, die Loeben von Schreiber übernimmt (und die sich auch alle bei Rousseau wiederfinden): »Loreleys Vorliebe für die Fischer, denen sie zu volleren Netzen verhilft; den Pfalzgrafen und seinen Sohn, der Loreley liebt [...]; Loreleys Flechten eines (Schilf-) Kranzes; Hugberts Kahnfahrt und dessen Sturz in den Rhein, die irrige Annahme des Pfalzgrafen, sein Sohn sei ums Leben gekommen; die Jagd auf die Loreley«. Lentwojt: Die Loreley in ihrer Landschaft [Anm. 1], S. 225. Auch weitere Details wie die Bernsteinschnur, der Gewittersturm am Berg und die von Loreley in Versen herbeigerufenen Wellen in Gestalt von Rossen, die sie aufnehmen, wären zu nennen.

50 Vgl. Johann Baptist Rousseau: Gedichte. Krefeld 1823, S. 132.

51 Otto Heinrich Graf von Loeben: Loreley. Eine Sage vom Rhein. In: Urania. Taschenbuch auf das Jahr 1821. Leipzig 1821, S. 325–344, hier S. 338.

52 Ebd., S. 339.

53 Vgl. Werner /Houben I, S. 36.

54 Vgl. Judith Lange, Robert Schöller: Von Frauen begraben. Zur Generierung des Frauenlob-Bildes in Mittelalter und Neuzeit. – In: Rezeptionskulturen. Fünfhundert Jahre literarischer Mittelalterrezeption zwischen Kanon und Populärkultur. Hrsg. v. Mathias Herweg u. Stefan Keppler-Tasaki. Berlin, Boston 2012, S. 210–225, hier S. 220 ff.

55 Vgl. Anton Neugebauer: »Es lebe des Sängers Bild«. Frauenlob in der Kunst. Bilder Heinrichs von Meissen vom 14. bis zum 20. Jahrhundert. Regensburg 2018.

56 Vgl. Adelheid von Stolterfoth: Rheinischer Sagenkreis. Ein Ciclus von Romanzen, Balladen und Legenden des Rheins nach historischen Quellen bearbeitet. Frankfurt a. M. 1835, S. 3. Das Buch enthält auch ihr Gedicht »Die Sage von der Lurley«, vgl. ebd., S. 35 ff.

57 Vgl. Karl Simrock: Rheinsagen aus dem Munde des Volks und deutscher Dichter. Für Schule, Haus und Wanderschaft. Bonn 1837, S. 259.

58 Karl Geib: Die Jungfrau vom Lurlei. – In: Ders.: Die Sagen und Geschichten des Rheinlandes. In umfassender Auswahl gesammelt und bearbeitet. Mannheim 1836, S. 438–442, hier S. 441 (durch einen Druckfehler trägt die Seite versehentlich die Nummer 341). Das Buch enthält außerdem »Die Zauberin Lore Lay«, vgl. ebd., S. 458–462. Das ist eine Nacherzählung von Brentanos Ballade, während »Die Jungfrau vom Lurlei« auf Aloys Schreiber basiert. Dass seine Erzählungen freie Abwandlungen Schreibers (und anderer) sind, erklärt Geib im Vorwort zu seinem Buch selbst, vgl. Ders.: Vorbericht – In: Ebd., S. III–X, hier S. VIII. Bekannter als diese Prosaerzählung war das Gedicht mit dem Titel »Die Jungfrau vom Lurlei«, das Karl Geib zuvor schon veröffentlicht hatte. Es erzählt die gleiche Geschichte als Ballade in Versen und war in einem von Schreiber herausgegebenen Almanach erschienen. Vgl. Cornelia. Taschenbuch für Deutsche Frauen auf das Jahr 1824. Hrsg. v. Aloys Schreiber. Heidelberg 1823. Später übernahm Geib es in seine eigene Anthologie Karl Geib: Die Volkssagen des Rheinlandes. In Romanzen und Balladen. Bd. 1. Heidelberg 1828, S. 1 ff.

59 Vgl. Karl Geib: Heinrich Frauenlob. – In: Ders.: Die Sagen und Geschichten des Rheinlandes [Anm. 58], S. 284–287.

60 Geib: Die Jungfrau vom Lurlei [Anm. 58], S. 439.

61 Am Schluss des vierzehnten Kapitels »Wie Bertalda mit dem Ritter heimfuhr«, vgl. Friedrich Baron de la Motte Fouqué: Undine, eine Erzählung. Wien 1814, S. 132 f.

62 Vgl. Geib: Die Jungfrau vom Lurlei [Anm. 58], S. 440 (durch einen Druckfehler versehentlich S. 340).

63 Vgl. ebd., S. 441 (durch einen Druckfehler versehentlich S. 341). Geibs »Wellenross«-Beschwörung ist eine Abwandlung von Schreibers ebenfalls in Versen (aber nur drei) gehaltener Version. Vgl. Schreiber: Die Jungfrau auf dem Lurley [Anm. 7], S. 65. Geib hat sie aus seiner eigenen Ballade mit dem gleichen Titel in die Prosaversion übernommen. Vgl. Anm. 58.

64 Manfred Schmeling: Verlockungen – der Mythos der Wasserfrau und die Kunst der Imagination. – In: Der Traum vom Glück. Orte der Imaginationen. Hrsg. v. Konrad Hilpert u. Peter Winterhoff-Spurk. St. Ingbert 2002, S. 59–79, hier S. 64.

65 Vgl. Christian Liedtke: Die Mendelssohn-Sammlung im Archiv des Heinrich-Heine-Instituts. – In: »Übrigens gefall ich mir prächtig hier.« Felix Mendelssohn Bartholdy in Düsseldorf. Hrsg. v. Bernd Kortländer. Düsseldorf 2009, S. 165–176. Seit Fertigstellung dieser Übersicht gab es weitere Bestandszuwächse, u. a. durch ein Albumblatt mit Mendelssohns Handschrift seiner berühmten Vertonung von Heines Gedicht »Leise zieht durch mein Gemüt« (MWVK 71, op. 19 [a], Nr. 5). Dankbar ist das Heinrich-Heine-Institut Herrn Dr. Karl-Ludwig Elvers für seine 2018 erfolgte Schenkung zweier Gedenkmünzen zu dem von Mendelssohn geleiteten Niederrheinischen Musikfest 1833.

66 Heinrich-Heine-Institut, Düsseldorf, HHI.AUT.2012.5018.2. Ein Doppelblatt 4°, eine beschriebene Seite, Adresse. Rechts unten gleichmäßiger (rechteckiger) Papierausriss, dadurch geringfügige Textverluste am Schluss des Briefes. Zur Edition und den hier verwendeten Zeichen vgl. Anm. 47. Der Brief wurde erstmals (nach einem Faksimile in einem Auktionskatalog) gedruckt in Mendelssohn Bartholdy: Sämtliche Briefe. Bd. 10 [Anm. 39], S. 125. Bei der Wiedergabe dort fehlt die Adresse, die hier nun mitgeteilt werden kann, außerdem werden hier für die Ergänzung der Textverluste, die durch Papierausriss entstanden sind, andere Lesarten vorgeschlagen als dort. Mendelssohn nennt auf der Adressseite seines Briefes die Anschrift »Anhaltstraße«, Rousseaus vollständige Adresse lautete Anhaltische Str. 12, Nr. 3–5. Vgl. Allgemeiner Wohnungsanzeiger für Berlin, Charlottenburg und Umgebungen auf das Jahr 1844. Redigirt v. d. Königl. Polizei-Rath Winckler. Berlin 1844, S. 387.

67 Devrient: Meine Erinnerungen an Felix Mendelssohn-Bartholdy [Anm. 26], zit. n. Sietz: Die musikalische Gestaltung der Loreleysage [Anm. 24], S. 15.

68 Vgl. ebd., S. 14 f.

69 Vgl. Mendelssohn Bartholdy: Sämtliche Briefe. Bd. 10 [Anm. 39], S. 588.

Die Sammlung Varnhagen in der Biblioteka Jagiellońska, Kraków

Zur Situation ihrer Erschließung und Erforschung, aus Anlass zweier Publikationen

Von Dietmar Pravida, Frankfurt a. M.

Der jüngste, 2018 erschienene Band des »Internationalen Jahrbuchs der Bettina-von-Arnim-Gesellschaft« dokumentiert die Vorträge einer Warschauer Tagungssektion »Die Sammlung Varnhagen als Herausforderung der Germanistik« vom Frühjahr 2015 zur geplanten zukünftigen Erschließung der Sammlung Varnhagen.[1] Voran ging ein Symposium zu Briefnetzwerken (Ende 2013), bei dem derselbe Gegenstand bereits in mehreren Beiträgen thematisiert wurde; die Vorträge sind 2015 in einem Band der Edition Branitz der Stiftung Fürst-Pückler-Museum – Park und Schloss Branitz erschienen.[2] Noch nicht erschienen waren zum Zeitpunkt des Abschlusses des vorliegenden Beitrags die Vorträge eines weiteren Treffens im Sommer 2017 in Kraków zum Thema »Bestände der ehemaligen Preußischen Staatsbibliothek zu Berlin in der Jagiellonen-Bibliothek: Forschungsstand und -perspektiven«[3], deren Veröffentlichung dem Vernehmen nach bevorsteht. Die dichte Folge von Publikationen zeigt an, dass die beteiligten Institutionen und Forscher ernsthafte Pläne verfolgen, die in eine intensivierte und systematische Erschließung sowie in die gründliche wissenschaftliche Erforschung der in der Biblioteka Jagiellońska in Kraków befindlichen Sammlung münden sollen. Da die Sammlung Varnhagen als die wohl wichtigste private Handschriftensammlung des 19. Jahrhunderts für alle Bereiche der Zeit-, Kultur- und Literaturgeschichte dieses Zeitraums von größter Bedeutung ist, soll hier anhand der bisher veröffentlichten Beiträge ein Überblick über den derzeitigen Diskussionsstand gegeben werden. Außerdem sollen einige zusammenfassende und weiterführende Überlegungen zum Stand der Erforschung und Erschließung angestellt werden.

Die einzelnen Beiträge werden als Anknüpfungspunkte für die Diskussion behandelt, so dass das im Zusammenhang jeweils weiterführend Bemerkte nicht etwa als eine Kritik an individuellen Positionen verstanden werden sollte. Und auch dort, wo Berichtigungen vorzuschlagen sind, geht es um Probleme des Umgangs mit der Sammlung Varnhagen, die so typisch sind, dass sie nicht lediglich als individuelle Fehlleistungen angesehen zu werden brauchen.

I

Karl August Varnhagen von Ense hatte schon seit seiner engeren Bekanntschaft mit seiner späteren Frau, Rahel Robert geb. Levin, im Jahr 1808 damit begonnen, deren Briefe zu sammeln. Seine eigenen Tätigkeiten als politischer Journalist und preußischer Diplomat in den Jahren 1813–1819 veranlassten ihn dazu, Dokumente und eigene Papiere sorgsam aufzubewahren. Nach seiner Abberufung im Sommer 1819 erhielt er aus politischen Gründen keinen neuen Posten, sondern wurde nur mit gelegentlichen Ausarbeitungen und Missionen befasst, so dass er seinen eigenen schriftstellerischen Interessen nachgehen konnte. Der Tod Rahels 1833 intensivierte die Bemühungen, deren Korrespondenzen zu sichten und zu erfassen, sei es im Original, sei es in Abschriften, die er teils publizierte, teils für eine spätere Publikation vorbereitete. Zu diesem Zweck verfasste er in den 1830er und 40er Jahren teils knappe, teils umfangreiche biographische Porträts zu den Personen im Umkreis Rahels sowie eine große Menge einzelner personenbezogener Aufzeichnungen. Schon bald führte diese Sammeltätigkeit dazu, dass ihm Freunde und Bekannte Dokumente anvertrauten, für die sie sein Interesse voraussetzen und die sie bei ihm am besten verwahrt wissen durften. So sandte der langjährige Freund Johannes Schulze Varnhagen am 19. Dezember 1836 »für Ihre Sammlung von Handschriften einen Beitrag, wie er sich beim Durchblättern einiger von mir zurückgelegten und auf meine persönlichen Verhältnisse bezüglichen Papiere mir dargeboten hat«.[4] Seit Anfang der 1840er Jahre weitete Varnhagen diese Sammlung durch das Sammeln von Autographen aus, wobei er sich um einzelne Schriftstücke bekannter und weniger bekannter Personen des 18. und 19. Jahrhunderts bemühte, die er von Korrespondenzpartnern und Verlegern erhielt[5], nur ausnahmsweise durch Kauf. Hinzu kamen die Nachlässe oder Teilnachlässe von Ludwig Robert, Friedrich von Gentz, Paul Emil Thieriot, Jean Henri Samuel Formey und Helmina von Chézy. Zusammen mit seinen eigenen Tagebuchaufzeichnungen, die er seit 1819 bis zu seinem Tod 1858 kontinuierlich führte, entstand so ein biographisches und zeitgeschichtliches Archiv eigenen Zuschnitts, das gelegentlich selbst engen Freunden, wie etwa Karl Rosenkranz, unheimlich erscheinen konnte, der in Varnhagen wegen seiner umfassenden Kenntnisse beinahe einen Agenten einer unbekannten, feindlichen Macht vermuten wollte.[6] Varnhagens Tätigkeit stand aber vielmehr im Zeichen eines besonders ausgeprägten Überlieferungsbewusstseins, das ihm ein derartiges geheimdienstliches Vorgehen kaum als sachdienlich hätte erscheinen lassen und das vielmehr auf die Bewahrung von Dokumenten und Informationen für die Nachwelt angelegt war, die andernfalls verloren gegangen oder aus ihrem Zusammenhang gelöst und allenfalls bruchstückhaft und vereinzelt als »Überreste« historischer Lebens- und Kommunikationszusammenhänge erhalten geblieben wären. (Die in der geschichtswissenschaftlichen Quellenkunde übliche Unterscheidung zwischen unabsichtlich hergestelltem und erhaltenem ›Überrest‹ und bewusst gestalteter und mit Absicht bewahrter ›Tradition‹ geht auf Droysens Historik zurück und wird für die hier verfolgten Zwecke in einer etwas abgewandelten Weise gebraucht.[7]) Dass diese Dokumente den späteren Benutzer eben nicht als ›Überreste‹, sondern im Zusammenhang einer von einem Sammler gestalteten ›Tradition‹ begegnen, ist eines der Hauptverdienste, aber auch eines der Hauptprobleme, die durch die Sammlung Varnhagen gegeben sind.

Nach Varnhagens Tod (1858) ging die Sammlung in den Besitz seiner Nichte Ludmilla Assing über, die den Bestand um ihre eigenen Papiere sowie um die Nachlässe oder Teilnachlässe ihrer Eltern Rosa Maria und David Assur Assing, Apollonius von Maltitz', Hermann von Pückler-Muskaus und Johannes Schulzes vermehrte. Im

Jahr 1881 gelangten diese Sammlungen in den Besitz der Königlichen Bibliothek zu Berlin:

> Der Nachlaß wurde der Bibliothek in 83 Pappkästen und 391 Kapseln übergeben. Varnhagen [oder vielmehr: Ludmila Assing?] hatte das Material in 10 Gruppen grob geordnet: Varnhagens Leben, Briefschaften, Schriften, Kollektaneen, dann Rahel, L. Robert, Rosa Maria Assing, Pückler, fremde Manuskripte.[8]

Es war Varnhagens Wunsch und Ludmilla Assings Auflage, dass der gesamte Bestand in zusammenhängender Form erhalten bleiben und nicht in seine Einzelteile aufgelöst werden sollte, weswegen er nicht – wie das bei anderen umfangreichen Schenkungen der Fall war – in die Sammlung Autographa integriert, sondern selbständig bewahrt wurde. Er wurde durch Ludwig Stern in 307 Kapseln (oder Kästen) geordnet und durch einen 1893 fertiggestellten handschriftlichen Katalog erschlossen, der 1911 auch im Druck erschien.[9] (Der gedruckte Katalog verzeichnet auch den Nachlass von Walter Robert-tornow, der erst nach 1895 in die Sammlung Varnhagen eingegliedert wurde.) Erst damit wurde die Sammlung, aus der aber seit 1881 schon einzelne Publikationen erschienen waren, überschaubar und für die gezielte Benutzung zugänglich gemacht. Vor allem die seit Ende des 19. Jahrhunderts einsetzende Erforschung der Romantik, der Berliner Salonkultur und der Epoche des Vormärz erhielt durch die Zugänglichkeit der Dokumente wesentliche Anregungen, etwa durch die zahlreichen Publikationen Ludwig Geigers zu jüdischen Autorinnen und Autoren, die fast ebenso zahlreichen Veröffentlichungen Heinrich Hubert Houbens zum Jungen Deutschland sowie eine Reihe von Editionen und Dissertationen zur Romantik, die etwa seit 1900 vor allem durch Erich Schmidt angeregt worden waren.[10]

Im Herbst 1941 wurde die Sammlung kriegsbedingt ausgelagert und kam über Schloss Fürstenstein (Zamek Książ) und Kloster Grüßau (Krasobór bzw. seit 1946 Krzeszów) im Jahr 1946 nach Kraków (sechs der 307 Kästen blieben jedoch in Berlin[11]). Der Verbleib war bis Mitte der 1970er Jahre unbekannt, erstmals seit 1974, besonders aber seit 1977 drangen Nachrichten über ihren neuen Krakauer Standort in die Öffentlichkeit. Ersten Benutzern wurde sie seit 1978 zugänglich[12], doch wurde erst 1980 offiziell bestätigt, dass sie sich in Kraków befinde; erst damit wurden die Bestände seit Oktober 1981 allgemein benutzbar[13], doch wurde wenig später – im Dezember 1981 und bis Sommer 1983 – das Kriegsrecht über Polen verhängt. Die erste Veröffentlichung aus den wiederentdeckten Beständen erschien zwar noch 1981[14], in der Folge verzögerte sich jedoch die uneingeschränkte Benutzung um weitere zwei Jahre.[15] Heute ist die Sammlung Varnhagen neben der alten Sammlung Autographa unter den Krakauer Beständen der weitaus am stärksten nachgefragte – und unter den verlagerten Handschriften der Berliner Staatsbibliothek übrigens auch der umfangreichste – Handschriftenbestand der Biblioteka Jagiellońska.[16] Leider gibt es weder zu den seit 1881 noch zu den seit 1981 aus Beständen der Sammlung Varnhagen hervorgegangenen Editionen und Publikationen eine verlässliche, auch kleinere und versteckte Veröffentlichungen erfassende Bibliographie[17]; dieses dringende Desiderat wird in den in der Folge zu besprechenden Beiträgen an keiner Stelle berührt.

Stifterin und Stifter der Sammlung Varnhagen: Ludmilla Assing (1821–1880) und Karl August Varnhagen von Ense (1785–1858)

Da es vor 1991 nicht zu einer Rückführung kam, wurde im »Vertrag zwischen der Bundesrepublik Deutschland und der Republik Polen über gute Nachbarschaft und freundschaftliche Zusammenarbeit« vom 17. Juni 1991 festgehalten, dass beide Staaten sich »im Geiste der Verständigung und der Versöhnung« bestreben wollten, »die Probleme im Zusammenhang mit Kulturgütern und Archivalien, beginnend mit Einzelfällen, zu lösen«.[18] Seither gab es Verhandlungen in verschiedenen Formaten, in der deutschen Öffentlichkeit wurden bis zur Mitte der 1990er Jahre und dann wieder 2007/08 zum Teil recht vehement Rückgabeforderungen geäußert.[19] Einigkeit über die Rechtspositionen und die Modalitäten konnte jedoch nicht erzielt werden.[20] Es ist vorderhand damit zu rechnen, dass das französische, häufig Talleyrand zugeschriebene Sprichwort »il n'y a que le provisoire qui dure« hier noch eine Weile lang seine Anwendung finden wird; es gibt das genannte Sprichwort auch in einer stärkeren Fassung, »il n'y a que le provisoire qui soit définitif«.

Die Bestände der Sammlung Varnhagen im Umfang von »wohl 118 000« Einzelobjekten (nach einer von mehreren, stark voneinander abweichenden Angaben)[21] sind heute noch weitgehend in dem Zustand angeordnet, in dem sie sich zum Zeitpunkt der Auslagerung befanden. In die Bestände der Biblioteka Jagiellońska wurden sie nie integriert, obwohl dies in den 1970er Jahren zwischenzeitlich einmal geplant war.[22] In der Biblioteka Jagiellońska wurden und werden sie – wie alle Berliner Bestände in Krakau – wissenschaftlich interessierten Benutzern zur Verfügung gestellt, aber sie wurden dort lange Zeit nicht archivalisch bearbeitet. Bemühungen um eine Zusammenarbeit zwischen Berlin und Krakau wurden aber schon früh unternommen[23], und seit einigen Jahren ist es zu einer eingehenderen bibliothekarischen Erschließung von Teilen der sogenannten »Berlinka« gekommen, so zur Katalogisierung der Sammlung der Musikdrucke[24], des Nachlassteils von Jean

Henri Samuel Formey, der sich in innerhalb der Sammlung Varnhagen befindet (im Zusammenhang einer Gesamterfassung seiner Korrespondenz)[25], zur partiellen Überprüfung (jedoch nicht Neukatalogisierung) des alten Katalogs der Sammlung Autographa[26] sowie der Verzeichnung der französischen Handschriften.[27] (Außer bei der Sammlung Autographa handelt es sich um vergleichsweise überschaubare Bestände.) Im Jahr 2017 wurde das Projekt »Alexander von Humboldts Amerikanische Reisetagebücher« abgeschlossen, in dem die Katalogisierung von Alexander von Humboldts Nachlass in Berlin und Kraków (im Umfang von 33.000 Blatt) mit einem kulturwissenschaftlichen Forschungsprojekt verbunden war.[28]

II

Konzeption und Verlauf des Humboldt-Projektes dienen auch als unmittelbares Vorbild für künftige Unternehmungen mit der Sammlung Varnhagen. Dies geht hervor aus den beiden Beiträgen von Jutta Weber, bis 2017 Leiterin des Referats Nachlässe und Autographen der Staatsbibliothek zu Berlin – Preußischer Kulturbesitz und Leiterin des Teilprojekts zur Katalogisierung des Nachlasses Alexander von Humboldts.[29] Als wichtigste Information darf dabei die Mitteilung gelten:

> Die Stiftung Preußischer Kulturbesitz und die Jagiellonen-Bibliothek haben sich im Frühjahr 2016 darauf verständigt, die elektronische Erschließung und Digitalisierung der Sammlung Varnhagen als gemeinsames Projekt mit Priorität zu verwirklichen.[30]

Weber stellt vorläufige, aber doch entschlossen klingende erste Überlegungen dazu an, wie ein Projekt dieser Art aussehen könnte. Anknüpfend an eine Äußerung Ludwig Sterns denkt sie an ein »virtuelles Museum«[31] als Ziel. Voraussetzung dafür ist, wie sie ausführt, »die elektronische Katalogisierung und Digitalisierung der Sammlung Varnhagen«.[32] Bei einer Sammlung dieser Größe ist eine Untergliederung in Teilschritte unabdingbar, Weber schlägt vor, mit der Verzeichnung der in der Sammlung Varnhagen liegenden Korrespondenzen Alexander von Humboldts zu beginnen.[33] Parallel zu der Katalogisierung soll auch mit der wissenschaftlichen Erschließung begonnen werden, wobei daran gedacht ist, »ausgehend von den ehemals faktisch existierenden Korrespondenzbeziehungen namhafter Persönlichkeiten [...] die bibliothekarische und wissenschaftliche Bearbeitung der Korrespondenz und Tagebücher ihres Bestandbildners Karl August Varnhagen von Enses« anzugehen.[34]

Wie nötig die umfassende Neukatalogisierung des Bestandes ist, die schon vor fast 20 Jahren von Konrad Feilchenfeldt gefordert wurde[35], zeigen die Beiträge von Paweł Zarychta[36], der zur Zeit an einem Projekt zur Erschließung des Nachlassteils von Rosa Maria und David Assing arbeitet.[37] Da dieser Teilbestand zu Lebzeiten Varnhagens und Ludmilla Assings nie vollständig eingearbeitet wurde, weist er eine nicht unbeträchtliche Unordnung auf, so dass sich manche Briefschaften nicht an dem Ort finden, wo man sie erwarten sollte. Für den einfachen Benutzer, der sich an die nicht nur in diesem Fall recht kursorische Bestandsaufnahme halten muss, wie sie sich in Sterns Katalog findet, müssten sie als verschollen gelten, nur eine umfassendere Erschließung führt zu dem Ergebnis, dass sie keineswegs verschollen, aber doch verlegt (und möglicherweise schon seit Ludmilla Assings Zeiten verlegt) sind und sich in anderen Kästen finden. Ähnliche Erlebnisse hatten, wie hinzuzufügen ist, auch schon andere Forscher.[38] Die relative Unabhängigkeit einiger Teile der Sammlung – so der erst nachträglich durch Ludmilla Assing hinzugekommenen Partien – macht eine unabhängige Erschließung möglich, stellt aber zugleich die Frage nach der Gesamtstruktur der Sammlung, die im folgenden noch weiterverfolgt werden soll.

Diese Frage stellt ansatzweise auch Jana Kittelmann in ihrem Beitrag zu Adelheid von Carolaths Korrespondenz mit Rahel und Karl August Varnhagen[39], die sich die Sammlung Varnhagen als »›interkonnektives‹ Freundschaftsbriefnetzwerk«[40] vorstellen möchte.[41] Da die Verfasserin – wie neben ihr auch viele andere Editoren höchst angesehener Institutionen – von den verschiedenen in Krakau befindlichen Beständen keine deutliche Vorstellung zu haben scheint – der Unterschied zwischen der Sammlung Autographa und der Sammlung Varnhagen ist ihr ungeläufig[42] –, darf man sich von ihrer Argumentation von vornherein nicht zu viel erwarten. Ihr Beitrag nimmt die in den Kulturwissenschaften seit einigen Jahrzehnten sehr produktive Metapher des Netzwerks auf. Anhand des von ihr analysierten Briefwechsels und dessen Verzweigungen skizziert sie ein solches Netzwerk und analysiert es mit der weiterführenden Fragestellung nach der Gestaltung freundschaftlicher Beziehungen. Der Beitrag erschließt neues Material aus der Sammlung Varnhagen und aus dem Nachlass Adelheid von Carolaths, der erst 2009 entdeckt wurde und sich derzeit in Branitz befindet. Deshalb ist es nicht weiter schlimm, wenn der interpretative Ertrag recht vorläufig ausfällt. Dies gilt auch ganz unabhängig von der zu geringen Kenntnis der Sammlungsbestände, unplausiblen Annahmen über vermeintlich verlorengegangene Briefe[43] und einem zum Teil anfechtbaren Verständnis einzelner Briefstellen wie auch der gesamten Korrespondenz (in der sie allzu viele selbstreflexive Bezugnahmen der Briefschreiber auf den Netzwerkcharakter des Briefwechsels und sich daran anschließende Publikationsaussichten wiederzufinden meint). Denn letztlich ist die Feststellung, dass sich Briefwechsel in Netze weiterer Korrespondenzen verzweigen und dass Korrespondenzen mit freundschaftlichen Beziehungen und deren Gestaltung einhergehen, für sich genommen noch nicht besonders erhellend, selbst wenn man diese Beziehungen durch einen Graph visualisieren kann. Der Sinn der Rede vom Netzwerk wird sich erst zeigen, wenn einmal ein großes Corpus erfasst wird[44], wobei man dann auch gerne Antworten auf die Fragen hätte, ob sich die Metapher des Netzwerks für die Darstellung eines so komplexen Gebildes wie der Sammlung Varnhagen als ganzer (oder auch nur des Rahel-Bestandes) wirklich eignet und ob sich die topologisch und quantitativ beschreibbaren Aspekte eines Netzwerks tatsächlich sinnvoll in aussagekräftige qualitative Aussagen, wie sie für die Kultur- und Literaturwissenschaften erwünscht sind, umsetzen lassen. Hier steht für die Editions- und Literaturwissenschaft insgesamt wohl noch eine detailliertere Aufarbeitung der vielfältigen Netzwerkforschung, wie sie seit den 1950er Jahren und zunächst in den Disziplinen Ethnologie und Soziologie betrieben wurde[45], bevor.[46] Sebastian Gießmann kommt in seiner Kulturgeschichte des Netzwerks zu dem Ergebnis, dass der Begriff des Kommunikationsnetzes im hier interessierenden Sinn in den 1830er Jahren durch die Technik der optischen Telegraphie fest etabliert worden ist, dass seinerzeit zwar viel über diese geschrieben wurde, sie selbst ihren kommunikativen Zweck aber kaum erfüllte.[47]

Der Geschichte eines kleinen Teils der Sammlung Varnhagen ist der Beitrag von Ingo Breuer[48] gewidmet, der sich mit dem darin befindlichen kleinen Bestand an Kleist-Handschriften befasst. Die Fragestellung ist sehr interessant, und sie verdiente auch an weiteren Kleinbeständen fortgeführt zu werden. Dass dieser Beitrag noch zu keinen haltbaren Ergebnissen gelangen konnte, liegt nicht nur daran, dass der Verfasser seine unmittelbare Vorgänger bei der Behandlung dieses Themas nicht nennt und auch nicht benutzt zu haben scheint[49], oder dass er Briefstellen missversteht oder in kaum zulässiger Weise bei ihrem Wortlaut nimmt[50], sondern daran dass er sich bei der Frage nach der Genese der Sammlung Varnhagen als einer Sammlung von ›Autographen‹ von einer bestimmten Rekonstruktion (oder einem bestimmten Verständnis einer Rekonstruktion) leiten lässt. Eine wesentliche Rolle spielt dabei die Annahme, dass das bei Varnhagen erst spät einsetzende Sammeln von Autographen (und deren Authentizität gegenüber bloßen Abschriften von Briefen wie im Fall der Kleistiana) für die Entstehung entscheidende Bedeutung gehabt habe. Eine ähnliche Auffassung wird in mehreren Aufsätzen des Bandes vertreten. Daher verdient die Frage, wann die Sammlung eigentlich entstand, womit die weiteren Fragen verbunden sind, wie sie zu bezeichnen wäre und was die Prinzipien ihrer materiellen Anordnung und ihres intendierten Zusammenhangs sind, ein näheres Eingehen.

III

Varnhagen schreibt in der Schenkungsurkunde vom 7. Dezember 1856, mit der er seiner Nichte seinen Nachlass übermachte, er habe ihr »alle meine Bücher und Schriften, alle litterarischen Papiere und Sammlungen« übereignet.[51] Diese enumerative Formulierungsweise gehört zum Stil von Testamenten, wo detaillierende Genauigkeit in der Aufzählung wünschenswert ist[52], ihr entspricht aber auch die Vielgestaltigkeit der Sammlung, von der man vielleicht ohnehin am besten im Plural sprechen sollte, wenn man deren Binnenstruktur im Blick hat. Die enumerative Formulierungsweise kehrt wieder in Ludmilla Assings italienischem Testament vom 15. Juli 1876 sowie in dem Schreiben an die Königliche Bibliothek zu Berlin vom 5. Juli 1876, wo sie dieser »die Bücher, Briefschaften, Sammlungen, Manuskripte, Bilder, Ausschnitte, Büsten, Statuetten und Autographen meines Onkels Varnhagen von Ense, sowie meine eigenen Papiere« testamentarisch vermachte.[53] Als Namen für die Schenkung schlug sie (an derselben Stelle) »Varnhagen von Ense'sche Sammlung« vor, da der Singular für die Gesamtheit dieser einzelnen Teile die einzig sinnvolle Bezeichnung war, und unter diesem Titel erschien auch der Katalog Ludwig Sterns im Jahr 1911. Im Schema der Berliner Staatsbibliothek (wie auch vieler anderen Bibliotheken) wurde diese Bezeichnung zu »Sammlung Varnhagen«, einer engen Apposition, in der der Bestandsbildner rechts von der Gattungsbezeichnung zu stehen kommt (ähnlich auch »Sammlung Darmstaedter«, »Sammlung Carl Robert Lessing« etc.), während eine »Varnhagen-Sammlung« oder eine »Lessing-Sammlung« ein Bestand mit Varnhagen- bzw. Lessing-Handschriften oder -Materialien wäre.[54] Im frühen 20. Jahrhundert waren auch die Bezeichnungen »Varnhagen-Archiv« (so gelegentlich in Arbeiten zu Rahel Varnhagen, etwa bei Otto Berdrow oder Hannah Arendt, der dann manchmal auch neuere Rahel-Forscherinnen folgen)[55] oder vereinzelt auch »Varnhagen-Papiere«[56] geläufig, und es mag noch weitere informelle Bezeichnungen geben.

Varnhagen hat selbst wenigstens an einer Stelle (in einer Aufzeichnung vom 27. März 1842) auch von seiner »Sammlung von Autographen« im Sinne einer Bezeichnung für das Ganze seiner Sammlungen gesprochen.[57] Auch Ludwig Stern sprach dann von einer Autographensammlung[58], und ihm schloss sich Nikolaus Gatter an, dem nun auch Ingo Breuer, Katarzyna Jaśtal[59], Jana Kittelmann und Jutta Weber folgen. Breuer zieht aus dem vermeintlichen Charakter der Sammlung Varnhagen als einer Autographensammlung weitreichende Schlüsse über die Wandlung von Varnhagens Sammelverständnis seit dem Beginn der 1840er Jahre. Auch die übrigen genannten Verfasser scheinen mit dieser Bezeichnung grundsätzliche Annahmen über Struktur und Eigenart der Sammlung Varnhagen zu verbinden, die durch die bloße Bezeichnung nahegelegt werden, von denen aber zweifelhaft scheint, ob sie tatsächlich zutreffen.

Eine Autographensammlung besteht im gewöhnlichen Wortgebrauch aus Autographen von fremder Hand, nicht aus eigenen, die ein Autor im Normalfall einfach besitzt und nicht sammelt, andernfalls wäre Goethe – der ebenfalls Handschriften bekannter Persönlichkeiten sammelte[60] – zu seinen Lebzeiten der bedeutendste aller Goethe-Sammler gewesen, was aber nur dann der Fall wäre, wenn er sich die Goethe-Handschriften seines Archivs erst mühsam hätte besorgen müssen. Varnhagen hat, wie erwähnt, Anfang der 1840er Jahre tatsächlich damit begonnen, Autographe zu sammeln. Am 27. Oktober 1842 schreibt er an Ignaz Paul Vital Troxler (der letzte vorhergehende Brief an Troxler datierte vom 26. August 1841): »Ich bin, seit kurzem erst, ein Autographensammler geworden«[61]; die zitierte Äußerung vom 27. März 1842 stammt also aus der Zeit kurz nach Beginn seiner Tätigkeit als Autographensammler. Ähnlich äußert er sich auch in übrigen einschlägigen Bittbriefen aus diesen Jahren. Hier ist mit Autographensammeln zweifellos das gemeint, was man gewöhnlich unter dieser Bezeichnung zu verstehen pflegt, das Sammeln von einzelnen, möglichst eigenhändigen und eigenhändig unterschriebenen Schriftstücken mehr oder weniger bekannter Persönlichkeiten, wobei es auf den Inhalt der Schriftstücke nicht in erster Linie ankommt. Varnhagen stürzte sich – anders als der von ihm seinerseits zum Sammeln angeregte Troxler – nicht auf die ganz großen Namen Kant, Hamann, Herder, Tieck und Friedrich von Hardenberg usw. (doch hätte er Schriftstücke von deren Hand, hätte man sie ihm geben wollen, nicht verschmäht), sondern nahm durchaus mit den weniger prominenten Gestalten der ersten oder auch der zweiten Reihe vorlieb, wie aus dem zitierten Brief weiter hervorgeht: »Ich habe nichts vom alten Haller, nichts vom jüngern, von Geßner, Pestalozzi, Zschokke, Laharpe, Rengger, von beiden Usteri's nichts.«

Dass Varnhagen seit 1841/42 Autographe sammelte, heißt aber nicht, dass seine Sammlungen erst in dieser Zeit entstanden wären, wie Gatter aus der Kombination der Notiz vom 27. März 1842 und Briefen, wie dem an Troxler vom 27. Oktober 1842, geschlossen oder doch nahegelegt hat.[62] Johannes Schulze sprach, wie zitiert, bereits Ende 1836 von Varnhagens Sammlung[63], und es kann niemand entgehen (und ist faktisch auch Gatter nicht entgangen), dass diese nicht erst seit den 1840er

Jahren entstand. Welche Veränderungen das Einsetzen des Autographensammelns für Varnhagens Sammeltätigkeit und für die Anordnung der Sammlungen trotzdem gehabt haben mag, wäre im Detail erst noch zu bestimmen. Noch Ludmilla Assing zählt, wie zitiert, »die Bücher, Briefschaften, Sammlungen, Manuskripte, Bilder, Ausschnitte, Büsten, Statuetten und Autographen meines Onkels Varnhagen von Ense, sowie meine eigenen Papiere« auf und hält die Autographe von den Sammlungen und Manuskripten getrennt. In dieser Form ist die Sammlung nach Ludmilla Assings Tod auch in den Besitz der Bibliothek gelangt, wie sich aus den Akten zur Übergabe ergibt.[64]

Ludwig Stern hat, wie er 1911 ausdrücklich bemerkt, die »ganze Sammlung nach Maßgabe der alphabetischen Verzeichnung aufs neue geordnet und in gleichmäßigen Foliokästen mit durchgehender Zählung verwahrt«, wobei die übrigen Briefschaften, Sammlungen und Manuskripte in die alphabetische Ordnung der Autographe integriert wurden, »ganz wie es für die sonstigen Autographe der Königl. Bibliothek durchgeführt ist«.[65] Die Sammlung Autographa wurde seit 1894 einer konsequenten alphabetischen Ordnung unterworfen[66], der alte Katalog der Sammlung Varnhagen von 1893 dürfte deren älteren Zustand vor diesem erneuten Durchgang repräsentieren. Wie Gatter schreibt, lässt »die heute vorfindliche Gliederung [...] kaum Rückschlüsse auf die einstige Anordnung zu«.[67] Trotzdem scheint Gatter an derselben Stelle und andernorts behaupten zu wollen, die Sammlung sei insgesamt alphabetisch sortiert gewesen[68], was, in allgemeiner Form aufgefasst, sicher unzutreffend wäre. Die beiden von Gatter als Belege angeführten Zeugnisse zeigen nur, dass Varnhagen seine biographischen Notizen und zugehörigen Manuskripte alphabetisch anordnete, über die Gesamtstruktur konnten die Berichterstatter Ferdinand Lassalle und Max Ring kaum genau Bescheid wissen. Für ein alphabetisches Prinzip dieser Notizen und Manuskripte spricht auch, dass – wie Ludwig Stern angibt – Varnhagen selbst sein Stammbuch in seine Einzelblätter zerlegt und über die Sammlung verteilt hat[69], doch zeugt auch dies zunächst nur von einer alphabetischen Ordnung der Briefschaften und biographischen Notizen. Unklar scheint nach den überlieferten Nachrichten, ob es eine Trennung zwischen den gesammelten Autographen im engeren Sinn und den sonstigen, von Varnhagen und Ludmilla Assing so genannten »Briefschaften« und »Sammlungen«, womöglich nach getrennten Alphabeten, gab und wie groß diese einzelnen Teilsammlungen jeweils waren. Erst durch Stern jedenfalls ist aus den Varnhagenschen Sammlungen eine insgesamt alphabetisch geordnete Autographensammlung geworden, er muss dabei aber im einzelnen manchmal – wie Zarychtas Ausführungen zu der Assingschen Teilsammlung zeigen – recht pauschal verfahren sein, so wohl auch bei den im engeren Sinn Varnhagenschen und den Rahelschen Papieren.

Das Bedenkliche der Angleichung der Varnhagenschen Sammlungen an eine Autographensammlung nach Art der Sammlung Autographa liegt darin, ihr deren einfachen additiven Aufbau ohne weiteres als Struktur zugrundezulegen. Da es in den einzelnen Varnhagenschen Sammlungen zweifellos Störungen in der Anordnung gibt, die bei oder nach einer Neukatalogisierung auf die eine oder andere Weise zu beheben sein werden, so können unzutreffende Annahmen über die ursprüngliche Anordnung nur allzu leicht dazu beizutragen, dass die letzten Spuren von deren tatsächlicher Anordnung ignoriert oder sogar beseitigt werden. (Für die gründliche

Zerstörung der Ordnung selbst wohlüberlieferter Nachlässe durch wohlmeinende, aber unvorsichtige Bearbeiter gibt es genug Beispiele, für Berlin mag es genügen, an den Ranke-Nachlass zu erinnern und an die jahrelange Arbeit, die nötig war, um das einmal angerichtete Unheil wieder rückgängig zu machen.[70]) Am Anfang der Erschließung der Sammlung Varnhagen sollte jedenfalls der Versuch stehen, ein möglichst klares Bild von deren ursprünglichen Aufbau zu gewinnen, der nicht uniform und nicht insgesamt einer alphabetischen Ordnung unterworfen war. Die unspezifierte Redeweise von der Sammlung Varnhagen als einer »Autographensammlung« sollte am besten fallengelassen und Bibliothekaren vorbehalten werden.

Es verdient zuletzt hervorgehoben zu werden, dass Gatter hinsichtlich der Struktur und dem Zweck der Sammlung insgesamt eine differenziertere Auffassung vertritt, als es nach der vorangehenden Darstellung vielleicht erscheinen könnte. Er bemerkt, das von Varnhagen eigentlich erstrebte Ziel sei eine »Zusammenführung wechselseitiger Kommunikationsstränge« gewesen, die durch das »Synchronisieren von Mappeninhalt, Diaristik und parallelen Überlieferungen« (man könnte sagen: »Briefschaften, Sammlungen, Manuskripte[n] […] und Autographen«) den »geselligen Kontext, den die Teilnehmer zu Lebzeiten bildeten«, erschließt.[71] Und diese Zwecksetzung dürfte sich zumindest teilweise – in den von Varnhagen am ausgiebigsten bearbeiteten Beständen – auch in der Einzelanordnung niedergeschlagen haben, wenngleich das Ziel weder durch Varnhagen selbst in der Sammlung als ganzer noch auch in seinen eigenen und in Ludmilla Assings Publikationen ganz umgesetzt werden konnte. Gatters Formulierung scheint aber gut geeignet, um das der Sammlung zugrundeliegende Prinzip zumindest hypothetisch zu formulieren. Man sollte diese von Varnhagen intendierten Zusammenhänge nachvollziehbar machen, sie zu der erschließbaren Anordnung der Archivalien in Beziehung setzen und Wege finden, sie unter möglichst weitgehender Wahrung des archivalischen Befundes noch deutlicher zu artikulieren, als es Varnhagen und Ludmila Assing möglich war. Die digitale Sammlung Varnhagen könnte auf dieser Weise doch noch zu der ihr eigentlich zugedachten Form finden.

IV

Die Varnhagenschen Sammlungen sind nicht eine lose Menge von ›Überresten‹, sondern eine bewusst, wenn auch das Ganze nicht bis ins Einzelne durchdringend gestaltete ›Tradition‹. Der seitherige Umgang mit den Papieren hat gezeigt, dass spätere Editoren und Benutzer Varnhagen eigentlich immer als einen Konkurrenten empfunden haben, den zu denunzieren keine noch so weit hergeholte Behauptung unpassend erschien. Man unterstellte ihm unlautere Absichten, Lügen, Intrigen, Fälschungen, Zensureingriffe, Verstümmelungen usw.[72] Da spätere Forscher aus den ›Überresten‹ eigenständig die von ihnen als relevant erachteten Zusammenhänge konstruieren wollten, mochte eine bereits bestehende ›Tradition‹ nur als hinderlich erscheinen, so dass die Versuchung groß war, diese nach Möglichkeit zu ignorieren und deren Urheber zu verleumden. Wie sich vor allem in der Rahel-Forschung gezeigt hat, war der von Varnhagen bereitgestellte Zusammenhang dann aber doch unerlässlich, so dass neben die anfangs vollmundige Herabwürdigung bei gleichzeitig bestehender stillschweigender Abhängigkeit von seinen Vorgaben später auch eine bedingte Anerkennung und zuletzt wohl sogar die volle Übernahme seines Überlieferungsverständnisses trat.[73]

Leider schlägt auch Bernd Füllner in einem Beitrag über den Briefwechsel zwischen Heine und Varnhagen[74] in diese Kerbe, wenn er die Verstümmelung eines Heine-Briefes in der Sammlung Varnhagen behandelt, wobei er allerdings – wie üblich ohne Argument, doch ohne den sonst üblichen denunziatorischen Eifer – Ludmilla Assing verdächtigt.[75] Man könnte solchen Ausführungen mit der alten Disputationsregel »quod gratis asseritur gratis et negatur« begegnen, wenn sie nicht ein echtes Desiderat der Forschung anzeigten. Über den Umgang Varnhagens und Ludmilla Assings mit den Handschriften in ihren Sammlungen ist tatsächlich noch zu wenig bekannt; das wenige Bekannte fiel im Lauf der Forschungen zu den Briefen Rahel Varnhagens an.[76]

Daher ist der Beitrag von Wolfgang Bunzel[77] besonders zu begrüßen, da er die Handschriften von Varnhagens Tagebuchaufzeichnungen, die dieser zwischen 1834 und 1858 führte, genauer untersucht und von ihrer ›Materialität‹ her deutet und sie zugleich auf ihre Funktion hin befragt, welche er als »private Zeitung« in einer Zeit strenger öffentlicher Zensur bestimmt.[78] Bunzel nimmt in diesem Zusammenhang gelegentlich auch Stellung zu einzelnen Punkten einer zwischen Nikolaus Gatter und Konrad Feilchenfeldt geführten Debatte um das Verhältnis von Nachlass, Diaristik und Autobiographie bei Varnhagen und um den ›Gattungscharakter‹ der Tagebuchaufzeichnungen.[79] Die damalige Auseinandersetzung, die an einer Überprofilierung der gegensätzlichen Positionen und teils auch an einer übergeneralisierenden Beanspruchung einzelner, als für grundsätzliche Fragen aussagekräftig erachteter Belegstellen litt, wird dadurch keineswegs entschieden, doch verträgt sie vielleicht auch keine Fortsetzung auf dem seinerzeit auf beiden Seiten eingenommenen Niveau der Allgemeinheit. Stattdessen sollte endlich die Erschließung und Publikation der Tagebücher ins Werk gesetzt werden, so dass generelle Fragen dann anhand besserer Kenntnis des Textbestandes und des materiellen Befundes wieder aufgenommen werden können. Mit Fragen der Kommentierung der Tagebücher befasst sich der Beitrag von Nikolaus Gatter[80], der unter einem potentiell irreführenden Titel (»›… gleichsam die andere Hälfte des Werks!‹ Was in der Varnhagensammlung fehlt – ein Werkstattbericht«) auftritt: Der Aufsatz handelt von den Mitteln und Wegen, mit denen sich die zahlreichen in den Tagebüchern erwähnten Personen identifizieren und ihre Lebensumstände ermitteln lassen, wofür die durch Varnhagen selbst in seinen Notizen und Aufzeichnungen gegebenen Hinweise keineswegs ausreichen.

Die Notwendigkeit und Wünschbarkeit einer vollständigen Edition der Tagebücher dürfte unumstritten sein: »Seit hundert Jahren eigentlich unentbehrlich, aber seither entbehrt, ist eine vollständige, durch ein sorgfältiges Register erschlossene Edition der Tagebücher.«[81] Bunzel beschließt seine Ausführungen sinngemäß mit einer Wiederholung dieser Forderung und plädiert dafür, die vor allem durch den Umfang des Materials bedingten und kaum lösbar erscheinenden Probleme durch Zusammenarbeit mehrerer Forscher in einer digitalen Edition anzugehen. Seine Annahme, »die Möglichkeiten digitaler Edition« erlaubten es, »ein derart umfangreiches Handschriftenkonvolut in sehr viel kürzerer Zeit zu bewältigen«, als es im verflossenen Zeitalter der bloßen Buchedition möglich gewesen wäre[82], zeugt von einer Zuversicht, wie sie am Beginn eines solchen Unternehmens durchaus nötig sein dürfte. Schon wegen der Wichtigkeit der Tagebücher und der ungelösten Frage der Langzeitverfügbarkeit digitaler Editionen, aber auch mit Rücksicht auf die Lesbarkeit eines so umfangreichen Textbestandes wäre zumindest eine abgeleitete Buchausgabe der Texte wünschenswert; es gibt dafür ja Vorbilder, im engeren Umkreis der Vormärz-Forschung etwa die Gutzkow-Edition.[83]

Da die Sammlung Varnhagen keine bloße Sammlung von Überresten ist, da die Erschließung ohnehin in Schritten vor sich gehen muss und da Varnhagens Tagebücher einen wesentlichen ›Strang‹ des Kommunikationsgeflechts bilden, um deren ›Zusammenführung‹ es (im Anschluss an Gatters Formulierung von der »Zusammenführung wechselseitiger Kommunikationsstränge« durch das »Synchronisieren von Mappeninhalt, Diaristik und parallelen Überlieferungen«) zu tun sein sollte, so ist die von Bunzel und Gatter vorgeschlagene editorische und kommentierende Erschließung der Tagebücher nicht bloß ein wesentliches und bereits über ein Jahrhundert altes Desiderat der Varnhagen-Forschung im engeren Sinn, sondern sie scheint tatsächlich geeignet, parallel zur bibliothekarischen Erfassung den Ausgangspunkt für die grundlegende Erschließung der Sammlung zu bilden, auf deren Beginn man schon viel zu lange hat warten müssen. Die ersten Schritte auf diesem Weg sind in den Beiträgen der beiden besprochenen Vortragsreihen getan. Jetzt käme es darauf an, die organisatorischen und wissenschaftspolitischen Voraussetzungen zu schaffen, um ein solches Vorhaben endlich Wirklichkeit werden zu lassen.

Anmerkungen

1 »Die Sammlung Varnhagen als Herausforderung der Germanistik. Sektion im Rahmen der Internationalen wissenschaftlichen Konferenz des Verbandes Polnischer Germanisten »Zwischen Kontinuität und Modernität. Metawissenschaftliche und wissenschaftliche Erkenntnisse der germanistischen Forschung in Polen« in Warszawa, 29. bis 31. Mai 2015.« – In: Internationales Jahrbuch der Bettina-von-Arnim-Gesellschaft 28/29 (2016/17), S. 11–160 (mit Beiträgen von Jutta Weber, Paweł Zarychta, Wolfgang Bunzel, Ingo Breuer, Jana Kittelmann, Bernd Füllner, Nikolaus Gatter; im Folgenden abgekürzt zitiert als JbBvA).

2 »Nachlass und Nachleben.« – In: Briefnetzwerke um Hermann von Pückler-Muskau. Hrsg. v. Jana Kittelmann. Im Auftrag der Stiftung Fürst-Pückler-Museum Park und Schloss Branitz. Dresden 2015 (Edition Branitz 11), S. 185–236 (mit Beiträgen von Jutta Weber, Katarzyna Jaśtal, Nikolaus Gatter, Paweł Zarychta; (im Folgenden abgekürzt zitiert als EB).

3 Siehe Nikolaus Gatter: Tagungsbericht. Bestände der ehemaligen Preußischen Staatsbibliothek zu Berlin in der Jagiellonen-Bibliothek. Forschungsstand und -perspektiven, 01.06.2017–03.06.2017 Kraków. – In: H-Soz-Kult, 23.06.2017, URL: https://www.hsozkult.de/conferencereport/id/tagungsberichte-7222 [letzter Zugriff: 21.06.2019]. – Begleitend fand eine Ausstellung statt, zu der ein Katalog erschienen ist: Zbiory z byłej Pruskiej Biblioteki Państwowej w Berlinie przechowywane w Bibliotece Jagiellońskiej – stan i perspektywy badań. Katalog wystawy, 2–30 czerwca 2017. Bestände der ehemaligen Preußischen Staatsbibliothek zu Berlin in der Jagiellonen-Bibliothek: Forschungsstand und -perspektiven. Ausstellungskatalog, 2.–30. Juni 2017. Red. Katarzyna Jaśtal und Monika Jaglarz. Kraków 2017.

4 Barbara Schneider: Johannes Schulze und das preußische Gymnasium. Frankfurt a. M. [u. a.] 1989 (Europäische Hochschulschriften XI/363), S. 533.

5 Siehe etwa die bei Konrad Feilchenfeldt: Varnhagen von Ense als Historiker. Amsterdam 1970, S. 226, Anm. 229 nachgewiesenen, teils gedruckten, teils unveröffentlichten Briefe, sowie Nikolaus Gatter: »Gift, geradezu Gift für das unwissende Publikum«. Der diaristische

Nachlaß von Karl August Varnhagen von Ense und die Polemik gegen Ludmilla Assings Editionen (1860–1880). Bielefeld 1996, S. 259 f. Ferner Rudolf (?) und Heinrich Brockhaus an K. A. Varnhagen von Ense, 8. Mai 1855, Begleitschreiben zu einer Sendung von 22 Autographen, Deutsche Nationalbibliothek, Leipzig, Sammlung Göpfert, Signatur 1995/Arch/48.

6 Vgl. Karl Rosenkranz an Theodor von Schön, 5. Februar 1849. – In: Karl Rosenkranz: Briefe 1827 bis 1850. Hrsg. v. Joachim Butzlaff. Berlin, New York 1994 (Quellen und Studien zur Philosophie 37), S. 415 f.

7 Vgl. Johann Gustav Droysen: Grundriß der Historik (1882). – In: Ders.: Historik. Bd. 1: Rekonstruktion der ersten vollständigen Fassung der Vorlesungen (1857). Grundriß der Historik in der ersten handschriftlichen (1857/1858) und in der letzten gedruckten Fassung (1882). Hrsg. v. Peter Leyh. Stuttgart-Bad Cannstatt 1977, S. 426 f. Siehe dazu Ernst Bernheim: Lehrbuch der historischen Methode und der Geschichtsphilosophie. 5.–6. Auflage. Leipzig 1908. ND New York 1960, bes. S. 255–259; Alfred Heuß: Überrest und Tradition. Zur Phänomenologie der historischen Quellen (1935). – In: Ders.: Gesammelte Schriften. Hrsg. v. Jochen Bleicken. Stuttgart 1995, Bd. III, S. 2289–2338; Günter Johannes Henz: Elemente einer Allgemeinen historischen Quellenkunde. – In: Archiv für Kulturgeschichte 56 (1974), S. 1–24.

8 Hans Lülfing: Die Handschriftenabteilung. Von der Gründung der Kurfürstlichen Bibliothek bis zum Beginn des 19. Jahrhunderts. – In: Deutsche Staatsbibliothek. 1661–1961. Bd. 1: Geschichte und Gegenwart. Red. Horst Kunze. Leipzig 1961, S. 319–380, hier: S. 352; siehe auch Eugen Paunel: Die Staatsbibliothek zu Berlin. Ihre Geschichte und Organisation während der ersten zwei Jahrhunderte seit ihrer Eröffnung 1661–1871. Berlin 1965, S. 370.

9 »Die Varnhagen von Ensesche Sammlung nebst den von Ludmilla Assing hinterlassenen Papieren«, Staatsbibliothek zu Berlin – Preußischer Kulturbesitz (445 Bl.), Ms. Cat. A 498 (vgl. Helga Döhn: Die Sammlung Autographa der ehemaligen Preußischen Staatsbibliothek zu Berlin. Autographenkatalog auf CD-ROM. Wiesbaden 2005 [Staatsbibliothek zu Berlin – Preußischer Kulturbesitz. Kataloge der Handschriftenabteilung II/7], S. 14, Anm. 20; zur Identifikation der Hand – offenbar nicht die Ludwig Sterns – vgl. ebd., S. 19); Ludwig Stern: Die Varnhagen von Ensesche Sammlung in der Königlichen Bibliothek zu Berlin. Berlin 1911. Siehe dazu Gatter: »Gift, geradezu Gift für das unwissende Publikum« [Anm. 5], S. 257–321; ders.: »Sie ist vor allen die *meine*«. Die Sammlung Varnhagen bis zu ihrer Katalogisierung. – In: Almanach der Varnhagen-Gesellschaft 1 (2000), S. 239–271.

10 Zu den aus der Sammlung erarbeiteten Editionen und Studien vgl. Ursula Wiedenmann: Karl August Varnhagen von Ense. Ein Unbequemer in der Biedermeierzeit. Stuttgart, Weimar 1994, S. 73–142; Claudia Christophersen: »... es ist mit dem Leben etwas gemeint«. Hannah Arendt über Rahel Varnhagen. Mit einer Edition des Briefwechsels zwischen Hannah Arendt und Klaus Piper über Rahel Varnhagen. Königstein/Ts. 2002, S. 88–106; Dietmar Pravida: Die Erfindung des Rosenkranzes. Untersuchungen zu Clemens Brentanos Versepos. Frankfurt a. M. [u. a.] 2005 (Forschungen zum Junghegelianismus 13), S. 152–160.

11 Vgl. Helga Döhn: Sammlung Varnhagen. Zeitungen und Zeitungsausschnitte aus den alten Kästen 300 und 302 bis 307. Katalog (masch.), Staatsbibliothek zu Berlin – Preußischer Kulturbesitz. Berlin o. J. (48 Bl.); Eva Ziesche: Verzeichnis der Nachlässe und Sammlungen der Handschriftenabteilung der Staatsbibliothek zu Berlin Preußischer Kulturbesitz. Wiesbaden 2002 (Staatsbibliothek zu Berlin – Preußischer Kulturbesitz. Kataloge der Handschriftenabteilung II/8), S. 6 und S. 89. Benutzt wurden die Zeitungsausschnitte in den Kästen 302–306 von Gatter. Vgl. Gatter: »Gift, geradezu Gift für das unwissende Publikum« [Anm. 5], S. 472.

12 Siehe den lebhaften Bericht von Deborah Hertz: Vorwort. – In: Briefe an eine Freundin. Rahel Varnhagen an Rebecca Friedländer. Hrsg. v. Deborah Hertz. Köln 1988, S. 9–15, hier S. 10–12.

13 Vgl. Friedhilde Krause: Aktivitäten der Deutschen Staatsbibliothek zur Rückführung von Beständen aus Polen. – In: Die Beziehungen der Berliner Staatsbibliothek nach Polen. Re-

flexionen zur Zeit- und Bestandsgeschichte. Hrsg. von Antonius Jammers. Wiesbaden 1997 (Beiträge aus der Staatsbibliothek zu Berlin – Preußischer Kulturbesitz 5), S. 159–179, hier S. 176.

14 Lebe der Liebe und liebe das Leben. Der Briefwechsel von Clemens Brentano und Sophie Mereau. Mit einer Einleitung hrsg. v. Dagmar von Gersdorff. Frankfurt a. M. 1981; siehe dazu die Rezension von Konrad Feilchenfeldt in: Zeitschrift für deutsche Philologie 101 (1982), S. 596–603.

15 Vgl. Barbara Hahn: Von Berlin nach Krakau. Zur Wiederentdeckung von Rahel Levin Varnhagens Korrespondenzen. Berlin 1989 (Berliner Wissenschaftlerinnen stellen sich vor 4), S. 2.

16 Vgl. Zdzisław Pietrzyk: Les collections de l'ancienne Bibliothèque nationale de Prusse à la Bibliothèque Jagellone de Cracovie. – In: La Revue de la BNU 5 (2012), S. 54–65, hier S. 64. – Ältere Versionen dieses Beitrags sind: Zdzisław Pietrzyk: Book Collections from the Former Preussische Staatsbibliothek in the Jagiellonian Library. – In: Polish Libraries Today 6 (2005), S. 81–87 (der ganze Band ist mit »Foreign Collections in Polish Libraries« befasst), und ders.: Zbiory z byłej Pruskiej Biblioteki Państwowej w Bibliotece Jagiellońskiej. – In: Alma Mater. Miesięcznik Uniwersytetu Jagiellońskiego 100 (Februar 2008), S. 15–19.

17 Hier ist mit bibliographischen Entdeckungen zu rechnen, die auch von wissenschaftsgeschichtlichem Interesse sein können; Hans Gerth: Die sozialgeschichtliche Lage der bürgerlichen Intelligenz um die Wende des 18. Jahrhunderts. Ein Beitrag zur Soziologie des deutschen Frühliberalismus. Berlin 1935 (eine 1933 an der Universität Frankfurt a. M. abgeschlossene Dissertation), schreibt S. 61, Anm. 72, zu von ihm angeführten Zitaten aus Briefen von Rahel Robert an Rebecca Friedländer und an Ludwig Robert über Fichte: »Varnhagen-Archiv, Staatsbibliothek Berlin. Den Hinweis und die Zitate verdanke ich Dr. Hannah Stern-Arendt.« Hannah Arendts Buch über Rahel Varnhagen erschien erstmals 1957 in englischer Übersetzung.

18 Bundesgesetzblatt 1991, Nr. 33, Teil II, S. 1315–1326, hier S. 1323, Art. 28 (2) und (3).

19 Jakub Gortat: ›Berlinka‹. Ein besonderer deutsch-polnischer Erinnerungsort. – In: Convivium. Germanistisches Jahrbuch Polen 2017 (2018), S. 105–128, wo auch einschlägige polnische Arbeiten jüngeren und jüngsten Datums genannt sind. Zu den rechtlichen Fragen und den denkbaren Lösungen siehe – aus einer sehr umfangreichen Literatur – u. a. Christoff Jenschke: Der völkerrechtliche Rückgabeanspruch auf in Kriegszeiten widerrechtlich verbrachte Kulturgüter. Berlin 2005 (Schriften zum Völkerrecht 153), bes. S. 104 f., 310 ff. zu deutsch-polnischen Angelegenheiten.

20 Den vorerst letzten, seit mehr als zehn Jahren unveränderten Stand der Verhandlungen dokumentiert die Antwort der Bundesregierung auf eine Kleine Anfrage »Rückführung deutscher Kunstschätze und Kulturgüter aus Polen, Russland und den Nachfolgestaaten der Sowjetunion«, Deutscher Bundestag, Drucksache 19/1045 (vom 2. März 2018); siehe auch: Wissenschaftliche Dienste des Deutschen Bundestags: Sachstand. Fragen zur Arbeit des Sonderbotschafters für die Restitution von kriegsbedingt verlagerten deutschen Kulturgütern aus Polen und der Ukraine, Aktenzeichen WD 10–3000–045/17 (vom 25. Juli 2017). Die Haltung der polnischen Seite geht u. a. hervor aus Piotr Lechowski: Sporna Berlinka. Kontrowersje wokół zbiorów byłej Pruskiej Biblioteki Państwowej przechowywanych w Bibliotece Jagiellońskiej w Krakowie. – In: Biuletyn EBIB Nr. 8/2008 (99), URL: http://ebib.pl/2008/99/a.php?lechowski [letzter Zugriff: 21.06.2019]; weitgehend gleichlautend bereits ders.: Die »Berliner Sammlungen« in der Jagiellonischen Bibliothek Krakau. – In: Inter Finitimos. Jahrbuch zur deutsch-polnischen Beziehungsgeschichte 7 (1995), Nr. 15/16, S. 9–15.

21 Nach Werner Schochow: Bücherschicksale. Die Verlagerungsgeschichte der Preußischen Staatsbibliothek. Auslagerung, Zerstörung, Entfremdung, Rückführung. Dargestellt aus den Quellen. Berlin, New York 2003 (Veröffentlichungen der Historischen Kommission zu Berlin 102), S. 48, wo von »wohl 118 000 Dokumenten, in über 300 Kapseln« in der Sammlung Varnhagen die Rede ist; an anderer Stelle (S. 118) sind es »rund 200 000 literarische Autographe namentlich des 18. und 19. Jahrhunderts aus den Sammlungen ›Autographa‹

und ›Varnhagen‹«. Dagegen nennt Ralf Breslau (Red.): Verlagert, verschollen, vernichtet ... Das Schicksal der im 2. Weltkrieg ausgelagerten Bestände der Preußischen Staatsbibliothek. Berlin 1995, S. 9, einen Umfang von »ca. 300.000 Stück« für die Sammlung Varnhagen und »über 210.000 Stück« für die alte Sammlung Autographa. Ähnliche Zahlen – »etwa 300 000« für die Sammlung Varnhagen und »mehr als 220 000« für die Sammlung Autographa im Jahr 1939 (d. h. für den alten Gesamtbestand des Jahres 1939, der abgesehen von wenigen Ausnahmen nach Kraków gelangte) – finden sich auch bei Barbara Schneider-Kempf: Geleitwort. – In: Döhn: Die Sammlung Autographa [Anm. 9], S. 7–8, hier S. 7.

22 Vgl. Pietrzyk: Les collections de l'ancienne Bibliothèque nationale de Prusse [Anm. 16], S. 59.

23 Vgl. Antonius Jammers: Die Zusammenarbeit der Staatsbibliothek zu Berlin mit polnischen Bibliotheken. – In: Die Beziehungen der Berliner Staatsbibliothek nach Polen [Anm. 13], S. 10–23.

24 Catalogue of Early Music Prints from the Collections of the Former Preussische Staatsbibliothek in Berlin, Kept at the Jagiellonian Library in Cracow. Ed. by Aleksandra Patalas. Kraków 1999.

25 La Correspondance de Jean Henri Samuel Formey 1711–1797. Inventaire alphabétique. Établi sous la direction de Jens Häseler. Avec la bibliographie des écrits de Jean Henri Samuel Formey établie par Rolf Geissler. Paris 2003 (Vie des Huguenots 29).

26 Döhn: Die Sammlung Autographa [Anm. 9]. Zur Art und Weise der Bestandserfassung vgl. ebd., S. 30 f.

27 Piotr Tylus: Manuscrits français de la collection berlinoise disponibles à la Bibliothèque Jagellone de Cracovie (XVIe-XIXe siècle). Kraków 2010.

28 Zu den Projektergebnissen siehe: humboldt.staatsbibliothek-berlin.de/werk/ [letzter Zugriff: 21.06.2019]. Siehe auch Dominik Erdmann, Jutta Weber: Nachlassgeschichten. Bemerkungen zu Humboldts nachgelassenen Papieren in der Berliner Staatsbibliothek und der Biblioteka Jagiellońska Krakau. – In: Humboldt im Netz. Internationale Zeitschrift für Humboldt-Studien 16 (2015), Nr. 31, S. 58–77.

29 Jutta Weber: Die Sammlung Varnhagen. – In: EB [Anm. 2], S. 185–196; dies.: Ein großes Museum des 19. Jahrhunderts. Die Sammlung Varnhagen wartet auf ihre Eröffnung. – In: JbBvA [Anm. 1], S. 19–30.

30 Ebd., S. 26.

31 Ebd., S. 22.

32 Ebd.

33 Ebd., S. 26.

34 Ebd., S. 28.

35 Konrad Feilchenfeldt: Weibliche Autorschaft und das Briefgenre. Rahel-Varnhagen-Philologie im Zeichen der Nachlaß-Edition aus dem Krakauer Depot. – In: Rahel Levin Varnhagen. Studien zu ihrem Werk im zeitgenössischen Kontext. Hrsg. v. Sabina Becker. St. Ingbert 2001, S. 259–285, hier S. 261.

36 Paweł Zarychta: »Fremde Hände werden es nicht beachten«. Der Nachlass Rosa Maria und David Assings in der Sammlung Varnhagen in den Beständen der Biblioteka Jagiellońska in Krakau — Ergebnisse einer ersten Bestandsaufnahme. – In: EB [Anm. 2], S. 227–236; ders.: Zum Nachlass Rosa Maria und David Assings in Krakau oder: Warum die Sammlung Varnhagen neukatalogisiert werden sollte. – In; JbBvA [Anm. 1], S. 31–50.

37 Siehe auch Paweł Zarychta: Woran können Archive erinnern? Die Kästen Rosa Maria und David Assings in der Sammlung Varnhagen in den Beständen der Biblioteka Jagiellońska in Krakau. – In: Pamięć – dyskurs – tożsamość. Rozważania interdyscyplinarne. Hrsg. v. Joanna Godlewicz-Adamiec und Dominika Wyrzykiewic. Warszawa 2018, S. 205–217.

38 Vgl. etwa Barbara Hahn: »Antworten Sie mir!« Rahel Levin Varnhagens Briefwechsel. Basel, Frankfurt a. M. 1990, S. 40 f., und Nikolaus Gatter: »1848. Vorsichtig!« Die »Sammlung Varnhagen« und die Tagesblätter von Karl August Varnhagen von Ense als Revolutionschronik. – In: Jahrbuch des Forums Vormärz Forschung 3 (1997), S. 177–205, hier S. 194, womit zu vergleichen ist ders.: Nachwort. – In: Karl August Varnhagen von Ense: Paris,

1810. Reisebericht aus Straßburg, Lothringen und Paris. Köln 2013, S. 80–88, hier S. 82 (wo anscheinend von dem 1997 noch vermissten Manuskript die Rede ist). Zu Verlusten, die vermutlich infolge der Verlagerung eintraten, vgl. Breslau: Verlagert, verschollen, vernichtet … [Anm. 21], S. 14; zu weiteren mutmaßlichen Verlusten, zu denen es erst nach der Wiederentdeckung gekommen zu sein scheint, vgl. Feilchenfeldt: Weibliche Autorschaft und das Briefgenre [Anm. 35], S. 261; beide Angaben bedürfen erneuter Nachprüfung.

39 Jana Kittelmann: Adelheid von Carolaths Korrespondenz mit Rahel Levin Varnhagen und Karl August Varnhagen von Ense. Bemerkungen zu einem Freundschaftsbriefnetz in der Sammlung Varnhagen. – In: JbBvA [Anm. 1], S. 93–118.

40 Ebd., S. 97.

41 Siehe dazu Wolfgang Bunzel: Briefe, Briefnetze, Briefnetzwerke. Überlegungen zur epistolaren Interkonnektivität. – In: Fontanes Briefe – ediert. Hrsg. v. Hanna Delf von Wolzogen und Rainer Falk. Würzburg 2014, S. 232–245.

42 Die von der Verfasserin (vgl. JbBvA [Anm. 1], S. 94, Anm. 3) genannten Briefe Theodor Fontanes an Eduard Engel befinden sich nicht in der Sammlung Varnhagen, sondern in der alten Sammlung Autographa (vgl. Döhn: Die Sammlung Autographa [Anm. 9], Autographenkatalog, S. 558). Doch sind hier bereits die einschlägigen Angaben in der Fontane-Forschung zu wenig explizit, so bei Charlotte Jolles: »Dutzende von Briefen hat Theodor Fontane mir geschrieben«. Neuentdeckte Briefe Fontanes an Eduard Engel. – In: Jahrbuch der deutschen Schiller-Gesellschaft 28 (1984), S. 1–59, hier S. 16; Die Briefe Theodor Fontanes. Verzeichnis und Register. Hrsg. v. Charlotte Jolles und Walter Müller-Seidel. Bearb. v. Rainer Bachmann, Walter Hettche und Jutta Neuendorff-Fürstenau. München 1988, S. 342 (Brief-Nr. 81/17) und durchweg. Ähnliche Fehlzuweisungen kommen auch in einzelnen Bänden der historisch-kritischen Ausgabe Clemens Brentanos vor, wo aus der alten Sammlung Autographa stammende Brentano-Handschriften als Bestandteile der Sammlung Varnhagen behandelt wurden (siehe etwa Clemens Brentano: Sämtliche Werke und Briefe. Historisch-kritische Ausgabe. Veranstaltet vom Freien Deutschen Hochstift. Stuttgart 1975 ff., Bd. X, S. 530; stillschweigend berichtigt ebd., Bd. XI/1, S. 49).

43 So ist nicht ohne weiteres anzunehmen, es seien – wie Kittelmann (JbBvA [Anm. 1], S. 100) behauptet – Briefe Wilhelmine von Lanzendorfs (später verh. von Blücher) an Rahel Varnhagen verloren gegangen; es scheint kein Indiz zu geben, dass solche jemals vorhanden waren.

44 Wie es bei dem von 2013 bis 2106 laufenden Projekt »Vernetzte Korrespondenzen: Exilbriefnetz« wohl beabsichtigt war, dessen Ertrag aber nicht öffentlich zugänglich ist [URL: http://exilnetz33.de/de/; letzter Zugriff: 21.06.2019]. Die Projektseite listet keine Veröffentlichungen zu den Ergebnissen; es gibt jedoch eine Reihe von Projektskizzen: Vera Hildenbrandt, Roland S. Kamzelak, Paul Molitor, Jörg Ritter: »im Zentrum eines Netzes […] geistiger Fäden«. Erschließung und Erforschung thematischer Zusammenhänge in heterogenen Briefkorpora. – In: Datenbank-Spektrum 15/1 (2015), S. 49–55; Theresia Biehl, Anne Lorenz, Dirk Osierenski: Exilnetz33. Ein Forschungsportal als Such- und Visualisierungsinstrument. – In: Grenzen und Möglichkeiten der Digital Humanities. Hrsg. v. Constanze Baum, Thomas Stäcker (Zeitschrift für Digital Humanities, Sonderband 1), 2015, URL: http://zfdg.de/sb001_011 [letzter Zugriff: 21.06.2019].

45 Vgl. etwa J. Clyde Mitchell: The Concept and Use of Social Networks. – In: Social Networks in Urban Situations. Analyses of Personal Relationships in Central African Towns. Ed. by J. Clyde Mitchell. Manchester 1969, S. 1–50; Christopher J. Smith: Social Networks as Metaphors, Models and Methods. – In: Progress in Human Geography 4 (1980), S. 500–524; Hannah Knox, Mike Savage, Penny Harvey: Social Networks and the Study of Relations: Networks as Method, Metaphor and Form. – In: Economy and Society 35 (2006), S. 113–140. Zur neueren Forschung siehe – aus einer umfangreichen und ständig wachsenden Literatur – Fotis Jannidis: [Art.] Netzwerkanalyse. – In: Digital Humanities. Eine Einführung. Hrsg. v. Fotis Jannidis, Hubertus Kohle und Malte Rehbein. Stuttgart 2017, S. 147–161.

46 Da Kittelmann (Adelheid von Carolaths Korrespondenz [Anm. 39], S. 95) einen Aufsatz von 1998 als innovativen Beitrag zitiert, sei darauf verwiesen, dass die literaturwissen-

schaftliche Rezeption zumindest der ethnologischen und soziologischen Netzwerkanalyse schon früher einsetzt, so bei Peter Foley: Heinrich von Kleist und Adam Müller. Untersuchung zur Aufnahme idealistischen Ideenguts durch Heinrich von Kleist. Frankfurt a. M. [u. a.] 1990 (Europäische Hochschulschriften I/1209). Diese Arbeit wurde in der Kleist-Forschung (nicht ganz zu Unrecht) sehr abschätzig rezensiert, ihre methodischen Anregungen aber gerade in der Varnhagen-Forschung wahrgenommen, so bei Konrad Feilchenfeldt: [Rez.] Peter Foley: Heinrich von Kleist und Adam Müller. – In: Aurora. Jahrbuch der Eichendorff-Gesellschaft 54 (1994), S. 251–255.

47 Vgl. Sebastian Gießmann: Netze und Netzwerke. Archäologie einer Kulturtechnik, 1740–1840. Bielefeld 2006, S. 57–70. Es erscheint, so gesehen, beinahe erstaunlich, dass erst im Jahr 1992 ein Vortrag gehalten wurde, der von »Network: the Use and Abuse of a Metaphor« handelte; siehe die Zusammenfassung bei Judith Crews: Sociology vs. Networks in Switzerland (nov. 92). – In: Flux. Cahiers scientifiques internationaux Réseaux et Territoires 11 (1993), S. 55–57, hier S. 56 (»Beaud [...] opened the can of worms which everybody had been waiting for [...]«; offenbar ist dieser Beitrag des Schweizer Kommunikationswissenschaftlers Paul Beaud, der sich schon früh mit Netzwerken befasste, nie im Druck erschienen).

48 Ingo Breuer: Brief/Archiv: Epistolare Sammelkulturen bei Kleist und Varnhagen. – In: JbBvA [Anm. 1], S. 81–91.

49 Hans Joachim Kreutzer: Über die Geschicke der Kleist-Handschriften und über Kleists Handschrift. – In: Kleist-Jahrbuch 1981/82 (1983), S. 66–85; Peter Staengle: Kleist bei Varnhagen in Kraków. Eine Bestandsaufnahme mit Anhang. – In: Brandenburger Kleist-Blätter 7 (1994), S. 53–103.

50 So sein Verständnis von Varnhagens Brief an Goethe vom 20. November 1811 (zitiert in JbBvA [Anm. 1], S. 89; vgl. Briefwechsel zwischen Varnhagen und Rahel. Hrsg. v. Ludmilla Assing-Grimelli. Leipzig 1874–1875, Bd. II, S. 194), wo Varnhagen vom Verlust des Manuskripts des im Morgenblatt veröffentlichten, aus montierten Briefauszügen bestehenden Beitrags »Über Goethe« schreibt, was Breuer ihm aufs Wort zu glauben geneigt scheint. Was genau Varnhagen meint oder Goethe glauben machen will, wenn er ihm schreibt, er besitze die »Urschrift des Briefwechsels« (bei Breuer: »Urheberschrift [...]«) nicht mehr, wäre jedoch erst einmal anhand der Überlieferung der Briefe zu rekonstruieren; siehe dazu Hahn: »Antworten Sie mir!« [Anm. 38], S. 145 f.

51 Vossische Zeitung, Nr. 78 vom 31. März 1860, 1. Beilage, S. 6; zit. n. Gatter: »Sie ist vor allen die meine« [Anm. 9], S. 266.

52 Zur Topik solcher Äußerungen vgl. etwa Johannes von Müller: Mein, Johanns von Müller, eigenhändig aufgezeichneter letzter Wille [datiert: »Cassel am 7. Junius 1808«]. – In: Johannes von Müllers sämmtliche Werke. Hrsg. v. Johann Georg Müller. Stuttgart, Tübingen 1831–1835. Bd. XXXIII, S. 279–282, hier S. 281. Wegen seines enthüllenden Inhalts war Müllers Testament seinerzeit sehr bekannt, was aber hier, wo es um für Testamente typische Formulierungsweisen geht, keine Rolle spielen dürfte.

53 Zit. n. Gatter: »Sie ist vor allen die *meine*« [Anm. 9], S. 269 und S. 268.

54 Diese Auffassung soll auch gegenüber den gegenteiligen Bemerkungen von Wolfgang Milde: Die Lessinghandschriften der Familien Friedländer und Mendelssohn. – In: Ders.: Mediaevalia et Lessingiana. Kleine Schriften. Hrsg. v. Wolfgang Maaz. Hildesheim 2001 (Spolia Berolinensia 19), S. 340–351, hier S. 343, aufrechterhalten werden. – Die neue Gesamtausgabe von Goethes Briefen spricht durchweg von einer »Autographensammlung Goethe« aus dem Besitz der Staatsbibliothek Berlin – Preußischer Kulturbesitz in der Biblioteka Jagiellońska und versteht darunter die Goethe-Handschriften (mit ganz verschiedenartigen Signaturen) in den verschiedenen dort befindlichen Sammlungen, nur ein Teil von ihnen gehört zur alten Sammlung Autographa; siehe etwa Johann Wolfgang Goethe: Briefe. Historisch-kritische Ausgabe. Im Auftrag der Klassik Stiftung Weimar Goethe-und Schiller Archiv hrsg. v. Georg Kurscheidt, Norbert Oellers, Elke Richter. Berlin 2008 ff. Bd. III/2A, S. 20 u. ö. (zu den Briefen Goethes an Carl Ludwig von Knebel, Ms. germ. qu. 521). Von einer »Autographensammlung Goethe« als einer bibliothekarischen Einheit

in der Biblioteka Jagiellońska (oder der Staatsbibliothek zu Berlin) kann nicht sinnvoll die Rede sein, es ist hier derselbe unpräzise Umgang mit den Krakauer Beständen festzustellen, wie er schon in den in Anm. 42 genannten Ausgaben zu bemerken war. Vgl. Döhn: Die Sammlung Autographa [Anm. 9], Autographenkatalog, S. 664; Ziesche: Verzeichnis der Nachlässe und Sammlungen [Anm. 11], S. 65 f.

55 Otto Berdrow: Rahel Varnhagen. Ein Lebens- und Zeitbild. 2., veränd. Aufl. Stuttgart 1902, S. 30, 69, 108, 413; Hannah Arendt: Rahel Varnhagen. Lebensgeschichte einer deutschen Jüdin aus der Romantik. Mit einer Auswahl an Rahel-Briefen und zeitgenössischen Abbildungen. München 1959, S. 13.

56 So bei Heinrich Ritter von Srbik: [Rez.] Hans F. Helmolt: Leopold Rankes Leben und Wirken. Leipzig 1921. – In: Historische Zeitschrift 126 (1922), S. 301–303, hier S. 302; ders.: [Rez.] Carl Misch: Varnhagen von Ense in Beruf und Politik. Gotha, Stuttgart 1925. – In: Deutsche Literatur-Zeitung 46 (1925), Sp. 1069–1073, hier Sp. 1069 f.

57 »Meine Sammlung von Autographen …«, Biblioteka Jagiellońska, Kraków, Sammlung Varnhagen, Kasten 250; zitiert bei Gatter: »Sie ist vor allen die *meine*« [Anm. 9], S. 265. Äußerungen zu »meinen Autographen« u. ä. finden sich auch öfter in den Tagebüchern und anderen Aufzeichnungen, etwa in: Briefe von Chamisso, Gneisenau, Haugwitz, W. von Humboldt, Prinz Louis Ferdinand, Rahel, Rückert, L. Tieck u. a. Nebst Briefen, Anmerkungen und Notizen. Aus dem Nachlaß Varnhagen's von Ense hrsg. v. Ludmilla Assing. Leipzig 1867, Bd. I, S. 14.

58 Stern: Die Varnhagen von Ensesche Sammlung [Anm. 9], S. IV und S. XIII.

59 Katarzyna Jaśtal: »Daß es hohe Zeit ist, Proben des Frühergewesenen zu erhalten, denn bald wird dieses gänzlich fehlen …«. Karl August Varnhagen von Ense und seine Autographensammlung. – In: EB [Anm. 2], S. 197–206.

60 Vgl. Aus Goethes Autographensammlung. Hrsg. vom Goethe- und Schiller-Archiv und vom Freien Deutschen Hochstift. Göttingen, Hamburg 2017 (Veröffentlichung der Maximilian-Gesellschaft für das Jahr 2017).

61 Der Briefwechsel zwischen Ignaz Paul Vital Troxler und Karl August Varnhagen von Ense, 1815–1858. Veröffentlicht und eingeleitet durch Iduna Belke. Anhang: Der Briefwechsel zwischen Troxler und Ludmilla Assing 1859–1861. Hrsg. durch die Stiftung von Schnyder und Wartensee. Aarau 1953, S. 255.

62 Vgl. Gatter: »Sie ist vor allen die *meine*« [Anm. 9], S. 244.

63 Siehe Anm. 4.

64 Siehe Anm. 8 und die bei Lülfing: Die Handschriftenabteilung [Anm. 8], S. 379, Anm. 110, genannten Akten.

65 Stern: Die Varnhagen von Ensesche Sammlung [Anm. 9], S. XIII f. Heranzuziehen wäre auch der erhaltene handschriftliche Katalog (siehe Anm. 8). Siehe ferner Lülfing: Die Handschriftenabteilung [Anm. 8], S. 352.

66 Vgl. Ludwig Stern: Die Autographa der königlichen Bibliothek zu Berlin. – In: Döhn: Die Sammlung Autographa [Anm. 9], S. 33–37, hier: S. 37. – Zu Anordnungsprinzipien für Autographensammlungen vgl. Johann Günther, Otto August Schulz: Handbuch für Autographensammler. Leipzig 1856, S. 122–132; Eugen Wolbe: Handbuch für Autographensammler. Berlin 1923 (Bibliothek für Kunst- und Antiquitätensammler 22), S. 251–302, dort heißt es S. 284: »Die bequemste Art, Autographen zu ordnen, ist die nach den Anfangsbuchstaben ihrer Urheber. Hierbei werden freilich Persönlichkeiten vereinigt, die keinerlei geistiges Band miteinander verknüpft, die vielleicht eine Kluft von Jahrhunderten voneinander trennt. Die alphabetische Anordnung empfiehlt sich nur für die Aufbewahrung von Autographen bedeutender Zeitgenossen, die aus irgendeinem Grunde in keine der vorgesehenen Abteilungen hineinpassen bzw. in diesen bereits vertreten sind […].« (Hinweis von Konrad Heumann.)

67 Gatter: »Sie ist vor allen die *meine*« [Anm. 9], S. 248.

68 Ebd.; siehe auch ebd., S. 259. Ebenso bereits Hahn: »Antworten Sie mir!« [Anm. 38], S. 18.

69 Vgl. Stern: Die Varnhagen von Ensesche Sammlung [Anm. 9], S. 834.

70 Vgl. Siegfried Baur: Nachlaß laß nach. Bemerkungen über den Ranke-Nachlaß. – In: Historicum. Zeitschrift für Geschichte N. F. 1–2 (2015), S. 64–75.

71 Gatter: »Gift, geradezu Gift für das unwissende Publikum« [Anm. 5], S. 266 f.

72 Siehe etwa die Richtigstellungen von Nikolaus Gatter: »Nichts, Nichts vergesse ich. Auch Sterben hilft nichts …« Vermächtnis und Erinnerung in der Sammlung Varnhagen. – In: Briefe um 1800. Zur Medialität von Generation. Hrsg. v. Selma Jahnke und Sylvie Le Moël. Berlin 2015 (Berliner Intellektuelle um 1800 4), S. 313–348, hier S. 313–317. Zu den Verstümmelungen der Brentano-Briefe in Varnhagens Nachlass vgl. zuletzt Dietmar Pravida: Brentano in Wien. Clemens Brentano, die Poesie und die Zeitgeschichte 1813/14. Heidelberg 2013 (Frankfurter Beiträge zur Germanistik 52), S. 360 f.

73 Siehe dazu Konrad Feilchenfeldt, Rahel E. Steiner: Rahel Varnhagens Werke. – In: Rahel Varnhagen von Ense: Gesammelte Werke. Rahel-Bibliothek. Hrsg. v. Konrad Feilchenfeldt, Uwe Schweikert und Rahel E. Steiner. München 1983. Bd. X, S. 75–127; Nikolaus Gatter: [Rez.] Rahel. Ein Buch des Andenkens für ihre Freunde. Hrsg. v. Barbara Hahn. Mit einem Essay von Brigitte Kronauer. 6 Bde. Göttingen 2011. – In: Almanach der Varnhagen-Gesellschaft 3 (2015), S. 461–468.

74 Bernd Füllner: »Schriftlicher Ideenaustausch ist eigentlich zwischen uns nicht nöthig«. Heinrich Heines Briefwechsel mit Karl August Varnhagen von Ense – ein Beitrag zur Geschichte seiner Edition. – In: JbBvA [Anm. 1], S. 119–138.

75 Ebd., S. 132–134.

76 Siehe etwa Hahn: »Antworten Sie mir!« [Anm. 38], S. 129–151, zum Briefwechsel zwischen Karl August und Rahel Varnhagen; Ursula Isselstein: Der Text aus meinem beleidigten Herzen. Studien zu Rahel Levin Varnhagen. Torino 1993, S. 185–210, zu den Briefen im Buch »Rahel«.

77 Wolfgang Bunzel: »Für künftige Erinnerung«. Karl August Varnhagen von Enses Tagesblätter – Materialität, Struktur, Funktion. – In: JbBvA [Anm. 1], S. 51–80.

78 Ebd., S. 64.

79 Siehe Gatter: »Gift, geradezu Gift für das unwissende Publikum« [Anm. 5], bes. S. 55–60; Konrad Feilchenfeldt: Die ›Varnhagen von Ensesche Sammlung‹ als diaristisches Werkzeugnis. Zu Nikolaus Gatters Studie über Varnhagens ›Tagebücher‹. – In: Internationales Jahrbuch der Bettina-von-Arnim-Gesellschaft 11/12 (1999/2000), S. 259–269 (dieser Beitrag wird von Bunzel nicht eigens angeführt).

80 Nikolaus Gatter: »… gleichsam die andere Hälfte des Werks!« Was in der Varnhagensammlung fehlt – ein Werkstattbericht. – In: JbBvA [Anm. 1], S. 139–160.

81 Dieter Kuhn: Varnhagen und sein später Schmäher. Über einige Vorurteile Arno Schmidts. Mit Seitenblicken auf weitere Personen und einem dokumentarischen Anhang. Bielefeld 1994, S. 41, Anm. 92.

82 Bunzel: Varnhagen von Enses Tagesblätter [Anm. 77], S. 79.

83 Gutzkows Werke und Briefe. Kommentierte digitale Gesamtausgabe. Hrsg. v. Editionsprojekt Karl Gutzkow, 2001 ff., gutzkow.de, URL: https://projects.exeter.ac.uk/gutzkow/Gutzneu/ [letzter Zugriff: 21.06.2019].

Reden zur Verleihung des Heine-Preises 2018

Laudatio auf Leoluca Orlando

Von Wim Wenders

Caro Luca.
Sehr geehrter Herr Bürgermeister, lieber Thomas.
Liebe Festgemeinde.

Unser Gast, unser Freund, unser Preisträger Leoluca Orlando
ist der charismatische Bürgermeister von Palermo,
ein mutiger Sozialvisionär, Anwalt, Universitätsprofessor für Jura,
Abgeordneter des sizilianischen, italienischen und europäischen Parlaments,
er ist aber, unter vielem anderem, auch Schriftsteller,
und das macht die recht überwältigende Aufgabe,
Ihnen mit meinen Worten ein Bild dieses Mannes vor Augen zu malen,
ein bisschen persönlicher: Ich kann ihn selbst zur Sprache kommen lassen,
indem ich Ihnen etwas von ihm vorlese,
aus diesem kleinen Erzählband mit dem Titel: »Der Sizilianische Karren«.
Den gibt es im Übrigen nur auf Deutsch,
was der Affinität unseres Gastes zu unserem Land geschuldet ist.
Leoluca Orlando hat als junger Mann in Heidelberg Jura und Philosophie studiert
und spricht ein höchst gepflegtes Deutsch.
Ich könnte aus diesem Bändchen viele Kurzgeschichten vorlesen,
z. B. über seine Freundschaft mit Hans-Georg Gadamer.
Aber jetzt lehnen Sie sich zurück und hören die Tagebuchaufzeichnung:

Leben mit Sirenen und Schweigen

Das scheußliche Geheul der Sirene des Begleitschutzes kündigt an, dass es Zeit ist, aus dem Haus zu gehen. Es ist einer der vielen Tage gegen Ende der achtziger Jahre.
Ich gehe hinaus. Sofort werde ich umstellt. Vor mir, auf den Vordersitzen, der Chauffeur und ein weiterer Schutzbeamter, ihre Gesichter sind mir längst vertraut geworden. Sie sind freundlich, konzentriert und bewaffnet. Vor uns und hinter uns zwei gepanzerte Autos mit weiteren sechs Schutzbeamten, freundlich, konzentriert, bewaffnet.
Links von uns, auf dem Bürgersteig, seelenruhig, ein Verrückter, der in der Umgebung meines Hauses im Freien campiert. Inzwischen ist er zum getreuen Gefährten der Mannschaft in dem gepanzerten Fahrzeug geworden, das Tag und Nacht vor meinem Haus in der Abschleppzone steht. Einer Zone, die für alle verboten ist, um die Anbringung einer automatischen Bombe zu verhindern.
Ich lächle, er lächelt zurück. Der zahnlose Mund steht immer noch für ein Lächeln als Antwort offen, als wir mit aufgedrehten Sirenen die Via Libertà erreichen. Auf beiden Seiten der Straße der angemessene Prolog zu jedem meiner Wege zur Arbeit: ich werde mit den Schäden konfrontiert, die die Mafia und die Unterentwicklung der Stadt zugefügt haben.

Bei der schnellen Fahrt schießen die Trophäen der Ausplünderung der Stadt an mir vorüber, die anmaßenden Wohnblöcke, die sich hochmütig an die Stellen zauberhafter Jugendstil-Villen gedrängt haben.
Mein fiebriger Charakter, der mich zu einem einsamen, aber hartnäckigen Kämpfer hat werden lassen, zwingt mich, mit eiskaltem und gleichwohl umgänglichem Blick die Abscheulichkeiten, die es um mich herum gibt, anzusehen.
Ich denke über die Männer meiner Begleitung nach, eine Last der Zeit, die ich durchleben muss, und auch eine der Entscheidungen, die ich mich entschlossen habe, auf mich zu nehmen. Die Männer des Begleitschutzes, nämlich dem der Mafia und ganz ohne Sirenen, stellten bis vor kurzem die noch viel schlimmere Angst der öffentlichen Einrichtungen in Palermo dar.
Für mich ist es fast unerträglich, mit anhören zu müssen, wie mein Erscheinen durch Sirenen angekündigt wird, durch diesen hohen heulenden Ton einer von Angst aufgeladenen Ernstfallsituation. Und jedes Mal ist es wie beim ersten Mal. Es ist unerträglich, weil es unerträglich ist, aber gleichzeitig erfährt diese Situation noch eine dramatische Steigerung, weil ich als Bürgermeister doch aufgerufen bin, freudvolle, lebensfrohe, befreiende Antworten zu geben. Und die Aufforderung, doch nicht so zu rasen und den Einsatz der Sirenen einzuschränken, bleibt ungehört. Die Anweisungen der Sicherheitsbehörden sind unumstößlich: so schnell wie möglich rasen, mit möglichst lauten Sirenen unsere Anwesenheit bekanntmachen. Viele Autofahrer, die wir in ihren Blechdosen auf die Seite drängen, winken freundlich, und ich erwidere jeden dieser Grüße mit einer vertrauten Gebärde, die von den nächsten Autofahrern in Anbetracht der Geschwindigkeit verständnisvoll aufgenommen wird, wohl auch, weil jeder meint, mein Gruß gelte ihm ganz persönlich.
Wie viele dieser Gesichter, die ich in diesem Blechwald erkenne, gehören wohl zu der sichtbaren und unsichtbaren Gewalt von Palermo? Wie viele Killer sind gelähmt in diesem Stau, neben dem »Bürgermeister der Erneuerung, der Antimafia«? Und wie viele Freunde derer, die Piersanti Mattarella, Pio La Torre, den Richter Gaetano Costa, den Staatanwalt Rocco Chinnici, den Comissario Ninni Cassarà umgebracht haben, werden sich neben den Killern befinden? Wie viele von denen, die mit mir oder mit den Killern in diesem Stau stecken, sind Familienangehörige oder Freunde von Menschen, die ermordet wurden, weil sie dem Traum von einer Normalität nachhingen, die ein Synonym für Glück in dieser aristokratischen und heruntergekommenen Hauptstadt ist?
Diese Gedanken, diese Erwägungen und Einsichten verschwinden, sobald ich mein Büro betrete, mein wunderschönes, mein geschundenes Bürgermeisterbüro.
Spannungen, Hoffnungen, Legalität und Verbrechen ... Ich verschwinde hinter dem Berg von Dokumenten, die ich durcharbeiten muss, als ein Palermitaner, dem die Ehre widerfährt, Bürgermeister seiner Heimatstadt zu sein. Ich sitze auf dem Stuhl, auf dem auch schon andere Bürgermeister gesessen haben, Freunde von Mafiabossen und manchmal sogar selber Mafiabosse.
Hier, in diesem Büro, auf diesem Stuhl sitzend, denke ich über viele Alltäglichkeiten nach, vor allem über die Omertà, das Gesetz des Schweigens. Wie ist es möglich, die Palermitaner zu kritisieren und über sie zu lachen, die sich diesem Gesetz des Schweigens beugen und nicht mit der Justiz zusammenarbeiten, wenn diese Stadt Staatsanwälte erlebt hat, die Freunde von Mafiabossen waren, Politiker, die selbst Mafiabosse waren,

Bürgermeister, die Tischgenossen von Killern, Tischgenossen von Menschen waren, die Morde in Auftrag gegeben haben, von Polizisten, die den Paten höher hielten als das Gesetz?
Ein Tag wie jeder andere. Der Chef des Begleitschutzes flüstert manchmal, wenn er mich morgens zu Hause abholt: »Heute morgen haben wir unterschreiben müssen.« Weiter nichts. Ich muss es nur wissen. Sagen muss ich nichts.
Manchmal nämlich, wenn Attentatsdrohungen konkreter werden, lässt die Direktion der Polizeibehörde ihre Polizisten, die für meine Sicherheit abgestellt sind, eine Erklärung unterschreiben, in der sie versichern, sie seien informiert worden, dass ich, dass wir alle, einem Augenblick von außerordentlicher Gefahr ausgesetzt sind.
Die Polizisten unterschreiben das, ich werde darüber informiert. Und die Sache ist geregelt.

Was das ist, dieser ›Sizilianische Karren‹, darüber reden wir gleich noch,
überhaupt über ›Karren‹, deutsche, italienische und europäische,
die man aus dem Dreck ziehen und wieder flottmachen kann.

Auf jeden Fall wissen Sie jetzt schon ein bisschen mehr über unseren Freund:
Er lebt gefährlich, besser: Er hat sich Gefahr ausgesetzt.
Vielleicht heute nicht mehr so sehr wie damals,
als er den Kampf gegen die Mafia aufgenommen hat,
als er 1985 zum ersten Mal Bürgermeister von Palermo wurde.

Er hat diesen Kampf geführt mit allen Rechtsmitteln,
mit Unterstützung von Richtern und Anwälten und der Polizei,
aber vor allem mit den Mitteln der Kultur.
Im sogenannten ›Frühling von Palermo‹
wurde die Stadt wieder zu einem blühenden Kulturzentrum.

Leoluca Orlando ließ damals Kirchen und Paläste renovieren, Parks anlegen,
Straßen beleuchten, Museen und Konzertsäle eröffnen,
es gab Oper, Tanz, Musik, Theater,
und er schaffte so heilsame Inseln
in der von Armut und Verfall zerfressenen Altstadt.
Und er ließ nicht ab, den Menschen einzuhämmern:
»Die Mafia ist nicht eure Identität – sie pervertiert eure Identität.«
In dem deutschen Wort ›Bürgermeister‹ steckt ja das Verb ›meistern‹,
Leoluca Orlando hat für seine Bürger ihre Identitätskrise gemeistert.

Von diesem langen und erbitterten Kampf handelt auch seine Autobiographie
mit dem Titel »Ich sollte der Nächste sein«.
Erlauben Sie mir, auch daraus etwas vorzulesen:

Seit Juni 1999 ist Palermo keine Stadt der Dritten Welt mehr. Die Stadt nimmt heute endlich einen Platz unter den großen europäischen Städten ein. Ich hatte diese Veränderung viele Jahre lang vorausgesagt. Damals galt Palermo als Libanon Italiens, als

> Schießstand der Mafia. Die Straßen waren mit blutigen, von Kugeln zerfetzten Leichen übersät. Frauen in mediterranem Schwarz betrauerten starren Blicks und voll unaussprechlichen Schmerzes unsere »prominenten Leichen«. Ich kannte meine Stadt gut genug, um zu wissen: Eines Tages würden wir die Landschaft des Todes hinter uns lassen. Wir würden die für Sizilien charakteristischen Werte von Familie, Freundschaft und Ehre zurückerobern, die die Mafia während ihrer Schmarotzerherrschaft für sich usurpiert und in etwas Finsteres und Übles verwandelt hatte. Aber auf meine Vorhersagen gab man damals nicht viel. Schließlich war ich ja der Bürgermeister von Palermo ... »Ich sollte der Nächste sein« ...
>
> Als ich dann aber im Sommer 1999 durch Palermo ging, wirkte der Ort unglaublich lebendig, und, was noch wunderbarer war: Diese Stadt schien die Herrschaft der Angst restlos abgeschüttelt zu haben. In diesem Jahr hatte Palermo seine Rückkehr ins Land der Lebenden verkündet. Im wiedereröffneten wunderbaren Teatro Massimo wurde die internationale Konferenz CIVITAS eröffnet, eine Organisation, die sich die Förderung staatsbürgerlicher Erziehung und freiheitlicher Werte auf ihre Fahnen geschrieben hat. Palermo als Gastgeberin dieser Konferenz stellte sich den Delegierten aus über 80 Ländern der Welt als Vorbild dar. Keine geringere als die First Lady, Hillary Clinton, erklärte den Delegierten, dass alle, die einer Bürgerbewegung den Aufbau einer Demokratie nicht zutrauten, sich einmal Palermo ansehen sollten, und was man in denjenigen Teilen der Welt, die noch unter epidemischer Kriminalität und Gesetzlosigkeit litten, von unserer Stadt lernen könne.

Soweit aus seiner Biographie.

Hier komme ich jetzt auf den ›Sizilianischen Karren‹ zu sprechen,
den Leoluca Orlando gerne als ein Sinnbild benutzt.
Dieser zumeist bunt bemalte Karren hat traditionell zwei Räder,
und für Leoluca repräsentiert das eine Rad das Recht,
die Rechtmäßigkeit, Rechtsstaatlichkeit, ›Legalitá‹,
und das andere Rad ist die Kultur.
Wenn eines der beiden sich nicht »mitdreht«, zitiere ich ihn weiter,
»dreht sich der Karren im Kreis.«

> Jeder Mensch muss seine Kultur und damit seine Identität kennen und achten, damit er auch bereit ist, sie gegen Missbrauch zu verteidigen. Mit Kultur meine ich nicht nur Musik, Literatur oder Theater, sondern zugleich ein Bewusstsein dafür, dass man in eine gemeinsame Vergangenheit eingebunden ist und eine gemeinsame Vorstellung von Zukunft entwickeln kann. Also ein Zeitgefühl. Als Bürgermeister ließ ich die Theater, Kirchen und Museen restaurieren, die unter dem alles beherrschenden Einfluss der Mafia verkommen waren, und für die Bewohner der Stadt öffnen: Damit die Palermitaner sich wieder mit ihrer Geschichte identifizieren konnten.

Ich fasse es in meine Worte: Der Karren rollt,
wenn Recht *und* Kultur so viel Raum gegeben wird,
wie Orlando das beispielhaft in Palermo gezeigt hat und immer noch zeigt.
Und ich kann nicht umhin, dabei zu denken:

Wenn im Moment doch bloß ... Europa selbst diese beiden Räder
als seine Triebkräfte, seine Achse, akzeptieren könnte:
das Recht – die Menschenrechte, die hier definiert wurden – und seine Kultur!
Beide haben Europa zu dem gemacht, was es in der Welt darstellt,
aber beide sind heute am europäischen Karren allenfalls Ersatzräder,
eben nicht seine Hauptachse!
Die ist nach wie vor definiert durch Wirtschaft und Finanzen.
Noch ein Stückchen aus der Biographie »Ich sollte der Nächste sein«:

> Viele Jahre stand ich auf der schwarzen Liste. Die Frage war nicht, ob man mich umbringen würde, sondern wann und wie. Der englische Sender Channel Four nannte mich »die wandelnde Leiche«. Und genauso fühlte ich mich. Auf indirekte Weise erlebte ich den Tod jeden Tag. Aber als die Bürger von Palermo dann ihr neues Morgengrauen erlebten, kam mir plötzlich der Gedanke: »Herrgott, vielleicht bleibe ich ja wirklich am Leben!« Wie sollte ich dieses zusätzliche Leben verbringen, das mir geschenkt wurde? Die Antwort war einfach: damit, die Stadt wieder groß zu machen.

Eigentlich ist es nach wie vor ein Wunder,
Dich so lebendig vor uns zu haben, Luca,
das pure Gegenteil einer wandelnden Leiche:
einen von Optimismus und Fantasie sprühenden, ansteckend Lebendigen!
In dem Film »Palermo Shooting«, den ich vor ein paar Jahren gedreht,
hier in meiner Heimatstadt Düsseldorf angefangen habe
und der in Deiner Stadt endet,
bist Du selber aufgetreten, als ein zufällig vorbeischlendernder Bürger,
der dem deutschen Besucher,
der da etwas ratlos vor all den bunten Dekorationen steht,
freundlich erklärt, dass das die Vorbereitungen zur Festa dei Morti sind,
die er da vor sich sieht,
einem Feiertag, der in Sizilien so wichtig ist wie bei uns Weihnachten.
(Für uns ist ja ›Das Fest des Todes‹ schon ein Widerspruch in sich.)
»Die Seele meiner Stadt ist der Tod«,
erklärt der Passant und unerkannte Sindaco auf Deutsch.
»Wieso?«, will der neugierige deutsche Gast
in der Person des ebenso unerkannten Campino wissen.
»Das ist eine lange, alte Geschichte.
Aber gleichzeitig kenne ich keine andere Stadt, die so lebendig ist wie Palermo.
Die Seele meiner Stadt ist das Leben! Sie werden sehen!«

Der Tod und das Leben liegen eng beieinander.
Und manchmal ist es nur *eine* Kraft,
oder vielleicht sollte ich auch jetzt wieder sagen: eine Achse,
die den Unterschied macht, ob ein Karren im Dreck verreckt
oder eben sein kostbares lebendiges Gut weitertransportiert.

Mit Unterbrechungen ist Leoluca Orlando inzwischen
zum fünften Mal Bürgermeister seiner Stadt.
[Zum Düsseldorfer Oberbürgermeister Geisel:] Gib Gas, Thomas!
Als er das letzte Mal wiedergewählt wurde, 2017, sagte er,
beim ersten Mal sei er als Sohn der Stadt gewählt worden,
später als ihr Bruder und zuletzt als ihr Vater.
Ich sehe, wie der Sohn sein Leben aufs Spiel gesetzt und gekämpft hat,
wie der Bruder die Stadt zurück ins Sonnenlicht begleitet hat
und wie der Vater heute als unabhängiger Kandidat regiert.
Was für ein Weg, was für eine Entwicklung!
Seine Kabinettsmitglieder sind heute Fachleute, nicht Parteipolitiker.
Was für ein Traum!

Diese väterliche Persönlichkeit, diesen träumenden Realisten, ehren wir heute,
den Mann, der seine Stadt auf dem Weg in die Normalität, dem Weg ins Leben,
als Sohn, Bruder und Vater begleitet und geführt
und von Mafia, Müll und zuletzt vom Verkehr befreit hat.

Aus der Hauptstadt des Verbrechens mit 250 Mafiamorden im Jahr
hat er Palermo nicht nur zu einer offenen und fröhlichen Stadt gemacht,
die sich wieder selbstbewusst, multikulturell und multireligiös behauptet,
wie schon in ihren Blütezeiten, unter den Normannen und Staufern.
2018 ist seine Stadt sogar ›Italienische Kulturhauptstadt‹ geworden,
was vor Jahren noch undenkbar gewesen wäre, jetzt nicht mehr,
dank ihrer beiden Räder, die sich wieder frei bewegen.

Aber diese Stadt traut sich jetzt noch mehr,
oder anders gesagt: Ihr Vater traut ihr noch mehr zu.
Ich rede von dem anderen, aktuelleren Grund,
der die Jury des Heine-Preises veranlasst haben muss,
den Bürgermeister von Palermo mit dieser Ehrung auszuzeichnen.

Der Jurist und Rechtsgelehrte Leoluca Orlando
ist auch der Autor der »Charta von Palermo«, die er 2015 verfasst hat.
Darin legt er eine große Utopie dar,
ein kühnes Gegenbild zum verzagten Europa unserer Tage.
Dies ist nichts weniger als ein Manifest, untertitelt mit der These:
»Von der Migration als Problem
zur Freizügigkeit als unveräußerlichem Menschenrecht.«

Diese »Charta von Palermo« ist die kühne Antwort
auf eine der großen Herausforderungen unserer Zeit,
die gewaltigen Migrationsbewegungen, deren Zeugen wir sind.
Die gängige Antwort darauf in weiten Teilen Europas
ist heute eine weitgehend populistische und fremdenfeindliche.
Orlando und mit ihm Palermo haben eine bessere Lösung

und halten uns die einfachste Formel des Rechts, des Menschenrechts entgegen:
»Io sono persona!« Ich bin ein Mensch, eine Person, die etwas wert ist,
und das gilt für alle, für Heimatlose genauso wie für Beheimatete.
»Io sono persona.« Das Zitat erinnert an so berühmte Sätze wie:
»Ich bin ein Berliner«, von John F. Kennedy
oder »I have a dream«, von Martin Luther King.
Oder »No man is an Island«, von John Donne.
Orlando sagt: »Io sono persona«, »Ich bin ein Mensch.«
Ich habe ein Recht auf Zukunft und auf Leben, wie jedermann.

Ich zitiere aus dieser Charta:

»Kein Mensch hat den Ort, an dem er geboren wird,
ausgesucht oder sucht sich diesen aus.
Jeder Mensch hat den Anspruch darauf, den Ort, an dem er leben,
besser: leben und nicht sterben möchte, frei zu wählen.«

Später heißt es in dieser »Charta von Palermo«:

> Es ist notwendig, zu verhindern, dass die Migrationsnotstände »chronisch« werden, da sie alle auf eine strukturelle Gegebenheit zurückzuführen sind: nämlich die Unmöglichkeit, die Verlagerung von Abermillionen Menschen zu blockieren.
> Die Lösung dieses Notstands – nicht nur im Mittelmeerraum, sondern in der ganzen Welt – muss in ihrem Wesenskern davon ausgehen, dass sie als zentrales Element den Migranten als Person anerkennt: »Ich bin eine Person.«
> Entsprechend ist die Freizügigkeit aller Menschen als unveräußerliches Menschenrecht anzuerkennen.
> Jeder weitere Aspekt – und darin ist auch das Konzept der »Sicherheit« mit eingeschlossen, auf das sich zu oft missbräuchlich berufen wird – muss kohärent mit dieser Ausgangslage sein.
> In der gleichen Weise muss auch jede rechtliche, verwaltungsrechtliche, organisatorische Maßnahme und jedes sonstige Verfahren von der Voraussetzung ausgehen, dass das Menschenrecht auf Freizügigkeit aller Personen anzuerkennen ist.

»Io sono persona.« Ich bin kostbar. Ich bin einzigartig.
Etwas Ähnliches hat auch der Mann gesagt,
nach dem dieser Preis genannt ist, der Düsseldorfer Heinrich Heine:

> Aber ach! Jeder Zoll, den die Menschheit weiter rückt, kostet Ströme Blutes; und ist das nicht etwas zu teuer? Ist das Leben des Individuums nicht vielleicht ebensoviel wert wie das des ganzen Geschlechtes? Denn jeder einzelne Mensch ist schon eine Welt, die mit ihm geboren wird und mit ihm stirbt, unter jedem Grabstein liegt eine Weltgeschichte.

»Io sono persona.« Dieses Mantra ist eine heute notwendige Neufassung
der Allgemeinen Erklärung der Menschenrechte von 1948:
»Alle Menschen sind frei und gleich an Würde und Rechten geboren.«

Hinter der »Charta von Palermo« bleibt auch der Migrationspakt zurück,
der auf einer UN-Konferenz jetzt im Dezember
in Marrakesch verabschiedet werden soll,
der erste Versuch überhaupt, sich innerhalb der Vereinten Nationen
auf ein gemeinsames internationales Regelwerk zu verständigen,
um Fluchtursachen zu bekämpfen,
legale und sichere Migration zu ermöglichen
und die Rechte von Flüchtenden zu stärken.
Es ist bezeichnend, wer sich gerade weigert, das zu unterschreiben,
von Trump über Orbán bis hin zu Salvini.

Nicht so Orlando, der auch den Mut hatte, gegen den Willen seiner Regierung,
am Mittelmeer gestrandete Flüchtende aufzunehmen,
die keinen Hafen mehr anlaufen durften,
oder den in Haft genommenen Bürgermeisterkollegen aus Riace zu verteidigen.

Er ist ein Sohn einer Stadt, die nie reich war,
die gegen Korruption, Unterdrückung und Leid zu kämpfen hatte.
So eine Stadt bringt Menschen hervor,
die Veränderungen erkämpfen wollen. Und können.
Ein Schutzheiliger von Palermo ist San Benedetto il Moro,
der erste schwarze Heilige, Sohn äthiopischer Sklaven,
später Franziskanermönch: ›Benedikt der Mohr‹ oder heute: ›der Afrikaner‹.
Die Palermitaner hielten ihn schon bei Lebzeiten für heilig
und ernannten ihn zu ihrem Schutzpatron,
200 Jahre bevor die Kirche ihn überhaupt erst kanonisiert hatte.
Diese Stadt war ihrer Zeit oft voraus, Rassismus ist hier kein Thema.
»Wir kennen nur eine Rasse: den Menschen«, sagt Orlando.

Das Mittelmeer empfindet er als einen »Kontinent des Wassers«,
wo die Freizügigkeit und die Menschenrechte respektiert werden müssten.
So beherbergt Palermo zwar viele Geflohene, aber keine Migranten.
Alle Menschen in Palermo sind Menschen, Personen, Erdenbürger.
Der Sindaco empfängt sie persönlich im Hafen und hält die Stadt offen,
auch gegen den erbitterten Widerstand der neuen italienischen Regierung.

Ich darf Ihnen zum Ende eine zweite kurze Geschichte vorlesen,
noch einmal aus dem »Sizilianischen Karren«:

> Der große Feind
>
> »Wisst Ihr, wer unser großer Feind ist?«
> Die Kinder staunen mich mit großen Augen an, die vor Furcht und Neugier noch größer werden.
> »Ich habe Nachforschungen angestellt: Unser großer Feind ist …«

Die Erwachsenen schauen besorgt zu mir herüber: noch so einer von Orlandos ... Einfällen!
»... unser großer Feind ist ... ist ... der Herr Wer-zwingt-dich-denn?«
Die Erwachsenen haben jetzt die Bestätigung, dass sie es mit einem meiner ... Einfälle zu tun haben.
Die Kinder bleiben reglos sitzen, sie warten darauf, dass sie verstehen.
»Wenn ihr morgens nicht zur Schule gehen wollt, wenn ihr so gerne noch im warmen Bett bleibt und Eure Mama Euch antreibt, ihr sollt Euch beeilen, dann sagt der große Feind immer wieder: »Wer zwingt dich denn in die Schule zu gehen? Bleib doch im Bett! Da ist es viel gemütlicher.« Wenn nachts das Kind weint und schwitzt und Fieber hat, sagt der große Feind immer wieder zur Mama: »Wer zwingt dich denn, lass es schreien! Wozu aufstehen?« Wenn ein Polizist einen Mann sieht, der eine Gefahr darstellt, und der Polizist denkt, dass er ihn verhaften muss, sagt der große Feind immer wieder: »Wer zwingt dich denn?«
Es gibt eine ungeheuer wirkungsvolle Waffe, mit der man unseren großen Feind schlagen kann: die Liebe.
Ich habe auf den Bürgersteigen und in den Gassen meiner Heimatstadt, in den Hörsälen der Universität und in den bürgerlichen Salons gelernt, dass, wer liebt, nicht einmal des großen Feindes gewahr wird und er wiederum niemanden findet, der sich die Frage stellen lässt: »Wer zwingt dich denn?«
Wenn es in der Menschheit eine Mehrheit derer gegeben hätte, die sich fragten »Wer zwingt dich denn?« würden wir in einer hässlicheren Welt leben, ganz sicher einer hässlicheren als der gegenwärtigen.

Du sagst, Leoluca: Den islamischen Terrorismus bekämpft man,
indem man die islamische Kultur erneuert.
Den Nationalsozialismus bekämpft man,
indem man die deutsche Kultur erneuert.
Also bekämpft man Fremdenhass und Xenophobie,
indem man die Kultur des Willkommens erneuert.
Und den Nationalismus?
Indem man den wunderbaren Reichtum
und die kostbare Vielfalt der Kulturen und Sprachen
unseres europäischen Heimatkontinents feiert und lebendig hält.

Wir sind Dir dankbar, Leoluca!
Auch Deiner Frau und Deinen Kindern,
von denen wir nur ahnen können, was sie durchgemacht haben.
Du hast Dich nicht nur um Palermo verdient gemacht,
sondern auch um uns alle und um Europa,
um unseren gemeinsamen großen Karren,
der nur, wie Du uns so eindrucksvoll bewiesen hast,
mit den beiden Rädern der Rechtstaatlichkeit und der Kultur
wieder aus dem Schlamassel herauskommt,
in den ihn die nationalistischen Rattenfänger gerade hineinschieben.

Auch die europäischen Bürger können ihre schwere Prüfung meistern, wenn sie von einem Bürger-Meister, wie Du einer bist, Leoluca, lernen, ihren beiden Räder stark und breit zu machen.

Grazie, amico.

Dankrede anlässlich der Verleihung des Heine-Preises 2018

Von Leoluca Orlando

Heinrich Heine ist der Dichter der Leichtigkeit, der Dichter, der die Schönheit verherrlicht, so wie in seinem berühmten, dem Gesang der Sirene Loreley gewidmeten Gedicht. Es handelt von einer sagenhaften Kreatur, die von einem am Rhein liegenden Fels aus die Seemänner mit ihrem sanften Gesang betört und deren Tod verursacht, indem sie sie dabei von den Gefahren des Flusses ablenkt.

> Die schönste Jungfrau sitzet
> Dort oben wunderbar;
> Ihr gold'nes Geschmeide blitzet,
> Sie kämmt ihr goldenes Haar.

Loreley ist ein Mythos und ein Traum.

> Sie kämmt es mit goldenem Kamme
> Und singt ein Lied dabei;
> Das hat eine wundersame,
> Gewaltige Melodei.

Sie ist eine Verherrlichung der Symbolik und der vollkommenen Schönheit, zu deren Erlangung man auch den Tod in Kauf nehmen kann.

> Den Schiffer im kleinen Schiffe
> Ergreift es mit wildem Weh;
> Er schaut nicht die Felsenriffe,
> Er schaut nur hinauf in die Höh'.
>
> Ich glaube, die Wellen verschlingen
> Am Ende Schiffer und Kahn;
> Und das hat mit ihrem Singen
> Die Lore-Ley getan.

Loreley wie Mittelmeer, Mittelmeer wie Loreley: Schönheit und Tod. Beide verkörpern einen dramatischen Kontrast zwischen Ethik und Ästhetik, zwischen Schönheit und Hässlichkeit, zwischen Gut und Böse – ein starker Verweis auf die wahre Schönheit, die verbunden ist mit der Harmonie zwischen Ästhetik und Ethik. Die Verführung liegt dagegen in einer Schönheit, die im sanften Gesang der Loreley tödlich ist.

Die Palermitanische Erfahrung ist die Vereinigung von Ethik und Ästhetik, eine Realität, die in uralten Zeiten versucht wurde, nämlich Ethik und Ästhetik miteinander in Einklang zu bringen, indem man von der Erkenntnis ausging, dass, ästhetisch betrachtet, kein wertvolleres Gut existiert als der Mensch – wenngleich dieses Konzept sich auch mit der Zeit veränderte und man versuchte, einen Punkt der Synthese auch in jenen historischen Epochen zu finden, in denen die Menschen der Sklaverei unterworfen wurden. Das arabisch-normannische, goldene Zeitalter, während der Herrschaft von Roger II. und Friedrich II., ist das Zeugnis einer Zeit, in der die Harmonie von Ethik und Ästhetik erlebt wurde, so wie dies in jüngerer Zeit durch die Epoche der palermitanischen Art Nouveau (Jugendstil) geschah.

Die Harmonie zwischen Ethik und Ästhetik wurde während der Jahre, in denen die Mafia herrschte, massakriert. Ein Attentat auf die ästhetischen Werte wurde durch den sogenannten »Sacco di Palermo«, d. h. »Plünderung Palermos« [Bauboom und Bauspekulation] begangen, während ein Attentat auf die ethischen Werte mit der Versklavung von Männern und Frauen erfolgte.

Palermo erlebt heute eine Zeit des kulturellen Wandels, es versucht, die Rolle der Schönheit zurückzugewinnen, indem es von einem Zustand der Schwere zu einem Zustand übergeht, den Italo Calvino als einen Zustand der Leichtigkeit bezeichnet hätte. Leichtigkeit ist das Merkmal der starken Werte, während Schwere das der schwachen und pervertierten Werte ist! Der Weg Palermos vom Zustand der Schwere in der jüngsten Vergangenheit zum Zustand der Leichtigkeit in der jetzigen Zeit hat als seine Referenzpunkte Italo Calvino und noch davor Heinrich Heine zu haben, der als der Dichter der Leichtigkeit bezeichnet wurde.

Im Hintergrund aber lauert, dramatisch und unheimlich, die mordende Schönheit der Loreley. Im Hintergrund vergangener Zeiten lauert die Schönheit eines Gottes, der durch die Kreuzzüge von gestern und durch die »heiligen Kriege« von heute tötet. Die Schönheit, die Ästhetik der Gegenwart wird von Populismus erstickt, wenn Achtung für die Vergangenheit und die Zukunftsperspektiven verdrängt werden, und sie ertränkt uns dabei in einer ewigen, erdrückenden Gegenwart.

In diesem Rahmen ist die Suche nach der wahren Schönheit – nämlich der Harmonie zwischen Ethik und Ästhetik – der Aufstand der »Schlesischen Weber«, aber auch die Menschenkette von Bürgerinnen und Bürgern aus Palermo gegen die Übermacht der Mafia. Die Suche nach der wahren Schönheit ist auch die Flucht von Millionen von Migranten, denen der ästhetische Wert eines jeden Menschen, sowie der ethische Wert des Rechts auf das Leben, verweigert wird. Die Suche nach der wahren Schönheit ist der Protest der jungen Studentinnen und Studenten der »Weißen Rose« gegen die nationalsozialistische Übermacht, so wie auch der Partisanenkampf in Italien. Die Suche nach der wahren Schönheit ist der Opfertod des Diplomaten Ulrich von Hassell, der gegen andere Kollegen Stellung bezog und der, von vielen Vertretern der Institutionen seiner Zeit isoliert, dann durch die Gestapo hingerichtet wurde. Und genau so ist sie Gestalt des Priesters Don Pino Puglisi, eines einfachen Vorstadtpfarrers, der, alleine gelassen und geschnitten von vielen korrupten und mafiösen Kirchenmännern, dann durch die Mafia brutal ermordet wurde.

Obwohl ich Jurist, Schriftsteller und Schauspieler bin, gelingt es mir nie, meinen Bürgermeisterhabitus abzulegen, und ich will somit diese prestigereiche Anerkennung Palermo widmen, und zwar mit Dankbarkeit und Bewunderung für Wim

Oberbürgermeister Thomas Geisel, Prof. Dr. Leoluca Orlando, Wim Wenders (von links)

Wenders, den berühmten Düsseldorfer, der die Stadt Palermo geliebt hat und liebt. Und es ist Palermo, sein menschliches Gesicht, sein Weg der Schönheit, worüber ich sprechen muss.

Ein Gemälde des Palermitaners Francesco Lojacono aus dem Jahre 1875 liefert ein eigenes Bild der Stadt Palermo. Francesco Lojacono übermittelt uns das Bild des palermitanischen Umlandes. Alle dort dargestellten Bäume sind nicht einheimisch, denn sie kamen nach Palermo aus anderen Ländern und Kontinenten. In Palermo, in Sizilien haben wir keine einheimischen Pflanzen! Unsere Pflanzen, unsere Bäume sind »Migranten«, die in Palermo ihren Sitz haben. Unsere biologische Vielfalt ist nicht genetisch bedingt, sie ist nicht von Geburt wegen gegeben. Wir sind vielfältig durch freien Willen, durch Kultur, durch unsere Willkommenskultur.

Es liegt in diesem Szenario, dass die Städte, nicht nur Palermo, sondern alle Städte der Welt, die Herausforderung angehen müssen und bedenken müssen, wie es aussieht, wenn sich ihre Pläne für die Zukunft mit denen von Google oder Facebook oder Alibaba auf der einen und denen von Ahmed oder Sara oder Luca auf der anderen Seite kreuzen.

Google (jeder möge sich hier einen multinationalen Webkonzern seiner Wahl denken) stellt die virtuelle Vernetzung dar, während Ahmed (und jeder kann für sich hier einen beliebigen anderen Migrantennamen wählen) die menschliche Verbindung darstellt. Eine Stadt, ein planetarischer Garten unter der Herrschaft von Google wäre eine Katastrophe; es wäre der sterile Zustand einer ewigen Gegenwart ohne Erinnerung an die Vergangenheit, ohne einen Plan für die Zukunft … Tweet und Slogan. Eine Stadt, ein planetarischer Garten unter der Herrschaft von Ahmed wäre eine Wirklichkeit ohne Innovationsfähigkeiten.

Palermo hat Google *und* Ahmed gewählt, es hat sich für eine Verschmelzung entschieden: Wir sind heute eine der am besten digital vernetzten Städte am Mittelmeer, und wir sind zugleich eine Stadt, deren Bürgermeister jeden Tag wiederholt, dass es in Palermo keine Migranten gibt. Keine 80.000, keine 100.000 Migranten in Palermo; wer in Palermo lebt, ist Palermitaner. Alle sind untereinander unterschiedlich, weil sie Personen, menschliche Wesen sind. Alle sind gleich, weil sie Personen, menschliche Wesen sind. Alle sind Bürger in Palermo und in der Welt.

In Palermo verteidigt und erlebt man täglich den Stolz, einer Rasse anzugehören, und zwar der einzig existierenden Rasse, nämlich der menschlichen Rasse. Dies ist unser aktueller Weg zur wahren Schönheit. Wer die menschlichen Wesen in Rassen unterteilt, der bereitet den Weg nach Dachau und Auschwitz vor.

Palermo, auf der Suche nach der Harmonie von Ästhetik und Ethik, dankt den Migranten und erkennt durch die »Charta von Palermo 2015« die internationale Freizügigkeit als Menschenrecht an. Wir brauchen, die Welt braucht Global Compact. Das Schweigen der italienischen Regierung ist eine Gefahr, ist eine Schande. Die Freizügigkeit ist seit der Zeit der Erfindung des Rades der Motor für Veränderung; sie hat heutzutage jedoch solche Dimensionen angenommen, dass sie uns dank den Migranten dazu auffordert und dazu bringt, traditionelle Gewissheiten zu ändern. Und einige dieser Gewissheiten sind heute wie noch nie zuvor in der Vergangenheit der Herausforderung der internationalen Freizügigkeit unterworfen: Staat, Identität, Vaterland.

Was ist heutzutage der Staat? Ein geschlossener Raum? So haben wir es jahrhundertelang gelernt und gelehrt. Versuchen Sie zu fragen, was der Staat für Google bedeutet, was der Staat für Ahmed bedeutet. Er ist gewiss nicht mehr ein geschlossener Raum! Versuchen Sie nicht mich, nicht sich selbst, sondern einen Zwanzigjährigen danach zu fragen, was der Staat bedeutet. Er wird nicht antworten oder er wird antworten, dass der Staat für ihn ein Hindernis am Glücklichsein ist. Und wenn er angemessen »indoktriniert« ist, wird er antworten, dass der Staat ein notwendiges Übel ist … zwar notwendig, aber ein Übel.

Was ist heutzutage Identität? Das Fleisch und Blut unserer Eltern? So haben wir es jahrhundertelang gelernt und gelehrt. Versuchen Sie zu fragen, was Identität für Google bedeutet, was Identität für Ahmed bedeutet. Es ist sicherlich nicht das Fleisch und Blut ihrer Eltern, denn Identität kann nicht auf das Fleisch und Blut der Eltern reduziert werden. Versuchen Sie nicht mich, nicht sich, sondern einen Zwanzigjährigen danach zu fragen, was Identität bedeutet. Er wird nicht antworten oder er wird antworten: »Verfluchtes Gesetz des Blutes! Identität ist ein souveräner Akt der Freiheit. Identität, meine Identität ist das, was ich entschieden habe, zu sein.«

Obwohl ich in Sizilien geboren wurde, obwohl ich von Eltern geboren wurde, die in Sizilien geboren wurden, obwohl in meinen Adern das sogenannte sizilianische Blut fließt (ich werde einen Blutanalytiker nach dem Unterschied zwischen meinem Blut und dem Blut eines Franzosen oder eines Bengalen fragen), obwohl ich »des Blutes wegen« Sizilianer bin, fordere ich das Recht, entscheiden zu können, wie ein jüdischer Tunesier oder wie ein hinduistischer Deutscher zu sein und zu leben. Die Kinder, wir Kinder sind Personen und keine Anhängsel unserer Eltern. Die Kinder sind Personen und gehören nicht denjenigen, die sie in die Welt gesetzt haben!

Sich in Palermo vom Gesetz des Blutes zu befreien, bedeutet eine tiefgreifende kulturelle Handlung, die explodiert oder implodiert innerhalb einer Logik der Zugehörigkeit, die auch mafiöse Züge aufweist. Die geltende Frage ist nicht mehr: »Zu wem gehörst du?«, sondern endlich: »Wer bist du? Wer hast du entschieden zu sein?« Wie viele Völkermorde, wie viele Massaker auch durch die Mafia und aufgrund von Fundamentalismus basieren auf der dogmatischen Hinnahme des Gesetzes des Blutes!

Was bedeutet heutzutage Vaterland? Der Ort, an dem wir geboren wurden? So haben wir es jahrhundertelang gelernt und gelehrt. Versuchen Sie zu fragen, was Vaterland für Google bedeutet, was Vaterland für Ahmed bedeutet. Es ist sicherlich nicht der Ort, an dem ihre Eltern entschieden haben, sie auf die Welt zu bringen, ohne ihre Zustimmung. Kein menschliches Wesen, keine Person kann dazu verurteilt werden, als Vaterland den Ort zu haben, an dem er durch andere geboren wurde. »Das Vaterland wähle ich selbst aus«, so behauptet Google, so behauptet Ahmed, so behaupten die zwanzigjährigen jungen Menschen. »Das Vaterland wähle ich selbst aus, und wenn ich als Vaterland den Ort wähle, der mit dem Ort meiner Geburt übereinstimmt, dann hat diese Wahl, die frei und meine ist, einen doppelten Wert.«

Die Vision, die ich versucht habe, zu vermitteln und von der ich nicht weiß, ob sie auch für andere Situationen von Nutzen sein kann, ist die Vision, die Palermo erlebt hat und die ich versucht habe, durchzusetzen. Ich habe das Privileg gehabt, in meiner Jugend »Sohn« dieser Stadt, in meinem erwachsenen Alter »Bruder« dieser Stadt gewesen zu sein und heute, in meinem reifen Alter, »Vater« dieser Stadt zu sein. »Sohn«, »Bruder«, »Vater« – weder von Geburt aus noch wegen des Blutes, sondern durch meine freie Wahl und durch die demokratische Wahl der Palermitaner.

Es gibt keine weitere Stadt in Europa, die sich in den letzten vierzig Jahren kulturell mehr verändert hätte als Palermo. Ja, ich weiß: Berlin hat sich verändert, Moskau hat sich verändert, Prag und Riga, Vilnius und Warschau haben sich verändert. Diese Städte haben sich jedoch verändert infolge der Veränderung der internationalen institutionellen und politischen Bedingungen: dem Ende der Sowjetunion, dem Mauerfall in Berlin, der Wiedervereinigung Deutschlands. Palermo hat sich in diesen letzten 40 Jahren verändert, ohne dass die republikanische Verfassung sich verändert hätte. Palermo hat sich kulturell verändert, im Kopf und im Lebensstil der Palermitaner.

Palermo war noch bis in die 80er Jahre Hauptstadt der Mafia, und heute ist Palermo Kulturhauptstadt Italiens 2018, Sitz der Wanderausstellung »Manifesta 12«, eine Stadt unter den fünf ersten touristischen Städten Italiens, eingetragen im UNESCO-Kulturerbe wegen ihrer Geschichte und ihrer arabisch-normannischen Gegenwart; Palermo ist ein internationaler Bezugspunkt für die Willkommenskultur.

Sicherlich existiert die Mafia immer noch in New York und in Hamburg, in Marseille und in Palermo – aber heute herrscht sie auch in Palermo nicht mehr, so wie sie in der Vergangenheit herrschte. Palermo aber ist Kulturhauptstadt, Hauptstadt der Kulturen, und in erster Linie Stadt der Kulturen, einer Kultur der Rechte von allen und von jedem.

Diese kulturelle Veränderung verdanken wir denjenigen, die ihr Leben dafür gewidmet haben, Palermo von der Herrschaft der Mafia zu befreien, einen Staat zu bekämpfen, der das Gesicht der Mafia hatte, und dies in einer Stadt, deren Bürgermeister ein Freund der Mafiabosse war und der manchmal selbst ein Mafiaboss war: Bürgermeister und Mafiaboss, in einem, in der gleichen Person … im Rathaus der Stadt.

Atheist und Kommunist: So wurden wir bezeichnet, so wurde ich bezeichnet. Niemand ist perfekt, aber ich bin nie ein Atheist gewesen, und ich bin es immer noch nicht; aber ich bin nie ein Kommunist gewesen, und ich bin es immer noch nicht.

Atheist? Indem ich die Mafia und ihr auch religiöses Machtsystem bekämpfte, störte ich kirchliche Würdenträger und katholische Bischöfe, die Freunde waren, nützliche Idioten und Komplizen der Mafiosi und manchmal selbst Mafiosi. Diese kulturelle Veränderung verdanken wir denjenigen, die ihr Leben dafür gewidmet haben, Palermo von der Herrschaft der Mafia zu befreien, einen Staat zu bekämpfen, der das Gesicht der Mafia hatte.

Aber, und dies soll leise, aber mit Überzeugung gesagt werden, diese kulturelle Veränderung »verdanken« wir auch der Mafia und ihrer unerträglichen kriminellen Gewalt. Die Mafia, ihr System von kultureller, religiöser, politischer, krimineller Macht hat es übertrieben, es hat »zu sehr getötet«. Und so wurden auch die Blinden dazu gezwungen, zu sehen, die Stummen, zu sprechen, die Tauben, zu hören.

Dasselbe dramatische, positive Ergebnis hat in Deutschland der Nationalsozialismus erzeugt: Die heutigen Deutschen, da sie sich bereits mit den Schandtaten ihrer identitären Perversion auseinandersetzen mussten, sind besser und wacher als die gestrigen Deutschen, als die Deutschen vor der Machtergreifung durch Adolf Hitler. Dasselbe dramatische, positive Ergebnis haben in der islamischen Welt Osama Bin Laden und selbst der sogenannte »Islamische Staat« erzeugt. Die Muslime sprachen vor 10, 15 Jahren so, wie die Palermitaner vor 30, 40 Jahren sprachen. Gegenüber den Grausamkeiten derjenigen, die die große islamische Kultur pervertierten, indem sie den Koran, den Propheten und Allah durch Massaker und Terrorismus demütigten, verweigerten die Muslime als Alibi für ihre Untergebenheit und Komplizenschaft jeden Vergleich, schlossen Augen, Mund und Ohren.

Heute hat Palermo dank der Ankunft der Migranten und der Willkommenskultur ihnen gegenüber seine eigene verlorene Harmonie, seine eigene wahre Schönheit wieder zurückgewonnen: Vor den antiken Moscheen spazieren Muslime, die jüdische Gemeinde errichtet eine Synagoge, und hier und da entstehen dutzendweise hinduistische und buddhistische Tempel. Auf diesem Weg wird unser Vorschlag verständlich, die Aufenthaltserlaubnis abzuschaffen, die eine wahre Sklaverei, eine echte Todesstrafe des 21. Jahrhunderts darstellt. Auf diesem Weg wird unsere Entscheidung verständlich, alle aufzunehmen, unsere Entscheidung, nicht auf die Anklagebank gerufen zu werden, wenn der zweite Nürnberger Prozess abgehalten wird. Denn es wird sicherlich (in den Geschichtsbüchern und vielleicht auch vor einem Gerichtshof) ein zweiter Nürnberger Prozess abgehalten werden, bei dem die europäischen Institutionen und die Mitgliedstaaten wegen Völkermordes unter Anklage stehen werden.

Und schließlich bin ich stolz darauf, der Bürgermeister einer Stadt zu sein, die der Geburtsort des Priesters Don Pino Puglisi ist, eines einfachen katholischen Pfarrers, eines sehr lieben Jugendfreundes von mir, der durch die Mafia ermordet wurde. Don Pino Puglisi bat darum, dass das Recht der Kinder seines Stadtteils beachtet wurde, eine Schule zu haben. Die Mafia hat sich mehr vor einem armen, einfachen Vorstadtpriester gefürchtet als vor den Waffen der Polizisten und vor den Urteilen der Richter und tötete ihn im Jahre 1993 vor seinem Hause, im Herzen des Stadtteils Brancaccio, in der entlegenen und trostlosen Peripherie Palermos.

Ich bin stolz darauf, der Bürgermeister der Stadt zu sein, in der Don Pino Puglisi, den der Papst selig gesprochen hat, geboren wurde und sein Leben opferte ... und dies auch, um eine klare Distanz zu den kirchlichen Würdenträgern und den katholischen Bischöfen zu wahren, die Freunde, Komplizen, nützliche Idioten im Dienste der Mafiosi oder selbst Mafiosi sind.

Ich bin außerdem darauf stolz, der Bürgermeister einer Stadt im Süden Europas zu sein, die jedes Jahr eine der größten und meistbesuchten Gay Pride Paraden am Mittelmeer organisiert. Die Menschenrechte werden zu oft unterdrückt durch das Recht, die Menschenrechte werden zu oft durch die europäischen und nationalen Gesetze verletzt.

Dies ist der Weg zur wahren Schönheit, der Menschlichkeitsweg der Stadt Palermo, der ein Weg der Achtung gegenüber der Kultur von allen und von jedem ist und der ganz einfach von Schule und Büchern ausgeht.

Und nun zum Schluss die Mahnung von Heinrich Heine, mit dessen Namen ich heute auf unverdiente Weise in Verbindung gebracht wurde: »Dort wo man Bücher verbrennt, verbrennt man auch am Ende Menschen.«

Heinrich-Heine-Institut. Sammlungen und Bestände. Aus der Arbeit des Hauses

»daß ich es wage eine Bitte auszusprechen«

Eduard Gans am 28. Juni 1829 an Karl vom Stein zu Altenstein

Von Holger Glinka, Halle (Saale)

76[1]

Gnädigster
Hochgebietender Herr Geheime Staatsminister

Berlin 29
/
6 M.
/5/2[2]

Wenn es überhaupt möglich wäre das Gefühl der Dankbarkeit, die ich Ew Excellenz schuldig bin[3] noch lebhafter zu empfinden, als es schon der Fall ist, so würde der neue Beweis des Wohlwollens Ew Excellenz gegen mich, mich dazu stimmen müßen. Es ist der lebhafteste Wunsch meines Lebens, daß es mir vergönnt seyn möchte diese Dankbarkeit thatsächlich zu äußern, wenn es mir auch für jetzt genügen muß durch immer angestrengtere Bemühungen einen Theil meiner großen Schuld abzutragen.
Indem ich mich und die Entwickelung meines ferneren Schicksals somit vertrauensvoll Ew Excellenz gütigen Wohlwollen übergebe, hat mich Ew Excellenz väterliche und nachsichtige Gesinnung, so dreist gemacht, daß ich es wage eine Bitte auszusprechen. Sollten etwa Verhältnisse, in die ich keine[4] Einsicht habe[5] es verhindern, daß ich als wirkliches Mitglied in die hiesige Facultät eintrete, oder sollte in der Verschiedenheit meiner wissenschaftlichen Grundsätze | von der der historischen Schule, die einzig und allein in der Facultät herrscht, ein solcher Anstoß gefunden werden, so würde mir Ew Excellenz eine neue Wohlthat durch Versetzung nach einer andren Preußischen Universität angedeihen lassen; mir würde alsdann dort in einem zwar untergeordneteren Wirkungskreise die größere Heiterkeit der Obrigkeit zu Theil werden, die eigenen wissenschaftlichen Arbeiten so sehr Noth thut: ich darf hoffen, daß dieser bloß bittweise vorgetragene Wunsch keinem Mißverständniß unterworfen werden wird, und daß Ew Excellenz lezten Aüßerung dem wahrhaft offenen und kindlichen Vertrauen zuschreiben werde, das ich gegen Hochdieselbe hege

In tiefster Ehrfurcht

ersterbe ich

Ew Excellenz

unterthanigster
D[r] Ed Gans.

Berlin den 28ten Juny 1829

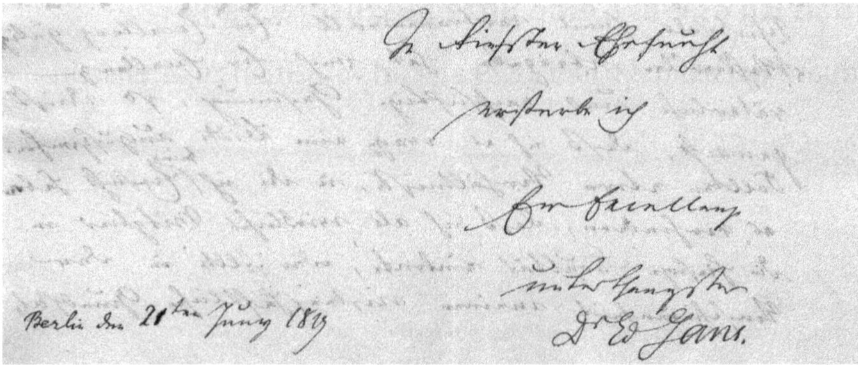
In tiefster Ehrfurcht
ersterbe ich
Ew. Excellenz
unterthänigster
Dr Ed Gans.
Berlin den 28ten Juny 1829

»In tiefster Ehrfurcht ersterbe ich [...]«. Eduard Gans an Karl vom Stein zu Altenstein, 28. Juni 1829 (Schluss)

Der hier erstmals veröffentlichte Brief, der sich seit 2017 im Archiv des Heinrich-Heine-Instituts, Düsseldorf, befindet[6], ergänzt die bisher schon publizierte Korrespondenz zum Zeitraum der Vor- und Nachgeschichte zu Eduard Gans' (1797–1839)[7] Berufung auf einen Lehrstuhl an der Berliner Fakultät für Rechtswissenschaft.[8] Das Schreiben ist ein gutes halbes Jahr nach Gans' Ernennung zum Ordinarius, die am 11. Dezember 1828 erfolgt war, aufgesetzt worden. Gans war zu dem damaligen Zeitpunkt weder habilitiert noch bekleidete er eine Privatdozentur. Wesentlich zu verdanken hatte Gans seine Berufung dem Staatsminister Karl vom Stein zu Altenstein (1770–1840)[9], gleichzeitig Preußens erster Kulturminister, der sie gegen den in der Fakultät seit Jahren erbittert ausgetragenen Widerstand der Historischen Rechtsschule um Friedrich Carl von Savigny (1779–1861) geschickt durchzusetzen verstanden hatte. Fürsprache erhielt Gans zudem in Gestalt des gleichgesinnten Hochschulreferenten und Naturrechtlers, des Geheimrats Karl Albert von Kamptz (1769–1849), seines Zeichens Richter und preußischer Justizminister. Gans' am 28. Juni 1829 an Altenstein gerichtetes Gesuch betrifft seine fakultätsintern bereits seit Längerem äußerst kontrovers und weitgehend in polemischer Weise diskutierte Stellung bzw. die Auslotung der Möglichkeiten seines Verbleibs an der Berliner Juristenfakultät.[10]

Gans war 1819, nach seinem in Heidelberg mit der Promotion absolvierten Jurastudium, in seine Heimatstadt Berlin zurückgekehrt, um eine akademische Laufbahn einzuschlagen. In diese Zeit der beruflichen Orientierung fällt Gans' Bekanntwerden mit dem Rechtsdenken Anton Friedrich Justus Thibauts (1772–1840), insbesondere aber mit der Philosophie Georg Wilhelm Friedrich Hegels (1770–1831), die schließlich zu seiner geistigen Heimat wurde. Seit dem Wintersemester 1818/19 hielt Hegel in Berlin regelmäßig Vorlesungen über Naturrecht und Staatswissenschaft; 1820 erschienen die »Grundlinien der Philosophie des Rechts«, und ab dem Wintersemester 1822/23 traten die Vorlesungen zur Philosophie der Weltgeschichte hinzu, die über die Grenzen der Berliner Universität hinaus Aufmerksamkeit erregten. Altenstein, philosophisch von Johann Gottlieb Fichte (1762–1814) begeistert, hatte sich beim König und bei dem ehemaligen preußischen Außenminister und Staatskanzler Carl August (später Fürst) von Hardenberg (1750–1822) ausgerechnet für die Berufung von Fichtes Gegner Hegel von Heidelberg nach Berlin als Nachfolger Fichtes stark gemacht. Fortan pflegten Hegel und Altenstein eine engere persönliche Beziehung.[11]

Gans' Rückkehr nach Berlin war verbunden mit der stetig wachsenden Beliebtheit, die ihm als akademischen Lehrer zuteil wurde, wie auch Altenstein in einem Brief vom 2. März 1827 an den seit 1797 regierenden König Friedrich Wilhelm III. von Preußen (1770–1840) anlässlich des Vorschlags, Gans in seiner Stellung als außerordentlicher Professor zukünftig »eine Besoldung von sechshundert Talern jährlich huldreichst zu bewilligen«[12], herausstrich. Vom Katheder aus vermochte Gans weit mehr Hörer zu fesseln als Hegel, der Zulauf war riesig, vergleichbar nur mit den Fichteschen Vorlesungen ein Dutzend Jahre vorher. Als Gans 1831 meinte, er könne den Studierenden durch einen öffentlichen Aushang Hegels Lehrveranstaltungen empfehlen, verwahrte sich dieser verärgert gegen dieses »abenteuerliche Auskunftsmittel«.[13] Es war das letzte Schreiben, das Hegel, seit 1829 Rektor der Universität, aufsetzte; zwei Tage später verstarb er.

Gans avancierte zum ersten Herausgeber von Hegels Rechtsphilosophie und auch dessen Philosophie der Geschichte.[14] Prägend für die Rezeption der Hegelschen Geschichtsphilosophie ist zum einen Gans' These geworden, die Universalgeschichte des Rechts sei eine bloße Ergänzung der Hegelschen »Grundlinien der Philosophie des Rechts«. Zum anderen wurde die Aufnahme des Hegelschen Rechtsbegriffs durch die Gans'sche Konzeption des Naturrechts bestimmt. Mit dem Bemühen um eine Universalrechtsgeschichte stand Gans keineswegs allein: Schon früher hatten Thibaut sowie Ludwig Feuerbach (1804–1872) neben der nationalen Rechtsgeschichte die Forderung nach einer Universalrechtsgeschichte gestellt und eigene Konzeptionen entwickelt. Im Unterschied zu seinen Vorgängern knüpfte Gans seine Universalgeschichte des Rechts allerdings eng an die Hegelsche Rechtsphilosophie. Gans verstand sich als hegelianischer Jurist, der für die Jurisprudenz eine mehr philosophische und dialektische Betrachtungsweise forderte. Damit stand er, wie auch sein Lehrer Hegel mit seinem rechtsphilosophischen Kompendium der »Grundlinien«, über lange Zeit allein.

In dem hier mitgeteilten Brief bringt Gans zunächst noch einmal seine Dankbarkeit gegenüber dem preußischen Staatsminister, der Gans' Berufung letztlich bewirken konnte, zum Ausdruck.[15] Diesmal war Altensteins Fürsprache erfolgreich gewesen, »der nur unter äußerster Aufbietung seines taktischen Geschicks den Widerstand von Savignys und des Kronprinzen zu umgehen vermochte.«[16] Mit Altenstein war das Amt mit einem selbstbewussten Demokraten besetzt. Für die Universität war diese Berufung ein Politikum im doppelten Sinne. Zum einen stand nun ein Vertreter der Hegelschen Rechtsphilosophie mitten in der Fakultät, die durch die Historische Rechtsschule bis dahin einen, wie man heute sagen würde, rechtskonservativen Ruf hatte. Mit von Savigny war Gans' größter akademischer Widersacher an der juristischen Fakultät niemand Geringerer als der Begründer der Historischen Rechtsschule höchstpersönlich. Neben von Savigny wurde die zeitgenössische Historische Rechtsschule insbesondere von dessen Vertrautem, dem Althistoriker Barthold Georg Niebuhr (1776–1831), und Karl Friedrich Eichhorn (1781–1854) repräsentiert. Mit diesem sowie mit Johann Friedrich Ludwig Göschen (1778–1837) hatte von Savigny bereits 1815 die »Zeitschrift für geschichtliche Rechtswissenschaft« als Publikationsorgan der Historischen Rechtsschule gegründet. Von Savigny vertrat den Ansatz, die Entstehung und Entwicklung menschengemachter Gesetze sei im Sinne naturgegebener Phänomene lediglich zu betrachten und auszulegen, als »ewig« gegeben seien sie göttlicher Abkunft. Anders als bei Hegel geht es hier also nicht um die Entwicklung des »Geistes« oder des »Bewusstseins«. Gans dagegen erkannte schon klar, dass Recht etwas mit Klassenverhältnissen zu tun hat, dass es feudales und bürgerliches Recht gibt – und von da aus war es nicht weit, auch den in der Mitte des im 19. Jahrhundert anhebenden Gegensatz zwischen Bourgeoisie und Proletariat rechtsphilosophisch zu prüfen, worin denn auch die erste kritische Tat Marxens an Hegel bestand. So tadelte Gans die Rechtstheorie der Historischen Rechtsschule, weil sie den aktuellen politischen Kräften die Fähigkeit und das Recht absprach, Gesetze überhaupt aufstellen zu können – eine Kritik, die er mit Hegel teilte. Das rechtstheoretische Zurückweichen vor der Gegenwart in die Begründungszusammenhänge der Vergangenheit entmündige, so Gans weiter, die Gegenwart und verhindere letztlich, dass dem gesellschaftlichen Fortschritt das erforderliche Rechtswerkzeug zugesprochen würde.

Auch wenn Gans' Ernennung zum ordentlichen Professor das Ziel seiner akademischen Träume bedeutete, sorgte er sich, wie er in dem hier vorgelegten Brief schrieb, um »die Entwicklung meines ferneren Schicksals«, so »daß ich es wage eine Bitte auszusprechen«: eine »Versetzung nach einer andren Preußischen Universität«, um »dort in einem […] untergeordneteren Wirkungskreise […] die eigenen wissenschaftlichen Arbeiten« voranzubringen. Gans' Schreiben kommt insofern ein besonderes Interesse zu, als es die zum wiederholten Male vorgebrachte Bitte um Versetzung an eine andere juristische Fakultät dokumentiert. Gans hatte dem Staatsminister schon ein Jahr zuvor (23. Juni 1828) die »Demission von meiner bisherigen Stelle« angeboten, wodurch er sich »Ruhe und Frieden« erhoffte. Denn, so klagte Gans, »[m]eine Sache hat sich dadurch, daß meine Feinde Zeit bekommen haben, Verleumdung und Gift auszustreuen, sichtlich verschlimmert. Ehe sie zu einem heftigen Bruch kommt, möchte ich im Interesse meiner selbst und aus Rücksichten, die ich Ew. Exzellenz schuldig zu sein glaube, meinen *Abschied* einreichen.«[17] Und einen guten Monat später schreibt Gans, wiederum an Altenstein: »Ich fühle mich so *bitterlich* und so *tief gekränkt* durch die Verleumdungen, deren Zielscheibe ich bin, und durch die Rücksichten, die daraus entstehen müssen, daß ich selbst meine Gesundheit im tiefsten Kern angegriffen finde.«[18] Gans hatte jedoch in Altenstein einen treuen Förderer, der ihm schon einen Tag später, am 17. Juli 1828, antwortete:

> Inzwischen irren Sie, wenn Sie glauben, daß eine Scheu für Unannehmlichkeiten, die für mich aus der Erfüllung Ihrer Wünsche hätte entspringen können, mich abhalten könnte, solche, wie Sie es erwarteten, zu berücksichtigen. Ich beabsichtige dabei bloß Ihr eigenes Beste, indem ich von Ihrer Beförderung möglichst alles abzuhalten und von solcher abzuwenden suche, was solche mit Unannehmlichkeiten verknüpfen kann. Wenn Sie auch entschlossen sind, sich darüber hinwegzusetzen, so sagt mir doch meine Erfahrung, daß Ihr wahres Beste erheischt, daß solche entweder gar nicht oder wenigstens im geringsten Maß erfolgen. Nur aus diesem Grunde verzögere ich meinen Antrag noch ganz kurze Zeit, und ich hoffe, Sie noch vor dem Beginn des nächsten Semesters oder wenigstens mit solchem beruhigt zu sehen. Mit dieser Versicherung schmeichle ich mir, werden Sie sich beruhigen.[19]

Doch Gans befürchtete weiterhin, auch nach dem Antritt seiner Professur, wie aus dem hier mitgeteilten Brief zu entnehmen ist, dass die »Verhältnisse, in die ich keine Einsicht habe es verhindern, daß ich als wirkliches Mitglied in die hiesige Facultät eintrete, oder sollte in der Verschiedenheit meiner wissenschaftlichen Grundsätze von der der historischen Schule, die einzig und allein in der Facultät herrscht, ein solcher Anstoß gefunden werden [...]«.

Anders als Hegel hatte der den liberalen Ideen des Vormärz sehr positiv gegenüber stehende Gans schon früh die – indessen nicht immer nur auf rein wissenschaftlichem Gebiet geführte – Auseinandersetzung mit der Historischen Rechtsschule geradezu gesucht. Wo Hegels Philosophie für »das Begreifen des Gegenwärtigen« einstand, ging Gans in seinen Berliner »Vorlesungen über die Geschichte der neuesten Zeit« darüber hinaus, indem er auch die politische Tagesgeschichte zum Gegenstand machte. Dieses Vorgehen führte dazu, dass Altenstein den Wunsch aussprach, Gans möge dies fortan unterlassen.

Gans selbst hatte seine Differenz zur Historischen Rechtsschule[20] in einer autobiographischen Notiz, die wohl schon Anfang 1835 geschrieben und damals als Handschrift zirkulierte, aber erst 1840 gedruckt wurde, dargelegt. Darin heißt es:

> Die Enge, die Dumpfheit und das Mumienhafte, das diese vorerwähnte Schule annahm, der schädliche Einfluß, den sie auf Gesetzgebung und Rechtsentwicklung ausübte, und die dürftige Vornehmheit, mit der sie wie mit einem Staatsmantel ihre schäbigen Glieder bedeckte, haben mich zu ihrem Gegner gemacht; keine persönliche Rücksicht, wie *die* gern vorgeben, die nur Persönliches kennen und nichts Anderes.[21]

Derjenige, der aus Gans' Sicht »nur Persönliches«[22] kannte, war von Savigny. In einem Brief an Altenstein vom 28. Oktober 1827 klingt Gans aber noch verhalten optimistisch:

> Das eine, was mir entgegensteht, kenne ich recht wohl: es ist der wissenschaftliche Gegensatz, in dem ich zu Herrn von Savigny stehe [...]. Ew. Exzellenz scharfsichtiger Einsicht mag es aber allein überlassen bleiben, ob ich mit sachlicher Haltung oder persönlicher Leidenschaft auftrete, ob ich im Eifer für einen Inhalt oder bloß auf Eifer für mich streite. Wenn Herr von Savigny fähig ist, die Sache und sich zu trennen, so würde meinem Gefühle nach nichts hindern, daß er einem Gegner, wie ich bin, freundlich entgegenkäme. [...] Niemals werde ich meine kollegialischen Pflichten verletzen; immer den Anstand beobachten, der allein das Vertrauen Ew. Exzellenz rechtfertigen kann.[23]

Auf der anderen Seite versicherte von Savigny seinerseits in einem Antwortschreiben an Gans vom 29. Dezember 1829, er sei mit diesem

> [...] niemals in einem wissenschaftlichen Streit verwickelt gewesen; wohl aber haben Sie sich seit einer Reihe von Jahren über meine Arbeiten und Bestrebungen öfter auf eine sehr feindselige und nichtachtende Weise öffentlich ausgesprochen. Ob Sie dazu durch »persönliche Rücksichten« (welche Sie von sich abweisen) oder durch andre Beweggründe bestimmt worden, lasse ich ganz dahingestellt sein und halte mich an die Tatsache der erwähnten öffentlichen Äußerungen. Diese Äußerungen und die in

denselben ausgedrückten Gesinnungen sind an sich selbst nicht wissenschaftlicher, sondern persönlicher Art und stehen mit einem Verhältnis der Achtung und des Zutrauens in entschiedenem Widerspruch. Auch ist es einleuchtend, daß hierin weder Ihre Ernennung zum ordentlichen Professor noch die mit der Tatsache unvereinbare Erklärung, daß es eine heftige, bloß wissenschaftliche Polemik gewesen sei, etwas zu ändern vermag. Unter diesen Umständen ist also zwischen Ihnen und mir ein für das Amt ersprießliches und für die Personen erfreuliches kollegialisches Verhältnis von beiden Seiten unmöglich. Deshalb habe ich es für angemessen gehalten, dem Ministerium anzuzeigen, daß ich, von einem bei meiner Anstellung verliehenen Rechte Gebrauch machend, an den kollegialischen Geschäften der juristischen Fakultät keinen fernern Anteil zu nehmen gedenke.[24]

Diese Einlassungen von Savignys ließen an Deutlichkeit nichts zu wünschen übrig, und er setzte noch am selben Tag auch Altenstein von seinen Entschlüssen und Ansichten in Kenntnis.[25] Gans wiederum beeilte sich, seine bisherige Haltung zu bekräftigen. Am 4. Januar 1829 schrieb er Altenstein:

Von mir wird nichts ausgehn, was die sonstige Ruhe der Fakultätsverhältnisse stören könnte. Als wissenschaftlichen Antagonisten fürchte ich Herrn von Savigny nicht. Den Menschen kann ich nach so unedler Erwiderung eines herzlich gemeinten Entgegenkommens nicht ferner achten. Ew. Exzellenz bin ich aber vor allem die größte Mäßigung und die größte Haltung schuldig.[26]

Auch nach Gans' Ende 1825 in Paris vollzogener evangelischer Konversion hatte von Savigny nicht zuletzt auf Grund seiner ›antisemitischen‹ – gemeint ist: christlich-antijüdischen! – Gesinnung im Verein mit Theodor Anton Heinrich von Schmalz (1760–1831) u. a. Gans Schwierigkeiten bereitet, indem über Jahre versucht worden war, ihn von den Fakultätsgeschäften auszuschließen. Die Juristenfakultät hatte sich nach einem mehr als zweijährigen Hin und Her und einer Reihe negativer Gutachten schon im August 1822 geweigert, Gans eine außerordentliche Professur der Rechte zu verleihen. Eindeutig ging es hierbei noch um Gans' jüdische Herkunft; Gans' spätere Ernennung zum ordentlichen Professor geschah alsdann weniger vor dem Hintergrund, ob ein Mann mosaischen Glaubens, sondern eher, ob ein der Historischen Rechtsschule die wissenschaftliche Gefolgschaft Versagender eine solche Position einnehmen sollte. In ausschließlich diesen Kontext hatte wohl auch Gans die Probleme seines akademischen Fortkommens verorten wollen:

Überdies ist, wenn meine Stellung zu Herrn von Savigny als Hindernis meiner Beförderung zur Ordinariate angesehen wird, dies kein dilatorisches, sondern ein *peremptorisches* Hindernis, das ich niemals heben kann. Ich bin dann in der Lage, mich als ein solcher zu betrachten, den seine wissenschaftlichen Ansichten, die er nicht ändern kann, von einer Beförderung ausschließen, die sonst untergeordneterem Verdienste zukommen könnte.[27]

Schon früher allerdings hatte sich Gans seinerseits, nämlich in der Vorrede zu seinem letztlich unvollendet gebliebenen Hauptwerk »Das Erbrecht in weltgeschichtlicher Entwicklung«[28], kritisch gegen von Savigny ausgesprochen. Altenstein selbst zitiert den betreffenden Passus in seinem Antwortbrief an Gans vom 30. Juni 1829:

> Sie werden sich nicht verbergen, daß man Äußerungen, wie in der Vorrede zum zweiten Bande Ihres Erbrechts in weltgeschichtlicher Entwickelung, S. VII: Die schmachvolle Gedankenlosigkeit, in welche durch die fortgesetzten Bemühungen der sog. historischen Schule die Rechtswissenschaft jetzt versunken ist pp. wohl als verunglimpfend aufnehmen kann und daß die Stelle, S. XI *eod. loco*: Der geneigte Leser wird pp. erst ersehen, auf welcher Grundlage diese historische Wissenschaft der historischen Juristen beruht, wie ihnen Gesetz und Gewalt identisch sind *und wie, wenn man das Wesen dieser Lehre weiter verfolgen wollte, man ihre Wurzeln bei allem anscheinenden Widerspruche in jenem platten, nivellierenden Demagogismus unserer Tage fände, der alles atomisiert und als Einzelnes und Partikulares sieht,* einer noch schlimmeren Mißdeutung fähig ist, ohne daß eine innere Notwendigkeit erhellte, Ihre abweichende Meinung auf diese Weise auszuführen.[29]

Zuvor hatte wiederum von Savigny eine kritische Besprechung des Gans'schen Werkes publizieren lassen. Zu besonderer Schärfe wuchs sich der Konflikt aus, als Gans in der seinem »System des Römischen Civilrechts im Grundrisse« (1827) beigegebenen Abhandlung von Savignys Besitztheorie angriff, eine Frage, die ihn noch kurz vor seinem Tod zu einer Duplik »Ueber die Grundlage des Besitzes« (1839) veranlasste.

Gans' Betätigungsfeld beschränkte sich aber bekanntlich nicht auf seine akademische Laufbahn, nicht weniger verstand er sich nämlich als Politicus, als ein – gleichwohl nicht bedingungslos republikanischer – Deutscher mit jüdischer Bildungsgeschichte. Als Journalist wirkte er als Berlin-Korrespondent im Dienste der in Augsburg ansässigen »Allgemeinen Zeitung«; zudem trat er als politischer Reisejournalist in Erscheinung. Er pflegte einen regen gesellschaftlichen Umgang und war seit seiner Jugend mit Heinrich Heine[30] und Karl August Varnhagen von Ense (1785–1858) befreundet. Als Jude Jurist zu sein, war damals ein Politikum, und als Hegelianer Rechtswissenschaft zu betreiben, führte wie gesehen zwangsläufig zu Konflikten mit der historischen, der Kronprinzenpartei verpflichteten Schule. Die »Wissenschaft des Judentums«, eine Begriffsprägung von Gans, dem Gründungsmitglied, gelegentlichen Sekretär, zeitweiligen Präsidenten und jedenfalls Spiritus Rector des »Vereins für Cultur und Wissenschaft der Juden«, den er 1819 zusammen mit Leopold Zunz (1794–1886) und Moses Moser (1797–1838) gründete, hat unzweifelhaft Hegelianische Ursprünge.[31] Auch Heine schloss sich diesem Verein an. »Seine Reformbestrebungen für die Regeneration des Judenthums auf modern philosophischer Grundlage scheiterten an der Theilnahmlosigkeit der Mehrzahl seiner Glaubensgenossen und erreichten mit der Selbstauflösung des Vereins [...] ihr Ende.«[32] Zu bescheiden war der Widerhall; zur Ablehnung durch das orthodoxe Judentum kam die Nichtbeachtung durch die christlichen Kreise, obwohl der Verein durch die Herausgabe einer Zeitschrift, die mit manch bemerkenswertem Beitrag in die geistige Zeitsituation hineinlotete, sowie durch die Gründung einer Schule für jüdische Knaben, an der auch Heine mitgewirkt hat, nachdrücklich auf sein sozialpolitisches Engagement aufmerksam machte.

Gans' Übertritt zum Protestantismus, derjenigen Religion also, mit der allein nach Hegels Ansicht überhaupt nur Staat zu machen sei, stellt letztlich auch für Altenstein die notwendige Voraussetzung dar für seinen dauerhaften Verbleib an der Berliner Juristenfakultät. In Hegels Rechtsphilosophie wird das Christentum als ein geistig überlegenes welthistorisches Prinzip verstanden, welches den Begriff einer allgemeinen Menschheit zugrunde legt. Für Gans bedeutete diese Ansicht ein Novum insofern, als diese Religion nun nicht mehr als eine feindliche Macht erschien. So besorgte Gans nach Hegels Tod nicht nur im Rahmen der »Freundesvereinsausgabe« eine zweite Auflage der »Grundlinien der Philosophie des Rechts« (1833), sondern er ergänzte Hegels Text auch um Zusätze mit dem Ziel, die schwierige Darstellung in anschaulicher Sprache zu vermitteln. Vielfach wurden diese Anmerkungen, die Gans für die zweite Auflage der »Grundlinien« aus Vorlesungsnachschriften zusammenstellte, als für das Verständnis des Hegelschen Textes hilfreich begrüßt. Als »mündliche Zusätze« wurden die Ganssschen Ergänzungen auch in neuere Ausgaben der »Grundlinien« aufgenommen.[33] Das Bild eines systematischen Hegel, der in seinen fünf Berliner Vorlesungen seine philosophische Konzeption der Geschichte nicht sonderlich modifiziert habe, verdankt sich den verschiedenen Editionen der »Philosophie der Geschichte« von Gans (1837), Karl Hegel (1840) und sogar noch von Georg Lasson (1917–1920).

Eduard Gans wurde nur 42 Jahre alt. Der von Hause aus jüdische Jurist Friedrich Julius Stahl (1801–1861) diente sich der Historischen Rechtsschule als deren Rechtsphilosoph an und wurde mit Hilfe von Savignys nebst kronprinzlicher Einflussnahme zum Nachfolger von Gans an der Universität zu Berlin.[34] Der jüdische Rechtsphilosoph Heinrich Bernhard Oppenheim (1819–1880), sich weigernd, zu Kreuze zu kriechen, verzichtete auf eine seinem Können angemessene Universitätskarriere in Berlin und anderswo.[35] Nach Gans' Tod konnte Stahl sich als Hochschullehrer der gleichen Beliebtheit erfreuen wie sein Vorgänger.

Anmerkungen

Prof. Dr. Norbert Waszek (Paris) gilt mein bester Dank für wertvolle Hinweise.

1 Nachträgliche Paginierung von fremder Hand.
2 Die letzten vier Zeilen von fremder Hand.
3 bin] verbessert aus: wäre (überschrieben).
4 keine] mit Einfügungszeichen über der Zeile.
5 habe] verbessert aus:? (überschrieben).
6 Heinrich-Heine-Institut, Düsseldorf, HHI.AUT.2017.5009.12.
7 Zur Biographie siehe nach wie vor Hanns G. Reissner: Eduard Gans. Ein Leben im Vormärz. Tübingen 1965 (Schriftenreihe wissenschaftlicher Abhandlungen des Leo Baeck Instituts. Bd. 14).
8 Vgl. Eduard Gans: Briefe und Dokumente. Hrsg. v. Johann Braun. Tübingen 2011. Gemäß Brauns Ausgabe wäre Gans' in vorliegender Publikation präsentierter Brief vom 28. Juni 1829 unter Nr. 202, S. 270 einzureihen. Unter dieser Nr. rangiert in Brauns Edition Altensteins bezugsadäquate Antwort an Gans, die vom 30. Juni datiert. Der hier mitgeteilte Brief ist nicht in Brauns »Verzeichnis der abgedruckten und nicht abgedruckten Dokumente« gelistet, vgl. ebd., S. IXL–LXI.
9 Kurt R. Meist bereitete die erstmalige wissenschaftliche Erschließung des in Bamberg verwahrten Teils des Privat-Nachlasses Karl vom Stein zu Altenstein vor, aus dem Ende der 1970er Jahre der von der Deutschen Forschungsgemeinschaft geförderte Projektbereich D

des Bochumer Sonderforschungsbereichs »Wissen und Gesellschaft im 19. Jahrhundert« hervorging, in dessen Rahmen er gemeinsam mit Walter Jaeschke den Altenstein-Nachlass für die Hegel-Forschung fruchtbar machte. Vgl. Kurt Rainer Meist: Altenstein und Gans. Eine frühe politische Option für Hegels Rechtsphilosophie. – In: Hegel-Studien 14 (1979), S. 39–72; Walter Jaeschke: Urmenschheit und Monarchie. Eine politische Christologie der Hegelschen Rechten. – In: Hegel-Studien 14 (1979), S. 73–107.

10 Vgl. hierzu Max Lenz: Geschichte der Königlichen Friedrich-Wilhelms-Universität zu Berlin. Bd. 2, 1. Hälfte. Halle 1910, S. 390 ff.

11 Vgl. Briefe von und an Hegel. Bd. 3: 1823–1831. Hrsg. v. Johannes Hoffmeister. 3., durchges. Aufl. Hamburg 1969, S. 638 (Nr. 637).

12 Gans: Briefe und Dokumente [Anm. 8], S. 231 f. (Nr. 154); vgl. auch ebd. S. 252 ff. (Nr. 177), erneut Altenstein an Friedrich Wilhelm III., 28. Oktober 1828, diesmal mit der Bitte, »den außerordentlichen Professor *Dr. Eduard Gans* zum ordentlichen Professor in der juristischen Fakultät der hiesigen Universität huldreichst ernennen zu wollen.« Am 15. November 1828 wurde diesem Gesuch entsprochen; vgl. Bestallung, ebd., S. 254 f. (Nr. 178).

13 Ebd. S. 306 (Nr. 229).

14 Georg Wilhelm Friedrich Hegel: Philosophie des Rechts. Hrsg. v. Eduard Gans. Zweyte mit Zusätzen versehene Ausgabe. Berlin 1833; dass. Dritte unveränderte Ausgabe 1842; Freundesvereinsausgabe Bd. 8. Hegel: Philosophie der Geschichte. Hrsg. v. Eduard Gans. Datum des Vorworts: Mai 1837; erstmals angezeigt im Juni 1837 in der Literarischen Zeitung, Nr. 30 vom 19.7.1837, Nr. 1176 in der Rubrik »Vollständige Bibliographie der neuesten Literatur«. – In: Freundesvereinsausgabe Bd. 9. Gans besorgte auch zwei Editionen der in den Wintersemestern 1828/29 und 1832/33 nach Hegels Rechtsphilosophie-Kompendium gehaltenen Naturrechtsvorlesungen an Berlins Juristenfakultät, nachgeschrieben von Theodor Schütze bzw. Immanuel Hegel. Die neuen Editionen: Eduard Gans: Philosophische Schriften. Hrsg. u. eingel. v. Horst Schröder. Berlin 1971; Eduard Gans: Naturrecht und Universalrechtsgeschichte. Hrsg. v. Manfred Riedel. Stuttgart 1981. (Deutscher Idealismus. Bd. 2); Eduard Gans: Naturrecht und Universalrechtsgeschichte. Vorlesungen nach G. W. F. Hegel. Hrsg. u. eingel. v. Johann Braun. Tübingen 2005.

15 Gemäß Kabinettsordre des Königs vom 15.11.1828.

16 Meist: Altenstein und Gans [Anm. 9], S. 43.

17 Gans: Briefe und Dokumente [Anm. 8], S. 246 f. (Nr. 170).

18 Ebd., S. 248 (Nr. 172).

19 Ebd., S. 249 (Nr. 173).

20 Siehe hierzu Johann Braun: »Schwan und Gans«. Zur Geschichte des Zerwürfnisses zwischen Friedrich Carl von Savigny und Eduard Gans. – In: JuristenZeitung 34 (1979), Nr. 23/24 (14. Dezember), S. 769–775. Siehe auch ders. in Gans: Briefe und Dokumente [Anm. 8], S. XV–XX, und ebd., S. 333 f. (Nr. 255). Vgl. auch das bei Meist: Altenstein und Gans [Anm. 9], S. 46 ff., mitgeteilte Gutachten Altensteins.

21 Ueber Eduard Gans. – In: Hallische Jahrbücher für deutsche Wissenschaft und Kunst 3 (1840), Sp. 900–904, hier Sp. 902 f. ND in: Eduard Gans (1797–1839): Hegelianer – Jude – Europäer. Texte und Dokumente. Hrsg. u. m. Einleitung u. Bibliographie v. Norbert Waszek. Frankfurt a. M. u. a. 1991 (Hegeliana. Quellen und Studien zu Hegel und zum Hegelianismus. Bd. 1), S. 53–55.

22 Ebd., Sp. 903.

23 Gans: Briefe und Dokumente [Anm. 8], S. 240 (Nr. 162).

24 Ebd., S. 258 f. (Nr. 184).

25 Ebd., S. 259 f. (Nr. 185).

26 Ebd., S. 260 (Nr. 186).

27 Ebd., S. 240 (Nr. 162).

28 Band 1–2: 1824–1825; Band 3–4: 1829–1835. Gans legte mit dieser Arbeit den Grund zu einer vergleichenden Rechtsgeschichte; den ersten Band hatte er auch Hegel in »größte[r] Schüchternheit« im Oktober 1823 postalisch zukommen lassen. Gans: Briefe und Dokumente [Anm. 8], S. 150 f. (Nr. 95).

29 Ebd., S. 270 f. (Nr. 202).

30 Siehe hierzu: Norbert Waszek: Aufklärung, Hegelianismus und Judentum im Lichte der Freundschaft von Heine und Gans. – In: Aufklärung und Skepsis. Internationaler Heine-Kongress 1997 zum 200. Geburtstag. Hrsg. v. Joseph A. Kruse, Bernd Witte, Karin Füllner Stuttgart 1998, S. 226–241.

31 Waszek unterstützt die Avineri-These, dass Hegels Einwände gegen den Judaismus nur ein Seitenhieb seines heftigen Angriffs auf das Christentum selbst darstelle und wirft schließlich die Frage auf, ob nicht der Hegelianismus des »Culturvereins« zu einer Wurzel des späteren Zionismus wurde. Norbert Waszek: »Wissenschaft und Liebe zu den Seinen« – Eduard Gans und die hegelianischen Ursprünge der ›Wissenschaft des Judentums‹. – In: Eduard Gans (1797–1839). Politischer Professor zwischen Restauration und Vormärz. Hrsg. v. Reinhard Blänkner, Gerhard Göhler, Norbert Waszek. Leipzig 2002 (Deutsch-Französische Kulturbibliothek. Bd. 15), S. 71–103, hier S. 87.

32 Emil Julius Hugo Steffenhagen: Gans, Eduard. – In: Allgemeine Deutsche Biographie. Bd. 8 (1878), S. 361–362, hier S. 362.

33 Vgl. Georg Wilhelm Friedrich Hegel: Grundlinien der Philosophie des Rechts oder Naturrecht und Staatswissenschaft im Grundrisse. Mit Hegels eigenhändigen Notizen und den mündlichen Zusätzen. – In: Ders.: Werke. Auf der Grundlage der Werke von 1832–1845 neu edierte Ausgabe. Redaktion Eva Moldenhauer u. Karl Markus Michel. Bd. 7. Frankfurt a. M. 1970; ders.: Grundlinien der Philosophie des Rechts oder Naturrecht und Staatswissenschaft im Grundrisse. Nach der Ausgabe von Eduard Gans hrsg. u. mit einem Anhang versehen v. Hermann Klenner. Berlin 1981.

34 Vgl.: Hermann Klenner: Stahls Berufung. – In: Aufbruch in die Bürgerwelt. Lebensbilder aus Vormärz und Biedermeier. Hrsg. v. Helmut Bock u. Renate Plöse. Münster 1994 (Theorie und Geschichte der bürgerlichen Gesellschaft), S. 363–373.

35 Vgl. Hermann Klenner: Heinrich Bernhard Oppenheim als Rechtsphilosoph. – In: Zeitschrift für Religions- und Geistesgeschichte 48 (1996), S. 303–313.

21. Forum junge Heine-Forschung 2018 mit neuen Arbeiten über Heinrich Heine

Von Sabine Brenner-Wilczek, Düsseldorf

> Gesucht werden neue Arbeiten und Forschungsansätze, die sich mit dem Werk des Dichters, Schriftstellers und Journalisten Heinrich Heine beschäftigen oder die Heine-Zeit thematisieren. Die Forschungsergebnisse können auf Bachelor- und Masterarbeiten, Dissertationen oder laufenden, nicht abgeschlossenen Studien basieren und im Rahmen halbstündiger Vorträge einem interessierten und fachkundigen Publikum präsentiert werden. Das »Forum Junge Heine Forschung« weist eine internationale sowie interdisziplinäre Ausrichtung auf.[1]

So lautete der auf vielen digitalen Plattformen, an internationalen Universitäten und in Fachzeitschriften veröffentlichte Aufruf zur Einreichung von Beiträgen für das 21. Internationale Forum Junge Heine-Forschung 2018. Die Anzahl der auf diese Weise vorgeschlagenen Beiträge überstieg das Maß an möglichen Referentinnen und Referenten bei weitem, so dass ausgewählte acht Vorträge am Samstag, dem 8. Dezember 2018, von 10 bis 18 Uhr in der Bibliothek des Heinrich-Heine-Instituts präsentiert werden konnten. Zur Veranstaltung kamen als Vortragende William Ohm aus Toronto, Michael Rodegang Drescher aus Heidelberg, Nora Schön aus Düsseldorf, Gesa Jessen aus Oxford, Hannah Pillin aus München, Vera Höltschi aus Namur, Sibel Baran aus Ankara, Julia Kristina Kitzmann aus München sowie ein großes interessiertes Publikum aus Universität und Stadtgesellschaft. Heinrich-Heine-Institut, Heinrich-Heine-Gesellschaft und das Institut für Germanistik der Heinrich-Heine-Universität Düsseldorf hatten zum 221. Heine-Geburtstag eingeladen, um der jungen Heine-Forschung ein Forum zu bieten, und wie immer für den besten Vortrag einen Preis ausgelobt.[2] Die Organisation, Leitung und Moderation haben Sabine Brenner-Wilczek und Volker Dörr übernommen.

Den ersten Vortrag präsentierte mit William Ohm der aktuelle Heine-Stipendiat. Dies ist eine erfreuliche Neuerung für das Forum junge Heine-Forschung. Zwar hat die Landeshauptstadt Düsseldorf, um die internationale Heine-Forschung weiterhin zu vernetzen, gemeinsam mit der Heinrich-Heine-Universität Düsseldorf bereits zum vierten Mal ein Heine-Stipendium an einen international Forschenden vergeben, aber bislang wurde das Heine-Stipendium lediglich an Studierende aus den Partnerstädten und befreundeten Städten der Landeshauptstadt Düsseldorf jeweils im Sommersemester eines jeden Jahres vergeben.[3] Nunmehr wurden zwei Änderungen eingeführt: Erstens können sich alle internationalen Studierenden bewerben. Zweitens wird das Stipendium jeweils für das Wintersemester ausgelobt. Dies bedeutet, dass die Stipendiatinnen und Stipendiaten auch in Zukunft die Möglichkeit haben, mit einem Vortrag am Forum junge Heine-Forschung teilzunehmen.

William Ohm, dessen Dissertation von Willi Goetschel an der Universität von Toronto betreut wird, forscht in seiner Doktorarbeit zur Beziehung zwischen Heinrich

Heines Sensualismus und seinem Schreibstil. Beim Forum junge Heine-Forschung konzentrierte er sich in seinem Beitrag »Die durchgeistigte Körpersprache« auf Heines Schrift »Zur Geschichte der Religion und Philosophie in Deutschland« und stellte die engagiert vorgetragene These auf, »dass die Verwirklichung von Ideen eine Sprache verlangt, welche die von dem Sensualismus erstrebte Versöhnung von Geist und Materie selbst vollzieht«.[4]

Der nächste Beitrag von Michael Rodegang Drescher, »Lachende Exorzismen: Mythologische Resignifikation in Heines ›Deutschland. Ein Wintermärchen‹«, befasste sich ebenfalls mit Heines Schreibstil. Er arbeitete heraus, dass Heines Verse als »ernste und zugleich heitere Gesellschaftsanalyse« gelesen werden sollten, da sie auch ein »fröhlicher, fast frohlockender Versuch« sind, »den dominanten Mächten die Legitimation abzusprechen«. Wie Heine die Mythen »abwandelt, umwandelt und neu denkt«, exemplifizierte Michael Rodegang Drescher an der Barbarossa-Episode und betonte vor allen Dingen, dass Heine die »monarchischen und christlichen Grundmythologien der Zeit denaturalisiert«.[5] Mit diesem Vortrag schloss Michael Rodegang Drescher an sein methodisches Instrumentarium an, das er nach seinen Studien in Heidelberg und Harvard 2016 auch bei seiner Doktorarbeit, die Transformationen deutscher und amerikanischer Gründungsmythen analysiert, verwendet hat.[6]

Mit Heines Stil und den von ihm verwendeten Motiven beschäftigte sich auch Nora Schön, die als wissenschaftliche Volontärin im Museum des Heine-Instituts arbeitet, in ihrem Beitrag »›Nur in der Tiefe des Gemüthes‹ – Freiheit, Nation und politische Lyrik in Heinrich Heines ›Zeitgedichten‹«. Sie betonte vor allen Dingen den stilistischen Variantenreichtum Heines sowie seine Ästhetik und Finesse in der Entwicklung der poetischen Bilder – beispielsweise kommt die barfüßig trabende Freiheit »auf die Strümpfe« und trägt eine »warme Pudelmütze« (DHA II, 121), um das saturierte Bild einer nur scheinbaren Freiheit zu veranschaulichen. Mit diesen poetischen Mitteln setzt sich Heine offenkundig gegen die »Tendenzpoesie« seiner Zeit ab.[7]

Gesa Jessen stellte ihren Beitrag unter den Titel »›und daß ich selbst wieder zerrinnen möchte‹ – Dynamiken von Wasser, Selbst und Gender beim frühen Heine«. Ausgehend von der »kulturellen Aufladung von Gewässern in der Biedermeierzeit« entdeckte sie eine »Poetik des Wassers, mithilfe derer Heine sich dem politischen Charakter, der Struktur des Begehrens und der Geschlechtlichkeit des bürgerlichen Subjekts annimmt«.[8] Mit den pointiert vorgetragenen Ergebnissen ihrer Heine-Lektüre, die Forschungsansätze aus der Gender-Debatte ebenso mitdenkt wie kulturgeschichtliche Zusammenhänge, konnte Gesa Jessen, die momentan an der Universität in Oxford zu der Beziehung von Literatur, Natur und Gender in der ersten Hälfte des 19. Jahrhunderts promoviert, das Publikum und auch die Jury des Forums junge Heine-Forschung überzeugen.

Am Nachmittag des Forums widmete sich Hannah Pillin, die Philosophie, Sprache, Literatur und Kultur an der Ludwig-Maximilians-Universität München studiert, dem interdisziplinären Thema »Semantische Dimensionen in Heines Dichtung und ihrer Vertonung«. Diesem großen Themenkomplex näherte sie sich anhand von Vertonungen von Heines »Du bist wie eine Blume«. Selbstverständlich konnte die Frage, »ob die Musik dem Urtext in erster Linie zu deutendes Material hinzufügt oder vielmehr in Form der Stimme einer Deutungshypothese fungiert«, nicht allgemeingültig geklärt werden, aber es konnten sowohl Schichten von »Isomorphie, Hierarchie« und »Symbiose«[9] bei den unterschiedlichen Vertonungen im Vergleich zu Heines Text abgetragen werden. Dieser interdisziplinäre Ansatz dürfte auch in Zukunft gewinnbringende und weiterführende Fragestellungen nach sich ziehen, vor allen Dingen, da Heine der meistvertonte deutschsprachige Dichter ist und somit eine sehr gute Quellen- und Vergleichsbasis gegeben ist.

Mit einem weiteren interdisziplinären Thema beschäftigte sich Vera Höltschi in ihrem Vortrag »Heinrich Heines Doktor Faust. Das Ballettlibretto als Literatur«. Sie arbeitet derzeit als Assistentin für deutsche Literatur an der Université de Namur und schreibt eine Dissertation über das »Tanzmotiv in den Faustwerken von Goethe, Heine und Thomas Mann«. Heines Text gilt als nicht »tanzbar« und kam daher bislang nicht zur unveränderten Aufführung. Dieser Einschätzung schloss sich Vera Höltschi in ihrer Argumentation weitgehend an und analysierte auch Werner Egks »Abraxas«, der Heines Tanzpoem als Vorlage verwendet hat. Zudem plädierte sie anhand von Heines Beispiel aufgrund der verwendeten Motive, der literarischen Montagetechnik und der Sprache schlüssig dafür, dass »ein Libretto als literarisches [Untersuchungs-]Objekt behandelt werden soll«.[10]

Sibel Baran, die zurzeit wissenschaftliche Mitarbeiterin und Doktorandin am Institut für deutsche Sprache und Literatur an der Hacettepe Universität in Ankara ist, referierte unter dem Titel »Motivanalyse des Novellenfragments ›Florentinische Nächte‹ von Heinrich Heine«. Neben politischen und gesellschaftskritischen Konnotationen[11] arbeitete sie auch die Verwendung der Bedeutung der orientalischen Motive heraus. Hierzu zählt der »große Teppich«, den dort der Zwerg »Monsieur Türlütü« zu Füßen der Tänzerin Laurence ausbreitet, um dann »wieder, in Begleitung der großen Trommel seine Triangel zu spielen« (DHA V, 230).

Den Abschluss des Forums junge Heine-Forschung bildete der Beitrag von Julia Kristina Kitzmann, die an der Eberhard Karls Universität Tübingen im Master Deutsche Literatur studiert. Sie referierte über das Thema »Demaskierung der Gewalt. Intertextuelle Bezüge zwischen Heines ›Die weiße Blume‹ und Goethes ›Heidenröslein‹«. Julia Kristina Kitzmann ging es »nicht um die (vor allem dekonstruktive) Absage an das Modell der Erlebnislyrik«. Vielmehr interpretierte sie Heines Text als »ein neues, positiv-normatives Modell von Geschlechterrollen und Liebe«.[12] Dies machte sie vor allen Dingen fest an dem Brechen der Blume durch den Jüngling und das sich wehrende Stechen der Blume in Goethes Gedicht, das im Gegensatz zu dem Aufruf der Blume in Heines Gedicht »Lieb Brüderchen, pflück mich!« und dem eher zögerlichen »Da zag' ich, und pflück' ich es schnell« (DHA I, 437) steht. Diese These sorgte – wie durchgängig alle Beiträge des Forums – für angeregte und anregende Diskussionen von Heine-Experten, Studierenden und interessiertem Stadtpublikum.

Den Preis für das 21. Forum junge Heine-Forschung erkannte die Jury[13] dem Beitrag von Gesa Jessen zu. Ihr wurde am 20. März 2019 von Felix Droste in der Mitgliederversammlung der Heine-Gesellschaft gratuliert und der Preis überreicht.

Anmerkungen

1 Call for Papers des Heinrich-Heine-Instituts, Juni 2018.
2 Zu Konzeption, Organisation und Geschichte des von Heinrich-Heine-Institut, Heinrich-Heine-Gesellschaft und Heinrich-Heine-Universität gemeinsam veranstalteten Forums vgl. die Berichte über die vorangegangenen Kolloquien von Karin Füllner. Diese sind seit 2001 kontinuierlich im Heine-Jahrbuch erschienen.
3 Das Institut für Germanistik der Heinrich-Heine-Universität mit dem Lehrstuhlinhaber Volker Dörr und das Heinrich-Heine-Institut mit seiner Direktorin Sabine Brenner-Wilczek übernehmen die fachliche Beratung und die Betreuung der Stipendiaten. Gefördert wird das Heine-Stipendium von der Landeshauptstadt Düsseldorf mit einer Gesamtsumme von 10.000 Euro.
4 Zitiert nach der von William Ohm vorgelegten Zusammenfassung.
5 Zitiert nach der von Michael Rodegang Drescher vorgelegten Zusammenfassung.
6 Vgl. Michael Rodegang Drescher: Poets of Protest. Mythological Resignification in American Antebellum and German Vormärz Literature. Bielefeld 2016, insbes. S. 219–282.
7 Vgl. die von Nora Schön vorgelegte Zusammenfassung.
8 Zitiert nach der von Gesa Jessen vorgelegten Zusammenfassung.
9 Zitiert nach der von Hannah Pillin vorgelegten Zusammenfassung.
10 Zitiert nach der von Vera Höltschi vorgelegten Zusammenfassung.
11 Vgl. die von Sibel Baran vorgelegte Zusammenfassung.
12 Zitiert nach der von Julia Kristina Kitzmann vorgelegten Zusammenfassung.
13 Mitglieder der Jury waren in diesem Jahr: Dr. Sabine Brenner-Wilczek, Prof. Volker Dörr, Dr. Karin Füllner und Florian Pehlke.

Buchbesprechungen

Thomas Bremer, Wolfgang Fink, Françoise Knopper, Thomas Nicklas (Hrsg.): ***La question sociale du »Vormärz« – Vormärz und soziale Frage. 1830–1848. Perspectives comparées – Vergleichende Perspektiven.*** **Reims: Épure 2018, 331 S. € 24,00.**

Der Band geht zurück auf eine Tagung in Reims im Jahre 2016 im Rahmen eines Forschungsprogramms des Centre interdisciplinaire d'études et de recherches sur l'Allemagne (CIERA) mit dem Titel »L'héritage des Lumières à l'époque du Vormärz: conflits, stratégies, réseaux et matérialité«. Er enthält dreizehn Beiträge, davon acht in französischer Sprache.

François Genton vergleicht zwei ›literarische Klassiker‹ der deutschen und französischen Arbeiterbewegung, Heines »Weberlied« von 1844 und Pierre Duponts »Le Chant des ouvriers« von 1846, das vom Aufstand der Lyoner Seidenweber im Jahr 1831 inspiriert ist. Heine hat kein sangbares Lied und schon gar kein Kampflied geschrieben, sondern eher einen düsteren geschichtsphilosophischen Text, der die Zerstörung des alten Deutschland beschwört. Pierre Dupont (1821–1870) dagegen schreibt und komponiert im populären Ton einen »chant de douleur et de mélancolie« (Baudelaire), der gegen alle Schrecknisse im Refrain die Solidarität der geschundenen Arbeiter feiert. Während Heine die Lösung der »sozialen Frage« aus der Sicht des Intellektuellen einfordert, beansprucht Dupont aus der Sicht der Arbeiter für diese einen Platz in einer veränderten Welt. Beide Texte treffen sich in dieser ›reformistischen‹ Überzeugung. Bernd Füllner beschäftigt sich in seinem Beitrag ein weiteres Mal mit Genese und früher Rezeption des »Weberliedes«.

Die ›Fallstudien‹ setzen ein mit einem Aufsatz von Laure Gallouët zu Franz Gräffer (1785–1852), einer Wiener Lokalgröße, und seinen »Kleinen Wiener Memoiren« (1845–46). Die »soziale Frage« spielt in der harmlosen anekdotischen Prosa allenfalls indirekt eine Rolle. Ganz anders ist das im Fall Georg Büchners, für den die »soziale Frage« zentrales Anliegen ist. In ihrem anregenden kurzen Durchgang durch Büchners Gesamtwerk zeigt Camille Jenn, wie es ihm gelingt, der Idee der Solidarität mit den Unterprivilegierten eine ästhetisch-literarische Form zu geben. Philipp Hubmann wendet sich Bettina von Arnim zu und speziell ihrem Text »Dies Buch gehört dem König« von 1843. Er verweist darauf, dass von Arnim über die verbreitete allgemeine Kritik an einem seelenlosen Staatsapparat hinaus erstmals die Textsorte der »Enquête« ins Feld führt und im Anhang ihres Buches abdruckt, eine Textsorte, die es dem Leser erlaubt, die Versäumnisse des Staates hinsichtlich der »sozialen Frage« mittels empirischen Materials nachzuvollziehen. Das ist etwas völlig Neues, zumal empirische Erhebungen in Deutschland erst in den Jahren nach 1870 allgemein in Gebrauch kommen. Wolfgang Fink untersucht den Sozialroman der 1840er Jahre und zeigt an verschiedenen Beispielen, wie zwar die moderne Arbeitswelt mit allen ihren Frontstellungen zur Darstellung kommt, wie die Autoren aber vor den umfassenden ›communistischen‹ Lösungsvorschlägen zurückschrecken. Die »soziale Frage« bleibt – mit der Ausnahme Weerth – in den Romanen von Willkomm, Eichholz, Oelckers oder Sternberg unbeantwortet.

Thomas Bremer widmet sich Äußerungen Gutzkows in den »Briefen aus Paris« zur Lehre von Charles Fourier. Die Ideen der Saint-Simonisten und Fourieristen waren Anfang der 1830er Jahre durch die zeitgenössische Presse relativ breit nach Deutschland vermittelt worden (für den Saint-Simonismus vgl. z. B. Stefanie Siebers-Gfaller: Deutsche Pressestimmen zum Saint-Simonismus 1830–1836. Eine frühsozialistische Bewegung im Journalismus der Restaurationszeit. Frankfurt a. M. u. a. 1992). Als aufmerksamer Zeitungsleser war Gutzkow vorbereitet, und sein Fazit in Bezug auf den Fourierismus und dessen Vorschlag zur Lösung der »sozialen Frage« – sympathisch, aber naiv – entspricht genau dem Tenor, den man z. B. in den Paris-Korrespondenzen des »Morgenblatts« über Fourier und seine

Anhänger lesen kann. Françoise Knopper folgt den Spuren des Jungdeutschen Theodor Mundt durch Frankreich und beobachtet ihn bei seinem Feldstudien zur »sozialen Frage«. Als Bewunderer des Saint-Simonismus verfolgt er deren Lösung über gesellschaftliche Harmonie, Toleranz und Überwindung der nationalen Gegensätze. Auch die Untersuchung von Thomas Nicklas zu Karl von Rotteck nimmt ihren Ausgang bei Mundt und dessen Zusammentreffen mit Rotteck im Sommer 1838. Rottecks reformerischere Haltung im Geiste einer katholischen Aufklärung verlor für die Jungdeutschen allerdings schnell an Attraktivität. Ein wesentlicher Beitrag Rottecks zur Politisierung der deutschen Gesellschaft war das von ihm zusammen mit Theodor Welcker herausgegebene »Staatslexikon«, die »Bibel des Liberalismus«, mit dessen drei verschiedenen Ausgaben (1834–43; 1845–48; 1856–66) sich der Beitrag von Fritz Taubert beschäftigt. Die Antworten der Autoren des Lexikons auf die »soziale Frage« laufen in den beiden ersten Auflagen auf eine gerechtere Verteilung der Einkommen und Schaffung von Aufstiegschancen hinaus, und auch nach der Revolution von 1848 ändert sich diese Linie nicht wirklich.

Norbert Waszek untersucht die Ausprägung der »sozialen Frage« bei dem in Frankreich noch weithin unbekannten Lorenz von Stein. Dieser propagierte ein Königtum, das sich zur Speerspitze sozialer Reformen macht und so den Unterschichten Zugang zu »Freiheit« und politischer Partizipation ermöglicht. Die beiden letzten Beiträge blicken aus einer anderen, der Perspektive »von unten« auf die »soziale Frage«. Ludolf Pelizaeus fragt im Blick auf Südwestdeutschland danach, wie revolutionäres Gedankengut unmittelbar nach 1815 überhaupt an breitere Schichten vermittelt werden konnte. Am Beispiel von Texten Karl Follens und Friedrich Wilhelm Schulz' erläutert er die enge Verbindung dieser ersten aufrührerischen Bewegung des Vormärz mit den Ideen der Aufklärung des 18. Jahrhunderts, was dazu führte, dass sie die »soziale Frage« in ihrer modernen Ausprägung noch nicht in den Blick nahmen.

Abschließend werfen Amélie Richeux und Ali Zein einen Blick auf einige Beispiele aus den Sammlungen von Kriminalfällen, den »Causes célèbres« des 19. Jahrhunderts in Deutschland und Frankreich, in denen die »soziale Frage« aber stets nur eine sehr untergeordnete Rolle spielt. Allenfalls unterstützt die Verbindung von »kriminell« und »sozial schwach« die Stigmatisierung der Unterschichten als Gefahr für die bürgerliche Gesellschaft.

Trotz vieler interessanter Informationen und weiterführender Anregungen bleiben einige Leserwünsche offen. So hätte der Rezensent sich von einem deutsch-französischen Gemeinschaftsprojekt mehr vergleichende Beiträge in der Art desjenigen von F. Genton gewünscht. Die in Deutschland massenhaft verbreiteten Romane von Eugène Sue hätten sich dafür angeboten, haben sie für das Verständnis der »sozialen Frage« doch vermutlich mehr geleistet als alle deutschen Sozialromane zusammen. Auch die Paris-Korrespondenzen deutscher Zeitungen jenseits von Heine hätten mehr Interesse verdient, die das politische Bewusstsein der deutschen Öffentlichkeit sicher stärker beeinflusst haben als viele literarische Texte. Bei einigen Beiträgen, in denen die Autoren selbst erklären, dass die untersuchten Beispiele mit der »sozialen Frage« nichts oder nur wenig zu tun haben, stellt sich die Frage, warum sie in den Band aufgenommen wurden. Schmerzlich vermisst wird ein Namensregister.

Bernd Kortländer

Veronica Butler: *The Analyst of Manners, Money and Masks. August Lewald in the Vormärz*. Bielefeld: Aisthesis 2017 (Vormärz Studien, XLI). 257 S. € 34,80.

August Lewald's outsize role as an innovative editor and journalist has secured his status in Vormärz letters. Such journals as »Europa. Chronik der gebildeten Welt« (1835–1885) were ground-breaking for their blend of essays, verse, and literature, all of which promoted cross-cultural exchange in a liberal-minded register. Lewald was, for example, the first editor to import the feuilleton into Germany (pace Karl Gutzkow), pointing to a pivotal moment of cultural transfer in Vormärz journalism. Yet Lewald's own writing career, argues Veronica Butler, is overlooked. His sketches, travel literature, social conduct guides, theater criticism, plays, and novels have received scant attention. Rectifying this deficit, Butler presents close readings of three long prose works – »Album aus Paris« (1832), »Memoiren eines Banquiers« (1836) and »Theater-Roman« (1841) – within a broader assessment of Lewald's literary career. The overarching themes of manners, material greed, and veiled identities unify the study's portrait.

The revised dissertation from the University of Exeter deftly contextualizes Lewald's literary career. In 1831, he approached the age of forty and had spent the better part of two decades in the German theatre world as actor, director, playwright, translator, and adaptor. Unsatisfied with the direction of German drama, he pivoted toward travel writing and society sketches. The genre of life-writing was an emerging form in Europe; Börne, Balzac, Heine, Gutzkow, Dickens, and others typified the new conflation of a flâneur's reportage, diary entries, social commentary, and political deliberation. Their »representation of the immediate concerns of the day« dispensed with »self-contained forms of aesthetic beauty« and »identifiable genre boundaries« (p. 23). Lewald, too, experimented with narrative forms to achieve an »immediacy« and »mutual visibility« between reader and author (p. 25). His meticulous observations of urban surface phenomena exhorted the reader to learn how to read city life as a social text and thereby not fall prey to the masks and performances that dupe the uninitiated. Butler is particularly instructive with Lewald's own facades and motives, exploring the multivalent character of author, narrators, and implied readers. »It is rarely wise to take Lewald's authorial voice at face value,« Butler reminds us (p. 73).

Butler builds a persuasive case for Lewald's craft. The many boulevard sketches in »Album aus Paris« beguile readers with diverting descriptions of Parisian life yet beckon them to consider the showmanship and performance that serve »the ruthless materialist drive« of city ways (p. 51). A sketch on impoverished Savoyards, for example, meditates on the false charity of élegants whose motives lie more in vanity and self-interest than in justice or compassion. Another vignette exposes the avarice of the theater world. An innocent but talented writer is taken in by directors and playwrights, whose acts of kindness are little more than ruses to marginalize him from the profits and public recognition of his own creation. However harsh these observations may be, they are »recorded with amusement« and in a tone of »benign impartiality« (p. 67 f.). Lewald's social criticism, Butler notes, is deceptively hidden in a brisk style that is calm, objective, and »unsparingly clear-sighted« (p. 68).

»Memoiren eines Banquiers« is, for Butler, his boldest and original creation. A »complex manipulation of authorial masks,« the work examines the Jewish question within the broader thematic of money's role in commercial society. The layers are intriguing: fiction masquerading as non-fiction, narrator posing as disinterested editor, fictional author both converging and diverging with Lewald's views, and, finally, the implied reader's active role in interpreting »the blurred relationships between fact and fiction, satire and polemic« (p. 76). The story's narrator is a Jewish banker who plays the stereotype of the avaricious money-lender with a self-awareness that is disarming, unsettling, and socially provocative (p. 84). He both ratifies the stereotype and undermines its pejorative trait of immoral egoism, thereby providing nuance and depth to a caricature that such contemporaries as Gutzkow, Marx, Weerth, and others addressed with less sophistication. That Lewald was born Jewish, converted to Protestantism, and, after 1848, embraced Catholicism complicates the story's double-edged exploration of Jewish emancipation in the modern world. Throughout his entire life, Lewald effaced his Jewish origins, celebrating instead the role of cosmopolite.

Whereas Lewald's »Album aus Paris« and »Memoiren eines Banquiers« displayed »good-humoured enthusiasm« and gentle irony when exposing the harms of a commercially driven society, »Theater-Roman« marks a departure. His satire and parody turns away from amiable detachment toward a »fundamentally pessimistic view of a corrupt society« (p. 221). The novel's title cues the reader to its central motif, permitting Lewald to explore the theatricality of government and public life but also to reflect on the attending qualities self delusion, dissimulation, and compromise. An unwieldy section on »experimentation« compares Lewald's novel to Goethe's »Wilhelm Meisters Lehrjahre« and further explores the genre's ambiguous relationship to drama, tragedy and other forms of narrative. Despite the novel's brisk style and its playful stylistic pastiches, the author's general distaste for contemporary society surfaces. In this regard, »Theater-Roman« anticipates his Nachmärz conversion to ultramontane Catholicism, a faith that warned of modernity's siren calls. Although the failed Revolution of 1848–49 remains the conventional watershed for literary and political reorientation, Butler sees an earlier shift in Lewald's novel of 1841.

There is much to be learned from this study, and one hopes that additional work will build on Butler's revisionist assessment of Lewald's prose for the Vormärz canon. Because Lewald's prose works were clearly in step with the literary vanguard, the author's programmatic conclusion is justified and instructive. For this study, one also wished for additional work. For example, the relationship between Lewald's two careers as editor and author merits greater exploration. Lewald's magazines and journals helped recast the media landscape, and how his talents as editor affected his narrative experiments looms as a pertinent question. A fuller disquisition on materialism was also needed to contextualize and historicize the condemnation of material greed. As Butler astutely notes, Marx also employed the »language of masks and theater to describe material interaction« (p. 9), but the trajectory and aims of Lewald's social criticism remain unresolved, not only in relation to concurrent liberal and radical impulses but also to his own increasing pessimism. Using the reception of Bernard Mandeville (1670–1733) as one marker, European letters had long addressed the virtues and vices of consumption and self interest. But how post-Napoleonic authors advanced the critique of materiality, and whether Lewald contributed to the era's broader discourse on the commodification of social relations, are themes that deserve a fuller hearing. Finally, Butler discounts Lewald as a political animal. She correctly notes his lack of interest in constitutions and revolutions, thereby concluding that »his criticism is social« (p. 241). That said, how his reportage and prose works contributed to oppositional discourse in Vormärz letters warrant clarification. Just as social criticism remolded political subjectivity, so too did political actors embrace theatricality and performativity to shape public opinion. Lewald may have rejected personal participation in political affairs, but his prose works are shot through with political charge. How his multiple voices of ironic detachment helped encourage free-thinking autonomy and critical deliberation is a question worth asking. Regardless, this study's firm conceptual handrail allows us to grasp Lewald's achievements and reposition him in Vormärz literature. The game is worth the candle.

James M. Brophy

Michael Rodegang Drescher: *Poets of Protest. Mythological Resignification in American Antebellum and German Vormärz Literature*. Bielefeld: transcript Verlag 2017 (American Culture Studies, 18). 312 S. € 39,99.

In his book Michael Rodegang Drescher compares the use of myth in specific works of several writers belonging to two different political-geographical regions and periods in the history of those regions: the US Antebellum and the German Vormärz. Antebellum literary works that Drescher examines are Nathaniel Hawthorne's »The Scarlet Letter« (1850) and William Wells Brown's »Clotel« (1853); with respect to the Vormärz, he discusses Karl Gutzkow's »Wally, die Zweiflerin« (1835) and Heinrich Heine's »Deutschland. Ein Wintermärchen« (1844). Drescher chooses to compare these specific periods and texts because, he argues, they share certain key similarities. Antebellum and Vormärz resemble each other in that each was an »age of transformation«; the chosen texts responded to this social instability by employing myth to accomplish the same two interrelated social aims, »to further democratization and to produce a national identity in the United States and Germany.« (p. 15) Moreover, the texts also employ the same »specific strategy« to accomplish this goal, which the author terms »mythological resignification«: it involves »transforming« myths »in order to redefine the inherent message« and thereby render them »applicable to [the writers'] contemporary situation.« (p. 12) Drescher's aim is to »illuminate the concept of mythological resignification, elaborate on processes of national identity making, and comment on the nature of political literature«, as well as »inform on the transnational character of mythological resignification as a literary method« (p. 18).

The first text the author discusses with respect to its use of mythological resignification is Hawthorne's »The Scarlet Letter«. Drescher focuses on Hawthorne's use of the »Puritan myth«, arguing that Hawthorne »elaborates an alternative set of founders« of the United States that provide the basis for »a more inclusive and civil American national identity« (62–63). Next in line is Gutzkow's »Wally« and the »Germanic« »Sigune myth« featured prominently in that text; Drescher argues that the resignification of this myth aims at a »radical redefinition of national identity based on cultural and political experimentation« (p. 170). Returning to the Antebellum US, Drescher examines Wells Brown's »Clotel« and its treatment of the »Puritan« and »Revolution« myths, arguing that their resignification »attempts at naturalizing the black subject into the structures of a renewed civic myth« (p. 216). Finally, the author discusses another Vormärz text, Heine's »Wintermärchen«, and the »Three Magi« and »Barbarossa« myths portrayed there; Heine resignifies these myths, so Drescher, to articulate the »prophetic promise« of »a new, materialistic age based on universal emancipation and the claiming of humanity's ambrosian rights.« (p. 278) The book concludes with a comparison of the preceding chapters, which argues that mythological resignification in all four texts »follows a rational rhetoric« aimed at persuasion, that the authors »primarily seek to establish, promote, and expand the democratic principle itself«, that they do so to »re-position their communities towards hope«, and that such literature »may be able to reconstruct a democratic identity under contemporary circumstances« and help the US and EU »overcome their inner divisions« (p. 300–302).

Drescher's study is at its strongest when it performs close readings of the chosen texts; in those moments, he often provides convincing and insightful observations. It is also undeniable that his notion of mythological resignification gets at something central about the texts he analyzes and, perhaps, also many other works of literature with a political orientation – it is certainly true of Heine that he frequently uses modified myths to criticize or promote ideas. However, especially when the argument becomes abstract, it tends toward oversimplification or inaccuracy. Is it really appropriate to speak of myths that »produce national identity« and »re-position their communities toward hope« with respect to narratives whose leading characters suffer ostracism (»The Scarlet Letter«), suicide (»Wally« and »Clotel«) and apparent castration (»Wintermärchen«)? Regarding the »Wintermärchen« in particular, is it accurate to attribute the promotion of materialism, democracy, and German nationalism to an author who, in that period, repeatedly and emphatically endorsed pantheism, monarchy, and European cosmopolitanism? Such irritations notwithstanding, Drescher's study presents a source of stimulating ideas and observations for those with an interest in the use of mythology in the chosen texts.

William Ohm

Heinrich Heine: *Katechismus*. Hrsg. von Christian Liedtke. Hamburg: Hoffmann und Campe 2017. 256 S. € 18,00.

»Ich will dir den ganzen Katechismus vortrommeln«, heißt es in Heines Romanfragment »Der Rabbi von Bacherach (DHA V, 126). Auch in seinen »Reisebildern«, Essays, Gedichten und Briefen verwendet er den Katechismus-Begriff einige Male explizit; doch Heines Interesse an den undogmatischen Seiten der Religion, nicht nur der christlichen, sondern auch der jüdischen sowie der antiken und nordischen Götterwelt, überwiegt deutlich. Das dokumentiert nicht zuletzt die Ende 2017 erschienene »Auswahl seiner wichtigsten und schönsten Schriften zum Thema Religion«, die Christian Liedtke herausgegeben und mit einem ausführlichen Nachwort (S. 227–249, hier S. 227) versehen hat. Der wissenschaftliche Archivar am Düsseldorfer Heinrich-Heine-Institut, Redakteur des »Heine-Jahrbuchs« und Autor einer Vielzahl von Monographien und Aufsätzen zu Heine weiß: »Einen ›echten‹ Katechismus« hätte Heine, der keinesfalls »belehren« wollte, »niemals geschrieben«; daher ist der unter seinem Namen nun vorliegende tatsächlich »buchstäblich unorthodox« (S. 227 f.).

Die Anthologie basiert auf zuverlässiger Textgrundlage (DHA und HSA), besitzt leserfreundliche Kurznachweise und besteht aus insgesamt 18 thematischen Sektionen – angefangen beim »Kinderglauben« (I) über die »Erkundungen des Himmelreichs« (II), die zu »Hölle und Teufel« (III) führen, aber auch zum »Volk Gottes« (IV). Es folgen Äußerungen zum Christentum (V), Katholizismus (VI) und Protestantismus (VII), dem Heine besondere Bedeutung zumaß; erinnert sei nur an seine Luther-Verehrung, nachzulesen etwa in der 1835 erschienenen, hier immer wieder zitierten »Geschichte der Religion und Philosophie in Deutschland«, die es allein schon nahelegt, Religion und Philosophie als »Gedankengrandezza« zusammen zu denken (VIII). Sodann treten »alte und neue Götter« (IX) auf, wie im komplett wiedergegebenen Gedicht »Die Götter Griechenlands« aus Heines »Buch der Lieder« (1827), auf dessen Titel die nächste Sektion (X) ebenso anspielen dürfte wie auf »das Buch der Bücher« schlechthin, die Bibel, deren kaum zu überschätzende Bedeutung für Heines Schriften der Band-Herausgeber betont (S. 230). »Vergleichende Religionsbetrachtungen« bietet die XI. Sektion anhand der Prosatexte »Die Bäder von Lucca« (1830) und »Die Stadt Lucca« (1831).

Die christlich-jüdische »Disputation« aus dem »Romanzero« (1851) führt sodann »Glaubenshass und Religionsstreit« (XII) nicht nur vor, sondern auch *ad absurdum*. Heines Kritik am religiösen Fanatismus, welcher der Religion »alle Poesie raubt« und »ihr Gewalt- und Unterdrückungspotenzial entfesselt«, wird im Nachwort (S. 244) angesprochen; seine lyrische Behandlung dieses nach wie vor erschreckend aktuellen Sujets erscheint insofern als Repoetisierung. Das ebenfalls spannungsreiche Verhältnis von »Religion und Staat« thematisieren drei Textausschnitte der XIII. Sektion. Die folgenden Briefe dokumentieren Heines Entscheidung, angesichts der durch das preußische Emanzipationsedikt von 1812 eingeschränkten Arbeitsmöglichkeiten vom Judentum zum Christentum zu konvertieren, die evangelische Taufe wurde am 28. Juni 1825 vollzogen und sollte ein »Entre Billet zur Europäischen Kultur« sein (DHA X, 313; vgl. Sektion XIV). Diese Hoffnung blieb zwar vergebens, doch als Dichter und Essayist schrieb sich Heine umso nachdrücklicher in die europäische Literatur- und Kulturgeschichte ein: »Wenn Götter träumen«, entsteht ein veritabler Bilderreigen, wie Heines Aphorismen und Notizen aus der gleichnamigen Sektion (XV) zeigen.

Die nächsten Abschnitte geben Anlass, über den Zusammenhang zwischen Sujet und literarischer Form zu reflektieren: Die »Glaubenszweifel« und »Gottesfragen« (XVI) sind lyrisch verfasst, die »Bekenntnisse« (XVII) hingegen in Prosaform. Zufällig sind diese gattungsästhetischen und -poetischen Unterschiede wohl kaum; sie zu erklären, bleibt künftigen literaturwissenschaftlichen Studien vorbehalten.

Hier ist indessen ›von den letzten Dingen‹ zu sprechen: Denn die Kardinalfrage, »ob wir einst auferstehen«, verbindet Heines Texte aus dem Schlussteil (XVIII) der vorliegenden Anthologie. Hatte Heine früher selbst an die Apotheose der Menschen geglaubt und »die Abschaffung der Sünde« gefordert, wie Dolf Sternbergers gleichnamige Monographie ([1972] 1975) eindrucksvoll zeigt, wirkte sich die drastische Verschlechterung seines Gesundheitszustands in den 1840er Jahren auch auf Heines religiöse Überzeugungen aus. Glaubte der dahinsiechende Dichter womöglich an die Unsterblichkeit der Seele? Noch in seiner Matratzengruft empfing Heine vielfach Besuch, nahm bewusst die Rolle des öffentlich Sterbenden an und verfasste bis zuletzt Gedichte über seine fortschreitende Lähmung, Grabesstimmung und den kommenden, am 17. Februar 1856 schließlich eintretenden eigenen Tod. Diese Todesantizipation in Heines lyrischen Selbstinszenierungen dürfte literaturgeschichtlich singulär sein und harrt noch einer eingehenden Untersuchung, die sicherlich produktiv an Christoph Bartscherers Habilitationsschrift über »Heines religiöse Revolte« (2005) und an Werner Fricks Aufsatz zu »Heines Lyrik im Zeichen des Todes« (2010) anschließen könnte.

Konzise biographische, werk- und zeitgeschichtliche Informationen zu »Heines heiligen Häresien« vermittelt das gleichnamige Nachwort Christian Liedtkes. Dass der Titel aus einer Alliteration und einem Oxymoron besteht, passt sowohl zu Heines dialektischem Denken und seiner Kontrastästhetik als auch zu einer provokanten literarischen, philosophischen und künstlerischen Strömung: Spätestens seit der radikalen französischen Aufklärung, namentlich Marquis de Sade, hat es Tradition, das Profane zu sakralisieren und das Heilige blasphemisch darzustellen. Charles Baudelaire, Joris-Karl Huysmans und Georges Bataille setzten diese ästhetische und ethische ›Umwertung der Werte‹ fort, Friedrich Nietzsche erhob sie gar zum moralkritischen Programm. Weitere thematisch einschlägige, im Nachwort (S. 229) angesprochene Vergleichsmöglichkeiten zwischen Heine und Nietzsche bietet die Figur des »freien Geistes« (S. 229) bzw. ›Freigeists‹, die werkgeschichtlich betrachtet seit den 1870er Jahren in Nietzsches Notizen auftaucht, anfangs von Richard Wagners Musikdrama beeinflusst war und alsbald eine Abgrenzung von dessen Deutschtümelei markierte. In diesem Zusammenhang ist auf Eugen Wenzels Dissertation zu den neuen »Evangelien« nach Heine, Wagner und Nietzsche (2014) zu verweisen; zumal sich erst im Vergleich Heines mit den beiden Genannten und mit weiteren religionsphilosophischen Denkern des 19. Jahrhunderts, insbesondere Ludwig Feuerbach und David Friedrich Strauß, zeigen dürfte, worin genau die »tatsächliche politische wie theologische Konsequenz und Radikalität seines Religionsdenkens« besteht (S. 229).

Robert Krause

Georg Herwegh: *Werke und Briefe. Kritische und kommentierte Gesamtausgabe.* Hrsg. von Ingrid Pepperle in Verbindung mit Volker Giel, Heinz Pepperle, Norbert Rothe und Hendrik Stein. Band 3: *Prosa 1833–1848*. Bearbeitet von Hendrik Stein. Bielefeld: Aisthesis 2019. 640 S. € 138,00.

Ich wollte über Literatur schreiben und habe mit der Politik angefangen. […] Das Abzeichen der modernen Literatur ist eben, dass sie ein Kind […] der Julirevolution ist. (1840)

»Durch der Parteien Gunst und Haß ist in der deutschen Literaturgeschichte wohl kaum ein Charakterbild je so ins Schwanken gebracht worden wie das Georg Herweghs. Und nicht nur in der Geschichte: schon zu Lebzeiten wurde Heines ›eiserne Lerche‹ von den einen jubelnd gefeiert, von den anderen verleumdet oder verschwiegen«, stellte der aus dem Schweizer Exil nach Berlin zurückgekehrte Bruno Kaiser 1948 in der Einleitung zu seiner frühen Herwegh-Textauswahl »Der Freiheit eine Gasse« fest. Kaiser gründete 1965 eine Arbeitsstelle für eine kritische Herwegh-Edition an der Akademie der Wissenschaften der DDR, doch Herwegh erwies sich als zu sperrig, um schnell und umfassend ediert zu werden. Hinzu kamen Hindernisse vielfältiger Art, wie die Reisebeschränkungen auch für Wissenschaftler der DDR und der damit fehlende Zugang zu Bibliotheken und Archiven insbesondere in Paris und Zürich, die schließlich eine Fortführung der geplanten editorischen Arbeiten unmöglich machten.

Ingrid Pepperle, die Herausgeberin der soeben fertiggestellten Herwegh-Gesamtausgabe arbeitete von 1960 bis 1992 an der Akademie der Wissenschaften der DDR im Institut für deutsche Sprache und Literatur/Zentralinstitut für Literaturgeschichte und hat seit dieser Zeit intensiv zur Literatur, Philosophie und Ästhetik des deutschen Vormärz geforscht. Dabei standen schon bald die Linkshegelianer und Georg Herwegh im Zentrum ihres Interesses.

Ende der 1960er Jahre edierte Ingrid Pepperle gemeinsam mit Johanna Rosenberg und Agnes Ziegengeist unter der Leitung von Bruno Kaiser den Band »Georg Herwegh. Frühe Publizistik« (1971). In den 1980er Jahren edierte sie den 1843 von Herwegh herausgegebenen Sammelband »Einundzwanzig Bogen aus der Schweiz« (1989) mit, ein wichtiges Quellenwerk zum Vormärz. Nach ihrer Habilitation 1990 lehrte sie von 1993 bis 1995 an der FU Berlin im Fachbereich Neuere deutsche Philologie. Anschließend entschloss sie sich, die Arbeiten an einer Gesamtausgabe der Briefe und Werke von Georg Herwegh wieder aufzunehmen. Der nun vorliegende dritte Band der Gesamtausgabe, der die frühe Prosa Herweghs von 1833 bis 1848 enthält und von Hendrik Stein, der von Beginn an bei der Edition mitgearbeitet hat, bearbeitet wurde, schließt die auf sechs Bände angelegte Kritische und kommentierte Gesamtausgabe ab (vgl. auch die Rez. in HJb 45 [2006], 50 [2011], 52 [2013], 55 [2016] und 56 [2017]). In fünfundzwanzig Jahren schaffte sie es mit ihrem Ehemann Heinz Pepperle und einem kleinen Team von Mitarbeitern (Volker Giel, Norbert Rothe und Hendrik Stein), einen ganzen literarisch-historischen Kosmos zwischen 1832 und 1875 in sechs opulenten Bänden auszubreiten.

In diesem Zusammenhang sei auch der Bielefelder Aisthesis-Verlag dankend erwähnt, der diese Ausgabe jahrzehntelang mit großem Engagement betreut hat und dem Publikum seiner Bedeutung angemessen präsentiert.

Der vorliegende dritte Band der Gesamtausgabe basiert auf dem 1971 in Berlin (DDR) erschienenen und von Ingrid Pepperle, Johanna Rosenberg und Agnes Ziegengeist unter der Leitung von Bruno Kaiser edierten und kommentierten Band »Georg Herwegh. Frühe Publizistik. 1837–1841«. Schon die Ausweitung des berücksichtigten Zeitraum von ursprünglich vier Jahren auf nunmehr fünfzehn Jahre zeigt, dass die Textgrundlage dieses Bandes aufgrund intensiver Recherchen, zum Teil aus den 1990er Jahren, eine ganz andere Dimension bekommen hat. Herweghs frühe Prosa ist nun angewachsen auf 142 Texte, die zwischen 1837 und 1848 veröffentlicht wurden, sowie einen kleinen Prosa-Nachlass mit sechs Texten – unter anderem mit zwei Schülerarbeiten Herweghs aus der Zeit am evangelischen theologischen Seminar in Maulbronn von 1833 und 1835. Den Kern dieses Bandes bilden jedoch zu zwei Dritteln Herweghs literaturkritische Arbeiten, die zum Teil anonym erschienen sind, in zahlreichen kleinen und ephemeren Zeitschriften und Zeitungen wie August Lewalds »Europa«, der bei Belle-Vue erschienenen »Deutschen Volkshalle«, Karl Gutzkows »Telegraph für Deutschland«, Heinrich Elsners »Die Waage«, Arnold Ruges »Die Reform« (zum ersten Mal ediert und kommentiert in HJb 37 [1998]), aber auch in der bedeutenden Augsburger »Allgemeinen Zeitung«.

Die Themen von Herweghs journalistischen Arbeiten der 1830er Jahre sind überaus vielfältig. Einen breiten Raum nimmt der Diskurs über Gegenstand und Funktion der Literatur ein, aber auch religiöse, philosophische sowie aktuelle politische Fragen werden erörtert. Ganz ähnlich wie der fünf Jahre jüngere Friedrich Engels, der 1839/40 seine ersten literaturkritischen Artikel u. a. in Gutzkows »Telegraph für Deutschland« veröffentlichte, handelt auch Herwegh über die Rolle der »Polemik«, über die Probleme, sich als Schriftsteller im literarischen Feld zu positionieren, aber vor allem über den »modernen Stil« der jungdeutschen Autoren: In Herweghs Artikel »Die Literatur im Jahre 1840« heißt es: »[…] durchgängig und zuerst machte sich die literarische Revolution im *Styl* bemerklich. Es ist eine ganz neue Sprache, die man im letzten Jahrzehend geschrieben« (S. 159). Ganz ähnlich formuliert es Heinrich Heine in einem Entwurf seiner »Götter im Exil«: »Nein, ich gestehe bescheidentlich, mein Verbrechen war nicht der Gedanke, sondern die Schreibart, der Styl.« (DHA IX, 294)

Hendrik Stein ist es überzeugend gelungen, die Vielzahl kleiner Texte mit viel Übersicht und Fingerspitzengefühl chronologisch anzuordnen. Bei der Textkonstitution wird jeweils das Prinzip der ›frühen Hand‹ angewendet, die Edition folgt also prinzipiell dem Erstdruck. Der Apparat bietet zu jedem Text wie bereits gewohnt ausführlich die Entstehungs- und Überlieferungsgeschichte. In der textkritischen Abteilung »Lesarten/Varianten« werden, wenn Handschriften, Abschriften oder weitere zeitgenössische Drucke vorliegen, Lesarten und Varianten zu den jeweiligen Erstdrucken mitgeteilt. Dabei zeigt sich z. B., dass Herwegh durchaus Grund hatte, über die 1845 vom Exilverlag Belle-Vue bei Konstanz unter dem Titel »Gedichte und kritische Aufsätze aus den Jahren 1839 und 1840« gedruckte unautorisierte Zusammenstellung ausgewählter Gedichte und Zeitungsartikel unzufrieden zu sein. Denn eine genauere Durchsicht der umfangreichen Varianten belegt, dass es hier tatsächlich nicht nur um lässliche orthographische Varianten geht. Überzeugend ist auch die Entscheidung, beim Aufsatz »Literatur und Volk« nicht vom Prinzip der ›frühen Hand‹ abzuweichen, die im Erstdruck fehlenden Textabschnitte werden stattdessen in den Varianten vollständig mitgeteilt.

Der Erläuterungsteil bietet kluge Einblicke in die politischen, sozialen und kulturellen Entwicklungen der 1830er und 1840er Jahre, die Herwegh in seinen Artikeln und Aufsätzen analysiert und die er dem Leser in journalgerechter Form präsentiert. Inhaltliche Zusammenhänge werden kenntnisreich erschlossen, und Stein gelingt es, unprätentiös das ganze Spektrum an intertextuellen Verflechtungen aufzuschlüsseln. Das abschließende ausgezeichnete Personenregister soll hier nicht unerwähnt bleiben.

Bei näherer Betrachtung der chronologisch angeordneten Artikel fällt auf, dass Herwegh nach der unglücklich verlaufenen Audienz beim preußischen König Friedrich Wilhelm IV. am 21. November 1842 und der unmittelbar nach der unautorisierten Veröffentlichung von Herweghs privatem Brief an den König in der Leipziger »Allgemeinen Zeitung« vom 24. Dezember erfolgten Ausweisung aus Preußen vom Frühjahr 1843 bis zum März 1848 keine weiteren Artikel oder Korrespondenzen veröffentlichte. Eine kleine Ausnahme bildet die am 27. September 1845 in der Augsburger »Allgemeinen Zeitung« veröffentlichte kurze »Erklärung«, mit der Herwegh auf den ebenfalls unautorisiert erschienenen Sammelband »Gedichte und kritische Aufsätze aus den Jahren 1839 und 1840« (Belle-Vue, 1845) reagierte.

Herwegh wanderte zunächst in die Schweiz aus, heiratete in Baden Emma Siegmund und zog im September 1843 mit ihr nach Paris um, wo er mit einigen kleinen Unterbrechungen bis 1848 blieb. Kurz nach der Februarrevolution 1848 in Paris gründete sich unter der Präsidentschaft von Herwegh die »Deutsche Demokratische Gesellschaft« (»Société démocratique allemande à Paris«). Der vorliegende Band ediert und kommentiert die handschriftlich, als Flugblatt oder in Pariser Zeitungen überlieferten Adressen, Proklamationen und Manifeste, die im März und April 1848 verfasst wurden, die im Zusammenhang mit der von »Deutschen demokratischen Gesellschaft« und der von Herwegh geführten »Deutschen Demokratischen Legion« (»Légion des démocrates allemands à Paris«) entstanden. In allen Texten ist eine alleinige Autorschaft Herweghs unsicher, immerhin hat er aber fünf der acht Texte unterzeichnet. Der jeweilige französische oder deutsche Text folgt dem Erstdruck. Da bei diesen Texten zum Teil mehrere Abschriften und sowohl deutsche als auch französische Drucke erhalten sind, fällt die Abteilung »Lesarten/Varianten« wesentlich umfangreicher als bei den anderen Texten aus. Erfreulich, dass hier auch die nach den Reden jeweils beschlossenen Resolutionen mitgeteilt werden. Besonders bei diesen Texten wird der Leser durch die ausführlichen Erläuterungen kompetent eingeführt in die politisch verworrene Lage nach der Februarrevolution in Paris.

Nach wie vor sind nur zu wenigen Autorinnen und Autoren des Vormärz kritische Editionen des Gesamtwerks erschienen. Die nun vollendete »Kritische und kommentierte Gesamtausgabe der Werke und Briefe« Georg Herweghs stellt der Herwegh-Forschung eine zuverlässige Ausgabe zur Verfügung, und es bleibt zu hoffen, dass dies den Weg ebnet zu einer neuen und nicht nur wissenschaftlichen Auseinandersetzung mit dem Werk eines der großen Demokraten des 19. Jahrhunderts.

Für ihre herausragenden Leistungen im Bereich der Vormärzforschung und ihren großen persönlichen Einsatz für die 2019 abgeschlossene Kritische und kommentierte Gesamtausgabe von Herweghs Briefen und Werken ist Frau Dr. habil. Ingrid Pepperle am 13. April 2019 mit der Ehrenmitgliedschaft im Forum Vormärz Forschung ausgezeichnet worden.

Bernd Füllner

Hannah Lotte Lund, Ulrike Schneider, Ulrike Wels (Hrsg.): *Die Kommunikations-, Wissens- und Handlungsräume der Henriette Herz (1764–1847)*. Göttingen: V & R unipress 2017. 308 S. € 45,00.

Der Sammelband mit 17 Beiträgen in vier Sektionen dokumentiert die Ergebnisse der hochrangig besetzten, interdisziplinären Fachtagung im Nachklang zum 250. Geburtstag von Henriette Herz (*05.09.1764), die im Juni 2015 in Berlin und Potsdam stattfand. Einige Tagungsbeiträge fanden nicht den Weg in den Druck, und zwei Texte mit neuen Forschungsaspekten konnten hinzugewonnen werden. Die drei Herausgeberinnen, die das Tagungskonzept verantworteten, verfolgen engagiert das Ziel, Henriette Herz jene Bedeutung zuzuweisen, die ihr geistesgeschichtlich und kulturhistorisch gebührt. Die Präsentation kontroverser Thesen steht für sie im Dienst der Entwicklung »weiterer fruchtbarer Diskussionsansätze« (S. 16).

In der »Einleitung« werden mittels zehn aus den Beiträgen herausdestillierten Thesen jene Forschungslücken markiert, die es zu Henriette Herz als »einer Symbolfigur der jüdischen Aufklärung und der deutschen Literatur- und Kulturgeschichte« (S. 9) noch aufzuarbeiten gilt. Zur Vermeidung von Redundanzen wird auf sie in der Betrachtung der Tagungsbeiträge näher eingegangen. Wenn in strategischer Abgrenzung zu den »bisherigen Arbeiten« zu Herz »wenig wissenschaftliche Zugänge« konstatiert werden (S. 9), so wird dies von den beteiligten Forscherinnen und Forschern selbst widerlegt, indem sie mit Recht immer wieder auf eigene schon geleistete wissenschaftliche Beiträge oder auf die von Kolleginnen und Kollegen verweisen können. Ohne diese ›bisherigen‹ Ergebnisse wäre die Tagung auf einem weniger hohen Niveau gestartet. Es geht vielmehr darum, den Horizont der Untersuchungen zur Autorin, Übersetzerin, Salonière und Freundschaftspartnerin und zu ihrem Umfeld konsequent zu erweitern und neu auszuloten, was in der Summe der Beiträge gelingt.

Im ersten Themenfeld »Netzwerke und Vergesellschaftungsformen« mit zwei Beiträgen (S. 21–53) wird die Forderung der Herausgeberinnen nach Aufgabe des verbreiteten Forschungsbegriffs ›Salon‹ eingelöst, der historisch gesehen von den beteiligten Akteurinnen für ihre Begegnungsräume gar nicht verwendet wurde. Hannah Lotte Lund bietet in ihrem Beitrag »›Ich habe so viele sonderbare Menschen hier‹ – Vergesellschaftungsformen im Hause Herz der 1790er Jahre« (S. 23 ff.) einleitend eine kritische Analyse des bisherigen Forschungsdiskurses zum ›jüdischen Salon‹ unter Rückgriff auf ihre Maßstäbe setzende Dissertation von 2012: »Der Berliner ›jüdische Salon‹ um 1800. Emanzipation in der Debatte«. Die Betonung des experimentellen und damit offenen, nicht institutionellen Charakters der Zusammenkünfte steht dabei im Vordergrund. Sie bietet zugleich ein kritisches Grundsatzreferat zur Herz-Forschung.

Quellenbasiert und sehr anschaulich stellt Lund die parallel existierenden und zum Teil sich überlappenden Kommunikationsräume des Ehepaars Herz dar und beschreibt eine Ausdifferenzierung in fünf »gesellige Formationen« oder »Formate« mit ihren unterschiedlichen Gästegruppen: Collegia, Nachmittagstee, Damentee oder ›Kränzchen‹, Abendessen und Treffen des ›Tugendbundes‹ (S. 40 f.). Die rekonstruierbare Interaktion dieser Gäste nicht zuletzt mit den Besuchern anderer kulturell relevanter Begegnungsorte in Berlin lässt mit Recht von einem dadurch entstandenen »kommunikativen Netz« (S. 31) sprechen. Abschließend sei die schöne Formel für das Geselligkeitskonzept der beiden Gastgeber nach Lund zitiert: »Freie Geselligkeit war eine Geisteshaltung, ein immer wieder austariertes Experiment, das Henriette Herz allein und gemeinsam mit ihrem Mann mit Bildung und Witz, Respekt, Ironie und Humor mitgestaltete.« (S. 44)

Die französische Germanistin und Expertin für Gelehrtennetzwerke Anne Baillot richtet den Fokus auf »Das Netzwerk als Kunstwerk« (S. 45 ff.). Für die relevanten Berliner Kommunikationsorte, von ihr weiterhin als »Salons« apostrophiert, arbeitet sie basale Strukturmerkmale heraus und reflektiert die Leistungsfähigkeit der Kategorie Netzwerk. Für Baillot war Henriette Herz eine kulturelle »Netzwerkerin« par excellence (S. 51), was sich nicht zuletzt in ihrer literarischen »Agentinnenrolle« (S. 52) manifestierte. Diese Vermittlerinnen-Funktion ist für sie bisher ebenso wenig ausreichend erforscht wie die von Herz angewendete »Verknüpfungsstrategie« (S. 52) innerhalb des von ihr gebildeten Beziehungsgeflechts bzw. Netzwerks.

Als führender Vertreter der Grundlagenforschung zur jüdischen Aufklärung eröffnet Christoph Schulte die zweite Sektion: »Die geistesgeschichtlichen Wurzeln – Die Haskala und ihre Vertreter als ›Väter‹ und Gäste des ›Salons‹«, die mit vier Beiträgen vertreten ist (S. 55–113). Schulte untersucht die bisher auch von ihm nur unzureichend berücksichtigte Bedeutung der Salonièren als »Töchter der Haskala [...] aus der Perspektive der jüdischen Aufklärung« (S. 57 ff.). Die dargelegten Gründe für die eklatante, nicht adäquate Berücksichtigung von Henriette Herz, Dorothea Mendelssohn Veit Schlegel, Rahel Levin Varnhagen und Sarah Itzig Levy von der bisherigen Haskala-Forschung sind vielfältig. Die Salon-Akteurinnen wurden von der Forschung u. a. deshalb nicht der Aufklärung zugeordnet, weil das bestimmende, von Heinrich Heine initiierte und von der Germanistik maßgebend tradierte Paradigma ihrer Zuordnung und der ihrer Salonbesucher zur Romantik den Diskurs bis hin zu Margarethe Susman und Hannah Arendt einseitig dominierte. Dabei wurde u. a. übersehen, dass zu den Salongästen neben den Romantikern auch zentrale Vertreter der jüdischen Aufklärung gehörten. Schulte arbeitet heraus, dass die historische jüdische Haskala-Forschung, sei es die deutschsprachige oder die hebräische, von Annahmen, Voraussetzungen und Interessen ausging, die nicht durch die gebildeten jüdischen Frauen repräsentiert wurden. Diese produzierten keine gedruckten Texte und damit waren sie nicht an »den gedruckten Debatten und Diskursen der Maskilim« (Vertreter der Haskala, S. 62) in philosophischer und politischer Hinsicht beteiligt. Diesem Mangel stand aber eine exzellente ästhetische Ausbildung der Frauen in literarischer, musikalischer und bildnerischer Hinsicht gegenüber, von den ›Vätern der Haskala‹ befördert, so dass deren Beschäftigung mit dem philosophisch neuen Feld der Ästhetik in der konkreten weiblichen Betrachtung des Schönen eine adäquate Entsprechung fand.

Das Nebeneinander des beispielsweise vom Haskala-Repräsentanten Marcus Herz betriebenen philosophischen ›Salons‹ und des ästhetisch-literarischen Salons von Henriette Herz zeigt für Schulte besonders eindrucksvoll, was die jüdische Aufklärung mit der Etablierung dieser sich ergänzenden Diskursorte zu leisten vermochte. Das auf den Ideen der jüdischen Aufklärungsbewegung basierende kritische Denken selbst eröffnete demnach den Salon-Akteurinnen die Möglichkeit, sich »von den männlich dominierten Diskursen der Haskala« zu emanzipieren (S. 70) und in selbstbestimmten Handlungs- und Kommunikationsräumen zu agieren.

Die in der Edition und Kommentierung von Quellentexten zu jüdischen Erziehungsprogrammen vielfach ausgewiesene Ulrike Lohmann untersucht das »Weiblichkeitsideal der Berliner Haskala« (S. 71 ff.). In Ermangelung von speziellen Erziehungsprogrammen für jüdische Mädchen, die erst im 19. Jahrhundert verfasst wurden, destilliert Lohmann die für die jüdische Oberschicht maßgebenden Bildungswerte aus Schriften prominenter Vertreter der Berliner Haskala wie David Friedländer, Moses Mendelssohn oder Isaak Euchel. Des Weiteren zieht sie in ihrer Untersuchung Briefe heran, ebenso Vorworte und Dedikationstexte zu Übersetzungen von religiösen Texten und einige von Maskilim unter dem Titel »Proben rabbinischer Weisheit« herausgegebene Erzählungen aus Talmud und Midrasch. Lohmann veranschaulicht, wie in der Familie Friedländer in Königsberg oder im Haus von Daniel Itzig in Berlin einerseits die von Joel Bril Löwe 1785 geprägte Formel »edle Frauen, zärtliche Gattinnen, verständige Mütter und kluge Hauswirtinnen« (S. 73) konkret umgesetzt wurde. Andererseits weist sie darauf hin, dass von Frauen auch verstärkt erweiterte Bildungskompetenzen erwartet wurden wie Gelehrsamkeit, Kunstvertrautheit, Befähigung zur Freundschaft und zur Geselligkeit. Diese Anforderungen werden von Lohmann abgegrenzt vom Erziehungsideal der säkular geprägten Aufklärung, wie es von Joachim Heinrich Campe im »Väterlichen Rath für meine Tochter« von 1789 formuliert wurde (S. 78). Unter Berücksichtigung der »Jugenderinnerungen« von Henriette Herz wird die Mädchenerziehung im Hause Moses Mendelssohn rekonstruiert und die Bedeutung der kommunikativen Kompetenz für seinen Erziehungsansatz herausgearbeitet. Mit der von ihm betonten Relevanz der mündlichen Wissensübermittlung und des gebildeten Gesprächsaustauschs im Salon kann »eine komplementäre Seite der Haskala« (S. 84) verdeutlicht werden.

Das von Henriette Herz in ihrer Lebensbeschreibung entworfene stilisierende Bild des Vaters Benjamin de Lemos als »sephardischer Jude« und erfolgreicher Arzt in Berlin wird von Carsten Schapkow in seiner Darstellung: »Henriette Herz' sephardisches Judentum und die deutsch-jüdische Kultur zwischen Aufklärung und Romantik« (S. 87 ff.) eingebettet in den Diskurs der deutsch-jüdischen Erinnerungskultur mit seiner positiven Konnotation des sephardischen Judentums im mittelalterlichen Portugal. Verwiesen wird auf den hierfür bedeutsamen historischen Hintergrund der gesellschaftlichen und kulturellen Teilhabe der Sepharden auf der Basis einer gesicherten Rechtsstellung im Zentrum Europas. Das Herz'sche Vaterbild wird als ein Teil des spannenden Prozesses der Vorbild-Etablierung von besonderen Persönlichkeiten des iberisch-sephardischen Judentums gesehen, dem sich Schapkow in seiner umfangreichen Studie von 2011 »Vorbild und Gegenbild« (englische Fassung von 2016) für die Zeit von 1779 bis 1939 widmete und in der er natürlich auch auf Heinrich Heines Beschäftigung mit der modellhaften, kulturellen Vermittlerfunktion der sephardischen Juden eingeht.

Der Kulturanthropologe Eberhard Wolff knüpft mit seiner Darstellung »Am Rande der jüdischen ›Selbstverleugnung‹? – Marcus Herz als jüdischer Arzt zwischen religiöser Befreiung und kulturellem Verlust« (S. 101 ff.) an seine Habilitationsschrift »Medizin und Ärzte im deutschen Judentum der Reformära« von 2014 an, in der er das berufliche Selbstverständnis jüdischer Ärzte ab 1750 und ihre Vorstellung von jüdischer Identität in Beziehung setzt. Die Bedeutung von jüdischen Ärzten für die Verbreitung der Haskala kann Wolff besonders prägnant an Marcus Herz herausarbeiten, der die Ansprüche der jüdischen Tradition in seinen medizinischen Schriften für den Sektor der ärztlichen Praxis konsequent zurückdrängte. Hierbei diagnostiziert er in Abgrenzung zu anderen Forschern eine von M. Herz geforderte »größtmögliche Trennung von Medizin und Religion« (S. 111) und eine Begrenzung der Bedeutung der Religion auf die private Lebenspraxis. Den Verlust »eines bewussten Stehens zur eigenen kulturellen Herkunft« (S. 113) als wesentlichen Faktor seines jüdischen Selbstverständnisses zu identifizieren, dürfte den Widerspruch der Kenner des Philosophen Marcus Herz herausfordern.

Deborah Hertz, University of California, San Diego, eröffnet vor dem Hintergrund ihres weiten sozial- und kulturhistorischen Forschungshorizonts in gewohnt souveräner Weise mit einem Essay über Henriette Herz' religiöse Identität den mit 6 Beiträgen am stärksten akzentuierten dritten Themenbereich: »Deutsch-jüdische und christlich-jüdische Kommunikationsräume in Berlin und deren Ausstrahlung nach Europa« (S. 115–227). Hertz skizziert die mannigfaltigen Interdependenzen von jüdischen und christlichen Freundschaften in den verschiedenen Lebensphasen von Henriette Herz und umkreist »the mystery of why she chose baptism in 1817«(S. 131). Trotz der dürftigen Quellenlage erscheinen ihr einige mögliche Gründe für die späte Konversion plausibel, bei denen u. a. die Loyalität zur Familie in Gestalt der Mutter, die erst 1816 starb, eine wesentliche Rolle spielte (S. 127). Eine ähnlich ungenügende Quellenlage ist bezüglich der Gründe für die nicht nur aus heutiger Sicht befremdlich anmutende freundschaftliche Beziehung zum antisemitischen, deutschnationalen Autor Ernst Moritz Arndt zu diagnostizieren, deren wichtigste Phase im Jahr 1819 lag. Als eine mögliche, die beiden Persönlichkeiten verbindende Überzeugung, wird der ›Preußische Patriotismus‹ angeführt (S. 139). Von einer historisch übergeordneten Perspektive aus erscheint für Deborah Hertz die ›Freiheit‹, die religiöse Identität zu wechseln, die Henriette Herz für sich in Anspruch nahm, als ein Signum der beginnenden Moderne und in diesem Sinne kann die Protagonistin als »a bold pioneer« (S. 139) betrachtet werden.

Die verschiedenen Phasen der freundschaftlichen Beziehungen zwischen Henriette Herz, Wilhelm von Humboldt und dessen späterer Frau Caroline werden komplementär in zwei Beiträgen detailreich analysiert (S. 141–169). Die Brief-Stimme der 22/23-jährigen Henriette von 1786 und 1787 ist zwar nicht hörbar, da nicht überliefert, aber umso deutlicher wird für die vergleichende Literaturwissenschaftlerin Liliane Weissberg von der University of Pennsylvania in den Briefen des jungen Humboldt ihre Rolle als Medium für die Selbstoffenbarung des Jünglings erkennbar. Die gemeinsame Gründung eines geheimen Bündnisses, des sogenannten »Tugendbundes«, und dessen Protagonistinnen, Protagonisten und Zielsetzung versucht Weissberg neu zu beleuchten. Auch in den Ausführungen von Ute Tintemann dominieren gezwungenermaßen die brieflichen Stimmen der Anderen, wenn sie hauptsächlich mit Hilfe des Humboldtschen Ehebriefwechsels die freundschaftliche Beziehung zwischen den Beteiligten für die Jahre 1809/10 und 1817 bis 1819 ausleuchtet. Thematisiert, aber nicht diskutiert wird der bekannte Widerspruch zwischen den antijüdischen Ressentiments von Caroline von Humboldt und ihren Freundschaften mit kulturell relevanten Jüdinnen; neben Henriette Herz waren dies Dorothea Veit Schlegel und Rahel Levin Varnhagen. Der für Herz lebensgeschichtlich so wichtige Rom-Aufenthalt wird ausschnitthaft beleuchtet und die Gemeinsamkeit zwischen Henriette und Caroline in der künstlerischen Wertschätzung der deutschen Nazarener in ihrer religiösen Fokussierung hervorgehoben.

Als indirektes Korreferat zum Essay von Deborah Hertz entwickelt die Mitherausgeberin Ulrike Wels ihre »Überlegungen zum religiösen Selbstverständnis der Henriette Herz« (S. 187 ff.). Die geistliche Entwicklung vom Ausgangspunkt einer »relativen Religionslosigkeit« (ebd.), die von religiösen Riten ohne gelebte Bedeutung bestimmt war, bis zur Hinwendung zum Protestantismus zeichnet die Verfasserin sehr detailreich in fünf Stufen nach und verfolgt dabei die Denkfigur der »Überschreitung *in nuce*« (S. 187) im Gegensatz zu einem religiösen Durchbrucherlebnis.

Mit besonderer Nachdrücklichkeit wird die Bedeutung von Friederich Schleiermachers komplexer Religionsvorstellung für die mit ihm seit 1797 befreundete Gesprächspartnerin entwickelt. Dabei wird auch der Aspekt des reziproken Einflusses thematisiert. Zur Erhellung der »protestantischen Profilbildung« bis zur Konversion (S. 207) bietet der bisher kaum einbezogene Briefwechsel mit Frederik Christian Sibbern neue Einsichten. Bezüglich der Ausformung des religiösen Selbstverständnisses in den nach der Taufe konzipierten »Jugenderinnerungen« arbeitet Wels einen doppelten Traditionsbezug heraus, den Einfluss der pietistischen Bekenntnisschriften und den der psychologischen Seelenerkundung im Stile von Karl Philipp Moritz. Die zentralen Markierungspunkte der Herz'schen Selbstcharakterisierung seien hier mit den Worten der Verfasserin zitiert: »Verstand und Schönheit, ergänzt durch Gefühl und Güte, Pragmatismus und Tugendhaftigkeit« (S. 215).

Von zentraler Bedeutung für jede zukünftige Herausgabe von Herzens Erinnerungstexten ist Marjanne E. Goozés editionskritische Analyse »Die Erinnerungen der Henriette Herz – Bekenntnisse und Memoire« (S. 237 ff.), verortet in der vierten Themenabteilung: »Schreib- und Rezeptionsweisen – das Bild der ›Schönen Jüdin‹« mit insgesamt fünf Aufsätzen (S. 229–289). Die in Amerika wirkende Literaturwissenschaftlerin, die bereits entscheidende Impulse zur Herz-Forschung beigetragen hat (und nicht nur dazu), verdeutlicht die bis in die Gegenwart geübte, äußerst fragwürdige Editionspraxis, die zwischen 1823 und 1829 verfassten »Jugenderinnerungen« ungekennzeichnet zu kompilieren mit der von J. Fürst auf verschiedenen Quellen basierenden Darstellung »Henriette Herz. Ihr Leben und ihre Erinnerungen« (erste Zeitungsfassung 1849/50). Unter Einbeziehung allgemeiner und feministischer Autobiographie-Theorien arbeitet Goozé Themenschwerpunkte, Grundüberzeugungen und Gestaltungsmuster der beiden Texte im Vergleich heraus. Wie Ulrike Wels ordnet sie die »Jugenderinnerungen« ihrer Intention nach dem Modell der »pietistischen Autobiographie« (S. 238) zu, macht aber auch geltend, dass die Autorin deren Formregeln durchbricht.

Hinsichtlich des seit Ende der 30er Jahre von Henriette Herz angedachten und auf eine posthume Veröffentlichung hin angelegten Memoiren-Projekts entwickelt Goozé auf der Basis zahlreicher Textpassagen eine zentrale Autorinnen-Zielsetzung. Henriette Herz beabsichtigte offensichtlich, ihr Bild als bedeutende Salonière und als »Freundin berühmter Männer« (S. 241) im Kern selbstbestimmt zu entwerfen und der Nachwelt zu übereignen, wenn auch mit Hilfe eines philologisch bewanderten Vermittlers. Es gilt noch anzufügen, dass entgegen der Annahme der Verfasserin, die »Identität« des Herausgebers »J. Fürst« sei »ungeklärt« (S. 242), dieser als der konvertierte Berliner Kaufmann und Schriftsteller Joseph Fürst (1794–1859) identifiziert werden kann.

In den beiden Beiträgen: »Die ›schöne Jüdin‹ Henriette – Selbststilisierung und Rezeption einer Berliner Salonière« (S. 247 ff.) von Anna-Dorothea Ludewig und »Göttinnendämmerung – Henriette Herz, Karl August Varnhagen und ›Rahel‹ in den 1830er Jahren« (S. 261 ff.) von Paola Ferruta wird der von Liliane Weissberg und Marjanne E. Goozé etablierte Diskurs zu Repräsentationsformen des ›Jüdischen‹ und ›Weiblichen‹ bei Henriette Herz fortgeschrieben. Mit unterschiedlicher Intensität des Quellenrekurses werden Formen der Selbststilisierung analysiert, die Tradierung des Schönheitsnarrativs und dessen Dekonstruktion nachgezeichnet, ebenso die Prozesse der Ikonenbildung bis zur Mythologisierung. Ferruta weitet den Rezeptionshorizont in relevanter Weise aus, indem sie den Beitrag von Henriette Herz zur »Hypostasierung Rahel Levin Varnhagens« (S. 266) untersucht und die Überhöhungs-Strategien des Saint-Simonisten Gustave d'Eichthal herausarbeitet, der mit Rahel und Karl August Varnhagen in einem produktiven Ideenaustausch stand.

Ulrike Schneiders Darstellung: »Der Briefwechsel von Henriette Herz und Ludwig Börne unter der Herausgeberschaft Ludwig Geigers« (S. 277 ff.) veranschaulicht ein Beispiel für die Auslösung eines ambivalenten Rezeptionsprozesses mittels einer Edition. Die bis 1905 ungedruckten Briefe von Henriette Herz gewähren natürlich interessante Einblicke in die Entwicklung des jungen Louis Baruch hin zum späteren Autor Ludwig Börne und in Henriette Herzens Lebensumstände und Vorstellungswelt zwischen 1802 und 1808. Aber die vom Herausgeber vorgenommenen kritisch-abwertenden Zuschreibungen bezüglich der von Börne sehr geschätzten Briefpartnerin hinterließen für ihr literarisches als auch intellektuelles Profilbild nachhaltige negative Spuren. So etikettierte Ludwig Geiger sie in der »Einleitung« beispielsweise als »völlig unfähig« »zur Schriftstellerei« und bescheinigte ihr eine »gewisse geistige Inferiorität« (S. 288). Schneider betont mit Recht, dass dessen ungeachtet diese Edition einen verdienstvollen Teil der besonderen Bemühungen des Literaturhistorikers und Vertreters des Reformjudentums hinsichtlich der Herausgabe von ungedruckten Korrespondenzen und biografischen Abrissen von Frauen der Klassik, Romantik und des Vormärz darstellt. Diese Editionen bildeten den Auslöser und Nucleus für eine Fülle von Neu-Editionen.

Auch wenn Ludwig Geiger in der Analyse der Briefe von Henriette Herz im Jahr 1905 nicht auf dem kommunikationstheoretischen Niveau der heutigen Forschung war, so sollte ihm das nicht vorgehalten werden, hat er doch wie kein zweiter Literaturhistoriker die Bedeutung des Briefs als Ausdrucksmittel *sui generis* zu würdigen gewusst, indem er sich seiner Bewahrung und Weitergabe an die Nachwelt verschrieben hatte.

Sehr verdienstvoll ist die von Katrin Schreinemachers zusammengestellte »Bibliographie« zu den Primärquellen und zur Forschungsliteratur am Ende des Bandes (S. 291–308) im Sinne der Quellensichtung und der Bestandsaufnahme der Auseinandersetzungen mit Henriette Herz und ihrem persönlichen und kulturgeschichtlich-relevanten Umfeld – kleinere Lücken fallen nicht wirklich ins Gewicht.

Als Anhang wären kurze Profile zu den Beitragenden sehr wünschenswert gewesen, gerade angesichts des breiten Spektrums der vertretenen Wissenschaftsdisziplinen und Forscherinnen und Forscher. Abschließend kann festgehalten werden, dass hier ein Tagungsband vorliegt, der fundierte und facettenreiche Erkenntnisse zu den geistesgeschichtlichen, künstlerischen und religiösen Implikationen des Lebens und Wirkens der Protagonistin zusammenträgt. Er kann nicht zuletzt als eine ausgezeichnete, Impuls setzende Grundlage für die von den Herausgeberinnen als vorrangig eingestuften zwei Desiderata fungieren: für eine kritische Neuedition der Erinnerungstexte und der Briefe von Henriette Herz unter Berücksichtigung verstreuter Quellen und für eine forschungsbasierte Monographie zu ihrem Leben, Schreiben und den vielfältigen, bisher wenig beachteten Wirkungsfeldern wie Erziehungs- und Übersetzungstätigkeit, karitatives Engagement und Netzwerkbildung.

Ariane Neuhaus-Koch

Jens Oberheide: Freier Geist und Rauer Stein. Heinrich Heine: Querdenker – Sinnsucher – Freimaurer. Leipzig: Salier Verlag 2018. 179 S. € 14,00.

Am Beginn der »Börne«-Denkschrift nennt Heine den Ort seiner ersten Begegnung mit dem publizistischen Kontrahenten in Frankfurt im Jahre 1815: »Einst führte mich mein Vater ins Lesekabinet einer der Logen, wo er oft soupirte, Kaffe trank, Karten spielte und sonstige Freymaurer-Arbeiten verrichtete.« (DHA XI, 11) Dass sein Vater der Freimaurerei nahe stand (und 1816 selbst Mitglied einer Loge wurde), erfuhren Heines Leser also von ihm selbst, über seine eigene Verbindung zur Freimaurerei war lange nichts bekannt, bis beim Düsseldorfer Heine-Kongress 1972 Marcel Thomas, seit 1963 Leiter der Handschriftenabteilung der Bibliothèque Nationale in Paris, das in seinem Haus vorhandene Material zur Pariser Loge »Les Trinosophes« präsentierte, aus dem deutlich wurde, dass Heine im Januar 1844 in diese Loge aufgenommen wurde und bis zum Jahre 1847 im Mitgliederverzeichnis und gelegentlich in den Anwesenheitslisten geführt wird.

Jens Oberheide, langjähriger Großmeister der Großloge der Alten Freien und Angenommenen Maurer von Deutschland, eines Dachverbands von über 250 Freimaurerlogen, hat nun in einer reich illustrierten Schrift den Versuch unternommen, vielfältige Informationen zur Loge, der Heine angehörte, zur zeitgenössischen Freimaurerei in Deutschland und Frankreich und zu Freimaurern unter Heines Freunden und Bekannten zusammenzutragen. Herausgekommen ist dabei ein hochinformatives Bändchen, das nicht zuletzt deutlich macht, dass die Logen als Orte liberaler und aufklärerischer Kommunikation, aber auch einer Standesgrenzen (zumindest zwischen Adel und vermögendem oder gebildetem Bürgertum) überschreitenden Geselligkeit eine wichtige Funktion in der Gesellschaft der ersten Hälfte des 19. Jahrhunderts erfüllten. Varnhagen von Ense, der frühe Förderer Heines, war ebenso Logenmitglied wie der Schriftstellerkollege Carl Leberecht Immermann, der Saint-Simonist Prosper Enfantin ebenso wie die Musiker Ferdinand Hiller, Giacomo Meyerbeer und Franz Liszt oder der Schriftsteller Théophile Gautier. In die Loge »Les Trinosophes« eingeführt wurde Heine 1844 durch den Arzt Denis-Louis-Grégoire Faultrier, der 1841 einer von Heines Trauzeugen war und in dessen Sanatorium er sich im Frühjahr 1848 einige Monate aufhielt. In der dichten Präsentation dieser Informationen, angereichert durch zeitgenössisches Bildmaterial (wenn auch einige Dokumente, wie das S. 14 abgebildete Mitgliederverzeichnis der Loge von 1847 mit Heines Eintrag, durch das kleine Buchformat kaum zu lesen sind) und Hintergrundwissen über die die Loge »Les Trinosophes«, ihr Umfeld und allgemein über zeitgenössische freimaurerische Praktiken und Rituale, liegt der Gewinn von Oberheides Buch für die Heine-Forschung.

Weniger geglückt ist dabei jedoch Oberheides Versuch, Heines gesamte Biographie mit dem Eintritt in die Pariser Loge als Fluchtpunkt darzustellen, was in einem solchen Maße teleologisch gerät, dass es fast schon an die nicht verstummenden Versuche evangelikaler Christen erinnert, einen angeblich bekehrten Heine als einen der Ihren zu vereinnahmen. Zum Glück ist hier die Tendenz erfreulicher, da es Oberheide nicht um geistige Enge geht, sondern ganz im Gegenteil um den Nachweis, dass es Heines gesellschaftlich-politischen Ideale und sein lebenslanges kritisches Ringen mit dem Problem der Transzendenz waren, die ihn zur Freimaurerei geführt haben. Schon der Dreiklang des Untertitels, den man sich als Abfolge vorstellen soll, verdeutlich Oberheides Ansatz: »Querdenker – Sinnsucher – Freimaurer«. Heines Biographie erscheint so als »eine lange und kritische Suche auf dem Weg zur Freimaurerei« (S. 13). Beim Nachzeichnen dieser auf ein Ziel hinsteuernden Suchbewegung bewegt sich Oberheide von Station zu Station, da gibt es ein kleines Kapitel über »Idole« (vgl. S. 31–33), in dem es um Lessing und Herder, beide ebenfalls Freimaurer, geht, eines über die Burschenschaften (vgl. S. 35–42), deren Rückgriff auf freimaurerische Symbole und Bräuche er herausstellt, je eines über die »Carbonari« (vgl. S. 63–65) und die Saint-Simonisten (vgl. S. 73–78), deren Bewegungen ebenfalls personelle und ideelle Schnittmengen mit der Freimaurerei aufweisen, usw. Manchmal dreht sich der Reigen so schnell, dass man, wie in den Kapiteln »Weggefährten« (vgl. S. 49–56) und »Begegnungen« (vgl. S. 85–92), sehr genau aufpassen muss, wer von den Freunden und Bekannten denn nun selbst einer Loge angehörte und wer nicht. Mit Heines Eintritt in die Loge »Les Trinosophes« (im Kapitel »Bürgschaft«, vgl. S. 119–123) kommt die Darstellung an ihr Ziel und zur Ruhe, ausführlichere Passagen zur Geschichte dieser Loge und zur freimaurerischen Symbolik insgesamt schließen sich an.

Um Heines ganze Biographie als einen Weg zur Freimaurerei plausibel zu machen, muss Oberheide ab und an raunen und spekulieren: »Heine wusste schon als Student (nicht nur über seinen Vater) relativ viel über Freimaurerei« (S. 47), heißt es dann etwa, oder: »Ganz sicher hat Heine Börnes flammende Freimaurer-Rede von 1811 gekannt, und wer, wie Heine, Freimaurern und den freimaurerischen Ideen schon lange nahestand, bevor er selbst dazugehörte, für den zählte der Börne-Text zur Pflichtlektüre.« (S. 60) Belegbar ist das nicht. Und natürlich ist es bemerkenswert, dass der Pariser »Vorwärts!« im Dezember 1844 Lessings Freimaurer-Dialoge »Ernst und Falk« abdruckte und in einem anonymen Vorwort die Nähe der sozialistischen und freimaurerischen Ideale herausstellte, aber ob die zuerst von Marcel Thomas geäußerte Vermutung zutrifft, dass Heine der Verfasser sein könnte, lässt sich nicht nachweisen. Eine genaue Lektüre dieses Vorworts könnte da eventuell Anhaltspunkte liefern, doch Oberheide beschränkt sich auch an dieser Stelle aufs Vermuten:

> Da Heine zum Zeitpunkt der Veröffentlichung von »Ernst und Falk« im »Vorwärts!« schon Freimaurer war, ist anzunehmen, dass er mit Freude und vielleicht auch als anonymer Vorwort-Autor hinter dem Abdruck gestanden hat, denn das, was Lessing Ernst und Falk in den Mund legt, entsprach Heines Gedanken, freilich mehr philosophisch als revolutionär, wie manche der »Vorwärts!«-Redakteure das wohl gerne sehen wollten. Heine konnte das jetzt auch aus freimaurerischer Sicht sehen, verstehen und abwägen. (S. 109)

Mit der gedanklichen Nähe frühsozialistischer und anderer »fortschrittlicher« Positionen zum Gedankengebäude der Freimaurerei ist für die Zeitspanne zwischen den Revolutionen von 1789 und 1848 markiert, wo diese geistigen Strömungen zusammenlaufen – zugleich aber auch, dass ein einfaches Verbuchen ähnlicher Haltungen, Denk- und Redeweisen als Ausdruck der Zugehörigkeit zur Freimaurerei problematisch ist. Wenn Heine also zum Beispiel in einem Brief an Gustav Kolb vom 13. Februar 1852 die »schönen Ideale von politischer Sittlichkeit, Gesetzlichkeit, Bürgertugend, Freyheit und Gleichheit« (HSA XXIII, 181) erwähnt, dann heißt das nicht zwingend, dass er sich damit, wie Oberheide zu diesem Zitat schreibt, »in die Symbolwelt der Freimaurer vertieft« (S. 141), sondern schlicht, dass Heine sich hier auf das gemeinsame Herkommen dieser – auch freimaurerischen – Ideale bezieht, auf die Aufklärung, oder, wie es im Brief an Kolb weitergeht: »die rosigen Morgenträume des achtzehnten Jahrhunderts, für die unsere Väter so heldenmüthig in den Tod gegangen« (ebd.). Was sich also bei Heine alles – mit einigem Recht – freimaurerisch lesen und deuten lässt, kann genauso gut Erbe der Aufklärung sein. Und auch seine Mitgliedschaft in der Loge »Les Trinosophes« muss kritisch darauf befragt werden, inwieweit sie nicht schlicht und einfach gesellig-gesellschaftliche Gründe hatte, wenn doch ein guter Teil seiner Freunde und Bekannten ebenfalls einer Loge angehörte und worauf auch das eingangs dieser Rezension angeführte Zitat aus der »Börne«-Denkschrift hindeutet, das die »Freymaurer-Arbeiten« mit Kaffeetrinken, Soupieren und Kartenspielen benennt (vgl. DHA XI, 11). Und sicher waren die Logen, wenn auch in der Mitte des 19. Jahrhunderts nicht mehr in dem Maße wie zu Zeiten des Ancien Régime, über das rein Gesellige hinaus wichtige Orte, an denen in der exklusiven Abgeschlossenheit demokratischer Diskurs erprobt werden konnte, wie es Jürgen Habermas in seiner Studie »Strukturwandel der Öffentlichkeit« (hier ein Zitat aus dem Vorwort zur Neuauflage 1990) beschrieben hat:

> Anerkannt ist inzwischen auch die Relevanz des in der deutschen Spätaufklärung entstehenden Vereinswesens; es erhielt eine zukunftsweisende Bedeutung eher durch seine Organisationsform als durch seine manifesten Funktionen. Die Aufklärungsgesellschaften, Bildungsvereinigungen, freimaurerischen Geheimbünde und Illuminatenorden waren Assoziationen, die sich durch die freien, d. h. privaten Entscheidungen ihrer Gründungsmitglieder konstituierten, aus freiwilligen Mitgliedern rekrutierten und im Innern egalitäre Verkehrsformen, Diskussionsfreiheit, Majoritätsentscheidungen usw. praktizierten. In diesen gewiß noch bürgerlich exklusiv zusammengesetzten Sozietäten konnten die politischen Gleichheitsnormen einer künftigen Gesellschaft eingeübt werden. (Jürgen Habermas: Strukturwandel der Öffentlichkeit. Untersuchungen zu einer Kategorie der bürgerlichen Gesellschaft. Mit einem Vorwort zur Neuauflage 1990. Frankfurt a. M. 1990, S. 13 f.)

Wenn Heine also auf die Ideale der Aufklärung rekurriert oder in seinen Texten Bilder verwendet, die auch in der freimaurerischen Symbolik eine Rolle spielen (Oberheide widmet dieser Frage ein eigenes Kapitel, vgl. S. 139–148), so wäre in jeden Einzelfall genau abzuwägen, ob sich da tatsächlich der Freimauer Heine esoterisch äußert oder sich nur zufällig in ähnlichen Bildwelten bewegt – die noch dazu zum Teil andere, z. B. jüdische Quellen haben können, wie dann, wenn vom »Tempel« oder, in der »Symbolik des Unsinns«, vom alttestamentarischen »Schiboleth« (DHA II, 103) die Rede ist. Hier läge in der Tat eine Herausforderung für die Heine-Philologie, vor allem in jenen Texten, die in der kurzen Zeitspanne von 1844 bis 1847 entstanden sind, in der Heine aktiv am Leben der Loge »Les Trinosophes« teilnahm, nachzuprüfen, ob es einen belegbaren Einfluss spezifisch freimaurerischer Symbolik und Denkfiguren auf sein Werk gibt, dass also Texte besser und stimmiger interpretiert werden können, wenn man sie als explizit freimaurerische liest. Die Gegenprobe wäre, ob sowohl das Bildinventar als auch die transportierten Ideen sich nicht auch ohne den Rekurs auf die Bilder- und Gedankenwelt der Freimauer lesen lassen, etwa als Ausdruck allgemein aufklärerischer, humanistischer, frühsozialistischer usw. Ideologien. Darin, den Weg zu diesen Fragen eröffnet und reiches Material zum besseren Verständnis von Heines Verhältnis zur Freimaurerei seiner Zeit geliefert zu haben, liegt das Verdienst von Oberheides Schrift.

Robert Steegers

Roland Schiffter, Sabine Bierwirth, Arnold Pistiak (Hrsg.): ***Heinrich Heine – Miszellen aus Berlin.*** **Berlin: Pro Business Verlag 2018. 322 S. € 29,90.**

Seit mittlerweile über 15 Jahren bereichert die Sektion Berlin-Brandenburg das Wirken der Heinrich-Heine-Gesellschaft und das kulturelle Leben der Bundeshauptstadt. Drei Mitglieder des Vorstands der Sektion haben nun einen Band vorgelegt, der Beiträge aus dem Umfeld der Berliner Heine-Freunde zusammenträgt, die mit dem Titel »Miszellen« (aus lat. »miscella« = »Vermischtes«) nur zu gut bezeichnet sind. Das Spektrum der mitgeteilten Texte ist groß, und sehr Vielfältiges verbirgt sich in ihnen. Viele sind, so verrät die Vorrede, in den vergangenen Jahren bei Veranstaltungen der Sektion als Vorträge gehalten worden. Dass die Vorrede mit dem nicht ganz korrekten Satz »Heines Dichterlaufbahn begann in Berlin.« (S. 7) anhebt und damit die ersten Gedichtpublikationen in »Hamburgs Wächter« (1817), im Mindener »Sonntagsblatt« (1821) oder im »Rheinisch-Westfälischen Anzeiger (1819) ebenso unterschlägt wie den 1820 ebendort veröffentlichten Aufsatz »Die Romantik«, mag man dem Enthusiasmus der hauptstädtischen Heine-Verehrer verzeihen – und selbst die Behauptung, der »Almansor« sei in Berlin (vgl. ebd.) und nicht im gegenüber von Bonn am Rhein gelegenen Dorf Beuel und in Göttingen geschrieben worden.

Die mitgeteilten »Miszellen aus Berlin« sind, wie gesagt, sehr vermischt und ganz unterschiedlich von Gestalt und Gewicht. Da gibt es Eugen Wenzels umfangreiche Abhandlung zu den Geschichtsauffassungen von Heine, Richard Wagner und Friedrich Nietzsche (vgl. S. 42–83), die es allerdings nicht vermag, mehr zu leisten, als selbige nebeneinanderzustellen, und Sabine Bierwirths Porträt des aus Berlin stammenden und erst im holländischen Exil als Schriftsteller hervorgetretenen Konrad Merz (1908–1999), in dessen Werk sie die Verbindungslinien zu seinem erklärten Lieblingsautor Heinrich Heine aufdeckt (vgl. S. 280–321; in einer früheren Fassung 2002 in der Festschrift für Manfred Windfuhr veröffentlicht). Die für den Druck überarbeitete Fassung eines Vortrags von Joachim Rickes widmet sich dem Bild von Berlin in der Lyrik Heines (vgl. S. 84–100) und untersucht, wie sich dieses immer mehr ins Kritische und Traumatische verschoben habe. Wie stets, wenn es in die Tiefen der Textinterpretation geht, kann man über einzelne Deutungen streiten, so etwa darüber, ob es sich beim »Liebchen«, das sich das Lyrische Ich in »Sie saßen und tranken am Theetisch« (DHA I, 182 f.) an seine Seite in den Salon wünscht, um eine Prostituierte handelt (vgl. S. 88 f.). Prinzipiell etwas kurz gesprungen scheint es allerdings zu sein, wenn an das Gedicht »Schloßlegende« (DHA III, S. 239) die Frage herangetragen wird, was Heine »im preußischen Berlin widerfahren [sei], das noch Jahrzehnte später vom fernen Paris aus solche heftigen Reaktionen auslöste« (S. 86). Auch wenn das Gedicht mit dem Vers »Zu Berlin, im alten Schlosse« anhebt, geht es doch eigentlich nicht um die Stadt und des Autors mögliche Haltung zu ihr, sondern um eine Abrechnung mit dem preußischen Herrscherhaus und insbesondere mit König Friedrich Wilhelm IV. Ob man dann beim so diagnostizierten »Berlin-Trauma« gleich, in gängiger Münze, von einer »Wunde« (S. 99) sprechen muss, sei dahingestellt.

In hohem Maße anregend ist der Beitrag von Florian S. Scherübl, »›Gespenstisch durchgeistet‹. Funktion und Bedeutung von Geist und Geisterwesen in Heinrich Heines Schriften ab den 1830er Jahren« (vgl. S. 181–217), der ausgehend von der Polysemie des Wortes »Geist« als »Intellekt« und als »Spukgestalt« (S. 183) Heines Textstrategien in der Entfaltung seiner antispiritualistischen Kulturdiagnostik und Zeitkritik insbesondere in den Deutschland-Schriften analysiert. Scherübl beobachtet hier eine systematische »Vergespensterung« (S. 182), durch die der Geist Geister hervorbringt – und so spiritualistische Tendenzen in der Religion wie in der romantischen Literatur als lebens- und letztlich menschenfeindlich diskreditiert.

Nicht weniger zum Mit- und Nachdenken einladend ist der Text von Arnold Pistiak, »Glaube, wer es geprüft. Hölderlin – Heine. Beobachtungen. Feststellungen. Fragen« (vgl. S. 12–41), der in zuweilen fast schon aphorismenhafter Verknappung Verbindungslinien, Parallelen und Anknüpfungspunkte zwischen Werk und Denken Heines und Friedrich Hölderlins (der in Heines Schriften, wie Pistiak, S. 12, feststellt, erstaunlicherweise nicht erwähnt wird) aufscheinen lässt. Vieles bleibt in Pistiaks Beitrag fragmentarisch und bloß skizziert, und man darf gespannt einer – hoffentlich in Arbeit befindlichen – ausführlicheren Darstellung der untergründigen Verbindungen zwischen diesen beiden in diametral entgegengesetzter Weise an oftmals denselben philosophischen und weltanschaulichen Fragestellungen leidenden und arbeitenden Dichtern entgegensehen.

Wie Arnold Pistiak verfügt auch Joseph A. Kruse über einen sehr eigenen und immer in hohem Maße lesenswerten und anregungsreichen Zugriff auf Heinrich Heines Werk. Hier ist er mit einem Beitrag »Nach-Gedacht: ›Heinrich Heines Poetik der Stadt‹« (vgl. S. 218–279) vertreten, der zunächst wie eine umfangreiche Renzension und Würdigung der 2016 in den »Heine-Studien« erschienenen Dissertation von Margit Dirscherl, »Heinrich Heines Poetik der Stadt«, daherkommt, dann aber Fahrt aufnimmt, Götz Großklaus' Studie »Heinrich Heine – Der Dichter der Modernität« (München 2013) als Referenzgröße hinzunimmt und schließlich eigene »Kursorische Bemerkungen zu Heines Städten« (S. 249–267) anschließt. Dazu weist Kruse zu Recht auf die Bedeutung hin, die – man ist hier fast versucht, an Italo Calvinos »Le città invisibili« zu denken – jene Städte in Heines Schreiben und Denken haben, die er nicht besucht hat: Rom und Jerusalem (vgl. S. 267–274). Heine erweist sich hier, wie Kruse in fast spielerischer Manier nachweist, wieder einmal als ein Autor, bei dem, »wie verschlüsselt auch immer, alles mit allem zusammenhängt« (S. 279).

In der Mitte des Sammelbandes stehen vier Beiträge des Mitherausgebers Roland Schiffter, für die leider allzu sehr der Hinweis am Ende des Vorwortes gilt, dass »die individuellen Eigenheiten der Autoren (auch der Literaturzitierweise) von den Herausgebern ganz unverändert belassen worden« (S. 11) sind. Da wird dem Philosophen und Staatstheoretiker Adam Müller, der mit Heinrich von Kleist den »Phöbus« herausgab (aber nicht auch die »Berliner Abendblätter«, wie Schiffter, S. 111, behauptet) ein längeres Zitat zugeschrieben, das Heine als einen »Judenjungen« und »wütenden Affen« zeichnet – und sich, bei einem Blick in die angegebene Quelle, Jost Hermands (nicht: »Hernands«, wie Schiffter schreibt) Sammlung »Das junge Deutschland. Texte und Dokumente« (Stuttgart 1966) als nicht von Müller, sondern vom »Denunzianten« (Heine) und »Franzosenfresser« (Börne) Wolfgang Menzel stammend erweist. Es stimmt auch sicher nicht, dass »die eitle und machtgierige Selbsternennung Napoleons zum Kaiser mit ihren schrecklichen kriegerischen Folgen für ganz Europa« »Heines große Enttäuschung« (S. 127) gewesen wäre, vielmehr ist es doch gerade auch der Kriegsherr und Zertrümmerer der alten europäischen Ordnung, den Heine zeitlebens als den »den eisernen Mann, hier wie im Leben fußend auf seinen Kanonenruhm« (DHA XII, 90; über das Napoleon-Standbild auf der Vendôme-Säule) bewundert hat – auch wenn er ihn als »abtrünnige[n] Sohn der Revoluzion« (ebd., 41) und »Feind der bürgerlichen Gleichheit« (DHA VII, 61) zugleich kritisiert hat. Auch kann man sich fragen, um was es sich bei einem »persisch-arabischen Kulturkreis« (S. 168) handeln soll, in dem der (maurische) »Almansor« spiele. Dass als Quellenbeleg mehrfach ein lapidares »Google« (S. 112, S. 114, S. 124, S. 180) erscheint, gehört zu den Eigenheiten im Verzeichnen von Quellen und Literatur, wie man sie in einer Proseminararbeit nicht durchgehen lassen würde. Ein straffes Lektorat oder wenigstens die kollegiale kritische Lektüre durch die Herausgeber hätte dem Band – der, wie ausgeführt, eine Reihe höchst anregender Beiträge über Heine enthält – entschieden gutgetan.

Robert Steegers

Sylvia Steckmest: *Heinrich Heines Geschwister. Charlotte, Gustav, Maximilian.* Mit einem Vorwort von Christian Liedtke. Norderstedt: Books on Demand 2018. 172 S. € 12,00

Die übersichtlich gestaltete und gut lesbare biographische Darstellung Sylvia Steckmests widmet sich in drei großen Kapiteln Heinrich Heines Geschwistern: seinen beiden Brüdern Maximilian (ca. 1806–1879) und Gustav (ca. 1803–1886) sowie der Schwester Charlotte (1800–1899). Wie von der Verfasserin angemerkt, ergibt sich diese gewissermaßen umgekehrte Reihenfolge (der Jüngste zuerst) zum einen aufgrund der Häufigkeit der noch vorhandenen Briefe, auf die sich Sylvia Steckmest stützt und aus denen sie immer wieder auch längere Passagen zitiert, zum anderen aus der Lebensdauer (vgl. S. 41). Den einzelnen biographischen Skizzen vorgeschaltet sind ein Vorwort Christian Liedtkes und zwei einführende Kapitel zur Herkunft der Eltern Heinrich Heines (Peira bzw. Betty van Geldern (1771–1859); Samson Heine (1764–1828)) und zur Kindheit des Dichters in Düsseldorf. Sechs s/w-Abbildungen (Porträts der Geschwister sowie Betty van Gelderns und Heinrich Heines; Stadthaus am Neuen Wall in Hamburg im Frontispiz) und der Familienstammbaum im Anhang dienen der weiteren Veranschaulichung.

Die Familiengeschichte der Heines, die Sylvia Steckmest nachzeichnet, wirft gleichzeitig auch ein Licht auf die Besonderheiten jüdischen Lebens zu Beginn des 19. Jahrhunderts, auch wenn sich darauf nicht das Hauptaugenmerk der Studie richten mag. Betty van Gelderns Familie gehört in Düsseldorf »der kleinen jüdischen Oberschicht« an, »die damals ca. 300 Personen umfasste« (S. 18). Im Jahre 1797 heiratet sie den aus Hannover gebürtigen Samson Heine, der aus einem ähnlichen sozialen Milieu wie Betty stammt, denn »[b]eide Familien […] zählten zu Nachkommen von Hoffaktoren, hatten also als Juden in deutschen Landen schon früh eine hohe Stellung erworben« (S. 20). Da zudem in den linksrheinischen Gebieten durch die französisch-napoleonische Besatzung und den *Code civil* den Juden zumindest vorübergehend gewisse Bürgerrechte zuerkannt wurden, verbrachten Harry Heine und seine Geschwister eine für die damaligen Verhältnisse wohl durchaus geschützte und privilegierte Kindheit, Betty scheint sehr auf ihre Bildung und Erziehung geachtet zu haben. Nachdem jedoch Samson, dem wohl »der Weitblick, das geniale Talent eines Kaufmanns« (S. 30) fehlte, seinen Textilgroßhandel in den Ruin getrieben hat, ist die Familie auf die finanzielle Hilfe von Samsons reichem Bruder Salomon, Bankier in Hamburg, angewiesen – und auch auf seinen gesellschaftspolitischen Einfluss, um für die Heines ab 1822 in Lüneburg eine Aufenthaltserlaubnis zu erwirken. Der Älteste, Harry (erst ab seiner Taufe 1825 dann mit dem Vornamen Heinrich), hat zu dieser Zeit das Elternhaus bereits zum Studium verlassen.

Maximilian, der Jüngste (bei dem ebenso wie bei seinen Geschwistern der genaue Geburtstag aufgrund verlorener bzw. zerstörter Dokumente nicht genau eruiert werden kann), wird 1828 in Göttingen zum Doktor der Medizin promoviert. Ehe er dann eine Karriere als Militärarzt im Dienste Russlands beginnt, scheint er aus strategischen Überlegungen (»Der Zar duldete keine Juden in seiner Stadt« [S. 63]), wie auch sein älterer Bruder Heinrich, »[m]öglicherweise […] in Berlin« seine Taufe vollzogen zu haben, ein Schritt, der ihn nicht unbedingt Zustimmung erwarten ließ, »denn die Erfüllung und Ausübung religiöser Zeremonien wurde in der Familie streng überwacht, wenn man sich auch sonst liberal gab« (S. 44). Nach Beendigung des Russisch-Türkischen Krieges reist der frisch examinierte Maximilian dem Heer hinterher und wird sogleich mit einer Pestepidemie konfrontiert, wobei er sich erste Verdienste erwirbt. Bis zu seiner Pensionierung im Jahr 1865 ist Maximilian in St. Petersburg stationiert, seit 1841 am »Lazarett der Petersburger Bau-Lehranstalt«, »später […] im Medizinalressort des Kriegsministeriums« (S. 71). Seine 1860 mit der vermögenden Witwe Henriette von Arendt (geborene Shillingsworth) geschlossene Ehe bleibt kinderlos. Maximilian, dessen Begabung wohl vor allem in seinem Fachgebiet, der Medizin, lag (so hatte er als »Arzt in Russland […] große Anerkennung erlangt« und auch die »›Medizinische Zeitung Russlands‹, die er mit zwei Kollegen in der Zeit von 1844–1860 herausgebracht hatte« [S. 79], verschaffte ihm einiges Ansehen), betätigte sich nebenher als Schriftsteller und verfasste Reisebeschreibungen und feuilletonistische Skizzen, wobei seine allgemeine Selbsteinschätzung kaum von Zweifeln getrübt wurde (so wollte er sich schon, »eitel bis zum Größenwahn«, zu Lebzeiten »mit seinem selbst verfassten Nachruf ein Denkmal setzen« [S. 77]). Für seine Verdienste beim Militär wurde er mit Auszeichnungen und Orden dekoriert und auch in den »persönlichen Adel« (S. 71) erhoben.

Heinrich Heines zweiter Bruder Gustav versucht sich nach einem praktischen Exkurs in der Landwirtschaft und einem Studium zunächst im »Fettwarenhandel«, was ihm von der Familie den spöttischen Beinamen »Ölhändler« einbringt (S. 83). Doch ebenso wie seinem Vater und dem ältesten Bruder Heinrich fehlt ihm offenbar das Geschick zum Kaufmann, woraufhin er nach dem Konkurs seiner Firma wie Maximilian eine Militärlaufbahn einschlägt, wobei er die österreichische Armee und Wien als künftiges Domizil wählt. Recht unbescheiden benennt er sich sofort in einen »Baron van Geldern-Heine« um, ein Titel, der ihm dann 1870 tatsächlich verliehen wird (vgl. S. 84). Seit 1847 reüssiert Gustav dann mit der Herausgabe des »Wiener Fremdenblatts«, einer Boulevardzeitung *avant la lettre*, die bereits 1852 eine Auflage von 16.000 Exemplaren erreicht (vgl. S. 88). Publizistisch hält sich Gustav dabei immer an eine sehr obrigkeitstreue Linie, was ihn weitgehend vor dem Instrument der Zensur zu bewahren scheint und zudem wohl auch angesichts der zumindest bis in die 1860er-Jahre tendenziell eher prekären gesellschaftlichen Stellung der Juden im Habsburger Reich opportun war. Mit der Ehelichung von Emma Emilie Kaan von Albest (im Stammbaum im Anhang ist hier eine »Regine Kaan von Albest verzeichnet«, offenbar ein Irrtum) geht Gustav eine für ihn lukrative Verbindung ein; aus der Ehe gehen fünf Kinder hervor. 1886 stirbt er als »mehrfacher Millionär in Wien«, durch seine jahrzehntelange erfolgreiche Herausgabe des »Fremdenblatts« geht er in die »Pressegeschichte Österreichs« ein (S. 113).

Charlotte schließlich, der Heinrich Heine von allen Geschwistern am meisten zugetan war, findet ihren Lebensmittelpunkt in Hamburg, wo sie seit ihrer Hochzeit mit dem Kaufmann Moritz von Embden (dem jüngeren Bruder der Frau Henry Heines, eines Bruders von Samson) im Jahr 1823 lebt. Aus der Ehe gehen fünf Kinder hervor, die zu ihrem Onkel Heinrich teilweise ein sehr enges Verhältnis haben. Charlotte, »eine humorvolle und lebensfrohe Frau«, hatte offenbar keine Probleme, sich der damaligen Gesellschaft entsprechend in »ihr[e] Rolle als Mutter und Hausfrau« (S. 115) zu fügen. Da auch die verwitwete Betty ihren Lebensabend in Hamburg verbringt und Maximilian und Gustav immer für längere und kürzere Besuche in der Hansestadt verweilen, scheint es Charlotte ein wenig zu obliegen, die Fäden in der Familie zusammenzuhalten, dem Bruder im Pariser Exil zu berichten und die Mutter zu betreuen. Im Alter macht sich Charlotte noch einen gewissen Namen als Gastgeberin des »Embden'sche[n] Salon[s]« (S. 151) in exklusiver Lage in ihrer letzten Wohnung an der Prachtstraße Esplanade. Oftmals empfängt sie auch internationales Publikum, das auf der Suche »nach Autographen von Heinrich« ist (S. 151); die prominenteste Besucherin ist mit Sicherheit die österreichische Kaiserin Elisabeth (1837–1898), die Charlotte mit Fragen bestürmt – an dieser Stelle wäre vielleicht in aller Kürze die schon obsessive Heinebegeisterung der Regentin erwähnenswert, die möglicherweise nicht jedem Rezipienten präsent ist. »Tausende Trauergäste« (S. 155) geben Charlotte, die ihren berühmten Bruder um mehr als vier Jahrzehnte überlebt hat, schließlich das letzte Geleit.

Die von Sylvia Steckmest zusammengestellten Porträts vermitteln vor allem dank der zahlreichen zitierten Briefpassagen das lebendige Bild einer Familie, deren Mitglieder trotz großer räumlicher Entfernungen und etwaiger Missstimmigkeiten doch Kontakt halten (wenn auch bisweilen nur sporadisch und mit zeitlichem Abstand) und sich in Notlagen beizustehen versuchen. So kommt es immer wieder zu Familientreffen in unterschiedlicher Konstellation in Hamburg und auch in Paris, zuletzt am Krankenbett Heinrich Heines. Ein Schlaglicht fällt auch auf den reichen Onkel Salomon, der die Geschwister stets finanziell unterstützt, obgleich er manchmal mit ihren jeweiligen Vorhaben nicht einverstanden ist und die wechselseitigen Beziehungen zu ihm nicht unbelastet sein mögen. Interessant ist auch die Mittlerfunktion, die Maximilian und Gustav bei Bedarf in Heinrich Heines Geschäftsbeziehung zu seinem Verleger Julius Campe einnehmen, so sie in Hamburg sind (Heine selbst, gegen den ab 1844 gar ein Haftbefehl Preußens vorliegt, ist es nicht mehr möglich, zu Verhandlungen persönlich nach Hamburg zu reisen) – »wobei sie allerdings eher unglücklich agierten«, wie Christian Liedtke festhält (S. 11).

Gemeinsam scheint den Geschwistern eine kosmopolitische Haltung gewesen zu sein, die ihnen vielleicht von ihrer in mancher Hinsicht sehr fortschrittlich eingestellten Mutter Betty mit auf den Weg gegeben wurde, die »die Misere der Kleinstaaterei« beklagte und ihren Kindern das Leben in »große[n] Städte[n] großer Staaten« (S. 21) anempfahl – bei Charlotte wäre freilich in Rechnung zu stellen, dass ihr Wohnort durch ihre Heirat bestimmt wurde. Anders als Heinrich schlugen Maximilian und Gustav freilich einen Weg ein, der sehr systemkonform war, ihre Migration war anders als im Fall ihres älteren Bruders daher auch eine freiwillige, und einer Rückkehr nach Deutschland stand nichts entgegen (tatsächlich lebte Maximilian in seinen letzten Jahren in Berlin).

Insgesamt werden die Geschwister des berühmten Dichters dank Sylvia Steckmests biographischer Studie als eigenständige und intellektuell durchaus eigenwillige Persönlichkeiten greifbar, die dem Rezipienten natürlich auch Heinrich Heine noch einmal näherbringen. Die Autorin leistet hiermit in jedem Fall einen wichtigen Beitrag zur Heineforschung, zumal die Geschwister und auch teilweise deren Nachkommen einen nicht unerheblichen Anteil an den ersten Biographien und Darstellungen über Heine haben (vgl. hierzu Vorwort, S. 15). Ein kleines Desiderat wäre das ausbaufähige Literaturverzeichnis, das zudem auch die im Text verwendete Literatur nicht zur Gänze auflistet. Möglicherweise könnte hier in einer Neuauflage Abhilfe geschaffen werden – die dann dieser lesenswerten Untersuchung auch einen entsprechenden Fachverlag bescheren könnte, was wünschenswert wäre.

Patricia Czezior

Heine-Literatur 2018 mit Nachträgen

Zusammengestellt von Elena Camaiani

1 Primärliteratur

1.1 Gesamtausgaben

1.2 Einzelausgaben und Teilsammlungen

Heine, Heinrich: Berlin, wo man am klügsten ist und die meisten Dummheiten begeht … Ein literarisches Stadtporträt. Berlin 2018. 127 S.

Heine, Heinrich: Deutschland. Ein Wintermärchen. Satz von Klaus Detjen. Göttingen 2018. 112 S. (Typographische Bibliothek; 15).

Heine, Heinrich: Deutschland. Ein Wintermärchen. Ungekürzte Lesung. Sprecher: Heiner Schmidt. Produktion: hr2 kultur. Berlin 2018. 1 CD (89 Min.). (Große Werke – große Stimmen). [Produktion: Hessischer Rundfunk 1983].

Heine, Heinrich: Dichter unbekannt. Gelesen von Rolf Becker. Ausw. der Textfolge: Rolf Becker und Claus Bremer. Hamburg 2018. 2 CDs (108 Min.) + 1 Booklet (11 S.).
Heine, Heinrich: Heine to go. Worte zwischen Himmel und Erde. Ausw. und Zusammenstellung: Franziska Kleiner. Berlin 2018. 93 S.
Heine, Heinrich: Kurze Worte, lange Küsse. Hamburg 2018. 112 S.

1.3 Texte in Anthologien

Aber es ist doch Nijinsky! Hrsg. von Natalie Fischer. Bd. 1. Berlin 2017. 264 S.: Ill.
Äolsharfen-Romantik. Eine Blütenlese von Beschreibungen, Gedichten, Prosa, Reflexionen, Bildern und Musik. Peter Tenhaef (Hrsg.). Berlin 2017. 238 S.: Ill.
Berlin in Versen. Gedichte aus vier Jahrhunderten. Ausgew. und komm. von Rolf Schneider. Berlin 2018. 223 S.
Berlin ist auch eine schöne Gegend … Die Metropole in Gedicht und Grafik. Eine Anthologie. Hrsg. von Klaus Kühnel. Berlin 2016. 244 S.
Bramm, Bernd: Bärlauch. Der kleine attraktive »Stinker«. Ein informativer und literarischer Streifzug durch den Bärlauchwald. Ubstadt-Weiher [u. a.] 2018. 64 S.: Ill.
Deutsche Balladen. Gedichte, die dramatische Geschichten erzählen. Hrsg. von Wulf Segebrecht. München 2012. 885 S.
Deutsche Berichte aus Paris 1789–1933. Zeiterfahrung in der Stadt der Städte. Hrsg. von Gerhard R. Kaiser. Göttingen 2017. 549 S.: Ill.
Deutschlandreise. Historische Berichte von Otto Julius Bierbaum, … Sprecher: Oliver Rohrbeck, … Freiburg i. Br. 2018. 8 CDs + 1 Booklet (12 S.).
Ebbert, Birgit: Reimgeschichten für Senioren. Zum Mitsprechen und Vervollständigen für Aktivierungsrunden. Mülheim an der Ruhr 2017. 96 S.: Ill.
Edelsteine. 121 Sternstunden deutscher Sprache vom Nibelungenlied bis Einstein, von Mozart bis Loriot. Hrsg. von Max Behland, … Grundlegend überarb. und erw. Neuaufl. Paderborn 2016. 653 S.
Eher heiter bis wolkig. Humorvolle Weisheiten für jeden Tag. [Zusammengest. und hrsg. von Volker Bauch]. Leipzig 2005. 376 S.: Ill.
Europa! Hrsg. von Lojze Wieser. Klagenfurt 2017. 519 S. (Europa erlesen).
Faust zum Vergnügen. Hrsg. von Gerd Eversberg. Stuttgart 2018. 175 S. (Reclams Universal-Bibliothek; 19497).
Der festliche Adventskalender. 24 Gedichte, Lieder und Rezepte. Hrsg. von Julia Gommel-Baharov. Frankfurt a. M. 2017. 240 S.: Ill. (Fischer Klassik; 90663).
Frohe Weihnacht. Hausbuch der schönsten Geschichten, Lieder und Gedichte. Mit Ill. von Miriam Koch. Textsammlung und Red.: Inga Hagemann. Münster 2017. 239 S.: Ill.
Frohe Weihnachten. Die Weihnachtsgeschichte. Der Montanara Chor singt die schönsten Weihnachtslieder. Gelesen von Johannes Steck. Stuttgart 2018. 2 CDs (140 Min.).
Frühlingsgefühle. Die schönsten Geschichten und Gedichte. Ausgew. von Clara Paul. Berlin 2018. 167 S. (Insel-Taschenbuch; 4635).
Geheimnisvolle Weihnachten. Autostereogramme. Von Dr. Erwin Meckelburg. Berlin 2017. 33 S.: Ill.
Das Geschenk der Hoffnung. Texte zum Innehalten. Petra Kummermehr (Hrsg.). Lahr 2018. 96 S.
Goethe to go. Ein tüchtig Wort. Ausw. und Zusammenstellung: Franziska Kleiner. Berlin 2018. 91 S.
Das große Hausbuch zur Weihnachtszeit. Lektorat: Lea König. München 2017. 207 S.: Ill. (ars-Edition deluxe).
Hamburg ist am Tage eine große Rechenstube und in der Nacht ein großes Bordell. Ein literarisches Stadtporträt. Von Heinrich Heine, Theodor Mundt u. a. Berlin 2018. 95 S.
Helle, Günter: Zeiten des Lebens. Bewahrt in Gottes Hand. Hamburg 2017. 62 S.: Ill.
Heller nun die Glocken klingen. Mit 24 Gedichten durch den Advent. German Neundorfer (Hrsg.). Lahr 2017. 128 S.

Hinter den Bäumen das Meer. Gedichte von norddeutschen Landschaften. Hrsg. von Eberhard Scholing. Stuttgart 2018. 127 S. (Reclams Universal-Bibliothek; 19530).

Ich möchte nie mehr zwanzig sein. Gedichte. Hrsg. von Eberhard Scholing. Stuttgart 2018. 168 S.

Ich will dich. Die hundert schönsten erotischen Gedichte. Hrsg. von Hansjürgen Blinn. Berlin 2018. 184 S.

Île-de-France. Hrsg. von Thomas Kohlwein. Klagenfurt 2017. 595 S. (Europa erlesen).

Jesus – eine Spurensuche. Jesus aus jüdischer, christlicher und muslimischer Sicht, Jesus in der Literatur. Hrsg. von Michael Baade. Rostock 2017. 105 S.

Katzen. Lyrische Liebeserklärungen. Hrsg. von Tessa Korber. Cadolzburg 2017. 189 S.

Eine Kuh, die saß im Schwalbennest. Spiele, Reime, Lieder und Geschichten. Hrsg. von Edmund Jacoby. Berlin 2018. 143 S.

Lebensfreude. Das große Lesebuch für glückliche Stunden. Hrsg. von Julia Gommel-Baharov. Frankfurt a. M. 2018. 232 S. (Fischer Klassik; 90678).

Leselust am Meer. Hrsg. von Julia Gommel-Baharov. Frankfurt a. M. 2018. 223 S. (Fischer; 90680: Klassik).

Lichterloh. Geschichten unterm Weihnachtsbaum. Ausgew. von Kati Hertzsch. Zürich 2016. 326 S. (Diogenes-Taschenbuch; 24379).

Lob der Engel. Hrsg. von Matthias Reiner. Ill. von Selda Marlin Soganci. Berlin 2018. 102 S.: Ill. (Insel-Bücherei; 2520).

Mondbeglänzte Zaubernacht. Romantische Gedichte. Ausgew. von Dietrich Bode. Stuttgart 2016. 85 S. (Reclams Universal-Bibliothek; 19410).

Närrchen, sey nicht spröde. 170 erotische Gedichte deutscher Dichterfürsten. Hrsg. von Carsten Pfeiffer. Mit erotischen Vignetten von und nach Eugene Le Poitevin. Berlin 2018. 144 S.: Ill.

Prächtige Natur erheitert die Tage. Gedichte. Hrsg. von Herbert Schnierle-Lutz. Berlin 2018. 83 S. (Insel-Bücherei; 2518).

Reisegedichte. Vom Sturm und Drang bis zur Gegenwart. Texte mit Materialien. Ausgew. von Maximilian Nutz. Stuttgart [u. a.] 2018. 160 S.: Ill. (Editionen für den Literaturunterricht).

Reisen. Gedichte. Hrsg. von Vanessa Greiff. Stuttgart 2018. 208 S. (Reclams Universal-Bibliothek; 19528).

Roeder, Annette: Wie süß das Mondlicht auf dem Hügel schläft! Kunst, Gedichte und mehr für Kinder und Erwachsene. München 2016. 4. Aufl. 159 S.: Ill.

Rosen. Geschichten & Gedichte. Hörbuch mit Musik. Sprecherin: Verena v. Kerssenbrock. Hrsg.: Sören Meyer-Eller. Unterhaching 2000. 1 CD (63 Min.) + Booklet (4 S.). (Klassiker der Literatur).

Schöning, Sabine: Das große Buch zur Weihnachtszeit für die ganze Familie. Ill.: Irene Mohr. Bernau 2017. 157 S.: Ill.

Die schönsten Balladen. Gelesen von Mathias Herrmann. Friedberg (Hessen) 2018. 1 CD (73 Min.).

Die schönsten deutschen Balladen. Gert Westphal (Sprecher). München 2018. 6 CDs (5 Std.) + 1 Booklet (35 S.).

Die schönsten Mondgedichte. Hrsg. von Matthias Reiner. Mit Ill. von Reinhard Michl. Berlin 2017. 109 S.: Ill. (Insel-Bücherei; 2024).

»Seither schlief sie bei meiner Frau«. Katzengeschichten. Hrsg. von Matthias Reiner. Ill. von Isabel Pin. 2. Aufl. Berlin 2017. 87 S.: Ill. (Insel-Bücherei; 2514).

Sibirien. Hrsg. von Dareg A. Zabarah. Klagenfurt 2017. 276 S. (Europa erlesen).

Tier zuliebe. Luis Benedikter (Hrsg.). Mit einem Hörbuch auf CD, gesprochen von jungen Stimmen und mit Musik von Simon Gamper. Bozen 2017. 111 S.: Ill. + 1 CD.

Tucholsky to go. Worte gegen das Infame. Ausw. und Zusammenstellung: Franziska Kleiner. Berlin 2017. 93 S.

Über den Tod. Poetisches und Philosophisches von Homer, Boccaccio, Erasmus, Montaigne und anderen. Hrsg. von Daniel Keel, … Zürich 2017. 207 S.

Verruchte Gedichte. 170 Gedichte deutscher Dichterfürsten mit 16 drastischen Illustrationen. Hrsg. von Carsten Pfeiffer. Mit 16 farbigen Ill. eines deutschen ›Le Poitevin‹. Genehm. Sonderausg. Berlin 2017. 143 S.: Ill.
Vom Knödel wollen wir singen. Kulinarische Gedichte. Christian Maintz (Hrsg.). München 2018. 223 S.
Weihnachtsgedichte. Ausgew. von Stephan Koranyi. Stuttgart [u. a.] 2017. 103 S.
Weise, Eckhard: Die Zeit, als das Wünschen noch geholfen hat, ist vorbei? Niemals! Gedichte, Aphorismen, Märchen. Mit acht Gemälden von Manfred Grund. 2. Aufl. Schweinfurt 2017. 69 S.: Ill.
Welch ein Singen, Musizieren … Geschichten, Lieder & Gedichte aus der guten, alten Zeit. Zusammenstellung: Volker Bauch. Leipzig 2017. 128 S.: Ill.
Das Welthaus. Texte der Menschheit. Hrsg. von Hubertus Halbfas. Ostfildern 2017. (Literatur und Religion).

1.4 Übersetzungen

Blumen und Farben in der deutschen Lyrik. Zum 220. Jubiläum von Heinrich Heine = Cvety i kraski v nemeckoj lirike. K 220-letiju Geinricha Gejne. Zusammenstellung und Übers. von Romen Nudelman. Gelsenkirchen 2017. 102 S. [Gedichte <russ.>. S. 8–43].
Cum filio pater equitat … Die 10 beliebtesten Balladen auf Lateinisch. Ausgew. und übers. von Franz Schlosser. Stuttgart 2017. 75 S. (Reclams Universal-Bibliothek; 19362). [Henricus Henriculus: »De Loreley Sirene arcana carmen epicolyricum«. S. 26].
Heine, Heinrich: Al-Mansur masrahiyya andalusiyya. Mounir Fendri [Übers.]. Freiburg i. Br. 2009. 152 S. [»Almansor« <arab.>].
Heine, Heinrich: Allemagne. Un conte d'hiver = Deutschland. Ein Wintermärchen. [Übersetzer vermutlich Saint-René de Taillandier]. Villers-Cotterêts 2013. 175 S.
Heine, Heinrich: Harry – de memoires van Heinrich Heine. Vertaald door Ria van Hengel. Voorgelezen door Arnon Grunberg. Amsterdam 2013. 2 CDs + Textbuch (72 S.).
Heine, Heinrich: ›O Polsce‹. Przeł. Roman Dziergwa. – In: Romantyzm środkowoeuropejski w kontekście postkolonialnym. Red.: Michał Kuziak, … Warschau 2017. S. 594–615.
Heine, Heinrich: »Słowo o Polakach« [aus: »Ludwig Börne. Eine Denkschrift«]. – In: Der Geist Polonias. Dwa wieki recepcji kultury polskiej w Niemczech 1741–1942. Wybór, wstęp i opracowanie Marek Zybura. Posen 2017. (Poznańska biblioteka niemiecka; 46). S. 398–402.
Vale da Silva, Felipe: A literatura alemã de Wolfgang Menzel, resenhada por Heinrich Heine. Tradução comentada. – In: Belas Infiéis 6, 2017, 2. S. 177–197.

2 Sekundärliteratur

2.1 Studien zu Leben und Werk

Allert, Beate I.: Heine's ›Doctor Faust, a Ballet Poem‹. – In: Faust Adaptions from Marlowe to Aboudoma and Markland. Ed. by Lorna Fitzsimmons. West Lafayette, Indiana 2017. S. 66–77.
Backes, Marcelo: Heinrich Heine, crítico do capital. – In: Jornal de Poesia (ca. 2015). 11 S. [URL: http://www.jornaldepoesia.jor.br/heinrichheine.pdf, letzter Zugriff: 19.03.2019]. – Dass. in: Margem esquerda 2018, 4. S. 55–72.
Baran, Sibel: Motivanalyse des Novellenfragments Florentinische Nächte von Heinrich Heine. Ankara, Hacettepe Univ., Magisterarb., 2018. 104 Bl.
Beesley, Lisa Joann: Religious Conversions in Ninetheenth-Centuy Germany. Clemens Brentano, Georg Büchner, and Heinrich Heine. Nashville, Tennessee, Vanderbilt Univ., Diss., 2017. XVI, 255 S.
Bekes, Peter: Die Schrift an der Wand. Parodie, Ballade, Transformation. [Zu: »Belsazar«]. – In: Deutschunterricht 70, 2017, 3: Balladen und Erzählgedichte. S. 28–35.

Bender, Fernanda: Luz e contraluz. O diálogo mimético entre Hagadá e Haskalá na narrativa d'O Rabi de Bacherach, de Heinrich Heine. – In: Revista Vértices 2016, 20. 17 S. [URL: http://revistas.fflch.usp.br/vertices/article/view/3078/2608, letzter Zugriff: 19.03.2019].

Benoit, Martine-Sophie: Heine, Kunert, le poète et la censure. – In: Le forme et le fond. Mélanges offerts à Alain Muzelle. Sous la dir. de Gilles Darras, … Reims 2017. S. 21–34.

Berner, Hannah: »Herr Oluf hand rider saa vide«. Stationen der Wanderung einer dänischen Ballade von Herder bis Heine. – In: Fremde Ähnlichkeiten. Die »Große Wanderung« als Herausforderung der Komparatistik. Franz Zipfel (Hrsg.). Stuttgart 2017. (Schriften zur Weltliteratur; 4). S. 114–139.

Bernhardt, Oliver: »Die Flammenschrift an der Wand«. Heinrich Heines Ballade »Belsatzar« (1822). – In: 5300 Jahre Schrift. Hrsg. von Michaela Böttner, … Heidelberg 2017. S. 142–145.

Bidlo, Oliver: Heine – Werther – Goethe. Von der Missachtung und Kritik zu einem poetischen Leben. – In: Ders.: Schriften zum Theater. Essen 2017. S. 163–182.

Bonnal, Nicolas: Heine et Balzac, prophètes du nazisme. – In: Ders.: Littérature et conspiration. Les grands auteurs à l'âge des complots. Paris 2017. (Patrimoine des lettres). S. 191–200.

Brenner-Wilczek, Sabine: Heinrich Heine. – In: Düsseldorfer Erinnerungsorte. Benedikt Mauer, Enno Stahl (Hrsg.). Essen 2018. (Quellen und Forschungen zur Geschichte des Niederrheins; 13. Veröffentlichungen aus dem Stadtarchiv Düsseldorf; 24). S. 183–186.

Briese, Olaf: Ein Gespenst geht um: vormärzlicher Anarchismus. Die drei Hauptströmungen und Heines Reaktionen. – In: HJb 57, 2018. S. 101–125.

Bunke, Simon: Gefährliche Muße. Zur Heterotopie der Kahnfahrt in der Romantik bei Friedrich de la Motte Fouqué, Clemens Brentano und Heinrich Heine. – In: Arbeit und Müßiggang in der Romantik. Claudia Lillge, … (Hrsg.). Paderborn 2017. (vita activa). S. 359–376.

Cai, Yanqiong: Ritual und Gruppenzugehörigkeit – eine kulturwissenschaftliche Studie zu Heinrich Heines ›Der Rabbi von Bacherach‹. – In: Literaturstraße 18, 2017, 2. S. 129–144.

Cazzato, Alessandro: Il canto mitico di Loreley. – In: La lanterna magica. Percorsi tra musica e letteratura da Euripide a Stravinskij. Varese 2016. (I racconti della musica; 35). S. 85–87.

Cazzato, Alessandro: Heine, Paganini e il violino vampire. – In: La lanterna magica. Percorsi tra musica e letteratura da Euripide a Stravinskij. Varese 2016. (I racconti della musica; 35). S. 94–96.

Coignard, Tristan: Une histoire d'avenir. L'Allemagne et la France face au défi cosmopolitique (1789–1925). Heidelberg 2017. 513 S. (Beihefte zum Euphorion; 96). [Kap. 3.1: »La fin de la promesse français? La vocation médiatrice de Heinrich Heine«. S. 144–154].

Crişan-Kreutzer, Maria: Destine similare – zeităţi similare. Publius Ovidius Naso – Heinrich Heine. Trad. engleză: Honorius Crişan. Bukarest 2017. 272 S.

Cuonz, Daniel: Heines Unrast. Poetologie einer Selbstverortung. – In: Weimarer Beiträge 64, 2018, 2. S. 165–184.

Czezior, Patricia: Exil und Wahlheimat. Heinrich Heine in Paris. – In: Starnberger Hefte 2018, 18: Westen. S. 6–13.

Demski, Gudrun: Es fiel ein Reif in der Frühlingsnacht. – In: Die Klingende Brücke – AK Projekte. Lied des Monats 2012, April. S. 4–12.

Destro, Alberto: »Di qua e di là dal Reno«. Heine e il Romanticismo. – In: Ders.: Saggi, scritti, interventi. 1989–2015. Canterano 2017. S. 175–184.

Destro, Alberto: Dove la precisione del linguaggio giuridico aiuta l'interpretazione letteraria. Un esempio da Heinrich Heine. – In: Ders.: Saggi, scritti, interventi. 1989–2015. Canterano 2017. S. 255–262.

Destro, Alberto: Erbe, ironische Brechung und Suche nach Harmonie in der religiösen Haltung von Heinrich Heine. – In: Ders.: Saggi, scritti, interventi. 1989–2015. Canterano 2017. S. 245–254.

Destro, Alberto: L'esilio degli dèi e il ritorno a Dio. – In: Ders.: Saggi, scritti, interventi. 1989–2015. Canterano 2017. S. 199–210.

Destro, Alberto: Heine nei ›Lieder‹ tra interpretazione e falsificazione. – In: Poesia romantica in musica. A cura di Alberto Caprioli. Bologna 2005. S. 143–148.

Destro, Alberto: Heinrich Heine, Impressioni di viaggio. Italia. – In: Ders.: Saggi, scritti, interventi. 1989–2015. Canterano 2017. S. 227–238.

Destro, Alberto: »Ma questa è una risposta?« Giobbe nella religiosità del tardo Heine. – In: Ders.: Saggi, scritti, interventi. 1989–2015. Canterano 2017. S. 161–174.

Destro, Alberto: Le messe in musica del ›Buch der Lieder‹. – In: Ders.: Saggi, scritti, interventi. 1989–2015. Canterano 2017. S. 239–244.

Destro, Alberto: Miti classici e miti biblici in Heine. – In: Ders.: Saggi, scritti, interventi. 1989–2015. Canterano 2017. S. 191–198.

Destro, Alberto: »Il nostro caro maestro Lutero« nella rappresentazione di Heinrich Heine. – In: Ders.: Saggi, scritti, interventi. 1989–2015. Canterano 2017. S. 211–226.

Destro, Alberto: Reiste Heine wirklich nach Italien? – In: Ders.: Saggi, scritti, interventi. 1989–2015. Canterano 2017. S. 185–190.

Destro, Alberto: La religiosità di Heine – moderna? – In: Ders.: Saggi, scritti, interventi. 1989–2015. Canterano 2017. S. 263–272.

Deterding, Klaus: Mithilfe Ihrer Mithilfe, Herr Minister! Die Spätfolgen der Rechtschreibreform für die deutsche Sprache und Literatur. Berlin 2017. 268 S. [Kap. III: »Die Katastrophe in den Lesebüchern der Schule, 2: Riesenslalom abwärts mit Heinrich Heine«. S. 145–162].

Deterding, Klaus: Die Spätfolgen der Rechtschreibreform für die deutsche Sprache und Literatur. Bd. 2: »Wer oder was ist schief gelaufen?« Fehler, Jargon und falsche Grammatik im schriftlichen und mündlichen Gegenwartsdeutsch. Berlin 2018. 182 S. [Teil II, Kap. II: »Funktion und Leistung der ›Differenzierung‹, dargestellt an Werken von Heinrich Heine, Gottfried Keller, Uwe Tellkamp und Thomas Hardy«. S. 125–132].

Detken, Anke: Novellistisches Erzählen und politische Botschaften. Die »doppelte Buchhaltung« in Heinrich Heines ›Florentinische Nächte‹. – In: Arbeit und Müßiggang in der Romantik. Claudia Lillge, … (Hrsg.). Paderborn 2017. (vita activa). S. 447–465.

Deutschideen. Gymnasium Baden-Württemberg. Mareike Hümmer-Fuhr, … 8. Jahrgangsstufe. Schülerband. Druck A[1]. Braunschweig 2018. 328 S.: Ill. [»Minnegruß«. S. 135; »Belsazar«. S. 146–148; »Loreley«. S. 158–159; »Der Tee«. S. 251; alle mit Aufgaben].

Deutsch.kompetent. Hrsg. von Angelika Schmitt-Kaufhold. Teil 8. Stuttgart [u. a.] 2018. 311 S.: Ill. [»Meeresstille«. S. 141–143; »Leise zieht durch mein Gemüt«. S. 275; beide mit Aufgaben].

Devine, Luke: »I sleep, but my Heart waketh«. Contiguity between Heinrich Heine's ›Imago‹ of the Shulamite and Amy Levy's »Borderline«. – In: AJS Review 40, 2016, 2. S. 219–240.

Di Bella, Arianna: Karl I. Stuart bei Andreas Gryphius und Heinrich Heine. Gegensätzliche Herrscherbilder. – In: Germanistik zwischen Tradition und Innovation. Hrsg. von Jianhua Zhu, … Bd. 12. Berlin 2018. (Publikationen der Internationalen Vereinigung für Germanistik (IVG); 31). S. 375–379.

Echiffre, Capucine: Aspects du lyrisme nervalien. Nerval face à Heine. – In: Nerval et l'Autre. Sous la dir. de Corinne Bayle. Paris 2017. (Études romantiques et dix-neuviémistes; 79. Série Gérard de Nerval; 2). S. 155–172.

Engel, Manfred: Towards a Poetics of Dream Narration. (With Examples by Homer, Aelius Aristides, Jean Paul, Heine and Trakl). – In: Writing the Dream = Écrire le rêve. Ed. by Bernard Dieterle, … Würzburg 2017. (Cultural Dream Studies; 1). S. 19–44.

Engelsberger, Gerhard: Ein Wintermärchen? Lyrik predigen (Heinrich Heine). Der besondere Gottesdienst. – In: Pastoralblätter 158, 2018, 2. S. 137–148.

Engster, Hermann: Heine und die Menschenware. Der entlaufene Romantiker. – In: Untergrund-Blättle vom 02.06.2016. 9 S. [URL: https://www.untergrund-blättle.ch/kultur/heinrich_heine_und_die_menschenware_3349.html, letzter Zugriff: 19.03.2019].

Engster, Hermann: Unwiederbringlich. Zu Heinrich Heines Gedicht »Die Lore-Ley«. – In: Untergrund-Blättle vom 12.01.2018. 5 S. [URL: https://www.untergrund-blättle.ch/kultur/heinrich_heine_die_lore_ley_4512.html, letzter Zugriff: 19.03.2019].

Evers, Meindert: The aesthetic Revolution in Germany 1750–1950. From Winckelmann to Nietzsche – from Nietzsche to Beckmann. Frankfurt a. M. 2017. 362 S.: Ill. [Kap. 1.1.2: »Critical voices. From Heinrich Heine to Georg Lukács«. S. 34–42].

Fendri, Mounir: Heinrich Heine wa ash-sharq al-islami. Al-Hilal wa-s-salib wa-s-sunbul. Freiburg i. Br. 2011. 416 S. [Halbmond, Kreuz und Schibboleth. Heinrich Heine und der islamische Orient <arab.>].

Fingerhut, Karl-Heinz: ›Manchmal nur, in dunklen Zeiten‹. Forschendes Lernen. Kafka in der historischen Reihe von Heine und Celan. – In: Ders.: Kafka für Querdenker. Literaturdidaktische Lektüren. Frankfurt a. M. [u. a.] 2017. (Beiträge zur Literatur- und Mediendidaktik; 38). S. 37–66.

Flüh, Torsten: Flugblatt – Zeitung – Blog. Materialität und Medialität als Literaturen. Wien 2017. 291 S. (Passagen Philosophie). [Kap.: »Briefe – Heinrich Heine«. S. 67–78].

Foi, Maria Carolina: Heine e la vecchia Germania. La questione tedesca tra poesia e diritto. Triest 2015. 248 S.

Füllner, Bernd: Erinnerungen aus Krähwinkels Schreckenstagen. »Krähwinkel« in den Werken von Heinrich Heine. – In: Gediegener Spott. Bilder aus Krähwinkel. Hrsg. von Matthias Winzen. Oberhausen 2018. S. 185–197.

Füllner, Bernd: Heinrich Heines und David Friedrich Strauß' Streitschriften gegen Wolfgang Menzel. Zur Strategie literarisch-philosophischer Fehden im Vormärz. – In: David Friedrich Strauß als Schriftsteller. Barbara Potthast, … (Hrsg.). Heidelberg 2018. (Beihefte zum Euphorion; 100). S. 415–430.

Füllner, Bernd: »Schriftlicher Ideenaustausch ist eigentlich zwischen uns nicht nöthig«. Heinrich Heines Briefwechsel mit Karl Varnhagen von Ense – ein Beitrag zur Geschichte seiner Edition. – In: Internationales Jahrbuch der Bettina-von-Arnim-Gesellschaft 28/29. 2016/2017, 2018. S. 119–138.

Füllner, Karin: »Ja, die Weiber sind gefährlich«. Frauen in der Heine-Zeit. – In: ALG-Umschau 2018, 58. S. 5–11.

Füllner, Karin: »Streng öffentlich: das Heine-Forum«. 20. Forum Junge Heine-Forschung 2017 mit neuen Arbeiten über Heinrich Heine. – In: HJb 57, 2018. S. 191–195.

Gimenes de Paula, Marcio: A moderna filosofia alemã como Herdeira da reforma protestante. Uma investigação a partir de Heine. – In: Dialectus 5, 2018, 12. S. 241–264.

Goetschel, Willi: Heine and Freud. Deferred Action and the Concept of History. – In: Freud and Monotheism. Moses and the Violent Origins of Religion. Gilad Sharvit, … ed. New York 2018. (Berkeley Forum in the Humanities). S. 65–86.

Goetschel, Willi: Heine's Displaced Philology. – In: The Germanic Review 93, 2018, 1. S. 30–38.

Häfner, Ralph: Mosaismus, Caesarismus, Bonapartismus. Ambivalenzen des Napoleon-Bildes bei Heine, Balzac und Nerval. – In: Philosemitismus. Rhetorik, Poetik, Diskursgeschichte. Philipp Theison, … (Hrsg.). Paderborn 2017. S. 167–184.

Hansen, Volkmar: »Das Zweygespräch zwischen Frau Venus und dem Tannhäuser«. Heines Dialoggedichte. – In: Das Dialoggedicht. Studien zur deutschen, englischen und romanischen Lyrik = Dialogue Poems. Studies in German, English and Romance Language Poetry. Hrsg. von Christina Johanna Bischoff, … Heidelberg 2017. (Germanisch-romanische Monatsschrift; 84). S. 335–358.

Haubrich, Rebecca: Symbolische Speisen. Heinrich Heines ›Der Rabbi von Bacherach‹. – In: »Polytheismus der Einbildungskraft«. Wechselspiele von Literatur und Religion von der Aufklärung bis zur Gegenwart. Hrsg. von Tomas Sommadossi. Würzburg 2018. (Rezeptionskulturen in Literatur- und Mediengeschichte; 11). S. 83–98.

Hecker, Christian: Der Irrtum Heinrich Heines. Auch Finanzkapital kann nachhaltig misswirken. – In: Vierteljahrschrift für Sozial- und Wirtschaftsgeschichte 103, 2016, 4. S. 452–462.

Heider, Martin; Strube, Janna: »Unterwegs sein«. Das Thema Reisen. Unter Mitarb. von Michael Rieger. Hrsg. von Johannes Diekhans. Dr. A1. Braunschweig 2018. 195 S.: Ill. (EinFach Deutsch. Unterrichtsmodell). [Kap. 2.3: »Und manchmal schwebst du leicht und wunderbar« – Reisegedichte von Hebbel, Ringelnatz, Trakl und Heine – Das 19. Jahrhundert«. S. 64–72].

Hermann, Mette: Los geht's! Tekst og grammatik. Kopenhagen 2018. 170 S.: Ill. [»Ein Jüngling liebt ein Mädchen« mit Aufgaben. S. 47–50].

Heske, Henning: Zur Zeit der Gespenster [zu: »Fensterschau«]. – In: Ders.: Fensterschau. Gedichtinterpretationen nordrhein-westfälischer Autorinnen und Autoren. Düsseldorf 2018. S. 11–14.

Höffgen, Thomas: Heines ›Götter im Exil‹. Ein Satyrspiel. – In: Euphorion 111, 2017, 1. S. 61–73.

Hofmann, Martina: Heinrich Heines europäische Gipfel-Utopie. – In: Dies.: Der Blick vom Gipfel auf die Welt. Ausgewählte Beispiele zur Etablierung eines literarischen Motivs. Gießen 2015. (Sprache, Literatur, Kommunikation; 5). [Zugl.: Gießen, Univ., Diss., 2014]. S. 265–323.

Hollo, Erkki J.: Heinrich Heine – ein früher europäischer Kulturvermittler. Versuch einer Identitätsbeschreibung. Helsinki, Univ., Magisterarb., 2018. 87 S.

Holtzhauer, Helmut: Heinrich Heine: Grundzüge seines Lebens. – In: Ders.: Literarische Revolution. Aufsätze zur Literatur der deutschen Klassik. Hamburg 2017. S. 211–230.

Honsza, Norbert: Heinrich Heine. Schelm der Epoche und »Dichterjude«. – In: Identitätsdiskurs im deutsch-jüdischen Dialog. Norbert Honsza, … (Hrsg.). Frankfurt a. M. 2017. (Polnische Studien zur Germanistik, Kulturwissenschaft und Linguistik; 7). S. 117–122.

Huhn, Willy: Heine und die Romantik. Zum 100. Todestage des Dichters am 17. Februar. – In: Jochen Gester: Auf der Suche nach Rosas Erbe. Der deutsche Marxist Willy Huhn (1909–1970). 2. durchges. Aufl. Berlin 2018. S. 612–617.

Jané, Jordi: No sólo de poesía natural vive el hombre. El ›Cuento de Invierno‹ entre otros ejemplos de poesía artística. – In: Los hermanos Grimm en contexto. Reescritura e interpretación de un legado universal. Isabel Hernández, … (coords.). Madrid 2014. (Libros de Síntesis. Literatura; 2). S. 117–127.

Jané, Jordi: La propuesta de Heine. Una utopía al alcance de todos. – In: Ex-patria. Pensamiento utópico en las literaturas del exilio y la diaspora. Marisa Siguan, … (eds.). Barcelona 2018. (Icaria Antrazyt; 465). S. 49–64.

Jellen, Reinhardt: Die Geschichtsphilosophie von Heinrich Heine. – In: Ders.: Pop-Marxismus. Nachrichten aus der Weltgeist-Zentrale. Kassel 2017. S. 129–132.

Kaiser, Daniel: Abendjournal Spezial: 250. Geburtstag von Salomon Heine. NDR 90, 3. Sendung: 19.10.2017. Moderation: Daniel Kaiser. Mit Sylvia Steckmest. Hamburg 2017. 1 CD (55 Min.).

Karsenti, Bruno: La question juive des modernes. Philosophie de l'émancipation. Paris 2017. 370 S. [Kap. III: »Deux peuples, une langue. Digression de Freud à Heine«. S. 117–152].

Kerschbaumer, Sandra: Immer wieder Romantik. Modelltheoretische Beschreibungen ihrer Wirkungsgeschichte. Heidelberg 2018. 157 S. (Jenaer Germanistische Forschungen; 43). [Kap. 1.1.3: »Heinrich Heines ›Romantische Schule‹. Die Bedeutung der ›Modellinstanz‹«. S. 33–37].

Kimura, Naoji: Spiegelbild der Kulturen. Philologische Wanderjahre eines japanischen Germanisten. Bern [u. a.] 2018. 523 S. (Deutsch-ostasiatische Studien zur interkulturellen Literaturwissenschaft; 9). [Kap. 1.2: »Heinrich Heine im Kontext der Weltliteratur«. S. 63–76].

Köster, Udo: Der französische Heine und die deutsche Kritik. – In: Traditionen, Herausforderungen und Perspektiven in der germanistischen Lehre und Forschung. 90 Jahre Germanistik an der St.-Kliment-Ochridski-Universität Sofia. Akten der Jubiläumskonferenz der Fachrichtung Deutsche Philologie 11.–12. Oktober 2013. Emilia Dentschewa, … (Hrsg.). Sofia 2015. S. 176–191.

Kohan, Alexandra: Heinrich Heine. En el filo político del Witz. – In: Jornadas Jacques Lacan y la Psicopatología. Buenos Aires, 14 y 15 da noviembre de 2014. Psicopatología Cátedra II – Universidad de Buenos Aires 2014. Buenos Aires 2014. 6 Bl. [URL: https://www.aacademica.org/embedded-list/jornadas.psicopatologia.30.aniversario/66, letzter Zugriff: 19.03.2019].

Kohlmayer, Rainer: Deutsche Sprachkomik. Ein Überblick für Übersetzer und Germanisten. Frankfurt a. M. [u. a.] 2017. 206 S. (Publikationen des Fachbereichs Translations-, Sprach- und Kulturwissenschaft der Johannes Gutenberg-Universität Mainz in Germersheim; 68). [Kap. 8.6: »Heinrich Heine und Georg Büchner«. S. 83–90].

KombiKOMPAKT. Deutsch in der Oberstufe. [Ausg. B]. Hrsg. von Kerstin Dambach, … Teil: LiteraturKOMPAKT. Trainingsheft zum literaturgeschichtlichen Orientierungswissen. Bearb.

von Andreas Ramin. Bamberg 2012. 80 S. + Lösungsheft (20 S.). [»Ein Fichtenbaum steht einsam«, »Englische Fragmente« (Auszug), beide mit Aufgaben. S. 40–41].

Kortländer, Bernd: Heinrich Heine. – In: Reiseliteratur. Ausgew. von Andreas Erb, … Stuttgart 2017. (Kindler kompakt). S. 127–131.

Krämer, Walter: Ein Nest von konfiszierlichen Büchern. Deutschland. Ein Wintermärchen, Heinrich Heine, 1844. – In: Sternstunden. Große Texte deutscher Sprache. Hrsg. von Josef Kraus, … Paderborn 2018. S. 155–157.

Kraus, Karl: Nestroy, Heine & Co. Aufsätze zur Literatur. Hrsg. von Bruno Kern. Wiesbaden 2018. 188 S.

Krause, Robert: »dem müßigen Flaneur den angenehmsten Zeitvertreib gewähren«. Figurationen des Müßiggangs in Heinrich Heines ›Briefen aus Berlin‹ und ›Lutezia‹. – In: Arbeit und Müßiggang in der Romantik. Claudia Lillge, … (Hrsg.). Paderborn 2017. (vita activa). S. 171–184.

Kruse, Joseph A.: Heines »Rabbi von Bacherach« als Exempel existenzieller Übergänge. – In: Agora 10, 2003, 15. S. 30–34.

Kruse, Joseph A.: Nach-Gedacht. »Heinrich Heines Poetik der Stadt«. – In: Heinrich Heine – Miszellen aus Berlin. Roland Schiffter, … (Hrsg.) Berlin 2018. S. 218–279.

Kruse, Joseph A.: Poetisch-religiöse Vorratskammer. Die Hebräische Bibel bei Goethe und Heine. – In: Goethe und die Juden – die Juden und Goethe. Beiträge zu einer Beziehungs- und Rezeptionsgeschichte. Hrsg. von Anna-Dorothea Ludewig, … Berlin 2018. (Europäisch-jüdische Studien / Beiträge; 34). S. 69–80.

Kruse, Joseph A.: Von der großen Idee bis zur kleinen Form. Über Heines Fragmente. – In: Formen ins Offene. Zur Produktivität des Unvollendeten. Im Auftr. des Theodor-Fontane-Archivs hrsg. von Hanna Delf von Wolzogen, … Berlin 2018. (Untersuchungen zur deutschen Literaturgeschichte; 151). S. 210–223.

Kucher, Primus-Heinz: Von Heine zu Kompert. Konzepte der Emanzipation im Spannungsfeld von Tradition, Assimilation und Utopie in der deutschsprachigen Ghetto-Literatur des 19. Jahrhunderts. Vom ›Rabbi von Bacherach‹ zu ›Zwischen den Ruinen‹. – In: Sull'utopia. Scritti in onore di Fabrizio Cambi. A cura di Alessandro Fambrini, … Università degli Studi di Trento, Dipartimento di Lettere e Filosofia. Trient 2017. (Labirinti; 167: Quaderni). S. 111–129.

Kühn, Walter: Dunkle Zeiten. Heines pathetische Widmungsgedichte ›An Edom!‹ und ›Brich aus in lauten Klagen‹ als »Vorwort« des Romanfragments ›Der Rabbi von Bacherach‹? – In: Literaturen des Pathos. Ästhetik des Affekts von Aristoteles bis Schlingensief. Björn Hayer, … (Hrsg.). Marburg 2018. S. 79–95.

Küper, Wilfried: Heinrich Heine über Straftheorien. – In: Ders.: Strafrechtliche Beiträge zu Rechtsgeschichte und Rechtsphilosophie. Hrsg. von Michael Hettinger, … Tübingen 2017. S. 309–314.

Kuschel, Karl-Josef: Martin Luther und die Dichter. Streifzüge durch die Literatur, Teil II: Heinrich Heine. – In: Deutsches Pfarrerblatt 118, 2018, 4. S. 225–227.

Laudert, Gerd: Der Rabbi von Bacherach. Ein Romanfragment von Heinrich Heine. Bacharach 2018. 80 S.: Ill. (Kleine Schriftenreihe; 34).

Laudert, Gerd: Regionalhistorische Recherchen zum »Rabbi von Bacherach«. – In: HJb 57, 2018. S. 37–47.

Liamin, Sergej A.: Images and Imageries of Norse Mythology in German Sentimentalism and Romanticism. From Herder to Heine. – In: The Pre-Christian Religions of the North. Research and Reception. Ed. by Margaret Clunies Ross. Vol. 1: From the Middle Ages to c. 1830. Turnhout 2018. S. 317–330.

Liedtke, Christian: Als Flaneur auf den Boulevards von Paris. Ausgabe der ›Allgemeinen Zeitung‹ mit einem für die ›Lutezia‹ bearbeiteten Artikel Heines vom 11. Dezember 1841. – In: Die Erfindung von Paris. Der vorliegende Katalog erscheint zur Ausstellung ›Die Erfindung von Paris‹, Literaturmuseum der Moderne, Marbach am Neckar, 13. Juni 2018 bis 31. März 2019. Hrsg. von Susanna Brogi, Ellen Strittmatter. Marbach am Neckar 2018. (Marbacher Katalog; 71). S. 124–125.

Liedtke, Christian: »Balancierkünste« und »Eiertänze«. Heinrich Heines Kritik des Virtuosentums. – In: Exploring Virtuosities. Heinrich Wilhelm Ernst, Nineteenth-Century Musical Practices and Beyond. Christine Hoppe, … (eds.). Hildesheim [u. a.] 2018. (Göttingen Studies in Musicology; 10). S. 299–317.

Liedtke, Christian: »Familienmisére« und »Bonbons«. – In: Sylvia Steckmest: Heinrich Heines Geschwister. Charlotte, Gustav, Maximilian. Norderstedt 2018. S. 7–15.

Liedtke, Christian: Kommentiertes Bestandsverzeichnis der Düsseldorfer Heine-Autographen. Neuerwerbungen 2013–2017. – In: HJb 57, 2018. S. 156–166.

Liedtke, Christian: Ein unbekanntes Bonner Albumblatt von Harry Heine aus dem Besitz von Theodor Erasmus Hilgard. Eine Spurensuche. – In: HJb 57, 2018. S. 24–36.

Maaß, Enzo: Kein Arzt an Heines Sarg. Dr. Grabau, Dr. Sloman und eine Reliquie. Eine Korrektur. – In: HJb 57, 2018. S. 3–23.

Mahot Boudias, Florian: Poésies insupportables. Politiques de la littérature dans l'entre-deux-guerres (Aragon, Auden, Brecht). Paris 2016. 456 S. (Littérature, histoire, politique; 27). [Kap.: »Le modèle des poètes libéraux du XIX siècle: Byron, Hugo et Heine«. S. 294–334].

Mancini, Mario: Heine, Hegel e »La fine dell'arte«. – In: La lirica moderna. Momenti, protagonisti, interpretazioni. Atti del XXXIX convegno interuniversitario (Bressanone, Innsbruck, 13–16 luglio 2011). A cura di Furio Brugnolo … Padua 2012. (Quaderni del Circolo Filologico-Linguistico Padovano; 27). S. 35–52.

Matala de Mazza, Ethel: »Verkleinlichung aller Größe«. Heine und Marx über Staatsmänner nach Napoleon. – In: Größe. Zur Medien- und Konzeptgeschichte personaler Macht im langen 19. Jahrhundert. Michael Gamper, … (Hrsg.). Zürich 2015. (Medienwandel, Medienwechsel, Medienwissen; 34). S. 319–334.

Meyer, Ingo: Ekphrasis als Medium von Bildlichkeit. Gryphius – Heine – Peter Weiss. – In: Jahrbuch der Deutschen Schiller-Gesellschaft 61, 2017. S. 111–142.

Meyer, Philippe: Le génie allemand. Portraits. Paris 2017. 423 S. [Kap.: »Heinrich Heine (1797–1856). Progressiste allemand en France«. S. 221–225].

Meyer-Sickendiek, Burkhard: Hate Speech als literarische Rhetorik, oder: Wie man mit Judith Butler sarkastische Texte lesen kann. – In: Hassrede / Hate Speech. Interdisziplinäre Beiträge zu einer aktuellen Diskussion. Jörg Meibauer (Hrsg.). 2. Fassung mit Korr. Gießen 2013. (Linguistische Untersuchungen; 6). S. 95–120. [»Hate speech als Kompensation. Das Beispiel Heinrich Heine«. S. 109–113].

Meyer-Sickendiek, Burkhard: Philosemitismus als subversive Strategie. Eine begriffliche Variation mit Blick auf Heinrich Heine. – In: Philosemitismus. Rhetorik, Poetik, Diskursgeschichte. Philipp Theison, … (Hrsg.). Paderborn 2017. S. 197–213.

Moreno Moreno, Daniel: Heine y Santayana ante la primera filosofía alemana. – In: Daimōn 2018, 73. S. 41–54.

Müller, Ernst: Düsseldorf. Heinrich Heine (1797–1856) und die Freiheit als Lebensform. – In: Ders.: Literarisches Rheinland. Düsseldorf 2018. (Nyland-Dokumente; 17). S. 70–82.

Münster-Schröder, Erika: Heinrich Heines »Ideen. Das Buch Le Grand« und die Franzosenzeit. – In: Die Quecke 2016, 86. S. 218–221.

Negt, Oskar: »Ich bin die Tat von deinen Gedanken« – Heinrich Heines Flaschenpost. – In: Ders.: Schriften. Bd. 17: Nur noch Utopien sind realistisch. Politische Interventionen. Göttingen 2016. S. 83–87.

Nesselhauf, Jonas: Heine und der Kapitalismus. Geld, Börse und »Bankos« in Heinrich Heines Leben und Werk. – In: Focus on German Studies 24, 2017. S. 67–83.

Oberhänsli-Widmer, Gabrielle: Chimäre der Assimilation. Heinrich Heine, ›Prinzessin Sabbath‹ (1851). – In: Dies.: »Lege mich wie ein Siegel an deinen Arm!« Jüdische Lebenswelten im Spiegel ihrer Liebesliteratur. Stuttgart 2018. (Judentum und Christentum; 25). S. 105–124.

Oberheide, Jens: Freier Geist und Rauer Stein. Heinrich Heine. Querdenker – Sinnsucher – Freimaurer. Leipzig 2018. 182 S.

Oberheide, Jens: Heinrich Heine. Querdenker und Freimaurer. Interview. – In: Humanität 44, 2018, 6. S. 12–15.

Paganelli, Pia: El desgarro-Heine. Espiritualismo y sensualismo como tensión en tres relatos. – In: Anuário de literatura 22, 2017, 1. S. 128–150.

Pehlke, Florian: ›Ethnographien in groben Zügen‹. August Lewald und Theodor Mundt. Skizze und Typisierung im Umfeld Heines. – In: HJb 57, 2018. S. 78–100.

Perkins-McVey, Matthew J.: Im Schatten des Gipfels. Bourgeois Society, Metaphor, and Temporality in Heine's and Nietzsche's Mountain Imagery. Halifax, Dalhousie Univ., Masterarb., 2015. 72 Bl.

Pesl, Martin Thomas: Das Buch der Tiere. 100 animalische Streifzüge durch die Weltliteratur. Aufgespürt, studiert und erklärt von Martin Thomas Pesl. Ill. von Kristof Kepler. Wien 2017. 243 S. [Zu »Atta Troll«. S. 204–205].

Petersdorff, Dirk von: Die Wende zur Ironie. Heinrich Heine. – In: Ders.: In der Bar zum Krokodil. Lieder und Songs als Gedichte. Göttingen 2017. (Kleine Schriften zur literarischen Ästhetik und Hermeneutik; 9). S. 40.

Philipp, Christian: Deutsche Politik vor 150 Jahren – Wird täglich aktueller und zutreffender! Zum 209. Geburtstag und zum Ende des Heinrich-Heine-Jahres. – In: Die Dresdner Union 2006/2007, 12/1. S. 33.

Pieroth, Bodo: Heinrich Heine. Welch ein fürchterliches Buch ist das Corpus Juris, die Bibel des Egoismus. – In: Ders.: Deutsche Schriftsteller als angehende Juristen. Berlin 2018. (Juristische Zeitgeschichte / 6, Recht in der Kunst – Kunst im Recht; 51). S. 88–92.

Pistiak, Arnold: Glaube, wer es geprüft. Hölderlin-Heine. Beobachtungen. Feststellungen. Fragen. – In: Heinrich Heine – Miszellen aus Berlin. Roland Schiffter, … (Hrsg.). Berlin 2018. S. 12–41.

Placial, Claire: Figures de l'érotisme et de la connaissance dans les réécritures du Cantique des cantiques. Ceronetti, Yeats, Heine. – In: Masques, corps, langues. Les figures dans la poésie érotique contemporaine. Sous la dir. de Caroline Crépiat, … Paris 2017. (Rencontres; 284). S. 327–342.

Pöttker, Horst: »Alles Weltwichtige an Ort und Stelle betrachten und behorchen«. Heinrich Heine als Protagonist des modernen Journalismus. – In: Mühen der Moderne. Von Kleist bis Tschechow – Deutsche und russische Schriftsteller des 19. Jahrhunderts = Usilija epochi moderna. Horst Pöttker, … (Hrsg.). Köln 2016. (Öffentlichkeit und Geschichte; 9). S. 92–145.

Raciti, Giuseppe: »Ho dipinto il diavolo sul muro«. Il comunismo secondo Heinrich Heine. – In: Studi germanici 2015, 8. S. 103–158.

Regenbrecht, Klaus-Dieter: Ein Mythos wird vermessen. Topographie der Rheinlande im Licht der Romantik. Tranchot und von Müffling, Goethe, Schlegel, Heine et al. Ein panoptisch panoramischer Essay. Koblenz 2018. 308 S.: Ill.

Rickes, Joachim: Berlin in den Gedichten des jungen und späten Heine. – In: Heinrich Heine – Miszellen aus Berlin. Roland Schiffter, … (Hrsg.).Berlin 2018. S. 84–100.

Rickes, Joachim: Heinrich Heine zwischen Paris und Berlin. Überlegungen zu seinem Zeitgedicht ›Die Menge thut es‹. – In: Wirkendes Wort 68, 2018, 1. S. 27–38.

Robertson, Ritchie: ›Conversations with Jehovah‹. Heine's Quarrel with God. – In: Ders.: Enlightenment and Religion in German and Austrian Literature. Cambridge 2017. (Selected Essays; 1). S. 304–317.

Robertson, Ritchie: Dreams as Literature. Heine, Dora, Freud. – In: Writing the Dream = Écrire le rêve. Ed. by Bernard Dieterle, … Würzburg 2017. (Cultural Dream Studies; 1). S. 57–72.

Rogal, Stefan: … und das Lebensrätsel bleibt. Philosophieren mit Gedichten. Lektüre- und Arbeitsheft für die Sekundarstufe 2. Zeichnungen der Dichterportraits von H. Peter Irberseder. Leipzig 2014. 80 S.: Ill. (Militzke-Themenheft). [»Fragen« mit Interpretation. S. 26–27].

Rokahr, Gerd: Esens. Ein Lesebuch. Geschichten und Geschichtliches, Personen und Persönlichkeiten aus einer kleinen Stadt. Hrsg.: Stadt Esens. Wittmund 2017. 250 S.: Ill. [Kap. 17: »Heinrich Heine – ›ein ungeheures Genie‹«. S. 75–78].

Savona, Paolo: La rivoluzione democratica di Heine e la costituzione per la pace perpetua di Kant. Una seconda lettera agli amici tedeschi. Soveria Mannelli 2017. 104 S.

Scherübl, Florian S.: »Gespenstisch durchgeistet«. Funktion und Bedeutung von Geist und Geisterwesen in Heinrich Heines Schriften ab den 1830er Jahren. – In: Heinrich Heine – Miszellen aus Berlin. Roland Schiffter, … (Hrsg.). Berlin 2018. S. 181–217.

Schiffter, Roland: Achim von Arnim bei Heinrich Heine. Judenfurcht und Judenhass in der Romantik. – In: Heinrich Heine – Miszellen aus Berlin. Roland Schiffter, … (Hrsg.). Berlin 2018. S. 101–125.

Schiffter, Roland: Heinrich Heine, der Gottessucher. – In: Heinrich Heine – Miszellen aus Berlin. Roland Schiffter, … (Hrsg.). Berlin 2018. S. 162–180.

Schiffter, Roland: Heinrich Heine, der Kapitalismus und der Kommunismus. – In: Heinrich Heine – Miszellen aus Berlin. Roland Schiffter, … (Hrsg.). Berlin 2018. S. 126–142.

Schiffter, Roland: Heinrich Heine, der Musikkritiker. Ein ziemlich kesser Dilettant. – In: Heinrich Heine – Miszellen aus Berlin. Roland Schiffter, … (Hrsg.). Berlin 2018. S. 143–161.

Schilling, Erika: Liminale Lyrik. Freirhythmische Hymnen von Klopstock bis zur Gegenwart. Stuttgart 2018. VI, 462 S. (Abhandlungen zur Literaturwissenschaft). [Kap. 3.5: »›Der Vorwelt / Kunstbegabt nachringen‹. Heine und Platen«. S. 200–226].

Schön, Nora: »Nur in der Tiefe des Gemüthes«. Freiheit, Nation und politische Lyrik in Heinrich Heines ›Zeitgedichten‹. Tübingen, Eberhard Karls Univ., Masterarb., 2017. 106 S.

Schonfield, Ernest: Heine and ›Convivencia‹. Coexistence in Muslim Spain. – In: Oxford German Studies 47, 2018, 1. S. 35–50.

Schott, Sonia: Sirènes et Lorelei. Homère, Brentano, Heine, Hagen. – In: La musique e le mal. Figures, lectures, représentations. Dir.: Laurine Quetin. [S. L.] 2017. (Revue Musicorum; 18). S. 95–108.

Schrader, Monika: Figuren des »Selbst« in der Literatur der Moderne. Von Friedrich Hölderlin bis Botho Strauß. Hildesheim; Zürich 2016. 331 S. (Europaea memoria / 1; 118). [Kap. VI: »Heinrich Heine (1797–1856). Ironie und Paradox als Sprachformen für das ›Rätsel‹ des ›Selbst‹«. S. 83–96].

Schunk, Werner: Heinrich Heine, der satirisch-aggressive Grufti. – In: Ders.: Genie zwischen Wahn und Witz. Von Luther bis Freud. Gotha 2017. S. 51–60.

Semmer, Gerd: Heine contra Freund und Feind (Prosa). – In: Gerd Semmer Lesebuch. Zusammengest. und mit e. Nachw. von Karin Füllner. Bielefeld 2018. (Nylands kleine westfälische Bibliothek; 71). S. 62–69.

Sergeevna Serjagina, Julija; Kornulova, Natal'ja Vasil'ena: Kompozitsionno-rechevye osobennosti proizvedenija Genricha Gejne »Puteshestvie po Gartsu«. – In: V Vserossiiskii festival' nauki. XIX Mezhdunarodnaya Konferentsiya. Studentov, aspirantov i molodykh uchenykh. »Nauka i obrazovaniye«. (G. Tomsk, 20–24 aprilja 2015 g.). Tom II: Filologija. Chast' 2: Aktual'nyye problemy lingvistiki i metodiki prepodavaniya inostrannykh yazykov. Ministerstvo obrazovaniya i Nauki Rossijskoj Federatsii. Tomsk 2015. S. 114–119.

Soltani, Zakariae: »Ich bin stolz darauf, Perser zu sein«. Zu Heinrich Heines persischer Mimikry. – In: Persien im Spiegel Deutschlands. Konstruktionsvarianten von Persien-Bildern in der deutschsprachigen Literatur vom 18. bis in das 20. Jahrhundert. Christine Maillard, … (Hrsg.). Straßburg 2018. (Faustus). S. 227–237.

Steckmest, Sylvia: Heinrich Heines Geschwister. Charlotte, Gustav, Maximilian. Mit e. Vorw. von Christian Liedtke. Norderstedt 2018. 172 S.

Stenzel, Julia: Aristophanes stirbt, Aristophanes wird geboren. Hegelianische Blicke auf Heine im Exil. – In: Die andere Antike. Altertumsfigurationen auf der Bühne des 19. Jahrhunderts. Friederike Krippner, … (Hrsg.). Paderborn 2018. (Anfänge). S. 51–72.

Sucher, C. Bernd: Heinrich Heine: »Buch der Lieder«. – In: Ders.: Suchers Welt. Literatur. 49 leidenschaftliche Empfehlungen. München 2018. S. 79–83.

Thomsen, Lars Ulrik: Holberg, Heine og Scherfig. Tre kritiske røster. Esbjerg 2017. 168 S.: Ill.

Urbahn de Jauregui, Heidi: Heines Wunde. – In: Dies.: Der Liebe Maß. Essays. Berlin 2012. S. 64–74.

Urbahn de Jauregui, Heidi: Von der Freiheit eines Dichtergeistes. – In: Dies.: Der Liebe Maß. Essays. Berlin 2012. S. 49–63.

Uzcanga, Francisco: El futuro del pasado. Revisionismo histórico en un romance de Heinrich Heine. – In: »Zeit ist das, was man an der Uhr abliest«. Facetten der Zeit. Sammelband zum 25-jährigen Bestehen des Zentrums für Sprachen und Philologie an der Universität Ulm. Christian Timm, … (Hrsg.). Hamburg 2017. (Ulmer Sprachstudien; 25). S. 97–105.

Verheugen, Günter: »Ein Leben lang im Widerstand«. Über Heinrich Heine. – In: Damals 50, 2018, 12. S. 77.

Vialatte, Alexandre: Les Allemands, a dit Henrich Heine, ont choisi le tilleul pour symbole parce que sa feuille a la forme d'un cœr. Aus: L'Epoque, 29 août 1945. – In: Ders.: Résumons-nous. Préface de Pierre Jourde. Paris 2017. (Bouquins). S. 203–205.

Waldmann, Peter: Wie Fremde Fremde sehen. Selbstreflexion und Selbstverortung jüdischer Identität in der Literatur. Wien 2018. 323 S. [Kap. I: »Heinrich Heine und die Ambivalenzfalle der Assimilation«. S. 34–52].

Walter, Peter: Heinrich Heines Religionskritik. – In: Theologische Beiträge 49, 2018, 4. S. 208–219.

Wapnewski, Peter: Zwischen Freund Hein und Heine. – In: Peter Rühmkorf. Des Reiches genialste Schandschnauze. Texte und Briefe zu Walther von der Vogelweide. Hrsg. von Stephan Opitz, … Eine Edition der Arno Schmidt Stiftung in Verbindung mit dem Deutschen Literaturarchiv Marbach. 2. Aufl. Göttingen 2017. S. 219–228.

Waszek, Norbert: Von der Aufklärung zum Vormärz: Kontinuitäten und Brüche. Am Beispiel von Heines Lektüre von Lessing und Mendelssohn. – In: G. W. F. Hegel und Hermann Cohen. Wege zur Versöhnung. Festschrift für Myriam Bienenstock. Norbert Waszek (Hrsg.). Freiburg i. Br. 2018. S. 140–160.

Weixler, Veronika: »O, dass ich wäre, seufzte ich – / Dass ich zu Hause wäre, / Bey meiner lieben Frau in Paris, / Im Faubourg Possonière!« Aus dem Manuskript von »Deutschland. Ein Wintermärchen« (1844). – In: Die Erfindung von Paris. Der vorliegende Katalog erscheint zur Ausstellung ›Die Erfindung von Paris‹, Literaturmuseum der Moderne, Marbach am Neckar, 13. Juni 2018 bis 31. März 2019. Hrsg. von Susanna Brogi, Ellen Strittmatter. Marbach am Neckar 2018. (Marbacher Katalog; 71). S. 126–127.

Wenzel, Eugen: Nein, die Menschheit dreht sich nicht zwecklos in öden Kreisen. Verschiedene Geschichtsauffassungen bei Heine, Wagner und Nietzsche. – In: Heinrich Heine – Miszellen aus Berlin. Roland Schiffter, … (Hrsg.). Berlin 2018. S. 42–83.

Willhardt, Rolf: »Weise erdenken neue Gedanken und Narren verbreiten sie.« Zum 220. von H. H. Ein Schriftsteller über Wissenslücken und den Umgang mit der deutschen Sprache. – In: Magazin der Heinrich-Heine-Universität Düsseldorf 2017, 3. S. 14–15.

Witte, Bernd: Moses und Homer. Griechen, Juden, Deutsche. Eine andere Geschichte der deutschen Kultur. Berlin 2018. 384 S.: Ill. [Kap. 4: »Das »Volk des Buches«. Heinrich Heines Entdeckung der Schreibweise der Moderne aus dem Geiste des Judentums«. S. 135–164].

Wojda, Aleksandra: ›Le Freischütz‹ et la terrible fanfare du chasseur noir. Comment Weber a envoûté l'écriture de quelques romantiques (Gautier, Heine, Berlioz). – In: La musique e le mal. Figures, lectures, représentations. Dir.: Laurine Quetin. [S. l.] 2017. (Revue Musicorum; 18). S. 175–186.

Zweig, Stefan: Zu Heinrich Heine. Eine Faksimileausgabe von Heines »Deutschland, ein Wintermärchen«. – In: Ders.: Sternbilder. Sammlung verschollener Essays über deutschsprachige Klassiker. Von Bettina von Arnim über Friedrich Schiller bis Karl Marx. Hrsg.: Klaus Gräbner, … 2. Aufl. Krems an der Donau 2017. (tranScript; 3). S. 61–70.

2.2 Untersuchungen zur Rezeption

220 Jahre Heinrich Heine. Hochschulradio Düsseldorf, 13.12.2017. 1 CD (11 Min.). [darin u. a.: Heine heute. Interview von Cigdem Ünlü mit Christian Liedtke].

Benne, Christian: Oscar Levy's Nietzschean Reading of Heine. – In: Ecce homo intellectualis. Oscar Levy's Nietzschean Mission. Sesquicentennial conference, 31st March 2017. London 2017. S. 10–18.

Benteler, Anne: »Verzeihen Sie. Man vertut sich so leicht in den Jahrhunderten.« Die besondere Rolle Heinrich Heines für Exilantinnen und Exilanten im 20. Jahrhundert. – In: Exilograph 2015, 23. S. 6–8.

Bierwirth, Sabine: Der Berliner Schriftsteller Konrad Merz und sein Lieblingsdichter Heinrich Heine. Zwei Deutsche, zwei jüdische Emigranten. – In: Heinrich Heine – Miszellen aus Berlin. Roland Schiffter, … (Hrsg.). Berlin 2018. S. 280–321.

Chantelau, Ernst-Adolf: Die historischen Heine-Bozzetti von Hugo Lederer. – In: Kunsttexte.de 2017, 1. S. 1–12. [URL: https://edoc.hu-berlin.de/handle/18452/8015, letzter Zugriff: 19.03.2019].

Davison, Claire: On first Looking into Mansfield's Heine. Dislocative Lyric and the Sound of Music. –In: Re-forming World Literature. Katherine Mansfield and the Modernist Short Story. Gerri Kimber, … (eds.). Stuttgart 2018. (Studies in World Literature; 6). S. 161–184.

Dickel, Manfred: Zionismus und Jungwiener Moderne. Felix Salten – Leben und Wirken. Jena, Univ., Diss., 2003. 892 S. [Kap. 2.1.3.: »Kosmopolitismus und der ›magische Judenkreis‹. Heine und Heine-Rezeption«. S. 30–45].

Hart, Heidi: Contrary Voices. Heine, Hölderlin, and Goethe in the Music of Hanns Eisler. Chapel Hill, Univ. of North Carolina, Diss., 2016. 317 S.: Notenbeisp.

Heinemann, Michael: Robert Schumann: Dichterliebe. Analytische Miniaturen. Mit dem Faksimile von Schumanns Handexemplar der ›Dichterliebe‹ aus dem Robert-Schumann-Haus Zwickau. Köln 2017. 143 S.: Notenbeisp.

Hesse, Christoph: Filmexil Sowjetunion. Deutsche Emigranten in der sowjetischen Filmproduktion der 1930er und 1940er Jahre. München 2017. 670 S. [Kap. XI: »Heinrich Heine rettet Heinz Goldberg«. S. 339–351].

Heyer, Andreas: Der gereimte Genosse. Goethe in der SBZ/DDR. Baden-Baden 2017. 483 S.: Ill. [Kap. 2, 12: »Zwischenstück II: Heinrich Heine«. S. 237–260].

Hollender, Martin: Per Patentfaltung in die Puppe. Anna Seghers und ihr Brief Heinrich Heines. – In: Bibliotheks-Magazin 13, 2018, 3 = 37. S. 21–27.

Janz, Peter: Der Fliegende Holländer – der »ewige Jude des Ozeans«? Wagner nach Heine. – In: Seenöte, Schiffbrüche, feindliche Wasserwelten. Maritime Schreibweisen der Gefährdung und des Untergangs. Hrsg. von Hans Richard Brittnacher, … Göttingen 2018. S. 327–340.

Kasprowicz, Udo: Heine – Schumann – Burgmüller. Eine Enthüllungsgeschichte oder wie Tafel und Plakette die »Musik vereint«. – In: Neue Chorszene 15, 2018, 2 = 29. S. 24–25.

Kiršbaum, Genrich: »Ja ne Genrich Gejne«. K voprosu ob otnošenii O. Mandel'štama k G. Gejne. – In: Korni, pobegi, plody … Mandel'štamovskie dni v Varšave. Rossijskij Gosudarstvennyj Gumanitarnyj Universitet … [Sost.: P. M. Nerler …]. Bd. 2. Moskau 2015. S. 500–516.

Leonhardt, Henrike: Es geschah in Bad Reichenhall. Geschichte, wie Heinrich Heines Schreibtisch nach Jerusalem kam. – In: Es geschah … in Polling, … in Bad Reichenhall, in Schorndorf am Ammersee. Gabriele Förg (Hrsg.). Mit Ill. von Rosemarie Zacher. München 2002. S. 209–232.

Liedtke, Christian: Steine des Anstoßes. Heinrich Heines Düsseldorfer Erinnerungsorte. – In: Düsseldorfer Erinnerungsorte. Benedikt Mauer, Enno Stahl (Hrsg.). Essen 2018. (Quellen und Forschungen zur Geschichte des Niederrheins; 13. Veröffentlichungen aus dem Stadtarchiv Düsseldorf; 24). S. 192–196.

Mansfield, Katherine: The Poetry and critical Writings of Katherine Mansfield. Ed. by Gerri Kimber, … Edinburgh 2014. (The Edinburgh Edition of the collected Works of Katherine Mansfield; 3). [Gedicht mit Kommentar: »A Version from Heine«. S. 114–116].

Mott, Viv: Ausstellung: »Heinrich Heine – Heimath und Exil«. Heidrun und Hans Kuretzky, Düsseldorf. – In: Ars scribendi 23, 2016, 3. S. 10–11.

Nivat, Georges: La traduction ogresse. Heine et Byron naturalisés russes. – In: Les routes de la traduction. Babel à Genève. Ouvrage publié à l'occasion de l'exposition. Sous la dir. de Barbara Cassin, … Paris 2017. S. 143–160.

Pangeršič, Tina: Schumannove uglasbitve Heinejeve poezije = Schumanns Vertonungen von Heine-Gedichten. Ljubljana, Univ., Diplomarb., 2016. 87 S.: Notenbeisp.

Pietsch, Lutz-Henning: Über die »falsche« und die »erhabene Mission« des Judentums. Anti- und philosemitische Diskursivierungen jüdischer Herkunft in der Heine- und Börne-Charakteristik des 19. Jahrhunderts. – In: Philosemitismus. Rhetorik, Poetik, Diskursgeschichte. Philipp Theison, … (Hrsg.). Paderborn 2017. S. 215–229.
Pohl, Ronald: »Was schreiben dürfen«. Karl Kraus' »Heine und die Folgen« – oder: Der lange Weg vom ästhetisch Unzulässigen zum sittlich unbedingt Erforderlichen. – In: Politische Korrektheit. Der lange Weg vom Postulat zur Performanz. 12 Beiträge. Maria Dippelreiter, … (Hrsg.). Klagenfurt am Wörthersee 2017. (Wieser Wissenschaft). S. 91–75.
Rokem, Na'am: Questioning ›Weltliteratur‹. Heinrich Heine, Leah Goldberg, and the Department of Comparative Literature at the Hebrew University of Jerusalem. – In: Prooftexts 36, 2017, 1/2. S. 217–239.
Scaglione, Francesca: Poe e Heine nell'opera poetica Pascoliana. Padua, Univ., Magisterarb., 2017. 157 Bl.
Soukah, Zouheir: Heinrich Heine in der arabischen Rezeption. Geschichte und Aktualität. – In: HJb 57, 2018. S. 63–77.
Sprau, Kilian: Liederzyklus als Künstlerdenkmal. Studie zu Robert Schumann, ›Sechs Gedichte von Nikolaus Lenau und Requiem‹ op. 90. Mit Untersuchungen zur zyklischen Liedkomposition und zur Künstlerrolle in der ersten Hälfte des 19. Jahrhunderts. München 2016. 525 S.: Notenbeisp. (Musikwissenschaftliche Schriften der Hochschule für Musik und Theater München; 8). [Zugl.: München, Hochschule für Musik und Theater, Diss., 2015].
Stückemann, Frank: Heinrich Heine, der Naturalismus und das Junge Belgien. Zu »L'Intermezzo. Pòeme d'après H. Heine« von Vaughan und Tabaraud (1877/1884). – In: HJb 57, 2018. S. 48–62.
Suponitskaya, Ksenia: Valery Gavrilin and Heinrich Heine. Evolution of the Style of Composition. – In: Advances in Social Science, Education and Humanities Research 171, 2018. S. 65–69.
Theater Willy Praml. Heine – wacht auf und erzählt seinem Freund Karl Marx wie er im Traum in einem Kahn die Kurt-Schumacher-Straße rauf und runter fuhr. Stationen eines Traumas. – In: Darstellende Künste im öffentlichen Raum. Transformationen von Unorten und ästhetische Interventionen. Ein Projekt vom Bundesverband Theater im Öffentlichen Raum und Fonds Darstellende Künste. Hrsg. von Günter Jeschonnek. Berlin 2017. (Recherchen; 127). S. 22–26.
Vinken, Gerhard: Gefühlssache. In der Ferne so nah: Heinrich Heine in der Bronx. – In: Strukturwandel – Denkmalwandel. Umbau – Umnutzung – Umdeutung. Städtische und ländliche Räume unter Umnutzungsdruck. Verdichtung und Leerstand, Segregation und Gentrifizierung, Identität und Differenz. Hrsg. von Birgit Franz, … Holzminden 2016. (Veröffentlichungen des Arbeitskreises Theorie und Lehre der Denkmalpflege e. V.; 25). S. 16–18.
Wojcik, Paula: Klassik als kulturelle Praxis. Modellierungs- und Popularisierungsmechanismen am Beispiel der ›Loreley‹. – In: KulturPoetik 18, 2018, 1. S. 51–69.
Zlà, Iveta: Das literarische Bild des Fürsten Felix Lichnowsky im Epos. Heinrich Heines ›Atta Troll‹ vor dem Hintergrund seiner tschechischen Übersetzung Eduard Petiškas. – In: Studia germanistica 2017, 20. S. 111–117.

2.3 Forschungsliteratur mit Heine-Erwähnungen und -Bezügen

Adams, Dale: Von Maschinen und Menschen. Zur romantischen Rezeption des physikalischen Arbeitsbegriffs im Kontext der wachsenden Bedeutung von Wärmekraftmaschinen. – In: Arbeit und Müßiggang in der Romantik. Claudia Lillge, … (Hrsg.). Paderborn 2017. (vita activa). S. 85–100.
Averincev, Sergej S.: Alexei Konstantinowitsch Tolstoi (1817–1875). Historismus »à la Russe«. – In: Ders.: »Die fremde Sprache sei mir eine Hülle …«. Essays und Vorträge. Wiss. Red. und Vorw.: Rosemarie Ziegler. Wien 2005. S. 11–30.

Averincev, Sergej S.: »Die fremde Sprache sei mir eine Hülle …«. Ossip Mandel'stam denkt an Ewald von Kleist. – In: Ders.: »Die fremde Sprache sei mir eine Hülle …«. Essays und Vorträge. Wiss. Red. und Vorw.: Rosemarie Ziegler. Wien 2005. S. 145–164.
Averincev, Sergej S.: Goethe und Puschkin (1749–1799–1999). – In: Ders.: »Die fremde Sprache sei mir eine Hülle …«. Essays und Vorträge. Wiss. Red. und Vorw.: Rosemarie Ziegler. Wien 2005. S. 97–112.
Azuelos, Daniel: Walther Rathenau und Julien Benda. Zwei Exponenten einer fortschrittlichen Kulturkritik. – In: Kulturkritik zwischen Deutschland und Frankreich (1890–1933). Olivier Agard, … (Hrsg.). Frankfurt a. M. 2016. (Schriften zur politischen Kultur der Weimarer Republik; 18). S. 113–130.
Bake, Rita: Erinnerung. Lebensstationen von Frauen auf dem Ohlsdorfer Friedhof, deren Grabsteine außerhalb des Gartens der Frauen bleiben. Hamburg 2016. 191 S.: Fotogr.
Baudrier, Pierre: L'insurrection parisienne des 5 et 6 juin 1832. Historiographie. L'insurrection des ›Misérables‹. Paris 2018. 40 S.: Ill.
Bauer, Manuel: Der literarische Faust-Mythos. Grundlagen – Geschichte – Gegenwart. Stuttgart 2018. XIV, 404 S.: Ill.
Behmer, Katharina: Im Schatten der Türme. Deutschlands erstes Ghetto. – In: G/Geschichte Spezial 2017: Juden in Europa. 2000 Jahre zwischen Tradition und Aufbruch. S. 32–35.
Benteler, Anne: Bertolt Brecht zu Besuch bei den verbannten Dichtern. – In: Exilograph 2015, 23. S. 10–11.
Benteler, Anne; Narloch, Sandra: Interexilische Korrespondenzen. Exilliteratur(en) und Intertextualität. – In: Exilograph 2015, 23. S. 1–3.
Blickle, Peter: Heimat. A critical Theory of the German Idea of Homeland. Rochester, NY 2002. XI, 186 S. (Studies in German Literature, Linguistics and Culture).
Bognár, Zsuzsa: Ludwig Hevesi als Theater- und Literaturkritiker des Pester Lloyd 1900–1910. – In: Ludwig Hevesi und seine Zeit = Hevesi Lajos és kora. Hrsg. von Ilona Sármány-Parsons, … Wien 2015. (Publikationen der ungarischen Geschichtsforschung in Wien; 11). S. 75–97.
Bohlman, Philip V.: Before Hebrew Song. – In: Nationalism, Zionism and Ethnic Mobilization of the Jews in 1900 and Beyond. Ed. by Michael Berkowitz. Leiden [u. a.] 2004. (IJS Studies in Judaica; 2). S. 25–59.
Borchmeyer, Dieter: Goethe und die deutsche Kultur im Weltbild und Denken von Nahum Goldmann. – In: Goethe und die Juden – die Juden und Goethe. Beiträge zu einer Beziehungs- und Rezeptionsgeschichte. Hrsg. von Anna-Dorothea Ludewig, … Berlin 2018. (Europäisch-jüdische Studien / Beiträge; 34). S. 163–178.
Borer, Philippe: The sweet Power of Strings. Some Reflections on the musical Idea of ›dolce‹. – In: Exploring Virtuosities. Heinrich Wilhelm Ernst, nineteenth-Century musical Practices and beyond. Christine Hoppe, … (eds.). Hildesheim [u. a.] 2018. (Göttingen Studies in Musicology; 10). S. 211–240.
Borowka-Clausberg, Beate: Eine Bildbotschafterin zwischen Hamburg und St. Petersburg. – In: Therese von Bacheracht. Eine Hamburgerin in St. Petersburg. 4 Essays. Für den Heine-Haus e. V. Hamburg hrsg. von Beate Borowka-Clausberg. Heidelberg 2017. S. 5–15.
Bossi, Maurizio: Viaggiatori e libri tedeschi al Vieusseux. – In: Italia immaginaria. Letteratura, arte e musica tedesca tra Otto e Novecento. Atti del convegno internazionale di studi Firenze 21–22 settembre 2006. A cura di Petra Brunnhuber. Musica e musicologia a cura di Mario Ruffini. Florenz 2010. (Saggi; 97). S. 175–184.
Braese, Stephan: Ludwig Börne und »das Volk«. Die Anfänge seiner Publizistik zwischen politischer Kategorie und subjektgeschichtlicher Erfahrung. – In: HJb 57, 2018. S. 126–151.
Brandl-Risi, Bettina: Virtuos(es) Lesen. – In: Gabriele Brandstetter; Bettina Brandl-Risi; Kai van Eikels: Szenen des Virtuosen. Bielefeld 2017. (Edition Kulturwissenschaft; 9). S. 269–298.
Brandstetter, Gabriele: »Geisterreich«. Räume des romantischen Balletts. – In: Dies.; Brandl-Risi, Bettina; Eikels, Kai van: Szenen des Virtuosen. Bielefeld 2017. (Edition Kulturwissenschaft; 9). S. 161–185.

Brandstetter, Gabriele: Die Szene des Virtuosen. Zu einem Topos von Theatralität. – In: Dies.; Brandl-Risi, Bettina; Eikels, Kai van: Szenen des Virtuosen. Bielefeld 2017. (Edition Kulturwissenschaft; 9). S. 23–56.

Brandstetter, Gabriele: Vom naturwissenschaftlichen Experiment zum Medien-Event. Der Virtuose als Grenz-Figur des Performativen. – In: Dies.; Brandl-Risi, Bettina; Eikels, Kai van: Szenen des Virtuosen. Bielefeld 2017. (Edition Kulturwissenschaft; 9). S. 103–128.

Breit, Gotthard: Mit Leidenschaft und Augenmaß zugleich. Zum Spannungsverhältnis von Rationalität und Emotionalität im Politikunterricht. Schwalbach 2016. 219 S. (Politik unterrichten).

Brenner-Wilczek, Sabine: Heinrich-Heine-Institut. – In: Düsseldorfer Erinnerungsorte. Benedikt Mauer, Enno Stahl (Hrsg.). Essen 2018. (Quellen und Forschungen zur Geschichte des Niederrheins; 13. Veröffentlichungen aus dem Stadtarchiv Düsseldorf; 24). S. 186–188.

Brenner-Wilczek, Sabine: Robert und Clara Schumann. Das Schumann-Haus auf der Bilker Straße 15. – In: Düsseldorfer Erinnerungsorte. Benedikt Mauer, Enno Stahl (Hrsg.). Essen 2018. (Quellen und Forschungen zur Geschichte des Niederrheins; 13. Veröffentlichungen aus dem Stadtarchiv Düsseldorf; 24). S. 141–143.

Breuer, Theo: Aus dem Hinterland. Lyrik nach 2000. Sistig / Eifel 2005. 520 S.: Ill.

Briese, Olaf: ›Der alte und der neue Glaube‹ und die Bürger-Mentalitäten in der zweiten Hälfte des 19. Jahrhunderts. – In: David Friedrich Strauß als Schriftsteller. Barbara Potthast, … (Hrsg.). Heidelberg 2018. (Beihefte zum Euphorion; 100). S. 273–294.

Brunnhuber, Petra: Il »viaggio verso sud« da Goethe a Timm. L'Italia come immagine riflessa della Germania. – In: Italia immaginaria. Letteratura, arte e musica tedesca tra Otto e Novecento. Atti del convegno internazionale di studi Firenze 21–22 settembre 2006. A cura di Petra Brunnhuber. Musica e musicologia a cura di Mario Ruffini. Florenz 2010. (Saggi; 97). S. 25–43.

Bucco, Martin: Sinclair Lewis as Reader and Critic. Lewiston [u. a.] 2004. VI, 535 S. (North American Studies in Nineteenth-Century German Literature; 66).

Butler, Veronica: The Analyst of Manners, Money and Masks. August Lewald in the »Vormärz«. Bielefeld 2017. 257 S. (Vormärz-Studien; 41). [Zugl.: Exeter, Univ., Diss., 2015].

Cardó, Anton: El Lied romántico alemán. Madrid 2017. 513 S. (Alianza Música. Biblioteca básica).

Cheng, Lin: Das Unheimliche der Puppe in der deutschen Literatur um 1800 und um 1900. Zur Poetik des Unheimlichen am Beispiel der Puppe. Würzburg 2018. 205 S. (Epistemata / Reihe Literaturwissenschaft; 891). [Zugl.: Berlin, Freie Univ., Diss., 2017].

Chernaik, Judith: Schumann. The Faces and the Masks. London 2018. XIV, 349 S.

Chromik, Therese: Selma Meerbaum-Eisinger. Lyrik einer jüdisch-deutschen Poetin aus Czernowitz. – In: Identitätsdiskurs im deutsch-jüdischen Dialog. Norbert Honsza, … (Hrsg.). Frankfurt a. M. 2017. (Polnische Studien zur Germanistik, Kulturwissenschaft und Linguistik; 7). S. 139–158.

Codrai, Bettina: Ich-Diskurse in Maxim Billers Prosa. Frankfurt a. M. [u. a.] 2015. 266 S. (Pegisha; 10).

Ćwiklak, Kornelia: »Poeta doctus« między Zachodem i Wschodem. Johann Wolfgang Goethe w podróży na Śląsk i do Polski. – In: Romantyzm środkowoeuropejski w kontekście postkolonialnym. Red.: Michał Kuziak, … Warschau 2017. S. 93–130.

Deiters, Franz-Josef: Arbeit und Müßiggang und das Sprechen über Literatur um 1800. – In: Arbeit und Müßiggang in der Romantik. Claudia Lillge, … (Hrsg.). Paderborn 2017. (vita activa). S. 39–56.

Doliwa, Günther Michael: Ach, Europa. Skizzen zur Flüchtlingsfrage. Dresden 2016. 150 S.: Ill.

Drews, Peter: Deutsch-polnische Literaturbeziehungen 1800–1850. München 2000. 296 S. (Slavistische Beiträge; 398).

Die Erfindung von Paris. Der vorliegende Katalog erscheint zur Ausstellung ›Die Erfindung von Paris‹, Literaturmuseum der Moderne, Marbach am Neckar, 13. Juni 2018 bis 31. März 2019. Hrsg. von Susanna Brogi, Ellen Strittmatter. Marbach am Neckar 2018. 341 S.: Ill. (Marbacher Katalog; 71).

La eternidad de un día. Clásicos del periodismo literario alemán (1823–1934). Prólogo, selección, notas y traducción del alemán de Francisco Uzcanga Meinecke. Barcelona 2016. 402 S. (El acantilado; 330).

Fearn, Raymond: The Music of Luigi Dallapiccola. Rochester, NY 2012. XVIII, 303 S.: Notenbeisp. (Eastman Studies in Music).

Freund, Richard A.: The Mystery of the Menorah and the Star. – In: Nationalism, Zionism and Ethnic Mobilization of the Jews in 1900 and Beyond. Ed. by Michael Berkowitz. Leiden [u. a.] 2004. (IJS Studies in Judaica; 2). S. 285–303.

Füllner, Bernd: »Gottlob mit der Revolution ist es aus.« Romantik und Revolution in Georg Weerths Werken. – In: Georg Weerth Lesebuch. Zusammengest. und mit e. Nachw. von Bernd Füllner. Bielefeld 2018. (Nylands kleine westfälische Bibliothek; 78). S. 145–156.

Füllner, Karin: »Es ist heute junges Licht«. Die Heinrich-Heine-Gesellschaft. – In: Düsseldorfer Erinnerungsorte. Benedikt Mauer, Enno Stahl (Hrsg.). Essen 2018. (Quellen und Forschungen zur Geschichte des Niederrheins; 13. Veröffentlichungen aus dem Stadtarchiv Düsseldorf; 24). S. 188–192.

Gaier, Ulrich: David Friedrich Strauß als »künstlerischer Wissenschaftler«. – In: David Friedrich Strauß als Schriftsteller. Barbara Potthast, … (Hrsg.). Heidelberg 2018. (Beihefte zum Euphorion; 100). S. 13–38.

Geck, Martin: Luthers Lieder. Leuchttürme der Reformation. Hildesheim [u. a.] 2017. 143 S.: Ill., Notenbeisp.

Geibel, Dominik: Urbane und rurale Schwermetallbelastung in Haaren und Knochen vergangener Jahrhunderte. Düsseldorf, Univ., Diss., 2003. 92 S.

Geller, Jay: Bestiarium Judaicum. Unnatural Histories of the Jews. New York 2018. IX, 404 S.: Ill.

Georg Büchner 1835 bis 1845. Dokumente zur frühen Wirkungsgeschichte. Hrsg. von Ariane Martin. Bielefeld 2014. 395 S. (Vormärz-Studien; 34).

Gerber, Jan von: Karl Marx in Paris. Die Entdeckung des Kommunismus. München 2018. 238 S.

Gerber, Stefan: Die ›Romantiker‹ auf den Thronen. David Friedrich Strauß und die deutsche Monarchenkritik im 19. und 20. Jahrhundert. – In: David Friedrich Strauß als Schriftsteller. Barbara Potthast, … (Hrsg.). Heidelberg 2018. (Beihefte zum Euphorion; 100). S. 165–196.

Gernhardt, Robert: Was das Gedicht alles kann: Alles. Texte zur Poetik. Hrsg. von Lutz Hagestedt, … Frankfurt a. M. 2014. 4. Aufl. 666 S. (Fischer Klassik; 90451).

Giese, Thomas: Andreas Achenbach on View. »Revolutionär und Malerfürst«. Das Museum Kunstpalast zeigt noch bis zum 1. Oktober eine Ausstellung mit Werken des Düsseldorfer Malers Andreas Achenbach … – In: Terz 26, 2017, 9. S. 14–16.

Giese, Thomas: Luther hatte Unrecht und Thomas Müntzer hatte Recht. Lucas Cranach der Ältere im Museum Kunst Palast. – In: Terz 26, 2017, 7/8. S. 14–16.

Goetschel, Willi: The Discipline of Philosophy and the Invention of Modern Jewish Thought. New York 2013. X, 270 S.

Götze, Clemens: Titania und ihr Meister. Epigonale Inszenierung und Habsburgischer Mythos in Elisabeth von Österreichs Lyrik. – In: Studia austriaca 25, 2017. S. 83–106.

Gomringer, Nora: Botschaften des Lebens. Zu den gesammelten Gedichten von Franz Hohler. – In: Franz Hohler: Sommergelächter. Gesammelte Gedichte. München 2018. S. 329–335.

Guesnet, François: Chanukah and its Function in the Invention of a Jewish-heroic Tradition in Early Zionism, 1880–1900. – In: Nationalism, Zionism and Ethnic Mobilization of the Jews in 1900 and Beyond. Ed. by Michael Berkowitz. Leiden [u. a.] 2004. (IJS Studies in Judaica; 2). S. 227–245.

Handbuch der deutsch-jüdischen Literatur. Hrsg. von Hans Otto Horch. Berlin 2016. 630 S. (De Gruyter Reference).

Die Harro Harring-Sammlung aus der Bibliothek der Ferring-Stiftung Alkersum / Föhr. Ein illustrierter Katalog. [Hrsg. von] Günther Trauzettel. Stolberg 2007. 47 Bl.: Ill.

Hart, Heidi: Against »Collective Caruso«. Male Vulnerability in Hanns Eisler's Early Choruses. – In: The German Quarterly 91, 2018, 4. S. 436–446.

Haß, Annika: Der Verleger Johann Friedrich Cotta (1764–1832) als Kulturvermittler zwischen Deutschland und Frankreich. Frankreichbezüge, Koeditionen und Übersetzungen. Mit einem Vorw. von Hans-Jürgen Lüsebrink. Frankfurt a. M. 2015. 254 S.: Ill. u. Taf.

Hasubek, Peter: Ein »Goethe-Schiller-Briefwechsel« ›en miniature‹. Poetologische Diskurse in der Korrespondenz zwischen Immermann und Michael Beer. – In: Immermann-Jahrbuch 2012, 11–13. S. 95–121.

Hauschild, Jan-Christoph: Das Phantom. Die fünf Leben des B. Traven. Berlin 2018. 320 S.: Ill. (Critica Diabolis; 256).

Hay, Louis: Traces. Entre memoire et oubli. Entretiens avec Almuth Grésillon et Jean-Louis Lebrave. Paris 2016. 146 S.

Heidermann, Horst: Gustav Adolf Köttgen. Dokumentation und Werkverzeichnis. Bonn 2018. 147 S.: Ill. (Veröffentlichungen der Bibliothek der Friedrich-Ebert-Stiftung; 25).

Hessing, Jakob: Kann der jüdische Witz verdeutscht werden? Sigmund Freud und Salcia Landmann. – In: Identitätsdiskurs im deutsch-jüdischen Dialog. Norbert Honsza, … (Hrsg.). Frankfurt a. M. 2017. (Polnische Studien zur Germanistik, Kulturwissenschaft und Linguistik; 7). S. 159–172.

Hinrichsen, Hans-Joachim: Das Kunstlied als musikalische Lyrik. – In: Handbuch Literatur & Musik. Hrsg. von Nicola Gess, … Berlin 2017. (Handbücher zur kulturwissenschaftlichen Philologie; 2). S. 387–401.

Höhne, Steffen: Der Prager Kreis und Goethe. Kulturpolitische Aneignungen. – In: Goethe und die Juden – die Juden und Goethe. Beiträge zu einer Beziehungs- und Rezeptionsgeschichte. Hrsg. von Anna-Dorothea Ludewig, … Berlin 2018. (Europäisch-jüdische Studien / Beiträge; 34). S. 179–194.

Hohmann, Michael: Guillaume Apollinaire und seine ›Loreley‹. – In: Internationales Jahrbuch der Bettina-von-Arnim-Gesellschaft 26/27, 2014/15. S. 29–44.

Holtum, Jan von: »Mit eigenem Lichte leuchten«. 250 Ausstellungen des Heinrich-Heine-Instituts. – In: HJb 57, 2018. S. 167–190.

Hülk, Walburga: Phrase und Gemeinplatz. Kraus, Flaubert und der Boulevard. – In: Etudes germaniques 71, 2016, 3. S. 359–372.

Hundt, Martin: David Friedrich Strauß. Linkshegelianer lebenslänglich. – In: David Friedrich Strauß als Schriftsteller. Barbara Potthast, … (Hrsg.). Heidelberg 2018. (Beihefte zum Euphorion; 100). S. 55–70.

Ich-Suche und Fremdheitserfahrung in der Lyrik. Erarb. von Michael Hellwig. Aachen 2017. 32 S.: Ill. + 2 Folien, 1 CD-ROM. (Deutsch betrifft uns; 2017, 5).

Jäger, Hans-Wolf: Biedermeier / Vormärz. Bremen 2018. 363 S.: Ill. (Vorlesungen zur deutschen Literaturgeschichte; VII).

Kapp, Heinz: Revolutionäre jüdischer Herkunft in Europa 1848/49. Konstanz, Univ., Diss., 2006. 649 S.

Kilcher, Andreas: ›jüdisch-christlich‹. Topik und Rhetorik eines Dritten. – In: Philosemitismus. Rhetorik, Poetik, Diskursgeschichte. Philipp Theison, … (Hrsg.). Paderborn 2017. S. 185–196.

Kleßmann, Eckart: Napoleon und die Deutschen. Das Buch zur ARD-Fernsehserie. Berlin 2007. 287 S.: zahlr. Ill., Kt.

Knapp, Lore: Experimentelles Musiktheater mit Literatur. – In: Handbuch Literatur & Musik. Hrsg. von Nicola Gess, … Berlin 2017. (Handbücher zur kulturwissenschaftlichen Philologie; 2). S. 577–587.

Körner, Birgit M.: Hebräische Avantgarde. Else Lasker-Schülers Poetologie im Kontext des Kulturzionismus. Köln [u. a.] 2017. 356 S. (Reihe Jüdische Moderne; 18). [Zugl.: Gießen, Univ., Diss., 2015].

Lambrecht, Lars: David Friedrich Strauß. Seine Fraktionen der Hegel-Schule, seine Charakterisierung Schleiermachers und das ›lange 19. Jahrhundert‹. – In: David Friedrich Strauß als Schriftsteller. Barbara Potthast, … (Hrsg.). Heidelberg 2018. (Beihefte zum Euphorion; 100). S. 39–54.

Lange, Katrin: Die Glossolalie der Liebe. Geschlechterverhältnisse und Liebesdiskurse in den Texten Valerija Narbikovas. München 2001. 204 S. [Zugl.: München, Univ., Diss., 1999/2000]. (Slavistische Beiträge; 407).

Lau, Katja: Ludwig I. – Monarch der Gegensätze. – In: Altbayerische Heimatpost 70, 2018, 6. S. 11–13.

Laufhütte, Hartmut: »Das wissen wir alle, das ward uns kund.« Präformierte Naturwahrnehmung als zentrales Motiv in Gedichten und Erzähltexten der Droste. – In: Natur im Blick. Über Annette von Droste-Hülshoff, Goethe und Zeitgenossen. Ein Tagungsband hrsg. von Franz Schwarzbauer, … Bern [u. a.] 2017. (Jahrbuch für internationale Germanistik / A; 129). S. 209–224.

Limmroth, Angelika: Jenny Marx. Die Biografie. Berlin 2018. 285 S.

Lindinger, Michaela: »Mein Herz ist aus Stein«. Die dunkle Seite der Kaiserin Elisabeth. Mit über 100, größtenteils bislang unveröffentlichten Abbildungen. Wien 2013. 254 S.: Ill.

Lischke, Andre: Guide de l'opéra russe. Paris 2017. 776 S.

Löwy, Michael: Jewish Nationalism and libertarian Socialism in the Writings of Bernard Lazare. – In: Nationalism, Zionism and ethnic Mobilization of the Jews in 1900 and beyond. Ed. by Michael Berkowitz. Leiden [u. a.] 2004. (IJS Studies in Judaica; 2). S. 179–190.

Mani, B. Venkat: Recoding World Literature. Libraries, Print Culture, and Germany's Pact with Books. New York 2017. 348 S.: Ill.

Mansfield, Katherine: The collected Poems of Katherine Mansfield. Ed. by Gerri Kimber, … Edinburgh 2016. X, 205 S.

Marose, Monika: Unter der Tarnkappe. Felix Hartlaub. Eine Biographie. Mit e. Vorw. von Karl Corino. Berlin 2005. 215 S.: Ill.

Martin, Ariane: Geschlecht, Gewalt, soziale Frage. Die Volkslieder in Büchners Dramen. – In: Dies.: Dichter der Immanenz. Vier Studien zu Georg Büchner. Bielefeld 2013. S. 45–128.

Martin, Ariane: »Unzucht mit den Würmern«. Sexualität und Tod bei Georg Büchner. – In: Dies.: Dichter der Immanenz. Vier Studien zu Georg Büchner. Bielefeld 2013. S. 11–26.

Marx, Adolf Bernhard: Recollections from my Life. An Autobiography. Transl. by Stephen Thomson Moore. Introd. and notes by R. J. Arnold. Hillsdale, NY 2016. 230 S. (Lives in Music Series; 14). [Kap. 7: »The Mendelssohn House«. S. 163–175]. [Erinnerungen aus meinem Leben. Berlin 1865].

Mathews, Peter: Harro Harring – Rebell der Freiheit. Die Geschichte des Dichters, Malers und Revolutionärs 1798–1870. Berlin [u. a.] 2017. 447 S.: Ill.

Maurer, Golo: Italien als Erlebnis und Vorstellung. Landschaftswahrnehmung deutscher Künstler und Reisender 1760–1870. Regensburg 2015. 428 S.: Ill. [Zugl.: Wien, Univ., Habil.-Schr., 2014].

Mecklenburg, Norbert: Der Prophet der Deutschen. Martin Luther im Spiegel der Literatur. Stuttgart 2016. 313 S.

Meer, Gola van der: De la imposibilidad de un retorno a la creación de una utópica ›Yiddishland‹ en el texto. Una aproximación a la poesía de Yehuda Halevi a través de Aaron Glanz-Leyeles. – In: Ex-patria. Pensamiento utópico en las literaturas del exilio y la diaspora. Marisa Siguan, … (eds.). Barcelona 2018. (Icaria Antrazyt; 465). S. 87–102.

Meilensteine der Weltliteratur. Von der Aufklärung bis in die Gegenwart. Dieter Lamping (Hrsg.). Stuttgart 2015. 638 S. (Kröners Taschenausgabe; 417).

Mertl, Monika: Auf Stichwort: Michael Heltau. Wien 2008. 222 S.

Miguel-Pueyo, Carlos: Oyendo a Bécquer. El color de la música del poeta romántico. Vigo 2017. 400 S. (Publicaciones académicas / Biblioteca de escrituras profanas; 53).

Miller, Michael L.: From liberal Nationalism to Cosmopolitan Patriotism. Simon Deutsch and 1848ers in Exile. – In: Cosmopolitanism, Nationalism and the Jews of East Central Europe. Ed. by Michael L. Miller, … London 2014. S. 43–58.

Miri-Wolf, Andreea: Walter Paters Ästhetik im Kontext der deutschen Kulturgeschichte. München 2018. 181 S. [Zugl.: Heidelberg, Ruprecht-Karls-Univ., Diss., 2016].

Morawe, Bodo: Philosophische Autopsie. Büchners Spinoza. – In: Ders.: Dichter der Immanenz. Vier Studien zu Georg Büchner. Bielefeld 2013. S. 129–180.

Morawe, Bodo: »Die Revolution ist eine und dieselbe«. Geschichtsschreibung der Gegenwart und hybride Poetik in ›Danton's Tod‹. – In: Ders.: Dichter der Immanenz. Vier Studien zu Georg Büchner. Bielefeld 2013. S. 27–44.

Müller, Ernst: Köln. Georg Weerth (1822–1856) und der literarische Sozialismus. – In: Ders.: Literarisches Rheinland. Düsseldorf 2018. (Nyland-Dokumente; 17). S. 51–59.

Müller, Ernst: St. Goar. Ferdinand Freiligrath (1810–1876) und die Lyrik der Revolution. – In: Ders.: Literarisches Rheinland. Düsseldorf 2018. (Nyland-Dokumente; 17). S. 21–32.

Music in Goethe's Faust. Goethe's Faust in Music. Ed. by Lorraine Byrne Bodley. Woodbridge 2017. XIX, 336 S.: Notenbeisp.

Mynarek, Hubertus: Vom wahren Geist der Humanität. Der evolutionäre Naturalismus ist kein Humanismus. Die Giordano-Bruno-Stiftung in der Kritik. Alsdorf 2017. 284 S.

Necker, Sylvia: Orte jüdischer Geschichte und Gegenwart in Hamburg. Untersuchung zum topographischen Netzwerk von Institutionen, Museen und Privatinitiativen zur jüdischen Geschichte in der Freien und Hansestadt Hamburg. Ein Gutachten. Institut für die Geschichte der Deutschen Juden (IGdJ). Hamburg 2008/2009. 114 Bl.: Ill.

Neymeyr, Barbara: Kalkulierte Paradoxa und subversive Synthesen. Zum Erkenntnispotenzial von Nietzsches Experimental-Metaphorik seit der Frühschrift ›Ueber Wahrheit und Lüge im aussermoralischen Sinne‹. – In: Epoche und Metapher. Systematik und Geschichte kultureller Bildlichkeit. Hrsg. von Benjamin Specht. Berlin [u. a.] 2014. (Spectrum Literaturwissenschaft; 43). S. 232–254.

Offerhaus, Ulrich: Briefe von Clara Schumann – im Nachlass der Familie Seligmann aufgetaucht. – In: Correspondenz 2018, 40. S. 27–38.

Packalén, Sture: Tysk litteratur. Från Hildebrandssången till Kanak Sprak. Stockholm 2016. 437 S.

Panitz, Eberhard: Tagebuch der totgesagten Dichter. Berlin 2013. 202 S.: Ill. [Kap. IV: »Pariser Salon und Barrikaden«. S. 56–70].

Passavant, Nicolas von: Vom Bett aus in die Moderne. Die ›Uhrhütte‹ als Reflexionsraum literarischer Exzentrik. – In: Privates Erzählen. Formen und Funktionen von Privatheit in der Literatur des 18. bis 21. Jahrhunderts. Steffen Burk. … (Hrsg.). Berlin [u. a.] 2018. S. 129–148.

Peitsch, Helmut: ›Kampagne in Frankreich‹ 1918. Egon Erwin Kirsch und Goethe. – In: Goethe und die Juden – die Juden und Goethe. Beiträge zu einer Beziehungs- und Rezeptionsgeschichte. Hrsg. von Anna-Dorothea Ludewig, … Berlin 2018. (Europäisch-jüdische Studien / Beiträge; 34). S. 109–128.

Pellizzari, Diego: L'esilio e il ritorno degli dei pagani nei racconti dell'Ottocento. Pisa 2017. 211 S. (I libri dell'Associazione Sigismondo Malatesta. Studi di letterature comparate (seconda serie); 23).

Pensel, Dominik: Zwischen ›Eros‹ und ›Ars‹. Zum Ursprung der Kunst im 19. Jahrhundert von E. T. A. Hoffmann bis Jacques Offenbach. – In: Über den Ursprung von Musik. Mythen – Legenden – Geschichtsschreibungen. Hrsg. von Sascha Wegner. Würzburg 2017. S. 155–190.

Petersdorff, Dirk von: Transgressiv und transitorisch. Romantische Prinzipien der Strukturierung von Bildlichkeit (Wackenroder, Novalis, Kugler). – In: Epoche und Metapher. Systematik und Geschichte kultureller Bildlichkeit. Hrsg. von Benjamin Specht. Berlin [u. a.] 2014. (Spectrum Literaturwissenschaft; 43). S. 188–201.

Philo, Chris: Squeezing, Bleaching, and the Victim's Fate. Wounds, Geography, Poetry, Micrology. – In: GeoHumanities 3, 2017, 1. S. 20–40.

Picturesque in the highest degree … Americans on the Rhine. A Selection of Travel Accounts. Karl Ortseifen, … (eds.). 2. ed. Tübingen 2015. 282 S.: Ill.

Profile deutscher Kulturepochen. Aufklärung. Hrsg. von Joachim Bark, … Stuttgart 2009. 295 S.: Ill. (Kröner-Taschenbuch; 507).

Profile deutscher Kulturepochen. Klassik, Romantik, Restauration 1789–1848. Hrsg. von Joachim Bark, … Stuttgart 2011. 336 S.: Ill. (Kröner-Taschenbuch; 508).

Prusy – mity i rzeczywistości. Wybór, wstęp i opracowanie Hans-Jürgen Bömelburg, … Uniwersytet im. Adama Mickiewicza w Poznaniu. Posen 2016. 651 S. (Poznańska Biblioteka Niemiecka; 41).

Pufelksa, Agnieszka: »Ikh trog oyf dir kayn has«. Goethe bei den polnischen Juden. – In: Goethe und die Juden – die Juden und Goethe. Beiträge zu einer Beziehungs- und Rezeptionsgeschichte. Hrsg. von Anna-Dorothea Ludewig, … Berlin 2018. (Europäisch-jüdische Studien / Beiträge; 34). S. 195–214.

Quadflieg, Roswitha: Beckett was here. Hamburg im Tagebuch Samuel Becketts von 1936. Mit e. Vorw. von Mark Nixon. Hamburg 2006. 222 S.: Ill. (Literatur in Hamburg).

Reidy, Julian; Wagner, Moritz: »Sternenwanderschaften«. Topografien der Exilerfahrung in Franz Werfels ›Stern der Ungeborenen‹ und Thomas Manns ›Joseph und seine Brüder‹. – In: Fremde Ähnlichkeiten. Die »Große Wanderung« als Herausforderung der Komparatistik. Franz Zipfel (Hrsg.). Stuttgart 2017. (Schriften zur Weltliteratur; 4). S. 140–178.

Reiß, Gunter: Verweigertes Einverständnis. Nikolaus Lenaus Naturlyrik. – In: Natur im Blick. Über Annette von Droste-Hülshoff, Goethe und Zeitgenossen. Ein Tagungsband hrsg. von Franz Schwarzbauer, … Bern [u. a.] 2017. (Jahrbuch für internationale Germanistik / A; 129). S. 185–208.

Ritzer, Monika: Friedrich Hebbel. Der Individualist und seine Epoche. Eine Biographie. Göttingen 2018. 832 S.: Ill.

Ritzer, Monika: Von Klüften, Brücken und Wegen. Zur Binnenkonstruktion von Epochenmetaphorik. – In: Epoche und Metapher. Systematik und Geschichte kultureller Bildlichkeit. Hrsg. von Benjamin Specht. Berlin [u. a.] 2014. (Spectrum Literaturwissenschaft; 43). S. 202–218.

Rohner, Isabel: In litteris veritas. Hedwig Dohm und die Problematik der fiktiven Biografie. Berlin 2008. 321 S. (Reihe Hochschulschriften; 13). [Zugl.: Gießen, Univ., Diss., 2004 u. d. T.: Mehr Stolz, ihr Frauen].

Rosendahl, Susanne: Stolpersteine in der Hamburger Neustadt und Altstadt. Bd. 1: Hamburger Neustadt A-Q. Hamburg 2018. [Kap.: »Minna / Czipe Rimberg«. S. 292–295]. – Bd. 2: Hamburger Neustadt R-Z, Hamburger Altstadt A-Z. Hamburg 2018. [Kap.: »Eugen Gowa«. S. 782–785].

Rowe, Mark: Dream and Reality. Literary Responses to Ernst in Western Europe and Russia. – In: Exploring Virtuosities. Heinrich Wilhelm Ernst, Nineteenth-Century Musical Practices and Beyond. Christine Hoppe, … (eds.). Hildesheim [u. a.] 2018. (Göttingen Studies in Musicology; 10). S. 357–373.

Rózsa, Mária: Ungarische Mitarbeiter und Themen im Feuilleton der ›Neuen Freien Presse‹ 1880–1900. – In: Verschränkte Kulturen. Polnisch-deutscher und ungarisch-deutscher Literatur- und Kulturtransfer. Tamás Harmat, … (Hrsg.). Berlin 2018. (Literaturwissenschaft; 71. Abrogans; 5). S. 217–242.

Rügemer, Werner: Von der moralischen Überdüngung des Mobs – Enzensberger: Unwürdiger Träger des Heinrich-Heine-Preises. – In: Ders.: Bis diese Freiheit die Welt erleuchtet. Transatlantische Sittenbilder aus Politik und Wirtschaft, Geschichte und Kultur. 2., durchges. Aufl. Köln 2016. (Neue kleine Bibliothek; 229). S. 205–209.

Rupp, Irene: Der Brief im deutschen Drama des 18. und 19. Jahrhunderts. Frankfurt a. M. [u. a.] 2016. 272 S. (Historisch-kritische Arbeiten zur deutschen Literatur; 56). [Zugl.: Darmstadt, TU, Diss., 2015].

Sabattini, Sergio: Da un altro tempo. Marx e Engels, la rivoluzione, la Russia. Mailand 2017. 545 S.

Sarnecki, Kerstin: Erfolgreich gescheitert. Berthold Auerbach und die Grenzen der jüdischen Emanzipation im 19. Jahrhundert. Oldenburg 2006. 202 S.: Ill. (Oldenburgische Beiträge zu jüdischen Studien; 17).

Schäfer, Stefan: 40 x Gedichte analysieren in Stundenbildern 9/10. Komplettpaket mit Lehrerhinweisen, Unterrichtsverlauf und Lösungen zu jedem Gedicht. Augsburg 2018. 96 S.: Ill.

Schatz, Andrea: L'affaire de Damas (1840). Perspectives franco-allemandes = Die Damaskus-Affäre (1840). Französisch-deutsche Perspektiven. Trad. de l'allemand par Franck Lemonde. Éd. par Stephan Braese, … Paris 2017. 102 S. (Conférences Franz Hessel; 3).

Schillers Europa. Hrsg. von Peter-André Alt, … Berlin [u. a.] 2017. VI, 292 S.: Ill. (Perspektiven der Schiller-Forschung; 1).

Schirrmeister, Sebastian: Von Vaterländern und Sohlen. Laufbahn und Wandlungen einer Exil-Metapher. – In: Exilograph 2015, 23. S. 12–13.

Schlosser, Horst Dieter: Die Macht der Worte. Ideologien und Sprache im 19. Jahrhundert. Köln [u. a.] 2016. 308 S.

Schmandt, Matthias: Der Pfalzgraf, sein Pfarrer und der »gute Werner« oder: Wie man zu Bacharach und Oberwesel ein antijüdisches Heiligtum erschuf (1287–1429). – In: Jahrbuch für westdeutsche Landesgeschichte 38, 2012. S. 7–38.

Schmidt, Johann Michael: Die Matthäuspassion von Johann Sebastian Bach. Zur Geschichte ihrer religiösen und politischen Wahrnehmung und Wirkung. Leipzig 2018. XIII, 696 S. (Studien zu Kirche und Israel; NF 11).

Schmölders, Claudia: Faust & Helena. Eine deutsch-griechische Faszinationsgeschichte. Berlin 2018. 302 S.

Schneider, Ulrike: Ludwig Geigers Perspektiven auf Goethe. Das Goethe-Jahrbuch und ausgewählte Abhandlungen. – In: Goethe und die Juden – die Juden und Goethe. Beiträge zu einer Beziehungs- und Rezeptionsgeschichte. Hrsg. von Anna-Dorothea Ludewig, … Berlin 2018. (Europäisch-jüdische Studien / Beiträge; 34). S. 147–162.

Schneider-Ferber, Karin: »Die geistreichste Frau des Universums«. Rahel Varnhagen von Ense. – In: G/Geschichte Spezial 2017: Juden in Europa. 2000 Jahre zwischen Tradition und Aufbruch. S. 40–41.

Schütt, Günter: Karl Kraus und sein Verhältnis zum (Ost-)Judentum. Wien 2017. 339 S. (mandelbaum wissenschaft).

Schultchen-Holl, Lydia: Morde und andere Geheimnisse in der Bibliothek. Über Buch-Räume in der Kriminalliteratur. Bielefeld 2017. 259 S.: Ill. [Zugl.: Duisburg, Univ., Diss., 2015 u. d. T.: Leichen und andere Geheimnisse in der Bibliothek].

Schumann, Robert: Neue Ausgabe sämtlicher Werke. Ser. 6: Lieder; Bd. 7: Zwei Jugendlieder. Anhang M1. Hrsg. von Joachim Draheim, … 2018. 150 S.: Notenbeisp. + Faksimile-Beih.

Schumann, Robert; Schumann, Clara: Schumann-Briefedition. Serie 2: Freundes- und Künstlerbriefwechsel. Editionsleitung Thomas Synofzik, … Bd. 19: Briefwechsel Robert und Clara Schumanns mit Korrespondenten in Leipzig 1828 bis 1878. Hrsg. von Annegret Rosenmüller, … Köln 2018. 1005 S.

Singh, Sikander: »So verfallen ihre Tempel und der Rest ist Schweigen«. Über Gottfried Keller und David Friedrich Strauß. – In: David Friedrich Strauß als Schriftsteller. Barbara Potthast, … (Hrsg.). Heidelberg 2018. (Beihefte zum Euphorion; 100). S. 431–442.

Slunitschek, Matthias: Hermann Kurz und die ›Poesie der Wirklichkeit‹. Studien zum Frühwerk, Texte aus dem Nachlass. Berlin [u. a.] 2017. XIV, 742 S. (Untersuchungen zur deutschen Literaturgeschichte; 150). [Zugl.: Heidelberg, Univ., Diss., 2016].

Spallek, Anabelle: Die Lisztomanie als Diskurs über Virtuosität, Subjektivität and Gefühl in der Berliner Presse 1842. – In: Exploring Virtuosities. Heinrich Wilhelm Ernst, nineteenth-Century musical Practices and beyond. Christine Hoppe, … (eds.). Hildesheim [u. a.] 2018. (Göttingen Studies in Musicology; 10). S. 375–391.

Spicker, Friedemann: Der Aphorismus. Begriff und Gattung von der Mitte des 18. Jahrhunderts bis 1912. Repr. der Ausg. von 1997. Berlin [u. a.] 2012. XIV, 484 S. (Quellen und Forschungen zur Literatur- und Kulturgeschichte; 11 = 245).

Spicker, Friedemann: Kurze Geschichte des deutschen Aphorismus. Tübingen 2007. 324 S. [Kap. B: »Das 19. Jahrhundert«. S. 42–133].

Spicker, Friedemann: Wer hat zu entscheiden, wohin ich gehöre? Die deutsch-jüdische Aphoristik. Elazar Benyoëtz zum 80. Geburtstag. Göttingen 2017. 202 S. (Poetik, Exegese und Narrative; 7). [Kap.: »›Wie kann ich aus meiner Haut, die aus Palästina stammt?‹ Das 19. Jahrhundert«. S. 23–52].

Steckmest, Sylvia: Die Familien Mathiason, Lewisohn, Hambro und Dellevie. Sämtlich Nachkommen des Isaak Levy aus Rendsburg. Teil 4: Die Familie Hambro. – In: Liskor – Erinnern 2, 2017, 008. S. 39–41. – Letzter Teil: Die Familie Dellevie. – In: Liskor – Erinnern 3, 2018, 009. S. 39–41.

Stellmacher, Dieter: Fritz Reuter und die Literatur seiner Zeit. Zum Thema – Literaturgeschichte und Sprachgeschichte. – In: Literatur in der Nachfolge von Fritz Reuter, Klaus Groth und John Brinckman. Hrsg. im Auftrag der Fritz Reuter Gesellschaft von Christian Bunners, … Rostock 2018. (Beiträge der Fritz-Reuter-Gesellschaft; 28). S. 10–18.

Steurer, Hannah: »Berlin ist eine Sandwüste. Aber wo sonst findet man Oasen?« Stadtdiskurs als Naturdiskurs in der deutschen und französischen Berlinliteratur (1800 bis 1935). – In: Literatur und Ökologie. Neue literatur- und kulturwissenschaftliche Perspektiven. Claudia Schmitt, … (Hrsg.). Bielefeld 2017. S. 129–141.

Storm, Theodor: Immensee. Eine unerfüllte Jugendliebe. Hrsg. und komm. von Walter Zimorski. Nachdr. der Originalausg. von 1857, bearb. Ausg. Hamburg 2017. 213 S.: Ill.

Strobel, Jochen: August Wilhelm Schlegel. Romantiker und Kosmopolit. Darmstadt 2017. 200 S.: Ill.

Sünner, Rüdiger: Geheimes Deutschland. Spirituelle Elemente der Frühromantik. – In: Ders.: Geheimes Europa. Reisen zu einem verborgenen spirituellen Erbe. Berlin [u. a.] 2017. S. 89–137.

Sylva, Carmen; Karl <Rumänien, König, I.>: »In zärtlicher Liebe Deine Elisabeth« – »Stets Dein treuer Carl«. Der Briefwechsel Elisabeths zu Wied (Carmen Sylva) mit ihrem Gemahl Carol I. von Rumänien aus dem Rumänischen Nationalarchiv in Bukarest. Silvia Irina Zimmermann (Hrsg.). Teil 2: 1891–1913. Exil der Königin. Rückkehr auf den rumänischen Thron. Stuttgart 2018. 451 S. (Schriftenreihe der Forschungsstelle Carmen Sylva, Fürstlich-Wiedisches Archiv; 7).

Tapper, Aaron J. Hahn: Judaisms. A Twenty-First-Century Introduction to Jews and Jewish Identities. Oakland, California 2016. XII, 261 S.: Ill.

Tardif, Guillaume: Ernst. Virtuosity and Flow. – In: Exploring Virtuosities. Heinrich Wilhelm Ernst, Nineteenth-Century Musical Practices and Beyond. Christine Hoppe, … (eds.). Hildesheim [u. a.] 2018. (Göttingen Studies in Musicology; 10). S. 193–210.

Tarjányi, Eszter: Zwei Vermittler der ungarischen Literatur. Karl Maria Kertbeny und Ludwig von Dóczi. – In: Verschränkte Kulturen. Polnisch-deutscher und ungarisch-deutscher Literatur- und Kulturtransfer. Tamás Harmat, … (Hrsg.). Berlin 2018. (Literaturwissenschaft; 71. Abrogans; 5). S. 287–302.

Thode, Thomas: Harro Harring. Eine kommentierte Bibliographie seiner Werke. Eutiner Landesbibliothek. Eutin 2005. 317 S. (Eutiner Kompendien; 2).

unterwegs sein. Lyrik vom Barock bis zur Gegenwart. Texte mit Materialien. Ausgew. von Arnhild Nachreiner. Stuttgart [u. a.] 2018. 160 S.: Ill. (Editionen für den Literaturunterricht).

Valentin, Veit: Geschichte der deutschen Revolution 1848–1849. Bd. 1: Bis zum Zusammentritt des Frankfurter Parlaments. Unveränd. Repr. e. älteren Ausg. Köln 2018. XV, 662 S.

Vietor-Engländer, Deborah: Alfred Kerr. Die Biographie. Reinbek bei Hamburg 2016. 717 S.: Ill.

Walcher, Bernhard: Vormärz im Rheinland. Nation und Geschichte in Gottfried Kinkels literarischem Werk. Berlin [u. a.] 2010. VII, 341 S. (Untersuchungen zur deutschen Literaturgeschichte; 38). [Zugl.: Heidelberg, Univ., Diss., 2009].

Walser, Robert: Werke. Hrsg. von Lucas Marco Gisi, … im Auftr. der Robert Walser-Stiftung Bern. Bd. 2: Briefe 1921–1956. Hrsg. von Peter Stocker, … Berlin 2018. 517 S.

Weidner, Daniel: »Wehe über euch Götzendiener«. Georg Büchner und die prophetische Rhetorik im Vormärz. – In: Weimarer Beiträge 61, 2015, 3. S. 325–341.

Weissmann, Dirk: Les langues sous la langue. Pour une poétique des palimpsestes exophones dans la littérature allemande. – In: The Poetics of Multilingualism = La poétique du plurilinguisme. Ed. by Patrizia Noel Aziz Hanna, … Newcastle upon Tyne 2017. (Poetica et metrica; 2). S. 281–292.

Wiese, Christian: »Auch uns sei sein Andenken heilig!« Idealisierung, Symbolisierung und Kritik in der jüdischen Lutherdeutung von der Aufklärung bis zur Schoa. – In: Luther zwischen den Kulturen. Zeitgenossenschaft – Weltwirkung. Hans Medick, … (Hrsg.). Göttingen 2004. S. 215–259.

Wiese, Christian: Deutsch-jüdische Lutherlektüren vor der Shoah. Eine tragische Liebesgeschichte. – In: Reformator, Ketzer, Judenfeind. Jüdische Perspektiven auf Martin Luther. Tagung der Evangelischen Akademie zu Berlin und des Zentralrats der Juden in Deutschland, Berlin 10.–12.6.2015. Hrsg.: Gemeinschaftswerk der Evangelischen Publizistik (GEP) gGmbH. Frankfurt a. M. 2015. (EPD-Dokumentation; 39). S. 42–58.

Willier, Stephen A.: Vincenzo Bellini. A Research and Information Guide. 2. Ed. New York 2009. 273 S. (Routledge Music Bibliographies).

Windfuhr, Manfred: Zukunftsvisionen. Von christlichen, grünen und sozialistischen Paradiesen und Apokalypsen. Bielefeld 2018. 882 S.

Wißmann, Friederike: Richard Wagner, Friedrich Nietzsche und die Folgen. Zu einem intermedialen Paradigma der Rezeption zwischen Musik und Philosophie. – In: Handbuch Literatur & Musik. Hrsg. von Nicola Gess, … Berlin 2017. (Handbücher zur kulturwissenschaftlichen Philologie; 2). S. 450–469.

Wolf, Daniela: Ritualmordaffäre und Kultgenese. Der »gute Werner von Oberwesel«. Bacharach 2002. 32 S.

Youens, Susan: »The Beautiful and the Ugly«. Travel Literature, Racial Theory, and a Schumann Song. – In: Music in Print and Beyond. Hildegard von Bingen to The Beatles. Ed. by Craig A. Monson, … Rochester 2013. (Eastman Studies in Music; 105). S. 129–157.

Zeising, Andreas: Vom Künstlerbekenntnis zum Künstlerinterview. Spurensuche im frühen Rundfunk. – In: Kunsttexte.de 2012, 3. S. 1–10. [URL: https://edoc.hu-berlin.de/bitstream/handle/18452/7980/-zeising.pdf, letzter Zugriff: 19.03.2019].

Zieger, Kristin: Die Bedeutung der deutschen Ärztevereine für das wissenschaftliche Leben, die medizinische Versorgung und soziale Belange der Stadt St. Petersburg von 1819–1914. Leipzig, Univ., Diss., 2000. 111, [13] Bl.

Zur Mühlen, Patrik von: Max Diamant und das mexikanische Exil. – In: Max Diamant. Sozialist, Exilant, Gewerkschafter. Johannes Platz, … (Hrsg.). Bonn 2017. (Archiv der sozialen Demokratie; 7). S. 119–128.

Zybura, Marek: Wprowadzenie. – In: Der Geist Polonias. Dwa wieki recepcji kultury polskiej w Niemczech 1741–1942. Wybór, wstęp i opracowanie Marek Zybura. Posen 2017. (Poznańska biblioteka niemiecka; 46). S. 7–97.

Zymner, Rüdiger: Manierismus und Metapher. – In: Epoche und Metapher. Systematik und Geschichte kultureller Bildlichkeit. Hrsg. von Benjamin Specht. Berlin [u. a.] 2014. (Spectrum Literaturwissenschaft; 43). S. 145–157.

Żyrek-Horodyska, Edyta: Wieszczowie i gazeciarze. Europejska publicystyka epoki romantyzmu. Krakau 2016. 353 S.

3 Literarische und künstlerische Behandlung von Person und Werk

3.1 Literarische Essays und Dichtungen

Amm, Gisbert: Jahresringen. Gedichte. Graphische Arbeiten: Uta Kühn. Flieht [u. a.] 2016. 167 S.: Ill. (Edition Kuhhaut). [Gedicht »Heine«. S. 97].

Às vezes são precisas rimas destas. Poesia política portuguesa e de expressão alemã (1914–2014) = Manchmal braucht man solche Reime. Politische Poesie in Portugal und im deutschsprachigen Raum (1914–2014). Org. Goethe-Institut Portugal. Selecçao de poemas Joachim Sartorius, … Lissabon 2017. 524 S. [Gedicht »Mit Heine« von Kurt Drawert. S. 418].

Bruch, Anne-Marie: Ich weiß nicht, was soll es bedeuten … Klassische Gedichte aktualisiert. Hamburg 2017. 48 S. [Gedicht »Untergang« nach »Die Lorelei«. S. 18–19].

Calasso, Roberto: Heinrich Heine. – In: Ders.: Hundert Briefe an einen unbekannten Leser. Aus dem Ital. von Roland H. Wiegenstein. Berlin 2017. (Suhrkamp-Taschenbuch; 4854). [Cento lettere a uno sconosciuto]. S. 86–87.

Crauss, …: Schundfaktor. Hybride & Destillate. Berlin 2018. 210 S. (Edition Kritische Ausgabe; 9). [Gedicht / Text »und ewig november null sechs«. S. 73–74].

Dokumentation zum 250. Geburtstagsjubiläum Salomon Heines. Senatsempfang im Kaisersaal des Hamburger Rathauses am 19. Oktober 2017 und Verleihung der Salomon-Heine-Plakette an Franklin Kopitzsch im Altonaer Museum am 19. Januar 2018. Hrsg. von Beate Borowka-Clausberg. Hamburg 2018. 39 S.: Ill. [Gedicht »Salomon Heine. Ein Herbstmärchen« von Hanno Scherf. S. 13].

Flandziu NF 9, 2017, 1. [Zusammenstellung »Heine lebt …« mit Beiträgen von José F. A. Oliver, Suleman Taufiq, Anton G. Leitner, Arne Rautenberg, Fritzgerald Kusz, Ole Petras, Paul-Henri Campbell, Ralph Grüneberger, Sophie Reyer, Sylvia Geist, Franziska Röchter, Jan-Eike Hornauer, Johanna Hansen, Inge Buck, Hellmuth Opitz. S. 11–43].

Frenk, Mariana: Tausend Reime für Große und Kleime. Die Tier- und Dingwelt alphabetisch vorgestellt. [Hrsg. und mit einem Vorw. vers. von Michael Serrer]. Düsseldorf 2002. 96 S. [Gedichte auf / nach Heine »Der Heinrich schreibt Gedichte«. S. 37; »Es ist eine alte Geschichte«. S. 38].

Gronemann, Sammy: Kritische Gesamtausgabe. Bd. 1: Gesammelte Dramen. Hrsg. von Jan Kühne. Berlin 2018. XXIV, 521 S. (Conditio Judaica; 92/1). [»Heinrich Heine und sein Onkel. Tragikomödie in 3 Akten, einem Vorspiel und einem Nachspiel (1947)«. S. 261–339 und Kommentar S. 489–493].

Hacks, Peter: Hundert Gedichte. Berlin 2018. 179 S. [Gedichte »Der Heine auf dem Weinbergsweg«. S. 57; »Neue Gedichte«. S. 62–63].

Hansen, Johanna: Sehr verehrter Heinrich Heine. Düsseldorf 2014. 2 S. im Kuvert.

Hansen, Johanna; Hill, Elena: Sehr verehrter Heinrich Heine. Ein Kurzfilm. Von Johanna Hansen (Text, Sprecherin) und Elena Hill (Kamera und Schnitt). Düsseldorf; Paris 2014. 1 DVD (13 Min.).

Heimat. Eine Hymne an Deutschland in Gedichten. München 2018. 128 S.: Ill. [»Im Sommer 2017 rief die BILD-Zeitung ihre Leser dazu auf, es Heine gleichzutun und eine Ode an ihre Heimat zu verfassen.«].

Jahn, Wolfgang: Facetten. Gedichte. Collagen von Hartmut Klinge. Marktoberdorf 2017. 69 S.: Ill. [Gedicht »Heine-Variation«. S. 46].

Kuhligk, Björn; Schulz, Tom: Rheinfahrt. Ein Fluss, seine Menschen, seine Geschichten. Zürich 2017. 367 S.: Abb. [Kap. »Bacharach – Heine, Hugo und Brentano an der Promenade«. S. 71–104].

Mahnke, Wolfgang: Orkan, Heinrich Heine und die vier Manöver (1965). – In: Ders.: Wenn bi Storm noch fischt würd … Plattdeutsche Seefahrtsgeschichten. Rostock 2017. S. 21–24.

Mansfield, Katherine: The Poetry and critical Writings of Katherine Mansfield. Ed. by Gerri Kimber, … Edinburgh 2014. (The Edinburgh Edition of the collected Works of Katherine Mansfield; 3). [Gedicht mit Kommentar »A Version from Heine«. S. 114–116].

Der misstrauischen Sonne entgegen. Anthologie der Literatur der Russlanddeutschen der zweiten Hälfte des 20. Jahrhunderts – Anfang des 21. Jahrhunderts = Navstreču nedoverčivomu solncu. Antologija literatury rossijskich nemcev vtoroj poloviny XX – načala XXI v. Meždunarodnyj Sojuz Nemeckoj Kul'tury. Perevod: E. Dinges, … 2. Aufl. Moskau 2016. [Gedichte auf / nach Heine »Wenn dunkle Wolken …« von Nelly Wacker. S. 70; »Denk ich an Deutschland in der Nacht …« von Johann Warkentin; »Das Buch der Bücher« von Johann Warkentin; »Heine: ›Und ein Narr wartet auf Antwort‹« von Johann Warkentin. S. 76–80; »Der Kiefernbaum« von Woldemar Spaar. S. 594–595].

Ortmüller, Werner: Hindukuschtod. Gedichte. München 2017. 214 S. [Gedicht »H. Heine«. S. 155].

Pohl, Kalle: Mein Hund, mein Psychiater und ich. Heitere Geschichten, herzergreifende Fotos. Berlin 2018. 137 S.: Ill. [»Der Hund, der Heinrich Heine liebte«. S. 25–29; »Denk ich an Deutschland«. S. 30–32; Gedicht »Denk ich an Deutschland in der Nacht«. S. 31].

Riesenharf, Freudhold: Harry hardcore I – Der junge Heine. Welche sterben, wenn sie lieben. 2. Aufl. Berlin 2018. 432 S. (Der Mann mit Leidenschaften – Die fantastische Biografie Heinrich Heines; 1).

Röhricht, Reinhard: Humoristische Dichtungen. Bd. 2: Komm lieber mal und lache. Berlin 2018. 91 S. [Gedicht »Heinrich Heines Limerick«. S. 57].

Schalhorn, Werner: Ne' Stachelditz. [Düsseldorfer Jonges]. Düsseldorf 2009. 201 S.: Ill. [Gedicht »Dä Stachelditz un Heine«. S. 19].

Schulzeitung zum 40-jährigen Jubiläum im Jubiläumsjahr 2009. Städtisches Heinrich-Heine-Gymnasium. Mettmann 2009. 62 S.: Ill. [Gedicht »Im Jahre neunundsechzig war's« von Joseph A. Kruse. Rückseite].

Sinz, Rainer: Hört der Maiglöckchen Läuten! Eine janusköpfige Lyrik. Aachen 2018. 322 S. [Gedicht »Heines Auferstehung 2016«. S. 198–203].

Suhr, Geertje: Immer rein ins Herz mit der Feder. Gedichte. Düsseldorf 2018. 103 S. [Gedicht »Eine Meditation zu Heine und Ortega y Gasset«. S. 75].

Suszek, Sigrid Maria: Offenbarungen. Gedichtsammlung 2013–2016. Dessau 2017. 110 S. [Gedichte nach Heine »Der Liebe große Schmerzen«; »Denk ich an Heine in der Nacht«. S. 78–79].

Wehdeking, Volker: Figueras-Sonette. Über Liebe, Kunst und Dauer im Gedicht. Wildflecken 2017. 98 S. [Gedicht »Für Heinrich Heine«. S. 75].

3.2 Werke der Bildenden Kunst

Luigs, Markus: Düsseldorfer Perlen. Düsseldorf 2017. 159 S.: Ill. [Foto eines Heine-Zitats auf einer Häuserwand. S. 61].

Metten, Liesel: Ein Buch der Bücher. »Der Rabbi von Bacherach«. Eine künstlerische Installation. Mainz 2006. [73 Bl.]: Ill.

Podulke, Michael Francis: Malerei, Grafik, Collage. Wanderer zwischen den Welten. 23.09.–02.12.2012. Ostfriesisches Landesmuseum Emden. Begleitheft zusammengest. von Hildegard Peters, … Emden 2012. 74 S.: Ill. [Kurzfassung von: Heine und die Nordsee. Oelbilder und Collagen. Michael Francis Podulke 1983 – 1984 – 1985. [Ausstellung u. Katalogbearb.: Michael Francis Produlke und Hildegard Peters]. Düsseldorf 1985].

3.3 Werke der Musik, Vertonungen

Attosphere: Schumann live at Glatt & Verkehr. Julia Noa Fischer, Gesang. Michael Bruckner-Weinhuber, Gitarre. Andreas Schreiber, Violine. Matthias Pichler, Kontrabass. Wien 2013. 1 CD (50 Min.). [2. »Im wunderschönen Monat Mai«; 3. »Die Rose, die Lilie, die Taube, die Sonne«; 5. »Lieb Liebchen«; 6. »Aus meinen Tränen sprießen«; 15. »Ich will meine Seele tauchen«]. [Aufgenommen im Klangraum Krems – Minoritenkirche im Rahmen von Glatt & Verkehr 2011].

Bazin, Marjorie: Ein Fichtenbaum steht einsam = A Fir Tree Stands. Sopran (or Tenor), piano (or organ). Partitur. Privatdruck 2012.

Bazin, Marjorie: The Lorelei. Choir and Orchestra. Partitur. Privatdruck 2012.

Beentjes, George: Infinity. Compositions for Piano & Voice. Piano: George Beentjes. Vocals: Christy Luth. Mol 2017. 1 CD (21 Min.). [3. »Sterne mit den goldnen Füßchen«].

Beentjes, George: Neuer Frühling (Nachtigall). Partitur. Privatdruck 2018. [»Sterne mit den goldnen Füßchen«].

Buwen, Dieter: Allnächtlich im Traum für Tenor und Klavier. Spielpartitur. Berlin 2010.

Carrière, Jean Paul: Die Lorelei pour voix moyenne et piano. op. 39 no 1 + Die Lorelei pour voix haute et piano. Op. 39 no 2. Partitur. Privatdruck 2011.

Daniel Kahn & The Painted Bird: Bad old songs. Berlin 2013. 1 CD + 1 Booklet. [9. »Die alten bösen Lieder«].

Ferneyhough, Brian: Seven Tableaux Vivants Representing the Angel of History as Melancholia [after Heine] for Ensemble and Speaker. London 2005. [Noten].

Fortner, Wolfgang: Lieder aus dem Nachlass = Posthumous Songs (1970–1980). Mainz 2002. [»Unterwelt« (»Blieb ich doch als Junggeselle«)]. [Noten].

Gerlitz, Carsten: Volkslieder remixed. Für den Unterricht an allgemein bildenden Schulen. Partitur. Mainz 2007. 36 S. + CD. (Chor in der Schule). [»Leise zieht durch mein Gemüt«].

Große-Schware, Hermann [Pseud.: Manni Bernhard]: 3 Heine-Songs. Gesang und Klavier. Partitur. Mönchengladbach 2011. [1. »Warnung« (»Solche Bücher lässt du drucken«); 2. »Entartung« (»Hat die Natur sich auch verschlechtert«); 3. »Verheißung« (»Nicht mehr barfuß sollst du traben«)].

Gruber, HK: 3 MOB Pieces for 7 interchangeable Instruments & Percussion = 3 MOB-Stücke für 7 austauschbare Instrumente & Percussion. 2. impr. with corr. London 2011. [2. »After Heine« = »Frei nach Heine«]. [Noten].

Harry – Heine in Holland. Verklankt door Nederlandse componisten. Marx Pantus, bas-bariton. Rudolf Jansen, piano. Amsterdam 2013. 1 CD + Textbuch (75 S.).

Hiller, Wilfried: Nachtschattentänze im Skulpturengarten für Zither (oder Harfe), zwei Violinen, Viola, Violoncello und Kontrabass (2015). Mainz 2016. [»Ihr Bild«]. [Noten].

Jahns, Caroline: In bester Gesellschaft. Freche Lieder der Vorzensur für Gesang und Klavier nach einer Textauswahl aus Heines Heimkehr-Zyklus und Gedichten von Chamisso, Pratobevera und Prudhomme. Johann Vesque von Püttlingen. Caroline Jahns, Sopran. Hedayet Jonas Dejddikar, Klavier. Bühl / Baden 2018. 1 CD (48 Min.) + 1 Booklet.

Jost, Christian: Dichterliebe nach Robert Schumanns »Dichterliebe« op. 48 auf Texte von Heinrich Heine. Partitur. Mainz 2017.

Klaus, Tadeusz: Albumblätter für mittlere Stimme und Klavier. Partitur. Köln 2007. [»Zwei Nachtbilder für Caro«. Op. 4. 2; »Wenn ich auf dem Lager liege«].

Morricone, Ennio: Abenddämmerung. Per soprano, violino, violoncello e pianoforte. Testi di H. Heine. Partitur. Mailand 2000. [»Am blassen Meeresstrande«].

Nichifor, Serban: Pastel multicolor. Versuri de Benedict Solomon. Privatdruck 2014. [Mit Heine-Bezug im Text]. [Noten].

Pezolt, Rainer: Rondell »Blaue Veilchen«. 7 Lieder nach Heinrich Heine für Gesang und Klavier. Partitur. Privatdruck 2005.

Pezolt, Rainer: Die Wanderratten. Miniaturkantate nach Heinrich Heine für Sprecher, Chor und Klavier. Privatdruck 2005. [Noten].

Pfitzner, Hans: Sämtliche Lieder mit Klavierbegleitung. Hrsg. von Hans Rectanus. Bd. I. 2. Aufl. Partitur. Mainz 2008. [Op. 4, 1 »Es glänzt so schön die sinkende Sonne«; Op. 4, 2 »Sie haben heut' Abend Gesellschaft«; Op. 4, 3 »Es fällt ein Stern herunter«; Op. 4, 4 »Es fasst mich wieder der alte Mut«; Op. 6, 2 »Ich will mich im grünen Wald ergehn«; Op. 6, 6 »Wasserfahrt« (»Ich stand gelehnet an den Mast«)].

Pütz, Eduard: 5 Poems. Based on Texts by Shakespeare, Petrarca, Majakowskij, Heine and Verlaine. For Violin and Piano. Mainz 2013. [IV. »Nachtgedanken«]. [Noten].

Schumann, Robert: Die Orange und Myrthe hier. Duette, Terzette & andere mehrstimmige Gesänge. Claar ter Horst, Klavier und musikalische Leitung. Christine Libor, Sopran. Peggy Steiner, Sopran. Anne-Theresa Møller, Mezzosopran. Henriette Gödde, Alt. Kai Kluge, Tenor. Stephan Klemm, Bass. Ilker Arcayürek, Tenor. Michael Schütze, Klavier. Poing 2018. 2 CDs + 1 Booklet (47 S.). [CD 1. »Die Lotosblume« Op. 33, 3; »Auf ihrem Grab da steht eine Linde« Op. 64, 3/III].

Spring, Rudi: Ich weiß nicht, was soll es bedeuten. Sieben Lieder für Tenor und Klavier. Partitur. München 2002. [I. »Vier Lieder nach Gedichten von Heinrich Heine (1797–1856)«; Op. 17 (»In mein gar zu dunkles Leben«. »Ich weiß nicht, was soll es bedeuten«, »Mein Herz, mein Herz ist traurig«, »Es war ein alter König«)].

Spring, Rudi: Namenlos. Sechs Lieder für Sopran und Klavier. Partitur. München 2002. [Op. 17, 4 »Es war ein alter König«].

Wolfgang, Gernot: Lyrical Intermezzo. Für Violine, Fagott und Klavier. Partitur und Stimmen. Wien 2014.

4 Rezensionen

Bodenheimer, Nina: Heinrich Heine und der Saint-Simonismus (1830–1835). Stuttgart; Weimar 2014. 194 S. (Heine-Studien). – Rez. von Sven Hanuschek in: Germanistik 58, 2017, 1/2. S. 312–315. – Rez. von M.-A. Maillet in: Etudes Germaniques 71, 2016, 2: Le Boréalisme. S. 307.

Dirschel, Margit: Heinrich Heines Poetik der Stadt. Stuttgart; Weimar 2016. 320 S. (Heine-Studie). – Rez. von Osman Durrani in: The Modern Language Review 113, 2018, 3. S. 682–684.

Drews, Peter: Heine und die Slaven. Die gesamtslavische Rezeption der Werke Heinrich Heines von den Anfängen bis zur Gegenwart. München 2013. 377 S. + CD-ROM. (Slavistische Beiträge; 492). – Rez. von S. Shvabrin in: The Slavonic and East European Review 95, 2017, 2. S. 348–350.

Erdle, Birgit R.: Literarische Epistemologie der Zeit. Lektüren zu Kant, Kleist, Heine und Kafka. Paderborn 2015. 313 S. [Zugl.: Berlin, Univ., Habil.-Schr., 2009]. – Rez. von Anna-Lena Scholz: Widersprüchliche Zeitläufe in: Kleist-Jahrbuch 2016. S. 170–173. – Rez. von Barbara Thums in: Germanistik 58, 2017, 1/2. S. 282.

Foi, Maria Carolina: Heine e la vecchia Germania. La questione tedesca tra poesia e diritto. Triest 2015. 248 S. – Rez. von Fabrizio Cambi in: Studi germanici 2015, 8. S. 300–304.

Garrett, Leah: A Knight at the Opera. Heine, Wagner, Herzl, Peretz, and the Legacy of Der Tannhäuser. West Lafayette, Ind. 2012. IX, 147 S. (Shofar supplements in Jewish studies). – Rez. von Stephen Thursby in: Shofar 31, 2013, 4. S. 155–157.

Heine, Heinrich: Deutschland. Ein Wintermärchen. Satz von Klaus Detjen. Göttingen 2018. 112 S. (Typographische Bibliothek; 15). – Rez. von Manfred Orlick: Reisebericht und Politiksatire. Heines berühmtester Reisetext »Deutschland. Ein Wintermärchen« in einer typografischen Ausgabe in: literaturkritik.de vom 19.11.2018. 1 S. [URL: https://literaturkritik.de/public/rezension.php?rez_id=25105, letzter Zugriff: 29.11.2018].

Heine, Heinrich: Katechismus. Hrsg. von Christian Liedtke. Hamburg 2017. 255 S. – Rez. von Annemarie Heibrock: »Anfang und Ende aller meiner Gedanken« in: Unsere Kirche 2018, 6. o. S. – Rez. von Eva Pfister: Heines heilige Häresien. Ein »Katechismus« versammelt Heines Texte zur Religion in: Lesart 24, 2017, 4. S. 72.

Hosfeld, Rolf: Heinrich Heine. Die Erfindung des europäischen Intellektuellen. Biographie. München 2014. 508 S.: Ill. – Rez. von Hermann-Peter Eberlein in: Deutschland und die USA im Vor- und Nachmärz. Politik – Literatur – Wissenschaft. Hrsg. von Birgit Bublies-Godau, … Bielefeld 2018. (Forum Vormärz-Forschung: Jahrbuch; 23, 2017). S. 397–400.

Liamin, Sergej: Mythen der Edda in der deutschen Dichtung. Gerstenberg – Klopstock – Günderrode – Heine. Heidelberg 2017. 381 S. (Edda-Rezeption; 4). [Zugl.: Regensburg, Univ., Diss., 2013]. – Rez. von Petra Czezior in: HJb 57, 2018. S. 201–203. – Rez. von Jan Alexander van Nahl in: Zeitschrift für deutsches Altertum und deutsche Literatur 147, 2018, 3. S. 397–399.

Prüss, Jens: Heines Katzenjammer. Ein Nachtstück. Düsseldorf 2017. 151 S. – Rez. von Werner Schwerter: Geisterstunde, nicht Gespensterrunde. Der satirische Dichter Jens Prüss erzählt, wie ihm Heine um Mitternacht auf dem Friedhof Montmartre als Kater begegnet ist in: Das Tor 84, 2018, 1. S. 9.

Salonfähig. Frauen in der Heine-Zeit. Für den Heine-Haus e. V. Hamburg hrsg. von Beate Borowka-Clausberg. Heidelberg 2016. 151 S.: Ill. – Rez. von Arno Herzig in: Vierteljahrschrift für Sozial- und Wirtschaftsgeschichte 105, 2018, 1. S. 116–117.

Steckmest, Sylvia: Salomon Heine. Bankier, Mäzen und Menschenfreund. Die Biographie eines großen Hamburgers. Hamburg 2017. 343 S.: Ill. – Rez. von Joseph A. Kruse in: HJb 57, 2018. S. 216–218. – Rez. von Traute Matthes-Walk in: Groß-Borsteler Bote 99, 2017, 10. S. 20–22.

Stein, Peter: Die Enden vom Lied. Probleme ästhetischer Operativität in der Literatur des deutschen Vormärz. Würzburg 2017. 468 S. – Rez. von Robert Steegers in: HJb 57, 2018. S. 219–221.

Steinecke, Hartmut: »Das Gepräge des Außerordentlichen«. Heinrich Heine liest E. T. A. Hoffmann. Berlin 2015. 116 S. (Philologische Studien und Quellen; 248). – Rez. von Raphaela Braun: Neue Blicke auf alte Befunde. Hartmut Steinecke begreift »Das Gepräge des Außerordentlichen« als ästhetischen Reflex Heines auf die Lektüre E. T. A. Hoffmanns in: literaturkritik.de 20, 2018, 3. o. S. [URL: https://literaturkritik.de/neue-blicke-auf-alte-befunde,24215.html, letzter Zugriff: 12.03.2019].

Wenzel, Eugen: Ein neues Lied? Ein besseres Lied? Die neuen »Evangelien« nach Heine, Wagner und Nietzsche. Würzburg 2014. 423 S. (Epistemata / Reihe Literaturwissenschaft; 804). [Zugl.: Paderborn, Univ., Diss., 2013]. – Rez. von Walter Küh in: Wirkendes Wort 66, 2016, 3. S. 512–514.

5 Allgemeine Literatur mit Heine-Erwähnungen und -Bezügen

ABC der Universität Bonn. 200 Jahre Universitätsgeschichte. Hrsg. von Sophia Marie Benbrahim, … Bonn 2018. 104 S.: Ill.

Akzente 64, 2017, 3. [Heine-Gedicht »Worte! Worte! keine Taten! …« S. 41].

Blasczyk, Manfred: Die Jonges und »ihr« Heine. Christian Liedtke sprach über den Dichter der Liebe und der Revolution. – In: Das Tor 84, 2018, 4. S. 19.

Bohrer, Karl Heinz: Jetzt. Geschichte meines Abenteuers mit der Phantasie. Berlin 2018. 541 S.

Dambmann, Gerhard: Gebrauchsanweisung für Japan. 3. Aufl. München; Zürich 2005. 185 S. (Piper; 7513).

Denk ich an früher … Unvergessliche Erzählungen aus unserer Kindheit. Christina Herr (Hrsg.). Neukirchen-Vluyn 2017. 173 S.

Domizlaff, Svante: Elbchaussee. Menschen und Häuser an Hamburgs großer Straße. Fotogr.: Michael Zapf. Kiel 2018. 406 S.: Ill. [Kap.: »Heine-Park und Plange-Villa. Wo Altona Geschichte schrieb«. S. 49–77].

Dorian Sukegawa: Kirschblüten und rote Bohnen. Roman. Aus dem Jap. von Ursula Gräfe. Köln 2016. 222 S. [An <dt.>].

Du 2016, 869: Höhepunkte der Weltgeschichte. [Heine: »London«. S. 50].

Düffel, John von: Houwelandt. Roman. Ungekürzte, vom Autor neu durchges. Ausg. München 2006. 301 S. (dtv; 13465).

Duve, Karen: Fräulein Nettes kurzer Sommer. Roman. Köln 2018. 580 S.

Ebach, Jürgen: Dialektik der Aufklärung. Der Text für die Bibelarbeit zum Kirchentag: 1. Mose 3 und darin die Losung des Kirchentags aus I. Mose 3,9. – In: Junge Kirche 2008, extra. S. 2–10.

Ecklé, Wiebke: Geschichten aus Paris und der Rue Poncelet. Offenburg [2018?]. 113 S.: Ill.

Esche, Eberhard: Autobiographische Geschichten. Wer sich grün macht, den fressen die Ziegen / Der Hase im Rausch. Berlin 2016. 846 S.: Fotogr.

Fabel, Renate: Alle meine Männer. München 2002. 288 S.

Franzen, Uwe; Weinke, Wilfried: »Wo man Bücher verbrennt …«. Verbrannte Bücher, verbannte und ermordete Autoren Hamburgs. Diese Veröffentlichung dokumentiert die Ausstellung, die erstmals vom 15. Mai bis zum 28. Juni 2013 in der Staats- und Universitätsbibliothek Hamburg – Carl von Ossietzky gezeigt wurde. Bardowick 2017. 378 S.: Ill.

Geest, Gunnar von der: Raiffeisens Zeitgenossen. Menschen, die Geschichte schrieben. – In: Bonus 2018, 3: Sonderausgabe zum 200. Geburtstag von Friedrich Wilhelm Raiffeisen. S. 16–17.

Gibson, Carl: Heimat, Werte und Kultur der Banater Schwaben in den Zerrbildern Herta Müllers – das »deutsche Dorf im Banat«, »Reich der Grausamkeit« und »Hölle auf Erden«!? Bild – Zerrbild – Feindbild. Zur »literarischen« Diffamierung der – existenziell exponierten – deutschen Minderheit Rumäniens während der kommunistischen Diktatur im Früh- und Debüt-Werk »Niederungen«, medial unterstützt im »SPIEGEL« und in der »ZEIT«. Igersheim 2016. 642 S.: Ill. [»Herta Müller und Heinrich Heine? … aus der Sicht von Michael Naumann«. S. 575–577].

Giese, Thomas: Besuch einer Ausstellung. Unter dem Titel »¿Revolution? 1848, 1918, 1968« widmet sich das Heinrich-Heine-Institut derzeit zwei gescheiterten Revolutionen und der '68er Revolte … – In: Terz 27, 2018, 5. S. 18–19.

Giese, Thomas: »Revolution« im Rathaus. Im Dezember erhielt der Philosoph Jürgen Habermas den Heinrich-Heine-Preis der Stadt Düsseldorf … – In: Terz [22], 2013, 1. S. 8–9.

Hahn, Ulla: Spiel der Zeit. Roman. München 2014. 607 S.

Hahn, Ulla: Wir werden erwartet. Roman. München 2017. 633 S.

Hamburg history live! 2017, 3. [Salomon Heine. S. 92].

Heinrichs, Johannes: Gastfreundschaft der Kulturen. Der Weg zwischen Multikulti und neuem Nationalismus. Stuttgart 2017. X, 208 S. (ibidem Sachbuch). [Kap.: »Hölderin vor Heine: ›So kam ich unter die Deutschen …‹«. S. 73–82].

Kaiser, Claudia: Zwischen Nacht und Morgen. Eine Feengeschichte. Mit Ill. von Almud Kunert. München 2015. 249 S.: Ill. (Reihe Hanser).

Kempowski, Walter: Alles umsonst. Roman. München 2018. 380 S.

Klüver, Henning: Gebrauchsanweisung für Italien. 2. Aufl. München; Zürich 2002. 190 S.
Korn, Carmen: Töchter einer neuen Zeit. Roman. 17. Aufl. Reinbek bei Hamburg 2018. 552 S. (Rororo; 27213).
Krügel, Mareike: Sieh mich an. Roman. München [u. a.] 2017. 254 S.
Krus-Bonazza, Annette: Düsseldorf. Erlangen 2015. 226 S.: Ill., Kt. (MM City).
Legner, Anton: Kölner Reliquienkultur. Stimmen von Pilgern, Reisenden und Einheimischen. Köln 2017. 312 S.: Ill.
Matussek, Matthias: Als wir jung und schön waren. Frankfurt a. M. 2008. 298 S. [Kap.: »Wir Romantiker«. S. 272–283].
Müller, Titus. Berlin Feuerland. Roman eines Aufstands. München 2015. 478 S.
Rathaus-Kompendium. [Bürgermeister, Ehrungen, Ehrenbürger, Goldenes Buch, Stadtwappen, Vereine 1288–2013]. Edmund Spohr, … (Hrsg.). Düsseldorf 2015. 292 S.: zahlr. Ill. (Düsseldorf, eine Stadt zwischen Tradition und Vision; 11).
Reidt, Andrea: Bonn an einem Tag. Ein Stadtrundgang. Leipzig 2018. 63 S.: Ill. (Lehmstedt Reiseführer).
Rolfrafael Schröer 90. Autor, Impresario, Zeitzeuge. Zwei Gespräche. Hrsg. von der Landeshauptstadt Düsseldorf, Heinrich-Heine-Institut. Verantw. Sabine Brenner Wilczek. Red. Enno Stahl. Düsseldorf 2018. 30 S.
Rüger, Jan: Helgoland. Deutschland, England und ein Felsen in der Nordsee. Aus dem Engl. von Karl Heinz Siber. Berlin 2017. 519 S.: Fotogr. [Heligoland. Britain, Germany, and the Struggle for the North Sea].
Rund um Landau. Ein Bild von einer Stadt. Hrsg. von Markus Knecht. Landau 2016. 159 S.: Fotogr.
Schalk, Marit: Außerhalb der Zeit. Über raue Pfade. Roman. Berlin 2017. 688 S.
Schönhoff, Dietmar: Mit Beuys durch Düsseldorf. Düsseldorf 2018. 141 S.: Ill.
Schwerter, Werner: Vergangenes Gerangel. Die TG Heinrich Heine entwickelt sich neu – und lernt gern dazu. – In: Das Tor 84, 2018, 2. S. 10.
Spohr, Edmund; Küffner, Hatto: Das Rathaus. [1288–2013]. Kleve 2013. 176 S.: zahlr. Ill. (Düsseldorf, eine Stadt zwischen Tradition und Vision; 10. 725 Jahre Düsseldorf, 1288–2013).
Stürmer, Caroline: Für Jungs, die anders sein wollen. 50 außergewöhnliche Männer, die die Welt verändert haben. Ill. & Satz: Mayumi Bockhold. München 2018. 108 S.: Ill.
Süddeutsche Zeitung Magazin 16 vom 22.04.2016. [Heine-Zitat].
Voorhoeve, Anne C.: Liverpool Street. 7. Aufl. Ravensburg 2017. 567 S. (Ravensburger Taschenbuch; 58296).
VR go 2018, 1. [Heine-Zitat S. 5].
Wallmann, Eckhard: Helgoland. Eine deutsche Kulturgeschichte. Gedruckt mit Unterstützung des Fördervereins Museum Helgoland e. V. Hamburg 2017. 672 S.: Ill.
Wilink, Andreas: Die Haut der Dichter. »Mächtige Bücher« und mehr: Das Heinrich-Heine-Institut in Düsseldorf hütet und versammelt viel mehr als nur den Dichter der »Loreley«. – In: K.West 2018, 4. S. 20–22.

Veranstaltungen des Heinrich-Heine-Instituts und der Heinrich-Heine-Gesellschaft e. V. Januar bis Dezember 2018

Zusammengestellt von Sabine Brenner-Wilczek

11.01.2018	Reihe: Romantik und Revolution. Peter Mathews liest »Harro Harring. Rebell der Freiheit«. Mit Dr. Karin Füllner. Veranstalter: Heinrich-Heine-Institut, Institut français, Literaturbüro NRW, Polnisches Institut, zakk. Mit freundlicher Unterstützung des Kulturamtes der Landeshauptstadt Düsseldorf
13.01.2018	»Zuckerpüppchen und Mäusemonster«. Familienführung und Mitmachangebot in der Ausstellung »Nussknacker und Mausekönig« mit Inge Sauer Veranstalter: Heinrich-Heine-Institut
17.01.2018	Zukunftsvisionen. Vortrag von Prof. Dr. Manfred Windfuhr mit Jörg Hustiak. Moderation: Dr. Karin Füllner Veranstalter: Heinrich-Heine-Institut und Heinrich-Heine-Gesellschaft
18.01.2018	Evangelische Stadtakademie Akademie am Morgen. »Ob wir einst auferstehen?« Heinrich-Heine und Ludwig Börne – Zwei deutsche Schriftsteller in Paris Seminarleitung: Dr. Karin Füllner Veranstalter: Heinrich-Heine-Institut und Evangelische Stadtakademie
26.01.2018	Maxhaus Reihe: Text & Ton – Heine und Napoleon. Moderation und Rezitation: Dr. Karin Füllner und Dr. Ursula Roth. Am Flügel: Helmut Götzinger. Veranstalter: Heinrich-Heine-Institut, Heinrich-Heine-Gesellschaft und Maxhaus
28.01.2018	Gérard de Nerval / Rolf Escher: Constantinopel bei Nacht. Künstlerbuchvorstellung mit Prof. Rolf Escher Veranstalter: Heinrich-Heine-Institut

01.02.2018	Evangelische Stadtakademie Akademie am Morgen. »Ob wir einst auferstehen?« Heinrich-Heine und Ludwig Börne – Zwei deutsche Schriftsteller in Paris. Seminarleitung: Dr. Karin Füllner Veranstalter: Heinrich-Heine-Institut und Evangelische Stadtakademie
01.02.2018	Literaturbüro NRW Reihe: Romantik und Revolution Simon Strauss liest »Sieben Nächte« Veranstalter: Heinrich-Heine-Institut, Institut français, Literaturbüro NRW, Polnisches Institut, zakk. Mit freundlicher Unterstützung des Kulturamtes der Landeshauptstadt Düsseldorf
03.02.2018	Festakt zu Felix Mendelssohn Bartholdy anlässlich einer Schenkung eines Briefes von 1835 zum bevorstehenden Niederrheinischen Musikfest. Mit Dr. Sabine Brenner-Wilczek, Tobias Koch und Christian Liedtke Veranstalter: Heinrich-Heine-Institut
04.02.2018	Paris Heine zwischen Romantik und Revolution. Literarischer Heine-Spaziergang im Pariser Montmartre-Viertel. Leitung: Dr. Bernd Füllner und Dr. Karin Füllner. Veranstalter: Maison Heinrich Heine (Paris) in Zusammenarbeit mit Heinrich-Heine-Institut und Heinrich-Heine-Gesellschaft
07.02.2018	Führung durch die Ausstellung »Nussknacker und Mäusekönig«. Mit Inge Sauer. Veranstalter: Heinrich-Heine-Institut
17.02.2018	Kinderprogramm in der Ausstellung »Nussknacker und Mäusekönig«. Aufführung mit dem Städtischen Kindergarten Kohlhagenstraße. Leitung: Julia Anderson. Führung durch die Ausstellung mit der Kuratorin Inge Sauer Veranstalter: Heinrich-Heine-Institut
18.02.2018	Finissage der Ausstellung »Nussknacker und Mäusekönig«. Mit Dr. Carola Pohlmann: Die Schlacht zwischen Mäusen und Zinnsoldaten in bildlichen Darstellungen von 1840 bis heute Veranstalter: Heinrich-Heine-Institut
22.02.2018	Evangelische Stadtakademie Akademie am Morgen. »Ob wir einst auferstehen?« Heinrich Heine und Ludwig Börne – Zwei deutsche Schriftsteller in Paris. Seminarleitung: Dr. Karin Füllner Veranstalter: Heinrich-Heine-Institut und Evangelische Stadtakademie
22.02.2018	zakk Reihe: Romantik und Revolution. Wolfgang Schorlau liest »Rebellen«. Veranstalter: Heinrich-Heine-Institut, Institut français, Literaturbüro NRW, Polnisches Institut, zakk. Mit freundlicher Unterstützung des Kulturamtes der Landeshauptstadt Düsseldorf

28.02.2018 Polnisches Institut
Reihe: Romantik und Revolution.
Oper – Romantik – Revolution.
Dr. Iwona Puchalska im Gespräch mit Katarzyna Fortuna.
Veranstalter: Heinrich-Heine-Institut, Institut français, Literaturbüro NRW, Polnisches Institut, zakk. Mit freundlicher Unterstützung des Kulturamtes der Landeshauptstadt Düsseldorf

01.03.2018 Haus der Universität
Forschung im Fokus.
Junior Scientists. Nachwuchs-Forschung an der Heinrich-Heine-Universität.
Veranstalter: Heinrich-Heine-Universität, Heinrich-Heine-Institut, Evangelische Stadtakademie, VHS Düsseldorf

03./04.03.2018 Reihe: Text & Ton – Heine und die Frauen.
Moderation und Rezitation: Dr. Karin Füllner und Dr. Ursula Roth.
Veranstalter: Heinrich-Heine-Institut und Heinrich-Heine-Gesellschaft.
Im Rahmen des Internationalen Frauentages

05.03.2018 Palais Wittgenstein
Gaby Köster – »Queen of Comedy«.
Veranstalter: Heinrich-Heine-Institut in Zusammenarbeit mit dem Büro für die Gleichstellung von Frauen und Männern. Im Rahmen des Internationalen Frauentages

06.03.2018 Rathausfoyer
Ausstellungseröffnung: »Frech und wild und wunderbar«.
Außergewöhnliche Frauen zwischen 1850 und 1950. Mit Dr. Sabine Brenner-Wilczek und Gaby Köster.
Veranstalter: Heinrich-Heine-Institut in Zusammenarbeit mit dem Büro für die Gleichstellung von Frauen und Männern. Im Rahmen des Internationalen Frauentages

06.03.2018 Partnerarchive zu Gast im Heinrich-Heine-Institut.
Mit Dr. Christian Leitzbach, Dr. Martin Schlemmer, Dr. Benedikt Mauer, Christian Liedtke und Dr. Enno Stahl
Veranstalter: Heinrich-Heine-Institut. Im Rahmen des Tags der Archive

8.03.2018 Evangelische Stadtakademie
Akademie am Morgen.
»Ob wir einst auferstehen?«
Heinrich Heine und Ludwig Börne – Zwei deutsche Schriftsteller in Paris
Seminarleitung: Dr. Karin Füllner
Veranstalter: Heinrich-Heine-Institut und Evangelische Stadtakademie

09.03.2018 Reihe: Archiv Aktuell – Klänge aus dem Rheinischen Musikarchiv.
Archivpräsentation und Konzert. Stücke von Jürg Baur, Thomas Blomenkamp und Albert Gohlke.
Moderation: Dr. Enno Stahl.
Veranstalter: Heinrich-Heine-Institut. Im Rahmen des Tags der Archive

10.03.2018 Vernissage der Ausstellung »¿Revolution! – 1848, 1918, 1968«.
Mit Dr. Jan-Christoph Hauschild, Christian Liedtke, Dr. Enno Stahl, Jan-Birger von Holtum und Christoph Holzhöfer (Gitarre und Gesang)
Veranstalter: Heinrich-Heine-Institut

14.03.2018
Mitgliederversammlung der Heinrich-Heine-Gesellschaft e. V.
Anschließend: Vortrag Heinrich Heines Romantikbild und E. T. A. Hoffmanns Kontrastästhetik mit Prof. Dr. Hartmut Steinecke
Veranstalter: Heinrich-Heine-Gesellschaft

15.03.2018
Harrys Poetry Slam.
Mit Gina und Lisa Oberstebrink.
Veranstalter: Heinrich-Heine-Gesellschaft

22.03.2018
Palais Wittgenstein und Heinrich-Heine-Institut
Kulturelle Überlieferung. Revolution(en) im Archiv. Tagung der Fachgruppe 8 im Verband deutscher Archivarinnen und Archivare.
Mit Jörg Sundermeier, Christian Liedtke, Dr. Jan-Christoph Hauschild, Dr. Enno Stahl, Dr. Ingo Runde, Hanneliese Palm, Dr. Thomas Becker, Dr. Andreas Pilger, Dorit Krusche, Dr. Andreas Becker, Dr. Anne Thurmann-Jajes, Dr. Ole Fischer, Koray Koban, Michael Peter Hehl, Dr. Annekatrin Schaller, PD Dr. Michael Maaser
Veranstalter: Heinrich-Heine-Institut

27.03.2018
Osterferienprogramm im Heine-Institut.
Alte Schätze, neue Ideen! Heines Kreativwerkstatt.
Veranstalter: Heinrich-Heine-Institut

04.04.2018
Osterferienprogramm im Heine-Institut.
Alte Schätze, neue Ideen! Heines Kreativwerkstatt.
Veranstalter: Heinrich-Heine-Institut

12.04.2018
Evangelische Stadtakademie
Akademie am Morgen.
»Ob wir einst auferstehen?«
Heinrich-Heine und Ludwig Börne – Zwei deutsche Schriftsteller in Paris.
Seminarleitung: Dr. Karin Füllner
Veranstalter: Heinrich-Heine-Institut und Evangelische Stadtakademie

13.04.2018
Literatur, Migration und Übersetzung.
Mit Zafer Senocak, Ottmar Ette und Larissa Bender.
Moderation: Vera Elisabeth Gerling und Birgit Neumann.
Veranstalter: Heinrich-Heine-Universität in Kooperation mit dem Heinrich-Heine-Institut

14.04.2018
»¿Revolution!« Nacht der Museen im Heinrich-Heine-Institut.
Mit literarisch-musikalischem Programm und Führungen durch die Ausstellungen mir Dr. Karin Füllner, Peter Haseley, Ronald Kurt, Dr. Sabine Brenner-Wilczek, Ivana Mehlem, Klaus-Peter Riemer, Miroslaw Tybora, Charlotte Voigt, Eugenia Olevska, Dr. Enno Stahl, Heinrich Heil, Jan-Birger von Holtum sowie dem Solo-Kabarett von Jens Neutag.
Veranstalter: Heinrich-Heine-Institut

18.04.2018
J. J. Voskuil »Das Büro«.
Mit Gerd Busse, Ulrich Faure und Wolfgang Schiffer.
Moderation: Dr. Enno Stahl.
Veranstalter: Heinrich-Heine-Institut

19.04.2018 Haus der Universität
Reihe: Forschung im Fokus.
Mehr Internet-Demokratie wagen?
Mit Prof. Dr. Michael Baurmann.
Veranstalter: Heinrich-Heine-Universität, Heinrich-Heine-Institut, Evangelische Stadtakademie, VHS Düsseldorf

21.04.2018 Reihe: Samstags um drei – zu Gast bei Heine.
»The sound of the revolution«. Rock, Film und Revolte bei Rolf Dieter Brinkmann und anderen. Zur Ästhetik des Protestes bei den 68ern.
Mit Dr. Enno Stahl.
Veranstalter: Heinrich-Heine-Institut

25.04.2018 Heine um 11.
»Ich bin der Sohn der Revolution.« Ludwig Börne. Eine Denkschrift von H. Heine.
Mit Dr. Karin Füllner und Dr. Martin Menges.
Veranstalter: Heinrich-Heine-Institut, Heinrich-Heine-Gesellschaft, VHS Düsseldorf

26.04.2018 Evangelische Stadtakademie
Akademie am Morgen.
»Ob wir einst auferstehen?«
Heinrich-Heine und Ludwig Börne – Zwei deutsche Schriftsteller in Paris.
Seminarleitung: Dr. Karin Füllner
Veranstalter: Heinrich-Heine-Institut und Evangelische Stadtakademie

28.04.2018 Reihe: Samstags um drei – zu Gast bei Heine.
»Was habt ihr gespielt? Revolution?« Kurt Tucholskys satirischer Blick auf die Jahre 1918/1919.
Mit Jan-Birger von Holtum.
Veranstalter: Heinrich-Heine-Institut

02.05.2018 Heine um 11.
»Ich bin der Sohn der Revolution.« Ludwig Börne. Eine Denkschrift von H. Heine.
Mit Dr. Karin Füllner und Dr. Martin Menges.
Veranstalter: Heinrich-Heine-Institut, Heinrich-Heine-Gesellschaft, VHS Düsseldorf

02.05.2018 Bernd Desinger liest »Der Sturz in den Strom«.
Modration: Michael Serrer.
Veranstalter: Literaturbüro NRW in Kooperation mit dem Heinrich-Heine-Institut

03.05.2018 Haus der Universität
Reihe: Forschung im Fokus.
Was bringt eine globalhistorische Perspektive auf Fotografie?
Mit Prof. Dr. Stefanie Michels.
Veranstalter: Heinrich-Heine-Universität, Heinrich-Heine-Institut, Evangelische Stadtakademie, VHS Düsseldorf

03.05.2018	Hommage an Robert Schumann. Ein Konzert mit Studierenden der Internationalen Musikakademie Anton Rubinstein. Moderation: Dr. Karin Füllner. Veranstalter: Musikakademie Anton Rubinstein in Kooperation mit dem Heinrich-Heine-Institut
05.05.2018	Reihe: Samstags um drei – zu Gast bei Heine. »Heinrich Heine – der Sohn der Revolution?« Mit Christian Liedtke. Veranstalter: Heinrich-Heine-Institut
09.05.2018	Heine um 11. »Ich bin der Sohn der Revolution.« Ludwig Börne. Eine Denkschrift von H. Heine. Mit Dr. Karin Füllner und Dr. Martin Menges. Veranstalter: Heinrich-Heine-Institut, Heinrich-Heine-Gesellschaft, VHS Düsseldorf
09.05.2018	Kuratorenführung durch die Ausstellung »¿Revolution! (1848, 1918, 1968)« Veranstalter: Heinrich-Heine-Institut
11.05.2018	Wort Welle Muschel Mensch – Eine Reise zu Rose Ausländer. Mit Ruth Sergel, Ulrike Edinger-Donat, Nicola Thomas. Veranstalter: Frederike Felbeck (Regie) in Kooperation mit dem Heinrich-Heine-Institut. Gefördert vom Ministerium für Kultur und Wissenschaft des Landes Nordrhein-Westfalen, Kunststiftung NRW und dem Kulturamt der Landeshauptstadt Düsseldorf
12./13.05.2018	Paris »Heine und die Frauen«. Ein literarischer Spaziergang im Paris Montmartre-Viertel. Seminarleitung: Dr. Bernd Füllner und Dr. Karin Füllner. Veranstalter: Maison Heinrich Heine (Paris) in Zusammenarbeit mit Heinrich-Heine-Institut und Heinrich-Heine-Gesellschaft
13.05.2018	Heine exklusiv: Museumsgeschichten. Mit Jan-Birger von Holtum und Anna Siepen. Veranstalter: Heinrich-Heine-Institut. Zum Internationalen Museumstag
16.05.2018	Kuratorenführung durch die Ausstellung »¿Revolution! (1848, 1918, 1968)«. Veranstalter: Heinrich-Heine-Institut
22.05.2018	Heine-Haus. Literaturhaus Düsseldorf »Komm, Herr Prometheus, sei unser Gast!« Mit Heinrich Heil. Veranstalter: Heinrich-Heine-Institut in Kooperation mit dem Heine-Haus. Literaturhaus Düsseldorf
23.05.2018	Verlage im Nationalsozialismus. Mit Prof. Dr. Klaus Saur, Moderation: Dr. Jan-Pieter Barbian. Veranstalter: Heinrich-Heine-Institut, Heinrich-Heine-Gesellschaft

01.06.2018 »... ertönt vom Orchester in den Garten hinein ein starker Tusch.« – Abraham Mendelssohns Erlebnisse beim Rheinischen Musikfest. Mit Prof. Dr. Ute Büchter-Römer und Nadja Bulatovic. Veranstalter: Heinrich-Heine-Institut in Kooperation mit der Robert-Schumann-Gesellschaft, der Robert-Schumann-Hochschule, dem Städtischen Musikverein und dem Stadtarchiv Düsseldorf

02.06.2018 Theatermuseum
Reihe: Reisebilder – Literatur im Hofgarten.
Max Scharnigg liest »Der restliche Sommer«.
Moderation: Dr. Karin Füllner
Veranstalter: Heinrich-Heine-Institut, Literaturbüro NRW, Theatermuseum Düsseldorf, zakk. Mit freundlicher Unterstützung des Kulturamtes der Landeshauptstadt Düsseldorf

03.06.2018 Palais Wittgenstein
Vernissage der Sonderausstellung »Musik vereint«.
Mit Dr. Sabine Brenner-Wilczek, Manfred Hill
Heinrich-Heine-Institut in Kooperation mit der Robert-Schumann-Gesellschaft, der Robert-Schumann-Hochschule, dem Städtischen Musikverein und dem Stadtarchiv Düsseldorf

05.06.2018 Reihe: Heine heute.
Barbara Zoeke liest »Die Stunde der Spezialisten«.
Moderation: Dr. Karin Füllner
Veranstalter: Heinrich-Heine-Institut und Heinrich-Heine-Gesellschaft.
Im Rahmen der Düsseldorfer Literaturtage

06.06.2018 Vernissage der Treppenhausausstellung Experimentale 2018 – Texte zu Romantik und Revolution.
Mit Adrian Kasnitz und Stan Lafleut.
Veranstalter: Heinrich-Heine-Institut.
Im Rahmen der Düsseldorfer Literaturtage

07.–10.06.2018 Bücherbummel auf der Kö.
Veranstalter: Bücherbummel auf der Kö e. V.

07.06.2018 Haus der Universität
Reihe: Forschung im Fokus.
»Von Alzheimer bis Parkinson. Zum Stand der Forschung über neurodegenerative Erkrankungen«.
Mit Jun.-Prof. Dr. Alexander Büll
Veranstalter: Heinrich-Heine-Universität, Heinrich-Heine-Institut, Evangelische Stadtakademie, VHS Düsseldorf

08.06.2018 Kuratorinnenführung durch die Sonderausstellung »Musik vereint«. Zu Robert Schumanns Geburtstag.
Mit Dr. Sabine Brenner-Wilczek.
Veranstalter: Heinrich-Heine-Institut

08.06.2017 Maxhaus
Reihe: Text & Ton.
»Heine und die Revolution«.
Mit Dr. Karin Füllner, Dr. Ursula Roth, Aleksandar Filic

	Veranstalter: Heinrich-Heine-Institut, Heinrich-Heine-Gesellschaft, Maxhaus. Im Rahmen der Düsseldorfer Literaturtage
09.06.2018	Theatermuseum Reihe: Reisebilder – Literatur im Hofgarten. Nils Straatmann »Auf Jesus Spuren«. Moderation: Maren Jungclaus Veranstalter: Heinrich-Heine-Institut, Literaturbüro NRW, Theatermuseum Düsseldorf, zakk. Mit freundlicher Unterstützung des Kulturamtes der Landeshauptstadt Düsseldorf
09.06.2018	1968 – Der weibliche Blick. Lesung und Gespräch mit Florence Hervé, Ina-Maria von Ettingshausen und Francois-Jörgens. Moderation: Dr. Karin Füllner Veranstalter: Heinrich-Heine-Institut, Institut français Düsseldorf. Im Rahmen der Düsseldorfer Literaturtage
13.06.2018	Gretchen Dutschke liest »1968 – Worauf wir stolz sein dürfen«. Moderation: Dr. Mithu Sanyal. Veranstalter: Heinrich-Heine-Institut, Buchhandlung BiBaBuZe. Im Rahmen der Düsseldorfer Literaturtage
16.06.2017	Theatermuseum Reihe: Reisebilder – Literatur im Hofgarten. Christoph Peters liest »Selfie mit Sheiki«. Moderation: Maren Jungclaus Veranstalter: Heinrich-Heine-Institut, Literaturbüro NRW, Theatermuseum Düsseldorf, zakk. Mit freundlicher Unterstützung des Kulturamtes der Landeshauptstadt Düsseldorf
27.06.2018	Wort Welle Muschel Mensch – Eine Reise zu Rose Ausländer. Mit Ruth Sergel, Ulrike Edinger-Donat, Nicola Thomas. Veranstalter: Frederike Felbeck (Regie) in Kooperation mit dem Heinrich-Heine-Institut. Gefördert vom Ministerium für Kultur und Wissenschaft des Landes Nordrhein-Westfalen, Kunststiftung NRW und dem Kulturamt der Landeshauptstadt Düsseldorf
30.06.2018	Palais Wittgenstein »Melancholey redet selber.« Ein Tanz-Stück in drei Bildern von Soo Jin Yim-Heil. Veranstalter: Heinrich-Heine-Institut in Kooperation mit der Joseph Beuys Gesamtschule Düsseldorf
03.07.2018	Literatursalon in Heines Gesellschaft. Moderation: Dr. Karin Füllner Veranstalter: Heinrich-Heine-Gesellschaft
18./20.07.2018	Sommerferienprogramm »Musik vereint«. Veranstalter: Heinrich-Heine-Institut in Kooperation mit dem Städtischen Musikverein u. a.
22.07.2018	Stadtspaziergang »Musikmeilen«. Nördliche Altstadt. Mit Dr. Nina Sträter und Karsten Lehl

	Veranstalter: Robert-Schumann-Hochschule Düsseldorf in Kooperation mit dem Kulturamt der Landeshauptstadt Düsseldorf
29.07.2018	Stadtspaziergang »Musikmeilen«. Carlstadt. Mit Dr. Nina Sträter und Karsten Lehl Veranstalter: Robert-Schumann-Hochschule Düsseldorf in Kooperation mit dem Kulturamt der Landeshauptstadt Düsseldorf
09.08.2018	Hiller-Heine-Hommage. Mit Christian Liedtke, Eva Koch, Jori Schulze-Reimpell Veranstalter: Heinrich-Heine-Institut
12.08.2018	Zu Gast bei Heine um drei. Heine und die Musik. Mit Dr. Sabine Brenner-Wilczek und Nadine Isabelle Royer Veranstalter: Heinrich-Heine-Institut
18.08.2018	Clara Schumanns Transkriptionen von Heine-Texten. Toypiano-Klavier-Vortrag mit Frederike Möller. Veranstalter: Heinrich-Heine-Institut. Im Zusammenhang mit dem ToyPiano-Festival »Clara & der Dichter«
22/24.08.2018	Sommerferienprogramm für Kinder ab 10 Jahren. »Geschmeide oder Klunker?« Heines Schmuckwerkstatt. Veranstalter: Heinrich-Heine-Institut
25.08.2018	Kiosk Klilic Harrys Poetry Slam. Veranstalter: Heinrich-Heine-Gesellschaft
26.08.2018	Finissage der Sonderausstellung »Musik vereint« und Verleihung der Norbert-Burgmüller-Plakette an Manfred Hill. Mit Dr. Sabine Brenner-Wilczek, Ingmar Schwindt, Manfred Hill Veranstalter: Heinrich-Heine-Institut und Aktionsgemeinschaft Düsseldorfer Heimat- und Bürgervereine
05.09.2018	Robert Schumanns Impromptu op. 5 und Davidbündlertänze. Präsentation eines neuen Bandes der Schumann-Gesamtausgabe. Mit Timo Ewers und Florian Noack. Veranstalter: Robert-Schumann-Gesellschaft in Verbindung mit dem Heinrich-Heine-Institut. Im Rahmen der Kooperation Heine@Schumann
08.09.2018	Vernissage der Sonderausstellung »Aber ich schrieb mich verrückt«. Die Wolfgang Welt-Ausstellung. Mit Martin Willems und Jan-Birger von Holtum
09.09.2018	Tag des offenen Denkmals. Führung durch die Dauerausstellung »Romantik und Revolution«. Mit Dr. Sabine Brenner-Wilczek Veranstalter: Heinrich-Heine-Institut
13.09.2018	Evangelische Stadtakademie Akademie am Morgen. Die Reformation in der Literatur.

	Seminarleitung: Dr. Karin Füllner und Harald Steffes Veranstalter: Heinrich-Heine-Institut, Evangelische Stadtakademie
15.09.2018	Ein Abend für Kunsu Shim. Mit dem Duisburger Ensemble CRUSH u. a. Moderation: Dr. Enno Stahl Veranstalter: Heinrich-Heine-Institut in Kooperation mit d.ZENT/EarPort. Gefördert von Kunststiftung NRW
16.09.2018	Reihe: Fabelfarben der Romantik und Heckenfeuer der Revolution. Attosphere. Schumann Live. Mit Peter Herbert, Michael Bruckner-Weinhuber, Andreas Schreiber, Julia Noa Fischer. Veranstalter: Heinrich-Heine-Institut in Kooperation u. a. mit der Heinrich-Heine-Gesellschaft, Städtischer Musikverein Düsseldorf, Stiftung Zukunft NRW
20.09.2018	Haus der Universität Reihe: Forschung im Fokus. »Waffenstillstand und Dolchstoßlegenden. Deutschland Ende 1918«. Mit Prof. Dr. Gert Krumeich Veranstalter: Heinrich-Heine-Universität, Heinrich-Heine-Institut, Evangelische Stadtakademie, VHS Düsseldorf
27.09.2018	Evangelische Stadtakademie Akademie am Morgen. Die Reformation in der Literatur. Seminarleitung: Dr. Karin Füllner und Harald Steffes Veranstalter: Heinrich-Heine-Institut, Evangelische Stadtakademie
27.09.2018	Reihe: Fabelfarben der Romantik und Heckenfeuer der Revolution. Konzert: Romantischer Salon. Mit Marina Chiche und Aurélien Pontier Veranstalter: Heinrich-Heine-Institut in Kooperation u. a. mit der Heinrich-Heine-Gesellschaft, Städtischer Musikverein Düsseldorf, Stiftung Zukunft NRW
30.09.2018	Kuratorenführung durch die Sonderausstellung »Aber ich schrieb mich verrückt«. Die Wolfgang Welt-Ausstellung. Mit Martin Willems und Jan-Birger von Holtum Veranstalter: Heinrich-Heine-Institut
04.10.2018	Haus der Universität Reihe: Forschung im Fokus. Über den evolutionären Vorteil eines besonders guten Gedächtnisses für Gesichter von Betrügern. Mit Prof. Dr. Axel Buchner Veranstalter: Heinrich-Heine-Universität, Heinrich-Heine-Institut, Evangelische Stadtakademie, VHS Düsseldorf
06./07.10.2018	Paris »Im Vaterland des Champagners und der Marseillaise« – Heinrich Heine im Pariser Exil. Leitung: Dr. Bernd Füllner und Dr. Karin Füllner

	Veranstalter: Maison Heinrich Heine (Paris) in Zusammenarbeit mit Heinrich-Heine-Institut und Heinrich-Heine-Gesellschaft
07.10.2018	Karl Robert Kreiten zum Gedenken. Vortrag von Hans Hinterkeuser Veranstalter: Heinrich-Heine-Institut
11.10.2018	Evangelische Stadtakademie Akademie am Morgen. Die Reformation in der Literatur. Seminarleitung: Dr. Karin Füllner und Harald Steffes Veranstalter: Heinrich-Heine-Institut, Evangelische Stadtakademie
16.10.2018	Buchhandlung BiBaBuZe Beka Adamaschwili liest »Bestseller«. Moderation: Dr. Karin Füllner Veranstalter: Heinrich-Heine-Institut, Literaturbüro NRW, Stiftung Gerhart-Hauptmann-Haus, zakk, Stadtbüchereien Düsseldorf. Mit freundlicher Unterstützung des Kulturamtes der Landeshauptstadt Düsseldorf. Im Rahmen des Gastlandes der Frankfurter Buchmesse.
17.10.2018	Druckerpresse – mit Stempel und Papier. Herbstferienprogramm für Kinder ab 10 Jahren Veranstalter: Heinrich-Heine-Institut
17.10.2018	Frank Goosen: Lesung aus dem Werk Wolfgangs Welts. Veranstalter: Heinrich-Heine-Institut
19.10.2018	Reihe: Text & Ton. »Heine und die Oper«. Mit Dr. Hella Bartnig und Dr. Karin Füllner Veranstalter: Heinrich-Heine-Institut, Heinrich-Heine-Gesellschaft,
25.10.2018	Druckerpresse – mit Stempel und Papier. Herbstferienprogramm für Kinder ab 10 Jahren Veranstalter: Heinrich-Heine-Institut
25.10.2018	Hommage an Felix Mendelssohn Bartholdy. Moderation: Dr. Karin Füllner Veranstalter: Musikakademie Anton Rubinstein in Kooperation mit Heinrich-Heine-Institut
25.10.2018	Universität in der Stadt Reihe: Forschung in Fokus. Vom Individuum zur Gesellschaft. Einblicke in die Organisation des Bienenstaates. Mit Prof. Dr. Martin Beye Veranstalter: Heinrich-Heine-Universität, Heinrich-Heine-Institut, Evangelische Stadtakademie, VHS Düsseldorf
30.10.2018	Wolfgang Welt und die Frauen. Vortrag von Katja Kullmann Veranstalter: Heinrich-Heine-Institut

03.11.2018	Reihe: Zu Gast bei Heine um drei. »Ja, das Weib ist ein gefährliches Wesen« – Heinrich Heine und die Frauen. Mit Dr. Andreas Turnsek, Stephanie-Marie Turnsek und Gudrun Salger M. A. Veranstalter: Heinrich-Heine-Institut
06.11.2018	»Zwei Mann, ein Knopf, ein Regenschirm« – 40 Jahre Europäisches Übersetzerkollegium Straelen. Veranstalter: Kunststiftung NRW in Kooperation mit Heinrich-Heine-Institut
07.11.2018	Heine um 11. »Stets wird die Wahrheit hadern mit dem Schönen.« Heinrich Heine und Ludwig Börne. Mit Dr. Karin Füllner und Dr. Martin Menges. Veranstalter: Heinrich-Heine-Gesellschaft und VHS Düsseldorf
11.11.2018	Reihe: Archiv aktuell Jürg Baur 100. Mit Prof. Dr. Ulrich Tadday und Oliver Drechsel (am Flügel). Moderation: Dr. Enno Stahl Veranstalter: Heinrich-Heine-Institut
15.11.2018	Evangelische Stadtakademie Akademie am Morgen. Die Reformation in der Literatur. Seminarleitung: Dr. Karin Füllner und Harald Steffes Veranstalter: Heinrich-Heine-Institut, Evangelische Stadtakademie
15.11.2018	Eröffnung der Treppenhausausstellung »Schwarz und Weiß«. Mit Vera Anschütz Veranstalter: Heinrich-Heine-Institut
17.11.2018	Reihe: Samstags um drei – zu Gast bei Heine. Lieder ohne Worte – Worte ohne Lieder. Mit Dr. Irmgard Knechtges-Obrecht, Dr. Jan-Christoph Hauschild und Thomas Palm Veranstalter: Robert-Schumann-Gesellschaft in Verbindung mit dem Heinrich-Heine-Institut im Rahmen der Kooperation Heine@Schumann
18.11.2018	Finissage der Sonderausstellung »Aber ich schrieb mich verrückt«. Die Wolfgang Welt-Ausstellung. Mit Jan-Birger von Holtum und Martin Willems Veranstalter: Heinrich-Heine-Institut
21.11.2018	Heine um 11. »Stets wird die Wahrheit hadern mit dem Schönen.« Heinrich Heine und Ludwig Börne. Mit Dr. Karin Füllner und Dr. Martin Menges Veranstalter: Heinrich-Heine-Gesellschaft und VHS Düsseldorf
22.11.2018	Heine Haus Menschlich, Allzumenschlich ist das Träumen. A. L. Kennedy liest. Moderation: Dr. David Eisermann Veranstalter: Heine Haus. Literaturhaus Düsseldorf in Kooperation mit dem Heinrich-Heine-Institut

28.11.2018 Heine um 11.
»Stets wird die Wahrheit hadern mit dem Schönen.« Heinrich Heine und Ludwig Börne.
Mit Dr. Karin Füllner und Dr. Martin Menges
Veranstalter: Heinrich-Heine-Gesellschaft und VHS Düsseldorf

28.11.2018 »Frühlingslied« – Empfang zum Ankauf von Felix Mendelsohns Heine-Vertonung.
Mit Christian Liedtke und Dr. Sabine Brenner-Wilczek, Musik: Don & Ray
Veranstalter: Heinrich-Heine-Institut

29.11.2018 Evangelische Stadtakademie
Akademie am Morgen.
Die Reformation in der Literatur.
Seminarleitung: Dr. Karin Füllner und Harald Steffes
Veranstalter: Heinrich-Heine-Institut, Evangelische Stadtakademie

01.12.2018 Rathaus Düsseldorf
Verleihung des Heine-Preises der Landeshauptstadt Düsseldorf an Prof. Dr. Leoluca Orlando durch Thomas Geisel.
Laudatio: Wim Wenders
Veranstalter: Landeshauptstadt Düsseldorf
Veranstalter: Heinrich-Heine-Institut

01.12.2018 Palais Wittgenstein.
Reihe: Fabelfarben der Romantik und Heckenfeuer der Revolution.
Andrea Sawatzki liest aus »Ideen. Das Buch Le Grand«.
Am Klavier: Ingmar Schwindt.
Veranstalter: Heinrich-Heine-Institut in Kooperation mit dem Heine Haus. Literaturhaus Düsseldorf

02.12.2018 Sonderausstellung »Heine-Preisträger. Zur Geschichte des Heine-Preises (1972–2018)«.
Veranstalter: Heinrich-Heine-Institut

02.12.2018 Heines Weihnachtsdruckerei.
Programm für Kinder ab 10 Jahren
Veranstalter: Heinrich-Heine-Institut

06.12.2018 Weihnachtskonzert mit Studierenden der Internationalen Musikakademie Anton Rubinstein.
Moderation: Dr. Karin Füllner
Veranstalter: Internationale Musikakademie Anton Rubinstein, Heinrich-Heine-Gesellschaft

08.12.2018 21. Internationales Forum junge Heine-Forschung. Mit Vorträgen von William Ohm (Toronto): »Die durchgeistigte Körpersprache: Sensualismus und Stil in Heines Philosophieschrift«, Dr. Michael Rodegang Drescher (Heidelberg): »Lachende Exorzismen: Mythologische Resignifikation in Heines ›Deutschland. Ein Wintermärchen‹«, Nora Schön (Düsseldorf): »›Nur in der Tiefe des Gemüthes‹« – ›Freiheit‹, ›Nation‹ und ›Politische Lyrik‹ in Heines ›Zeitgedichten‹«, Gesa Jessen (Oxford/Berlin): »›und daß ich selbst wieder zerrinnen möchte in süße Atome‹ – zu der Dynamik von Wasser und Gender in Heinrich Heines früher Dichtung und Prosa«, Hannah Pillin (München): »Semantische Dimensionen in Heines Dichtung und ihren Vertonungen«,

	Vera Höltschi (Brüssel/Namur): »Heinrich Heines ›Doktor Faust‹. Das Ballettlibretto als Literatur«, Sibel Baran (Ankara): »Motivanalyse des Novellenfragments ›Florentinische Nächte‹ von Heinrich Heine«, Julia Kristina Kitzmann (Tübingen): »Demaskierung der Gewalt. Intertextuelle Bezüge zwischen Heines ›Die weiße Blume‹ und Goethes ›Heidenröslein‹«. Leitung und Moderation: Dr. Sabine Brenner-Wilczek, Prof. Dr. Volker Dörr Veranstalter: Heinrich-Heine-Institut, Heinrich-Heine-Gesellschaft, Institut für Germanistik der Heinrich-Heine-Universität Düsseldorf
09.12.2018	Rolfrafael Schroer 90. Moderation: Michael Serrer. Veranstalter: Literaturbüro NRW, Heinrich-Heine-Institut
13.12.2018	Heines Geburtstag mit Heine-Hotline, Projektchor »Loreley«, Geburtstagsinterview und Lesung. Mit Dr. Sabine Brenner-Wilczek, Dr. Martin Roos, Dr. Nina Sträter, Karsten Lehl Veranstalter: Heine-Institut und Heinrich-Heine-Gesellschaft in Kooperation mit dem Kulturamt der Landeshauptstadt Düsseldorf
15.12.2018	Poetisches Wandelkonzert zu Heines »Buch der Lieder«. Mit Thomas Karl Hagen, Frederike Möller und Dr. Sabine Brenner-Wilczek Veranstalter: Heinrich-Heine-Institut in Kooperation mit dem Kulturamt der Landeshauptstadt Düsseldorf
16.12.2018	Lesung zu den Frauen der Heine-Familie. Mit Thomas Karl Hagen, Dr. Sabine Brenner-Wilczek Veranstalter: Heinrich-Heine-Institut in Kooperation mit dem Kulturamt der Landeshauptstadt Düsseldorf

Ankündigung des 21. Forums junge Heine-Forschung am 5. Dezember 2020 im Heine-Institut in Düsseldorf

Gesucht werden neue Arbeiten und Forschungsansätze, die sich mit dem Werk des Dichters, Schriftstellers und Journalisten Heinrich Heine beschäftigen oder die Heine-Zeit thematisieren. Die Forschungsergebnisse können auf Bachelor- und Masterarbeiten, Dissertationen oder laufenden, nicht abgeschlossenen Studien basieren und sollen im Rahmen halbstündiger Vorträge einem interessierten und fachkundigen Publikum präsentiert werden.
Das Forum junge Heine Forschung weist eine internationale sowie interdisziplinäre Ausrichtung auf und blickt auf eine lange Tradition zurück. Am 5. Dezember 2020 laden das Heinrich-Heine-Institut der Landeshauptstadt Düsseldorf, die Heinrich-Heine-Gesellschaft e. V. und das Institut für Germanistik der Heinrich-Heine-Universität Düsseldorf anlässlich des Geburtstags des Dichters bereits zum 22. Mal zu diesem besonderen Kolloquium ein.
Die anfallenden Fahrt- und Übernachtungskosten werden für alle Referentinnen und Referenten übernommen. Die Heinrich-Heine-Gesellschaft lobt für das beste Referat einen Geldpreis aus. Die Auswahl erfolgt durch eine Fachjury. Der prämierte Vortrag wird zudem im Heine-Jahrbuch 2021 publiziert. Weitere Informationen zur Konzeption und Ausrichtung bieten die Berichte in den Heine-Jahrbüchern 2001 bis 2019.
Für die Anmeldung eines Referats ist es erforderlich, ein kurzes Exposé (ca. 1 Seite) sowie ein Curriculum Vitae per Email einzureichen. Stichtag ist der 15. September 2020.

Kontakt:
Dr. Sabine Brenner-Wilczek,
Heinrich-Heine-Institut
Bilker Str. 12–14
40213 Düsseldorf
E-Mail: sabine.brennerwilczek@duesseldorf.de

Abbildungen

Hinweise für die Manuskriptgestaltung

Für unverlangt eingesandte Texte und Rezensionsexemplare wird keine Gewähr übernommen. Ein Honorar wird nicht gezahlt.

Es gelten die Regeln der neuen deutschen Rechtschreibung.

Bei der Formatierung des Textes ist zu beachten: Schriftart Times New Roman 14 Punkt, linksbündig, einfacher Zeilenabstand, Absätze mit Einzug (erste Zeile um 0,5 cm); ansonsten bitte keine weiteren Formatierungen von Absätzen oder Zeichen vornehmen, auch keine Silbentrennung.

Zitate und Werktitel werden in doppelte Anführungszeichen gesetzt. Langzitate (mehr als drei Zeilen) und Verse stehen ohne Anführungszeichen und eingerückt in der Schriftgröße 12 Punkt. Auslassungen oder eigene Zusätze im Zitat werden durch eckige Klammern [] gekennzeichnet.

Außer bei Heine-Zitaten erfolgen die Quellennachweise in den fortlaufend nummerierten Anmerkungen. Die Anmerkungsziffer (Hochzahl ohne Klammer) steht vor Komma, Semikolon und Doppelpunkt, hinter Punkt und schließenden Anführungszeichen. Die Anmerkungen werden als Endnoten formatiert und stehen in der der Schriftgröße 10 Punkt am Schluss des Manuskriptes. Literaturangaben haben die folgende Form:
Monographien: Vorname Zuname des Verfassers: Titel. Ort Jahr, Band (römische Ziffer), Seite.
Editionen: Vorname Zuname (Hrsg.): Titel. Ort Jahr, Seite.
Artikel in Zeitschriften: Vorname Zuname des Verfassers: Titel. – In: Zeitschriftentitel Bandnummer (Jahr), Seite.
Artikel in Sammelwerken: Vorname Zuname des Verfassers: Titel. – In: Titel des Sammelwerks. Hrsg. von Vorname Zuname. Ort Jahr, Band, Seite.
Verlagsnamen werden nicht genannt.
Bei wiederholter Zitierung desselben Werks wird in Kurzform auf die Anmerkung mit der ersten Nennung verwiesen: Zuname des Verfassers: Kurztitel [Anm. XX], Seite.

Bei Heine-Zitaten erfolgt der Nachweis im laufenden Text im Anschluss an das Zitat in runden Klammern unter Verwendung der Abkürzungen des Siglenverzeichnisses (hinter dem Inhaltsverzeichnis) mit Angabe von Band (römische Ziffer) und Seite (arabische Ziffer), aber ohne die Zusätze »Bd.« oder »S.«: (DHA I, 850) oder (HSA XXV, 120).

Der Verlag trägt die Kosten für die von der Druckerei nicht verschuldeten Korrekturen nur in beschränktem Maße und behält sich vor, den Verfasserinnen oder Verfassern die Mehrkosten für umfangreichere Autorkorrekturen in Rechnung zu stellen.

Das Manuskript sollte als »Word«-Dokument oder in einer mit »Word« kompatiblen Datei per E-Mail (an: christian.liedtke@duesseldorf.de) eingereicht werden.

Mitarbeiterinnen und Mitarbeiter des Heine-Jahrbuchs 2019

Dr. Sabine Brenner-Wilczek, Heinrich-Heine-Institut, Bilker Str. 12–14, 40213 Düsseldorf
Prof. Dr. James M. Brophy, Department of History, University of Delaware, 46 W. Delaware Avenue, Newark, DE 19716, USA
Dr. Leslie Brückner, CEGIL, Université de Lorraine, UFR Arts, Lettres et Langues, Ile du Saulcy, CS 70328, 57045 Metz cedex 01, Frankreich
Elena Camaiani, Heinrich-Heine-Institut, Bilker Str. 12–14, 40213 Düsseldorf
Prof. Dr. Karl Clausberg, Menzelstr. 4, 22607 Hamburg
Dr. Patricia Czezior, Verlagsgruppe Random House GmbH, Neumarkter Str. 28, 81673 München
Dr. Bernd Füllner, Bergische Universität Wuppertal, Fachbereich A: Germanistik, Gaußstraße 20, 42119 Wuppertal
Dr. Roland Gerste, 14801 Soft Wind Drive, North Potomac, Maryland 20878, USA
Dr. Holger Glinka, Interdisziplinäres Zentrum für die Erforschung der Europäischen Aufklärung, Martin-Luther-Universität Halle-Wittenberg, Franckeplatz 1, 06110 Halle (Saale)
Gesa Jessen, Wolfson College, Linton Road, Oxford, OX26UD, Großbritannien
Prof. Dr. med. Guido Kluxen, Am Buchenhang 25, 42929 Wermelskirchen
Prof. Dr. Bernd Kortländer, Rheinallee 110, 40545 Düsseldorf
PD Dr. Robert Krause, Albert-Ludwigs-Universität Freiburg, Deutsches Seminar – Neuere Deutsche Literatur, Platz der Universität 3, 79085 Freiburg
Prof. Dr. Joseph A. Kruse, Heylstr. 29, 10825 Berlin
Christian Liedtke, Heinrich-Heine-Institut, Bilker Str. 12–14, 40213 Düsseldorf
Prof. Dr. Walther Müller-Jentsch, Alte Landstr. 211, 40489 Düsseldorf
Dr. Ariane Neuhaus-Koch, Kaarster Straße 133 F, 41462 Neuss
William Ohm, University of Toronto, Department of Germanic Languages and Literatures, 50 St. Joseph Street, Toronto, Ontario M5S 1J4, Kanada
Prof. Dr. Leoluca Orlando, Comune di Palermo, Sede Istituzionale – Palazzo delle Aquile, Piazza Pretoria 1, 90133 Palermo PA, Italien
Dr. Dietmar Pravida, Freies Deutsches Hochstift/Frankfurter Goethe-Museum, Großer Hirschgraben 23–25, 60311 Frankfurt a. M.
Peter Routledge, 6 Sarum, Thornford, Sherborne, Dorset, DT9 6SU, Großbritannien
Dr. Robert Steegers, Rheinische Friedrich-Wilhelms-Universität Bonn, Bonner Zentrum für Lehrerbildung, Poppelsdorfer Allee 15, 53115 Bonn
Wim Wenders, Wim Wenders Stiftung, Birkenstr. 47, 40233 Düsseldorf
Thomas Wright, 46 New High Street, Oxford, Oxon OX3 7AQ, Großbritannien

Printed by Printforce, the Netherlands